Inhaltsverzeichnis

VORWORT

Während wir an »Die Herrin der Kathedrale« schrieben, hatten wir lange nicht den Vorsatz, die Geschichte der Uta von Ballenstedt über die Kathedralweihe hinaus zu erzählen. Und nun halten Sie doch einen weiteren Roman um »die schönste Frau des Mittelalters« in den Händen.

Erst bei der Überarbeitung des letzten Kapitels kam uns die Idee, die Geschichte von Uta und Hermann in einem weiteren Buch fortzusetzen. Vielleicht auch deshalb, weil in »Die Herrin der Kathedrale« ein unkompliziertes Happy End für die Liebe zwischen einer verheirateten Frau und ihrem Schwager für das elfte Jahrhundert unrealistisch gewesen wäre. Die Idee der Fortsetzung gewann zunehmend Form, als wir auf Lesungen gefragt wurden, was denn nun aus Uta und Hermann geworden sei. Kamen sie offiziell als Paar zusammen? Und konnte Uta sich so einfach von Ekkehard scheiden lassen?

Unser wichtigstes Anliegen bezüglich einer möglichen Fortsetzung war zunächst, dass wir wieder eine in sich abgeschlossene Geschichte erzählen wollten, weswegen Sie dieses zweite Buch auch unabhängig von der »Herrin der Kathedrale« lesen können. Zudem waren wir uns darin einig, dass der neue Roman keine reine Liebesgeschichte werden sollte. Wir entschieden uns daher – ähnlich wie im ersten Buch – für eine inhaltliche Themenmischung aus Kathedralkunst, Rechtshistorie und den überlieferten politischen Geschehnissen sowie für einen zusätzlichen Strang mit neuen Charakteren (fern von Naumburg – auf dem Moorhof im Thüringischen) und natürlich für die Liebe.

Im Gegensatz zum ersten Roman haben wir aber auch zwei Änderungen durchgeführt, die die erzählte Zeit und das Wesen unserer Heldin betreffen: Die Handlung in der »Kathedrale der Ewigkeit« beschränkt sich auf das Verstreichen eines Jahres. In »Die Herrin der Kathedrale« begleiteten wir unsere Heldin noch über zwanzig Jahre, was uns vor ganz andere handwerkliche Herausforderungen stellte.

Außerdem ist Uta nun auch längst nicht mehr so zurückhaltend und gesetzestreu, wie Sie sie vielleicht schon kennengelernt haben. Inzwischen wagt sie sich für ihre Ziele weit vor, was – wie wir hoffen – Ihrer Sympathie für unsere Heldin keinen Abbruch tut. Denn aus welchem Grund, wenn nicht der Liebe wegen, sind wir bereit, verrückte und scheinbar absonderliche Dinge zu tun?

Nadja ist die Medizin-Interessierte von uns, und so tat sich im zweiten Roman ein weiterer Themenschwerpunkt für uns auf: Eine zu obduzierende Leiche, die viele Fragen aufwirft und anhand derer wir den Kenntnisstand über die Funktionsweise des menschlichen Körpers im elften Jahrhundert aufzeigen konnten. Wussten Sie zum Beispiel, dass das Gehirn vor allem dazu dient, das heiße Blut aus dem Herzen zu kühlen? Zumindest glaubte man das damals.

Wie im ersten Buch ist Claudia unsere Spezialistin für Themen rund um Kathedralarchitektur. Romanische Kirchen waren die am vollständigsten und am buntesten ausgemalten Kirchen des Mittelalters. In ganz Europa ist Claudia auf Spurensuche nach Wandmalereien aus Utas Zeit gegangen und berauscht von dieser Welt aus Traubenkernen, Rötel und Sonnenpfirsichgelb, von dieser Welt steinerner Bücher, in der ein Bild zu jeder Tageszeit eine andere Verheißung zu offenbaren vermag, zurückgekommen.

Neben den Inhalten war uns außerdem daran gelegen, dass sich unsere Figuren in ungeahnte Richtungen entwickeln, also anders, als Sie es bei der einen oder anderen vielleicht für möglich gehalten hätten. Wir möchten Sie, liebe LeserInnen, an neue Schauplätze führen und Ihnen verblüffende Ein- und Ansichten aus Utas Zeit nahebringen. Begleiten Sie unsere Heldin nach Utrecht, nach Speyer und treideln sie mit ihr gemeinsam den Rhein flussaufwärts.

Auf unseren Lesungen haben wir von vielen Zuhörern ergreifende Geschichten über ihre Verbindungen zur historischen Uta erfahren. Wir sind Menschen begegnet, die sich leidenschaftlich für die Askanier, das Adelsgeschlecht, dem Uta entstammt, für den Kathedralbau und die Romanik begeistern, so dass wir uns darin bestätigt fühlten, nicht von Uta von Ballenstedt und der Anziehungskraft des beginnenden Hochmittelalters abgelassen zu haben.

Nun wünschen wir Ihnen eine spannende Zeitreise zurück in die Jahre 1038 und 1039.

Ihre

Claudia & Nadja Beinert

Personenverzeichnis

(Historische Persönlichkeiten sind mit einem Sternchen* versehen.)

UTA VON BALLENSTEDT*, Markgräfin von Meißen
Kathedralherrin und Liebende. Sie kämpft darum, mit dem Mann zusammensein zu dürfen, dem ihr Herz gehört, der aber nicht ihr Angetrauter ist.

HERMANN VON NAUMBURG*, einstiger Markgraf von Meißen
Er gerät unter Wölfe.

EKKEHARD VON NAUMBURG*, Markgraf von Meißen
Für ihn stehen der Verlust seiner Gattin als auch der seines Bruders auf dem Spiel.

ERNA, Frau des Burgkochs ARNOLD, und ihre Töchter LUISE und SELMINA. Utas Freundschaft zur Familie des Burgkochs wird auf eine harte Probe gestellt.

KATRINA
Utas treues Kammermädchen zeigt einen besonderen Spürsinn für Schnallen und Unverbesserliche.

GISELA VON SCHWABEN*, in dritter Ehe verheiratet mit KONRAD DEM ÄLTEREN*, Kaiserin des Heiligen Römischen Reiches (HRR)
Sie wird von ihrem Konrad getrennt und die politische Verantwortung an Sohn Heinrich übergeben müssen. Damit verliert Uta Unterstützung in den höchsten politischen Kreisen.

HEINRICH III.*, König von Burgund und Ostfranken, Herzog von Bayern und Schwaben, späterer Kaiser des HRR
Sohn Giselas von Schwaben aus der Ehe mit Konrad dem Älteren. Der streng gläubige Heinrich übernimmt die Macht seiner Eltern und damit auch die Entscheidungsgewalt über Utas weitere Begehren.

NOTBURGA VON HILDESHEIM, Äbtissin des Moritzklosters in Naumburg
Die Ränkeschmiedin verschafft sich tatkräftige Unterstützung im Kampf gegen ihre Jugendfeindin Uta. In die Quere kommt ihr dabei gänzlich Ungöttliches.

BEBETTE VON HILDESHEIM, Schwester der Notburga von Hildesheim
Sie weiß um die Stärke von Gemeinschaften und davon, Massen zu bewegen.

BALDUIN, Ehemann der Bebette von Hildesheim
Wollhändler in Brügge und bemüht, es seinem Weibe stets recht zu machen. Er wird dennoch gehen müssen.

ALWINE und MARGIT, Benediktinerschwestern im Naumburger Moritzkloster
Die eine überschreitet die medizinischen Grenzen des elften Jahrhunderts, die andere kommt einem unglaublichen Geheimnis auf die Spur.

HÜHNER-GESA, Magd auf dem Moorhof im Nord-Thüringischen
Das wortkarge Mädchen macht eine Entdeckung, die in den höheren Kreisen gewaltig für Unruhe sorgen wird.

HANS, Knecht auf dem Moorhof im Nord-Thüringischen
Ist Gesas Beschützer und bereit, alles für sie aufzugeben.

KADELOH*, Bischof von Naumburg und kaiserlicher Kanzler
von Italien. Hat das Amt des verstoßenen Bischofs Hildeward
übernommen und wirkt mit besonderem Auftrag.

WIPO*, Dichter, Kaplan und Historiograph Kaiser Heinrichs II.
und Kaiser Konrads II. sowie für Heinrich III.
Schenkt man dem antiken Arzt Galenus von Pergamon Glauben, dann ist es nicht das Hirn, sondern das Herz – in diesem
Fall Wipos –, das einen enormen Schatz an Weisheit beherbergt, an dem Uta weiterhin teilhaben darf.

SIMON, DER MALER
Hat sich seinem Handwerk mit jeder Faser seines Körpers
verschrieben. Der Kathedralfluch wird auch seine Malerburschen treffen.

BŘETISLAV I.*, Herzog von Böhmen
Spricht Eide. Immer wieder. Gibt schließlich seinen Sohn her.

SOWIE

KNECHT EMMERICH, der sich zurückholen will, was ihm gehört. Und noch einiges mehr.

Umtriebige Benediktinerschwestern des Moritzklosters mit
dem – immer noch – besten HONIGWEIN im Heiligen Römischen Reich.

Schwarzgewandete Brüder des Georgsklosters unter der Führung von ABT PANKRATIUS, dem das Lächeln vergehen wird.

Händler, Kaufleute, Wirt Volkmar und weitere Bewohner Naumburgs, die der beängstigenden Entwicklung in ihrer Burgsiedlung mit einem Ultimatum Herr werden wollen.

Brügger Wollbrüder, Mediziner und Geistliche. Ein Großvater in bester Gesundheit, der meint, was er sagt.

Meister Matthias, Zimmerer
Überwacht die Restarbeiten an der Kathedralbaustelle mit der Unterstützung von Meister Joachim und einer Schar Maurer und Tischler. Glaubt an die Kathedrale und noch ein bisschen mehr an deren Herrin.

Nicht zu vergessen:

Eine Liebe, intensiver als jede Erinnerung.

Ein steinernes Buch, beschrieben mit Traubenkernen, Erden, Malachit und Azurit.

Ein Moorhof im Nord-Thüringischen, auf dem die Weidenrute vor dem Wort regiert.

Eine Zeit, deren Grenzen zu überschreiten häufig mit Verstossung und Tod endete.

Eine Kathedrale als Tor zur Ewigkeit.

TEIL I
UNTER WÖLFEN

I.

DIES DIEM DOCET

Unus, duo, tres, quattuor. Räubervolk versteck dich nur.«
Die Hände vor die Augen gepresst, lehnte Selmina am
Brunnen in der Vorburg und zählte mit zaghafter Stimme.
Viele kurze Beine setzten sich daraufhin in Bewegung. Aufgeregte Kinderstimmen mischten sich in den Trubel des Marktgeschehens zu Füßen der Kathedrale.

»Nicht lunzen!«, vernahm Selmina noch die Mahnung einer
Spielkameradin, die sich, der abnehmenden Lautstärke nach,
gerade vom Brunnen zu entfernen schien.

»Quinque, sex und dann septem. Räuber, Räuber bleibt weg,
denn …«, führte sie den Zählreim fort, den ihr Katrina, das
markgräfliche Kammermädchen, erst gestern beigebracht hatte, »octo, novem und decem, ich bin die Räuberjägerin!« Selmina ließ die Hände vor ihren Augen sinken und wandte sich
um. Wachsam glitt ihr Blick über die Massen, die seit einiger
Zeit jeden vierzehnten Tag auf den Naumburger Burgberg kamen. Ein Rest der Werkzeugmusik, mit der sie aufgewachsen
war, drang aus der Kathedrale zu ihr herüber. Bei all der Enge,
den vielen Stimmen und dem Durcheinander, vermochte sie
das Hämmern und Kratzen – wie sonst nur das Wiegenlied der
Mutter – besonders zu beruhigen.

»Ich komme«, schickte sie ihrem Zählreim hinterher und tat
einige Schritte vom Brunnen weg, neben dem sich gerade eine
Handvoll Knechte versammelte, um die Ausbeute des heutigen Einkaufs, ein Paar neue Beinkleider und eine Ecke Schinken, genauer zu begutachten.

»Ich bin die Räuberjägerin«, wiederholte Selmina eine Spur zu zaghaft, als dass es überzeugend klang, dann spähte sie zwischen dem Stand eines Tuchhändlers und einer Pilgergruppe hindurch zu den Unterständen der Handwerker, die sich unweit des Burgtores befanden. Unbestritten war sie froh, im Schutz der Mauern und nicht im nahen Forst nach ihren Spielkameraden suchen zu müssen. Die dunklen, endlosen Wälder, die alles und jeden verschlingen konnten, ängstigten sie. Allein der Gedanke an das Heulen der Wölfe und das Brummen der Bären, das in so manch schlafloser Nacht durch das Fenster ihrer Kammer drang, jagte ihr einen eisigen Schauer über den Rücken.

Selmina atmete erleichtert auf. Hier auf der Burg war sie in Sicherheit. Ihr Herz machte einen Satz, als sie meinte, bei den Unterständen der Handwerker das in der Sonne schwarz glänzende Haar der Bäckerstochter Rosina, die von allen nur Rosi gerufen wurde, auszumachen. Selmina wollte gerade auf ihre Spielkameradin zueilen, als ihr von hinten eine Hand über den Kopf strich. Die Art der Berührung war Selmina vertraut.

»Tante Uta!«, rief sie aus und wandte sich um. Augenblicklich vergaß sie ihren Auftrag und umarmte ihre Patentante.

»Nun, meine Kleine?« Uta fuhr der Tochter ihrer Freundin Erna noch einmal über den Schopf.

»Aber Selmina, du kannst unserer neuen Markgräfin doch nicht in aller Öffentlichkeit so nahetreten«, mahnte Erna, die seitlich von Uta stand und deren blonde Locken sich auch von ihrer Haube nicht bändigen ließen.

Auf die mütterliche Mahnung hin ließ Selmina – wenn auch ungern – von ihrer Umarmung ab und schaute zu den zwei Bewaffneten hinter ihrer Patentante.

»Warum denn nicht«, entgegnete Uta und schenkte der kleinen Rothaarigen vor sich ein aufmunterndes Lächeln. »Wie viele Räuber hast du denn schon gefangen, Selmina?« Uta stieß Erna sanft in die Seite, während ihre bewaffneten Begleiter sie vor einer Gruppe Kaufmänner abschirmten, die auffällig zu ihr herüberschaute und anerkennend nickte.

Selmina deutete in Richtung der Handwerkerunterstände und tuschelte Uta mit der Hand vor dem Mund zu: »Rosi habe ich gleich. Und Gwendolin ist meistens in ihrer Nähe.« Die Zehnjährige kicherte froh über die Aussicht, als Räuberjägerin erste Beute zu machen.

»Und deine Schwester?«, fragte Erna daraufhin. »Wo steckt die Räuberin wieder?!«

»Luise hat immer die besten Verstecke«, erklärte Selmina, und ihre Augen leuchteten vor Bewunderung auf.

Erna seufzte, als sie sich daran erinnerte, dass sich ihre Luise vor einigen Tagen bei eben jenem Räuberspiel im Brunnen versteckt hatte und nur mit Hilfe zweier Seile und starker Hände wieder hinausgekommen war. »Luise ist wirklich ein Wildfang, wir können sie kaum bändigen!«

»Vielleicht finde ich sie dieses Mal ja doch«, sagte Selmina und wandte sich in Richtung der Handwerkerunterstände beim Burgtor. Unauffällig versuchte sie sich durch die Massen der Marktbesucher zu schlängeln, bedachte dabei aber nicht, dass ihr wild gelocktes rotes Haar in der Sonne wie ein Feuer loderte, und sie damit für ihre Freunde kaum zu übersehen war.

»Sie ergänzen sich gut. Selmina ist dafür umso bedachter«, griff Uta das Gespräch wieder auf und sah nur noch aus dem Augenwinkel, wie der jüngere Zwilling ihrer Patentöchter hinter dem Stand eines ihrer besten Händler, des Schmuckhändlers Christian, verschwand.

Uta blinzelte der Sonne entgegen und hakte sich bei Erna ein. »Der Vogt hat alle Standgebühren bereits eingetrieben. Stell dir vor, dass wir bereits zum fünften Mal in Folge jeden einzelnen Standplatz verkauft haben. Die Händler sind mit den Geschäften äußerst zufrieden, und so werden wir uns bald Gedanken darüber machen müssen, wo wir neue Standplätze einrichten können. Gestern hat ein Seidenhändler das letzte freie Haus an der Nordmauer bezogen.«

Die Frauen ließen sich auf einer Bank vor dem alten Schmiedehaus nieder, welches Erna und ihr Ehemann, Küchenmeister Arnold, über die Jahre zu einem gemütlichen Heim umgebaut hatten. Das bunte Fenster – das wertvolle Geschenk eines Freundes, der ihm zu großem Dank verpflichtet war, hatte Arnold erst jüngst zur Linken der Tür eingepasst. Es lud geradezu ein, auf der Bank davor Platz zu nehmen.

Uta strich mit der rechten Hand über ein paar Pflänzchen, die Erna in schmalen Steintrögen links und rechts des Sitzmöbels aufgestellt hatte. Ein paar Regentropfen vom vergangenen Tag hingen noch an den Blättern, und die zarte Feuchte kitzelte auf ihren Fingerspitzen. Zur Erfrischung tupfte sie sich etwas Wasser auf den Hals und lehnte sich, den Blick zufrieden auf das nahe Markttreiben gerichtet, zurück. »Seit der Kathedralweihe vor vier Mondumläufen ist es ruhiger geworden. Die Steinmetze, Steinschläger und ein Großteil der Transportknechte sind zur königlichen Baustelle in Speyer weitergezogen.« Sie wandte sich Erna zu. »Ich genieße es, endlich wieder mehr Zeit für meine Lieben zu haben. Katrina und ich haben uns gestern den ganzen Tag über gegenseitig aus Wipos *Taten Konrads* vorgelesen.«

Erna schaute ehrfürchtig zur Kathedrale hinüber. »Sie sagen inzwischen, dass unser Gotteshaus der Weg in die selige Ewigkeit ist.«

Unbeschwert lehnte Uta sich zurück und verlor sich ebenfalls im Anblick der Kathedrale. »Sie ist gebaut worden, um unsere Seelen zeitlebens auf die Ewigkeit vorzubereiten. Das Haus der Ewigkeit.« Und wenn erst einmal die Malereien im Inneren von ihren Wänden leuchten, wird sie noch viel beeindruckender sein, dachte sie bei sich.

Ergriffen nickte Erna und schaute an den Westtürmen der Kathedrale hinauf. Eine berührende Vorstellung war es, dass sie sich alle hier durch ihrer eigenen Hände Fleiß am Bau – sei es als Helfer beim Transport oder wie sie bei der Verpflegung der Handwerker – vielleicht schon ein Stück Seligkeit erarbeitet hatten.

Uta wurde es behaglich warm. Die Naumburger Kathedrale hatte ihr zu Gerechtigkeit verholfen. Mit den Ausmalungen würde sie endlich vollkommen sein.

»Komm!« Uta nahm die Freundin bei der Hand und zog sie forsch von der Bank.

Je einen Wachhabenden vor und hinter sich, passierten die beiden Frauen im Marktgetümmel die Werkstätten der Zimmerleute. Bereits seit zwei Mondumläufen waren die Maurer dabei, die Innenwände der Kathedrale für die Ausmalungen vorzubereiten. Sie hatten die Glockenmacher abgelöst, die zuletzt noch das fehlende Geläut für die zwei Westtürme gegossen und aufgehängt hatten, so dass nun vier Glockentürme, zwei im Westen und zwei im Osten, weit über den Burgberg hinaus zu den Hochfesten riefen.

Sie betraten die Kathedrale über den Eingang im südlichen Querhausarm. Vor dem Altar knieten sie neben einer Schar Fremder nieder und machten das Kreuzzeichen. Dann wandten sie sich dem Langhaus hinter sich zu. Es roch angenehm frisch, und Erna vernahm ein seltsames Schaben und Kratzen. Sie war längere Zeit nicht mehr hier gewesen, die Messen für die Burgbewohner wurden nebenan in der Marienpfarrkirche gelesen. »Wofür ist das?«, wollte Erna wissen, während ihr Blick verwundert über die hölzernen Gerüste glitt, die links und rechts entlang der Langhauswände standen und an der fernen Westwand bereits bis an die Decke reichten.

»Kannst du dir vorstellen, wie es sich anfühlt, ein Buch zu lesen?«, fragte Uta, anstatt eine direkte Antwort zu geben, nachdem sie die Begrüßung von Simon, dem Maler, der weit oben auf einem der Gerüste stand, erwidert hatte.

Erna winkte ab. »Du weißt doch, dass ich keinen einzigen Buchstaben kenne.«

»In nicht allzu ferner Zukunft wirst auch du ein Buch lesen können.« Utas Augen strahlten bei dieser Vorstellung: Ein Buch für jedermann.

Erna war sichtlich verwirrt. »Aber wie soll das gehen? Wird Katrina auch mich unterrichten? Sie hat doch mit Luise und Selmina schon genug zu tun!«

»Katrina? Nein«, entgegnete Uta belustigt. Sie nahm die Freundin erneut an der Hand und schaute an dem Gerüst vor der südlichen Langhauswand hinauf, wo ein Dutzend Maurer gerade dabei war, groben Putz an die Wand zu werfen und bündig abzukellen. »Unsere Kathedrale wird es dich lehren: Wir malen hier drinnen ein Buch, das jeder lesen kann! Es wird ein steinernes Buch werden. Und dort oben«, Uta deutete neben sich, wo die Langhauswand begann, nach oben, »dort ist die erste Seite. Du wirst das Buch lesen können, indem du an den Langhauswänden entlangschreitest und die bunte Bilderfolge darauf betrachtest.«

Erna schaute an ihrem groben, grauen Leinengewand hinab. Die einzigen farblichen Akzente an ihrer Erscheinung waren neben den leuchtend blauen Augen und ihrem Haar die braunen Flecken auf ihrer Schürze. »Alles wird richtig bunt werden?«, murmelte sie und wandte sich dem Ostchor zu. Die dortige Wand war die einzige, die bereits eine Malerei besaß: den leuchtenden Sternenhimmel. Sie schloss die Augen.

Uta, die bemerkte, dass Erna in sich versunken war, wartete, bis sie fertig geträumt hatte. Erst als sich die Freundin ihr wieder zuwandte, sprach Uta weiter: »Insgesamt werden es sechs Bilder. Drei auf der südlichen Langhauswand und drei auf der nördlichen. Mit Christi Geburt beginnt es«, sie zeigte wieder neben sich auf die Wandfläche für das erste Bild, »dann wird mittig die Heilung des Blinden bei Jericho und am Ende der Wand vor dem Westchor die Kreuzigung erzählt.«

»Einen Blinden sehend machen?«, begehrte Erna vorsichtig auf. »Das geht doch nicht.« Und sowieso hatte sie noch nie ein Bild von Christus gesehen. In ihrer Vorstellung besaß er weiche, gütige Züge und war dreimal so groß wie ihr Mann Arnold.

»Jesus Christus vermochte sehr wohl Blinde zu heilen«, belehrte Uta die Freundin mit liebevollem Unterton. »Du wirst es bald selbst hier lesen können.«

Sie taten einige Schritte die Wand entlang, und Uta meinte, hinter den Gerüsten bereits die ornamentalen Flechtbänder hervorschimmern zu sehen, die jedes Bild wie einen Rahmen umgaben. Bald würden die Maler beginnen, die Skizzen auf dem Grobputz vorzuzeichnen.

Um Utas Mundwinkel spielte ein Lächeln. »Es wird ein Buch werden, das zu jeder Tageszeit ein bisschen anders wirkt. Je nach Lichteinfall werden die beiden Seitenwände betörend golden und mit dramatisch klaren Kontrasten schimmern, zu einer anderen Zeit wieder so weich und hell, dass du den Stein berühren möchtest.«

Erna wandte sich schon jetzt beeindruckt in Richtung der gewölbten Wand, die an die südliche Langhauswand angrenzte. Das Gekratze der Kellen und die Gespräche der Maurer waren in weiter Ferne. »Und was werden die Maler hier aufbringen?«

Uta drehte sich ebenfalls zur Westwand. »Auf dieser gesamten Fläche wird Christus auf einem Regenbogen schweben, gerahmt von den Heiligen Petrus und Paulus.«

Erna war überwältigt. »Die Patrone unserer Bischofskirche über der letzten Ruhestätte der Kämpferherzen.«

Uta nickte. Sie war zuversichtlich, dass die einigen Hundert Menschen, die im Kampf an der Ostgrenze ihr Leben gelassen hatten, ihre Grabstätte alsbald mit dem Jesus-Bild bereichert bekämen. Sie spähte zur Tür, die in die Krypta hinab und von dort aus in den neuen Gang führte, den zu bauen der Kaiser nach der Kathedralweihe gefordert hatte. Ein Gang, der von der Westkrypta unter der Siedlung hindurch bis zur Waldgrenze südlich des Burgbergs verlief und im Fall von Belagerungen der einzige Weg hinaus sein konnte. Die wenigsten wussten von dieser unterirdischen Fluchtmöglichkeit, denn als Marktgespräch würde er mehr den Feinden als den Eingeschlossenen helfen.

Uta konzentrierte sich wieder auf Erna. »Das Langhaus sowie die Westwand kleiden wir mit einem einzigen zusammenhängenden Malwerk aus. Wie ein großer Mantel wird sich die Farbe über die Pfeiler, Wände und Fensterlaibungen legen. Wer unsere Kirche betritt, wird spüren, dass Gott ganz nah ist, dass er ihn einhüllt und wärmt.« Uta wandte sich zu der rechts angrenzenden nördlichen Langhauswand und zeigte auf die Pfeiler, die die Wand trugen. »Die Pfeiler bilden als unterster Teil der Wand die *Erdzone* ab und werden deswegen in Brauntönen gestrichen. Darüber, im mittleren Teil der Wand, liegt die *heilige Zone* – der Bereich des göttlichen Handelns. Dort werden die Bilder, von denen ich vorhin sprach, das steinerne Buch, aufgebracht werden. Beginnend mit der Geburt des Heilands und endend mit dem Pfingstwunder.«

Erna strich sich über die Gänsehaut an ihren Armen. »Unsere Kathedrale wird immer noch schöner.«

»Darüber, ab der Fensterlinie bis unters Dach hinauf, schließt sich die *Himmelszone* an. Die werden wir blau malen mit Rahmungen für das Licht, das durch die Fenster hereindringt.«

»Die *Erdzone*, die *heilige Zone* und die *Himmelszone*«, wiederholte Erna entrückt und betrachtete die Wand von unten nach oben.

»Und zum Abschluss, also am Ende des Buches«, Uta zog

Erna wieder vor den Altar und deutete auf die Wand dahinter, »führt dich Christus vor unser Sternenbild: Die Verheißung des Himmelsreiches.« Von der bereits fertiggestellten azurblauen Altarwand leuchteten ihnen Sterne entgegen, die vom milden Herbstlicht, das durch die oberen Fenster fiel, bestrahlt wurden.

Das Himmelreich so nahe bei ihnen! Erna schossen vor Ergriffenheit die Tränen in die Augen.

Die zwei Frauen setzten sich wieder in Bewegung. Stumm schritten sie in Richtung des Ausgangs.

»Aber warum malen sie noch nicht?«, wollte Erna wissen.

Uta legte der Freundin vertraut die Hand auf den Arm. »Weil sie die steinsichtigen Wände zunächst mit einem groben Kalkputz glätten müssen, sonst hält die Malerei nicht an ihnen. Zudem dürfen Arbeiten mit Kalk nur ausgeführt werden, wenn es keinen Frost mehr gibt. Vor dem Winter bereiten wir also die Wände vor, über den Winter hinweg beschaffen wir alle notwendigen Farbpigmente, stimmen die Farben aufeinander ab und tragen die Skizzen auf der Wand auf. Im späten Frühjahr dann wird richtig gemalt.«

»Ich kann es kaum erwarten«, entgegnete Erna.

Uta nickte gleich mehrmals hintereinander.

Im Hinausgehen spähte Uta noch einmal hinter die Gerüste an der nördlichen Langhauswand, die vom hereinfallenden Licht der gegenüberliegenden Fenster beschienen wurde. Alles würde zueinanderpassen: die Malerei, das Licht und die Architektur. Die Verheißung der Zukunft rührte sie.

Jede in ihre Vision der Ausmalung versunken, verließen die beiden Frauen die Kathedrale, wo sie von den zwei bewaffneten Begleitern Utas bereits erwartet wurden. Sie machten sich auf den kurzen Weg zu Ernas Schmiede.

»Inzwischen habe ich auch wieder mehr Zeit für meine Bücher.« Uta hatte als Erste die Stimme wiedergefunden. Die

Überwachung der Ausmalungen, die ihr nur wenige Tage nach der Weihe übertragen worden war, forderte kaum ein Viertel der Zeit, die ihr der Kathedralbau abverlangt hatte.« Uta lächelte zuversichtlich. »Du weißt, worüber ich gerade lese«, fuhr sie im Flüsterton fort und rezitierte in Gedanken die zuletzt gelesenen Zeilen aus einem Buch über das Kirchenrecht mühelos auswendig: Die Ehe ist eine lebenslang während Gemeinschaft von Mann und Frau! Diese Gemeinschaft besteht über den Tod hinaus.

Sie waren wieder an der Bank vor Ernas Haus angekommen. Scheinbar ungerührt starrten die Leibwächter geradeaus, während Erna sich die Haube vom wirren Lockenkopf zog und Uta, ob ihrer Andeutung, aus geweiteten Augen anstarrte. »Willst du wirklich …«, setzte sie gerade an, als ein ohrenbetäubender Schrei sie aufschrecken ließ. Das ungewohnte Geräusch wurde von lautem Kinderlachen begleitet.

»Ich bin die größte Räuberin!«, rief Luise laut aus, die wacklig auf einer quiekenden Sau saß und auf Erna und Uta zugeritten kam. Die Marktbesucher drückten sich teils erschrocken, teils amüsiert gegen die Stände, so dass sich eine Gasse für Sau und Reiterin bildete. Luise folgte eine Schar Spielkameraden, die die Laute des grunzenden Schlachtviehs zu imitieren versuchte. Eine Magd verlor ihren Korb voller Holzschüsseln bei dem Versuch, dem Schwein und seiner verwegenen Führerin noch rechtzeitig auszuweichen. Auch die Gruppe der jungen Knechte am Brunnen machte einen Satz beiseite.

»Vorsicht!«, rief Erna aus, als ihre Tochter ungebremst auf Uta zuhielt.

Doch da sprang Luise auch schon, nur wenige Fuß vor ihnen entfernt und vom Johlen der anderen Burgkinder begleitet, von der Sau und landete zur allgemeinen Erheiterung auf allen vieren auf dem matschigen Boden im Schatten des Hauses.

Erna wollte gerade auf ihre womöglich verletzte Tochter zustürzen, als Luise sich ohne einen einzigen Schmerzenslaut erhob und den Umstehenden zuwandte. Die hatten inzwischen einen Kreis um sie gebildet. Das Schwein war längst quiekend im Marktgedränge verschwunden.

»Ich bin die Königin der Räuber!«, rief Luise weithin hörbar und hob in Siegerpose die Hände. Sie winkte Selmina an ihre Seite und umarmte die Schwester herzlich. Derart vereint traten die beiden vor Uta. Immer mehr Menschen drängten nun auf das Schmiedehaus an der Südmauer der Vorburg zu. Der kleine Gert, der jüngste Sohn des Maurermeisters Joachim, hatte alle Mühe, zur Schmiede durchzukommen und einen Platz in den vorderen Reihen zu ergattern. Seine Beine, die wie ein wackeliges X anmuteten und beim Gehen die Knie immer wieder aneinanderzwängten, erschwerten ihm das Laufen. Der Schritt des kleinen, schmächtigen Jungen erinnerte eher an das Humpeln eines Verletzten als an den Gang eines gesunden Fünfjährigen. Gert hielt auf die Schmiede zu, und als er die dichte, undurchdringliche Menge ausmachte, musste er sich Tränen wegwischen. Es würde nicht das erste Mal sein, dass er übersehen oder von den Größeren beiseitegeschupst wurde. Bekümmert hatte er deswegen schon so manchen Tag im elterlichen Haus mit der Decke über dem Kopf verbracht. Da halfen auch die tröstenden Worte seiner Geschwister nicht, die heute noch irgendwo im Marktgetümmel spielten. Erwartungsvoll schauten die Menschen nun auf ihre Herrin, die nur wenige Tage nach der Kathedralweihe an der Seite ihres Gatten vom Kaiser höchstpersönlich zur Markgräfin der Mark Meißen erhoben worden war. Ihre farbenfroh leuchtenden Gewänder bezeugten unzweifelhaft ihren gesellschaftlichen Stand, der Seidenschleier den der Ehe. Ihre anmutigen, mädchenhaften Gesichtszüge waren über die letzten Jahre hinweg die einer Herrin geworden, die selbstbewusst für ihre Sache eintrat.

Von gespannten Blicken begleitet, zupfte Uta die purpurne Blüte eines Stiefmütterchens aus einem von Ernas Pflanztrögen neben der Bank und trat vor ihre Patentöchter. Die Menge hielt die Luft an, selbst die Händler und Marktschreier an den hinteren Ständen hatten ihre Ausrufungen eingestellt.

»Diesen Orden«, Uta hob die Blüte in die Luft und befestigte sie dann in einem Einriss am Halssaum von Luises einfachem Gewand, »diesen Orden verleihe ich hiermit der Königin der Räuber.« Mit einem Schmunzeln deutete sie eine Verbeugung vor dem rothaarigen Mädchen an, dessen Kittel und Schuhe nach dem Sprung vom Schwein einer gründlichen Säuberung bedurften.

Auf diese Geste hin ertönte Beifall. Rosina und Gwendolin strahlten Luise an. Auch der kleine Gert war amüsiert, obwohl er von den Umstehenden immer weiter an den Rand des Geschehens gedrückt wurde und nur anhand der freudigen Stimmen erahnen konnte, was sich fern seines Sichtbereiches zutrug. Einige Pilger lächelten Uta, von ihrer Geste eingenommen, zu. Auch unter ihnen schien sich inzwischen herumgesprochen zu haben, wen sie hier im zartrosa Gewand vor sich hatten. Viele verbeugten sich ehrfurchtsvoll, andere starrten die Herrin der Kathedrale einfach nur an.

Die Zwillinge umarmten Uta ungeniert. Mit ihnen im Schlepptau trat sie zurück vor die Bank. Die Wachen sorgten dafür, dass sich die Menschenmenge um sie herum auflöste.

Erna rümpfte die Nase. »So, und jetzt wirst du erst einmal geschrubbt, Räuberkönigin! Dass du dir aber auch ausgerechnet den Stall mit den Schweinen als Versteck aussuchen musstest. Dein Kleid müffelt ja fürchterlich.« Luise machte ihrem Unmut mit einem Aufstampfen Luft. »Oh, nein! Wir wollen noch weiterspielen. Kann das nicht warten?« Selmina schaute nicht weniger bittend, weil sie neugierig war, welches Versteck sich die Schwester als Nächstes einfallen lassen würde.

Doch Erna ließ nicht mit sich handeln und schaute schon prüfend zwischen den Marktständen zum Brunnen hinüber. »Geht ihr schon mal Wasser holen und füllt den Zuber«, forderte sie ihre Kinder auf.

Uta lächelte nachsichtig. Unbestritten war Ernas Nachwuchs von ganz besonderer Art. Ein bisschen erinnerte die Unzertrennlichkeit der Zwillinge sie an die Nähe, die sie mit ihrer Schwester Hazecha verbunden hatte – auch wenn sie selbst während ihrer Kindheit in Ballenstedt nie auf Schweinen geritten waren. »Ich möchte noch ein Weilchen bei euch bleiben«, sagte Uta daraufhin, weil sie sich augenblicklich nach Geborgenheit und Familie sehnte.

Nachdem die Mädchen der Anweisung ihrer Mutter Folge geleistet hatten und mit Eimern zum Brunnen verschwunden waren, ließ Uta sich auf der Bank nieder. Sobald sich Erna neben sie gesetzt hatte, tauschten sie sich über weitere Geschehnisse der vergangenen Tage aus.

Bei Einbruch der Dämmerung saßen sie noch immer vor der Schmiede. Eng beieinander beobachteten sie, wie der Tuchhändler an seinem unmittelbar neben der Schmiede aufgebauten Stand seine leergekauften Tuchkörbe zu stapeln begann. Die Kinder saßen längst im Holzzuber im schmalen Schmiedehof.

Gerade als sich Uta zur Verabschiedung erheben wollte, vernahm sie Katrinas Stimme. »Herrin!«

Außer Atem kam das Kammermädchen, das trotz seiner inzwischen dreiundzwanzig Jahre für Uta das beschützenswerte, junge Wesen geblieben war, das sie damals in ihre Dienste genommen hatte, auf sie zugerannt. »Er ist da!« Voller Aufregung über die Freude ihrer Herrin lächelte Katrina, wobei sich ihre angeborene Missbildung, ein mittig an der Oberlippe befindlicher Spalt, der erst kurz unterhalb der Nasenspitze endete, spreizte. Er war die einzige Auffälligkeit an ihrer zierlichen, blassen Erscheinung. »Der Bote der Kaiserin kannte mich bereits, deshalb hat er mir das Schreiben vertraulich übergeben«, erklärte sie bar jeden Stolzes.

Sollte endlich angekommen sein, worauf sie seit zwei Mondumläufen wartete? Voller Vorfreude griff Uta nach dem Pergament, das ihr Katrina entgegenhielt. Vor ihrem inneren Auge zogen Bilder von ihm und ihr vorüber – endlich vereint –, und sie spürte ein Kribbeln in sich aufsteigen, das sich nun in ihrem Herzen verfing und in der Brust umherwirbelte.

Das runde, bleifarbene Siegel auf dem Schreiben zeigte den thronenden Kaiser mit dem Reichsapfel in der rechten und dem Adler auf der erhobenen linken Hand. Verlangend richtete sich Utas Blick auf die geschlossene Nachricht, als wolle sie die Buchstaben bereits durch das gerollte Pergament hindurch erkennen. Es drängte sie, den Brief sofort zu öffnen, doch sie zwang sich zur Geduld. Sie wollte ihn mit ihm gemeinsam lesen. »Kannst du dem Bruder des Markgrafen die Krypta zum Gebet empfehlen?«, flüsterte sie deshalb ihrem Kammermädchen zu.

Katrina nickte kaum sichtbar und war mit dem nächsten Atemzug auch schon in Richtung des Wohngebäudes verschwunden.

Der Markgraf selber hatte sich heute auf Rotwildjagd begeben und wurde erst zu Sonnenuntergang zurückerwartet.

Uta schickte ihre bewaffneten Begleiter mit dem Versprechen in die Hauptburg zurück, dass sie sich vom Burgkoch bis zum Wohngebäude würde zurückgeleiten lassen. Die beiden Wachen waren sichtlich froh darüber, den Markttag in der neuen Schenke *Zum Wilden Eber*, gerade einmal fünf Häuser von Ernas Schmiede entfernt, ausklingen lassen zu können.

Uta ließ den Brief in die Innentasche ihres Obergewandes gleiten und folgte Erna ins Haus, um sich in aller Ungestörtheit von ihr zu verabschieden. Im Schutze der verrußten Mauern überreichte die Freundin Uta ihren alten Umhang für das bevorstehende, ganz besondere Gebet. Auch wenn Erna das Gleiche schon mehrmals zuvor getan hatte, war ihr auch diesmal mulmig dabei zumute.

Uta legte das zerfledderte Kleidungsstück an und band die Hanfkordel unter dem Hals zu einer Schleife. Dann zog sie sich die Kapuze tief ins Gesicht. Nur der Saum ihres rosafarbenen Gewandes, der unter dem Umhang noch hervorlugte, wies auf die edle Herkunft seiner Trägerin hin. Doch die einbrechende Dämmerung würde diesen Hinweis auf ihre Identität verwischen.

Mit gesenktem Blick hielt Uta auf die kleine Burgkirche zu, die im Schatten der Kathedrale kaum Beachtung fand. Sie versicherte sich, dass ihr niemand folgte, und schlüpfte, begleitet von dem vertrauten Knarzen der Eingangstür, in die Burgkirche. In schwaches Licht getaucht, schritt sie durch das einfache Langhaus. Wie gewöhnlich war dieses leer, die Menschen zog es zur mächtigen Kathedrale nebenan, die vom Kaiser als Wahrzeichen für Frieden und Glauben bezeichnet wurde.

Ihr Herz drängte sie zu der Treppe, die zur Krypta hinabführte, doch ihre Beine schritten ungewohnt langsam auf den Altar zu. Würde der kaiserliche Brief, auf den sich all ihre Erwartungen und Hoffnungen richteten, Gutes beinhalten? Der Geruch von Stein, Sand und ein Hauch von Leder hingen in der Luft. Sie atmete ihn tief ein. Schon meinte sie, vor dem Altar zwei Menschen zu sehen, die sich gegenüberstanden. Beim nächsten Blinzeln machte sie zwischen den dickbäuchigen Kerzen hinter dem Paar zudem einen festlich gekleideten Geistlichen aus. Die beiden lächelten unendlich glücklich, schienen keine Augen für etwas anderes als sich selbst zu haben. Uta erkannte Hermann und wollte sein Gesicht gerade näher betrachten, als ihr fordernder Herzschlag sie aus ihrem Tagtraum zurückholte. »Der Brief!«, entsann sie sich und kniete an jener Stelle nieder, auf der soeben noch ihr Traumpaar gestanden hatte. Sie machte das Kreuzzeichen, sprach ein eiliges Gebet und stieg dann, ihrem Geruchssinn folgend, die Stufen zur Krypta hinab.

Er empfing sie mit einem sehnsüchtigen Blick. »Dies diem docet, Uta von Ballenstedt.« Mit jenem Spruch hatte ihre Zuneigung während des Zugs nach Rom zur Kaiserkrönung einst begonnen. Die Reise lag nunmehr elf Jahre zurück, doch noch immer machte Utas Herz einen Sprung, wenn seine tiefe, rauhe Stimme erklang. Sie wünschte, dass das weiche Echo, welches die Wände zurückwarfen, nicht so schnell verhallen würde. Unter Hermanns Umhang sah Uta eine karmesinrote Tunika hervorblitzen. Sie trat vor ihn hin. Hermann, der sie um beinahe zwei Kopflängen überragte, stellte für sie eine einzigartige Mischung aus Rauh- und Sanftheit dar. Das Rauhe sprach neben seiner Stimme auch aus seinen breiten Schultern und den kräftigen Armen, die von einer Vielzahl gewonnener Kämpfe zeugten. Nicht einmal die Narbe am rechten Unterarm schmälerte diesen Eindruck. Die Sanftheit zeigte sich in seiner Fähigkeit, ihr sowohl seine Gedanken als auch all seine Emotionen wie Entzücken, Genuss, aber auch Schmerz offenbaren zu können. Seine Berührungen waren mehr als zart, gerade wenn er seine Finger nur über die Härchen an ihrem Arm streifen ließ. Auch waren da die dunklen Punkte, die in seiner Iris zu tanzen begannen, sobald sie sich sahen, und die nicht klassisch geschnittene, sondern leicht schiefe, große Nase.

Sachte zog er ihre Kapuze zurück und strich ihr über die glühenden Wangen.

Sie hatte ihm sofort vom Eintreffen des kaiserlichen Schreibens berichten wollen, doch nun gab sie sich seinen Berührungen hin. Anstatt zu reden, schmiegte sie ihr Gesicht in seine Hand und fühlte deren Wärme in jede Faser ihres Körpers eindringen.

Behutsam hob er ihr Kinn an. Wie jedes Mal, wenn sie sich zum Gebet hier unten trafen, tastete er ihr Gesicht zuerst mit den Augen ab. Obwohl sich ihm ihr Anblick fest ins Gedächtnis gebrannt hatte, würde er nie genug davon bekommen, sie zu betrachten. Bei jeder Begegnung meinte er – neben den leuchtenden grünen Augen, die so voller Leben und Erwartung waren, den harmonisch geschwungenen Brauen und dem kleinen, aber vollen Mund –, wieder etwas Neues an ihr zu entdecken. Zuletzt war ihm ein kleiner Wirbel in ihrem Haaransatz aufgefallen, der die vordersten Haare oberhalb der Schläfe in der Breite von vielleicht zwei Fingern frech gegen den Rest des Schopfes presste. Ähnlich einem Büschel Getreidehalme, das auf einem großen Feld als einziges in eine andere Richtung gedrückt wurde.

Liebevoll schaute Hermann von ihrer Stirn hinab zu ihren Augen und nahm ihr Gesicht in seine mächtigen Hände. Heute war seine Neuentdeckung ihre … er küsste sie verlangend.

Sie spürten, wie ihre Herzen schneller zu schlagen begannen, ihr Atem sich beschleunigte. Die Krypta barg ihre heimliche Liebe vor der Außenwelt. Sie fühlten sich unendlich sicher hier unten, beschützt von der Stille und ihrer Zweisamkeit.

Berauscht löste Uta die Lippen von seinen und schaute ihn eindringlich an. Sie überlegte, wie sie beginnen sollte, verwarf dann aber jede Art von Einleitung. »Hermann«, meinte sie noch ganz atemlos, während er ihr benommen eine Haarsträhne aus dem Gesicht zurück unter den Eheschleier schob.

Uta zog das Schreiben unter ihrem Umhang hervor, wobei ihre Hand nach der leidenschaftlichen Liebesbekundung noch zitterte. »Die Kaiserin hat sich unseres Anliegens angenommen.«

Hermanns Blick glitt von ihrem Gesicht über ihren Hals und ihre Hände auf das Pergament hinab. In der Arbeitskammer des Turmes hatten sie nächtelang über der passenden Argumentation gegrübelt, mit der sie der Kaiserin ihr Ansinnen nahebringen wollten, verknüpft mit der Bitte um deren Unterstützung, hatten Gesetzesbücher und Gerichtsprotokolle gewälzt, die ihnen Wipo, der Kaplan des Kaisers, hatte kopieren und überbringen lassen. Der Brief war aus Vorsichtsgründen erst einmal nur von Uta unterzeichnet worden. Solange niemand von Hermann wusste, konnten auch keine falschen Beschuldigungen gegen sie erhoben werden.

»Was schreibt die Kaiserin?«, drängte Hermann. Alles stand für ihn auf dem Spiel, und er konnte sich nur einen einzigen Ausgang für ihr Anliegen vorstellen.

Auch Uta wollte keinen Mondumlauf länger als nötig Ekkehards Gattin sein. »Wollen wir nachschauen?«

Vertraut nickten sie sich zu. Erst dann brach Uta das Siegel. Wie die aufgepeitschte See rauschte ihr das Blut in den Adern. Sie entfaltete das Pergament und las:

Treue Uta, Markgräfin von Meißen,

zunächst einmal sende ich Euch herzliche Grüße auf dem Weg nach Basel.

Hinter uns liegt Heinrichs Krönung zum König von Burgund – sein Herrschaftsgebiet, welches er anlässlich dieser feierlichen Zeremonie zum ersten Mal betrat. Zum Fest des heiligen Viktor und Ursus nahm er unter dem Jubel unserer Getreuen die Königswürde entgegen und die Treueeide der hiesigen Großen an. Von Basel aus werde ich nach Limburg reisen, derweil der Kaiser und mein junger König in Speyer die Vollendung unserer Grabkrypta in Augenschein nehmen.

Mit dem Einbruch des Winters gedenken wir dann, wieder gemeinsam durch das Sächsische zu ziehen. Herzog Bernhard II. bereitet uns dort einige Sorgen. Polen, Böhmen und

Ungarn hingegen arrangieren sich mit ihrer Rolle als Le-
hensländer und überbringen die Tribute fristgerecht.
Wir reden noch viel über die Weihe in Naumburg, und auf
unseren Wegen durch das Reich fragen die Menschen immer
wieder nach der Kathedrale und ihrer Herrin, nach Euch,
liebe Uta von Ballenstedt. Wir berichten ihnen dann von der
Kraft, von der Stärke und von Gottes Wohlwollen, die auf
unserem Reich und auf Naumburg liegen.

Hermann griff nach Utas Hand. »Manchmal kann ich kaum
fassen, wie alles gekommen ist. Naumburg und das gesamte
Reich haben dir viel zu verdanken. Dessen ist sich auch Kaiserin Gisela bewusst, sonst hätte sie dir diese Zeilen nicht geschrieben«, erklärte er. »Du hast unsere«, dabei strich er ihr
sanft über die Wange, »du hast unsere Kathedrale fertiggebaut.
Die Menschen, die dich verehren, tun daher recht.«
Gerührt senkte Uta den Blick. Ja, es sah tatsächlich so aus, als
ob das neue Gotteshaus am Zusammenfluss von Saale und
Unstrut den Menschen Hoffnung und Kraft gäbe. Ein bisschen war es sogar, als ob es auch ihrer beider Gotteshaus war –
zu dem jedermann Zugang erhielt. Die Kathedrale der Ewigkeit. Die Kathedrale unserer Liebe, dachte sie, unserer Liebe
in Ewigkeit.
»Gemeinsam haben wir eine Kathedrale geschaffen, und gemeinsam kämpfen wir nun für unsere Liebe«, bekräftigte Hermann mit rauher, hingebungsvoller Stimme, worauf Uta ihm
lächelnd zunickte und dann weiterlas:

Sicherlich finden sich zahlreiche Pilger bei Euch ein. Habt
Ihr bereits mit den Ausmalungen in der Kathedrale begon-
nen? Euer Gatte berichtete mir nach den Weihefeierlichkei-
ten von diesbezüglichen Plänen.

»Euer Gatte?«, wiederholte Hermann. Wollte die Kaiserin mit dieser Formulierung bereits ihre Stellungnahme bezüglich ihres Anliegens klarmachen? Ungeduldig nahm er Uta das Schreiben aus den Händen.

Was Eure Bitte angeht, habe ich mir einige Tage den Kopf darüber zerbrochen. Wie Ihr richtig angeführt habt, ist eine vollzogene und gültige Ehe im kirchenrechtlichen Sinne unauflöslich und eine lebenslang währende Gemeinschaft von Mann und Frau. Eine Aufkündigung oder gar Ehebeendigung, wie Ihr sie anzustreben gedenkt, ist also eine Ausnahmesituation und nicht mehr so einfach wie noch zu Zeiten des großen Kaisers Karl möglich. Seine Gesetzesbücher beruhen auf altem germanischem Recht, das unsere heilige Kirche so nicht übernommen hat.

Verunsichert schaute Uta auf. Eine Ausnahmesituation war es auch gewesen, dass sie, als Frau, für den Zeitraum von beinahe sechs Jahren auf Wunsch des Kaiserpaares hin die Bauleitung für die hiesige Kathedrale übernommen hatte. Nach einer Lücke in ihrer Argumentation suchend, überflog sie im Geiste noch einmal ihr Bittschreiben an die Kaiserin, welches derem Antwortschreiben vorangegangen war. Sachlich, einem Gerichtsprotokoll ähnlich, hatte sie die Möglichkeiten der Trennung gemäß altem Recht vor der Kaiserin erörtert. Bei Vorliegen bestimmter Tatbestände – wie Ehebruch, Giftmischerei und Kinderlosigkeit – waren zu Kaiser Karls Zeiten durchaus erfolgreich Eheaufkündigungen und -beendigungen durchgeführt worden. Und kinderlos war sie ja bis heute. Eine weitere Möglichkeit bestand darin, ihre Ehe mit Ekkehard für ungültig erklären zu lassen. Uta war durchaus klar, dass das Recht vor einhundert Jahren mit den besagten Tatbeständen noch weitreichende Schlupflöcher für politisch oder emotional motivierte Eheauflösungen geboten hatte und ihr Anliegen nunmehr, da die Kirche mit immer neuen Gesetzen Ausnahmeregelungen unterband, ein außergewöhnliches Unterfangen darstellte. Aber dies war die Wiederaufnahme der Bautätigkeiten unter ihrer Leitung gleichfalls gewesen. Hatte sie ihre Liebe zu Hermann etwa derart beflügelt, dass sie gedanklich in die Irre gegangen war und fälschlicherweise geglaubt hatte, dass die Kaiserin gar nicht anders konnte, als ihrer Argumentation zu folgen und ihre Unterstützung für die Auflösung ihrer Ehe mit Ekkehard zuzusagen? »Lies bitte weiter«, bat sie Hermann ungeduldig und schmiegte sich an seinen Arm.

Ich kenne Eure Bedrängnis, treue Uta, und ich möchte Euch hiermit meine Fürsprache bei Kaiser Konrad für den Fall zusagen, dass beide Ehepartner vor uns erscheinen und ihren Willen zur Trennung schriftlich und unter Zeugen bekunden. Eine Wiederverheiratung ist ohne einen Dispens des Papstes jedoch nicht möglich.
Lasst Hermann von Naumburg und seinen Bruder meine besten Wünsche wissen. Ich schließe Naumburg und seine Bewohner in meine Gebete mit ein.

Gegeben am Tage vor dem Fest des Apostels Lukas, im Jahre 1038 nach des Wortes Fleischwerdung.

Von Gott erwählte Kaiserin,
Gisela von Schwaben

»Sie wird uns unterstützen!« Utas Herz machte einen Satz. Die Kaiserin war doch auf ihrer Seite! Eine Kämpferin für die Liebe – wie sie und Hermann es waren. Überwältigt fiel sie Hermann um den Hals, der seine freie Hand um ihre schmale Taille schlang.
»Wir sind einen großen Schritt weiter.« Mit diesen Worten

nahm er ihr Gesicht erneut zwischen seine Hände und küsste sie überschwenglich in einer Mischung aus Leidenschaft und Zärtlichkeit. Nur mühsam unterdrückte Hermann seine Begierde, die bisher nicht über das Stadium des Küssens und Streichelns hinausgegangen war. Doch die körperliche Vereinigung war Ehebruch, und den wollten sie unbedingt vermeiden. Manchmal – wenn die Zeit bis zum nächsten Treffen in der kleinen Burgkirche allzu langsam verrann – meinte Hermann, es ohne Uta nicht länger auszuhalten. Dann lenkte er sich ab, indem er zu Simon, dem Maler, ging, um die Planungen für die Ausmalungen und die Beschaffung der Pigmente zu besprechen.

Utas Herz schlug noch immer heftig. »Jetzt muss nur noch Ekkehard zustimmen.«

»Das wird er, Uta.« Hermann hielt noch immer das Schreiben in der Hand, während sich sein Gesicht verdunkelte. Der Bruder und er waren einst sehr vertraut miteinander gewesen, wovon heute nicht mehr viel übrig war. »Wir müssen Ekkehard klarmachen, dass ihm die Eheauflösung erstens die Möglichkeit auf Nachkommenschaft und zweitens auf eine weitere Ausweitung seines Machtgebietes eröffnet.«

»Er hat mich all die Jahre wegen der Kinderlosigkeit unter Druck gesetzt. Einst wollte er mich deshalb sogar verstoßen«, erinnerte Uta sich. »Mit der Auflösung der Ehe kann er sich – ohne ein Zerwürfnis mit der Kaiserin befürchten zu müssen – eine fruchtbare neue Gattin suchen, die ihm den ersehnten Erben schenkt. Wann wollen wir es ihm sagen?«

»Noch am heutigen Abend, vor meinem Abendgebet«, entschied Hermann kurzerhand. »Nach der Jagd wird er gut gelaunt sein.«

Uta nickte ungeduldig. »Ich werde den Entwurf der Scheidungsurkunde mitbringen.« Es stand viel auf dem Spiel, und hoffentlich würde ihr Traum nicht an Ekkehard scheitern. Nur mit seinem Einverständnis besäßen Hermann und sie eine Zukunft.

»Dann lass uns mit ihm das Abendmahl in seinen Gemächern einnehmen«, schlug Hermann vor. »Dort sind wir ungestört und in entspannter Atmosphäre.«

Daraufhin griff Uta nach dem Schreiben in Hermanns Händen und ließ es unter ihrem Obergewand verschwinden. »Ja, aber zuvor bitten wir noch den Allmächtigen um seine Unterstützung.«

Nebeneinander sanken sie zwischen den Säulen vor dem steinernen Kreuz an der Kryptawand auf die Knie, falteten die Hände und sprachen ein Gebet.

Gestärkt in ihrer Hoffnung auf himmlische Unterstützung, traten sie auf die Kryptatreppe zu. Hermann streckte Uta die leicht geöffnete Hand entgegen. Vertraut legte sie die ihre hinein. Es war die rituelle Geste, mit der sie jedes ihrer Treffen abschlossen.

Über acht Stufen hinauf waren sie unzertrennlich.

Im Erdgeschoss der Burgkirche lösten sich ihre Hände wieder voneinander. Vor dem Altar angekommen, blinzelte Uta und meinte erneut, sich selbst und Hermann dort stehen zu sehen.

Beim Hinausgehen sprach sie in Gedanken noch ein Gebet, dass der Allmächtige den launischen Gatten mit Weitsicht segnen möge.

✳ ✳ ✳

Die Kemenate der Burgherrin befand sich zur Rechten des Ehegemachs im dritten Geschoss des Wohngebäudes. Die des Burgherrn schloss sich zur Linken des Ehegemachs an.

Kalt war es in Letzterer.

»Stellt die Speisen dorthin!«, wies Ekkehard die junge Küchenmagd an, indem er auf den Tisch vor dem Kamin im vorderen

Bereich der Kammer zeigte. Dann trat er vom Fenster gleichfalls dorthin und fächerte sich die Brataromen zu.

»Küchenmeister Arnold serviert Euch heute Gesottenes von der Wildsau mit Rüben aus dem Burggarten«, erklärte die Magd und plazierte nun auch noch drei Becher und einen Krug Wein auf dem Tisch.

Ekkehard lief das Wasser im Munde zusammen, und doch schaute er überrascht auf das Getränk, das in diesem Moment in mehr als nur einen der bereitgestellten Becher floss. »Ich kann mich nicht erinnern, Gäste geladen zu haben.« Er klang mürrisch, was die Magd hilflos zur Tür schauen ließ.

Im gleichen Moment trat Hermann ein. »Bruder, ich dachte, es wäre schön, wieder einmal gemeinsam zu speisen.«

Ekkehard blickte von den Weinbechern zu Hermann und nickte zum Zeichen des Einverständnisses. Dann scheuchte er die Magd mit einer Handbewegung aus der Kammer. Erst jetzt fiel ihm seine Gattin auf, die hinter dem Bruder über die Schwelle getreten war.

Möglichst unauffällig schaute sich Hermann in der Kammer nach weiteren Gästen um. Doch im hinteren Teil, wo eine prächtige Bettstatt unweit des Fensters in eine Wandnische eingelassen war, stand lediglich ein Paar Stiefel. So entspannt wie möglich trat Hermann vor den Kamin. »Lass mich vorab noch etwas Feuer machen.«

»Aber dafür haben wir Bedienstete, Bruder!«

Ohne auf den Hinweis einzugehen, hockte Hermann sich vor den Kamin, schlug mit Feuersteinen Funken, pustete sie in den Reisig in einer Schüssel und kippte das brennende Reisig dann zwischen die aufgestapelten Holzscheite, wo er es mit dem Schürhaken geschickt verteilte, damit die Flammen genügend Luft bekamen.

»Die Spenden für die Ausmalungen der Kathedrale gehen ungebrochen üppig bei uns ein,« erklärte Hermann, »schon die

Hälfte der geschätzten Kosten für die Maler und die Pigmentbeschaffung ist damit gesichert.«

Ekkehard brummte zum Zeichen seiner Zustimmung.

Uta stand noch immer im Eingangsbereich und suchte nach einem unverfänglichen Gesprächsthema, während ihr der in eine Lederhülle eingeschlagene Entwurf der Scheidungsurkunde aus den feuchten Fingern zu gleiten drohte. »War Eure Jagd heute erfolgreich?«, brachte sie ungezwungener hervor, als ihr zumute war. Ihr Blick glitt über den Wandteppich gegenüber dem Kamin, der einen röhrenden Hirsch mit erhobenem Kopf inmitten eines Stoppelfeldes zeigte.

Unschlüssig schaute Ekkehard ebenfalls zu dem Tier auf dem Teppich und antwortete erst nach einer Weile: »Zwei Neunender habe ich erlegt.«

Hermann erhob sich vor dem Kamin und dachte gleichzeitig, dass seine letzte Jagd Jahre zurücklag. »Zwei Neunender sind eine gute Ausbeute«, entgegnete er, um das Gespräch nicht abreißen zu lassen.

Ekkehard nickte und bedeutete Uta und Hermann mit einem Wink seiner Hand, dass sie auf den reich verzierten Stühlen am Tisch Platz nehmen sollten. Als Erstes ließ Ekkehard sich an seinem Stammplatz – dem Kopfende – nieder. Uta gestand er den Stuhl zu seiner Linken zu. Hermann nahm zu seiner Rechten Platz, gegenüber von Uta.

»Mmhhh, duftet das herrlich«, kommentierte Hermann die gesottene Wildsau, die bereits zerteilt auf einem Holzbrett vor ihnen lag, obwohl ihm keineswegs nach Essen zumute war.

Ekkehard prostete zuerst Hermann, dann auch Uta zu und trank einen großen Schluck vom Honigwein der Moritz-Benediktinerinnen. Das Getränk im Munde verkostend, griff er nach dem Brot und legte eine anständige Portion von der Wildsau obendrauf.

»Wie sieht es dieser Tage an der Ostgrenze aus?«, wollte Hermann das Gespräch weiter voranbringen. Um einen klaren Kopf zu behalten, nippte er nur an seinem Wein. Aus dem Augenwinkel sah er Utas Hand zittern, als sie nach dem Brot griff.

»Ich kann mich ein paar ruhige Tage ganz und gar meiner Mark widmen«, erklärte Ekkehard und lehnte sich selbstgefällig zurück. »Nichts scheint derzeit über die üblichen Raufereien der polnischen Adligen untereinander hinauszugehen.«

»Die Menschen in der Mark können durchatmen und ihrem Tagewerk nachgehen, anstatt auf Schlachtfeldern fern der Familien zu kämpfen. Das ist viel wert«, lobte Hermann ehrlich.

»Auf dem Markt bekommen wir die Händler kaum noch unter«, ergänzte Uta. »Auch das ist gut für unser Naumburg.«

»Vater wäre sicher stolz gewesen«, fügte Hermann hinzu und dachte gleichzeitig auch an seine Mutter.

»Bist du mit meiner Gattin bei mir vorstellig geworden, um über den toten Vater zu sprechen? Der ruht selig auf bischöflichem Grund.« Ekkehard stellte den Wein ab und setzte sich mit durchgestrecktem Rücken im Stuhl auf. Unverhohlen schaute er Hermann an. »Was willst du?«

Auf diese barsche Frage hin ging ein Ruck durch Utas Körper. Auch Hermann schien die Direktheit des jüngeren Bruders zu überraschen. Alle beide suchten sie nach der passenden Antwort. *Drei, zwei, eins*, zählte Uta in Gedanken und wagte es als Erste. »Wir möchten mit Euch eine familiäre Angelegenheit besprechen.« Die abnehmende Lautstärke ihrer Stimme verriet ihre Unsicherheit über den Ausgang des Gespräches.

»Bruder, erinnerst du dich«, übernahm Hermann das Wort, als er hörte, dass Uta die Stimme zu versagen drohte, »wie sehr du dir in den vergangenen Jahren stets einen Erben herbeisehntest? Einen Nachfolger, der das Amt des Markgrafen nach dir übernimmt und dem Namen unserer Familie noch über viele Generationen hinweg Ehre machen wird?«

Nachdenklich schaute Ekkehard von Hermann zu Uta und dann wieder zu Hermann zurück.

»Ich möchte dir einen Vorschlag machen«, fuhr Hermann langsam fort, »wie du diese Möglichkeit noch einmal bekommen kannst.«

Ekkehards einzige Reaktion war eine hochgezogene Augenbraue.

Unbehagen stieg in Uta auf, und sie begann, unruhig an der Lederhülle der Urkunde zu zupfen.

»Mit einer passenden Braut gewinnst du außerdem Land hinzu.« Hermann hatte den Blick unwillkürlich bittend auf den Bruder gerichtet. »Du könntest dich in der Nord- und Ostmark umschauen. Das würde unseren Besitz um strategisch wichtige Gebiete die Ostgrenze hinauf nach Norden erweitern.«

Ekkehard verstand nicht. »Passende Braut?«, fragte er, während sich Utas Hände und sogar ihre Füße vor lauter Anspannung verkrampften.

Hermann bemühte sich um einen beiläufigen Tonfall: »Gib Uta frei, Bruder!«

Gerade wollte Uta die Urkunde samt Lederhülle auf den Tisch legen, da erhob sich Ekkehard ruckartig. Mit den Lenden stieß er dabei gegen die Tischkante, so dass sein Becher umkippte und der Honigwein über den Tisch floss. »Eine Ehe endet nur mit dem Tod eines Ehegatten!«, gab er erregt zurück, nachdem sein Blick Uta kurz gestreift hatte und nun auf der Tischplatte ruhte, auf der sein Getränk gerade über die Kante zu Boden tropfte.

Uta presste sich fester in ihren Stuhl, den Blick ebenfalls auf den hinabfließenden Met gerichtet. Als Zeichen des Nachdrucks legte sie die Urkunde in sicherer Entfernung davon auf dem Tisch ab. Ihre Zukunft hing von diesem Gespräch ab! Streng dich an, Uta!, sprach sie sich daher Mut zu und hob ihren Blick von der Lederrolle zu Ekkehard. »Ich vermochte nie, Euch einen Erben zu schenken«, begann sie und bemühte sich, möglichst ruhig zu klingen. »Eine erneute Vermählung wäre nach einer ordentlichen Eheauflösung mit päpstlichem Dispens wieder möglich. Die Kaiserin würde die Auflösung unserer Ehe und Wiederverheiratung unterstützen. Sowohl Ihr als auch ich könnten uns erneut vermählen. Die Kaiserin wünscht zuvor nur, dass wir beide vor ihr bezeugen, die Auflösung auch wirklich …« Sie deutete auf die Urkunde vor sich. »Wiederverheiratung, Ihr?«, unterbrach Ekkehard Utas Ausführungen. »Wen wollt Ihr denn …« Ein Blick zu Hermann ließ Ekkehard stocken. Schweigend schritt er vom Tisch vor das Fenster.

Die Reaktion des Gatten und seine schwerfälligen Schritte, die die Holzdielen zum Knarzen brachten, ließen Uta beunruhigt zu Hermann schauen.

»Mein eigener Bruder«, murmelte Ekkehard, ohne sich zu ihnen umzudrehen.

Nach einer Weile, in der nur das Knistern der Flammen im Kamin zu hören war, erhob sich Hermann und trat neben Ekkehard. Wie er es früher getan hatte, wenn er stolz auf den jüngeren Bruder gewesen war, legte er ihm die Hand auf die Schulter und betrachtete ihn von der Seite. Die helle, glänzende Haut des Bruders schien ihm noch blasser zu sein als sonst, die Locken seines dunkelblonden Haares hingen schlaff bis kurz über die Schultern. Ekkehard war beleibter und einen ganzen Kopf kleiner als er.

Beim nächsten Atemzug setzte Hermann zu den persönlichsten Worten an, die er seit langem an Ekkehard gerichtet hatte: »Ich liebe Uta von Ballenstedt und möchte sie ehelichen. Du sollst an ihrer statt eine neue Gattin bekommen.«

Auffallend langsam drehte sich Ekkehard Hermann zu und entzog seine Schulter der Hand des Bruders. »Auf Ehebruch steht der Tod!« Aus seinen zusammengekniffenen Augen sprach Zorn.

Aufgewühlt schoss Uta hoch. »Wir haben niemals die Ehe gebrochen! Gott ist unser Zeuge!«

»Euer Zeuge?« Ekkehard wandte sich wieder zum Fenster. Sein Blick ruhte auf der fernen Vorburg, wo die letzten Händler bei Mondschein ihre Marktstände abbauten.

»Ich weiß«, begann Hermann und fühlte sich unwohl bei dem Gedanken, seinen Bruder erzürnt zu haben, »dass es eine große Entscheidung ist. Schlaf eine Nacht über den Vorschlag, und lass uns dann morgen noch einmal reden.«

Manchmal ist es tatsächlich klüger abzuwarten, dachte Ekkehard. Dies galt im Felde genauso wie in der Familienpolitik.

»Gut«, willigte er also ein. »Ich werde darüber nachdenken. Wir wollen morgen, am Tage Allerheiligen, das Frühmahl im Burgsaal einnehmen. Dort lasse ich Euch«, sein Blick streifte nun Uta, »und dich, Bruder, meine Entscheidung wissen!«

Ob dieser Erwiderung atmete Hermann erleichtert aus.

»Und nun entschuldigt mich!« Ekkehard wies noch knapp zur Tür, bevor er erneut aus dem Fenster schaute.

Uta erhob sich, verabschiedete sich von Ekkehard und nahm die Urkunde im Lederumschlag wieder an sich.

Hermann führte sie aus der Kemenate.

Erst vor ihrer Kammer am anderen Ende des Flures begann sich Utas Herzschlag zu beruhigen. Sie stiegen die Treppe zu Hermanns Gemächern hinauf.

Hermann sah die Beunruhigung in ihrem Blick und ergriff ihre Hände. »Lass uns auf Gott vertrauen, Uta. Ekkehard wird sich für das Richtige entscheiden.«

Nicht ganz so überzeugt, nickte Uta zaghaft. Da hallten vom unteren Flur Schritte zu ihnen herauf.

»Dies diem docet, Uta von Ballenstedt«, flüsterte Hermann und schaute Uta liebevoll in die Augen.

Uta fand auf seine Worte hin ihr Lächeln wieder und strich ihm sehnsüchtig auf Brusthöhe über die karmesinrote Tunika, die sie an ihre Begegnung in der kleinen Burgkrypta erinnerte und hoffen ließ. »Der Tag lehrt den Tag.«

»Ich kann es kaum erwarten, dich als meine Frau heimzuführen«, gestand er, obwohl er sich vorgenommen hatte, diese Worte erst auszusprechen, wenn der Bruder der Auflösung der Ehe zugestimmt hatte.

Uta spürte Zuversicht in sich aufsteigen. »Der Herrgott stehe uns bei, dass Ekkehard eine weise Entscheidung treffen wird.«

»Ich werde beim Abendgebet einmal mehr um die Unterstützung der heiligen Plantilla und Gottes Zuspruch bitten«, versicherte er; so wie er es jeden Tag seit der Weihe der Kathedrale vor der Schleierreliquie im Ostchor tat.

Ihre Blicke hielten einander noch lange in der stummen Übereinkunft fest, dass die Liebe die größte aller Kräfte, die Hoffnung, lenkte. Dann trennten sie sich.

✳ ✳ ✳

Zum üblichen geschäftigen Treiben der Burgbewohner gesellten sich an diesem Morgen noch die fröhlichen Stimmen einer neu eingetroffenen Pilgergruppe, die im Hof darauf wartete, dem Markgrafen ihren Dank und Gruß zu entbieten.

Der Saal nahm das gesamte Erdgeschoss des Wohngebäudes ein und war mit seinem kreisförmig gepflasterten Steinboden, der langen Eichenholztafel auf der Empore sowie dem Wappentier an der Wand unbestritten der erhabenste Raum der Burg. Zu gebotenen Anlässen wurden der Radleuchter und sämtliche schmiedeeisernen Spanhalterungen mit Kerzen und Kienspänen bestückt, deren heftiges Flackern dem Saal eine lebhafte Atmosphäre verlieh.

Hier wurde entschieden, gefeiert und beraten.

Hier nahmen die Burgherren zumindest die Morgenmahlzeit gemeinsam ein.

Ekkehard saß in der Mitte der Tafel auf der Empore. »Das Brot ist kalt!« Er schaute zuerst den Küchenmeister und dann den leeren Stuhl zu seiner Rechten vorwurfsvoll an. Der Radleuchter hing düster über ihm wie ein Fallbeil.

»Verzeiht, Erlaucht!« Koch Arnold, der sich mit seinem glutroten Haar unstrittig als Vater von Selmina und Luise erwies, verbeugte sich demütig. »Wir haben es heute früh frisch gebacken. Es steht nur leider schon eine ganze Weile auf dem Tisch.« Er reichte dem Hausherrn einen Krug verdünnten Bieres zur Besänftigung.

»Ich verstehe das nicht«, sprach Uta vor sich hin und nestelte – zu Ekkehards Linker sitzend – nervös an ihrem Gewandärmel. Hermann hätte längst erscheinen müssen. Was mochte den Geliebten aufgehalten haben? Unter spärlicher Beleuchtung saß sie nun schon eine gefühlte Ewigkeit mit dem gedankenversunkenen Gatten an der Tafel; die Urkunde samt Lederumschlag lag zwischen ihnen. Außer einem knappen Morgengruß hatten sie noch keinen einzigen Satz miteinander gewechselt. Verlegen wegen ihrer beider Wortkargheit räusperte Uta sich, um etwas Unverfängliches zu sagen, und brachte doch kein Wort heraus. Vielmehr kreisten ihre Gedanken darum, ob sie nicht – sofern Hermann nicht jeden Moment auftauchte – alleine auf ihr Anliegen zurückkommen und es zu Ende bringen sollte. Sie wusste nicht, wohin mit ihren Händen, schaute ein weiteres Mal zuerst auf die Urkunde, dann zur Tür und sprach schließlich Arnold an, den ihr Gatte heute gebeten hatte, dem Frühmahl persönlich vorzustehen. »Tut mir doch etwas von dem süßen Brei auf.« Sie hatte Mühe, ihrer Stimme einen festen Klang zu verleihen. Zudem spürte sie Unbehagen, weil Ekkehard sie andauernd zu mustern schien, sogar ihren Eheschleier fixierte. Mit einem mulmigen Gefühl schaute sie ihn an. Bedeuteten seine zusammengekniffenen Augen und herabgezogenen Mundwinkel etwa, dass er auf ihren Vorschlag nicht einging? Sie fand, dass Ekkehard müde aussah. Sein lockiges Haar klebte ihm fettig am Kopf, an den Schläfen und am Hals; die wattierte, braune Tunika blähte seinen Leib zusätzlich auf. Uta zwang ihren Blick zurück auf die Breischale und schob sich einen nur halb vollen Löffel der süßen Frühnahrung in den Mund. Auch sie hatte eine unruhige Nacht hinter sich. Träume von Altären und Kreuzen hatten sie immer wieder aus dem Schlaf gerissen.

»Ihr könnt uns jetzt allein lassen, Arnold!«, befahl Ekkehard, nachdem sie beide eine ganze Weile stumm vor sich hin gegessen hatten.

Mit Arnolds sich entfernenden Schritten füllte wiederum Stille den Burgsaal. War es je anders zwischen ihnen gewesen? Was mag er wohl denken oder fühlen?, fragte sich Uta. Sollte ihn die beabsichtigte Trennung wirklich schmerzen, oder ging er gerade die Reihe ostfränkischer Heiratskandidatinnen nach der jüngsten durch?

Es polterte im Innenhof, und die Tür zum Burgsaal wurde aufgestoßen. Vor Erleichterung rutschte Uta der Löffel aus der Hand und spritzte süßen Brei auf ihr grünes Obergewand. Um Hermann entgegenzutreten, erhob sie sich.

Ekkehard kniff die Augen zusammen, als ihm das einfallende Tageslicht ins Gesicht schien und ihn blendete.

»Verzeiht die Störung, Erlauchten.«

Enttäuschung wallte in Uta auf, als sie Meister Matthias erkannte, der vor die Tafel trat und sich zuerst vor Ekkehard verneigte, gleich darauf aber Uta zuwandte. »Die Flößstation am oberen Lauf der Saale macht uns Probleme, Markgräfin.«

Uta blieb vor dem jungen Zimmerermeister mit dem offenen Blick und den wohlgeformten Zügen stehen. Vor zwei Mondumläufen hatte sie ihm die Überwachung der Holz- und Kalkvorräte übertragen. »Gibt es Probleme mit dem Holz aus Balgstädt?«, fragte sie und war froh über die Ablenkung, während sie wahrnahm, dass Ekkehard, von der Nachricht scheinbar völlig ungerührt, zum Brot griff.

»Nein«, gab Meister Matthias zurück, der den Bau der Kathedrale von den Fundamenten an – damals noch als Lehrbursche – begleitet und Naumburg auch nach der Weihe nicht verlassen hatte. Nun fertigte er Gerüste für die Maurer und Maler und nahm sich mit einer überschaubaren Gruppe Handwerkern kleineren Restarbeiten, wie dem Fußboden in der Westkrypta, an. Matthias' Blick blieb an dem Breifleck auf Utas Obergewand in Brusthöhe hängen, und er errötete. »Die Flößstation war morsch und ist nun endgültig nicht mehr betretbar«, konzentrierte er sich wieder. Ein Großteil des Holzes aus den Wäldern um Balgstädt wurde über die Unstrut und wenige Schritte die Saale stromabwärts bis vor die Burg geflößt. »Ohne die Flößstation bekommen wir die Stämme nicht an Land!«

»Warum wurde nicht längst eine neue geplant?«, mischte sich Ekkehard ein.

»Es wurde, Erlaucht, es wurde. Und heute früh zu Sonnenaufgang wollten wir die Pläne für die neue, viel breitere Ablagestation abschließend besprechen«, erklärte Matthias und wischte sich unruhig mit dem Ärmel über die Stirn. Seine ansonsten gesunde Gesichtsfarbe wich einer zunehmenden Blässe.

Mit einer Handbewegung bedeutete ihm Uta, Ruhe zu bewahren, und spähte erneut hoffnungsvoll zur Tür, die aufgrund des starken Windes hinter dem Meister wieder ins Schloss gefallen war. »Was hat Euch abgehalten, die Pläne zu besprechen? Ich habe sie bereits gesehen und denke, dass sie innerhalb weniger Tage umgesetzt werden können.«

Meister Matthias schaute bedrückt zu Boden. »Erlaucht Hermann ist nicht wie verabredet zur Abnahme der Pläne an der Flößstation erschienen. Und inzwischen sind Unstrut und

Saale vom Wind derart aufgepeitscht, dass wir die Stämme in den Fluten zu verlieren drohen.«

»Er ist nicht erschienen?« Bleich wandte Uta sich Ekkehard zu, dem auf die Botschaft des Meisters hin das Brot im Hals stecken zu bleiben schien. »Es muss etwas passiert sein!« Utas Hände wurden feucht, und das Herz hämmerte ihr in der Brust. Angst ergriff sie. »Meister, schickt einen Berittenen nach Balgstädt und bittet, das Flößen bis auf ein weiteres Zeichen von uns anzuhalten. Das Holz jedoch soll unbeirrt weiter geschlagen werden.«

Matthias nickte. »Sehr wohl, Erlaucht.«

»Wir müssen ihn suchen!«, forderte Uta. »Gestern wollte er noch wie jeden Abend zum Gebet in die Kathedrale gehen.«

»Ich helfe Euch suchen«, bestätigte der Meister, ohne zu zögern, und sah, wie Uta sich zu Ekkehard umdrehte, der zustimmend nickte und um die Tafel herum die Empore hinabtrat.

In Gedanken durchforstete Matthias bereits die gesamte Burganlage. »Sollten wir uns vielleicht aufteilen?«

»Ich reite mit ein paar Bewaffneten die Außenmauer ab«, verkündete Ekkehard mit unschlüssiger Miene und winkte zwei Burgmänner heran.

»Ich schaue in der Kathedrale und in der Turmkammer nach.« Uta wischte den verstörenden Gedanken an einen Unfall auf dem Weg zur Flößstation beiseite. »Und Ihr, Meister, schaut in jede Kammer und in jeden Unterstand der Vorburg.«

Uta griff nach der Urkunde auf der Tafel und verließ den Burgsaal.

Hastig stieg sie die Treppen des viergeschossigen Turmes zwischen Haupt- und Vorburg hinauf. Ob Hermann sich diese Nacht noch in die Entwürfe für die Wandmotive vertieft hatte und darüber eingeschlafen war? Sie stieß die Tür im obersten Geschoss auf und stolperte in den als Arbeitskammer genutzten Raum hinein. »Hermann?«, kam es ihr aus Angst vor einer ausbleibenden Antwort nur zögerlich über die Lippen.

Das Pfeifen des Windes war die einzige Antwort, die sie erhielt. Ferne Rufe drangen von der Burganlage zu ihr hinauf. Uta sah, dass einige Pergamente auf dem Boden verstreut lagen. Darunter auch Zeichnungen, die ihnen der neue Bischof als Vorlage für die Bilderreihe der *heiligen Zone* hatte zukommen lassen. Doch Uta wertete das Pergamentewirrwarr nicht als Zeichen eines ungewöhnlichen Vorfalls. Während ihrer Arbeit hier oben verteilten sie hin und wieder Skizzen auf dem Boden, um sich einen Überblick zu verschaffen.

»Wo bist du, Hermann?«, flüsterte sie und trat vom Klappern der Fensterverriegelung begleitet vor das Leder, das beinahe die gesamte Wand gegenüber der Tür einnahm. Die helle aufgespannte Kuhhaut zeigte in feinsten roten, braunen und schwarzen Linien den Grundriss der Kathedrale, den Hermann einst gezeichnet hatte. Zärtlich fuhr sie mit den Fingerspitzen darüber. »Gib mir ein Zeichen!« Sie drückte ihre Wange gegen das Leder, als wäre es seine Haut.

»Herrin?«, ertönte da eine Stimme aus dem Treppenhaus.

Uta richtete sich auf und trat aufgewühlt vor die Tür. »Haben sie ihn gefunden?«

Schwer atmend kam Katrina die schmale Treppe hinauf. »Niemand hat ihn gesehen.« Längst hatte sich die Suchaktion auf der Burganlage herumgesprochen.

Uta musste sich am Türgestein abstützen.

»Kommt«, sagte Katrina, sich der Angst ihrer Herrin bewusst, »Markgraf Ekkehard sammelt weitere Berittene in der Vorburg. Wir werden Erlaucht Hermann bestimmt finden.«

In der Vorburg summte es inzwischen wie in einem Bienenstock. Die Bewohner waren aus ihren Häusern, die sich unmittelbar an die Nord- und Südmauern der Burg schmiegten, getreten und sofort von der allgemein herrschenden Unruhe erfasst worden. Die dankbare Pilgergruppe wusste kaum, wie ihr geschah. Aufgeregte Stimmen und von Unverständnis getragene Fragen empfingen Uta. Sie strengte sich an, die Gebete, die eine Gesindeschar murmelte, zu ignorieren. Deren Inbrunst nach zu schließen, war Hermann längst nicht mehr zu helfen.

»Entlang der Burgmauer war niemand. Wir suchen nun die Wiesen und Wälder um die Burg ab«, erklärte Ekkehard hoch zu Ross seinen Begleitern.

Neben dem Gatten erkannte Uta zwei Männer aus Ekkehards Jagdgesellschaft, die mit allem Notwendigen – einem Karren und mehreren Hunden – für eine Großjagd ausgestattet waren. Sollte Hermann etwa bei einer spontanen, nächtlichen Hatz verunglückt sein?

»Fragt auch im Kloster bei den Benediktinern des heiligen Georg nach«, bat sie Ekkehard und übertönte damit gleichzeitig die wilden Vermutungen eines seiner Gefährten, der ebenfalls zu dem Suchtrupp gehörte. Vielleicht hatte sich Hermann lediglich auf der Suche nach etwas Ruhe vor dem wichtigen Gespräch mit Ekkehard zurückgezogen. Von seiner besonderen Beziehung zu Abt Pankratius, dem Vorsteher des im Norden des Burgbergs gelegenen Klosters, hatte Hermann ihr hin und wieder erzählt. Der Abt hatte ihm während seiner sechsjährigen Klosterzeit als Lehrmeister und Freund zur Seite gestanden.

Ekkehard blickte auf Uta hinab. »Wir werden auch dort nachsehen!«

»Erlaucht?«, meldete sich da Katrina und schaute von Ekkehard zu Uta. »Ich könnte bei den Benediktinerinnen des Moritzklosters nachfragen. Vielleicht haben sie ja etwas gesehen oder erfahren.«

»Ja, bitte. Tu das!«, entgegnete Uta dankbar und plante, als Nächstes in der Kathedrale nachzuschauen.

»Und bei Einbruch der Dunkelheit treffen wir uns alle wieder hier!« Im Folgenden teilte Ekkehard die Berittenen, die Handwerker und das Gesinde für die Suchaktion in mehrere Gruppen ein, die den Lauf des Mausabaches vom Burgtor aus sowie den nahen Lauf von Unstrut und Saale abgehen sollten. »Und Ihr«, er deutete auf Uta, »nehmt die Rückmeldungen aller auf der Burg entgegen«, befahl er und führte sein Ross an ihr vorbei. »Die Allerheiligenmesse verschieben wir auf den Abend.« Ekkehard trug dem Vogt auf, diesbezüglich mit dem Bischof zu sprechen. »Zudem wünsche ich, dass Ihr, Uta, dem neuen Bischof Eure Aufwartung macht. Er ist gestern Abend angekommen.«

»Seine Exzellenz Bischof Kadeloh ist bereits eingetroffen?« Uta beschloss, den Gottesmann, dessen Vorgänger in Schande verstoßen worden war, zu begrüßen, sobald Hermann wieder zurück war. Ihre Neugier auf jenen Mann, den der Kaiser bereits im vergangenen Jahr zum Kanzler in Italien bestimmt hatte, hielt sich unter den aktuellen Umständen in Grenzen, auch wenn er ihnen wunderbare Bildvorlagen für die Kathedrale und den zugehörigen Malertrupp als Vorhut vor zwei Mondumläufen gesandt hatte.

Als die einzelnen Suchtrupps über die Zugbrücke ritten, schaute Uta sich in der Vorburg um. Dabei blieb ihr Blick an der kleinen Burgkirche hängen. Warum war sie auf diesen Ort nicht schon früher gekommen? Im allgemeinen Getümmel, ohne Begleitung, hielt Uta hoffnungsvoll auf die kleine Burgkirche zu. Danach erst würde sie die Kathedrale aufsuchen.

∗ ∗ ∗

»*Porca miseria!* Verflixt!« Ungläubig sah Alwine zu dem Rundbogen über sich empor und machte zu ihrem Leidwesen noch weitere Wassertropfen aus, die vom grob zugeschlagenen Gestein auf ihre Arbeit hinabzufallen drohten. »Das war jetzt schon der zehnte! Vermutlich sollte ich die Decke verputzen.« Ihr Blick wanderte vom ersten Rundbogen über einfacheres Deckengestein hinweg zum zweiten, der den Übergang zum hinteren Teil des Raumes darstellte. Dort hatte sie, von einem Vorhang verborgen, acht Lager für Schwerkranke aufstellen lassen. Den Bereich vor dem Vorhang dominierte ein riesiger Untersuchungstisch, der zwei kräftigen Kämpfern der Länge wie der Breite nach auf einmal Platz bot. Auf diesem ungewöhnlichen Möbelstück gedachte sie, demnächst ihre Patienten zu untersuchen, verrichtete aber auch andere Arbeiten auf ihm: Sie mischte Tinkturen an oder las, schnitt oder sinnierte. Vergangene Nacht hatte sie, vor lauter Müdigkeit zu nichts mehr fähig, sogar darauf geschlafen.

»Dass es ausgerechnet auf die Leber tropfen musste!« Mit einem Lumpen tupfte sie das Wasser vom Pergament, das vor ihr ausgebreitet auf dem Behandlungstisch lag und von einem Dutzend Talglichtern erhellt wurde.

Alwine rückte das aufgeschlagene Buch samt Schreibmaterial sowie alle anderen Utensilien unter dem Rundbogen an das Kopfende des Tisches, prüfte die Beschaffenheit der gewölbten Decke darüber, die Gott sei Dank trocken zu sein schien, und beugte sich wieder über ihre Zeichnung. Mit ruhiger Hand schabte sie die vom Wasser verschwommene Umrisslinie der Leber vom Pergament ab und zeichnete sie, nachdem das Pergament getrocknet war, mit schwarzer Tinte nach.

»Eins, zwei, drei, vier, fünf und *fatto!* Fertig!«, zählte sie und verglich ihr Werk prüfend mit der Vorlage im Buch neben sich. »Mit den fünf Lappen der Leber ist das Werk vollendet.«

An der Darstellung dieses Organes hatte sie den vergangenen Tag und die halbe Nacht gearbeitet. Ein ziemlicher, aber notwendiger Aufwand, befand sie nun zufrieden, weil das zentralste Organ innerhalb des Gefäßsystems eben besondere

Sorgfalt verlangte. Verdautes Essen wandelte die Leber in Blut um und drückte den Lebenssaft über Venen und Arterien in alle Körperteile, um dort Muskelfleisch zu bilden. Über die reine Funktionsbetrachung hinaus war die Leber zudem das schönste Organ auf ihrer Zeichnung geworden, da war sie sich sicher. Wie jedes Mal, wenn Alwine die tatsächliche Form eines Organes erfasste, war sie hingerissen. Im Körper eingebettet wirkte die Leber eher rundlich, weil sie von den anderen Organen schützend umgeben wurde. Ohne diese Art von schützender Hülle ließ sie sich jedoch wie ein Tafeltuch auseinanderfalten und glich einer Mohnblüte, wobei der Gallengang den Stengel und die Lederlappen die unregelmäßigen Blätter bildeten.

Zufrieden richtete sie sich am Untersuchungstisch auf, machte einige Schritte zurück und prüfte ihre Arbeit. »Wenn der gute Galenus diese Zeichnung nur noch hätte miterleben können«, scherzte sie und gab großzügig Löschsand auf ihr Werk, der die überschüssige Tinte aufsog. Sie hatte Mühe, das eine Armspanne messende Pergament hochzunehmen. Durch mehrfaches Abschaben war es brüchig geworden. Sie pustete die letzten Sandkrümel weg und betrachtete es voller Faszination wie ein Handwerker sein Meisterstück.

»Schwester Alwine, seid Ihr hier?«, drang da eine Stimme an ihr Ohr.

Gelassen legte Alwine das Pergament auf den Untersuchungstisch zurück und richtete sich den Schleier. Seitdem sie das ewige Gelübde abgelegt hatte, verband sie der Schleier für immer mit der Glaubensgemeinschaft der Benediktinerinnen und verbarg ihr dunkles Haar bis auf ein kleines Stück vom Ansatz vor der Außenwelt. »*Avanti*, tretet ein!«, bat sie.

Als Schwester Margit, die Leiterin der hiesigen Krankenkammer, gerade die ersten Schritte in den Gewölbekeller tat, war Alwine auch schon wieder mit den Gedanken bei ihrer Leber.

»Helft mir doch bitte beim Aufhängen, Schwester«, bat sie und drückte der älteren Mitschwester forsch eine Ecke ihres Pergaments in die Hand.

»Ihr seid inzwischen fertig eingerichtet. Das ist gut«, gab Margit zurück und spähte in den schlauchförmigen Kellerraum, während sie sich von Alwine mit dem Pergament in der Hand vor die Wand zur Rechten der Tür lotsen ließ. Mit all den dunklen Holzregalen und bunten Tinkturen darin, den vielen Büchern und den nur noch spärlich dahinter hervorlugenden, kühlen Steinwänden war es Alwine tatsächlich gelungen, den Raum, in dem bisher Vorräte gelagert worden waren, einigermaßen wohnlich zu gestalten. Was Margit hier unten jedoch am ungewöhnlichsten fand, war der Geruch, den die neue Schwester aus dem Süden des Reiches mitgebracht hatte und der auch in diesem Moment von einem der Kräuterregale zu ihr herüberzog. Margit meinte Harz, Würze und frisches Quellwasser zu riechen. An den Küsten des Mittelmeeres wachse dieses strauchige Kraut, hatte Alwine ihr beim Einzug erklärt. Als Tau des Meeres, *ros marinus*, werde es bezeichnet, weil sich an den Küstenblühern nachts der Tau absetzte und bei Tagesanbruch aufregend schimmerte. Nach ihrem letzten Besuch war Margit diese Mischung selbst dann noch in die Nase gestiegen, als sie den Keller längst verlassen hatte. Voller Zuversicht, dass allein dieses kraftspendende Aroma vielleicht so manch Schwerkrankem oder Todgeweihtem, der schon in den nächsten Tagen hier hinunter verlegt werden würde, zur Genesung verhelfen würde, löste sie sich aus ihrer kurzen Regungslosigkeit.

Gemeinsam begannen sie, Alwines Zeichnung an der Wand über den hüfthohen Bücherregalen auszurichten. »Habt Ihr Euch inzwischen in unsere Gemeinschaft eingelebt?«, trug Margit den eigentlichen Grund ihres Kommens vor und reichte Alwine den bereitgelegten Hammer.

»*Sì*. Ich fühle mich wohl in meinem eigenen Reich. Und dass es so viel Platz für die Patienten gibt, ist wunderbar!« Als erfahrener Schwester der Krankenstation im Moritzkloster oblag Alwine die Betreuung der Todkranken und jener Patienten, denen einfache Kräutertinkturen allein keine Heilung mehr verschafften. Die Hälfte der Kontemplationszeit hatte die Äbtissin ihr für das ungestörte Studium neuer medizinischer Schriften im bislang ungenutzten Gewölbekeller mit der Auflage zugestanden, dort unten weitere Kranke aufzunehmen, da die Station im Erdgeschoss des Klosters aus allen Nähten zu platzen drohte. Eine Auflage, die Alwine auch ohne diesen großzügigen Raum von Herzen gerne erfüllt hätte. Schon während der Jahre des Kathedralbaus waren sogar die Erkrankten der fernen Herzogtümer Bayern und Schwaben hierhergeschafft worden, um von den gesegneten Händen der Moritzschwestern versorgt zu werden. »Außerdem genieße ich den Austausch mit Uta. Die viele Zeit, die seit unserer gemeinsamen Ausbildung in Gernrode vergangen ist, hat uns einander nicht enfremdet, sondern uns nur noch mehr Gesprächsstoff verschafft.« Schicksal ist es, hatte Alwine gerade erst an diesem Morgen gedacht, dass drei einstige Gernroder Stiftsdamen von göttlicher Hand hier in Naumburg wieder zusammengeführt worden sind! Uta, inzwischen Markgräfin von Meißen, Notburga von Hildesheim, Äbtissin des hiesigen Frauenklosters, und sie selbst, eine Heilkundige mit gesteigertem Interesse für Galenus' Anatomie und das Ritual, jeden Tag zunächst einmal zuversichtlich zu beginnen.

Alwine schlug den ersten Nagel in die obere rechte Ecke der Zeichnung ein.

Wie immer war Margit überrascht, mit welchem Geschick die Mitschwester handwerkschaftliche Gerätschaften zu bedienen verstand. Als ob Alwine ihre Gedanken lesen könnte, erklärte sie: »Auf der Krankenstation in Salerno haben wir mit Hammer und Nägeln einst die Knochen von Menschen …« Alwine stockte, als sie den entsetzten Ausdruck im sonst so strengen Gesicht Margits bemerkte.

»Wollt Ihr das etwa auch bei unseren Patienten …?«, fiel ihr diese erschrocken ins Wort, korrigierte sich aber gleich wieder. »Auf jeden Fall freuen wir uns, dass Ihr Euch für unsere Gemeinschaft entschieden habt«, versuchte sie, ihre Bestürzung zu verbergen. Sie war froh über jede helfende Hand, wusste sie doch schon seit Jahren nicht mehr, wo ihr der Kopf stand. Margit oblag die Verantwortung für den Kelterkeller, für den Schwesternchor und für die Krankenstation. Allein schon beim Gedanken, wie sie all ihren Aufgaben unter der zunehmend ungeduldigeren Äbtissin gerecht werden sollte, trat ihr der Schweiß auf die Stirn. Aus Gewohnheit wischte sie sich mit dem Ärmel ihres einfarbigen Schwesterngewandes über das Gesicht.

Alwine war amüsiert über Margits Frage. Früher hätte sie vermutlich ähnlich verunsichert reagiert wie ihre Mitschwester. Doch früher hatte ihr etwas Entscheidendes gefehlt – der Atem Salernos. Jedermann, ob Leibeigener oder Gelehrter, teilte sich die besondere Atmosphäre der Stadt mit, die an der eindrucksvollsten Meeresbucht lag, die Alwine je gesehen hatte. In keine andere Stadt wurden so viele Kranke in der Hoffnung auf Heilung gebracht. In keiner anderen Stadt wurden derart zahlreiche Schriften vom Griechischen ins Lateinische übertragen. In keiner anderen Stadt waren die Menschen derart unterschiedlich. Einige besaßen die olivfarbene Haut, die auch Alwines Mutter besessen hatte. Manche waren blass wie der Mond, andere wiederum besaßen eine Haut in der Farbe der schönsten Gewürze, die nördlich der Alpen wahrscheinlich nur an der Tafel des Kaisers gereicht wurden. Der Atem Salernos hatte Alwine einst aufgesogen und sich mit dem ihren vereinigt. Erst dort hatte sie erfahren, wie unfassbar groß, ja nahezu unendlich die Welt der Medizin war und welch kleinen Ausschnitt sie davon als Leiterin der Gernroder Krankenstation bis vor Antritt ihrer Reise beherrscht hatte. Und erst in Salerno hatte sie – das einstige Waisenkind – nach vielen Jahren ihre Mutter wiedergefunden.

»Schwester?« Margit fasste Alwine am Arm. »Hat Euch das Heimweh überkommen?«

»*Ma no!* Aber nein! Nur eine erfrischende Erinnerung«, beschwichtigte Alwine. »Meine Heimat ist hier im Ostfrankenreich. Deswegen bin ich wieder zurückgekommen.« Mit einem verräterischen Lächeln hämmerte Alwine nun die restlichen fünf Nägel mit nur jeweils einem einzigen Schlag in die weiß verputzte Wand.

Erst danach kam Margit dazu, die Zeichnung auf dem Pergament genauer zu betrachten. »Ein Schwein mit all seinen Organen?«, fragte sie irritiert. »Aber so sieht doch keine Leber …«

Es klopfte heftig. »Hier ist Schwester Kora. Ich bringe eine Besucherin zu Euch.«

Das Kammermädchen Katrina betrat, geleitet von Schwester Kora, mit vorsichtigen Schritten den Raum und sog augenblicklich den wundersamen Geruch des Ortes ein. Auch wenn sie Schwester Alwine bereits mehrfach begegnet war, betrat sie den Keller heute zum ersten Mal. Mit beinahe kindlich erstaunten Blicken tastete sie den langen Raum ab, kam schließlich wieder zu den Bücherregalen zurück und wich beim Anblick des Pergamentes darüber kurz zurück. »Ein aufgeschnittenes Schwein«, sagte sie kaum hörbar.

»Schwester Margit, könnt Ihr mir bei der Zuckerung für den Honigwein noch ein letztes Mal zur Seite stehen?«, fragte Kora ungeduldig dazwischen, die zwar von gedrungener Statur war, deren helle Haut, wasserblaue Augen und das flache Gesicht aber nahelegten, dass sie aus dem Land der Nordmänner stammte. Dabei lugte sie zum Pergament, das immer noch die Aufmerksamkeit des markgräflichen Kammermädchens fesselte.

Die Hände in die Hüften gestemmt, trat Margit ins Blickfeld der neugierigen Schwester. »Schwester Kora, habt Ihr etwa die Gärfässer entgegen unserer Absprache ohne Aufsicht gelassen?«

Mit schlechtem Gewissen senkte die Angesprochene den Kopf. »Verzeiht, Schwester.«

»Ich komme gleich zu Euch«, entgegnete Margit mit entschuldigendem Blick in Richtung Alwine. »Aber bitte kehrt umgehend zu den Fässern zurück und überwacht die Reaktion des Getränks. Sind die Schwestern inzwischen zur Chorprobe im Speisesaal versammelt? Wir dürfen seine Exzellenz Bischof Kadeloh keinesfalls mit irgendwelchen Dissonanzen verjagen.«

»Natürlich nicht«, erwiderte Kora. »Wir sind auf die erste Predigt seiner Exzellenz doch schon so gespannt.«

Erst nach einer weiteren Aufforderung verließ die junge Schwester schließlich den Keller.

Sobald die Tür wieder geschlossen war, wandte Alwine sich Katrina zu. »Gefällt Euch das Pergament?«

Das Mädchen nickte erst sachte, dann heftiger, während es noch immer unverwandt auf das Pergament starrte.

»Es gibt kein Tier, das uns Menschen ähnlicher ist als das Schwein«, erklärte Alwine.

Unwillkürlich machte Katrina einen weiteren Schritt auf das Pergament zu.

»Schweine sind so nackt wie wir Menschen. Zudem ernähren sie sich im Vergleich zu vielen anderen Tieren nicht nur pflanzlich oder fleischlich, sondern fressen alles. Ganz wie wir Menschen.«

Katrinas Blick sprang zwischen den verschiedenen gezeichneten Organen des Schweines hin und her. »Ihr meint, dass deswegen unser Magen dem des Schweines gleicht?«

»Claudius Galenus, kurz Galen genannt, und Leibarzt des römischen Kaisers vor beinahe tausend Jahren, wollte darauf hinaus, ja. *Sì!*« Alwine nahm das Buch, aus dem sie die Leber gerade noch abgezeichnet hatte, vom Untersuchungstisch. Es enthielt einige der Lehren Galens und war ihr, aus dem Griechischen ins Lateinische übersetzt, als Abschiedsgeschenk von den Schwestern des Klosters in Salerno überreicht worden. »Galen sezierte Schweine, weil deren Organe der Funktion und der Größe nach den unsrigen entsprechen und das Öffnen eines toten menschlichen Körpers zu Galens Zeiten von Kaiser Marc Aurel verboten worden war«, erläuterte sie und schlug die Seite im Buch auf, welche die Sezieranweisung enthielt. »Das Schwein gehöre auf den Rücken gelegt und mit gespreizten Läufen an den Tisch gebunden.«

Katrina äugte über den Rand des Buches, das Alwine nun erwartungsvoll Schwester Margit hinhielt. »Auf den folgenden Seiten könnt Ihr die Zergliederung des Körpers bis hin zur Öffnung des Schädels nachlesen, Schwester.«

Doch anstatt nach der Abhandlung zu greifen, schaute Margit mit strengem Blick unter ihrem Schleier hervor. »Öffnung des Schädels und Blutvergießen? Ist das im Sinne des Herrn?«

Alwine schritt vor das aufgehängte Pergament und fuhr mit dem Finger quer über den Kopf des Schweines. »Hier ist der Schnitt zu setzen. Beim Menschen wie beim Schwein. Galen war wahrhaft ein Genie! Und ja, *santa madonna mia,* heilige Mutter Gottes. Bestimmt ist es im Sinne des Allmächtigen, denn wer Hilfe benötigt, soll Hilfe erhalten! Wenn die Säfte im Körper verfaulen oder fehlerhaft zusammengemischt sind und die inneren Organe dadurch nicht mehr ihren Zweck erfüllen können, gerät auch die Seele ins Ungleichgewicht. Dies zu beseitigen oder gar zu verhindern, ist des Heilkundigen Berufung.« Leiser fügte sie an: »Zumindest war das in Salerno so.«

»Beseitigen«, wiederholte Katrina und erinnerte sich im nächsten Moment an ihren Auftrag. Sie wandte sich vom Pergament ab und holte tief Luft: »Erlaucht Hermann ist verschwunden. Überall suchen sie ihn, sogar bis in die Wälder ist der Markgraf zusammen mit dem Jäger und dessen Gehilfen geritten.«

»*Oddio!* O Gott, o Gott!« Augenblicklich verfiel Alwine ins Grübeln. »Wann wurde er das letzte Mal gesehen?«

Katrina zuckte mit den Schultern. »Ich wollte fragen, ob Ihr etwas von ihm gehört habt. War er vielleicht hier bei Euch?«

Die Benediktinerinnen verneinten. Margit hatte gerade erst im Klosterhof und im Speisesaal nach dem Rechten gesehen, bevor die Äbtissin sie mit einigen Schreibarbeiten beauftragt hatte.

Traurig hob Katrina erneut an. »Aber meine Herrin, sie ist …«, hielt sie mitten im Satz inne.

»Beruhigt Euch, Katrina«, sprach Alwine tröstend. »Erlaucht Hermann ist ein umsichtiger und starker Mann. Er verschwindet nicht einfach so. Wir finden ihn bestimmt. *Sicuramente!*«

* * *

Uta schritt den Flur vor Hermanns Kemenate im obersten Geschoss des Wohnturmes auf und ab.

Weder in der kleinen Burgkirche noch in der Kathedrale im Schatten der Maurergerüste hatte sie ihn finden können. Jeden Menschen, dem sie begegnet war, hatte sie danach gefragt, ob er Hermann am Vorabend beim Gebet gesehen habe, doch die Burgbewohner hatten um diese Zeit längst bei ihren Familien vor der wärmenden Feuerstelle gesessen.

Über die Suche und die Fragerei war es Mittag geworden.

»Sie haben ihn gefunden!«, hallte es die Treppe am Flurende zu ihr hinauf.

Uta starrte den düsteren Treppenabgang wie ein Orakel an. Dann stürzte sie hinab, stieß auf Katrina und erreichte, ohne

Umhang und doch erhitzt, den Burghof. Aufgeregt irrte ihr Blick umher. An die hundert Leute machte sie im Hof aus. Darunter erkannte sie Erna und Arnold, einige der Handwerker und Marktleute, dahinter das golden schimmernde Haarband von Äbtissin Notburga und mehrere schwarze Kutten – vermutlich waren die Menschen nicht mehr rechtzeitig über die Verschiebung der Allerheiligenmesse informiert worden. In ihrer Mitte stieg Ekkehard gerade von seinem Schlachtross, hinter ihm stand ein Karren, der gewöhnlich von den Jägern zum Abtransport erlegter Wildsäue und von Damwild benutzt wurde.

Die Burgleute bahnten einen Weg für ihn.

»Sie haben ihn gefunden!«, ertönten erneut Stimmen und drangen wie eine Meute Jagdhunde auf Uta ein, die, gefolgt von Katrina, nun auf Ekkehard zuhielt. Sie wollte zum Karren eilen, doch ihre Beine waren schwer wie Steine. Beim Anblick der seltsam betroffen dreinblickenden Gesichter der Umstehenden, die eben noch in den Karren geäugt hatten, verwandelte sich Utas Unruhe in nackte Angst.

»Wir haben jemanden gefunden«, verkündete Ekkehard am Fußende des Karrens und bedachte Uta mit einem vorwurfsvollen Blick. Mit dem Kinn wies er auf eine grobe Pferdedecke, unter der sich schwach der Körperumriss eines Menschen abzeichnete.

Meister Matthias war vor Ekkehard getreten und zeigte erschrocken auf einen Fetzen Ziegenleder, der unter der braunen Decke hervorlugte. »Ist das nicht ein Stiefel von Erlaucht Hermann?«

Uta eilte nun zu dem Karren und wollte nach dem Schuhwerk greifen, als der Jäger der Burg, Raimund, sie sanft am Arm fasste und ein Stück zurückzog. »Was ist mit ihm?«, hob sie an.

»Ihr solltet so etwas nicht sehen, Markgräfin«, erklärte Raimund und bot Uta an, sie aus der Menge herauszuleiten.

Doch Uta rührte sich nicht von der Stelle. »Warum habt Ihr ihn nicht gleich auf die Krankenstation gebracht? Er scheint verletzt zu sein.«

Wie um sie wachzurütteln, schlug Ekkehard kurzerhand die grobe Decke beiseite. Damit gab er ihr die Sicht auf zerschundenes Fleisch und getrocknetes, dunkelrotes Blut frei. Den Blick fest auf Uta gerichtet, meinte er: »Wir haben ein Rudel Wölfe vom Körper vertrieben. Wenn wir einen viertel Tag später gekommen wären, hätten wir wohl nur noch die Knochen vorgefunden.«

Wie eine Traumwandlerin wandte Uta ihrer selbst nicht bewusst den Blick von Ekkehard auf das Karreninnere. »Was ist das?«, flüsterte sie und zwang sich, sich nicht abzuwenden. Sie suchte nach einer unversehrten Stelle am Körper des Transportierten, konnte aber keine finden. Sie wankte, die Hand vor Entsetzen vor den Mund gepresst. Sofort war Katrina an ihrer Seite, um sie zu stützen.

Die Umstehenden fielen erschrocken auf die Knie, als ein lauter Donnerschlag in den Mauern der Hauptburg ertönte.

Uta blieb wie versteinert stehen und konnte ihren Blick noch immer nicht von dem Geschundenen abwenden.

»Der Herrgott richtet uns!«, rief jemand entsetzt, als auch noch die Pferde scheuten. Die ersten Menschen stürzten aus dem Hof, um sich – die Hände schützend über den Kopf gehalten – in Sicherheit zu bringen.

»Ruhig, meine Söhne und Töchter«, schlichtete da Abt Pankratius. Seiner Ermahnung schickte er ein beruhigendes Lächeln hinterher, wie es lediglich Gottesmänner zu schenken vermochten – eine Mischung aus Wohlwollen und Segen.

Uta hatte den Vorsteher des Georgsklosters gerade erst bemerkt und schaute den Mann mit der perfekt rasierten Tonsur nun hilfesuchend an.

»Beruhigt Euch doch«, forderte dieser erneut die Menge auf.

»Der Herrgott richtet Euch erst, wenn es soweit ist.« Diesen Satz musste er noch mehrere Male wiederholen, damit er wenigstens etwas Wirkung zeigte.

Die Angst der Leute äußerte sich daraufhin in Gemurmel, heiserem Gewimmer und halbherzigen Bekreuzigungen.

Uta sah, wie Abt Pankratius nun auf Ekkehard zutrat. All die Jahre über, die der Mann nun schon seine seelsorgerische Pflicht im Kloster des heiligen Georg verrichtete, war er stets zurückhaltend gewesen.

»Erlaucht, Ihr erlaubt?«, fragte der Abt höflich. Auf ein Nicken Ekkehards hin, führte er sein Auge ganz nah an den Leichnam heran. Apathisch beobachtete Uta, wie er im Folgenden – einem Hund ähnlich – daran schnüffelte und ihn von mehreren Seiten begutachtete, ohne ihn jedoch zu berühren.

»Der Leichnam ist noch frisch«, beschied der Abt schließlich mit einem Gesichtsausdruck, als würde er gerade glücklichen Eltern die Spendung der Taufsakramente verkünden. »Die Totenstarre scheint mir vollständig ausgeprägt und noch nicht wieder gelöst.«

»Ist es wirklich mein Bruder, Abt?«, verlangte Ekkehard zu wissen.

Uta starrte ihren Gatten ungläubig an. Das da auf dem Karren konnte niemals Hermann sein! Was war nur in die Menschen hier gefahren, wenn sie das für möglich hielten? Mit Katrina am Arm machte Uta unwillkürlich einen Schritt auf den Abt zu. Am liebsten hätte sie ihm die Hand vor den Mund gehalten, damit er das Unmögliche nicht aussprach, blieb dann aber regungslos stehen.

Abt Pankratius wiegte unschlüssig den Kopf, ohne sein Lächeln jedoch aufzugeben. »Ich denke …«

»Wir haben hier einen klaren Fall!« Äbtissin Notburga war hinzugetreten und warf einen sensationslüsternen Blick in das Karreninnere. Der Abt war ihr viel zu langsam, außerdem wollte sie sein ständiges Lächeln keinen Augenblick länger ertragen. Weil die Äbtissin des Moritzklosters dem Markgrafen keine Unbekannte war – in regelmäßigen Abständen teilte sie den einen oder anderen Becher Honigwein mit ihm –, ließ Ekkehard sie gewähren.

»Der Leichnam trägt Erlaucht Hermanns Stiefel. Wer außer ihm sollte es denn sonst sein?«, erklärte Notburga den Umstehenden und spürte dabei, wie ihr Magensäure die Kehle hinaufstieg. Anstatt jedoch zu würgen und sie auszuspucken, schluckte sie diese angeekelt wieder hinunter. »Lasst uns hier zumindest ein Gebet für die arme Seele sprechen«, schlug sie beim Blick in die erschrockenen Gesichter und in das des Markgrafen versöhnlich vor und reckte ihren dürren Hals nach oben, so dass die Sehnen an ihm bedrohlich hervortraten. Auf die Ankündigung der Äbtissin hin machte Uta sich von Katrinas Arm frei und wendete sich an die murmelnde Menge. »Nein! Wir wissen doch noch gar nicht, wer der Tote ist, und was überhaupt …« Die Stimme brach ihr, ihre Schultern sanken kraftlos hinab. Hermann ist nicht tot, sagte sie sich in Gedanken, niemals würde er mich allein lassen!

»Meine Söhne, meine Töchter. Die Markgräfin hat recht.« Mit einem unmissverständlichen Seitenblick bedeutete der Abt des Georgsklosters Äbtissin Notburga, die bereits die Hände zum Totengebet gefaltet hatte, abzuwarten. »Wir brauchen erst einen Körperkundigen, der uns sagen kann, wen wir hier vor uns liegen haben.«

Suchend irrte Utas Blick durch die Menge. Dabei fiel ihr Meister Matthias auf, der Tränen in den Augen hatte und noch immer gebannt auf das Stück Stiefel im Karren starrte. »Schwester Alwine und Schwester Margit sollen sich den Leichnam ansehen«, schlug sie mit bebender Stimme vor, fest davon überzeugt, dass niemand in der näheren Umgebung die beiden in ihren medizinischen Fähigkeiten übertraf. Sie würden allen beweisen, dass dies hier nur ein riesiger Irrtum war, nichts anderes als ein schlechter Traum.

»Nein!«, widersprach Ekkehard sofort. »Der Leichnam meines Bruders wird nicht von Frauen untersucht. Der ehrwürdige Abt Pankratius wird sich der Sache annehmen!«

Der Abt nickte zum Zeichen seines Einverständnisses. »Dann wäre es gut, Durchlauchten, unverzüglich mit der Leichenschau zu beginnen. Je frischer der Leichnam, desto mehr gibt er uns preis.«

Ekkehard zog die Pferdedecke wieder über den Toten und bedeckte auch die Stiefelreste. »Die Allerheiligenmesse fällt heute aus!«

Erst nach diesen wachrüttelnden Worten löste Meister Matthias lethargisch den Blick vom Karren. Wie auf einen Befehl hin setzte eiskalter, feiner Regen ein. Die umstehenden Burgbewohner schützten sich vor der Wettergewalt mit ihren Umhängen. Sie fühlten den Regen wie spitze Nadeln auf ihrer Haut.

Bevor Ekkehard dem Abt mit dem vom Pferd des Jägers gezogenen Karren folgte, baute er sich noch einmal vor Uta, die kreidebleich geworden war, auf. Der Regen lief ihr vom Haaransatz über die Stirn die Nasenspitze hinab. Aus ihren Augen blitzten ihm Tränen entgegen.

»Gnade Euch Gott …«, Ekkehard zeigte auf das hölzerne Gefährt, »… sollte das dort mein Bruder sein. Ihr habt ihn um den Verstand gebracht!« Er schüttelte sich wie ein nasser Hund, doch Uta wich nicht vor ihm zurück. Sie schien durch Ekkehard hindurchzuschauen, dem Karren – dem Irrtum – hinterher.

Ekkehard wandte sich schließlich von ihr ab und begab sich ins Georgskloster.

Erst als sich die Massen auf dem Platz in die schützenden Hütten zurückgezogen und sie Katrina und Erna gleichfalls bedeutet hatte, das Trockene aufzusuchen, schritt Uta langsam in Richtung des Georgsklosters. Ihre Beine waren noch immer steif, als wollten sie sie davon abhalten, dem Karren hinterherzulaufen und auf diesem Weg die Wahrheit über seinen Inhalt zu erfahren. Obwohl der Regen nunmehr geradezu auf Uta herunterprasselte, vermochte ihr die Kälte nichts anzuhaben. Es war eine andere Kälte, die Kälte der Angst, die sie zittern ließ und tief in ihren Körper eindrang. Konnte es denn sein, dass das Fühlen in einem Traum genauso intensiv war wie im wahren Leben?

✳ ✳ ✳

»Ihr wollt den einstigen Markgrafen von Meißen allen Ernstes in einem schmuddeligen Pilgerraum beschauen?« Wütend schlug Ekkehard die Tür der Zelle zu, so dass es im Innenhof hallte.

»Erlaucht, die Krankenstube ist voll«, entgegnete Abt Pankratius. »Die würdigeren Räume sind in der Klausur, zu der Euch als Weltlichem der Zutritt versagt ist.«

»Ich bitte Euch«, beharrte Ekkehard und wischte sich die gerötete, regennasse Stirn. »Gönnt meinem Bruder – sofern er es denn ist – eine würdige Beschau. Immerhin stand er Euch nahe und hat stets ein gottesfürchtiges Leben geführt.«

Der Abt, im fünfzigsten Lebensjahr und von schmaler Statur, wiegte bedächtig den Kopf.

»Denkt an die üppigen Schenkungen, die mein Bruder Eurer Gemeinschaft hat zukommen lassen«, wurde Ekkehard nunmehr deutlicher, so dass der Abt schließlich nachgab und seine zwei Helfer heranwinkte. Ohne Irritation folgten die seiner Anweisung und packten jeder einen Holzarm des Karrens, den bis zum Klosterportal noch das Pferd des Jägers gezogen hatte.

»Zum Kapitelsaal«, sagte Pankratius leiser. Beschämt schaute er kurz zum Himmel hinauf. »Das Sprechen, Erlaucht, ist Euch als Weltlichem im Kapitelsaal allerdings untersagt. Genauso wie das Tragen von Waffen.«

Ekkehard legte seinen Schwertgurt samt Jagdmessern im Kreuzgang ab und folgte dem Klostervorsteher in Richtung des Kapitelsaals, der sich im oberen Geschoss der Klausur, mit direktem Zugang zur Klosterkirche, befand. Diente er nicht gerade einer Leichenschau, wurde er gewöhnlich für Versammlungen der Mönchsgemeinschaft und für feierliche Handlungen, wie zum Beispiel für die Ablegung von Gelübden und Weihen, genutzt. Auch wurden im Kapitelsaal Sünden vorgebracht und Bußen verhängt.

Pankratius betrat den Saal als Erster, während Ekkehard, der den zwei Benediktinern gefolgt war, die den Leichnam nach oben getragen hatten, sich als Letzter an den intimsten Ort der Ordensgemeinschaft begab. Der Saal war fast genauso reichlich wie die Klosterkirche mit feinen Steinarbeiten an den Fenstersimsen ausgestattet worden, besaß eine Decke aus Erlenholz und straff gespannte Pergamente in den Fensterrahmen. Ekkehard fiel ein prächtiger steinerner Stuhl auf, der wohl dem Ordensvorsteher zustand und vor dem eine riesige Platte in den Boden eingelassen war. Jeweils fünf Reihen steinerner Bänke rahmten links und rechts die ungewöhnliche Bodenplatte. In sie waren, wenn Ekkehard die Schriftzeichen mit seinen spärlichen Lateinkenntnissen richtig deutete, sämtliche einhundertfünfzig Psalmen – kaum größer als in einem gewöhnlichen Gebetsbuch – eingemeißelt.

Die Regel, jede Zusammenkunft im Kapitelsaal mit dem Lesen eines Kapitels aus der Ordensregel zu beginnen, wollte Abt Pankratius auch jetzt trotz der widrigen Umstände nicht brechen. Er schlug die *Regula Benedicti* auf und begann, laut daraus vorzulesen. Unterdies holten seine in schwarze Kutten gewandeten Ordensbrüder aus dem nebenliegenden Speise-saal eine Tafel und aus der Krankenkammer die üblichen Inst-rumente herbei. Stumm verfolgte Ekkehard, wie sie den Leichnam, begleitet von den Versen der Benediktregel, die der Abt verlas, auf den Tisch hievten. Ekkehard meinte, dass die Tischbeine exakt auf den Worten »Jetzt ist meine Seele er-schüttert« und »Sie sollen in das Land meiner Ruhe nicht kommen« der Bodenplatte zu stehen kamen. Noch immer verbarg die Pferdedecke den angenagten Kadaver. Schon ban-den sich die Benediktiner in Vorbereitung der Untersuchung lederne Schürzen um, deren abgetragene Oberschicht verriet, dass bereits unzählige Male Blut und gelbe Galle von ihr abge-kratzt worden waren.

»Ihr, Bruder Ewald, leuchtet mir doch bitte mit dem Span«, bat der Abt schließlich den jungen, etwas unbeholfen wirken-den Mönch mit den freundlichen Zügen, »und Ihr, Bruder Laurentius, helft mir, den Toten, sofern es nötig sein wird, zu bewegen, und reicht mir die Gerätschaften.« Ohne weitere Vorwarnung schlug er die Pferdedecke ein Stück weit zurück. »Erlaucht«, wandte er sich Ekkehard zu, »ich würde Euch vorschlagen, besser Platz zu nehmen.« Seiner Bitte schloss sich eine ehrfürchtige Verbeugung an.

Ekkehard ließ sich zur Linken des Abtstuhls auf der vorders-ten der Steinbänke nieder, auf welcher zu den Versammlungen die ältesten Brüder der Gemeinschaft Platz nahmen.

Pflichtbewusst stellte Pankratius mittels Atemprobe und feh-lenden Pulsschlags im Folgenden den Tod fest, obwohl die äußerlichen Verletzungen allein schon keinen Funken Leben mehr annehmen ließen. »Gott beschütze die arme Seele, die einst in diesem Leib wohnte«, sprach er und hängte einen Seg-nungsvers an. Dann zog der Mann mit dem ständigen Lächeln die Pferdedecke vollständig von dem Leichnam. Beim Anblick des versehrten Fleisches benötigte er einen Moment, um den ersten Handgriff zu tun. Der verunstaltete Körper war überall mit rotbraunem Blut überzogen, das besonders an den Bisswunden und Stellen, an denen ganze Fleischstücke herausgerissen waren, eine dicke Kruste gebildet hatte. »Gott sei wenigstens seiner Seele gnädig«, seufzte der Abt und legte seine flache Hand vorsichtig zuerst auf die Brust des Leichnams, dann auf den Bauch und die Oberschenkel. »Die Wärme hat sich schon aus seinem Körper zurückgezogen; er ist vermutlich bereits genauso kalt wie die Luft in diesem Raum«, erklärte er nach einer Weile.

Der Kapitelsaal war von beträchtlichem Ausmaß und unbeheizt, vermochte also im späten Herbst lediglich Schutz vor Wind und Regen zu bieten, nicht aber Wärme zu spenden. »Um mehrere Tage tot zu sein, bedürfte es einer gelösten Totenstarre, was hier nicht der Fall ist.« Wohlwollend blickte der Abt von dem steifen Körper zu seinen Brüdern, die daraufhin verständig nickten. »Ich kann noch keine äußeren Anzeichen von Fäulnis entdecken. Reicht mir doch bitte einen genässten Lappen, Bruder Laurentius.« Behutsam rieb der Abt damit über einige blutverkrustete Hautstellen des Oberkörpers und kommentierte sachlich, was er darunter freilegte: »Stellenweise ist die Haut rötlich violett verfärbt. Ein Anzeichen dafür, dass das Blut gerinnt, und wir nun mit absoluter Sicherheit sagen können, einen Toten vor uns liegen zu haben. Leuchtet mir nun bei den unteren Gliedmaßen, Bruder Ewald, dort beginnen wir mit der näheren Beschau.« Der Abt führte sein Gesicht, von der Brust bis hinab zu den Oberschenkeln, ganz nah über den Toten hinweg. Als das Licht näher kam, fuhr er mit dem Kopf ruckartig nach oben. »Nicht so nah, Bruder«, sagte er mit mahnendem Blick. »Ihr schmort sonst nicht nur totes, sondern auch lebendiges Fleisch.« Im nächsten Moment fand Pankratius' Gesichtsausdruck jedoch wieder zur gewohnten Milde zurück.

Bruder Ewald weilte erst seit einem Monat in ihren Mauern und benötigte, trotz des Umstandes, dass er bereits in seinem Vorgängerkloster in der Krankenkammer tätig gewesen war, noch Anweisung und Führung. Ganz anders der erfahrene Laurentius, mit dem Pankratius schon viele Verwundete im Polenkrieg versorgt hatte.

»Verzeiht, Vater Abt!«, brachte der als Ewald angesprochene Bruder mit dem freundlichen Gesicht hervor, während sich auf seinen glatten Wangen rote Flecken zeigten. Sogleich hielt er den Span in einem sicheren Abstand zum Abt.

Pankratius wollte sich gerade wieder den unteren Gliedmaßen widmen, als es an der Tür klopfte. »Bitte stört uns nicht!«, rief er kaum hörbar in Richtung Ausgang, ohne seinen Blick von dem Leichnam zu nehmen.

Begleitet von einem: »Ihr dürft nicht …«, wurde die Tür trotzdem aufgezogen und zwei Personen traten ein.

»Markgräfin?« Der erschrockene Pankratius erfasste zu allererst die durchnässten Kleider der Besucherin. Unbewusst machte er zwei Schritte zurück.

Bruder Cornelius, der den Pfortendienst versah, trat mit erhobenen Händen an Uta vorbei in den Saal und setzte zu einer Erklärung an: »Verzeiht, Vater Abt …« Als er jedoch des Leichnams auf dem Tisch gewahr wurde, hielt er inne und bekreuzigte sich.

»Ich möchte ebenso wie der Markgraf dabei sein, verehrter Abt«, erklärte Uta ungehalten ihr Eindringen in den Klausurbereich des Klosters. Und den Irrtum aufgeklärt sehen!

»Das ist nichts für ein Weib!«, gab Ekkehard zurück. »Eure Pflicht ist es, Gebete für den Toten zu sprechen, anstatt hier neben dem Leichnam zu stehen.«

Der Abt legte zum Zeichen für das in diesem Raum herrschende Schweigegebot für Weltliche den Finger auf den Mund und lächelte um Verständnis bittend.

Uta schaute vom Abt auf das blutverkrustete Bündel aus Knochen und Fleisch, das von Bruder Ewalds Span in orangefarbenes Licht getaucht wurde, und schluckte mehrmals. »Bitte, versagt mir meinen Wunsch nicht«, formten ihre Lippen tonlos die entsprechenden Worte. Seit dem Morgenmahl und während der gesamten Suche hatte sie nichts anderes getan, als Gebete für Hermann zu sprechen, und das wollte sie auch weiterhin tun, wenn man sie nur nicht wegschicken würde. Aus geröteten Augen schaute Uta nun auch Ekkehard an. Der tauschte einen Blick mit dem Abt, der als Zeichen seines Einverständnisses kurz die Lider schloss und nickte.

Uta ließ sich auf einer der mittleren Bänke zur Rechten des Abtstuhls nieder und wurde sich erst jetzt der Intimität des Raumes bewusst, in den sie lautstark hineingerauscht war. Betreten senkte sie den Kopf.

»Ab jetzt, Bruder Cornelius, wünsche ich keinerlei Störung mehr.« Abt Pankratius hatte seine Stimme wiedergefunden. »Diesen Respekt sind wir dem Toten schuldig. Bitte sorgt dafür, dass jemand zur Wache vor den Saal gestellt wird.«

Bruder Cornelius verließ die Kammer, und bald darauf vernahm Uta ein Rascheln auf der anderen Seite der Tür.

»Dann fahren wir nun fort.« Abt Pankratius beugte sich wieder über die unteren Gliedmaßen und betrachtete eines davon ausgesprochen lange. Seine Mitbrüder verfolgten sein Vorgehen aufmerksam.

»Dem rechten Bein fehlt der komplette Unterschenkel«, kommentierte er. »Reicht mir doch bitte die Pinzette, Bruder Laurentius.« Er griff nach dem hingehaltenen schmiedeeisernen Werkzeug, das ungefähr so lang wie seine Hand und vorne, an den Enden der beiden Schenkel, nach innen gebogen war. Geschickt hielt er es zwischen den Fingern der rechten Hand und hob damit vorsichtig einen Hautlappen am Oberschenkel des Leichnams an und klappte ihn dann nach außen um.

Die Ruhe, mit der der Abt vorging, übertrug sich nicht auf Uta. Ihre Beine kribbelten derart, dass sie meinte, eine Schar von Insekten zöge über ihre Haut hinweg. Außerdem drang der Geruch von Urin und etwas anderem, Säuerlichem zu ihr herüber.

Abt Pankratius zog mit der Pinzette ein Stück Fleisch, das nur noch an einer Muskelfaser hing, vom Körper des Toten ab und legte es in eine ihm gereichte Schale. Dann löste er vorsichtig etwas von der Innenseite eines zweiten Hautlappens ab und hielt es in das matte Licht, das durch eines der Fenster einfiel.

»Der Fetzen eines Gewandes?«, fragte Bruder Laurentius.

Der Abt nickte. »Von einem guten Stoff, in jedem Fall kein grobes Leinen. Teile davon finden sich am ganzen Körper. Als ob er samt des Gewandes gefressen worden wäre.«

Gefressen? Welche Färbung, wollte Uta gerade fragen, als sie sich daran erinnerte, dass Hermann bei ihrer letzten Zusammenkunft mit einer karmesinroten Tunika bekleidet gewesen war, über die sie ihm bei der Verabschiedung noch zärtlich gestrichen hatte.

»Es könnte … nein, verzeiht.« Statt einer Mutmaßung hielt der Abt den Stofffetzen zwischen den Pinzettenschenkeln nun in einen von Bruder Laurentius gereichten Krug mit klarem Wasser und schwenkte ihn einige Male darin umher, um das dunkle Blut zu lösen. Dann zog er das Stoffstück wieder heraus und hielt es in den Lichtkegel des Spans, um es ausgiebig von allen Seiten zu betrachten.

Beim Anblick des karmesinroten, wenn auch aufgrund der Nässe dunkler gewordenen Stofffetzens, trübte sich Utas Blick. Die schützende Hülle, die das bisherige Geschehen von ihr abgehalten hatte, war nunmehr geplatzt, und die grausame Realität, die Gerüche des Toten und die Kälte des Raumes drangen schonungslos zu ihr durch.

Abt Pankratius' Lächeln wich strenger Konzentration, die sich jetzt auf den Stiefel des Toten richtete. »Die Sohlenreste des Schuhwerks sind ebenfalls von guter Machart.«

Verkrampft presste Uta die Oberschenkel gegen die harte Bank. Sie meinte, einen säuerlich schmeckenden Pelz auf ihrer Zunge zu spüren. Speichel sammelte sich in ihrer Mundhöhle, sie musste würgen, als stünde sie kurz vor dem Erbrechen. Unwillkürlich hielt sie sich die Hand vor den Mund.

»Der linke Arm ist komplett abgerissen, nicht abgehackt. Ich fürchte, die Wölfe haben ihn verschleppt«, erklärte Pankratius weiter. »Das Becken ist von männlicher Form.«

Ekkehard musste schwer schlucken.

Inzwischen war der Abt beim Kopf angekommen. »Die Tiere haben auch große Teile der Kopfhaut samt Haaren vom Schädel gezogen.« Der Abt schaute auf. »Bitte schenkt mir doch etwas mehr Licht, Bruder«, bat er und schaute besorgt in die Runde. »Ich kann keinerlei Haarreste mehr ausmachen, durch die Blutkruste schimmert der Schädel hindurch.« Dass der Nasenknorpel angenagt, das Nasenfleisch komplett abgebissen, die Augäpfel in den Höhlen und dem Mund die Lippen samt Zunge fehlten, ersparte er den Anwesenden. »Verzeiht, aber wer der Tote war, ist nicht zweifelsfrei feststellbar«, resümierte er laut. »Dennoch haben wir einige Hinweise erhalten, die nahelegen, dass wir es hier weder mit einem Weib noch einem Bauern oder Kind zu tun haben.«

Das konnte einfach nicht wahr sein! Die Worte des Abtes hallten noch im Raum nach, als Utas Herzschlag aussetzte. Einen Moment lang fühlte sie nichts, dachte nichts. Dann begann ihr Herz wieder zu schlagen. Sie konnte sein Einsetzen laut und deutlich hören, spürte es im ganzen Körper. Uta sprang auf, obwohl ihr die Beine zunächst den Dienst versagen wollten. Sie musste Hermann mit eigenen Augen sehen!

Doch Abt Pankratius war schon dabei, die Pferdedecke über den toten Leib zu betten. »Meine Tochter, wenn ich Euch einen untertänigsten Rat geben darf«, er trat vor die schwankende Uta und geleitete sie zurück auf die Bank, »es ist besser, wenn Ihr sein Antlitz so in Erinnerung behaltet, wie Ihr es kanntet.«

Uta streckte die Hand in Richtung der Tafel aus, sank dann aber wie ein knochenloses Wesen auf die Steinbank zurück. Ihr Unterkiefer zuckte. Der säuerliche Pelz überzog inzwischen ihren gesamten Mundraum. Es war, als schmecke sie, was sie sah.

Sie zwang ihren Blick auf das Geschehen neben der Tafel, doch ihre Augen fanden keine Ruhe, fixierten zuerst den Rücken des Abtes, dann seinen Hinterkopf mit der perfekten kreisrunden Tonsur, bevor sie zu seinen Händen sprangen. Sie schienen ihr mit einem Mal unheilvoll.

Der Abt legte die Pinzette in die Hände seines Helfers. »Ich sehe unzählige Löcher im Fleisch des Toten«, mischte sich Bruder Laurentius ein. »Löcher, die von keiner Axt oder einem Messer stammen, dazu sind sie viel zu fein.«

»Gut erkannt, Bruder«, lobte der Abt. »Eindeutig Wölfe.«

»Woran erkennt Ihr, dass es Wölfe waren?«, fragte nun vorsichtig Bruder Ewald.

»Ich habe schon einige Tote dieser Art gesehen. Mit ihren Fangzähnen, die jeweils unten wie oben zwischen den vorderen und seitlichen Zahnreihen plaziert sind«, Pankratius zeigte zur Demonstration auf seine eigenen, gelb angelaufenen Exemplare, die allerdings deutlich kürzer und weniger spitz waren, »erzeugen Wölfe in etwa die Tiefe und den Durchmesser der Löcher, wie sie der Leichnam aufweist. Damit packen sie ihre Beute und halten sie fest. Größere Fleischstücke schabt der Wolf mit den flacheren Vorderzähnen ab. Die überstehenden Hautlappen an den Gliedmaßen und an der Brust unseres Toten hier könnten auf diese Weise entstanden sein.«

Blankes Entsetzen ließ Uta erneut von der Bank aufstehen.

Wölfe, ihren Hermann? Zerfleischt und zerfressen? Nicht einmal mehr gedanklich war sie imstande, ganze Sätze zu formulieren.

Auch Ekkehard hatte sich erhoben.

»An der Hand des Armes, der nicht fortgeschleppt wurde, sind einige Finger angenagt worden. Wir können von Glück sprechen, dass die Wölfe rechtzeitig gestört wurden. Sie gehen normalerweise zuerst an die Innereien, soweit kam es aber anscheinend nicht.«

Ekkehard erinnerte sich des Rudels Wölfe, das sich beim Erscheinen ihrer Suchgruppe sofort zurückgezogen hatte. Betroffen schwieg er.

Auch Pankratius benötigte mehrere Atemzüge, um sein Lächeln wiederzufinden. »Brüder, ich schlage vor, dass wir die Leichenschau hiermit beenden. Bitte deckt doch den Toten wieder ab und tragt ihn hinaus.«

Bruder Laurentius nickte und legte die Pinzette ab. Abt Pankratius bat Ekkehard und Uta, ihn in seine Abtzelle zu begleiten – den einzigen Ort, der von Besuchern auf Einladung hin betreten werden durfte.

Dort angelangt, schien der Abt zunächst zu überlegen, wie er am besten beginnen sollte.

»Wann wurde Erlaucht Hermann das letzte Mal lebend gesehen?«, fragte er schließlich.

Ekkehard antwortete: »Gestern Abend in meinem Gemach«, schaute Uta dann aber zweifelnd an, die geistesabwesend auf die Hände des Abtes starrte. »Nach dem gemeinsamen Abendmahl wollte er, wie er es seit geraumer Zeit zu tun pflegt, noch einmal zum Gebet vor den heiligen Schleier in der Kathedrale treten. Dort hat ihn aber niemand gesehen.«

Der Abt dachte nach. »Erlaucht Hermann wurde gestern Abend also das letzte Mal gesehen. Damit kommt der Zeitpunkt seines Verschwindens dem Todeszeitpunkt unseres Unbekannten hier relativ nahe. Die Totenstarre hat sich noch nicht wieder gelöst, was sie gewöhnlich zwei Tage, nachdem die Seele den Körper verlassen hat, tut. Im Winter dauert es noch länger.«

Soweit konnte Ekkehard nicht widersprechen.

Uta vergaß sogar zu atmen.

»Der Leichnam weist Bissspuren von Wölfen auf, aber Waffen trug das Opfer vermutlich nicht bei sich. Das macht mich stutzig«, gab der Abt zu bedenken. »Erlaucht Hermann war ein umsichtiger Mann.«

Umsichtig, zärtlich, an manchen Tagen melancholisch, in ihrer Krypta sogar ein wenig ungeduldig und stürmisch, setzte Uta in Gedanken hinzu und hätte noch bis zum Abend so fortfahren können.

Ekkehard sprach aus, was der Klosterobere mit seinen letzten Worten nur angedeutet hatte. »Ihr meint, er wollte sich gar nicht verteidigen?«

»Verzeiht diese ungewöhnliche Frage, aber hatte der Graf Probleme, die er im Diesseits nicht glaubte lösen zu können?«, fragte Pankratius leise und fügte nachsichtig hinzu: »Es kommt auch in unseren heiligen Mauern ab und zu vor, dass ein Gast, ein Pilger oder sogar einer der Unsrigen sich dieser Sünde schuldig macht.«

»Das würde Hermann nicht tun!«, wies Ekkehard diese Möglichkeit weit von sich und strich sich fahrig das fettige Haar aus der Stirn.

In diesem Moment kam Uta wieder zu sich. Die schwammigen Worte des Abtes hatten sie wachgerüttelt. »Niemals!«, sagte sie. »Hermann würde keine … Er wollte doch …!« Verzweifelt senkte sie den Kopf.

»Alle Anzeichen weisen darauf hin, dass der Tote hier Hermann von Naumburg ist, der sich in Selbsttötungsabsicht den wilden Tieren im Wald zum Fraß vorgeworfen hat.« Abt Pankratius faltete die Hände vor der Brust zum Gebet und senkte entschuldigend den Kopf. »Es tut mir leid.«

Hermann sollte tot, für immer weg sein? Sie niemals mehr berühren, niemals mehr von ihr berührt werden können? Uta spürte plötzlich gar nichts mehr.

Alles um sie herum kam ihr auf einmal in tausend Teile zersprungen und sinnlos durcheinandergeworfen vor: Die Beschautafel, die dünnen pergamentfarbenen Fensterhäute und die Bank, auf der sie eben noch gesessen hatte. Der Raum und die Menschen verloren an Farbe und damit an Leben. Alles war grau in grau.

Auch Ekkehard benötigte einen Moment, um zu sich zu kommen und seine Gedanken zu sortieren. Schließlich sagte er: »Unter den gegebenen Umständen sollten wir ihm als Nächstes die Sterbesakramente spenden und ihn dann unter die Erde bringen. Die Kathedrale ist ein geeigneter Ort für einen Edlen wie ihn.«

»Ich bedaure erneut«, beschied ihm der Abt mit weicher Stimme. »Aber unter diesen Umständen können wir Euren Bruder nicht in heiliger Erde begraben, und auch die Sakramente sind für Sünder nicht vorgesehen.« Tatsächlich durften Menschen, die ihrem Leben durch eigene Hand ein Ende gesetzt hatten, sei es passiv oder aktiv, weder innerhalb des Gotteshauses oder um das Gotteshaus herum, noch innerhalb der Friedhofsmauern eine letzte Ruhestätte finden. Das wusste eigentlich auch Ekkehard. »Die Gesetze sehen in einem solchen Fall das Verscharren auf dem Schandacker vor und verbieten jede weitere Berührung. Zudem gehört der Graf noch einmal ordentlich zum Tod durch den Strang verurteilt und dies vollzogen.« Mit diesen Worten band sich der Abt die Schürze ab und legte sie auf den Boden.

»Tod am Strang?«, presste Uta hervor. Ihr Blick glitt langsam über die nunmehr grauen Hände des Abtes, bevor sie aufschaute. »Schandacker? Keine Sterbesakramente?«, flüsterte sie und wandte sich ab.

Pankratius schaute unruhig zum hölzernen Jesus an der Wand seiner Zelle. »Alles, was mit einem Selbstmörder in Berührung kommt, gehört verbrannt.«

»Nein Abt. Das lasse ich nicht zu!« Schweißperlen rannen Ekkehard die Stirn hinab und brannten ihm in den Augen. »Ist meinem Bruder nicht schon genug angetan worden?«

Uta schritt dem Licht der Fenster entgegen. Das Gespräch ihres Gatten mit dem Abt verlor sich hinter ihr. Es drangen nur noch vereinzelte Worte an ihr Ohr.

»Erlaucht, wisst Ihr eigentlich, was Ihr da von mir verlangt?« Abt Pankratius schaute zu seinen Benediktiner-Brüdern, die das Gespräch von der Tür aus verfolgten, und rang sichtlich mit sich, schließlich trug er die Verantwortung für seine Klosterbrüder. »Ich habe nun schon unseren Kapitelsaal auf Euer Drängen hin mit einem Selbstmörder entweiht. Mehr Sünde kann ich zum Schutze der gesamten Gemeinschaft nicht auf mich laden.«

»Erspart meinem Bruder – Eurem einstigen Fürsprecher – zumindest den Strang, Abt. Mein Bruder hat die Kathedrale für Naumburg gebaut und den heiligen Schleier hierhergebracht. Wollt Ihr es ihm auf diese Art danken?«

»Das kann nicht im Sinne des Allmächtigen sein!«, murmelte Uta.

Pankratius tat einige Schritte von Ekkehard weg, dachte nach und sprach dann ein kurzes Gebet. »Wenn wir auf den Strang verzichten, muss er zumindest unverzüglich unter die Erde gebracht werden. Auf dem Acker weiter draußen, am Hang der Richtstätte.«

Unruhig tippte Ekkehard mit den Fingern seiner Hände gegeneinander. »Und die Sakramente?«

Der Abt nickte flüchtig und machte dann schnell ein Kreuzzeichen. Hermann von Naumburg war ihm einst ein guter Freund gewesen.

»Bereitet alles vor, Abt. Es soll gleich morgen geschehen«, bestätigte Ekkehard seinerseits den Kompromiss. »Noch heute werde ich meines Bruders Tod verkünden. Ohne weitere Erklärungen. Ich will keinen Aufruhr. Seine Grabplatte stellen wir zumindest in der Marienpfarrkirche auf – wenn es schon nicht die Kathedrale sein darf.«

Mit dem Rücken den Männern zugewandt, schossen Uta Tränen in die Augen. »H-e-r-m-a-n-n«, sprach sie leise seinen Namen langgezogen und inbrünstig, einer Beschwörung gleich, aus.

Da trat Ekkehard hinter sie.

Sie hob den Blick zu den Fensterpergamenten vor sich.

»Und nur Euch haben wir dies alles zu verdanken!«, zischte er ihr über die Schulter zu.

Tränen liefen ihr die Wangen hinab.

»Euretwegen ist er überhaupt erst verrückt geworden.« Ekkehard war voller Wut. »Wenn Ihr nur ein Fünkchen Mitgefühl für meinen Bruder habt, dann haltet Ihr Euch ab jetzt fern von ihm. Nicht einmal auf dem Acker der Sünder möchte ich Euch sehen!«

* * *

Es war die Zeit, zu der gewöhnlich die Sonne aufging, doch am Folgetag des Allerheiligenfestes gelang es ihr nicht, die schwere, dunkle Wolkendecke zu durchbrechen.

»Allmächtiger Gott, du bist Vergangenheit, du bist Gegenwart und Zukunft. An dich übergeben wir hiermit Hermann von Naumburg.« Abt Pankratius sprach die letzten Worte der Grablegung und griff nach der Schaufel. Neben ihm stand als einziger Beiwohner der einfachen Zeremonie Ekkehard, dessen Blick sich in den Tiefen der Grabstätte verloren hatte. Unter dem Leichentuch konnte er die Gestalt seines Bruders noch erahnen, der am gestrigen Tage sein letztes Geheimnis im Kapitelsaal preisgegeben hatte. Den Kopf gen Osten, gleich den meisten Gotteshäusern, nach Jerusalem ausgerichtet – und doch so fern der göttlichen Nähe –, lag Hermann nun eine ganze Mannslänge unter ihm. Ekkehard sah, wie der späte Herbstwind, der Bote für Kälte und Entbehrung, in die Grube hinabwehte und unnachgiebig am letzten Gewand des Bruders zerrte, hier, am Rande des kleinen Hügels, der hinauf zum Galgen führte und der das letzte Mal vor mehr als einem Jahr als Schandacker für den geräderten Leib eines Ochsendiebes gedient hatte.

»Er war mir ein Vertrauter, dem ich nichts sehnlicher als die Erlösung wünsche«, begann Abt Pankratius die Grube mit Erde zu füllen. Allmählich verschwand das helle Leinentuch unter der braunen, feuchten Erde. Die letzte Ölung hatte er dem Toten zu früher Stunde noch im Georgskloster vor dem Weg zum Schandacker erteilt.

Ekkehard schluckte schwer, als er daran dachte, dass dem Bruder ein würdiger Abschied versagt blieb. Er fügte ein verspätetes »Amen« an. Etwas Trost lieferte allein die Tatsache, dass Hermann der Strang erspart geblieben war und er immerhin eine Einzelgrube seinen letzten Aufenthaltsort nennen durfte. Den Massengräbern war es zu eigen, dass sie nicht tief genug waren, die leblosen Körper sich bei heftigem Regen keinen ganzen Mondumlauf später dadurch oftmals bewegten und teilweise sogar wieder zutage traten.

Schwerfällig wandte Ekkehard sich ab. Sein Blick streifte die entfernt stehenden Burgbewohner. Am Morgen waren sie vor dem Tor des Georgsklosters erschienen, um den Leichnam auf seinem letzten Weg in die Kathedrale zu begleiten. Umso erschrockener hatten sie sich gezeigt, den Karren nicht zum

Burgtor, sondern nordöstlich der Burg zum Schandacker fahren zu sehen und ganze einhundert Schritte vor dem Erdloch von einer Wache Einhalt geboten zu bekommen.

Ekkehard erkannte unter den Trauernden den Koch der Burg und dessen Weib mit verweintem Gesicht, daneben einige Kaufleute, Gewerkmeister und ganz hinten an der Seite das Kammermädchen seiner Gattin. Ekkehard streifte geschlossene Augen und zum Gebet gefaltete Hände. Hermann war beliebt gewesen. Er lächelte schwach bei diesem Gedanken. Dann wanderte sein Blick über die Köpfe der Naumburger zum fernen Wohngebäude. Dort sah er etwas auf dem Dach zwischen den Zinnen und meinte, trotz der Entfernung zu wissen, dass es seine Gattin war. Sein Gesicht verzog sich schmerzlich, und er presste die Lider zusammen.

Uta zuckte zusammen, als sie Ekkehards schneidenden Blick auf sich ruhen glaubte, und schloss die Augen. Sie trat aus der Zinnenscharte und verbarg sich in einer Ecke der umlaufenden Mauer, wo zwei Zinnen zusammenstießen. Wie übergroße Zähne erschien ihr der Zinnenkranz, der Wechsel aus mannsbreiten Zinnen und schmaleren Scharten. Das Wohngebäude überragte die ebenfalls mit Zinnen versehenen äußeren Burgmauern mit dem Wehrgang um ein ganzes Stockwerk. Vermutlich hatte sie von hier oben die beste Aussicht innerhalb der gesamten Burganlage. Es war das erste Mal, dass sie auf das offene Dachgeschoss hinaufgestiegen war, das direkt über Hermanns Kammern und den Räumen für königliche Gäste lag. Zumindest aus der Ferne hatte sie der Grablegung beiwohnen wollen.

Doch anstatt sich Hermann dadurch näher zu fühlen, zermürbte sie der Anblick des Schandackers. Uta schaute zum Treppenabgang, der durch eine spitze Turmhaube gegen die Unbilden des Wetters geschützt war, und überlegte, sich dieses fürchterlichen Anblickes, vermischt mit den Bildern aus dem Kapitelsaal des Georgsklosters, augenblicklich zu entziehen. Die Welt erschien ihr unverändert grau, grausam und leblos. Früher waren ihr all die erfrorenen Pflänzchen im Burghof, all die düsteren Blicke der Naumburger und überhaupt die entsetzliche Eintönigkeit der meisten Dinge nie aufgefallen.

Sie zog die Scheidungsurkunde aus dem Ledereinschlag und betrachtete sie. Ihre Hände zitterten, und die Buchstaben ihres Namens begannen sich vor ihren Augen aufzulösen. Sie zerriss das Pergament und ließ die so entstandenen Fetzen zu Boden segeln. Teilnahmslos beobachtete sie, wie der Wind die Schnipsel quer über das Dach und die Zinnenscharten hinwegjagte. Hermann, wie konntest du uns nur voneinander trennen?

Uta lehnte sich zurück und spürte die feuchte und weiche Moosschicht, die sich in den Fugen festgesetzt und gleich einem Netz über das grobe Steinwerk an der Wetterseite der Dachmauer ausgebreitet hatte. Im Moos war Leben, auch wenn es meist vertrocknet aussah.

Mit den Gedanken bei Hermann glitt sie direkt neben der nordöstlichen Mauerecke des Daches zu Boden. »Meine letzte Hoffnung ruht auf dir, Gott«, hauchte sie matt und fühlte das in den Bodendellen stehende Wasser in ihre Gewänder dringen. Sie erinnerte sich noch an das Tuscheln einiger Händler beim gestrigen Abendgebet in der Kathedrale, wo sie im Chor vor dem heiligen Schleier für Hermanns Seele gebetet hatte. Dem Ort, an dem sie ihn hatte spüren wollen, an dem es aber nur leer und kalt gewesen war. Von der Grablegung eines adligen Sünders hatten dort zwei Männer gesprochen und hinter vorgehaltener Hand erregt darüber diskutiert, in welchem Ausmaß sie ihr eigenes Seelenheil gefährden würden, wenn sie den einstigen Markgrafen auf seinem letzten Weg zum Schandacker begleiteten.

Uta ergriff zwei der Pergamentschnipsel zu ihren Füßen und

ließ sie erneut zu Boden fallen. Nie hatte Hermann auch nur den geringsten Zweifel an einer gemeinsamen Zukunft geäußert. »Liebster, du bist nicht freiwillig aus dem Leben gegangen. Das spüre ich!« Uta presste ihre Hand aufs Herz.

Warum nur schob Ekkehard ihr die Schuld an Hermanns Unglück zu? Uta raufte sich den Schopf, so dass sich der Eheschleier von ihrem dunkelbraunen, welligen Haar löste. Sie legte ihn in ihren Schoss, dann nahm sie die grüne Vierkantspange aus dem Haar über dem Ohr und betrachtete sie eingehend. Das Schmuckstück war ein Geschenk Hazechas. Der Verlust der jüngeren Schwester und ihrer Mutter hatte ihr einst alles genommen. Weder essen noch trinken hatte sie können. Kraftlos hatte sie gemeint, von innen heraus aufgezehrt zu werden. Jeden Tag hatte sie sich aufs Neue die Augen ausgeweint. Sollte sie denn nacheinander alle Menschen verlieren, die ihr lieb waren?

Aber dieses Mal fühlte es sich anders an. Da war, ohne jeden Zweifel, der Schmerz des Verlustes. Doch die Verzweiflung darüber, dass sie sich Hermanns Entscheidung so gar nicht erklären konnte, überwog und ließ eine unerträgliche Hilflosigkeit zurück. In Uta kämpfte seit der Leichenschau im Georgskloster das Gefühl gegen den Verstand. Bislang war Letzterer als Sieger hervorgegangen. Der Verstand schlussfolgerte, dass viele Anzeichen auf Selbsttötung hindeuteten, ihr Gefühl sagte ihr hingegen, dass Hermann zu dieser Sünde weder fähig gewesen war noch sich auf diese Weise von ihr getrennt hätte. Uta rappelte sich hoch und öffnete die trockenen Lippen. »Hermann, wolltest du unsere Liebe gar nicht beenden?« Diese Aussicht ließ ihren Puls schneller schlagen. Sie hob den Kopf und trat an die nächste Zinnenscharte. Durfte sie es denn wagen, ihrem Gefühl zu folgen?

Das Gewand – schwer vor Nässe – schien sie nach unten ziehen zu wollen, doch Uta streckte ihren Rücken kerzengerade durch. Sie fixierte den fernen Schandacker, der sich langsam leerte. War es nicht Hermann gewesen, der sie dazu ermutigt hatte, sich ihren Gefühlen hinzugeben, sie zu leben? Mit ihm zusammen?

Mit jedem dieser Gedanken wurde Uta sicherer, dass die ganze Wahrheit über das Schicksal ihres Liebsten noch nicht zutage getreten war. Sofern auch nur der Hauch einer Chance bestand, dass er zu Unrecht auf dem Schandacker lag, musste sie diesen Hauch zu einem Sturm machen.

»Hermann«, begann sie, und der Wind trug ihre Worte mit sich fort, »ich finde heraus, woran du wirklich gestorben bist. Und dann verschaffe ich dir ein Grab in geweihter Erde.« Uta blickte vom Schandacker zurück in die Vorburg und auf die kleine Burgkirche, unter der die Krypta, ihr Ort der Verbundenheit, lag. Lauter sprach sie daraufhin: »Ich finde es heraus. Das schwöre ich bei Gott!«

＊ ＊ ＊

Die Wohntürme mit ihren Zinnen wirkten wie kleine Burgen. Schon von weitem wurde ein jeder ihrer ansichtig. Sie waren die Wohnstätten der besseren Kaufleute. Neben ihnen tauchten lediglich noch die Türme von Sankt Salvator und die Kuppel von Sankt Donatian auf. In den Burghäusern wohnten die wohlhabenden Kaufleute über ganze fünf und noch mehr Stockwerke hinweg und vermochten sogar das Meer zu sehen. Ihr eigenes Haus an der Grenze zur Handwerkersiedlung hingegen war nur dreigeschossig, und ihre Fenster gewährten keinen Blick auf die einfahrenden Handelsschiffe, sondern auf die Wohnkammer des Nachbarn, ebenfalls ein Wollhändler. Bebette stand vor dem Fenster und wartete, dass der Regen nachließ und sie noch einmal beim Großvater vorbeischauen konnte. Der Geruch von Roggenbrot stieg ihr in die Nase. Die

Köchin und eine Magd waren noch dabei, Backwaren für den morgigen Tag zu verstauen. Der Kaufmannsgehilfe, der seine Arbeit für gewöhnlich im ersten Obergeschoss, im Handelsraum, verrichtete, war bei Sonnenuntergang verschwunden. Wehmütig wandte Bebette ihren Blick von dem kargen Wohnraum der Nachbarn gegenüber ab.

Das Schlagen der Haustür ließ sie aufhorchen. An den schweren Schritten erkannte sie Balduin. Auf sein gewohntes Schnaufen hin begab sie sich aus ihrer Kammer im zweiten Obergeschoss ins Erdgeschoss hinab.

»Liebes, die Stickereien sind von feinster Machart«, empfing Balduin sie, wischte sich den Regen aus dem Gesicht und holte einen Umhang hinter seinem Rücken hervor.

Bebette griff danach und betrachtete das klamme Kleidungsstück, während Balduin auf ihre Reaktion wartete. »Das ist nicht die gute Wolle aus dem Norden«, bemerkte sie sofort und begann, den Stoff zu befühlen. Der Umhang war aus Wollfilz und so knotig, dass sie sich gewiss den Hals daran aufscheuern würde.

»Die *Brüder* haben mir den Zwirnmeister empfohlen.« Mit *Brüder* meinte Balduin die anderen Wollhändler in Brügge, die sich mit ihm zu einer Interessengemeinschaft zusammengeschlossen hatten, welche in ihrem Brüderhaus eigene Lager betrieb, gemeinsame Gelage veranstaltete und sich einander bei Schiffbruch, Brand und Armut zu unterstützen geschworen hatte. »Und, was sagt Ihr?«, fragte Balduin erwartungsvoll. Das Allerheiligenfest lag beinahe ein Dutzend Tage zurück, und der Winter stellte sich für gewöhnlich zum Ende dieses Mondumlaufes ein. Die Winde von der See bliesen eisig dieser Tage – ein wollener Umhang war da ein nützlicher Begleiter.

Stumm hob Bebette ihren undeutbaren Blick zu ihrem Angetrauten, auf seine kantige Nase, die noch immer vom Regenwasser glänzte, und auf die schmalen Lippen. »Ohne Wolle vom Norden der Insel wird es schwierig, sich zum Hochamt in die Öffentlichkeit zu wagen.«

Balduins Mundwinkel sanken hinab. »Jede andere Wollhändlerfrau würde sich über ein solches Kleidungsstück freuen.« Verzagt legte er seine nasse Bundhaube und den Umhang ab. Mindestens die Hälfte seiner Jahreseinkünfte gab er für Bebettes Gewänder aus. Sie war vornehmer gekleidet als die Frauen der anderen Wollbrüder, fand er, und dass sie in letzter Zeit immer seltener lächelte.

»Ich bin nicht wie jede andere Frau.« Flüchtig betrachtete Bebette die spärlichen Stickereien am Kragen des Umhangs – vier auf einem Ast sitzende Amseln, jeweils kaum größer als ihre Fingerkuppe –, dann sah sie auf. »Es ist also um Eure Geschäfte immer noch nicht besser bestellt?«

Erschöpft vom Tagewerk und dem missglückten Versuch, seiner Lieben eine Freude zu machen, ließ Balduin sich auf einem der Stühle vor dem Esstisch nieder. »Die Engländer exportieren ihre Wolle inzwischen nicht mehr nur über unsere Stadt in das Reich. Lediglich ein einziges Schiff mit Rohwolle – gewöhnlich waren es derer vier oder fünf – ist gestern im Hafen eingelaufen«, begann er zu erklären. »Um von dem verringerten Angebot, das von der Insel zu uns Brüggern noch herüberkommt, überhaupt etwas abzubekommen, muss ich höhere Preise akzeptieren. Die Tuchproduzenten hier in Brügge sind aber nicht bereit, mir in gleichem Maße mehr dafür zu bezahlen. So bleibt am Ende weniger für uns übrig«, erklärte er die finanzielle Not, die nun schon ein ganzes Jahr anhielt.

Festen Schrittes trat Bebette zu ihrem Ehemann an den Esstisch heran. An dem Tisch fanden bequem acht Leute, oftmals acht *Brüder*, Platz.

Ähnlich mau wie Balduins Geschäfte derzeit liefen, hatte ihre gemeinsame Zeit einst begonnen. Nur ungern erinnerte Bebette sich daran zurück. Zwei Jahre nach ihrer Hochzeit war Balduins Handelsgeschäft in Aachen bankrott gegangen, weshalb er mit ihr zum großväterlichen Teil der Familie nach Flandern gezogen war. Hier in Brügge hatte er von vorne anfangen müssen, obwohl sein Großvater, gleichfalls ein Wollhändler und inzwischen im hohen Alter von siebzig Jahren, ein beachtliches Vermögen angehäuft hatte. Das hortete er jedoch für sich. Großväterliches Geld sollten sie erst nach dessen Tod bekommen. Solange der alte Herr also noch atmete, mussten sie mit dem zurechtkommen, was ihnen Balduins Arbeit einbrachte. Weswegen auch keine sieben Tage vergingen, ohne dass Bebette nicht im Haus des Großvaters vorbeischaute und sich nach seiner Gesundheit erkundigte.

Aus glanzlosen Augen schaute Balduin zu seiner Frau auf. »Ganz Brügge leidet unter dem anhaltenden Preisdruck, und es gibt keinerlei Anzeichen dafür, dass sich das in absehbarer Zeit ändern könnte, sagen die *Brüder*.«

Die *Brüder*! Immer wieder die *Brüder!*, dachte Bebette ärgerlich. Eines Tages empfahlen die *Brüder* ihrem Gatten sogar noch, ins Meer zu springen! »So kann das alles nicht weitergehen!«, rief sie und warf den bestickten Umhang schwungvoll auf einen entfernten Schemel in der Ecke des Wohnraumes. Sie verstand nicht, was so schwer daran sein sollte, die Wolle von der Insel billiger ein- und teurer an die hiesigen Tuchproduzenten weiterzuverkaufen.

Balduin bedeutete ihr, sich zu ihm zu setzen, doch Bebette reagierte nicht auf seine Geste, verfiel stattdessen ins Grübeln. »Wir könnten auf den Tuchhandel umsteigen«, schlug sie schließlich vor. »Dort ist die Gewinnspanne größer.«

»Den Wollhandel aufgeben?« Balduin schüttelte den Kopf. Auch wenn er Bebettes Gespür für neue Geschäftsideen schätzte, war sie doch kein Kaufmann. Einmal hatte er sie auf ihr Drängen hin sogar zu Verhandlungen auf die Insel mitgenommen. Allein durch ihre Anwesenheit und das eine oder andere Gespräch mit dem Verkäufer hatte sie ihm tatsächlich bessere Konditionen für ein ganzes Schiff Wolle verschafft. Doch die *Brüder* hatten etwas gegen Frauen im Handel, und so war es bis heute ihr einziges gemeinsames Geschäft gewesen. »Ich bin Händler für Rohwolle und das seit zwanzig Jahren, kein Tuchhändler«, fügte er mit Stolz auf seine Berufung hinzu. Als Wollhändler sah ihn auch der Großvater, und dessen Erwartung zu erfüllen war Balduin wichtig, denn der alte Mann hatte ihm nach dem frühen Pockentod des Vaters durch die Überlassung einiger Geschäfte hier in Brügge wieder auf die Beine geholfen.

Bebette wich vor Balduin zurück. »Aber die anhaltende Krise im Wollhandel zwingt uns zum Handeln«, entgegnete sie aufgebracht. »Wenn wir nicht in einem Jahr unser Haus verkaufen wollen, dürfen wir dem Abschwung nicht tatenlos zusehen.«

»Wir müssen unser Haus nicht verkaufen«, versuchte Balduin, sie zu besänftigen. Sein besonnenes Vorgehen hatte sie noch immer vor Hunger und Kälte bewahrt – und nach viel mehr verlangte es ihn nicht.

»Die Grafschaft Flandern«, fuhr Bebette, unbeeindruckt davon, dass Balduin dem Tuchhandel eine klare Absage erteilt hatte, nun mit bestimmterer Stimme fort, »ist bekannt für hochwertiges Tuch. Unseren Produkten würde also zunächst einmal ein guter Ruf vorauseilen. Was wäre, wenn wir die fertigen Tuche in solche Teile des Reiches verkaufen, die heute noch gar nicht beliefert werden?«

Balduin war trotz des ernsten Themas kurz davor, sich im Wohlklang ihrer Stimme zu verlieren, die gerade, wenn sie fest, aber nicht garstig oder aufgeregt war, sinnlich klang. Ohne dass sich Bebette dagegen wehren konnte, zog er sie auf den Stuhl neben sich. Beim Gedanken an ihren weichen Körper begann er, sich zu entspannen.

Bebette ließ seine Annäherung zu, weil sie wusste, dass er ihr auf diese Weise am meisten Gehör schenkte. Diesbezüglich war er genauso vorhersehbar wie jeder andere Mann. Wie die meisten trug er seine Wünsche offen lesbar im Gesicht. Sein Tonfall, seine Mimik, seine ganze Körperhaltung sprachen Bände. Die Aufmerksamkeit für den Gesichtsausdruck anderer Menschen hatte ihr schon so manche Annehmlichkeit beschert, zuletzt den Zugang zur vornehmsten Brügger Fernhandelsfamilie, die beim Hochamt in der ersten Reihe saß. Bei Balduin las sie in diesem Moment Lust, vermischt mit dem Unbehagen darüber, dass sie sich auch vor den Wollbrüdern in seine Geschäfte einmischte, sowie den Wunsch nach Ruhe und Entspannung. Doch ihr war nicht nach Kleinbeigeben und schon gar nicht nach weiteren Jahren in einem Haus ohne Meerblick.

»Dort, wo man Tuche noch nicht an jeder Ecke erwerben kann«, fuhr sie langsamer und mit einem innigen Blick fort, »wird man bereit sein, einen besonders hohen Preis dafür zu zahlen.« Bei diesen Worten spürte sie Balduins Finger von den silbrigen Bordüren ihres Kleides über ihren Hals streichen. Zuerst zuckte sie ein Stück zurück, ließ es dann aber geschehen. Ihr war aufgefallen, dass er erst, seitdem sie seltener das Bett mit ihm teilte, nach ihren Berührungen zu gieren begonnen hatte. Nur ein Gut, das knapp war, wurde wertgeschätzt. Bebette lächelte innerlich. »Bitte lasst uns über meinen Vorschlag ernsthaft nachdenken«, bat sie ihn mit Nachdruck, woraufhin Balduin von ihrem Hals abließ und seine Gedanken zurück zu den Geschäften zwang. »Neue Abnehmer in neuen Ländern? Ich glaube nicht, dass die *Brüder* das gutheißen werden.«

»Aber den *Brüdern* der Gemeinschaft kann kaum Besseres passieren«, entgegnete Bebette und brachte ihren Hals vor seinen ungeduldigen Händen in Sicherheit, indem sie sich zurücklehnte. »Auch sie werden in absehbarer Zeit reagieren müssen.

Der Fernhandel ist zwar mit höheren Risiken verbunden, aber die Chance auf einträgliche Geschäfte steigt gleichzeitig doch erheblich!«

»Theoretisch klingt das gut, mein Liebes, aber praktisch ist es um einiges komplizierter.« Balduin war einmal mehr beeindruckt, mit welchem Scharfsinn sein Weib Geschäfte zu analysieren vermochte. »Zunächst ist es unsicher, ob derjenige, mit dem man gerade das erste Geschäft gemacht hat, überhaupt zahlen wird«, gab er zu bedenken. »Und wenn er dann auch noch in der Ferne wohnt und nicht einmal meine Sprache spricht, wie soll ich da die mir vertraglich zustehenden Münzen eintreiben? Mit den mir bekannten Wollkäufern verbindet mich gegenseitiges, jahrelanges Vertrauen.« Balduin wusste, wovon er sprach. Hatten nicht zuletzt zahlungsunfähige Käufer das Aus für seinen Aachener Wollhandel und damit den Verkauf des großen Familienhauses bedeutet.

Bebette verstand seinen Einwurf, war aber immer noch nicht gewillt, ihre missliche wirtschaftliche Lage einfach hinzunehmen. Derart mittelmäßig wollte sie ihr weiteres Leben in Brügge unter keinen Umständen fristen. »Wenn Ihr Euch scheut, neue Kunden in der Ferne mit Ware zu versorgen und Verträge in fremden Sprachen aufzusetzen, dann müssen wir hier in Brügge etwas ändern. Am besten wäre es dann, wenn wir das Tuch schon ausschließlich an heimische Kunden verkaufen, es wenigstens auch selbst zu produzieren. Wie findet Ihr das?« Mit dieser Frage beugte sie sich ihm etwas entgegen, gerade weil sie die Ablehnung in seinen Zügen las. Sie hatte ihn nie anders als abwartend, kritisch und risikoscheu erlebt. Unterschiedlicher als sie beide konnte ein Paar nicht sein.

»Ihr wollt, dass wir selber Tuche herstellen?«, fragte Balduin verwundert. Seine mangelnde Erfahrung im Produktionsgewerbe sprach eindeutig dagegen. Er griff nach ihr, doch sie war bereits dabei, sich zu erheben.

»Warum nicht?«, entgegnete sie unbefangen und trat einige Schritte vom Tisch weg. »Zum Beispiel könnten wir überlegen, hin und wieder weniger von der guten Schurwolle beizugeben.«

»Ihr wollt schlechtes Tuch produzieren?«, fragte er entrüstet. »Das kann ich mit der Ehre meiner Familie nicht vereinbaren!« Sie wusste, dass er damit eigentlich meinte, dass er das dem strengen Greis nicht antun konnte. »Unser Tuch wäre äußerlich nicht von dem guten seiner Art zu unterscheiden«, rechtfertigte sie ihren, wie sie meinte, bisher besten Einfall.

»Liebes«, erwiderte Balduin beschwichtigend und winkte sie zu sich heran. »Wenn herauskommt, dass wir minderwertiges Tuch teuer verkauft haben, können sich unsere Söhne in der ganzen Grafschaft nicht mehr sehen lassen und die *Brüder* würden mich zu Recht aus der Gilde der Wollbrüder ausschließen!« Das wollte er unter keinen Umständen riskieren. Die *Brüder* gaben ihm ebenso wie seine zwei Söhne Halt im Leben. »Ich vermisse die beiden«, sagte er auf einmal, und seine Stimme nahm einen bedauernden Tonfall an.

Bebette wusste sofort, dass ihr Gatte von Philip und Marcel sprach. »Sie kommen auch ohne uns zurecht«, beruhigte sie ihn knapp und wollte gerade wieder auf ihren Vorschlag zurückkommen, als Balduin seufzend vortrug, obwohl er wusste, dass sie beide gleichermaßen darin übereingestimmt hatten, den Söhnen die Chance auf größere Geschäfte zu ermöglichen: »Das halbe Jahr, das sie schon fort sind, kommt mir wie eine Ewigkeit vor.« Genau genommen war es jedoch Bebette gewesen, die vorgeschlagen hatte, die vierzehn und zwölf Jahre alten Jungen auf die Schiffe der vornehmsten Brügger Tuchhändler gräflicher Abstammung in den Süden zu schicken, um sie dort so früh als möglich das Handelsgeschäft erlernen zu lassen.

»Wollt Ihr denn nicht, dass unsere Söhne eines Tages stolz auf Euch sind?« Einmal mehr sah sie sich angesichts seines leidenden Blicks darin bestätigt, dass die Kinder sein wunder Punkt waren. Deren Zukunft war ihm wichtiger als die seine.

»Natürlich möchte ich, dass sie stolz auf mich sind«, gab Balduin kleinlaut zurück. »Aber nicht wegen Betrügerei.«

Bebette hätte es nicht so genannt. Sie bevorzugte den Ausdruck: Optimierung der Geschäfte.

»Lasst uns abwarten«, sagte Balduin nun und wischte sich über die müden Augen. »Jeder Krise ist bisher auch ein Aufschwung gefolgt.«

Warten! Immer nur Warten. Wie sie es hasste, die Dinge untätig auf sich zukommen zu lassen! Schon als junges Mädchen hatte sie im Stift auf einen geeigneten Gatten warten müssen, später dann auf den Zugang zur adligen Gesellschaft.

»Ich brauche heute Abend erst einmal etwas Abstand von all den Verträgen, Warenproben und Geschäftsveränderungen.« Balduin erhob sich.

Da pochte jemand heftig gegen die Tür.

»Wer kommt so spät noch?«, fragte Bebette. Das konnte doch nur einer der *Brüder* sein! Sie schickte sich an, die Treppe zu den oberen Geschossen hinaufzusteigen, den Großvater würde sie morgen besuchen.

Balduin öffnete die Tür und sah einen vom Regen bis auf die Haut durchnässten Mann in Reiterkleidung vor sich stehen.

»Ist dies das Haus der Bebette von Hildesheim?«

Bebette wandte sich auf der Treppe um, als sie ihren Namen vernahm. Zudem sprach der Fremde die flämische Sprache mit fränkischem Zungenschlag. Sie ging die Treppe wieder hinab und zwängte sich an ihrem Angetrauten vorbei. »Ich bin Bebette von Hildesheim. Was gibt es?« Nach genauerer Betrachtung seiner Gewänder kam sie zu der Einschätzung, den Mann noch nie zuvor gesehen zu haben. Sie waren aus noch schlechterer Wolle gearbeitet als ihr Amselumhang.

»Ich habe Euch persönlich ein Schreiben zu überreichen«,

sagte der späte Gast, zog eine Rolle unter seinem Wams hervor und hielt sie Bebette entgegen. Einige Regentropfen gingen darauf nieder, bevor Bebette das mit mehreren Lederschnüren zusammengehaltene Pergament ergriff. Das Siegel darauf erkannte sie sofort.

»Ich danke Euch«, sagte sie, und Balduin schloss gleich darauf die Tür.

»Ein Schreiben zu so später Stunde? Das muss aber wichtig sein.« Balduin wollte nach dem Pergament greifen, doch Bebette presste es fest an ihre Brust.

»Oder aber, es handelt sich einfach nur um einen Boten, der schnell wieder ins Trockene wollte.« Bebette hoffte, dass sie mit dieser Aussage im Unrecht war. Langsam verwandelte sich ihr kämpferischer Gesichtsausdruck in einen lieblichen. »Wollt Ihr nicht schon vorausgehen?«, fragte sie so ruhig, wie es ihr möglich war. Briefe mit diesem Siegel las sie lieber alleine, auch wenn sie ihr selten zu solch später Stunde und persönlich übergeben wurden. Etwas lag in der Luft ...

Balduin war zu müde, um weiter in sie zu dringen, und so begab er sich ins dritte Geschoss ihres Hauses, wo sich die Schlafkammern befanden.

Als Bebette sich allein wusste, das Gesinde war inzwischen zu Bett gegangen, nahm sie im abgenutzten Lederstuhl vor dem Kamin Platz. Beim Knistern des Feuers erbrach sie das ihr vertraute Siegel und entrollte das Schreiben. Für den weiten Weg, den es zurückgelegt hatte, enthielt es erstaunlich wenig Inhalt. Bebette las und war mit jedem Satz überwältigter. Ihr Gesicht zeigte nun nicht mehr nur Liebreiz, sondern pure, wahrhafte Freude.

Nach der Abrede hob sie den Blick und schaute in die knisternden Flammen vor sich. Hoffnung kam in ihr auf. Sollte Gott sie endlich erhört haben? Niemals mehr warten. Weder auf die höheren Kreise und ein Haus mit Zinnen noch auf den

letzten Atemzug eines alten Mannes. Endlich die kehlige, kloß-
artige Sprache hinter sich lassen. Die persönliche Gewinnspanne erhöhen, würden die *Brüder* dazu sagen.
Lächelnd erhob sich Bebette, warf das Schreiben ins Kaminfeuer und schritt auf den Schemel in der Ecke des Raumes zu.
Sie griff nach dem neuen Wollumhang, betrachtete die gestick-
ten Amseln am Kragen und blickte dann nachdenklich die
Treppe hinauf.

2.

GOTTES VORSEHUNG

Der Winter war mit klarer Kälte und Reif, jedoch ohne Schnee, über sie hereingebrochen. Mit dem ungewöhnlich frühen Winterbeginn – das Allerheiligenfest lag gerade einmal einen halben Mond zurück – gefroren die Böden, und das Leben auf dem Burgberg wurde langsamer und leiser.

Hier unten war es jedoch zu jeder Jahreszeit eiskalt. Äbtissin Notburga beschleunigte ihre Schritte die Kellerstufen hinab. Immer wieder schaute sie sich um, ob ihre Zöglinge nicht irgendwo neugierig in der Nähe herumschwänzelten, anstatt brav bei der Messe in der Stiftskirche zu weilen. Zwischendurch richtete sie immer wieder ihr mit Goldfäden durchwirktes Haarband, das sie anstelle eines Äbtissinnenschleiers trug und das ihr aschblondes, glattes Haar geordnet auf dem Rücken hielt.

Sie selbst hatte sich unter dem Vorwand plötzlicher Übelkeit von ihren heutigen Diensten an Gott freistellen lassen.

Der Gedanke an den halbverdauten Magenbrei ließ Notburga erneut würgen. Noch immer roch sie ihr Erbrochenes des gestrigen Tages genauso stark, als hinge sie mit der Nase gerade über der gelbgrünen Pfütze vor ihrer Bettstatt. Das Essen aus der Klosterküche wurde immer schlechter! Sie schüttelte sich, hielt dann aber kurz inne, den Blick konzentriert auf die Tür vor sich gerichtet. Die Mittagsmesse zu Ehren des Tagesheiligen Desiderius zu verpassen würde die Krankenschwester ganz sicher nicht wagen. Notburga lauschte angestrengt. Sie hörte keinen Laut. Nicht einmal das Rascheln eines Gewandes oder das Umblättern von Pergamentseiten. Auch kein Klappern von Tinkturgefäßen.

Notburga führte die Hand zum Riegel und schob ihn geräuschlos zur Seite. Sie öffnete die Holztür eine Handbreit und steckte dann vorsichtig den Kopf in den Kellerraum, den sie zuvor noch nie aufgesucht hatte. Auf das Elend der Todgeweihten konnte sie schließlich nicht auch noch ein Auge haben. Als sich weiterhin nichts regte, trat sie ein und schob den Riegel von innen wieder vor.

Im Lichte zweier Talgschalen trat sie vor den Behandlungstisch und verzog angewidert das Gesicht. Dieser seltsam harzige Geruch war ja kaum zum Aushalten! Mit der Hand vor dem Mund inspizierte sie den langgezogenen Raum. Die Rundbögen an der Decke schienen frisch verputzt zu sein. Ihr Blick glitt weiter bis zum Vorhang am anderen Ende des Kellers, der über die gesamte Breite des Raumes hinweg angebracht war, und wieder zurück zu dem übergroßen Behandlungstisch, dessen Kopfende mit Instrumenten und Tüchern vollgestellt war. Wollte die Schwester mit der olivfarbenen Haut hier etwa Pferde verarzten?

»Igitt!«, entfuhr es Notburga, als sie an der Wand die Zeichnung eines Schweins samt Innereien erblickte. Sobald sie ihre Besorgung hier unten erledigt hätte, würde sie einmal ein ernstes Wörtchen mit Schwester Alwine reden! Schließlich hatte das Kloster einen vortrefflichen Ruf zu verlieren, und Schweine an den Wänden waren dem ganz sicher nicht zuträglich. Notburga machte sich ans Suchen. Schnell entdeckte sie an der rechten Wand die Bücherregale. »Hier haben wir Euch, ihr Befreier meiner Seele.«

Hastig zog sie einige Pergamentbündel aus den Regalen und legte sie auf die freie Fläche des Untersuchungstisches. Sie passte auf, nur ja keine Spuren zu hinterlassen, weshalb sie sich zuvor auch genau eingeprägt hatte, in welcher Reihenfolge die Pergamentstapel im Regal plaziert waren. Dann schlug sie das erste Buch auf.

»Was soll denn das sein?« Die fremde Sprache mit den zahlreichen Strichen und Schlangenlinien über den Zeichen – dann Buchstaben, die aussahen wie das Ohrgehänge der Kaiserin – würde ihr sicher nicht weiterhelfen. Ungeduldig wandte sie sich dem zweiten Buch zu. *Methodi medendi* – Die Methoden der Medizin. Sie atmete auf, endlich Latein. Sie schlug die ersten Seiten um, als ihr mit einem Mal jenes Schwein entgegenschaute, das auch an der Wand hinter ihr prangte. Mit einem Kopfschütteln blätterte Notburga weiter.

»Hier ist etwas!«, rief sie aus und legte sich dann den Finger auf den Mund, als wolle sie sich selbst zur Ruhe rufen. Mit einem Lächeln schaute sie zum zweiten Rundbogen der Decke auf, über der sie die Stiftskirche vermutete. Dort oben zogen die Schwestern wahrscheinlich gerade in das Chorgestühl ein. Ihr blieb also noch genügend Zeit für ihr Vorhaben. Allerdings musste sie diesen Raum unbedingt wieder verlassen haben, bevor die Dunkelhäutige auftauchte.

»Im Gegensatz zum Mann besitzt das Weib die schwachen, weichen Geschlechtsteile«, las sie und schaute wissend auf. Erneut sah sie Esiko von Ballenstedts erigiertes Glied vor ihrem geistigen Auge, das sich ihrem Gesicht entgegenreckte, und lächelte anzüglich. »Die weichen Geschlechtsteile des Weibes sind nicht äußerlich hängend, sondern im Inneren des Körpers verborgen. Unser Erschaffer wollte damit verhindern, dass die geringe Vollkommenheit des weiblichen Körpers verstärkt nach außen tritt und angeschaut werden muss.« Notburga fuhr vor Schreck herum, als sie plötzlich ein Stöhnen vernahm, und stieß sich dabei mit dem Ellbogen am Tisch. Gleichwohl sie einen stechenden Schmerz fühlte, wagte sie keine Regung.

Da war es wieder, das Stöhnen. Es drang aus dem hinteren Teil des Raumes zu ihr nach vorne. Auf leisen Sohlen näherte sie sich dem Vorhang. Sachte zog sie ihn ein Stück beseite und spähte vorsichtig dahinter. Sie zählte acht Betten, auf einem davon entdeckte sie einen zusammengekrümmten Leib. Daneben lag ein jüngeres Mädchen, dessen Hände vom Lager hinabhingen und mit Schweißperlen bedeckt waren, die wie Edelsteine glitzerten. Die beiden würden sie nicht stören – sie schienen bewegungsunfähig und sowieso nicht bei Sinnen zu sein. Ein stechender Geruch aus Kräutern und Urin stieg ihr in die Nase. Notburga musste würgen. Schnell zog sie den Vorhang wieder zu und schritt zielstrebig zum Untersuchungstisch zurück. Die Schwestern müssten inzwischen bereits mit der Textlesung begonnen haben.

Sie überflog in dem Buch über die Heilkunde der Frau noch einige weitere Seiten, bis sie an einem Abschnitt hängenblieb: »Sobald die Gebärende auf dem Gebärstuhl sitzt, soll sie durch Mitpressen helfen, die Frucht aus dem Leib zu schieben. Die Geburt verläuft unkomplizierter, wenn der Kopf vorangeht, weil er die Geburtswege für die nachfolgenden Kindesteile vorbereitet.« Notburga presste ihre Hand angstvoll an die Stelle ihres Gewandes, an der sich ihre Scham befand. »Nach dem Ausscheiden des Neugeborenen gehöre dessen Nabelschnur einige Finger breit vom Bauch entfernt mit weichem Band abgebunden und danach mit einem Messer abgeschnitten. Diese Maßnahme vermeidet den Übertritt von Mutterblut in den Kreislauf des Neugeborenen.« Beim Studium der nachstehenden Zeilen erstarrte sie. »Sobald die Geburt über einen längeren Zeitraum nicht fortschreitet, besteht Gefahr, weswegen geraten wird, die Geschlechtsteile auszuräuchern.« Als Notburga die Zeichnung betrachtete, die diese Empfehlung begleitete, meinte sie, einen Kloß von der Größe einer Faust in ihrer Kehle zu spüren. Da war ein Stuhl ähnlich einer Liege, dessen Sitzfläche einen mondförmigen Ausschnitt zeigte. Darauf lag mit weit gespreizten Beinen eine Frau, deren Gesicht – von goldener Tinte gezogen – schmerzverzerrt war. Neben der Zeichnung stand in kleineren Buchstaben, dass sich Wacholderholz für die Ausräucherung von Geburtsdämonen, die die ungetaufte Seele stehlen wollten, besonders eignen würde. Erschrocken blätterte Notburga hastig einige Seiten weiter und fand schließlich, was sie eigentlich hierher – in den »Siechenkeller«, wie sie den Raum nannte – getrieben hatte.

Wie der Medikus eine Schwangerschaft feststellt, stand da als Überschrift geschrieben. Daran war ein einzelnes Pergament geheftet, das dem Buch nachträglich hinzugefügt worden war. Notburga machte den Namen *Ramses II.* darauf aus, der schlampig an die Seite gekritzelt war. Begierig begann sie zu lesen: »Zerstampfte Wassermelonen sind mit der Milch der Mutter eines Knaben zu durchtränken und dann von der Frau zu verzehren. Wenn sie sich übergibt, trägt sie eine Leibesfrucht in sich, wenn sie Blähungen hat, wird sie nicht gebären.« Sie stutzte. Was in aller Welt waren Wassermelonen, und wo sollte sie so schnell Muttermilch herbekommen? »Verdammt!« Notburga schlug mit der flachen Hand auf das Pergament und schaute zur Decke hinauf. Vermutlich war die Textlesung in der Stiftskirche inzwischen vorüber, und ihr blieben nur noch die Zeit des Gebets, der Fürbitten und des Auszugs, um sich endlich Gewissheit zu verschaffen. Ungeduldig bog sie das angeheftete Pergament zur Seite und las darunter weiter. »Die Frau nehme Weizen und Dinkel und benetze beides täglich mit ihrem Harn. Sofern beide Samen treiben, wird sie gebären. Sollte der Weizen zuerst treiben und zu einer Pflanze heranwachsen, wird sie einem Knaben das Leben schenken. Zeigt jedoch der Dinkel eher ein Pflänzchen, erhält sie ein Mädchen. Regen sich beide Samen nicht, sollte sie sich erneut zu ihrem Angetrauten legen und sein Sekret empfangen.« Unter dem einsetzenden Gewimmer hinter dem

Vorhang stürzte Notburga zur Linken der Tür, wo die Krankenschwester ihre Vorräte aufbewahrte.

***

Wie ein in der Sonne glänzendes weißes Seidentuch hatte sich feiner Reif auf die Mauern und Türme der Vorburg gelegt. Von überallher glitzerte es Uta entgegen, doch sie nahm den winterlichen Zauber nicht wahr, nach wie vor sah sie die Welt um sich herum durch einen grauen Schleier. Es war ungewöhnlich ruhig für einen Mittag auf dem Burgberg. War es schon immer so leblos hier gewesen?

Uta hielt auf die Unterkunft der Maler in der südlichen Häuserzeile der Vorburg zu. Beim Verlassen ihrer Kemenate hatte sie gerade noch die Glocken des Moritzklosters zur Mittagsmesse rufen hören. Nun hoffte sie, Simon, den Maler, der den anderen, meist jungen Burschen seines Handwerks für den Ausmalungsauftrag der Kathedralwände vorstand, um die Mittagszeit in seiner Werkstatt vorzufinden. Im Begleitschreiben von Bischof Kadeloh hatte es geheißen, dass Simon in der Werkstatt des großen Malers Johannes, der für Kaiser Otto III. in Aachen riesige Bildwerke geschaffen hatte, erste Erfahrung hatte sammeln dürfen. Danach war Simon auf der Reichenau und in Italien tätig gewesen, wo Bischof Kadeloh zuletzt seine Bekanntschaft gemacht hatte.

Uta klopfte an die Tür des Hauses, das einst von Zimmermannsmeister Jan bewohnt worden war, der inzwischen auf der Kathedralbaustelle in Speyer untergekommen sein musste.

»Simon, seid Ihr da?«

Doch sie erhielt auf ihren Ruf hin keine Antwort. Sie schlug erneut gegen das Holz, woraufhin die Tür aufsprang. Trotz der Stille zögerte Uta nicht einzutreten. Im Halbdunkel des langgezogenen Raumes schaute sie sich um. Gleich links neben der Eingangstür führte eine Treppe ins Obergeschoss. Das trübe Licht, das spärlich aus dem hinteren Teil des Raumes zu ihr drang, ließ sie in der Mitte des Erdgeschosses eine Kochstelle erkennen, die an der linken Wand des Raumes endete und deren letztes Feuer schon lange erkaltet war. Außer einem einfachen Stuhl neben der Kochstelle machte Uta kein weiteres Mobiliar aus. Statt weiterer Stühle, statt eines Tisches oder eines Regals fand sie nur eine Wanne und teilweise geöffnete Beutel und Säcke in der Stube vor.

Uta griff in einen der Beutel hinein. Feinstes Pulver, weicher als der feinste Sand, den sie je berührt hatte, blieb an ihren Fingerkuppen haften. Sie ging an der rechten Wand entlang in den hinteren Teil des Raumes, wo sie im Lichte zweier Talgschalen eine unkomfortable Schlafstelle aus Stroh mit einem Leinen ausmachte. An der gegenüberliegenden Seite entdeckte sie vor einer mannsbreiten Tafel eine gebeugte Gestalt, die in einen dicken Umhang gehüllt war. Ihr Blick glitt über die an die Wand gelehnte Tafel, auf deren linker Seite unter einem flächig aufgetragenen grauen Farbton rötliche Vorzeichnungen hindurchschienen. Das ist das Flechtband für die Rahmung der Bilder in der heiligen Zone, dachte sie und trat näher. Das Band bestand aus drei Tauen, die miteinander zu einer Kette verflochten waren.

Uta verfolgte, wie der Zeigefinger des Malers mehrmals sanft auf den Putzverstrich drückte. In der linken Hand hielt er einen runden Pinsel mit langen Borsten, die im schummerigen Licht ungewöhnlich schimmerten. Ihre Farbe erinnerte Uta an das Moos, das sie am Morgen der Grablegung auf dem Schandacker an der Wetterseite der Dachmauer entdeckt hatte. Vor der Mooswand war sie zuletzt verzweifelt zusammengesackt. Moos. So vieles in einem: kraftvoll und doch zart. Tod und Leben. Verlust und Schmerz. Morgen und Abend, das alles sah sie darin. Moos lebte auf seine ganz eigene großartige Weise: es konnte vollständig austrocken, ohne abzusterben. Lange blieb das Leben in ihm, auch wenn es nach außen hin anders anmutete. Das alles verband sie mit dem Grün des Morgenmooses, welches sie – und das war das Wichtigste – sehen konnte! Die erste Farbe seit langem.

Simon! Von hinten sah er beinahe aus wie … diese Mischung aus Rauhheit- und Sanftmut. Uta versteifte sich für einen Moment, dann aber lockte sie der geheimnisvolle Duft von Erdigem und die Frische von Kalkputz näher an den Mann mit dem breiten Kreuz und dem dunklen, brustlangen Haar heran. Unter ihren Sohlen fühlte sie Sandkörner, die sie auch schon auf ihrem bisherigen Weg zur Lichtquelle hin begleitet hatten. Sie schaute ihm eine Weile stumm zu, dann sagte sie: »Wird die Malerei wirklich für alle Ewigkeit halten?« Dabei fixierte sie seine langen, kräftigen Finger.

»Erlaucht, ich habe Euch nicht kommen hören.« Simon beugte kurz den Kopf, was etwas seltsam aussah, weil er noch kniete. »Ich grüße Euch.« Ohne sich lange mit Formalien aufzuhalten, wandte er sich wieder seiner Maltafel zu. Er setzte seinen Pinsel auf der Vorzeichnung an und begann, das unterste der drei Bänder mit einer Mischung aus Wasser und grünen Farbpigmenten auszumalen.

Uta zog ihren Umhang enger um den Körper, während der Maler die Kälte im Raum nicht zu spüren schien.

»Für die Ewigkeit?«, wiederholte Simon schließlich ihre Frage. »Sofern wir die goldene Zeitspanne für das Auftragen der Malfarbe nutzen, sicherlich. Denn nur dann nimmt der Kalk im Verputz die Farbpigmente auf, verbindet sich wetterfest mit ihnen und wird hart wie Stein, Erlaucht.«

Utas Blick glitt über die Sammlung unterschiedlichster Pinsel, die neben dem Maler bereitlag. Dazwischen erkannte sie auch eine Rötelstange. Sie begann sich das dunkle Pulver von den Fingerkuppen zu reiben. Ausgerechnet in das Säckchen mit den schwarzen Farbpigmenten hatte sie fassen müssen. Schwarz – die Farbe der Vernichtung und des Todes. »Und woran erkennt Ihr die goldene Zeitspanne?«, fragte sie mit belegter Stimme und vernahm Schritte im Geschoss über sich, die von den Burschen des Malertrupps herrühren mussten.

»Für die goldene Spanne ist es am wichtigsten, dass der Putz noch feucht ist. Nur dann behält er beim Aushärten die aufgetragenen Pigmente bei sich.« Des Malers Stimme klang tief, trug aber nicht die sehnsüchtige Rauhheit Hermanns in sich. Simon malte weiterhin am unteren Flechtband. »Ihr erkennt den richtigen Zeitpunkt daran, dass der Putz noch dunkel aussieht, aber schon druckfest ist.«

Uta zwang sich, ihren Blick von seiner ungewöhnlichen Pinselführung weg und erneut in den Raum zu lenken. Die Schlafstätte sah unbenutzt aus.

»Jede Wand hält die Feuchte anders. Zudem ist die außen wie innen herrschende Wärme oder Kälte, der die Wand ausgesetzt ist, wichtig. Im Frühjahr trocknet der Putz langsamer als im Sommer. Ich versuche hier im Haus gerade die Wetterverhältnisse zu Beginn unserer Malerarbeiten, an den ersten frostfreien Tagen, nachzustellen.« Simon ließ den Pinsel sinken. »Damit ist jede Wand zu jeder Zeit eine neue Herausforderung. Ist Euch kalt?« Aus seiner knienden Haltung heraus schaute er zu ihr auf und sah ihre unruhig sich bewegenden Hände, dann ihr vom Schleier umrahmtes Gesicht.

»Es geht« sagte Uta und wusste, dass ihr keine Kochstelle und kein Kaminfeuer auf dieser Welt die ihr fehlende Wärme spenden könnten.

Simon widmete sich nun dem mittleren der drei Bänder, benetzte den Pinsel mit dem schimmernden Grün des Morgenmooses und setzte an. Behutsam, aber mit zielgerichteten Strichen zog er die langen Pinselhaare über den feuchten Putz – als streichele er eine Frau. Die eben noch kräftige, grüne Farbe am

Pinsel wurde durstig von der Tafel aufgesogen und ließ Uta an verschütteten Wein auf einem Tafeltuch denken – dessen ehemals dunkles Rot wegen des Stoffes an Intensität verlor.

»Es ist blass«, sprach sie ihre Verwunderung darüber, dass die soeben noch tiefgrünen Pigmente stark an Leuchtkraft eingebüßt hatten, laut aus.

»Gebt den Pigmenten und der Wand Zeit«, sagte Simon und strich mit dem Pinsel weiterhin so zärtlich über die Tafel, dass Uta peinlich berührt zu Boden schaute.

»Erst wenn der Feinputz getrocknet ist, sehen wir die Kraft der Farben.«

»Ihr malt also fast blind«, sagte sie, und ihr Blick wechselte wieder fasziniert und widerstrebend zugleich zwischen dem Pinsel und dem geflochtenen Strang hin und her.

»Deswegen ist die Erfahrung so wichtig. Ich sehe das Farbergebnis erst, wenn Änderungen längst nicht mehr möglich sind.«

Simon malte also ein Bild, dessen Farben nur vorübergehend verblassten.

Uta nickte, während sie ihren Gedanken nachhing. Der Hauch einer Chance, den sie oben auf dem Zinnendach des Wohngebäudes gespürt hatte, war da, aber nicht greifbar. Wie die Luft. Ließ sich Wind mit den Händen einfangen? Wo sollte sie beginnen, um Hermanns Schicksal zu klären?

»Ich empfehle Euch, das Mehl aus gebrannten Traubenkernen baldmöglichst mit Wasser von den Fingern zu wischen, sonst hinterlässt es graue Spuren, die Ihr lange nicht mehr wegbekommen werdet.«

Uta kam wieder zu sich. Was sagte er da über Finger und Spuren? Sie hielt sich die Hände vor die Augen und bemerkte erst jetzt, dass sich das schwarze Pigmentmehl in den feinen Hautrillen ihrer Fingerkuppen abgesetzt hatte. Dann glitt ihr Blick zwischen ihren gespreizten Fingern hindurch zu dem Maler, der sie immer noch warm und mitfühlend ansah. Sein dichter Bart, der viel länger als der Hermanns war, reichte ihm bis auf die Brust hinab. Auch waren seine Augen nicht braun. Simons Augen standen ungewöhnlich weit auseinander und hatten einen eher fragenden als sprechenden Ausdruck.

Unwillkürlich trat Uta einen Schritt zurück und erinnerte sich beim Knirschen des Sandes unter ihren Sohlen wieder daran, weswegen sie den Maler eigentlich aufgesucht hatte. »Ihr batet gestern vergebens um ein Gespräch mit mir. Ich war verhindert.« Sie stockte kurz, um nach einer passenden Begründung dafür zu suchen, konnte sie Simon doch schlecht sagen, dass sie einem Hauch von Hoffnung hinterhergejagt war! Schließlich entschied sie sich noch einmal ganz anders und fragte nur: »Womit kann ich Euch helfen, Simon?«

Der Maler überlegte eine Weile, bevor er ansetzte: »Ist die Lieferung des Blausteins inzwischen eingetroffen? Erlaucht Hermann versprach …« Er redete nicht weiter, sondern widmete sich wieder seiner Ausmalung.

»Was versprach Euch Erlaucht Hermann?«, fragte sie mit gepresster Stimme und spürte Schmerz in sich aufkommen.

Der Maler ließ den Pinsel erneut sinken, schaute jedoch weiterhin auf die Tafel vor sich. »Er versprach mir, dass ich mit der Lieferung bis zum Fest des heiligen Martin rechnen könne.« Das war vor vier Tagen gewesen, als Hermann die Lieferung schon nicht mehr hatte entgegennehmen können. »Wir werden das Gewand Christi an der Westwand damit akzentuieren, und ich möchte mich vorab auf dem in der Kathedrale verwendeten Feinputz mit den starkblauen Pigmenten erproben.«

Uta erinnerte sich, wie begeistert Hermann ihr von dem außergewöhnlich tiefblauen und goldgesprenkelten Edelstein, aus dessen zu Pulver zerriebenem Gestein die Farbe gewonnen wurde, erzählt hatte. Die Kaufleute, bei denen die benötigte Menge Pulver zum Preis von fünf Dutzend Schlachtrössern bestellt worden war, hatten um nichts in der Welt dessen Herkunft verraten wollen. Für einen Wimpernschlag lang glaubte sie, gerade aus einem bösen Traum zu erwachen und Hermann jeden Moment in der Krypta der kleinen Burgkirche zu treffen. Doch Simons mitfühlende Züge, die sich allmählich vor ihr klärten, ließen auch diesen Traum platzen.

Uta rang um Fassung. »Ich werde mich der Sache annehmen«, sicherte sie ihm zu und fühlte wieder den säuerlichen Pelz auf ihrer Zunge. Sie wandte sich ab und schluckte mehrmals verzweifelt hintereinander, damit die Erinnerung an die traurige Leichenschau sie nicht erneut übermannte. Mit den Worten: »Ich wünsche Euch noch einen gesegneten Tag«, verließ Uta das Haus der Maler und hielt auf die Kathedrale zu.

Das Vorverputzen der Wände war inzwischen abgeschlossen worden, die Gerüste standen somit den Figuristen- und Dekorationsmalern für das Auftragen der Skizzen und die Einteilung in Tagwerke, die aufgetragene Fläche Putz, die jeweils innerhalb eines Tages bemalt werden musste, zur Verfügung.

Uta betrat das Gotteshaus und begab sich zum gläsernen Schrein mit der Reliquie. Mit zehn Schlössern war das himmlische Gut in seinem mächtigen Glasschrein geschützt. In seinem mit Edelsteinen besetzten Kästchen hatte der Schleier der heiligen Plantilla einst Tausenden von Kämpfern neuen Mut gegeben.

»Mutter der Heilung«, sprach Uta leise und flehentlich, während ihr Hermanns Gesicht vor Augen stand. Die klammen Hände hatte sie zum Gebet gefaltet. In gebeugter Haltung presste sie die Knie auf den kalten Boden, als ob ihr die Steine Halt zu geben vermochten. »Plantilla, dein Schleier gab uns einst die Kraft, unser Land zurückzuerobern. Bitte, weise mir den Weg aus dieser grauen Zeit hinaus.« Sie schob die Knie so nah vor den gläsernen Schrein, dass sich ihr brauner Umhang über eines der Schlösser legte. Mit den Fingerspitzen strich sie über den gläsernen Deckel. »Heiliger Desiderius, bitte gib mir ein Zeichen, wie ich Hermanns Schicksal klären kann. Hilf mir, meinen Schwur zu halten.« In Gedanken versunken, nahm sie das Rascheln des Gewandes hinter sich nicht wahr. »Heiliger Desiderius, auch du wurdest getrennt. Bitte gib mir einen Rat, was ich tun kann.«

»Hermanns Schicksal?«, fragte da jemand.

Uta wandte sich ruckartig in Richtung der Stimme um.

»Was ist denn sein Schicksal?«, fragte diese.

»Exzellenz Bischof Kadeloh.« Uta schickte sich an, aufzustehen, um dem Bischof die formale Respektsbezeugung zu erweisen, als sich dieser auch schon neben ihr auf die Knie niederließ.

»Ich bedaure, dass ich noch keine Gelegenheit hatte, Euch meine Aufwartung zu machen«, sprach Uta leise, die sich ihrer Unhöflichkeit erst in diesem Moment bewusst wurde. Die Kälte ließ ihren Atem kondensieren.

»Nun sind wir uns ja schon begegnet, Markgräfin«, entgegnete Kadeloh, der zwar bereits seit drei Mondumläufen im Amt, aber erst seit wenigen Tagen in Naumburg war. Auch sein Atem bildete beim Sprechen eine kleine Wolke. »Lasst uns dies hier als Eure Aufwartung betrachten.« Er faltete die Hände zum Gebet und begann, ein Vaterunser zu sprechen. »Pater noster, qui es in caelis, sanctificetur nomen tuum. Adveniat …«

Irritiert fiel Uta in seine Worte mit ein. Während sie die lateinischen Worte mechanisch nachsprach, verglich sie unwillkürlich den neuen Bischof mit seinem Amtsvorgänger Bischof Hildeward. Letzterer war ihr stets feindlich gesonnen gewesen, weil sie – eine Frau – Aufgaben wie das Bauzeichnen, die Materialplanung und zuletzt die Bauleitung für ein Haus Gottes übernommen hatte, die allein dem männlichen Geschlecht vorbehalten waren. Unsicher, ob sie Bischof Kadeloh, obwohl er ihr die Überwachung der Ausmalungen übertragen hatte, vertrauen durfte, löste sie ihren Blick vom gläsernen Schrein und betrachtete den Mann in seinem schwarzen Chormantel verstohlen von der Seite, während sie das Paternoster wiederholten. Er war hochgewachsen, mit seinem wohlgestalteten Gesicht und den wettergegerbten Zügen wirkte er eher wie ein Heerführer als ein Kirchenfürst, befand Uta argwöhnisch.

»Was ist denn nun das Schicksal Hermanns von Naumburg?«, insistierte der Bischof, nachdem sie das gemeinsame Gebet beendet hatten.

Müde schaute sie auf.

Seine grauen Augen musterten sie aufmerksam, als verstünden sie, in einen Menschen hineinzuschauen. Vielleicht antwortete sie deswegen auch ehrlich: »Sein Schicksal ist es, dass er vielleicht einer Fehleinschätzung zum Opfer fiel und ihm eine würdige Grablegung versagt blieb.« Auf diese Aussage hin gab es wenig zu erwidern, allerdings hielt Bischof Kadeloh unbeirrt ihren Blick fest. Ihm fielen ihre tiefen Augenringe, ihre fahle Haut und die Erschöpfung auf, die ihr deutlich ins Gesicht geschrieben war. »Mit Fehleinschätzung meint Ihr die Selbsttötung?«, fragte er mit gesenkter Stimme.

Uta nickte kurz. Nun besaß der Bischof ihre volle Aufmerksamkeit.

»Warum sollte dies jemand tun, Markgräfin? Ich meine, eine falsche Einschätzung abgeben?«

Uta zögerte kurz, gleich darauf siegte jedoch die Überraschung, dass überhaupt jemand außer ihr das Geschehene zu hinterfragen wagte. Selbst ihre Freundin Erna nahm den Freitod Hermanns als gegeben hin. »Nicht die Fähigkeiten von Abt Pankratius möchte ich anzweifeln, Exzellenz. Anhand des toten Körpers allein konnte er sicher zu keiner anderen Einschätzung gelangen. Ob Hermann von Naumburg aber überhaupt einen Grund hatte, sich eigenhändig aus dem irdischen Dasein zu entfernen, hat niemand hinterfragt. Doch ohne eine Antwort auf das *Warum* ist der Befund der Selbsttötung für mich nicht mehr als eine vage Vermutung.« Auch während der vergangenen vierzehn Tage hatte sie auf das Warum keine Antwort finden können. Nicht in der Heiligen Schrift und nicht in ihrer Erinnerung. Da war er wieder, der Hauch der Hoffnung, es könnte anders gewesen sein, der sie stets umgab, sich aber nicht greifen ließ.

Bischof Kadeloh sprach mit sonorer Stimme aus, was sie lediglich angedeutet hatte. »Ihr meint also, es besteht die Möglichkeit, dass Erlaucht Hermann getötet wurde?« Kadeloh erhob sich nach diesen Worten und klopfte sich den Staub von seinem edlen Chormantel.

Statt einer Antwort stand Uta ebenfalls auf. Ihre erkalteten Glieder schmerzten. Noch immer war die Aufmerksamkeit des Bischofs auf sie gerichtet.

»Eurer Logik folgend würde ich mir als Nächstes die Frage stellen, warum jemand Erlaucht Hermann überhaupt umbringen wollte«, sagte er.

Tiefe Verzweiflung sprach aus Utas Blick, als sie daraufhin mit leiser Stimme antwortete: »Es ist mir leider unmöglich, auf diese Fragen eine Antwort zu finden.«

Kadeloh schürzte die Lippen. Sein Blick glitt über den gläsernen Schrein. »Für Gott ist nichts unmöglich«, sagte er in Anlehnung an das Evangelium des Lukas und fügte entsprechend seiner persönlichen Überzeugung hinzu: »Und manchmal bedarf es für den Menschen auch nur eines Anstoßes, das Unmögliche zu wagen.« Kurz glaubte er, daraufhin einen Funken in den Augen der Markgräfin aufglimmen zu sehen. Doch der Eindruck währte nur kurze Zeit, und so fügte er unverfänglich hinzu: »Übrigens bin ich beeindruckt, welch stimmiges Gesamtprogramm Ihr mit Erlaucht Hermann und Maler Simon aus meinen Bildvorlagen für das Wirken Christi erarbeitet habt. Simon hat es mir gestern ausführlich erklärt. Die Idee mit den drei Zonen ist brillant.« Der Bischof, der Hermann von Naumburg an der Seite des Kaisers kennen- und schätzen gelernt hatte, nickte bekräftigend.

Uta blickte kurz in das Langhaus, erinnerte sich an ihren unbeschwerten Rundgang mit Erna und wie sie dieser versprochen hatte, bald das steinerne Buch lesen zu können. »Eure Auswahl und Vorlage der Bilder haben es uns leichtgemacht«, gab sie höflich zurück und konnte doch an nichts anderes mehr denken als an seine Worte über das Unmögliche.

Kadeloh segnete sie und verabschiedete sich. »Es war angenehm, Eure Bekanntschaft zu machen. Gott möge Euch auf Euren Wegen begleiten, Uta von Ballenstedt, Markgräfin von Meißen.«

Uta straffte die Glieder und zwang sich zu einem Lächeln. »Ich begrüße Euch in Naumburg, Exzellenz, und hoffe, Ihr fühlt Euch bei uns wohl.« Sie schaute dem Geistlichen so lange nach, bis er vom Ausgang des Querhausarmes verschluckt wurde. Dann schritt sie die Stufen des Ostchores hinab, verharrte in der Vierung und schaute sich um. Im Langhaus machte sie einige Gläubige aus und vor den Gerüsten im fernen Westchor sah sie um die Bodenplatte herum, unter der die Kämpferherzen in Eichenfässern lagerten, gleich mehrere Frauen mit Kindern stehen. Wäre Hermann noch am Leben, hätte sie das Gotteshaus in diesem Augenblick schön gefunden, weil etwas blaues, weißes und graues Licht durch die obere Fensterreihe einfiel. Doch ohne ihn waren das Blau und das Weiß eine trostlose Graumischung und das Licht bestenfalls farblos. Sie schaute zwischen den Gerüsten hindurch auf die Pfeiler, welche das Langhaus von den Seitenschiffen trennten. Die Skizzen für die feinen Bildhauerarbeiten an den Pfeilerbasen und -kapitellen hatte sie einst noch gemeinsam mit

Hermann ausgeführt. Base und Kapitell bildete jeweils ein flacher, runder Sockel, der auf einer gleichsam flachen, aber quadratischen Basisplatte ruhte. An deren vier Ecken wuchs je ein Ahornblatt zum runden Sockel hinauf. Das Blatt war ihre erste gelungene florale Zeichnung gewesen, der einige misslungene vorausgegangen waren. Angesichts ihres eigenen und Hermanns steinernem Erbe erging sich Uta in Erinnerungen, wie sie es schon zu Lebzeiten Hermanns getan hatte, wenn sie vor Sehnsucht nach ihm vergangen war. Sie sah sich und Hermann im Zeichenturm, wie sie einander gegenüber an den Reißbrettern gesessen und sich hin und wieder verstohlen zugelächelt hatten. Ob es mir wohl möglich ist, anstatt meine Träume zu leben, mein Leben zukünftig zu erträumen?, fragte sie sich verzweifelt. Doch im selben Moment, in dem sie sich diese Frage stellte, löste sich Hermanns Bild wie zur Antwort auch schon in Luft auf.

Mit aller Macht versuchte Uta, es festzuhalten. Doch umsonst. Erschöpft lehnte sie sich an den nächststehenden Pfeiler.

»Und manchmal bedarf es für den Menschen auch nur eines Anstoßes, das Unmögliche zu wagen«, hallten die Worte des Bischofs in ihr nach.

Sie richtete sich auf.

Uta benötigte eine Weile, bis sie das Klausurgebäude des Moritzklosters umgangen und die schmale Tür zum Kellerabgang erreicht hatte. Ihr Körper fühlte sich steif an, sie bewegte sich kaum schneller als eine greise Frau.

Alwine war ganz in der realen Welt, nicht in der Traumwelt, zu Hause. Sie würde Rat wissen.

Die Schwestern des Klosters schienen allesamt noch bei der Mittagsmesse versammelt zu sein. Uta ergriff einen der Kienspäne am Eingang und stieg die Kellerstufen hinab. Der Gang war schmal, bei jedem ihrer Schritte konnte sie das dumpfe

Auftreten ihres Schuhwerks hören. Vor dem Krankenraum angekommen, vernahm sie in seinem Inneren ein klirrendes Geräusch. Sollte Alwine schon vorzeitig von der Messe zurück sein, wo doch sonst weit und breit keine der anderen Schwestern zu sehen gewesen war? Sie griff nach der Türklinke.

»Uta?«, hallte es da vom oberen Treppenabsatz zu ihr hinab.

»Alwine, bist du es?« Uta ließ von der Tür ab, auf deren anderen Seite nun kein Geräusch mehr zu hören war. Im Licht des Kienspans mühte sich Uta die Stufen zurück nach oben.

Da war Alwine auch schon zu ihr getreten. »*Sì, sono io*, ja, ich bin es.«

»Ich brauche deinen Rat.« Uta senkte ihre Stimme. »Es geht um«, sie zögerte, Hermanns Namen auszusprechen, »es geht um … du weißt schon.«

Alwine wusste es nicht nur, sie hätte sogar ihren gesamten Bestand an griechischen Büchern darauf verwettet. Sie führte Uta nicht in den Keller zurück, sondern in den frühwinterlichen Klostergarten. »Komm mit. Die frische Luft tut gut, wenn es hitzig im Kopf hergeht.«

Als Erstes erblickte Uta im Klostergarten das Grab von Hazecha und ihrer Mutter Hidda von der Lausitz. Ungeachtet des reifbedeckten, gefrorenen Bodens ließen sich Alwine und Uta davor nieder und sprachen, jede für sich, ein stummes Gebet. Uta zwang sich dazu, nicht erneut in ihre Traumwelt einzutauchen. Zärtlich befreite sie die Gravur auf der Steinplatte vom Reif. »Geliebte Mutter, geliebte Hazecha – nacheinander verliere ich alle, die mir lieb sind«, sie schüttelte verzweifelt den Kopf, denn die schmerzvolle Erinnerung an die bereits länger zurückliegenden Verluste ließ den Hermanns umso schwerer wiegen.

»*Ma no!* Aber nein!«, berichtigte Alwine. »Du hast noch so viele Vertraute, auch wenn sie nicht vom gleichen Blut sind. Nimm zum Beispiel mich und Erna!«

Uta unterdrückte ein Schluchzen, kurz trat das Bild des Schandackers vor ihre Augen.

Alwine nahm Uta in den Arm. »Auf der Kathedralweihe hatte er nur Augen für dich. Kein Wunder. Alle hatten nur Augen für dich. Du strahltest wie ein Edelstein.« Alwine wusste von der besonderen Verbundenheit ihrer Freundin zu dem verstorbenen Bruder ihres Gatten und kannte deren Wunsch, sich erneut zu verheiraten. Sie hatte es Uta nie ausreden wollen. »Und weswegen bist du hier, *cara*, Liebe?«

Uta stand auf und tat einige schwerfällige Schritte um die Grabstätte herum. Ihre Gedanken kreisten um das Unmögliche. Als durchfahre sie ein Blitz, wandte sie sich ruckartig Alwine zu.

»Ich kannte Hermann vielleicht so gut wie kein anderer Mensch«, begann Uta in gedämpftem Ton und schaute in alle Richtungen, ob auch wirklich keine neugierige Schwester in der Nähe war und mithörte. »Ich kann mir nicht vorstellen, dass er sich selbst getötet haben soll. Wir hatten so viel vor, und er war bei unserer letzten Begegnung voller Zuversicht. Es muss etwas passiert sein.« Die Beine waren ihr noch immer schwer, und in ihrem Kopf hämmerte es unaufhörlich.

Alwine legte die Stirn in Falten. »Schwester Margit berichtete mir, dass Abt Pankratius Erlaucht Hermanns Sünde bei der Leichenschau festgestellt hat.«

Uta nickte zustimmend. Sie nahmen auf einer Bank mit Blick in den Garten Platz.

Alwine überlegte kurz. »Was genau hat der Abt denn untersucht?«

Mit in sich gekehrtem Blick berichtete Uta ihr von dem Schädel ohne Haut und Haar, von dem abgerissenen fehlenden Arm, von Fleischwunden und verkrustetem Blut. Sie berichtete alles haargenau, angestrengt, ließ kein einziges Detail aus.

Am Ende des Berichtes schaute Alwine Uta fest in die Augen.

»Deinem Bericht nach scheint eine Selbsttötung sehr wahrscheinlich.«

Als stehe die Zeit in diesem Moment still, öffnete Uta die Lippen. »Sehr wahrscheinlich?«, fragte sie schließlich.

Alwine schmerzte es, Uta, die sich erhob und erste Schritte in Richtung des Gartenausgangs tat, so leiden zu sehen.

»*Aspetta!* Warte!«, bat Alwine eindringlich. »Ich war noch nicht fertig mit meinen Ausführungen. Sehr wahrscheinlich bedeutet nicht, dass es so gewesen sein muss.«

Uta blieb abrupt stehen und wandte sich um. »Du meinst also auch …«

Alwine winkte Uta zu sich zurück. »Das Vorgehen des Abtes ist fachlich durchaus richtig. Auch seine Schlussfolgerungen sind nachvollziehbar. Doch Pankratius hat nur einen Teil der Wahrheit gesehen, *solo una parte.*«

Uta setzte sich wieder neben die Freundin.

»Deinem Bericht entnehme ich, dass er dem Leichnam weder neue Wunden zum Beispiel durch die Abtrennung von Gliedmaßen, die Entfernung von Zähnen oder Ähnlichem beigefügt noch den Körper geöffnet hat. Ist das richtig?«

Utas Hoffnung verkehrte sich in Unverständnis und Ablehnung. »Neue Wunden und den Leichnam öffnen? Ihn aufschneiden wie einen Braten in der Burgküche? Das ist nicht erlaubt, das hätte der Abt niemals gewagt.«

»*Non è così. Das stimmt nicht*«, gab Alwine beschwichtigend zu bedenken. »Schon Claudius Galenus – mein geistiger Lehrer – war davon überzeugt, dass nur durch die Berücksichtigung«, Alwine suchte angestrengt nach der einfühlsamsten Formulierung, »aller Hinweise am Körper eines Toten eine zuverlässige Einschätzung über die Ursache seines Ablebens gegeben werden kann.«

Uta war entsetzt. »Du meinst, du hättest Hermanns Leichnam aufgeschnitten?«

»Vermutlich hätte ich eine Sektion durchgeführt, *sì*.«

»Eine Sektion«, wiederholte Uta blass.

Alwine nickte. »Dabei hätte ich mir jedes einzelne Organ und die Haut- und Muskelschichten genau angeschaut«, erklärte sie und schaute prüfend zum mehrflügeligen Fenster der Äbtissinnenkammer hinauf, das im Obergeschoss des Klausurgebäudes einen unverbauten Blick in den Klostergarten besaß. »Sofern«, sie deutete mit dem Kinn hinauf, »sie das nicht unterbunden hätte.«

Uta war unverändert irritiert. »Aber weshalb sollte sie erlauben, was jedermann für verwerflich hält?«

Alwine schaute Uta auffordernd an. »Glaubst du allen Ernstes, dass Notburga von Hildesheim ihr Gewissen im Weg steht, sobald es um ihren eigenen Vorteil geht?«

Uta blickte nun ebenfalls zum Fenster der Äbtissinnenkammer empor, presste die Lippen zusammen und schüttelte den Kopf. Notburga von Hildesheim hatte schon mehrfach versucht, sie zu denunzieren. Über den Charakter dieser Frau hatte sie nicht mehr viel zu sagen. »Wie aber kann es dann unerwünscht sein, wenn es doch der Wahrheitsfindung zu helfen vermag?«, fragte sie Alwine, deren Hände ruhig in ihrem Schoß ruhten.

»Weil die Seelen der Verstorbenen so lange ziellos herumirren, bis ihre Leiber beerdigt sind.«

»Ich hätte seine Seele nicht derart quälen wollen«, sprach Uta leise und wollte sich schon wieder in ihre Traumwelt flüchten, als Alwine dies mit einer bedeutungsschweren Frage verhinderte. »Auch nicht für den Lohn der Gerechtigkeit?«

Uta war immer eine Kämpferin für Gerechtigkeit gewesen! Sie schwieg eine Weile, hörte wieder Bischof Kadelohs Worte über den Anstoß zum Unmöglichen und sah seltsamerweise das Morgenmoosgrün am Pinsel von Simon vor ihrem inneren Auge, als hätte sie beides in einer einzigen Begegnung erfahren. Das erste farbige Schimmern in ihrer grauen Welt und die Ermutigung durch den Bischof kamen ihr nun wie die Vorbereitung auf das vor, was Alwine ihr anbot.

Uta senkte die Stimme, so dass Alwine Mühe hatte, sie zu verstehen. »Und könntest du so eine Sektion auch nachträglich noch durchführen?«

Statt ja zu sagen, senkte Alwine die Lider.

»Das heißt, wir müssten den Leichnam …« Vor Schreck brachte Uta das Wort nicht heraus.

»Exhumieren«, ergänzte Alwine leise. »*Sì*. Das wäre der erste Schritt.«

»Könntest du denn, so viele Tage nach seinem Tod, trotzdem noch alles erkennen?«

Wieder bejahte Alwine mittels eines Lidschlags, begann dann aber flüsternd zu sinnieren: »Nach wenigen Wochen unter der Erde, noch dazu in der kalten Jahreszeit, hat sich vielleicht gerade einmal die oberste Hautschicht abgelöst. Unter der Erde benötigen Knochen mindestens dreißig Jahre, bis sie brüchig werden und sich zersetzen. Auch alles Weiche nimmt sich einige Jahre Zeit zum Wegfaulen, solange es nicht von unterirdisch wirkenden Tierchen gefressen wird. Vermutlich fänden wir etwas Fäulnisflüssigkeit vor, die aus den Körperöffnungen getreten ist – ansonsten aber eine noch gut erhaltene Körperhülle.«

Mit zusammengepressten Lippen verbot sich Uta jede bildliche Vorstellung von Alwines Beschreibung. »Die Exhumierung und das Aufschneiden eines Toten sind verpönt, aber nicht per Gesetz verboten«, konstatierte sie schließlich in einem Ton, der Alwine erleichterte. Utas Bestand an Rechtsbüchern und Dekreten war annähernd lückenlos. Die Fähigkeit, gelesene Texte nach langer Zeit noch wortgetreu wiedergeben zu können, war ihr noch immer gegeben.

Alwine dachte angestrengt nach. Schaute auf. Grübelte weiter und meinte dann schelmisch lächelnd: »Wir würden also gegen kein Gesetz verstoßen. Und sofern wir es nicht unter den Augen der Öffentlichkeit tun …«

Uta blieb der Atem weg.

»Wird der König nicht zum Feste Christi Geburt erwartet?«, fragte Alwine.

»Du hast recht.« In Gedanken ging Uta kurz die Essensvorräte für zweihundert Mannen durch, die sie an den vergangenen beiden Abenden mit dem Vogt abgestimmt hatte. »König Heinrich und seine engsten Vertrauten übernachten bei uns im Wohngebäude, der weitere Kreis kommt im Georgskloster und in Zelten auf den Burgwiesen unter!«

»Ist Erlaucht Hermann nicht ein enger Vertrauter von König Heinrichs Vater, Kaiser Konrad, gewesen?«

Uta nickte. »Du meinst, wir könnten König Heinrich um die Erlaubnis für eine Exhumierung bitten?« Die Chance für einen ersten, echten Lichtblick – fern der Traumwelt – stand nicht schlecht.

»Am Tag von Christi Geburt«, rechnete Alwine, »ist der Leichnam ganze sechzig Tage alt. Bis dahin haben die inneren Organe und auch die Knochen kaum etwas von ihren Informationen an die Ewigkeit abgegeben.«

Mit einem kaum merklichen Lächeln, dem ersten seit Hermanns Tod, richtete Uta Alwine den Schleier. »Alwine, bitte lass dies vorerst unser Geheimnis sein, ja?«

»*Certo!* Gewiss!« Alwine erwiderte die aus ihrer gemeinsamen Klosterzeit stammende Geste der Zuneigung, indem sie Uta ebenfalls den Schleier zu ordnen begann. »Dir verbleiben noch genau fünfundvierzig Tage, eine Argumentation für den König zu ersinnen, *cara*.« Liebevoll legte Alwine der Freundin schließlich die Enden des Eheschleiers auf den Rücken zurück. »Ich borge dir dafür mein Lehrbuch von Galen – er kommentiert seine Erkenntnisse im christlichen Sinne. Du schaffst das bestimmt. Du bist eine Tochter der Hidda von der Lausitz!«

Und du Alwine, dachte Uta, du bist eine Zauberin. Eine Zauberin der Hoffnung.

Du machst den Hauch greifbar.

* * *

Wenn diese verdammte Krankenschwester ihre Ingredienzien nur ordentlich beschriftet hätte, wäre die Zeit nicht so knapp geworden!, dachte Notburga und stieß mit dem Fuß die Tür zu ihrer Arbeitskammer zu. Erst im hintersten Regal des stinkenden Kellerraums hatte sie den Weizensamen ausgemacht und dabei sogar noch ein Fläschchen mit einer trüben Flüssigkeit umgestoßen. Das bleibt das erste und letzte Mal, dass ich meinen Dreck selbst weggewischt habe, schwor sie sich und legte die entwendeten Utensilien auf dem Tisch vor dem Kamin ab. Als Nächstes breitete sie ein Leinentuch auf der Fensterbank aus. Kondenswasser, das sich aufgrund des heftig feuernden Kamins in der Kammer und der draußen herrschenden Kälte gebildet hatte, rann am Glasfenster hinab.

Auf die linke Hälfte des Leinentuches streute sie etwas Dinkel, auf die rechte Hälfte die Samen des Weizens. Notburga hob ihr schwarzes Gewand bis zur Hüfte an und ging dann in die Hocke. »Die Frau soll Weizen und Dinkel täglich mit Urin nässen«, gab sie den Inhalt des Pergamentes wieder und schob sich eine Schüssel, mit der Alwine den Kranken für gewöhnlich stärkende Tränke verabreichte, zwischen die Oberschenkel. Zufrieden spürte sie, wie das dunkelgelbe Nass seinen Weg fand.

Nach dem letzten Tropfen erhob sie sich, ließ ihr Gewand wieder sinken und begutachtete die reichlich gefüllte Schale, verzog aber das Gesicht, als ihr der scharfe Uringeruch in die

Nase stieg. Im nächsten Moment wandte sie ihre Aufmerksamkeit wieder dem Leinentuch mit den zwei Portionen Samen darauf zu. »Sollte der Weizen zuerst …«, sie dachte angestrengt nach, oder war es der keimende Dinkel, der den Knaben brachte? Sie beugte sich über das Getreide, die Schale mit dem Urin in ihrer Rechten. »Was soll's? Wichtig ist allein, dass beide nicht treiben!«

Notburga wollte keine Risiken eingehen und deswegen reichlich Urin über die Samen schütten. Keimten sie nicht, konnte sie absolut sicher sein, keine Leibesfrucht in sich zu tragen, und würde das in einem Mondumlauf bevorstehende Fest Christi Geburt wieder sorgenfrei verbringen. Notburga konzentrierte all ihre Sinne, vergaß die Kammer um sich herum und brachte die Schüssel knapp über dem Leinen auf der Fensterbank in Position.

»Äbtissin?«, drang da eine Stimme von der Tür zu ihr herüber. Notburga zuckte vor Schreck zusammen. Dabei verschüttete sie den Urin auf der Fensterbank, die Schüssel entglitt ihren Händen und zersprang auf dem Boden in Stücke. Mit hochrotem Kopf fuhr Notburga zu der Schwester herum. »Was fällt Euch ein, Euch dergestalt an mich heranzuschleichen!«

Schwester Kora spürte, dass die Äbtissin gerade erst ansetzte, sie richtig zu schelten. Bedrängt trat sie einige Schritte zurück auf den Flur, ohne dabei allerdings den Blick von der Fensterbank zu nehmen. »Verzeiht, Äbtissin«, brachte sie kleinlaut heraus. »Ich hatte angeklopft, aber …«

»Das habt Ihr nicht!« Notburga schüttelte sich angewidert den inzwischen nur noch lauwarmen Urin von der linken Hand.

Das habe ich sehr wohl, dachte sich Kora, Gott ist mein Zeuge! Doch angesichts der wütenden Stiftsoberin senkte sie die wasserblauen Augen zu Boden. »Ich bringe Euch einen Stärkungstrunk von Schwester Margit, weil ihr doch unpässlich wart«, presste sie eingeschüchtert hervor und wagte es nicht, dabei aufzuschauen.

»Und, wo habt Ihr das Wundermittel?«, fragte Notburga schnippisch und fuhr sich zur Beruhigung durch das lange Haar, das ihr über die Schultern auf die Brust gefallen war.

Kora holte einen Krug schäumenden Inhalts hinter ihrem Rücken hervor und reichte ihn der Äbtissin mit einer Verbeugung.

»Schaut her!«, zwang diese das eingeschüchterte Mädchen, das nur vorsichtig seinen Blick hob, nachdem ihm das Gefäß aus den Händen gerissen worden war.

Unter den erschrockenen Augen der Schwester goss Notburga den Inhalt des Kruges an eben jene Stelle, an der ihr Urin gerade von der Fensterbank auf den Fußboden gelaufen war.

»Aber, was tut …«, wollte Kora gerade auffahren, als die Äbtissin ihr zu schweigen gebot.

Mit der Spitze ihres winterlichen Schuhwerks rührte Notburga in der tellergroßen Pfütze vor der Fensterbank herum.

»Und nun, Schwester Kora, scheuert Ihr den Fußboden meiner Kammer so blank, dass ich darauf schlafen kann. Dies soll Euch lehren, Euch nie mehr an mich heranzuschleichen.«

Kora wusste, dass sie keine Chance gegen die Klostervorsteherin hatte, und verteidigte sich daher nur in Gedanken.

»Sobald Ihr mich um Verzeihung gebeten habt, dürft Ihr gehen und einen Lappen holen!«

Nach kurzem Zögern meinte Kora daraufhin: »Verzeiht, Äbtissin Notburga!«

Notburga trat vor das Mädchen. »Das heißt: Verzeiht, *werte* Äbtissin Notburga! Euer junges Gedächtnis ist löchrig wie ein Sieb!«

Kora kämpfte mit den Tränen, wollte sich aber keine Blöße geben und hielt die Augen weit geöffnet, so dass diese das Augenwasser möglichst bei sich behielten. »Verzeiht, werte Äbtissin

Notburga«, sagte sie mit belegter Stimme, drehte sich aber bereits beim letzten Wort um und stürzte aus der Äbtissinnenkammer.

Als sich Notburga wieder allein wusste, schob sie den Riegel fest vor die Tür und ging zum Fenster zurück. Sie raffte erneut ihr schwarzes Gewand hoch, ging in die Hocke und hielt sich das Leinen mit den Samen direkt zwischen die Beine. Da kamen auch schon die nächsten Tropfen. Ihre Blase besaß, wie es aussah, einige Reserven.

Wieder ruhiger erhob sie sich und schloss das leinene Geheimnis in einer ihrer Truhen ein, die in der Nebenkammer ihre persönliche Habe beherbergten.

»Und wehe, ihr treibt aus!«, sprach Notburga in Richtung der Truhe, als sie sich auf ihr Bett fallen ließ. Dort wollte sie für den Rest des Tages bleiben. Schließlich war sie unpässlich.

* * *

Der Kamin war anständig geheizt. Balduin hatte seine Fleischportion zum Abendmahl hungrig verschlungen und seine Zufriedenheit über das vorzügliche Essen mittels eines lauten und langen Rülpsers kundgetan. Nun lehnte er sich entspannt in seinem Stuhl zurück.

»Darf ich Euch noch ein Bier reichen?« Bebette lächelte gewinnend. »Zur Feier des Tages unverdünnt. Auf Christi Geburt!«

»Aber bitte, doch«, antwortete er und schaute seiner Frau zufrieden hinterher. »Auf Christi Geburt und die wunderbaren Messworte des Pfarrers.«

Auch nach dem zweiten Krug war Balduin noch klar genug im Kopf, um dem Allmächtigen stumm für die Ruhe zu danken, die ihm seit einiger Zeit vergönnt war. Seitdem die Preise für die Rohware von der Insel wieder etwas gesunken waren und die Gewinnspannen für die Wollhändler damit wuchsen, hatte Balduin keine zermürbenden Diskussionen mehr mit Bebette führen müssen. Seine Angetraute versorgte ihn geradezu liebevoll, und er meinte sogar, das anziehende Leuchten von einst erneut in ihren Augen zu sehen. Das machte ihn ganz wild nach ihr. Seit ganzen drei Mondumläufen hatte er sie nicht mehr berühren dürfen. Balduin hoffte, dass es heute Abend endlich so weit sein würde.

»Ich habe mich lange nicht mehr so wohl gefühlt«, sagte er und drehte sich zu seiner Frau um, die gerade mit einem dritten Bierkrug aus der Küche kam.

»Trinkt nur. Ihr habt es Euch verdient.« Bebette setzte sich zu ihrem Mann und hob ihren eigenen Krug an, wobei sie ihn nicht aus den Augen ließ.

Balduin tat einen langen Zug.

»Ich habe das gute Getränk vom Brauer am Südkanal kommen lassen. Die *Brüder* setzen Großes auf ihn. Er macht das edelste Bier in ganz Flandern, sagen sie.« Bebette animierte Balduin erneut dazu, einen Schluck davon zu nehmen, und schmiegte dabei die Wange an den Stoff des neuen Schleiers, welcher seine letzte Bitte um Versöhnung begleitet hatte.

Sie kann zahm sein wie ein Kätzchen, dachte er und spürte, wie ein neuer Schwall Lust in ihm aufkam. Ihre Lippen und ihre Haut schmeckten wie Wiesentau, erinnerte er sich. Noch lange nach ihrer Vereinigung roch sie nach Leidenschaft und übertraf jede andere Frau an sinnlicher Ausstrahlung. Und dann erst ihre feste, fordernde Stimme. Vor freudiger Erwartung schüttete er auch noch das restliche Bier in sich hinein.

»Vortrefflich! Die *Brüder* wissen, was gut ist!«, lobte er und schmeckte dem kräftig malzigen Getränk noch lange nach.

Inzwischen war Bebette auch schon wieder in der Küche verschwunden. Diesmal kehrte sie mit zwei Krügen zurück, von dem sie ihm einen honigsüß lächelnd überreichte. »Immerhin ist es Euch wieder gelungen, gute Wolle für einen niedrigen Preis zu erstehen. Ich bin stolz auf Euch, Balduin! Und das sogar noch am Heiligen Abend. Das ist ein besonderes Zeichen des Herrn an uns.« Und die Geburt von etwas Neuem, dachte sie.

Er wusste nicht, wie lange er so dagesessen und ihrem »Ich bin stolz auf Euch« nachgelauscht hatte, als sie ihm plötzlich mit vom Tuch befreitem barem Hals zuprostete und ihn damit aus seiner Träumerei riss.

»Balduin«, sprach Bebette und ergriff seine Hand. »Kommt.« Hastig kippte er den Inhalt seines vierten Kruges die Kehle hinunter, bevor er sich aufgeregt erhob.

In seinem Gesicht las Bebette unbändige Lust, aber auch Erschöpfung. Sie führte ihn in das zweite Obergeschoss, in ihre Kammer mit dem breiten Bett. Inzwischen mussten zwei Jahre vergangen sein, seitdem sie ihn zum Schlafen in die kleinere Kammer nach nebenan verbannt hatte, in der früher der zweite Kaufmannsgehilfe übernachtet hatte. Es war kalt hier oben, Schneeflocken setzten sich an der Fensterluke ab. Bebette entzündete ein Licht und schlug mit einer geschmeidigen Bewegung die Decke zurück. Sie hatte um die Mittagszeit herum etwas geruht und war nun hellwach.

Bald, so waren Balduins hoffnungsvolle Gedanken, würden sie wieder Arbeit für einen zweiten Gehilfen haben, bevor er wie von Bleigewichten gezogen, samt Beinlingen und pelzverbrämtem Obergewand, in die Tiefen der ehelichen Bettstand sank. Nun waren seine Gedanken einzig bei seiner anziehenden Frau, die sich gerade bis auf das Untergewand auszog und echsenartig neben ihm niederließ.

Ungelenk begann Balduin, an den Bändern seiner Bruche zu zerren, konnte das komplizierte Geflecht jedoch nicht lösen. Begleitet von einem schnurrenden Laut fuhr sie ihm mit der Hand unter die letzte Stoffschicht an sein Gemächt.

»Wie ich das vermisst habe.« Er hauchte die Worte mehr, als dass er sie sagte.

Wie ich auf diese Gelegenheit gewartet habe!, dachte Bebette und streichelte sein überfordertes, noch immer nicht stehen wollendes Glied etwas heftiger.

»Das kann nicht sein«, raunte er, als sich weiterhin nichts zwischen seinen Beinen tat, obwohl er an nichts anderes dachte, als sie endlich zu bespringen. »Verzeih, Liebes.« Er atmete nun flacher, und das Bild seiner Frau, die mit großen Augen erwartungsvoll zu ihm aufschaute, erschien ihm doppelt.

»Es braucht Euch nicht leid zu tun«, tröstete sie ihn, zog ihre Hand aus seiner Bruche und schmiegte sich an ihn. »Vielleicht seid Ihr einfach überarbeitet, oder es liegt an der Kälte in unserer Kammer.« Bebette spürte ihre Brustwarzen unter dem leichten Gewand.

Im Rausch nickte Balduin. »Aber morgen …«, waren seine letzten Worte, bevor ihm die Lider zufielen.

»Schlaft ruhig«, sprach sie noch immer eng an ihn gedrückt. »Ihr habt es Euch verdient.«

Erste winterliche Sonnenstrahlen stahlen sich durch das kleine Fenster der Schlafkammer und kitzelten Bebette an der Nasenspitze. Die Augen noch geschlossen, rekelte sie sich unter der Bettdecke, dann setzte sie sich auf. Ein Blick zu ihrer Rechten verriet ihr, dass Balduin noch schlief – er bewegte sich nicht.

Bebette schaute genauer. Nicht einmal sein Brustkorb hob und senkte sich. Sie horchte, ohne selbst Luft zu holen.

Keine Atemgeräusche von Balduin.

Bebette setzte augenblicklich zu einem markerschütternden Schrei an. »Aaaaaah!«

Nur einen Augenblick später klopfte es heftig an die Tür des Ehegemachs.

Bebette tat einen weiteren Schrei.

Da stürmten die Köchin und der Kaufmannsgehilfe, der gerade begonnen hatte, das neueste Wollgeschäft im Finanzbuch seines Herrn zu notieren, in ihre Kammer. »Was ist Euch, Herrin?« Rot angelaufen starrte Bebette auf ihren regungslosen Mann.

»Herr Balduin?« Die Köchin rannte auf die andere Seite des Bettes und trat ans Kopfende. Die Luft in der Kammer war angereichert mit Alkohol und Schweiß und ließ die Frau kurz husten. »Es geht ihm nicht gut«, stellte sie mit einem Blick in das blasse, verschwitzte Gesicht ihres Herrn fest.

Da wurde sie auch schon von einem Mann fortgeschrittenen Alters zur Seite geschoben. Bebette erkannte ihren Nachbarn, der ebenfalls Wollhändler und ein *Bruder* Balduins in der Gemeinschaft der Wollhändler war. Seine schmalen Gesichtszüge verloren sich zwischen den üppig wachsenden Haaren seines Kopfes und Bartes, einzig und allein die Augen und die Nase schienen aus all dem Gestrüpp noch herauszuschauen. Er hieß Erik, doch für Bebette war er immer nur der Bärtige gewesen. »Wir brauchen einen Mediziner«, sagte er und schlug die Decke über Balduin beiseite. Ein scharfer Gestank von Urin waberte zu Bebette herüber. »Einen Medikus und einen Priester. Macht schon, lauft!«, wies er die jüngste der beiden Mägde, die nun ebenfalls ins Zimmer getreten waren, an. Enja nickte und eilte dann davon, während sich Bebette zitternd erhob und rückwärts bis an die Wand zurückwich, die Augen ängstlich auf den Angetrauten gerichtet. »Einen Priester?«, stammelte sie und musste im nächsten Augenblick von der Köchin gestützt werden.

»Kleidet sie an und setzt sie frischer Luft aus!«, befahl der Bärtige und rieb sich das Kinn.

Bebette riss sich los und wollte gerade Balduins schlaffe Hand ergreifen, als der Nachbar sie davon abhielt. »Ich möchte aber bei ihm sein!«

»Bitte, kümmert Euch erst einmal um Euch selbst«, wies er sie an.

Mit verweinten Augen legte Bebette sich den Umhang mit den Amseln um und ließ sich von der älteren Magd hinausführen, um sich das Tagesgewand anzuziehen. Dabei hörte sie flinke Schritte, die die Stufen zur ehelichen Schlafkammer erklommen. Vermutlich der Medikus oder der Gottesmann.

In Begleitung der älteren Magd begab sich Bebette zum versammelten Gesinde in die Wohnkammer ins Erdgeschoss.

Dort hatte Enja bereits den Kamin angefeuert. Draußen zogen währenddessen Winterstürme heulend um die Häuserecken, als wollte der Wind mit ihnen klagen.

Die Köchin, die zweite Magd und der Kaufmannsgehilfe standen stumm in der Kammer. Unter ihren gesenkten Blicken nahm Bebette am Esstisch Platz und sprach ein inbrünstiges Gebet für die Genesung ihres Angetrauten.

Eine Weile später kam der Medikus zu ihnen in die Stube und trat auf Bebette zu. »Wir konnten nichts mehr für Euren Gatten tun, Gevatterin.« Mitfühlend drückte er ihren Arm unter dem Umhang. Das Gesinde und der Kaufmannsgehilfe bekreuzigten sich. »Er hat seinen letzten Atemzug getan. Gerade noch rechtzeitig hat der Pfarrer ihm die Sterbesakramente reichen können.«

»Aber woran …« Bebette versagte die Stimme. Obwohl sie den Medikus nicht kannte – er musste neu in der Stadt sein und schien in Balduins Alter –, lehnte sie sich an ihn.

»Sehr wahrscheinlich hat sein Herz einfach aufgehört zu schlagen«, erklärte er weiter. »Er war ein fleißiger Mann, erklärte mir Euer Nachbar gerade. Vermutlich hat sein Körper die Anstrengung nicht mehr verkraftet.«

Aus verweinten Augen schaute Bebette auf. »Ich weiß nicht, wie ich ohne ihn zurechtkommen soll.«

»Verzagt nicht, Gevatterin.« Mit diesem Ratschlag war nun

auch der Priester, gefolgt vom Wollhändler in die Wohnkammer getreten. »Gott wird Euch …«

»Aber ohne ihn …«, unterbrach sich Bebette und begann sehnsüchtig über die Amseln am Kragen ihres Umhangs zu streicheln.

»Das Beste ist, Ihr nehmt zügig Abschied, damit sich Euer Schmerz nicht unnötig in die Länge zieht.«

»Ich ertrage es nicht, in diesem riesigen Haus ohne Balduin zu sein.«

Der Bärtige nahm sie beiseite. »Dann solltet Ihr Euch überlegen, das Haus zu verkaufen. Vielleicht könnte ich sogar …«

Für einen winzigen Augenblick zögerte Bebette. Dem Nachbarn schien der Tod ihres Gemahls nicht ungelegen zu kommen, obwohl die beiden einander durch die Bruderschaft verbunden waren und persönliche Vorteilnahme zwischen den *Brüdern* strikt untersagt war. Den Verdacht einer möglichen Hinterhältigkeit des Nachbarn schob sie einen feuchten Wimpernschlag später jedoch wieder beiseite. Letztendlich war es ihr nicht wichtig, von wem das Geld für den Verkauf des Hauses kam. »Das würdet Ihr tun?«, erkundigte sie sich eine Spur hoffnungsvoller.

Der Wollhändler deutete mit einem eindringlichen Blick in ihre geröteten Augen Zustimmung an. »Für die Frau unseres Bruders Balduin machen wir das. Auf unsere Hilfe könnt Ihr zählen. Wir, die Wollhändler Brügges, stehen geschlossen hinter Euch.« Der Nachbar ergriff Bebettes Hand am Kragen des Umhangs und deutete eine Verbeugung an. »Doch im Moment seid Ihr noch zu mitgenommen und habt keinen Kopf für geschäftliche Dinge. Lasst uns morgen über die Weiterführung seines Wollhandels sprechen.«

»Balduin!«, rief Bebette noch einmal verzweifelt, als Priester und Kaufmannsgehilfe den leblosen Körper an ihr vorbei aus dem Haus trugen.

»Es dauert leider noch einige Tage, bis wir ihn unter die Erde bringen können. So lange wird er in der Kapelle von San Salvator aufbewahrt. Es gibt einfach zu viele Tote diesen Winter, und die Böden sind hart gefroren«, erklärte der Gottesmann im Gehen.

»Mein armer Balduin.« An der Bahre ihres Angetrauten brach Bebette schließlich zusammen.

Der bärtige Wollhändler erschien am Folgetag wie verabredet bei Bebette. Entgegen ihrer insgeheimen Befürchtung bot er ihr für den Wollhandel und das Haus einen guten Preis an. Vor Vertragsabschluss erklärte er ihr noch, den Wollhandel natürlich nur mit dem ausdrücklichen Einverständnis des Familienoberhauptes übernehmen zu wollen. Balduins Großvater, der bei bester Gesundheit und in weiser Voraussicht ebenfalls an diesem Morgen bei Bebette erschienen war, hatte ihr bei diesen Worten die Hand gehalten und zustimmend genickt.

Dabei nahm sie einen bislang noch nie gesehenen Ausdruck im Gesicht des Großvaters wahr. Er trauert auf seine Weise um den Enkel, dachte sie. Bebette schaute lethargisch vom Großvater zum Nachbarn, die links und rechts neben ihr vor dem Kamin saßen. »Ich ertrage das nicht. Jeder Schritt hier«, sie wies in die Kammer hinein, »erinnert mich an Balduin und schwächt mich mehr und mehr.«

»Der Medikus hat beruhigende Kräuter für Euch hiergelassen«, erinnerte Enja, die gestern schwer atmend den Medikus herbeigeholt hatte, zögerlich. Die junge Magd war aus der Küche gekommen und hielt der verwitweten Bebette nun einen dampfenden Becher hin.

Doch diese schob den Becher von sich weg. »Ich kann jetzt nichts trinken.«

»Es tut uns allen sehr leid, Herrin«, beteuerte Enja und richtete die Decke, die sie Bebette vor dem Eintreffen der Gäste über

Oberkörper und Beine gelegt hatte. »Ausgerechnet zum Fest von Christi Geburt passiert ein solches Unglück.«

»Darf ich Euren Worten entnehmen, dass Ihr Brügge zu verlassen gedenkt?«, erkundigte sich der Wollhändler.

Den Blick auf das im Kamin knisternde Feuer geheftet, nickte Bebette gedankenversunken. »In ein Kloster werde ich gehen und für Balduins Seelenheil beten.«

»Wenn der Stadtherr Euch das Vermögen bis zu Philips Volljährigkeit zuspricht, dann kann der Wollhändler das Geld aus dem Verkauf des Handelsgeschäfts und des Hauses auch direkt an das Kloster überschreiben«, schlug der Großvater bereitwillig vor.

Bebette ahnte, dass das liebevolle Lächeln des Greises dabei ihren Söhnen Philip und Marcel galt, die er schon lange nicht mehr zu Gesicht bekommen hatte.

Auf sein Angebot hin, nickte sie.

»An welches Kloster darf ich das Vermögen dann überschreiben?«, fragte der Wollhändler und rieb sich den Bart, ohne den Blick von ihr abzuwenden.

Bebettes Hände ruhten auf der Decke in ihrem Schoss. »An das Damenstift Gernrode.«

»Wann gedenkt Ihr, Brügge zu verlassen?«, erkundigte sich der Großvater, während neben ihm der Gänsekiel in der rechten Hand des Wollhändlers über ein bereits bereitgelegtes Pergament kratzte.

Müden Blickes schaute Bebette zum Fenster. »Schon morgen. Jeder Tag hier ohne ihn ist wie …«

Der Nachbar ließ überrascht den Kiel sinken. »Ihr wollt unseres Bruders Grablegung fernbleiben?«

Bebette ergriff die faltige Hand des Großvaters mit ihrer Rechten. In seinem Gesicht las sie Schmerz. »Ich trage Balduin tief in meinem Herzen«, antwortete sie mit weicher Stimme und legte dabei ihre andere Hand auf die linke Brust, wo sie sich im Rhythmus ihres schlagenden Herzens kaum merklich hob und wieder senkte. »Ich möchte so rasch wie möglich für sein Seelenheil im Kloster beten. Bitte nehmt Ihr meine Stelle an seinem Grab ein, Großvater.«

Magd Enja blickte in Richtung der Köchin, die die Szene vom Türrahmen der Küche aus verfolgt hatte, und schüttelte dabei den Kopf.

Nach einem Moment der Stille drückte der Großvater Bebette zum Zeichen seiner Zustimmung die Hand, mit der sie noch immer die seine gefasst hielt.

»Habt Dank«, erwiderte sie. »Auch Euch werde ich in meine Gebete mit einschließen«, versicherte Bebette in Richtung des Wollhändlers und erhob sich.

»Passt während Eurer Reise gut auf Euch auf!«, riet ihr dieser, nachdem alle Formalien zwischen ihnen geklärt waren. »Eine geschwächte Witwe wie Ihr es seid, ist eine leichte Beute für Wegelagerer. Unser Bruder würde es uns nicht verzeihen, wenn Euch etwas zustieße.«

Ihr Treffen endete mit einer beinahe berührungslosen Umarmung mit dem bärtigen Wollhändler und den großväterlichen Worten: »Auf Wiedersehen.«

Nachdem am Nachmittag der Stadtherr die Nachlassregelung verschriftlicht hatte – der Witwe war das gesamte Vermögen bis zur Volljährigkeit ihres ältesten Sohnes Philip zugesprochen worden –, war Bebette zum letzten Mal in ihr Haus zurückgekehrt. Das Gesinde hatte sie bereits gestern verabschiedet. Ihr Nachbar hatte sich erboten, den Kaufmannsgehilfen zu übernehmen.

Bebette spähte im Erdgeschoss aus dem Fenster und sah den Berittenen zwei Häuser weiter mit Pferden stehen. Es war höchste Zeit. Sie wollte vor dem Fest des heiligen Donatus ihr Ziel erreichen.

Bebette atmete tief ein und schaute sich ein letztes Mal in der Wohnstube um. Der Aschehaufen im Kamin ließ nur noch erahnen, dass hier gestern bei wohliger Wärme der Verkauf des Hauses besiegelt worden war. Die Stühle waren ordentlich an den Esstisch geschoben, und auf dem Schemel in der Ecke sah sie den Umhang mit den Amseln liegen. Er musste ihr abgenommen und dort hingelegt worden sein, als sie an Balduins Bahre zusammengebrochen war.

Mit neuer Entschlossenheit nahm sie ihr Bündel vom Tisch. Lediglich ihr Lieblingsgewand, ein rotes Übergewand mit über den Fingern auslaufenden Ärmeln und goldfarbener Schnürung zu beiden Seiten der Taille, sowie ihren Schmuck hatte sie darin verstaut. Jedes Jahr zu ihrem Hochzeitstag hatte Balduin ihr wertvolles Geschmeide aus Gold oder Silber geschenkt.

Bebette schritt aus der Wohnkammer und zog die Tür hinter sich ins Schloss.

* * *

Mit kaum mehr als einhundertvierzig Leuten waren sie entlang der südlichen Ostgrenze durch Ungarn und Böhmen gereist und dann nach Naumburg gekommen. Für ganze fünf Tage hatten sich Heinrich III. und sein Gast, Herzog Břetislav von Böhmen, angekündigt. Im neuen Jahr beabsichtigten sie dann, die Ostgrenze weiter in Richtung Norden abzureiten, wo sie zunächst auf das Herzogtum Polen, danach auf die heidnischen Stammesvölker der Heveller, Liutizen und Obodriten stoßen würden.

Die heilige Messe zu Christi Geburt hatten sie bereits gefeiert. Für die Heilige Nacht und den kommenden Morgen hatte sich König Heinrich zur Lektüre der Kirchenväter und der Heiligen Schrift in die Gastgemächer zurückgezogen. Ihm waren die zwei Kammern im obersten Geschoss, direkt neben Hermanns einstigen Räumen, hergerichtet worden.

An Ekkehard war es gewesen, Herzog Břetislav derweil mit einer Keilerjagd zu unterhalten, was ihm sichtlich Freude bereit hatte. Auf dem Schnee waren die Wildschweine besonders gut zu sehen. Zudem dämpfte er den Hufschlag der Pferde, und so waren sie den Tieren so nahe wie selten gekommen.

Für den zweiten Abend des Königsbesuches hatte Uta ein Fest organisiert, zu dem alle weltlichen und geistlichen Würdenträger der näheren Umgebung geladen worden waren.

Vier Doppeltafeln waren im Burgsaal aufgestellt, an denen jeweils sechs Dutzend Mannen – Äbte, Bischöfe, Grafen und Ritterliche – Platz fanden. Zur Königstafel hatte sie den langen Eichenholztisch auf der Empore gemacht, an dessen beide Enden zur Verlängerung jeweils eine weitere Tafel hinzugestellt worden war, damit neben dem König jene zwölf Personen daran Platz fanden, die er – gleich den zwölf Aposteln – für das Fest dazu auserwählt hatte, an seiner Seite zu sitzen. Durch das Licht der unzähligen Kienspäne, die an allen vier Wänden des Saales in die Halterungen gesteckt worden waren, schien das Wappentier an der Wand – der Adler mit der spitz auslaufenden Zunge – geradezu über der Königstafel zu schweben und zog die Blicke aller Festbesucher auf sich. Ein Übriges tat der mächtige Radleuchter über der Empore, dessen bauchige Kerzen allesamt entzündet worden waren. Trotz des heftigen Flackerns der Späne und Kerzen herrschte im Burgsaal eine besinnliche und erwartungsvolle Stimmung.

Bei seiner Ankunft hatte der König den Wunsch geäußert, während seines Aufenthaltes keine Spielmänner und Narren auftreten und kein fettes Fleisch servieren zu lassen. Das Fest des heutigen Abends sollte anders als die übrigen Feierlichkeiten verlaufen und auch nicht mit einem Trinkspruch, sondern mit einem Bibelvers eröffnet werden.

Eine andächtige Feier, dachte Uta, obwohl gewöhnlich zu solchen Anlässen auch im Beisein von Kaiserlichen Krüge knallten, Erzählungen widerhallten und üppigst gegessen und getrunken wurde. Doch ihr war das Andächtige nur recht, nach unbekümmertem Feiern war ihr sowieso nicht zumute. Der Grauschleier zog sich auch über diesen Ort, über die Tafeln, die Becher und alle Gesichter, wie das dichte Netz einer Spinne. Einzig das Grün des Morgenmooses auf Simons Pinsel schimmerte hoffnungsvoll in Utas Erinnerung. Lange blieb das Leben in ihm, auch wenn es nach außen hin anders anmutete.

Sie saß mit Ekkehard zur Rechten des Königs und schaute immer wieder verstohlen zu diesem hinüber – er war ihre Hoffnung auf Aufklärung. Mit seinem gescheitelten schwarzen Haar, den hohen Wangenknochen und seiner ungewöhnlichen Barttracht – kurz gestutzt über der Oberlippe, dichter und länger am Kinn – erinnerte sie Kaiserin Giselas Sohn an das Bild Christi als Weltenrichter, wie es an der Westwand der Kathedrale entstehen sollte.

Heinrich III., der im Alter von gerade einmal zehn Jahren zum Herzog von Bayern und mit elf Jahren zum Mitkönig erhoben worden war, mit nicht einmal vierzehn Jahren den ersten eigenen politischen Auftrag mit einem Friedensschluss beendet hatte und im Alter von zwanzig Jahren bereits verwitwet war, stellte für Uta eine ganz außergewöhnliche Persönlichkeit dar. Er strahlte etwas aus, das ihn erhabener als alle anderen erscheinen ließ, etwas, das ihn in gewisser Weise auch unberührbar wirken ließ – was seine Eltern nicht waren. Er schien Uta heller als alle anderen Gäste zu sein.

Heinrichs Ausstrahlung erfüllte Uta mit Zuversicht, an der auch Bischof Egilbert von Freising nichts zu ändern vermochte, der dem Fest links neben dem König steif und übellaunig beiwohnte. Uta kannte ihn flüchtig vom Hof des Kaisers, hatte statt seiner aber eigentlich Hofkaplan Wipo, ihren alten Freund und Ratgeber, in Naumburg erwartet. Im Gegensatz zum Freisinger Bischof hätte Wipo ihre Aufregung allein schon durch die Präsenz seiner friedlichen Seele gemildert. In Gedanken sprach Uta ein Gebet für den Kaplan, mochte Gott sie beide recht bald wieder zusammenführen.

Uta richtete ihre Brosche am Obergewand, ein Geschenk Kaiserin Giselas, das ihr diese bei ihrem letzten Besuch zum Abschied übergeben hatte. Die Kaiserin-Brosche, wie Uta sie nannte, zeigte Mariä Verkündung. Weiterhin und halb so groß wie ihr kleinster Fingernagel waren auf der Brosche ein Buch und eine Schriftrolle zu sehen. Uta sah die Kaiserin vor sich, mit ihrem hellblonden, bis zu den Füßen hinabreichenden Haar, ihren engelsgleichen Zügen und der Sanftmut, die sie auszustrahlen wusste. Sie befühlte das kostbare Schmuckstück, das sie ausschließlich zu hohen Anlässen trug, wie es das Fest mit dem König unbestritten war, mit den Fingerspitzen. Vielleicht würde es sogar – im Stillen und nur für sie fühlbar – ein Fest für Hermann werden. Ein Fest, das es ihr ermöglichte, den Geliebten vom Stigma der Todsünde zu befreien. Uta ließ die Finger von der Brosche gleiten und verschränkte die Hände auf dem Schoss. Sie blickte zu Bischof Kadeloh, der hochgewachsen und in stolzer Haltung direkt neben dem Freisinger saß. Erneut ließ Kadelohs Anblick Uta mehr an einen wettergegerbten Heerführer als an einen Kirchenfürsten denken. Trotz aller Vorbehalte, die sie ihm gegenüber hatte, war er derjenige gewesen, der sie ermutigt hatte, nach der Wahrheit zu fragen. Ob sie ihm wohl vertrauen durfte?

Der König erhob sich und ließ seinen Blick still über die Tafeln gleiten, womit er die ohnehin schon gedämpften Stimmen der Gäste zum Verstummen brachte, welche sich daraufhin allesamt ihrem Herrscher zuwandten. Heinrich begann erst zu sprechen, als nicht einmal mehr ein Hüsteln zu hören war. Er sprach leise und zwang die Festleute damit zu absoluter Konzentration auf seine Gestalt und seine Worte. »Und sie gebar ihren Sohn, den ersten und einzigen, wickelte ihn in Tücher und legte ihn in eine Krippe.« Heinrich breitete die Arme aus. »Uns wurde der Retter, der Heiland, geboren!« Mit brennendem Blick schaute er auf die Festgäste nieder. »Uns wurde der Heiland geboren«, wiederholte er lauter.

»Uns wurde der Heiland geboren«, sprachen die Festgäste wie in einer Messe nach, gefangen genommen vom ungewöhnlichen Auftritt des Thronfolgers auf einem ungewöhnlichen Fest. Auf einer Feierlichkeit mit den Kaisereltern wäre es sicherlich lebhafter und deftiger zugegangen.

Der König ließ die Arme sinken. »Die Heilige Jungfrau Maria ist befruchtet worden, und so möge auch unser Inneres durch den Glauben an Jesus Christus befruchtet werden.«

Gemeinsam sprachen sie ein Gebet, das von der göttlichen Herrlichkeit handelte, und beendeten es mit einem inbrünstigen »Amen«.

Uta beobachtete, dass der König einen Moment benötigte, um sich nach dem Gebet wieder zu sammeln, wohingegen Herzog Břetislav, der neben Bischof Kadeloh saß, bereits beherzt nach dem nächsten gefüllten Krug griff. Der Böhme schien ein Mann unerschütterlichen Frohsinns zu sein, selbst während der Gebete hatte er noch amüsiert und unbekümmert gewirkt. Uta kam es so vor, als ob Herzog Břetislav einer der wenigen authentischen Menschen an dieser Tafel war.

Heinrich ging nun auf weltliche Themen über. Er berichtete den Versammelten von der Fertigstellung der Grabeskrypta in Speyer und übermittelte ihnen die Segenswünsche seiner kaiserlichen Eltern. Dann durfte weitergegessen werden. Die Gäste an den niederen Tafeln machten sich hungrig, wenn auch ruhiger als sonst, über die Speisen her. Selbst das Schmatzen der Gäste und deren Lobpreisungen an den Küchenmeister fielen heute leiser und zurückhaltender aus. Den entspannten Gesichtern nach zu urteilen, mundeten Aal, Forelle und gekochte Bohnen besonders gut. Nicht einmal an Fastentagen hatten sie in Naumburg ein Fest gänzlich ohne Fleisch gefeiert.

Der König selbst nahm nur ein Stück Fisch und einige Scheiben Honig zu sich, während er seinen umsitzenden zwölf Tischgenossen von den politischen Geschehnissen außerhalb der Meißener Mark berichtete.

»Die Sachsen bereiten uns weiterhin Probleme«, begann er. »Unter den kaiserlichen Vorgängern meines verehrten Vaters waren sie wichtige Machtstützen, Sachsen war Zentralgebiet des Reiches. Doch die Verschiebung des Machtzentrums nach Westen, nach Speyer, und ihren Verlust an Mitsprache wollen sie nicht länger hinnehmen. Zuletzt hat sich Herzog Bernhard II. von Sachsen überaus uneinsichtig gezeigt, was die Neubesetzung einiger Bistümer in seinem Herzogtum angeht. Er hat dabei doch allen Ernstes Mitbestimmung verlangt!«

Der König zog sich eine Gräte aus dem Mund.

»Müssen wir ihn mit Gewalt zur Vernunft zwingen, mein König?«, fragte Ekkehard.

»Die Hoffnung des Reiches liegt im Frieden!«, entgegnete Heinrich und schob den randvoll gefüllten Weinbecher von sich.

Auch Ruhe kann Frieden sein, dachte Uta in diesem Moment sehnsüchtig, während die Aufregung wieder in ihr wuchs. Den Frieden der Seele hatte sie nach der Kathedralweihe wie einen wärmenden Mantel gespürt, doch seit Hermanns Tod war von diesem Mantel nichts mehr übrig. Uta bekam ein Stück Aal auf ihre helle Brotscheibe gelegt.

»Den Frieden zu erhalten ist unser aller Aufgabe«, fuhr Heinrich fort. Sein Blick glitt – ohne dass seine Gesichtszüge dabei die geringste Regung offenbarten – über die Menge an Bohnen, die sich Herzog Břetislav genüsslich in den Mund schob.

»Sehr wohl«, bestätigte Ekkehard, fügte dann aber an: »Manchmal jedoch gibt es keinen anderen Weg als das Schwert.«

»Getreuer Ekkehard«, wandte sich ihm Heinrich daraufhin zu, »Euch werde ich es als Ersten wissen lassen, wenn eine Schlacht unausweichlich erscheint. Vermutlich aber müsst Ihr Euch noch etwas gedulden.« Heinrich ließ sich Wasser reichen und prostete damit zuerst Ekkehard und dann dem böhmischen Herzog zu, die sich daraufhin beide ergeben verneigten. »Aus Polen werden wir vorerst keine weitere Bedrohung erfahren, auch dank Eurer Kathedrale. Seit dem Tode Herzog Mieszkos ist das Herzogtum viel zu sehr mit sich selbst beschäftigt. Seine Adeligen berauben und bekämpfen sich gegenseitig, das Land zersplittert zu unserem Vorteil. Und Böhmen? Berichtet uns doch selbst, Herzog!«

Břetislav von Böhmen lachte. »Alles ist wunderbar in meinem Land. Wir bauen Kirchen und nehmen den Bauern nur so viel ab, dass sie nicht hungern müssen.«

»Dafür schätzen wir Euch, Herzog«, lobte der König. Ihm war viel daran gelegen, die Herrscher des Ostens eng ans Reich zu binden und jeden für sich in seinen Lehnsländern schalten und walten zu lassen. »Weshalb Ihr auch an unserer Seite weilen dürft. Selbst in Ungarn ist es nach dem Tode König Stephans ruhig. Sein Neffe und Nachfolger treibt die Christianisierung in unserem Sinne voran. Für unser aller Sicherheit werden wir die Ostgrenze dennoch weiterhin überwachen.«

Ekkehard nickte bestätigend. »Als Markgraf einer Grenzmark ist genau das meine vornehmlichste Pflicht, Königliche Hoheit.« Er fixierte den böhmischen Gast, der ungezwungen dem hiesigen Wein zusprach, mit Argwohn. Im gleichen Maß wie sich die Zustände für die Menschen in Polen verschlechterten, war es Herzog Břetislav gelungen, sein Böhmen zu stabilisieren – eine Leistung, der Ekkehard durchaus Respekt zollte. Auf Ekkehards Pflichtbekundung hin fragte Uta sich, ob ihr der Titel einer Markgräfin zu einer eher positiven Antwort des Königs verhelfen würde. Wann wäre wohl der richtige Moment gekommen, ihr Anliegen vorzutragen? Am Ende des Festes, wenn die Menschen, nachdem sie Speis und Trank genossen hatten, am gelöstesten waren? Unbemerkt hatte Uta bei der Frage nach dem Wann von ihrem Aal abgelassen und umklammerte nun ihren Becher mit Wasser, das ihre ausgedorrte Kehle für die anstehende Rede geschmeidig machen sollte.

»Für den Tag vor meiner Abreise möchte ich die hier Versammelten einladen, der kommenden Tributabnahme der Liutizen beizuwohnen«, verkündete der König. »Einmal mehr wird mir der Stammesführer der Liutizen zum Zeichen seiner Huldigung und des Friedens auf den Wiesen vor der Burg die fälligen Abgaben übergeben und«, fuhr Heinrich fort, »Ihr alle sollt dabei Zeugen werden, was der unbeirrbare Glaube an Gott auszurichten fähig ist. Ihr alle sollt sehen, wer Lehnsherr und wer Vasall ist.«

Die Tafelgäste bestätigten seine Worte durch ein Nicken.

In der sich anschließenden Ruhe sah Uta ihren Moment gekommen. Sie hielt es ohne die Gewissheit, Hermann exhumieren zu dürfen, keinen Lidschlag länger auf ihrem Stuhl aus. »Königliche Hoheit«, wandte sie sich zunächst über die Tafel hinweg an den König.

Ekkehard versuchte, sie am Arm zurückzuhalten, als sie sich erhob. Doch Uta machte sich frei und schritt – wenn auch mit weichen Knien – um das Ende der Tafel herum vor den König. Sie war die Herrin der Kathedale und er die Hoffnung des Reiches. Uta bemerkte, dass nun die Aufmerksamkeit aller auf ihr und dem König ruhte.

Sie sah Erna und die Zwillinge aus dem Augenwinkel nahe der Tür zur Küche stehen und sie anstarren. Noch am Vormittag hatten die drei die Tafeln des Burgsaales mit Grünzeug,

Äpfeln und Nüssen dekoriert. Später würden sie sicherlich beim Abtragen der Tafeln helfen.

Der König erhob sich, als Uta vor ihm zum Stehen kam und sich verneigte. »Markgräfin, was ist Euer Begehr?« Heinrich ließ sie ungewöhnlich lange in der gebeugten Haltung verharren. Doch schließlich bat er sie darum, ihn anzuschauen und zu sprechen.

Uta befürchtete, dass ihre zitternden Beine jeden Moment unter ihr nachgeben würden. Stattdessen nahm sie Haltung an und schaute in Heinrichs wache Augen, die sie an die seiner Mutter erinnerten. Dass er ihr Blut und ihr sensibles Rechtsbewusstsein besäße, hatte Kaiserin Gisela ihr immer wieder geschrieben und ihr von Heinrichs Unterricht in den Freien Künsten und seinem Studium der Rechtsbücher berichtet.

»Königliche Hoheit«, begann sie voller Hingabe und sah den König offen an, um die Distanz, die die Tafel zwischen sie brachte, damit zu verringern. Vor lauter Aufregung kam es ihr so vor, als würde der Adler an der Wand hinter dem König zu flattern beginnen. »Ich möchte eine Bitte an Euch richten, die einem vermeintlichen Sünder die Möglichkeit zur Reinwaschung bietet.«

Nach einem kurzen Blickkontakt mit dem übellaunigen Egilbert von Freising forderte der König: »Dann soll der Sünder hier vor mich treten, Markgräfin.« Er schaute über sie hinweg in den Saal.

»Das kann er nicht mehr, Königliche Hoheit«, entgegnete Uta und straffte sich. »Deswegen stehe ich statt seiner vor Euch.«

Ein Raunen setzte ein. Ekkehard wollte sich erheben und zu Uta gehen, als der König ihn dazu aufforderte, seine Gattin gewähren zu lassen.

Blut und Hitze schossen Uta ins Gesicht, und kurz verlor sich ihr Blick in den Zweigen, die aufwendig verwoben die Königstafel zierten. »Hermann von Naumburg wurde vorgeworfen, die Sünde der Selbsttötung begangen zu haben«, trug Uta mit Nachdruck vor und sah dem König dabei nach wie vor unverwandt ins Gesicht. »Dieser Vorwurf fußt jedoch lediglich auf einer Vermutung. Niemand konnte bisher mit Sicherheit sagen, was ihm tatsächlich in der Nacht zu Allerheiligen zugestoßen ist.«

»Wer hat den Vorwurf erhoben?«, fragte der König.

Nun konnte sich Ekkehard nicht länger zurückhalten. Er begab sich um die Tafel herum und stellte sich neben Uta. »Im Kloster des heiligen Georg haben wir eine ordentliche Leichenschau durchgeführt«, sagte er mit bitterem Unterton. »Abt Pankratius kann das bestätigen!«

In diesem Moment vernahm Uta das Scharren einer Bank. Abt Pankratius war aufgestanden und hatte sich zur Bestätigung der markgräflichen Worte mit einem Lächeln verbeugt. »Eine äußere Leichenschau wurde nach bestem Wissen durchgeführt, Euer Königliche Hoheit«, erklärte er.

Uta überlegte, wie sie ihre weiteren Argumente vortragen konnte, ohne die Fähigkeiten des Abtes in Frage zu stellen. »Die äußere Betrachtung des Toten verrät aber nicht die ganze Wahrheit«, begann sie vorsichtig und spürte ihre Wangen vor Hitze brennen, während ihr die Beine nach wie vor zitterten. »Um sichergehen zu können, ob eine Sünde vorliegt, müssten die inneren Organe begutachtet werden.«

Die inneren Organe? Ekkehard öffnete den Mund, um die Gattin zu mehr Demut aufzurufen, doch Uta war schneller. »Ich bitte Euch, Königliche Hoheit, genau dies zu ermöglichen. Nur so wird die ganze Wahrheit über das Schicksal Hermanns von Naumburg ans Licht kommen.« Auffordernd schaute Uta den Kaisersohn mit den edlen Zügen und dem gescheitelten, schwarzen Haar an.

Die Menge lauschte gespannt. Sogar das Einschenken von Wein in einen leeren Becher wäre in diesem Augenblick zu hören gewesen, wenn einer der Festgäste daran gedacht hätte, ihn sich erneut füllen zu lassen.

Uta bemerkte, dass die Herren an der königlichen Tafel – bis auf einen einzigen – mit versteinerten Mienen auf sie herabschauten. Bis auf einen. Drei Sitzplätze neben dem König meinte sie, den böhmischen Herzog süffisant lächeln zu sehen.

»Ihr schlagt vor, den Leichnam des Hermann von Naumburg zu exhumieren?«, fragte der König und drehte ihr sein linkes Ohr zu, als habe er sich verhört.

Wie zur Bekräftigung trat Uta noch einen Schritt näher an die Tafel. Das Herz schlug ihr bis zum Hals, schon befürchtete sie, dass ihr bei den nächsten Worten die Luft wegbleiben würde.

Das Unmögliche wagen!, dachte Uta in diesem Moment wieder an die bischöflichen Worte und blickte kurz zu ihrem Ermutiger hinüber. In Utas Augen lag ein hoffnungsvoller Glanz, als sie von Bischof Kadeloh zurück zum König schaute. »Die Schwestern im Kloster des heiligen Moritz können mit einer dementsprechenden medizinischen Untersuchung Wahrheiten ans Licht des Tages bringen.« Uta rechnete schon damit, dass Äbtissin Notburga nun unmittelbar aufspringen und sich gegen ihre Worte verwehren würde. Doch außer Getuschel konnte sie keine weiteren Meinungsbekundungen hinter sich vernehmen.

»Alle glücklichen wie beklagenswerten Ereignisse, Markgräfin, so lehrt uns jeder Tag aufs Neue, stammen unmittelbar aus der Hand des Höchsten.« König Heinrich zeigte sich ruhig und verständnisvoll, beinahe als spräche er mit einem unbelehrbaren Kind. »Krankheit und Tod sind eine Fügung Gottes. Mit irdischen Mitteln oder gar medizinischen Untersuchungen greifen wir in die himmlische Schickung ein. Wir dürfen den Willen Gottes, und das war die Grablegung des Hermann von Naumburg in ungeweihter Erde, nicht mit irdischen Maßnahmen beeinflussen oder sogar bekämpfen wollen. Einen Körper der Erde zu entreißen ist Gotteslästerung.«

Bischof Egilbert von Freising nickte auf diese Argumentation hin, während er eine Nuss vom Tisch zwischen Zeigefinger und Daumen aufzuknacken versuchte.

»Aber kein Gesetz im Reich verbietet medizinische Untersuchungen, Königliche Hoheit.« Uta hatte sich auch auf diese Erwiderung vorbereitet. Ihr Atem ging schneller und ungeduldiger. »Verzeiht, mein König, aber wie erklärt es sich sonst, dass die großen Mediziner selbst auch Christen waren und nie der Gotteslästerung angeklagt wurden?« Sie dachte an Alwines Buch der *Methodi medendi*, das in ihrer Kemenate lag, und war von ihrer Interpretation der Lehrzeilen überzeugt. Erst vergangene Nacht waren sie gemeinsam noch einmal alle Erklärungen durchgegangen. »Hilft uns die Medizin nicht eher, als dass sie Lästerung ist? Sie nimmt uns Schmerzen, schenkt uns mehr Zeit im Diesseits, damit unsere Seele aus ihren Fehlern zu lernen vermag und Zeit für Reue hat.« Trotz ihrer leidenschaftlich vorgetragenen Argumente, dem drängenden Herzschlag und den wackeligen Beinen versuchte Uta, ihren Satz weich, beinahe zärtlich ausklingen zu lassen.

König Heinrich brachte das tiefe Gemurmel im Saal mit einer scharfen Handbewegung zur Stille, nicht einmal Herzog Břetislav zeigte seinen Frohsinn noch offen. »Das Schicksal jedes Einzelnen«, der Blick des Königs glitt über die Gesichter der Versammelten im Saal, »Euer Schicksal, gleichgültig, ob Schmerz, Erlösung oder Leid, ist Gottes Strafe für Eure Sünden.« Seine Stimme schwoll an, wobei sich sein Blick irgendwo in der Ferne über den Köpfen der Festgäste verlor. »Der einzig wahre Mediziner ist Gott. Nach seinem Willen verteilt er Krankheit und Heilung. Nach seinem Willen werden unreuige Sünder bestraft. Niemandem sonst obliegt das Leben, der Tod, ewige Verdammnis oder Paradies. Allein Gebete vermögen zu heilen. Dafür braucht es kein niedergeschriebenes Gesetz.«

Unbewusst ballte Uta die Hände zu Fäusten. »Und die Wahrheit?«, fragte sie mit erstickter Stimme, die jedoch vom Nachhall der donnernden Stimme Heinrichs verschluckt wurde.

»Gott ist die Wahrheit!«, entgegnete der König und schaute Uta nun wieder an. Ihr fiel auf, dass seine Züge nun nicht mehr edel, sondern asketisch und hart wirkten.

»Gott allein! Nicht Ihr und nicht die Schwestern aus dem Kloster zum heiligen Moritz. Euer Begehr ist hiermit abgelehnt, Markgräfin.« Der König ließ sich zurück auf seinen Stuhl sinken und bedachte Ekkehard abschließend mit einem mahnenden Blick.

Heinrich III. griff nach seinem Becher mit Wasser, hielt jedoch beim Trinken inne, als Uta erneut das Wort ergriff. Sie tat, was die Stimme ihres Herzens ihr vorgab – auch auf die Gefahr hin, die besinnliche Stimmung des Festes zu zerstören. Was hatte sie noch zu verlieren? Das Wichtigste war ihr doch bereits genommen worden. Der Hauch einer Chance plötzlich unendlich weit weg. »Gewiss, Gott ist die Wahrheit, Königliche Hoheit. Aber Gott hat uns Menschen auch dazu gemacht, zuerst belastbare Beweise für Vermutungen zu suchen und erst dann zu urteilen.«

»Es reicht jetzt!« Ekkehard packte Uta am Arm. Zu reden, wenn der König das Gespräch bereits beendet hatte, war mehr als unverfroren – ihm nun aber auch noch zu widersprechen grenzte an Verrat!

Uta spürte Ekkehards Fingernägel durch ihr Gewand hindurch auf ihrer Haut.

Hermann, ich will dir helfen, aber sie lassen mich nicht!, rief sie ihrem Liebsten in Gedanken zu.

»Gottes Zorn wird auf Euch alle hier niederfahren, solltet Ihr seine Wahrheit nicht akzeptieren!«, verkündete Bischof Egilbert und zerdrückte die Nuss zwischen seinen Fingern. Sein strafender Blick war dabei allein auf Uta gerichtet.

König Heinrich war es schließlich, der ihr Begehren ein für allemal abschmetterte: »Niemand wird exhumiert. Ungeachtet, ob er in geweihter oder ungeweihter Erde liegt. Nehmt Gottes Fügung an, Markgräfin!«

Hermanns Schicksal sollte damit endgültig besiegelt sein? Der Burgsaal verschwamm um Uta herum, sie wankte. Der König schien ihr nun nicht mehr nur unnahbar, sondern geradezu unerreichbar zu sein. Der Sohn Kaiserin Giselas und Kaiser Konrads hatte ihre Worte einfach nicht verstanden. Der kreisförmig gepflasterte Steinboden zu ihren Füßen begann sich zu drehen. Uta klammerte sich mit aller Kraft an die Tafel und sagte dann mit bebender Stimme: »Verzeiht, Königliche Hoheit.«

Mit leerem Blick und unter absoluter Stille schritt sie auf den Ausgang des Burgsaales zu.

Dieses einzigartig besinnliche Fest, das sie zu Hermanns Fest hatte machen wollen, war für sie zur Katastrophe geworden.

3.

ENTNOMMEN

Fast hatte sie vergessen, wie heftig die Winter im Landesinneren ausfielen. Die Schneedecke reichte ihr bis zu den Knien hinauf, und sie hatte Erfrierungserscheinungen an allen Körperpartien, die nicht von mehreren Lagen Leder, Pelz und Wolle geschützt wurden. Ihre steifgefrorenen Glieder schmerzten, doch sie klagte nicht.

Bebette blickte sich zu ihrem Begleiter um, der sich nun daranmachte, ihr Bündel von seinem Ross zu schnallen.

Wortkarg hatte er sie von Kloster zu Kloster, von Hof zu Hof und zu jeder Herberge geführt, die ihnen eine angemessen sichere Übernachtung gewährleistete. Auch an den hohen Feiertagen waren sie geritten. Einzig ihrem eisernen Willen, der keinen einzigen Tag der Ruhe vor einem wärmenden Kamin zugelassen hatte, war es zu verdanken, dass sie nunmehr, keine sechs Tage vor dem Fest des heiligen Donatus, vor dem Portal des Moritzklosters in Naumburg angekommen waren. Mit einem Glitzern in den Augen, dem sonnenbeschienenen Schnee gleich, schaute Bebette zu der hoch aufragenden Burg und den Kathedraltürmen hinüber. Ihr Reisebegleiter legte ihr derweil das Bündel zu Füßen und klopfte an die linke Tür des doppelflügeligen Portals.

Noch bevor die winzige Luke in der Tür aufgeschlagen wurde, hatte sich der Mann schon vor Bebette verneigt und war auf die gleiche überraschende Weise, in der er auch in Brügge an jenem regnerischen Abend mit Notburgas Brief bei ihr erschienen war, wieder verschwunden.

Gernrode!, durchfuhr es Bebette beim Anblick der Portaldienstlerin, die die Luke öffnete. Die Geistliche trug den gleichen weißen Schleier und – wie Bebette an ihren Schultern
ausmachen konnte – das gleiche einfache schwarze Klosterge-
wand, das sie noch zu Zeiten von Äbtissin Hathui in Gernrode gezwungen gewesen war anzulegen. Nie wieder hatte sie
ein Kloster für mehr als eine Übernachtung oder eine Messe
betreten wollen.

»Ihr wünscht?«, fragte sie die Benediktinerin höflich.

Bebette erfasste das Gesicht der Frau innerhalb eines Atemzu-
ges. Ihre Lippen waren bläulich angelaufen, was Bebette sagte,
dass die Frau bereits seit einiger Zeit in der Eisigkeit des Winters am Tor ausharrte. Zitternd vor Kälte bereitete es Bebette
einige Mühe, mit Mund und Augen zu lächeln. »Bitte meldet
mich bei Eurer Äbtissin.«

Wie es sie gelehrt worden war, hakte die Schwester in der Luke
höflich nach: »Welchen Namen und welchen Besuchsgrund
darf ich unserer werten Äbtissin melden?«

Bebette musterte den Schleier der Portaldienstlerin, der die
Umrisse ihres kantigen Gesichts verbarg. Immerhin war die
Frau mit einer angenehmen Stimme gesegnet. »Bitte meldet
Eurer werten Äbtissin«, Bebette musste bei dieser Anrede in
sich hineinschmunzeln, »dass ihre Schwester Bebette sie zu
sprechen wünscht, B-e-b-e-t-t-e von H-i-l-d-e-s-h-e-i-m.«

Sie genoss den Klang ihres Namens, wenn sie ihn so wie jetzt –
langsam und deutlich – aussprach. Schließlich gehörte er nicht
zu denen, die sofort auf eine niedere Herkunft hindeuteten.
Sie war eine Geborene von Hildesheim, ihr Vater – zu seinen
Lebzeiten – ein Graf mit einer stattlichen Vasallenschaft, bevor … Bebette verdrängte die Erinnerung an den Abstieg.

Kurz hatten die Lider von Schwester Erwina gezuckt, als sie
den Namen *von Hildesheim* vernommen hatte. Eine derart
gütige Stimme von einer Person dieser Familie verunsicherte

sie zutiefst. »Tretet ein«, bat sie nun gefasst, schloss die Luke und öffnete den rechten Türflügel.

Bebette zog daraufhin ihren Umhang fester um den Leib und ergriff das Bündel zu ihren Füßen. Trotz der Eiseskälte mahnte sie sich zu Geduld. Sie betrat den Klosterhof auf dem einzigen Weg, der weitgehend von Schnee befreit worden war, und schaute dabei an den Klostergebäuden vor sich hinauf. Weitläufiger und größer erschien ihr das Kloster im Vergleich zu Gernrode.

Die Portalschwester bedeutete ihr, im Klosterhof zu warten. »Ich gebe der werten Äbtissin Bescheid.« Mit gesenktem Kopf verschwand sie in einem der Seitengebäude.

Bebette tat einige weitere Schritte auf den Klostertrakt zu. Zu ihrer Rechten lagen die Ställe, wie ihr der scharfe Geruch verriet. Zu ihrer Linken wohl einige Wirtschaftsgebäude. Als hinter ihr ein Schmerzensschrei ertönte, der sie aus der Betrachtung der Klosterkirchentürme riss, drehte Bebette sich wieder zum Portal um. Die linke Doppeltür mit der Luke wurde soeben von außen aufgeschoben. Bebette machte eine ältere Benediktinerin aus, die eine neben ihr humpelnde Alte stützte. »Schwester?«, rief sie hinüber und ging dem ungleichen Paar auf dem schmalen Weg entgegen. »Bitte sagt mir doch, wo ich Eure werte Äbtissin finden kann.«

Völlig mit der verletzten Alten beschäftigt, der das Blut so stark aus dem linken Fußlappen quoll, dass es eine rote Spur auf dem Weg hinterließ, wies die Benediktinerin mit dem Zeigefinger zum Obergeschoss des südlichen Klausurflügels hinauf. Die Äbtissinnenkammer war vom Portal aus nicht sichtbar. »Aber Ihr dürft nur in Begleitung zur …« Schwester Margit hatte die Besucherin gerade zum ersten Mal angesehen und stockte nun unerwartet.

Erst ein lautes Stöhnen ihrer Patientin brachte wieder Bewegung in sie. »Geduld, Mütterlein«, mahnte Margit und drängte an der Besucherin vorbei. »Wir sind gleich in der Krankenkammer. Stützt Euch nur kräftig auf mich.« Auf dieses Angebot hin kroch die Alte Margit beinahe auf den Rücken, so dass sie deren Gewicht für den Rest des Weges nun zur Gänze tragen musste. Mit jedem Schritt brannten Margits Beinmuskeln mehr. Doch es war nicht mehr weit. Aus dem Augenwinkel sah sie bereits Schwester Erwina, die beste Sängerin im klösterlichen Chor, auf die Besucherin zueilen.

Erwina schloss die Klosterpforte und trat dann vor Bebette. »Bitte folgt mir.«

»Vielen Dank für Eure Eile, Schwester!« Bebette nickte der Portaldienstlerin höflich zu und wurde im Folgenden in die Äbtissinnenkammer geleitet. Ihr Bündel mit ihrem roten Lieblingsgewand und dem Schmuck trug sie fest umklammert. Auf halbem Wege schaute Bebette sich genauer in den dunklen Gemäuern um, entdeckte aber überall nur kahles Gestein, ohne jede Verzierung oder Farbe.

Der strenge Gesichtsausdruck der reiferen Schwester im Hof war ihr ebenso im Gedächtnis haftengeblieben wie der Schreck, der sich kurz über ihre hageren Züge mit den schmalen Lippen gelegt hatte. Nie zuvor hatte Bebette solch schmale Lippen gesehen.

Sie fror noch immer. Nur noch wenige Treppenstufen in das erste Geschoss hinauf, dann hätte sie ihr Ziel erreicht. Wohlige Wärme drang aus der Zelle bis auf den Gang hinaus. Nach einem vorsichtigen Klopfen und der Aufforderung zum Eintreten begaben sich die beiden Frauen in die Äbtissinnenkammer. Im Kamin prasselte ein mächtiges Feuer.

Bebette wurde freudig von Notburga, die hinter ihrem Arbeitstisch saß, begrüßt. »Schwester! Hast du es also bis hierhergeschafft.«

Bebette machte zwei Schritte auf Notburga zu, und noch zwei, weil die Schwester keine Umstände machte, sich von ihrem Stuhl zu erheben. Über den Arbeitstisch hinweg kam es zu einer ungelenken wie flüchtigen Umarmung. Die nicht einmal um zwei Jahre ältere Schwester hatte sie seit ihrer Trennung im Kloster vor vierzehn Jahren nicht mehr gesehen. Notburga musste demnach in ihrem vierunddreißigsten Lebensjahr stehen. Und hatte sich seitdem nicht wesentlich verändert. Da waren noch immer der schmale, langgestreckte Hals, das glatte, dunkelblonde Haar, und wie Bebette sofort erkannte: ihre Vorliebe für Glitzerndes. Mit einem Lächeln registrierte sie, dass ihre Schwester den Schleier auf ihrem Kopf durch ein funkelndes Band ersetzt hatte. In Gedanken hörte Bebette wieder Notburgas kindliche Stimme im elterlichen Haus zum Burgherrinnen-Spiel rufen: *Betti! Betti!*

Und hier war sie wieder, Notburgas Betti.

»Schwester Erwina!« Notburga wandte sich an die Portaldiensthabende und riss damit die versunken lächelnde Bebette aus ihrer Erinnerung. »Steht nicht so nutzlos herum, sondern bringt uns von dem guten Honigwein!«

»Aber ich muss zum Portal, es ist unbesetzt und tagsüber wünscht Ihr doch …«, gab Erwina zu bedenken, als sich die Äbtissin schon wieder von ihr abwandte und auf den mit dunklem Leder überzogenen Stuhl ihr gegenüber wies. »Bitte setz dich doch, Bebette.«

Zeige mir deine Kammer und ich sage dir, wer du bist! Aufmerksam, aber dennoch unauffällig schaute sich Bebette in der Zelle um, während sie die Gewandnadel ihres Umhangs öffnete. In der Mitte des Raumes stand der große Tisch mit den vielen Pergamenten, vor dem sie gerade saß. Ihr gegenüber, direkt hinter der Schwester, sah sie den prächtigen Kamin, neben dem eine Tür in eine Nebenzelle führte. An der Wand zur Linken des Eingangs gewährten die Fenster aus Glas an schneelosen Tagen einen Blick in den Klostergarten, wie Bebette schemenhaft erkannte.

»Wenn ich an unsere einstige Äbtissin Adelheid, die Königstochter, denke, hast du es hier mindestens genauso gut getroffen.« Ein schelmisches Lächeln trat in Bebettes Gesicht, das Notburga zu ihrer beider Erleichterung erwiderte.

»Die mächtigsten Äbtissinnen im Reich haben mich würdig in ihre Kreise aufgenommen. Äbtissin Adelheid gedenkt, mich in Gandersheim als stellvertretende Äbtissin vorzuschlagen. Sogar das Kaiserpaar leiht mir sein Gehör.«

Bebette betrachtete Notburga erneut. Mit dem Haarband ähnelte die Schwester eher einer Gräfin als einer Äbtissin. Daran mochte auch das schwarze Gewand nichts zu ändern. Auch wenn Notburga im Gesicht etwas fülliger geworden war, strahlte sie – noch mehr als früher – ungebrochene Willenskraft und Durchsetzungsvermögen aus. Auch damals war es Notburga gewesen, die sie – mehr als die Äbtissinnen – moralisch geformt hatte. In ihren jungen Jahren war die ältere Schwester stets die Kraftvollere von ihnen beiden gewesen, die immer gewusst hatte, was zu tun war. Heute, das spürte Bebette, war das Kräfteverhältnis zwischen ihnen ein ausgeglicheneres.

»Bist du von allem freigekommen?«, fragte Notburga und musste sich bremsen, nicht doch aufzustehen und hinter dem Tisch hervorzutreten.

Bebette nickte. »Ich konnte das Haus und den Wollhandel einträglich verkaufen.« Balduin musste am selben Tag unter die Erde gekommen sein, an dem sie die Grafschaft Flandern in Richtung Köln verlassen hatte. Gewiss war sie vom Großvater, wie besprochen, würdig auf der Grablegung vertreten worden. »Mein Erbe wird dem Kloster Gernrode überschrieben, ich wollte dort für Balduins Seelenheil beten.«

Auf diese Erklärung hin bedachte Notburga die Schwester mit einem vielsagenden, verschwörerischen Lächeln, gleich einem Handschlag. Das Hildesheimer Lächeln war ein Bekenntnis zueinander, ein Schwur, die andere niemals zu verraten. Früher hatten sie sich derart verschwörerisch zugelächelt, bevor sie dem Vater das Schwert versteckt oder sich heimlich eine der goldenen Ketten der Mutter umgelegt hatten. Heute stand mehr auf dem Spiel.

»Für ein Zehntel Anteil wird Äbtissin Adelheid in Gernrode die Gelder an uns weiterleiten«, erklärte Bebette. »Somit steht unserem geheimen Vorhaben nichts mehr im Weg.« Notburga war nach dieser Offenbarung vollkommen sicher, dass ihre Schwester die Richtige für ihr Vorhaben war.

Nach einem Klopfen betrat Schwester Margit die Kammer, in den Händen einen Krug Honigwein und zwei ineinandergesteckte Becher.

»Wo ist Schwester Erwina?«, verlangte Notburga zu wissen, während Margit die Becher auf dem Tisch zwischen den Geschwistern plazierte und Honigwein einzuschenken begann.

»Schwester Erwina bewacht das Portal«, entgegnete Margit und hatte Mühe, das Zittern ihrer Hand beim Eingießen zu kontrollieren. Sie zwang ihren Blick auf den Krug.

Notburga brummte kurz und wedelte mit der Hand als Zeichen dafür, dass sich Margit jetzt wieder in die Krankenkammer zurückziehen solle.

Margit wagte es nicht, eine der beiden Frauen noch einmal anzuschauen, und verließ eilig die Kammer.

Bevor Bebette trank, schaute sie unvermittelt prüfend in den Becher. Gebranntes Kind!, schalt sie sich. Mit einem »Auf unser Wohl!« ertränkte sie die Gedanken an Balduins Bier. Betti und Burgi! Burgi und Betti!, drangen Kinderstimmen erneut an ihr Ohr. Beim Trinken spürte Bebette den Blick der Schwester über ihre Gewänder wandern.

»Verwende die Gelder, um dir edlere Kleider und Schmuck zu kaufen«, sprach Notburga nach einem langen Zug. »Du musst den Eindruck erwecken, eine Kaisertochter zu sein. Du siehst gut aus, viel jünger, als du bist. Das spielt uns in die Hände.«

Bebettes Augen funkelten erwartungsvoll, schnell hatte sie die Kritik über die Mittelmäßigkeit ihrer Gewänder hinuntergeschluckt. Zum Glück hatte sie den Umhang mit den Amseln nicht mitgenommen.

»Du wirst hier in meinen Mauern wohnen. Zeige dich stets sittlich und untadelig. Ich werde die Wände zweier Schwesterzellen, direkt neben meiner Kammer, durchbrechen lassen. Schwester Margit und Schwester Tusnelda werden sich zukünftig eine Zelle teilen müssen.«

»Erwartest du, dass ich an allen Gebeten teilnehme?«, fragte Bebette und legte ihren Umhang ab.

»Es genügt, wenn du zur Frühmesse und zum Abendmahl anwesend bist. Du brauchst deine Zeit für wichtigere Dinge.«

Da war es wieder, das Hildesheimer Schwurlächeln, das Bebette sofort das Gefühl vermittelte, keine vierzehn Jahre von Notburga getrennt gewesen zu sein. Schon jetzt war ihre Erinnerung an die Vergangenheit in Aachen und Brügge teilweise verschwommen. Zuversichtlich prostete sie der Schwester zu. »Von nun an geht es mit doppelter Kraft voran!«

Notburga war zufrieden. »Wir zwei Hildesheimerinnen werden nicht nur die geistliche, sondern auch die weltliche Macht unter uns vereinen!« Sie überlegte kurz, wobei ihr Blick aus dem halb zugeschneiten Fenster ging. »Doch bevor ich dich in alle Details einweihe, möchte ich dir etwas Ruhe von den Reisestrapazen gönnen. Lasse dich von Schwester Erwina vom Portal in unsere größte Gästezelle bringen. Solange der Mauerdurchbruch noch nicht gemacht ist, wohnst du dort. Morgen Abend unterbreite ich dir dann alles Weitere.«

Zur Verabschiedung umarmte Bebette die Schwester noch einmal über den Tisch hinweg, griff dann nach ihrem Bündel und verließ, den Umhang über dem Arm, die Äbtissinnenkammer. Notburga füllte sich den Metbecher randvoll, schob den Stuhl vom Tisch zurück und trat vor das Fenster, wo der Weizen wie

Unkraut getrieben hatte. Lästiges Unkraut! »Verdammte un-
fertige Seele!«, kam es ihr heftig über die Lippen. Mit zusammengekniffenen Augen musterte sie die Wölbung ihres
Bauches. »Dieses Wesen wird mich noch mein Amt kosten!«
Wenn es allerdings nicht einmal Bebette – ihrer leiblichen
Schwester – aufgefallen war, würde sie ihre Leibesfrucht sicherlich auch weiterhin vor den Schwestern des Moritzklosters und den Burgbewohnern verbergen können. Sie würde
die Festlichkeiten und die heiligen Messen in der Kathedrale
zwar meiden müssen, doch das war nur umsichtig. Immerhin
schien ihr der neue Bischof derart wohlgesinnt, dass er sie und
den Abt des Georgsklosters sogar vor einigen Tagen zu einem
gemeinsamen Gebet geladen hatte.
Notburga leerte den Metbecher und begab sich dann, um sich
etwas zu erholen, in die Schlafkammer nebenan.

* * *

Das Einsetzen des ersten Tauwetters hatten sie für ihr Vorha-
ben auf jeden Fall abwarten müssen.
Doch heute war es so weit. Der Boden zeigte sich auch in der
Tiefe nicht mehr steinhart.
Die Grablegung Hermanns lag inzwischen mehr als zwei
Mondumläufe zurück.
Uta schaute zu den Sternen hinauf, ihr unruhiger Blick irrte
zwischen ihnen umher. Es war eine klare Winternacht.
Nehmt Gottes Fügung an, Markgräfin!, verdrängte die Stimme des Königs in ihrem Kopf das Lied des Windes und der
Eule. Unwillkürlich presste Uta sich die freie Hand auf das
linke Ohr. Selbst an den auf das Christusfest folgenden Tagen
hatte der König sie immer wieder streng beobachtet: während
der öffentlichen Audienz, der Tributleistungen der Liutizen-
stämme auf den Wiesen vor Naumburg und zuletzt sogar, als

er über die Zugbrücke geritten war. Nach König Heinrichs Abreise hatte sie große Erleichterung gefühlt.

Nie hatte sie das Einsetzen des Tauwetters mehr herbeigesehnt. Uta senkte ihren Blick von den Sternen zur Horizontlinie. Sie mussten es tun! Uta trat zu Alwine, deren weißer, verräterischer Schleier unter der Kapuze einer Kukulle verborgen war und die mit einer Schaufel bewaffnet den matschigen Boden des Schandackers abging.

»Hier muss es sein!« Alwine zeigte auf eine Stelle, die im Vergleich zu dem sie umgebenden Boden kahl war, weil sie vor einiger Zeit aufgegraben worden war.

»Mein mir von Gott auferlegtes Schicksal ist es, dass ich nach Beweisen für Beschuldigungen suche«, flüsterte Uta, als wolle sie jemanden um Verständnis bitten.

Auch wenn das Fest mit dem König nicht Hermanns Fest geworden war, wollte sie sich nicht von ihrem Weg abbringen lassen. Wenn der König ihr nur zugehört hätte ... doch das hatte er nicht, was Uta in ihrem Vorhaben bestärkte. Damit folgte sie nicht nur ihrem Verstand, der nach einer nachvollziehbaren Erklärung suchte, sondern auch ihrer Eingebung, dem Bauchgefühl, letztendlich ihrem Herzen.

Sie holte eine Schaufel vom Karren und wollte gerade ebenfalls zu graben beginnen, als Alwine meinte: »Bitte, lass mich das alleine tun, ich habe weniger zu verlieren als du.«

Als ob sie das Wertvollste nicht bereits verloren hätte! Uta rang mit sich, ließ aber schließlich die Schaufel sinken. Sie wandte sich in Richtung der Burg, die fast ganz von dem Waldstück verdeckt wurde, das sie auf dem Weg zum Schandacker gen Nordosten durchquert hatten. Lediglich das Dach des Wohngebäudes ragte dahinter hervor. Hoffentlich blieb ihr Verschwinden unbemerkt.

Alwine stieß die Schaufel tiefer in die immer festeren Schichten des Ackerbodens. Erde beschmutzte Alwines Gewand, und sie spürte Nässe durch die mit Lappen umwickelten Klostersandalen an ihre Zehen dringen. Als sie knietief in der Grube stand, schrie eine Eule.

Beide Frauen sahen erschrocken auf. Der Wind fuhr unter ihre Gewänder.

»Reich mir bitte die kleinere Schaufel«, lenkte Alwine ihre Freundin von den Geräuschen des Waldes ab und deutete auf den Karren, den Utas Stute sicher durch den matschigen Waldboden gezogen und den sie nach Einbruch der Dunkelheit in der Hauptburg unauffällig mit Gerätschaften beladen hatten.

Als Alwine kaum noch aus dem Loch hinausschauen konnte, griff sie nach der kleineren Schaufel, die Uta ihr mitsamt einem langen Brett in die Grube hineingereicht hatte. »Ich habe ihn«, verkündete Alwine mit gesenkter Stimme, nachdem sie auf etwas Helles gestoßen war.

»Warte!«, bat Uta und blickte zu den Sternen hinauf. Ihre feinen Züge wirkten im Schein des Mondlichts, als wären sie in hellen Sandstein gemeißelt. »Hermann, Geliebter«, hauchte sie. »Verzeih, dass wir deine Grabesruhe stören müssen.«

»Und Allmächtiger«, fügte Alwine hinzu, »der du uns geformt hast, um nach der Wahrheit zu suchen! Wir bitten dich, *ti preghiamo*, mit diesen Worten für unseren Ungehorsam gegenüber dem König, nicht aber gegenüber deinen Geboten, um Vergebung.«

»Amen!«, flüsterten sie wie aus einem Mund.

Das Schreien der Eule und das Pfeifen des Windes vereinten sich zu einem Schnarren, das ihnen weniger bedrohlich vorkam.

Langsam beugte Uta sich in die Grube hinein. Sie roch feuchte Erde und schmeckte wie schon bei der Leichenschau im Kapitelsaal des Georgsklosters erneut den sauren Pelz auf ihrer Zunge, bevor sie Sicht auf Alwines Tun bekam. Beim Anblick des Grubeninneren schloss Uta kurz die Augen, um sie nach einigen tiefen Atemzügen wieder zu öffnen.

Sie beobachtete nun, wie Alwine mit den Händen eine Erdschicht nach der anderen von dem hellen, löchrigen Leichentuch schob. Unter dem Tuch meinte Uta alsbald die Beine und sogar den Kopf, der gen Osten gebettet worden war, auszumachen. Es war ein bedrückender Moment für sie, den Leichnam des Geliebten so nahe bei sich zu wissen. Es war ein Tod ohne Abschied gewesen. Blut schoss Uta in die Wangen, und sie begann zu zittern, als Alwine den Körper kraftvoll, aber vorsichtig auf das Brett zog, dessen eines Ende am Grubenrand lehnte, während das andere im Boden des Grabes steckte. Tief über den Grubenrand gebeugt, packte Ute nun den Leichnam, so gut sie konnte, unter der unversehrten Achsel und am Oberkörper und hielt ihn so lange fest, bis Alwine den unteren Teil des Brettes mit einem Ächzen angehoben und in die Waagerechte gebracht hatte. Dann zog Uta mit Alwines Unterstützung das Brett vollends über den Grubenrand, bis sie es schließlich der ganzen Länge nach auf dem Boden ablegen konnte. Sie hatte sich geschworen, stark zu sein! Stark für Hermann.

Mit Gesten einigten sie sich, den nun wieder in das Leichentuch gehüllten Körper auf den Karren zu verladen und einige Decken über ihn zu schlagen. Begleitet von Utas stummen Gebeten schaufelte Alwine das Erdloch wieder zu.

Als sie beide auf der markgräflichen Stute aufsaßen, streifte Utas Blick den Galgen, der oben auf dem kleinen Ackerhügel stand. Dann machten sie sich auf den Rückweg. Sie durchquerten den Wald auf einem ausgetretenen Pfad und mussten immer wieder absteigen, um den Karren über stärkere Wurzeln oder wucherndes Gestrüpp hinwegzumanövrieren. Bodennebel strich ihnen immer wieder um die Beine, so dass Uta schon meinte, er versuche sie mit seinen Fingern von der Stute zu ziehen. Immer wieder drehte sie ihren Kopf an Alwine vorbei zu dem Leichnam auf dem Karren, während sie die Zügel krampfhaft umklammert hielt. Alwine hatte die Arme um Utas Hüften geschlungen.

An das Waldstück schlossen sich die Naumburger Wiesen an. Vor dem Moritzkloster kamen sie zum Stehen.

Alwine öffnete ihnen das Portal; Pferd und Karren hatten sie an der hinteren Klostermauer für den späteren Rücktransport zurückgelassen.

Jede an einem Ende, trugen sie das Brett in Alwines Keller hinunter. Alwine legte alsgleich den Türriegel von innen vor und entzündete zwei Talglichter. Eines stellte sie am Fuße, das andere am Kopfende des Untersuchungstisches auf.

»Wie lange sind wir hier noch ungestört?«, fragte Uta, nachdem sie eine Weile benötigt hatten, um den Leichnam auf den Behandlungstisch umzubetten.

»Schwester Margit weiß, dass ich bis Mittag nicht gestört werden möchte. So viel Zeit werden wir auch sicher benötigen. *Sicuramente!*«

Länger würde Uta sowieso nicht bleiben können. Am Vorabend noch hatte sie Katrina gebeten, sie beim Gatten für den kommenden Vormittag mit der Begründung zu entschuldigen, dass sie sich unpässlich fühle und deshalb in die heilenden Hände der Moritzschwestern begeben habe. Was auch stimmte, wenn auch auf andere Weise. Zur Mittagszeit musste sie jedoch wieder auf dem Burghof zurück sein, weil Ekkehard sich danach verabschiedete, um sich nach Goslar an die Seite König Heinrichs zu begeben.

Uta roch Erde vermischt mit etwas Fauligem.

»Zum Morgengebet muss ich allerdings kurz hinauf und die Untersuchung unterbrechen«, setzte Alwine hinzu. Sie würde ihre Pflichten nicht vernachlässigen, sondern wie an jedem anderen Tag erfüllen.

Uta erschrak, als es hinter dem Vorhang brummte.

»Einer der Steinhauer vom Rödel mit Wundbrand im Endstadium«, erklärte Alwine und deutete mit dem Kinn ans Ende des Raumes. »Kannst du seine Lippen mit etwas Flüssigkeit benetzen? Nimm dort das frische Wasser.«

Uta ergriff einen Lappen und eine Schale vom Regal mit den Tinkturen zur Linken der Eingangstür, füllte Wasser aus einem Eimer in die Schale und begab sich hinter den Vorhang. Dort wurde sie gewahr, dass der Steinhauer im Moment der einzige Patient hier unten war. Sie benetzte seine rissigen Lippen mit dem genässten Lappen. Dabei verstummte das Brummen, und schließlich schlief der fiebernde Mann an ihren Arm gelehnt ein.

»*Santa madonna mia!* Heilige Mutter Gottes!«, vernahm sie Alwines erschrockene Stimme. Uta tröpfelte dem Kranken noch etwas Wasser auf die Stirn, löste sich dann von ihm und trat durch den Vorhang wieder auf den Untersuchungstisch zu. Schale und Tuch legte sie am Kopfende des Tisches ab.

Die Krankenschwester hatte das zerschlissene Leichentuch inzwischen von dem Toten gelöst, sich eine Schürze umgebunden und einige Gerätschaften zurechtgelegt. Uta erschauderte, als sie neben der Wasserschale, vom Talglicht beschienen, eine glänzende Zange mit Krallen an den Enden, einige schwere Messer verschiedener Größe und ein halbes Dutzend Haken liegen sah. Ihr Blick wanderte von einem der Haken über den Kopf des Leichnams, die Brust bis zu den Beinen hinab. Alles war so viel eindringlicher, als sie es sich vorab ausgemalt hatte. Sie zwang sich, nicht sofort wegzuschauen. Der Körper wirkte aufgedunsen, als sei Luft in ihn hineingeblasen worden. Die Hautreste schimmerten wie dunkle, angeschmorte Fischschuppen. Utas unsteter Blick verlor sich in einem imaginären Punkt über dem Leichnam. Zumindest der harzige Geruch aus dem Kräuterregal vermittelte ihr etwas Vertrautes, das das erneute Aufkommen des säuerlichen Geschmacks in ihrem Mund verhinderte.

»Zuerst werde ich das Äußere beschauen«, meinte Alwine mit einem Blick zu Uta, die noch immer gedankenversunken in die Luft starrte. »Uta?«, fragte sie nun lauter. »Geht es dir den Umständen entsprechend?« Das Wort »gut« wagte sie in diesem Zusammenhang nicht zu verwenden.

Uta sah die Freundin an, ihr Blick klärte sich.

»Bist du bereit?«, fragte Alwine mit einfühlsamer Stimme.

Wortlos nickte Uta und begab sich nun an jene Stelle des Untersuchungstisches, wo Hermanns linker Arm gewesen wäre, sofern ihn ihm die Wölfe nicht abgerissen hätten.

Alwine stand Uta genau auf Höhe des rechten Armes gegenüber, den sie zunächst eng an den Oberkörper des Toten legte. Dann trat sie ein Stück zurück und überblickte ihn in seiner gesamten Länge. »Die Totenstarre hat sich längst gelöst. Wie mir scheint, hat ihn die Winterkälte gut für uns konserviert.« Ein interessierter Ausdruck trat auf Alwines Gesicht. »Er ist sogar noch besser erhalten, als ich dachte. Die Oberhaut scheint sich noch nicht vollständig abgelöst zu haben.« Sie begutachtete einen Brustmuskel und murmelte dabei einige lateinische und italienische Fachbegriffe. Als Nächstes vergewisserte sie sich, dass Uta noch ansprechbar war. Danach beugte sie sich wieder über den Leichnam, der ihre ganze Aufmerksamkeit fesselte. »Im Gewebe und in den Körperhöhlen hat sich Fäulnis eingelagert, die den Körper aufbläht. Sieh, wie angeschwollen der Bauch ist.« Alwine zeigte auf zerrissenes Fleisch, das sich nach oben wölbte.

Unbewusst führte Uta die Hand vor den Mund. Sie sah Löcher in der Haut und etwas Rotes. »Sein Blut.«

Alwine griff nach dem feuchten Lappen neben der Wasserschale am Kopfende des Tisches und begann, den Leichnam an Armen und Beinen zu reinigen und die Gelenke genauer zu betrachten. »Nein, *cara!* Das ist kein Blut«, antwortete sie, während sie den Körper weiterhin abtupfte. »Sondern Fäulnisflüssigkeit, die aus den Körperöffnungen austritt. Bis jetzt erkenne ich eine eher grünlich violette Färbung der Haut. Das bedeutet, dass die Fäulnis noch nicht allzu weit fortgeschritten ist. Später wird die Haut noch richtig schwarz. Ich hebe jetzt den Kopf an.«

Den Kopf mit den wärmsten Augen der Welt und den tanzenden Punkten darin? Der Untersuchungstisch verschwamm vor Utas Augen, und sie hörte Abt Pankratius wieder davon sprechen, dass dem Toten die Haut vom Kopf gerissen worden und der Schädel blutverkrustet war sowie keine Haarreste mehr auszumachen waren.

»Ich will seinen Schädel genauer betrachten.« Alwine legte den Lappen beiseite und hob den Schädel des Toten vorsichtig an. Sie löste die löchrigen Hautreste und kratzte mit einem kleineren Messer irgendwelche Überreste vom Schädel. »Hier sieht alles normal aus.« Im Folgenden entzündete sie eine Kerze und beschaute jeden Fingerbreit der verbliebenen Haut am Körper des Toten. Vom Kopf bis zum linken Fuß.

Uta war es, als wohne sie der Leichenschau außerhalb ihres eigenen Körpers bei, wie eine Fremde, weil die wahre Uta diesen Anblick nicht ertrug.

»Der Abt hatte recht. Die Risse und Löcher im Fleisch können nur Wölfe verursacht haben.«

»Also war alles umsonst?«, fragte Uta, den Blick auf Alwine gerichtet.

»*Piano, piano*«, entgegnete die und schärfte ihren Blick am Fußknochen des Leichnams. »Jede Untersuchung braucht ihre Zeit, und die Wahrheit benötigt Geduld.«

Gott ist die Wahrheit! Nicht Ihr und nicht die Schwestern aus dem Kloster zum heiligen Moritz!, hörte Uta erneut die Worte des Königs und presste die Lippen zusammen.

»Ich muss ihn wenden«, unterbrach Alwine Utas Gedanken, stellte die Kerze in Beckenhöhe des Leichnams auf dem Tisch ab und schob ihre Hände unter den Körper.

Uta wich vom Untersuchungstisch zurück.

Nach zwei Anläufen und einigen Schweißperlen auf der Stirn hatte Alwine den Leichnam in Bauchlage gebracht.

Uta erinnerte sich, dass Abt Pankratius eine Beschauung der Rückseite nicht vorgenommen hatte. Ein übler Geruch stieg ihr in die Nase, der sie an eine Mischung aus fauligen Eiern und altem, ungepöckeltem Fleisch erinnerte. Zuletzt hatte sie diesen Geruch in ihrer Kindheit wahrgenommen, als der Vater sie gezwungen hatte, in Küchenabfällen nach seinem verlorenen Ring zu suchen.

Alwines scharfe Augen wanderten vom linken Fuß – nachdem der rechte Unterschenkel abgerissen worden war – über das Becken zum Kopf des Leichnams hinauf. »*Dio santo!* Du lieber Gott! Was ist das?«

Alwine reichte Uta die Kerze über den Untersuchungstisch hinweg, so dass Uta wieder näher treten musste, und griff erneut nach dem Lappen.

Nach kurzem Zögern übernahm Uta den Lichtdienst und verfolgte nun wieder von der Tischkante aus und starr vor Unbehagen, wie Alwine den oberen Schädelteil des Toten säuberte und danach genau begutachtete.

»Das darf nicht wahr sein!«, kommentierte die Benediktinerin ihre Entdeckung und schaute mit einem vielsagenden Blick auf. »Er hat ziemlich mittig einen Riss am oberen Schädelbereich.«

Uta hielt die Luft an.

»Ein Riss, der einem gealterten Auge gut und gerne zu entgehen vermag.« Alwine strich noch einmal über die Stelle mit dem Riss. Sie nickte wissend und wischte erneut mit dem Lappen. »*Aspetta!* Warte! Ich sehe einen zweiten Riss, nur zwei Finger breit neben dem ersten, mit einer Verästelung und viel länger. Er zieht sich fast bis zur Stirn hinab.« Sie tastete weiter.

»Risse in Hermanns Schädel?« Unzählige Mutmaßungen schwirrten Uta durch den Kopf. »Die Wölfe könnten ihn zu Fall gebracht haben, so dass er mit dem Kopf auf einen Stein aufschlug.«

Alwine legte den Lappen wieder zu den Instrumenten und betrachtete den Schädel noch einmal von allen Seiten. Währenddessen kam sie zu dem Schluss, dass die eigentlich scheuen Tiere kurz vor dem Verhungern gestanden haben mussten, wenn sie einen noch lebenden Menschen angefallen hatten. »Da verrät mir die Lage der Risse auf der Oberseite des Kopfes aber etwas ganz anderes«, sagte sie leise. Zur Demonstration holte sie einen Stapel Pergamente aus dem Regal und legte ihn direkt neben den Untersuchungstisch und vor Utas Füßen auf den Boden des Kellerraumes. »Beobachte meinen Kopf nun ganz genau«, wies sie Uta an, trat ein paar Schritte zurück und löste schnell ihren Schleier vom Kopf.

Unter Utas fragendem Blick ließ sich Alwine kontrolliert mit dem Kopf rücklings auf den Pergamentenstapel fallen, so als sei sie zu Fall gebracht worden und nun kurz davor, mit dem Hinterkopf auf einen harten Gegenstand aufzuschlagen, den bei ihrer Versuchsanordnung der Pergamentstapel darstellte. Eine halbe Armlänge, bevor ihr Kopf den erdachten Stein berührte, stützte sie sich mit den Armen ab und hielt inne. »Sieh genau hin!«, forderte sie eindringlicher und bedeutete Uta, sich neben den Stapel niederzuknien und genau zu beobachten, an welcher Stelle ihr Kopf auftreffen und sich dabei eine Verletzung zuziehen würde.

Uta leistete mit der Kerze in der linken Hand Folge und richtete den Blick auf Alwines Kopf, woraufhin sich Alwine nun vollends auf den Pergamentstapel fallen ließ. »Und? Begreifst du?«, fragte sie noch im Liegen und deutete mit der Hand auf ihren Hinterkopf, mit dem sie gerade auf dem Stapel zum Liegen gekommen war.

Uta erhob sich, antwortete aber nicht. Dank Alwines Demonstration hatte sie sofort verstanden, dass sich die Risse am Schädel des Toten auf dem Untersuchungstisch an einer gänzlich anderen Stelle befanden als am hinteren Kopfbereich. Aber wie um Himmels willen …?

»Die Risse am Schädel stammen nicht von einem Wolfsangriff!«, konstatierte Alwine.

»Ja, denn hätten die Wölfe Hermann zu Fall gebracht«, ergänzte Uta, »wäre der Riss wahrscheinlich am unteren Teil des Schädels, nicht obenauf, richtig?«

»*Esattamente!* Genau! Bei einem Sturz wird gewöhnlich nicht der Oberkopfbereich verletzt, sondern eher die unteren Schädelpartien«, bestätigte Alwine und erhob sich wieder.

Uta war es, die die sich daraus ergebende Schlussfolgerung als Erste auszusprechen wagte. »Dann hat also jemand derart fest auf Hermanns Kopf eingeschlagen, dass sein Schädel riss.« Sie rang nach Fassung. »Hermann wurde also getötet?« Freude darüber, dass Hermann sich nicht selbst das Leben genommen hatte, kam nicht in Uta auf. Nicht einmal die ersehnte Erleichterung darüber, dass er damit auch nicht ihrer gemeinsamen Zukunft entsagt hatte.

»Das wäre möglich, *cara*«, sagte Alwine in sanftem Ton und trat wieder an ihre angestammte Stelle am Tisch, direkt neben dem rechten Arm des Leichnams, zurück. »Zwei voneinander unabhängige Risse sprechen dafür, dass es zwei Schläge auf den Kopf gab.«

Dann legte sie auf einmal ihre Schürze ab und säuberte sich die Hände an einem Leinentuch.

»Das Morgengebet?« Uta warf einen verzweifelten Blick auf den Untersuchungstisch. »Lass mich bitte nicht allein mit …«

»Du musst jetzt stark sein.« Alwine trat um den Untersuchungstisch herum, nahm Utas Hände und drückte sie ermutigend. »Es geht nicht anders. Ich muss zur Messe. Ansonsten schöpft noch jemand Verdacht und stattet uns hier unten einen Besuch ab.«

Stark sein für Hermann! Uta zog ihre Hände aus denen Alwines und reichte der Freundin ihren Schleier, den diese daraufhin anlegte und auf die Tür zutrat.

»Schau doch noch mal nach dem Steinhauer, oder lies in einer meiner Mitschriften aus Salerno. Das lenkt dich ab.« Mit diesen Worten löste Alwine die Verriegelung der Kellertür.

Zurück ließ sie eine bewegungsunfähige Markgräfin.

Selbst als Alwines Schritte im Kellergang schon längst verklungen waren, stand Uta immer noch mit dem Rücken an der Tür und starrte auf den Untersuchungstisch. Das Wachs der Kerze lief ihr über die Hand, doch sie spürte den Schmerz nicht. All ihre Gedanken kreisten um Hermanns Tötung. Schließlich begab sie sich mit einer Schale frischen Wassers hinter den Vorhang.

Neben dem Bett des Steinhauers ließ sie sich auf einen Hocker nieder und stellte die Kerze auf dem Boden ab. Der Mann atmete flach, hagelkorngroße Schweißtropfen standen ihm auf der Stirn. Nervös tauchte sie ihre Fingerspitzen in die Wasserschale und tröpfelte das kühle Nass vorsichtig auf das Gesicht des Fiebernden, ohne es zu berühren. Dabei erinnerte sie sich eines Verses, den die Burgkinder in Ballenstedt öfters gesungen hatten. Mit trockenen Lippen summte sie eine traurige Melodie. Dabei sah sie sich wieder in den Armen der Mutter vor dem Kamin sitzen, die kleine Hazecha an ihre Hüfte geschmiegt. Die Melodie, vermutlich hatte die Mutter sie ersonnen, hatten sie gerne zu dritt gesungen.

Die Erinnerungen an die familiäre Wärme und Nähe ließen die jüngsten, grausamen Erkenntnisse in den Hintergrund treten.

Als Alwine nach einer Weile an die Tür klopfte, um eingelassen zu werden, wusste Uta nicht mehr, wie oft sie das Lied schon wiederholt hatte. Zumindest war die Wasserschale leer.

»Niemand schöpft soweit Verdacht!«, berichtete ihr Alwine, zurück am Untersuchungstisch. »Und unsere Äbtissin hat sich einmal mehr für das Frühgebet entschuldigt.« Alwine verzichtete darauf, der Freundin von der Ankunft einer gemeinsamen Bekannten zu berichten, die heute in der Frühmesse aufgetaucht war und inbrünstig gebetet hatte. »Wir müssen weitermachen«, sagte sie stattdessen und band sich ihre Schürze wieder um. »Ich werde ihn jetzt aufschneiden.« Uta bebte die Kerze in der Hand, als sie sah, wie Alwine nach dem größten der bereitgelegten Messer griff.

»Dieses Skalpell hat mir in Salerno schon beste Dienste geleistet.« Beim Anblick der aschfahlen Freundin verzichtete Alwine jedoch auf die Darlegung der chirurgischen Eingriffe, bei denen sie assistiert hatte. Der Leichnam des Hermann von Naumburg würde der erste Körper sein, den sie alleine öffnete. Alwines Instrument schnitt als Erstes mittig durch den gesamten Bauchraum, beginnend beim Brustbein mit enormem Druck – Uta hörte es knacken – bis kurz vor den Genitalbereich, dort aber mit weit weniger Anstrengung. Fäulnisflüssigkeit nässte ihre Finger, als sie das Messer herauszog und erneut auf Höhe des Brustbeins ansetzte, die Schneide diesmal aber von der rechten zur linken Körperseite führte, so dass beide Schnitte zusammen ein T bildeten. Danach bog Alwine die beiden Rippenbögen zur Seite, um auf diese Weise in das Innere des Brustkorbs und Magen-Darm-Bereichs schauen zu können. Dafür nahm sie sich ausreichend Zeit. »Auch was die Organe betrifft, scheint die Zeit auf unserer Seite zu sein. Auf den ersten Blick weisen alle die gleiche grünviolette Verfärbung auf wie die Haut.« Fasziniert glitt ihr Blick über die Organe, Adern und Muskelreste. Immer und immer wieder, als wolle sie sich jedes einzelne Detail ins Gedächtnis brennen. »Die Wölfe haben zwar Fleischstücke aus der Bauchdecke herausgebissen, sind aber, wie es aussieht, nicht bis zu den Eingeweiden vorgedrungen«, sagte sie schließlich.

»Unser Jäger berichtete, dass die Reitergruppe die Wölfe wohl beim Fressen gestört und vertrieben haben muss«, fiel Uta ein. »Bei ihrer Ankunft haben sie nur noch das eine oder andere Tier gesehen, das vor ihnen floh.«

Alwine, die die Organe nun genauer betrachten wollte, bedeutete Uta mit einer Bewegung ihres Kinns, besser wieder zu dem aufgehängten Pergament an der Wand zu blicken.

Flüchtig warf Uta einen Blick auf Alwines Zeichnung hinter sich, wandte ihre Aufmerksamkeit dann aber wieder dem Geschehen auf dem Untersuchungstisch zu.

Alwine war froh, dass die Organe dank des harten Winters nicht bereits zu zähflüssigem Schleim geworden waren. Sie führte ihren Kopf so nahe über den aufgebogenen Brustkorb, dass Uta meinte, ihre Freundin berühre das große, mit weißem Schaum umgebene Organ jeden Moment mit ihrer Nasenspitze.

»Die Lunge«, kommentierte Alwine fasziniert. »Der eine Lungenflügel scheint etwas kleiner als der andere, ansonsten aber unversehrt zu sein.« Alwine schob die Lungenflügel auseinander, um das Herz zwischen ihnen zu betrachten.

»Galen fand heraus«, begann Alwine, »dass es zwei Arten von Herzadern gibt. Die einen leiten das Blut, welches sie aus der Leber erhalten, ins Herz hinein, die anderen leiten es wieder aus ihm heraus. Im Herzen sickert das Blut über feinste Poren von einer Hälfte in die andere und wird dort schließlich mit Luft aus der Lunge vermischt. Erst dadurch erhält das Blut seinen Lebensgeist und du und ich sind lebendig.«

Uta sah Alwine auf etwas deuten, das sie als Herzkammer bezeichnete. Als sich ihr im wahrsten Sinne des Wortes der Magen umdrehte, wandte sie sich ab und zwang ihren Blick auf den Vorhang am Ende des Kellers. »Verzeih mir, Hermann!«, murmelte sie betroffen.

»Die Herzmuskulatur ist mittelmäßig ausgeprägt. Hermann hat in den letzten Jahre nicht mehr allzu viel körperlich gearbeitet, richtig?«, erkundigte sich die Benediktinerin.

»Vor der Kathedralweihe war er einige Jahre lang im Kloster«, entgegnete Uta noch immer mit dem Rücken zum Untersuchungstisch gewandt. »Ich weiß nicht, ob er dort körperlich …«

»Dann schauen wir weiter«, fuhr Alwine fort und blickte immer wieder zur Zeichnung des Schweineinneren an der Wand, verglich Form und Lage weiterer Organe und nickte das eine ums andere Mal. Sie war froh, dass die Zersetzung der Organe noch nicht sehr weit fortgeschritten war. Nur mit Mühe konnte sie ihre Vorfreude – endlich die Leber eines Menschen zu sehen, wozu es bei ihren bisherigen Sektionen nie gekommen war – vor der Freundin zurückhalten. Vorsichtig befühlte sie das weiche Organ im rechten Oberbauchbereich. »Die Leberflügel sind noch zu erfühlen«, verkündete sie, obwohl auch dieses Organ Zersetzungserscheinungen aufwies. »Eins, zwei, drei, vier …« Plötzlich verstummte sie und tastete die Leberlappen erneut ab. Das konnte nicht sein! Die Mohnblume des Toten besaß lediglich vier Blätter! Aber warum nur vier? Nun war Alwine diejenige, die blass wurde.

»Was ist, Alwine?«, fragte Uta in die Stille hinein.

Verdrossen schüttelte Alwine den Kopf. »Das kann nicht sein!«

Uta leuchtete Alwine mit der Kerze ins Gesicht. »Sag schon! Was hast du noch herausgefunden?«

»Seine Leber hat vier Lappen«, entgegnete Alwine ungläubig. »*Quattro!*«, wiederholte sie und führte den Blick zum Pergament an der Wand gegenüber. Sie zählte die dort gezeichneten Lappen nach. Fünf waren es beim Schwein. Im nächsten Augenblick stürzte sie zu dem Stapel Mitschriften und blätterte aufgeregt in ihnen. Sie ging in die Knie, zog die *Methodi Medendi* hervor, die Uta ihr neulich wieder zurückgebracht hatte, und schlug sie zu Füßen des Leichnams auf dem Untersuchungstisch auf. Schnell hatte sie die gesuchte Stelle gefunden und pochte mit dem Finger darauf, so dass sich ein Abdruck ihres Fingers, der mit dunkelbrauner Fäulnisflüssigkeit überzogen war, auf dem Pergament verewigte. »Er war sich sicher, dass es fünf waren. Fünf Leberlappen! Könnte er … nein!«, schüttelte Alwine den Kopf. »Galen irrt nicht.«

»Was bedeutet das nun?«, fragte Uta verunsichert. Selten hatte sie Alwine derart aufgelöst gesehen.

Die Krankenschwester zog die Stirn kraus und sprach in einem Ton, der das Ende von Gottes Existenz befürchten ließ: »Ich habe keine Ahnung, was die vier Lappen bedeuten.« Sie klappte das Buch zu und legte es zurück in das Regal. »*Quattro!*«, murmelte sie verständnislos, während sie sich wieder vor den geöffneten Leib begab. Mit weiterhin ungläubigem Blick glitten Alwines Hände erneut in den Leichnam. Ihre Finger tasteten sich vom rechten Leberlappen über die Gallenblase direkt darunter weiter zur rechten Niere. »Sie fühlt sich seltsam krisselig an. Das will ich mir genauer ansehen.« So schnell würde sie in diesen Mauern sicher nicht mehr die Gelegenheit erhalten, eine menschliche Niere genauer zu betrachten.

Uta war erleichtert darüber, dass die Verunsicherung ihre Freundin genauso schnell wieder verlassen hatte, wie sie gekommen war. »Gewiss.« Wenigstens einer von ihnen musste die Fassung behalten.

Alwine ließ sich von Uta das Messer reichen, schnitt die rechte Niere heraus und betrachtete, bevor sie diese ausgiebiger untersuchte, die Entnahmestelle genau. Mit der freien Hand löste sie etwas vom Nierenbecken, das für Uta wie grober Sand aussah. »Kristallin ist es«, murmelte Alwine. »Im Nierenbecken.« Konzentriert legte sie die Niere in eine Schale und schnitt dann, ohne zu zögern, mit dem Messer mittig in das gräuliche Organ hinein. »Dachte ich's mir doch!«

Uta verfolgte Alwines Tun von der anderen Seite des Untersuchungstisches. Dabei umfasste sie die Kerze so fest mit der Hand, als könnte es ihr Halt verleihen. Sie sah etwas im Niereninneren zum Vorschein kommen, das sie an verschrumpelte Nüsse erinnerte und ihr ebenso wie Alwine vor Erstaunen den Mund offen stehen ließ.

»Hermann hatte Nierensteine, Uta«, diagnostizierte Alwine nach einer Weile des Schweigens. »Sie sind nicht nur in der Niere, sondern auch im gesamten Nierenbecken und wahrscheinlich sogar in den Harnleitern und der Blase vorhanden.« Sie tastete von der rechten Niere ausgehend am Harnleiter entlang und nickte bestätigend. Sie fühlte einige harte Stellen an ihm, woraufhin sie ihn aufschnitt.

Uta schloss den trockenen Mund wieder. »Steine im Körper?«

»Keine Steine wie die im Boden oder in der Kathedrale. Irgendwie andere Steine. Sie können klein wie Hirsekörner sein, aber ich habe auch schon hühnereigroße gesehen. Zumindest auf einer Zeichnung.« Alwine legte einen der Harnsteine – von der Größe einer Kastanie – auf ihre Handfläche und betrachtete ihn im Schein von Utas Kerze ausgiebig. Der Stein war schuppig und hellbraun. »Die Niere selbst verwest ähnlich schnell wie Muskelfleisch. Anders das steinerne Material. Dieses hier dürfte auch schon vor Erlaucht Hermanns Ableben so ausgesehen haben wie jetzt.«

Uta schluckte schwer.

»Schmerzen verursachen die Steine nur dann, wenn sie so groß sind, dass sie nicht mehr durch den Harnleiter passen.« Alwine sah Uta an. »Stell dir rauhe Steine in einem weichen Harngang vor und wie sie darin stecken bleiben, anstatt durch ihn hindurchzugleiten.«

Uta verzog das Gesicht.

»Die Schmerzen, die ihm dieser Stein manchmal verursacht haben muss, hat Erlaucht Hermann jedenfalls gut zu verstecken gewusst«, erinnerte Alwine sich. »Das ist ungewöhnlich. In Salerno kam es vor, dass sich Menschen, bei denen wir Steine vermuteten, vor Schmerz sogar erbrachen.«

Uta stutzte. »Wie äußern sich denn diese Schmerzen genau, Alwine?«

Die Krankenschwester legte den Stein samt der entnommenen rechten Niere in die Bauchhöhle zurück. »Es ist ein heftiger, krampfartiger Schmerz im Bauchbereich, der je nach Steinlage bis in den Rücken, die Brust oder bis in die Hoden hineinziehen kann. Bei der Steingröße, wie wir sie hier vor uns haben«, Alwine wies auf den aufgeschnittenen Harnleiter, der noch aus dem Bauch heraushing, »hatte er mit Sicherheit Schmerzen. Die Steine sind viel zu groß, als dass sie den Harnleiter ohne Beschwerden passieren konnten.«

Uta schaute von Alwine zum Pergament mit dem Schwein.

Sie begann am ganzen Körper zu zittern.

»Uta«, reagierte Alwine sofort, »ist dir nicht gut?« Die Freundin sah leichenblass aus.

Uta antwortete nicht, starrte nur auf den Schädel des Toten.

Alwine ging um den Tisch herum und rüttelte Uta sanft, aber bestimmt an den Armen. »*Cara!*« Ein Schock angesichts einer Leichenschau war keine Seltenheit.

Da führte Uta den Blick vom Schädel des Toten zu Alwine. Ihre Lippen zitterten, und sie atmete heftig. »Es ist unglaublich.«

»Das ist es, in der Tat!«, versicherte Alwine, schließlich schnitt sie gerade einen toten Menschen im Inneren eines Klosters auf.

»Hermann hat mir nie von solchen Schmerzen erzählt«, entgegnete Uta, und Alwines Begeisterung angesichts der überwältigenden Einsichten in den menschlichen Körper wich wieder der nüchternen Betrachtung der Dinge.

»Hermann hatte nie Schmerzen und Krämpfe im Bauch. Das wäre mir aufgefallen.« Uta war sich ganz sicher. Das einzige Leiden, was ihr in Bezug auf Hermann einfiel, war die Narbe an seinem rechten Unterarm, aber die war schon viele Jahre alt, verwachsen und nach den Wolfsbissen auch nicht mehr auf der Haut auszumachen gewesen.

Schlagartig begriff auch Alwine, was für Uta unglaublich war.

»*Ma non è possibile!* Das kann doch nicht wahr sein!«

Wie aus einem Mund flüsterten sie gleichzeitig. »Das hier ist nicht Hermann.«

Uta stützte sich mit der freien Hand auf den Untersuchungstisch. Die unterschiedlichsten Gedanken schossen ihr durch den Kopf. Sie begann zu schwitzen. Der Geliebte war also gar nicht tot! Er konnte sie also noch immer berühren und von ihr berührt werden. Und hatte ihrer Zukunft nicht entsagt. Also waren der Verlust und der Schandacker doch nur ein böser Traum gewesen, und Alwine wirklich eine Zauberin.

»Aber wenn dieser Tote gar nicht Hermann ist, wo ist Hermann dann?«, fragte Alwine. »Und wer liegt statt seiner hier auf diesem Tisch?«

Uta war nicht mehr in der Lage, auf Alwines Frage zu antworten. »Hermann«, flüsterte sie sehnsüchtig und spürte Alwines Hand, die sie sanft auf einen herbeigeschafften Hocker drückte und ihr die Kerze aus der Hand nahm. Uta sah wieder Hermanns liebevollen Blick vor sich und vernahm das *Dies diem docet*, mit dem er sie zuletzt in der Krypta empfangen hatte. Sie sah, wie er ihr Kinn leicht anhob, mit seiner Hand über ihre Wange strich und ihr Gesicht zärtlich mit seinen Blicken abtastete. Wie sehr sie seine Liebkosungen doch genossen hatte. »Er hat unsere Pläne nicht aufgegeben. Es muss etwas passiert sein. Ich kann es fühlen, Alwine. Warum sollte Hermann seine Stiefel und die Tunika einfach einem anderen gegeben haben? Und nicht mehr auf die Burg zurückgekommen sein? Das macht doch alles keinen Sinn!«

Aber Alwine hatte eine Erklärung dafür. »Könnte es nicht sein, dass der Tote Hermann die Kleider geraubt hat, vielleicht weil sie edler als seine eigenen waren und er ansonsten dem Kältetod ausgesetzt gewesen wäre?«

»Du meinst, Hermann läuft vielleicht irgendwo dort draußen in den Wäldern herum, nackt und ohne Schutz?«

»Ich weiß nicht«, entgegnete die Freundin. »Sein Verschwinden ist immerhin zweieinhalb Mondumläufe her. Dazu haben wir einen strengen Winter.« Nachdenklich rieb sich Alwine die Schläfen. »Unser Gewanddieb könnte der tote Unbekannte sein, der vor oder nach dem Diebstahl mit zwei Schlägen niedergehauen und dann von Wölfen angefressen wurde.«

Uta sprang von ihrem Hocker auf. Der Hauch einer Chance war nunmehr zu einem Wind geworden. »Alwine, ich muss Hermann suchen!« Uta vermochte nicht mehr zu verhindern, dass ihr vor lauter Glück Tränen über die Wangen liefen.

Es war spät geworden, und so versicherte Alwine der Freundin zuletzt nur noch, dass sie den Toten bei nächster Gelegenheit, notfalls mit dem Klosteresel, wieder an seine letzte Ruhestätte zurückbringen würde.

Als die Glocken zum Mittagsgebet läuteten, ritt Uta über die Zugbrücke der Burg. Am liebsten hätte sie allen, die ihr begegneten, zugerufen, dass Hermann noch lebte und keine Selbsttötung begangen hatte! Zumindest jenen, die dem Vorwurf der Sünde nicht widersprochen und der Grablegung auf dem Schandacker ferngeblieben waren.

Als Uta die Hauptburg erreichte, scharte sich bereits eine Menschentraube um zwei Dutzend Berittene, in deren Mitte sie ihren Gatten ausmachte. Der Stallmeister grüßte sie, doch

Uta bemerkte ihn gar nicht, weil sie nach dem Jäger Raimund Ausschau hielt. Da schob sich ein Gesicht in ihr Blickfeld, das sie zusammenfahren ließ. Zunächst meinte Uta, die Übermüdung und die soeben erlebten emotionalen Wechselbäder aus Grauen und Hoffnung hätten ein Trugbild erschaffen. Doch das Gesicht der Bebette von Hildesheim verschwand auch nach mehrmaligem Hinsehen nicht. Im Gegenteil. Uta beobachtete, wie ihre einstige Gernroder Mitschwester aus Ekkehards Händen einen Silberbecher entgegennahm. War das nicht das Silber von Ekkehards Vater?

»Ich danke Euch für den wohlschmeckenden Trunk, Gevatterin Bebette«, hörte Uta den Gatten hoch zu Ross sagen. Bebette von Hildesheim erhob sich derweil wieder aus ihrer Verbeugung und lächelte unbeschwert.

Die Blicke der beiden Frauen trafen sich.

»Ich bin überrascht, Euch in Naumburg zu treffen«, begrüßte Uta Bebette von Hildesheim – sich ihrer Pflichten als Burgherrin bewusst – höflich.

Bebette deutete eine galante Verbeugung an. »Ich freue mich, Euch wiederzusehen, Uta.«

Notburga hat sich noch nie vor mir verbeugt!, dachte Uta.

»Ich hörte, Ihr seid einem Kaufmann fern der Heimat anvermählt worden.«

»Ja, ich war einem wohlhabenden Kaufmann anvermählt und gebar ihm zwei Söhne. Doch nun bin ich Witwe.« Bebette fügte ihren Worten ein inniges Gebet an.

»Ach ja«, war die einzige Antwort, die Uta ihrer einstigen Mitschwester in diesem Moment zu geben vermochte. Hermann lebte, und sie wollte sich am liebsten sofort auf die Suche nach ihm machen, anstatt hier höflich zu plaudern. Sie begann, ihr Kammermädchen in der Menge der Menschen zu suchen.

»Ich habe mir erlaubt«, fuhr Bebette fort und schaute dabei versöhnlich zwischen Uta und Ekkehard hin und her, »dem erlauchten Markgrafen ein wenig von dem guten Honigwein des Moritzklosters mit auf seine lange Reise zu geben.«

Uta musste sich daraufhin notgedrungen wieder Bebette und dem Gatten zuwenden. Schnell noch winkte sie Katrina zu sich herüber, die sie hinter dem Vogt ausgemacht hatte.

»Das war sehr aufmerksam von Euch, in der Tat«, bestätigte Ekkehard mit einem strengen Blick zu Uta, während der Weinschlauch an seinem Sattel hin und her schwang. »Es wird Zeit aufzubrechen. Wir werden den Harz nördöstlich umreiten. Wenn das Wetter mitmacht, schaffen wir es bis spätestens morgen Nachmittag nach Querfurt!« Seine Begleiter, einige Ritterliche mit Knappen und einem Bannerträger, saßen daraufhin ebenfalls auf.

»Wann darf ich Euch zurückerwarten?«, wollte Uta, an Ekkehard gewandt, wissen und überlegte kurz, ihn in ihre jüngste Erkenntnis einzuweihen. Doch dies würde unweigerlich die heimliche Leichenschau offenbaren. Und so entschied sie sich dagegen.

»Wie ich Euch bereits erklärte, müssen König Heinrich und ich uns der Opposition Herzog Bernhards von Sachsen annehmen.« Ekkehards Blick fiel auf Utas helle Lederschuhe, die ihm verrieten, dass ihre Trägerin zuvor mit matschigem Untergrund in Berührung gekommen sein musste. Auch ihr Umhang wies Dreckspritzer auf, was Ekkehard jedoch lediglich die Augenbrauen nach oben ziehen ließ, bevor er weiterhin meinte: »Der König wünscht meine Unterstützung. Es wird also einige Tage dauern.« Als die »Küche des Reiches« hatte der verstimmte Herzog Bernhard die intensive Nutzung des sächsischen Besitzes für den Unterhalt des kaiserlich-königlichen Hofes bezeichnet und hinzugefügt, das dies in einem deutlichen Missverhältnis zur abnehmenden Verantwortung der Sachsen im kaiserlichen Herrschaftsnetz stünde. Ekkehard ritt nun zur Kaiserpfalz nach Goslar, wo sich der König

aufhielt, um einen offenen Konflikt mit den sächsischen Großen zu vermeiden. Im Gepäck hatte er einen Rat für Heinrich III., der auch ihm zuträglich sein würde.

Uta erschauderte, als Ekkehard vorwurfsvoll von ihr in Richtung des Schandackers schaute. Ein furchtbarer Gedanke kam
in ihr auf: ob Ekkehard etwas mit Hermanns Verschwinden zu
tun hatte?

»Ihr kümmert Euch derweil um die Burgverwaltung!«, wies
der Gatte sie knapp an und beugte sich tiefer zu ihr hinab, um
ihr in bedrohlicherem Ton zuzuraunen: »Die Burgverwaltung
und sonst nichts!« Vielleicht weil er das hoffnungsvolle Leuchten in ihrem Gesicht inzwischen zu deuten wusste.

Uta dachte an den Hauch, der zum Wind geworden war, und
verzichtete auf eine Erwiderung.

Kurzerhand gab Ekkehard seinen Begleitern ein Zeichen und
preschte dann an der Spitze seiner Reiterschar durch das Tor
der Vorburg davon. Die Hufe der Rösser warfen frischen
Schlamm auf. Der Vogt, der sich zur Verabschiedung tief verbeugt hatte, kam mit einigen Spritzern Dreck am Kopf wieder
nach oben. Die Menge um Uta herum löste sich auf, die Menschen begaben sich an ihr Tagewerk.

»Wenn Ihr es wünscht, Markgräfin«, sprach nun eine einla-
dende Stimme neben Uta, »bringe ich Euch ebenfalls einen
Krug vom guten Honigwein. Ist es Euch für das Zweitmahl,
heute Abend, recht?« Unwillkürlich deutete Uta ein Nicken
an. Erst danach wandte sie den Blick vom Tor der Vorburg,
durch das die Gruppe Berittener gerade verschwunden war,
der wohlmeinenden Stimme zu. Sie schaute in zwei aufge-
schlossene, helle Augen, die ein seidener Schleier rahmte, und
in ein lächelndes Gesicht. Dann sah sie nur noch, wie sich Bebette von Hildesheim in einem leuchtend hellblauen Kleid,
das Uta an eines der Gewänder Kaiserin Giselas erinnerte, entfernte.

»Herrin, Ihr hattet Simon zugesagt, heute zur Mittagszeit gemeinsam den Stand der verfügbaren Pigmente durchzugehen«, erinnerte Katrina, die inzwischen hinter Uta getreten war.

Uta nickte, obwohl sie mit ihren Gedanken schon wieder bei Hermann weilte. »Wenn ich dich nicht hätte!«, erwiderte sie dankbar und hielt zusammen mit ihrem Kammermädchen auf das Handwerkerhaus an der Südmauer der Vorburg zu. Die frostfreie Zeit des Jahres war nunmehr gekommen, bald würden die Ausmalungen beginnen, und dafür mussten sämtliche Pigmente vorrätig sein.

Unmittelbar nach ihrem Eintreten entzündete Simon mehrere Talglichter, die er großzügig auf der Treppe links vom Eingang und auf dem sandigen Boden des Hauses verteilte, so dass der langgezogene Raum in eine angenehme Helligkeit getaucht wurde. Einer seiner Maler setzte sich nach einer Verbeugung zögerlich auf die ins Obergeschoss führende Treppe.

Uta bemerkte, dass der Raum nach ihrem vorangegangenen Besuch aufgeräumt worden war. Die Säcke mit Kalk waren in einer Reihe an die Wand rechts neben der Tür gestellt worden. Ebenso die Beutel und Säcke mit den Pigmentlieferungen. Weiter hinten verdeckten mehrere Probetafeln die Schlafstelle in der rechten Ecke des Raumes.

Uta sog den Geruch von frischem Kalk, Erde und Holz ein. Friedliche Stimmen, die im Gegensatz zu Ekkehard keinerlei feindlichen Unterton hatten, drangen von oben zu ihr herunter. Begleitet von Katrina trat sie vor den größten der Säcke, rechts neben dem Eingang. »Benötigt Ihr noch weiteren Branntkalk?«

»Die Wände der Seitenschiffe und die Querhausarme, die kein Bildwerk erhalten, bekommen einen weißen, freundlichen Anstrich. Dafür bedarf es des Großteils des Weiß.« Der Maler summierte in Gedanken die entsprechenden Wandflächen samt der notwendigen Farbe auf. »Das Dutzend Säcke, das wir inzwischen erhalten haben, sollte insgesamt genügen.«

»Ergibt der Branntkalk die weiße Malfarbe, die auch für die Bilder verwendet wird?«, erkundigte sich Katrina mit Blick auf die Säcke neben sich.

Der Maler fasste in den vordersten geöffneten Sack, ließ das feine, weiße Pulver mehrmals durch seine Hand rieseln und fesselte damit die Blicke der Frauen. Das Pulver war so strahlend weiß, dass es Uta und Katrina wie eine zusätzliche Lichtquelle vorkam. »Ja. Der Branntkalk ist die Basis für die weiße Malfarbe, die wir für alle weißen Elemente verwenden. Mit Wasser versetzen wir den Branntkalk in einer der Gruben zu Brei, wie in einem Kessel, nur ohne Hitze, und lassen ihn dann ruhen. Dabei sinken Verunreinigungen und ungebrannte Bestandteile des Kalkes zu Boden. Was wir dann zum Malen aus den Gruben nehmen, ist ein teigiger Kalkbrei bester Binde- und Deckkraft. Die Grubenlagerung bezeichnen wir als Einsumpfen, und das Ergebnis ist sogenannter Sumpfkalk.«

Uta erinnerte sich, im Werk des römischen Architekten Vitruv – *Zehn Bücher über Architektur* – bereits über die Einsumpfung gelesen zu haben.

Katrina schaute noch immer auf das durch die langen, kräftigen Finger des Malers rieselnde Kalkpulver.

»Wo gedenkt Ihr, die Kalkgruben hinzusetzen?«, erkundigte sich Uta, wobei ihr auffiel, dass der junge Maler von der Treppe aus ihre Unterhaltung verfolgte.

»Wenn Ihr erlaubt, zwischen Kathedrale und Marienpfarrkirche, damit ersparen wir uns unnötig lange Wege mit den Sumpfkalktrögen.«

»Einverstanden«, entgegnete Uta und schritt um den Maler herum vor die Reihe der restlichen Farbsäcke.

»Gelben Ocker konnten wir teilweise noch von unserem Einsatz auf der Reichenau mitbringen. Erlaucht Hermann hatte uns zudem noch weitere Säcke besorgt. Alles ist somit bereit für die Hautfarben und vielfachen Hintergründe.«

Auch wenn er nicht körperlich anwesend war, war Herman doch überall präsent. Und er lebte! Ein Lächeln huschte über Utas Gesicht. Sie griff in den Sack voll gelblichen Pulvers. Die Pigmente fühlten sich so weich wie feinst gemahlenes Mehl an und erinnerten sie an längst vergangene Jahre. An auf dem Kamin getrocknete Pfirsiche, die sie als Kinder im Sommer mit ausgestreckten Armen gegen die Sonne gehalten hatten. Das Dörrobst hatte gestrahlt, als hielten sie die Sonne selbst in der Hand. Die leuchtende Farbe der Sonnenpfirsiche, wie sie und Hazecha die Früchte immer genannt hatten, würde für Uta immer eine Erinnerung an die unbeschwerten Sommer in Ballenstedt bleiben. Sie seufzte still und lächelte dann. Neben dem schimmernden Moosgrün von Simons Pinsel durchbrach nun auch der Sonnenpfirsich den Grauschleier ihrer Welt.

»Der gelbe Ocker liefert uns zugleich auch die Grundfarbe Rot«, erklärte der Maler, der ihr die Wand entlang gefolgt war. Uta fiel auf, dass Simons Bart und sein dunkles Haupthaar im Schein der Talglichter genauso glänzten wie das von Hermann, wenn er zu ihren Treffen in der Krypta der kleinen Burgkirche gekommen war. »Wir werden das Ockerpulver vor dem nördlichen Waldstück brennen. Der Rückgriff auf gebrannten Ocker erspart es uns, aufwendig Krapprot aus Wurzeln herstellen zu müssen.«

Rot – die widersprüchlichste der Farben, durchfuhr es Uta. Die Farbe des Blutes, der Liebe und zugleich der Hingabe Christi, der gestorben war, damit sie leben konnten.

»Erlaucht?«, holte Simon sie aus ihren Gedanken.

»Verzeiht«, bat sie und ging weiter an den aufgereihten Farbsäcken entlang. Die rheinische grüne Erde kannte sie von den Pigmentlisten Hermanns, die sie seit seinem Verschwinden verwaltete. Im Licht der vielen Talgschalen schimmerten die grünen Erdpigmente zudem gelblich, bräunlich und sogar bläulich. Ihre Welt war nun nicht mehr einheitlich grau, wie sie es noch bis zum gestrigen Abend gewesen war. Sie war wieder kontrastreicher, vereinzelt sogar farbig. Die Exhumierung hatte ihre Welt verändert.

Katrina hob ihre Hand, um die seltsamen grünen Malpigmente zu berühren, zögerte im letzten Moment dann aber doch.

»Traut Euch nur«, ließ sich da der junge Mann auf der Treppe auf einmal vernehmen, kam zu ihnen herüber und führte seine Finger anschaulich in den Sack. Mit der Fingerspitze nahm er Pigmentpulver auf, rieb es sich auf den Handrücken und hielt das Ergebnis Katrina dann vor die Augen.

Die wagte daraufhin ebenfalls, eine Probe auf ihren Handrücken zu streuen, und verrieb sie so vorsichtig, als wäre es Goldpulver. Jede Drehung der Hand brachte neue Lichtreflexe der Erdpartikel zum Vorschein.

»Schaut, hier«, bat Simon und trat in den hinteren Teil des Raumes neben das Schlaflager, wo er zuletzt gemalt hatte. Unter einer losen Diele holte er ein Säckchen hervor und öffnete es vor Utas Augen, während Katrina noch immer fasziniert von ihrem funkelnden Handrücken war.

Aus dem ledernen Beutel leuchteten Uta gebänderte Steinbröckchen in Berggrün-Türkis und anderen unzähligen Grünnuancen entgegen. Sie wusste von der Verwendung des Halbedelsteins aus Hermanns Bestelllisten. »Das ist der Malachit!«

»Pulverisiert und mit nichts als Wasser angemischt, liefert er den leuchtendsten aller Grüntöne! Wir werden damit vornehmlich die Gewänder der Figuren in der *heiligen Zone* an den Langhauswänden hervorheben.« Simon trat vor den jungen Maler und stupste ihn am Arm an. »Kaspar ist unser Spezialist für Malachitgrün.«

Der junge Mann, dessen Haut käsig im Licht der Talgschalen wirkte, straffte sich. »Je gröber die Körnung, Erlaucht, desto feuriger der Grünton«, erklärte er schüchtern und schaute zwischen Uta und Katrina hin und her.

Grün stand für Frühling, für neues Leben, das Paradies und: für die Hoffnung. Hoffnung auf Leben und auf Rückkehr. Die Hoffnung, Hermann zu finden.

»Eure Zeichnung wird etwas ganz Besonderes werden«, entgegnete Uta nach einem Blick in die erwartungsvollen Gesichter der beiden Maler und verlor sich dann wieder in ihren Gedanken.

»Mehr als das, Erlaucht«, fügte Simon mit ruhiger Stimme hinzu. »Sie wird göttlich!«

Uta betrachtete Simon: die breiten Schultern und kräftigen Arme. Wie sehr sie sich nach Hermann sehnte, wurde ihr seltsamerweise immer im Kontakt mit dem Malermeister bewusst.

»Einzig die Pigmente für den Blauton bereiten mir etwas Sorge«, tat Simon kund.

Uta seufzte tief. »Ich habe einen unserer Reiter nach dem Händler aus dem Orient schicken lassen, aber bisher keine Rückmeldung erhalten. Er scheint wie vom Erdboden verschluckt zu sein. Die Beschaffung des Lapislazuli habe ich vor einigen Tagen nun Christian, dem Schmuckhändler, übertragen. Ich hoffe, er kann den Edelstein besorgen.«

»Blau will eben erobert werden!«, schmunzelte Simon und schaute verträumt an seinem jungen Kollegen vorbei. »Es ist die Farbe, die nie selbst rahmt, sondern von Rot, Grün oder Gelb gerahmt wird. Es ist die Farbe, die dem Christus-Mantel an unserer Westwand das einzigartige Leuchten schenken wird.«

Im Nachhall von Simons schwärmerischem Tonfall war Uta versucht, kurz die Augen zu schließen, um sich den Christus-Mantel vorzustellen, doch sie blinzelte nur, weil sich Hermanns Bild vor das des Mantels schob. »Ich gebe Euch Nachricht, sobald ich Neues weiß«, versprach sie daraufhin.

»Vielen Dank, Erlaucht«, gab Simon zurück, und Kaspar nickte vorsichtig dazu. »Mit dem Schwarzton sind wir schon seit Herbst bestens ausgestattet. Die verkohlten Traubenkerne warten schon ungeduldig auf ihren ersten Einsatz, wie Ihr ja schon erfahren durftet.« Der Meister schmunzelte erneut.

»Ja, ich erinnere mich noch gut daran.« Unwillkürlich schaute Uta auf ihre Fingerkuppen und lächelte nun ebenfalls. »Kann ich sonst noch etwas für Euch tun?«

Kaspar verbeugte sich schon, als Simon noch mitteilte: »Der Frost konnte unserer Putzschicht bisher nichts anhaben. Das ist ein gutes Zeichen, Erlaucht. Wir werden bald mit den Malerarbeiten beginnen können.«

Ein gutes Zeichen? Das zweite an diesem Tag! »Dann lasst es uns als solches nehmen. Und habt vielen Dank für Eure Mühen«, sagte Uta auf dem Weg zur Tür und schaute dabei noch einmal sehnsüchtig zu den Farbsäcken zurück.

»Du strahlst ja geradezu!«, empfing Erna sie und Katrina kurz darauf im Schmiedehaus und schickte sich an, etwas Brot für ihre Gäste aufzuschneiden.

Auch wenn Uta vor Aufregung lieber im Haus umhergelaufen wäre, ließ sie sich mit Katrina am Tisch im Erdgeschoss der Schmiede nieder. Das neue Fenster ließ die Helligkeit des Tages bis zu ihnen herüberdringen. Utas Blick sprang ungeduldig über die verrußten Wände mit den alten Hämmern und Zangen, die der Vorbesitzer im Haus zurückgelassen hatte. Mit liebevollen Details, wie der Blumenschale in dem hübsch mit Veilchen bemalten Topf im Regal, war es Erna gelungen, aus dem einst finsteren Häuslein einen wohnlichen Ort zu zaubern. Und schließlich war Erna die einzige Frau, die auf einem Eisenrost über einer Esse kochte. Die Schmiede gehört zu Erna und Arnold wie die Kathedrale zu mir und Hermann, ging es Uta durch den Kopf.

Erna stellte das Brot und drei Krüge verdünnten Biers auf den Tisch und öffnete das Fenster, um etwas Frischluft hereinzulassen.

»Sind wir alleine?«, fragte Uta nach einem stärkenden Schluck Bier.

Erna setzte sich zu ihnen und griff nach dem Anschnitt des Brotes. »Die Kinder sind drüben bei Rosi, der Tochter des Bäckermeisters.«

Uta beugte sich vor und schaute sowohl ihr Kammermädchen als auch die Freundin nachdenklich an. Ohne die beiden würde sie es nicht schaffen, ohne sie fühlte sie sich allein in ihrem Kampf um Hermann. Katrina und Erna beugten sich nun ebenfalls so weit zur Mitte des Tisches vor, dass Uta die Anzahl deren Wimpern hätte zählen können. »Hermann … er hat sich nicht selbst umgebracht«, flüsterte sie schließlich.

Erna ließ den Brotkanten fallen. »Hat er … nicht?«

Katrina reichte Erna den Kanten zurück, dann fragte sie Uta im Flüsterton: »Habt Ihr dafür Beweise, Herrin?«

Uta begann nun von der vergangenen Nacht und dem Lied des Windes und der Eule bis zu dem Moment zu berichten, an dem Alwine und sie den Leichnam auf dem Brett aus der Grube gezogen hatten. Erna schlug sich dabei immer wieder ängstlich die Hände vors Gesicht. »Aber seine königliche Hoheit hat es doch verboten!« Die Tage nach der Abreise des Königs war Utas Ersuchen an Heinrich III. in aller Munde gewesen.

»Aber nur, weil sich ihm die Stärke und das Vermögen der Medizin noch nicht offenbart haben«, verteidigte Uta aufgebracht ihr Tun, senkte die Stimme in Anbetracht des brisanten Themas aber gleich wieder. »Wir haben die Leiche angeschaut und geöffnet.«

In der plötzlich eingetretenen Stille meinte Uta, die aufgeregten Herzschläge der beiden Frauen zu hören.

Von blankem Entsetzen gelähmt, entgegnete Erna: »Das ist gegen die Gebote des Herrn.«

Uta ergriff die Hände der Freundin. »Nein, wir haben nicht gegen Gottes Gebote gehandelt. Ich kenne die Heilige Schrift und die Kirchengesetze, glaub mir!«

Erna zog ihre Hände vor die Brust und lehnte sich zurück. »Wen meinst du mit wir?«, fragte sie nach einer weiteren Weile bedrückten Schweigens.

»Versprichst du, auch das für dich zu behalten?«

Nach einem kurzen Zögern nickte Erna. Daraufhin flüsterte Uta der Freundin den Namen ihrer Unterstützerin ins Ohr.

Katrina ahnte die Antwort. »Welche Beweise habt Ihr gefunden, Herrin?«, fragte sie erneut, nachdem Erna Uta ein Vaterunser lang sprachlos angeschaut hatte.

Auf dem Tisch zeichnete Uta die zwei Risse im Schädel mit dem Fingernagel maßstabsgetreu nach und beschrieb auch die anschließende Untersuchung, während derer Alwine die schuppigen Steine in der Niere entdeckt hatte.

»Dann ist der Tote wirklich nicht Erlaucht Hermann«, hauchte Katrina fassungslos.

»Und deswegen müssen wir ihn suchen. Ich spüre, dass er noch lebt.« Bei dieser Offenbarung funkelten Utas Augen hoffnungsvoll. Sie bedeutete Erna und Katrina, sich wieder zur Tischmitte vorzubeugen.

»Aber wir hatten einen eisigen Winter«, meldete sich Erna mit belegter Stimme als die Skeptischste der Dreierrunde. »Den überlebt kein Mensch im Freien, der ein Leben in den beheizten Kammern der Burg gewohnt ist.«

Aufgewühlt erhob sich Uta. »Ich dachte, du würdest mir beistehen, anstatt …« Ihre Stimme erstickte. Nie zuvor hatte die langjährige Freundin sie derart gebremst. Bisher war ihr Erna stets treu und bedächtig zur Seite gestanden: Zu Beginn des Kathedralbaus hatte sie sie sogar ermutigt, sich eine Lederschürze für ihre Arbeit auf dem Bau anfertigen zu lassen. Jahre später hatte sie ihr Arnold – ihren Mann und Vater der Zwillinge – als Beschützer auf die gefährliche Reise nach Gernrode und Ballenstedt mitgegeben.

»Aber versteh doch, ich trage auch die Verantwortung für das Seelenheil meiner Kinder.« Vor Verzweiflung zog Erna sich die Haube vom Kopf.

Doch dieses Argument wog in Utas Augen nicht schwer genug, um Hermann einfach seinem Schicksal zu überlassen. »Hermann hat doch auch euch viel Gutes getan!« Noch in seiner Position als Meißener Markgraf hatte er Erna und Arnold aus dem Gefolge des Kaisers ausgelöst, sie mit nach Naumburg genommen und ihnen die Schmiede zum Wohnen überlassen. »Wir müssen Hermann suchen. Bitte steh mir bei.«

Uta sah, wie die Freundin heftig ihre Haube knetete und einen inneren Kampf mit sich austrug.

»Und Markgraf Ekkehard? Kann er nicht helfen?«, fragte Erna voller Unbehagen. Sie kannte Utas Beharrlichkeit seit Kindertagen.

»Bis er aus Goslar zurück ist, werden wir Hermann gefunden haben.« Uta gab sich kämpferisch. »Dann wird er mir vielleicht sogar dafür danken, dass ich ihm den Bruder zurückgegeben habe«, fügte sie hinzu, innerlich jedoch wenig davon überzeugt, dass sich ihr Gatte jemals für irgendetwas bei ihr bedanken würde. »Bitte Erna, wenn ich deinen Segen nicht habe, fühle ich mich unwohl.« Uta sank mit flehendem Blick zurück auf den Stuhl.

Mit zerknirschtem Gesichtsausdruck stülpte sich Erna die Haube wieder über den Kopf. »Gut, ich werde dir helfen«, sagte sie leise, wenn auch nicht aus vollem Herzen. »Versprich mir aber, dass du dich nicht noch einmal ohne Schutz im Dunkeln zum Schandacker begibst.«

»Ich verspreche es!« Uta drückte die Freundin um den Tisch herum an sich. »Danke.«

Katrina atmete hörbar aus und wagte sogar, einen Schluck Bier zu trinken. Noch immer wies ihr Handrücken Spuren von Meister Simons Farbpigmenten auf.

»Wir werden gleich morgen losreiten«, plante Uta. Für den Rest dieses Tages stand die Burgverwaltung an.

Die Frauen steckten die Köpfe wieder verschwörerisch zusammen.

»Und wie kann ich nun helfen? Beim Reiten bin ich wohl eher eine Belastung.« Damit spielte Erna weniger auf ihre rundlichen Proportionen als auf ihre mangelhaften Reitkünste an.

»Stell mir deinen Arnold für den Suchtrupp zur Verfügung. Ich möchte Männer dabeihaben, denen ich vertrauen kann.«

»Und die Burgküche? Wer kocht denn dann für …«

»Der Großteil der Esser ist doch soeben nach Goslar aufgebrochen«, entgegnete Katrina vorsichtig und leise, was Uta und Erna ein Lächeln entlockte.

Uta gefiel es, dass Katrina zunehmend mutiger im Umgang mit anderen Menschen wurde. »Und ich gebe mich auch mit weniger üppiger Kost zufrieden«, setzte sie hintan.

Die Tür zur Schmiede ging auf, und Arnold trat ein. »Unsere Bank scheint sich wirklich größer …« Der Küchenmeister unterbrach sich, als er die drei Frauen, die Köpfe zusammengesteckt, um den Tisch herumsitzen sah.

Von Uta empfing er einen erwartungsvollen Blick, ihr Kammermädchen betrachtete ihren Handrücken im einfallenden Licht der Tür, und auf den Zügen seiner Frau machte er Unbehagen aus.

Uta erhob sich und trat auf den Küchenmeister zu. »Wir haben gerade von Euch gesprochen.«

Arnold schloss die Tür und verneigte sich. »Erlauchte Markgräfin.«

Kurz schaute Uta noch einmal zu Erna, die bestätigend nickte, dann wandte sie sich wieder an Arnold. »Ich möchte Euch bitten, meinen Suchtrupp zu begleiten. Es besteht die Hoffnung, dass Erlaucht Hermann noch lebt.«

Auch Arnold bekreuzigte sich. »Wie kann das sein?« Er schaute zu Erna, die mit den Schultern zuckte, und dann wieder zurück zu Uta.

»Der Tote auf dem Schandacker ist jemand anderes, und vermutlich irrt Erlaucht Hermann noch irgendwo draußen in den Wäldern umher«, sprach Uta mit gedämpfter Stimme, so dass Arnold sofort begriff, dass diese Erklärung vorerst dem Siegel der Verschwiegenheit unterlag.

Arnold wollte gerade zum letzten freien Stuhl am Tisch gehen, um das Gesagte in Ruhe zu verdauen, da stürmten auch schon die Zwillinge zur Haustür herein. Beim Anblick von Uta und Katrina hingen sie schnell an deren Armen und brachten das Gespräch über Hermann damit augenblicklich zum Verstummen.

»Luise und Selmina, kehrt bitte die Kammer oben.« Erna zog die enttäuschten Kinder von den Besucherinnen weg und schob sie die Treppe zum Obergeschoss hinauf. »Das solltet ihr schon gestern tun.«

»Immer muss alles geputzt werden«, nörgelte Luise und blieb abrupt auf einer der mittleren Stufen der Treppe stehen. »Vor lauter Kehren und Waschen haben wir gar keine Zeit mehr zum Spielen.« Auch Selmina ließ sich nicht so einfach die Treppe hochschieben. »Warum schaut denn Vater so erschrocken?«, fragte sie einfühlsamer als ihre Schwester. »Ist ihm in der Küche das Ferkel angebrannt?«

»Ich bin ein bisschen müde«, gab Arnold zurück und straffte sich vor den Kindern. Um den Proviant für die markgräfliche Reisegruppe nach Goslar zusammenzustellen, hatte er die Nacht durcharbeiten müssen. »Bitte kommt euren Pflichten nach wie alle anderen auch. Sonst gibt es heute Abend wirklich ein schwarzes Ferkel!« Arnolds Ton ließ keine Widerrede zu.

Während sie die Treppen weiter hinaufstiegen, strich Luise sich den Bauch. »Hmmm … schwarzes Ferkel schmeckt bestimmt auch gut«, flüsterte sie ihrer Schwester zu und winkte den Erwachsenen schelmisch mit dem geflochtenen Zopf über ihre Schulter hinweg zu. »Vermutlich hat sich das Ferkel beim Anblick des strengen Vaters einfach schwarzgeärgert.«

Auf ein Kichern hin folgte von oben das Geräusch einer zugezogenen Tür.

»Arnold, seid Ihr beim Suchtrupp dabei?«, wollte Uta nach einem Moment der Stille wissen.

»Ihr wollt in die Wälder hinter den Burgwiesen?«, erkundigte sich der Koch.

»Wir müssen alle Wälder durchkämmen, nicht nur die hinter den Wiesen«, erläuterte Uta. »Gewiss bekomme ich einige verschwiegene Männer zusammen.«

»Wir wollen auch mit in den Wald!«, tönte da eine Kinderstimme vom obersten Treppenabsatz, woraufhin Arnold an Erna vorbei die Stufen hinaufsprang. Bäuchlings liegend fand er dort seine Zwillinge vor, die Ohren gespitzt und den Kopf auf die Treppenkante gelegt, damit sie hinunter zum Tisch spähen konnten. Auf Arnolds strengen Blick hin setzten Luise und Selmina sich auf und schauten den Vater mit großen Augen an. »Endlich ein Abenteuer! Wir wollen auch suchen helfen!«

Doch Arnold machte kurzen Prozess. Kurzentschlossen nahm er die Zwillinge bei der Hand, brachte sie in ihre Kammer links vom Treppenaufgang, schloss die Tür hinter seinem neugierigen Nachwuchs und schob dann den Riegel vor. Wie wird das erst werden, wenn die beiden ins heiratsfähige Alter kommen!, dachte er halb schwermütig, halb stolz.

Als er wieder zurück bei den Frauen war, senkte Uta die Stimme. »Ich möchte die Suche unter dem Vorwand der Sichtung von Holzbeständen aufnehmen. Ansonsten bricht hier auf der Burg zu viel Unruhe aus.«

Arnold wechselte einen kurzen Blick mit Erna, dann gab er ebenso leise zurück: »Ich begleite Euch.«

»Habt Dank! Ich weiß Euren Mut zu schätzen. Gleich morgen früh brechen wir auf«, informierte Uta und fuhr in Gedanken fort: um Hermann zu finden, damit wir uns endlich wieder in die Arme schließen können.

Begleitet vom Rauschen des Windes, der ihnen frisch durch die Gewänder fegte, verließ Uta mit Katrina die Schmiede. Vielleicht würde der Wind bald zum Sturm werden.

* * *

Die Sonne ging gerade auf, als sich die Pferde auf einem unwegsamen Pfad durch abschüssige Wiesen und Felder ihren Weg suchten.

Ekkehard war froh, von Naumburg fort zu sein. Gerade eine Nacht hatte er fern der Heimat verbracht, und schon war so etwas wie Erleichterung in ihm aufgekommen. Der Mark und der Familie diente er an der Seite des Königs am meisten.

Der Familie? Während ihm der schneidende Wind ins Gesicht blies, schalt sich Ekkehard einen Narren. Der letzte enge Blutsverwandte – Hermann – hatte sich zuletzt für die Aufhebung seiner Ehe ausgesprochen. Konnte er ihn überhaupt noch zur Familie zählen?

Und Uta? Was war sie noch für ihn? Ekkehard zog die Zügel fester an und ließ sein Schlachtross vom Trab in den Galopp übergehen. Als kluge, ihn stärkende Frau war sie ihm damals von der Kaiserin persönlich empfohlen worden. Mit der Errichtung der Naumburger Kathedrale hatte sie einst den Mut und das Gottvertrauen vieler Menschen gestärkt. Warum aber musste sie nur immer ihren eigenen, sonderbaren Weg gehen, der mit größeren Risiken behaftet war als der seine, anstatt ihm gehorsam zur Seite zu stehen? Womit der Mark sicher mehr geholfen wäre! Sogar den König hatte sie in einem Disput herausgefordert! Ekkehard schüttelte den Kopf. Einzig sein beim König erworbenes Vertrauen schützte sie vor Strafe. Ekkehard gestand sich ein, dass er Uta von Ballenstedt auch nach elf Jahren Ehe noch immer nicht im Griff hatte. Trotz vielfacher Drohungen und der zwei Bewaffneten, die er zu ihrer ständigen Begleitung abgestellt hatte und die ihm regelmäßig Bericht über Auffälligkeiten in ihrem Tagesablauf erstatteten – obwohl ihm solchige bislang noch nie zugetragen worden waren.

Ekkehard begann zu schwitzen. Er trieb sein Ross noch heftiger an und preschte durch seine Gruppe Berittener nach vorn. »Herr, was habt Ihr?«, rief ihm einer seiner Reisebegleiter, den er gerade überholt hatte, hinterher. »Wir liegen gut in der Zeit. Sicher erreichen wir Querfurt bis zum Nachmittag.«

Doch Ekkehard reagierte nicht auf den Anruf. Er trieb sein Ross erneut an. Schlamm spritzte hinter ihm auf und heftete sich an seinen Rücken. Allerdings vermochte er seine Gedanken an die Gattin auch im Rausch der Geschwindigkeit nicht hinter sich zu lassen.

* * *

Luise zerrte am Hemd des Stallmeisters, der gerade dabei war, im Gang des Stalles einer hellbraunen Stute das Geschirr anzulegen. »Bitte Markwart, lass uns mitkommen!« Ihre gelockten Haare standen ihr, ob des frühen Aufstehens noch ungekämmt, in alle Richtungen. »Wir können genauso flink reiten wie die Erwachsenen und kommen bestimmt hinterher!«

Der Stallmeister strubbelte dem rothaarigen Mädchen den Kopf. Dann schaute er zu dessen Zwillingsschwester, die schüchtern am Eingang des Stalles zu ihnen herüberlugte. »Besser nicht, das ist zu gefährlich! Habt ihr denn nicht von den herumstreunenden Wölfen gehört, die Erlaucht Hermanns Körper zerbissen haben?«

Selmina riss ängstlich die Augen auf.

Luise hingegen schien das Werk der Wölfe nicht allzu sehr zu erschrecken. »Wenn wir mit auf die Suche gehen dürfen, sprechen wir auch ein Extragebet für dich heute Abend.« Sie schaute den Mann vor sich mit bittenden Augen an. »Ich verspreche es dir bei der heiligen Ursula!«

Doch Markwart schüttelte auf das Angebot der Zehnjährigen hin nur den Kopf und meinte: »Weiß eure Mutter überhaupt, dass ihr hier seid?«

Luise ging zu ihrer Schwester am Eingang des Stalles, ergriff deren Hand und zog sie mit sich vor den Stallmeister. »Natürlich weiß Mutter, wo wir sind.« Und in ihren Träumen hält sie ganz gewiss ihre schützende Hand über uns!, fügte Luise in Gedanken ihrer Behauptung hinzu.

Es war Selmina, die zuerst die Stimmen vor dem Stall ausmachte. »Der Vater«, flüsterte sie der älteren Schwester ins Ohr und starrte erschrocken auf den Eingang des Stalles, durch den nun die ersten Sonnenstrahlen fielen. Mit einem Ruck zog Luise die verdatterte Schwester in den Schutz zweier Heuballen.

»Hast du Mutter wirklich gesagt, wo wir sind?«, vernahm der Stallmeister noch ein Tuscheln, als Küchenmeister Arnold auch schon den Stall betrat.

»Seid Ihr so weit, Markwart?«

Der Angesprochene hatte inzwischen das Geschirr fertig angelegt und tätschelte dem ruhigen Tier die Flanke. »Nun ist auch die Stute für die Herrin bereit.«

»Wir sind sieben Mann!«

»Sieben? Ich hatte gestern noch den Befehl, sechs Pferde zu satteln.« Markwart warf einen prüfenden Blick auf die noch ungezäumten Rösser und streifte dabei auch die Heuballen, hinter denen die Zwillinge hockten. Eigentlich hätte es die freche Luise verdient, gescholten zu werden, überlegte er und sah wie auf Kommando auch schon ihr sommersprossiges Gesicht zwischen zwei Ballen hindurchspähen.

»Wir nehmen den dort!«, sagte er schließlich, ergriff ein weiteres Geschirr und zeigte auf ein geschecktes Ross im hinteren Teil des Stalles.

Gemeinsam führten Arnold und Markwart die Pferde hinaus. Zu dieser Zeit war es noch angenehm ruhig. Und vor allem fehlten die aufgeregten und erstaunten Stimmen, die zuletzt des Öfteren auf dem Burgberg zu hören gewesen waren.

In einen braunen Pelzumhang gepackt, trat Uta zu den Männern. Verborgen unter ihrem Gewand, trug sie an ihrer Brust, von einer einfachen Silberdrahtkette gefasst, einen daumennagelgroßen Malachit – ihre Hoffnung auf Leben und Sturm. Die Hoffnung, Hermann zu finden. »Wir sollten aufbrechen!«, drängte sie, nachdem sie den Stein unter ihrem Umhang noch einmal kurz umfasst hatte. Sie spürte Aufregung in sich aufsteigen.

Arnold kam nicht umhin, Uta wegen ihres Aufzugs kurz anzustarren. Unter ihrem braunen Umhang trug sie ein einfaches Leinengewand, das eher den Kleidern Ernas entsprach als denen einer Markgräfin. Für einen längeren Ritt war es jedoch sicher geeigneter, musste er sich eingestehen.

Inzwischen waren fünf weitere Männer zu ihnen gestoßen. Darunter waren Meister Matthias mit seinem besten Lehrburschen, Jäger Raimund, dem Uta vertraute, und zwei bis auf die Zähne Bewaffnete, die ihrem Schutz dienten. Sie saßen auf und trabten in der Frische des winterlichen Morgens aus der Burg.

Frühnebel kroch über die Wiesen von Naumburg.

»Wir beginnen mit den Wäldern nördlich des Burgbergs«, gab

Uta vor, als sie die Zugbrücke verließen. Sie zeigte auf das Gebiet, durch das sich die Saale, die die Unstrut schon aufgenommen hatte, stromabwärts schlängelte.

»Wir könnten uns in zwei Gruppen aufteilen«, schlug Meister Matthias vor. »So können wir ein doppelt so großes Gebiet durchforsten.«

Die Männer um Uta herum nickten.

»Wie weit sollen wir suchen, Erlaucht?«, wollte Arnold wissen und wandte sich ihr beim Reiten zu.

»Als Suchgebiet kommt die gesamte Umgebung von Naumburg in Frage. Wir teilen es am besten in Längen von jeweils einhundert Schritt Breite ein. Jede Gruppe sucht heute bis zum Höchststand der Sonne jeweils eine Länge in Richtung Norden ab. Wir beginnen mit der exakt nördlichen Bahn«, erklärte Uta und schaute zum wolkenverhangenen Himmel hinauf. Bitte behalte Regen und Hagel bei dir, bat sie stumm.

»Auf dem Rückweg nimmt sich dann jede Gruppe die jeweils angrenzende Länge vor, Ihr die in Richtung Osten und wir die in Richtung Westen. Bei Einbruch der Dämmerung sollten wir wieder zurück auf der Burg sein. Auch zu unserem eigenen Schutz.«

Der Jäger nickte. »Wölfe sind besonders während der Morgen- und der Abenddämmerung aktiv«, fügte er erklärend hinzu. »Und vergesst bei allem Mut nicht, dass sich Wölfe auf Eis und durch Schnee müheloser fortbewegen können als unsere Pferde.«

»Geht kein Risiko ein«, bekräftigte Uta. »Sofern ihr Wölfe auch nur in der Ferne ausmacht, kehrt bitte um.«

Sie prüften ihre Waffen, dann trabten Meister Matthias, dessen Lehrbursche und die zwei Bewaffneten an Utas Seite.

Die Suche nach Hermann von Naumburg hatte begonnen.

❖ ❖ ❖

Ob sie auch im Dunkeln sehen konnten? Es war das erste Mal, dass sie sich einige Schritte von der Mutter wegwagten, das Nest hatten sie bereits vor mehreren Tagen verlassen. Die tapsigen Kleinen schienen trotz ihres körperlichen Unvermögens schon aufmerksam im Stall umherzuschauen. Jedes der drei hellbraunen flauschigen Küken kam ihr wie ein Wunder vor. Von ihrem Strohlager direkt neben der Hühnerklappe streckte Gesa vorsichtig die Hand nach den winzigen Lebewesen aus. Ausgesprochen mutig kamen die Flauschbälle auf diese Geste hin auf sie zu. Sie hörte ihre Beinchen durch das Stroh rascheln. Das kleinste von ihnen, mit einem dunkelbraunen Streifen auf dem Kopf und dem ungewöhnlich hellen Flaumkleid, schmiegte sich sogar an Gesas Zeigefinger. Gesa drehte ihre Handfläche nach oben, und das Tier setzte seine winzigen Füßchen darauf und fiepte vor Vergnügen. Daraufhin erhob sich die Mutter des Kleinen, Gesas jüngste Mutterhenne mit den schwarzen Federn an Kopf und Schwanz, die sie insgeheim Ella getauft hatte, in der Ecke des Stalles.

Zum Zeichen dafür, ihrem Nachwuchs nichts anhaben zu wollen, setzte Gesa das Küken vorsichtig wieder ab und zog ihre Hand langsam zurück. Anstatt aufgeregt pickend auf die mögliche Bedrohung zuzulaufen, setzte sich Ella nun wieder friedlich vor die Stallwand zurück.

Gesa nickte dem vertrauensvollen Tier zu. Es war wie die Erneuerung des Versprechens, welches sie Ella zuletzt beim Brüten gegeben hatte: Sie würde die drei kleinen Flauschbälle so lange beschützen, bis sie selbst auf sich achtgeben konnten.

Ein Blick durch die zugigen Bretter des Stalldachs verriet Gesa, dass der Sonnenaufgang nicht mehr fern war. Über ihrem Spiel mit den Küken hatte sie beinahe ihre Pflicht vernachlässigt. Sie erhob sich aus ihrer Ecke, öffnete die Hühnerklappe, kroch durch sie hindurch und spähte in die Kälte. Die Nacht verlor sich bereits hinter dem schneebedeckten Waldstück, das den Bauernhof an seiner Vorderseite bis weit hinter die Ochsenscheune umgab. Unter ihren Schritten knirschte der gefrorene Neuschnee, als sie in Richtung des Grubenhauses ging, in dem das Korn lagerte und das der Ernte im Sommer Schutz vor Wärme bot. Gesa öffnete die Tür des bis zum Dach in die Erde gebauten Häuschens und trat ein. Die große Korbschale, die sie stets am Eingang ablegte, füllte sie mit Wintergetreide und ging dann wieder zurück zum Hühnerstall. Mit den Füßen schob sie den Schnee links und rechts der Hühnerklappe beiseite, dann warf sie mehrere Handvoll Körner auf die dergestalt vom Schnee befreite Stelle. Sie wusste, dass die Hühner nur in Stallnähe – und sowieso am liebsten fern des kläffenden Hundes vor dem Bauernhaus – nach Nahrung pickten.

Trotz des dünnen Hemdes, das Gesa unter dem Sack – den ihr die Bauern als Umhang für den Winter draußen im Stall zugestanden hatten – auf der Haut trug und das ihr bis über das Knie reichte, fror sie selten. Die Hühner mochten den Winter, deswegen mochte sie ihn auch. Das Hemd, welches sie einst, bevor sie zum Moorhof gekommen war, im Wald gefunden hatte, besaß Mannslänge und wärmte sie nun schon seit einigen Jahren. Und in Nächten, in denen es wirklich eiskalt wurde, zog sie den Sack einfach fester um ihren Körper.

Gesa betrachtete den Horizont. Der färbte sich gerade blau wie das Wasser im Bach, das direkt hinter der Ochsenscheune, gesäumt von Büschen und Röhricht, trotz des Frostes immer noch nicht gefroren war, sondern munter vor sich hin plätscherte. Sie musste sich ranhalten, wollte sie ihre Tätigkeit ungestört verrichten. So füllte sie den Korb schnell ein zweites Mal und verschwand damit durch die Klappe in den Hühnerstall. Drinnen hakte sie die Klappe an der oberen Stallwand ein, so dass die Tiere nun ins Freie gelangen und die Körner picken konnten.

Als sie kurz darauf auch im Stall das Wintergetreide großzügig ausgestreut hatte, ließ sie sich wieder in ihrer Ecke zwischen den Brutnestern nieder. Hier, im Inneren des Hühnerstalls, fern von lauten Geräuschen und Menschen, fühlte sie sich in Sicherheit. Das melodische Gurren der brütenden Hennen beruhigte sie. Sie betrachtete das Brett über sich, auf dem die Brutnester ruhten: Hans hatte es zugesägt und auf Brusthöhe an der Wand des Stalles angebracht. Er war der Einzige hier auf dem Hof, der sie noch nie »die Irre« genannt hatte. Gesa schloss die Augen und versank in Gedanken. Sie sah das Küken mit dem dunklen Streifen vor sich herumlaufen, als der Hahn zu krähen begann und sie ihre Augen wieder öffnete. Ihn hatte sie zum Oberhaupt ihrer Familie gemacht und Berthold getauft.

Gesa lauschte seinem Morgengruß und vernahm dann das Knacksen einer Tür. Vor der Ochsenscheune neben dem Bauernhaus erklangen Stimmen, gedämpft von den quietschenden Geräuschen einiger Füße im Schnee. Die Stimmen gehörten den Knechten und dem Bauernsohn, welche gerade ihre Nachtruhe beendet hatten. Sicherlich war auch Hans unter ihnen. Hundegebell setzte ein und hallte weit über den umliegenden Wald hinweg, vor dem die Bauern Angst hatten, weil die Wege in ihm so schlecht erkennbar waren.

Doch dies galt nicht für Gesa, die sich im Wald bestens zurechtfand. Die Bäume waren für sie wie ein Mantel, der sie schützend umgab und sie vor den Stimmen der Menschen in Sicherheit brachte. Dank ihres feinen Gehörs und ihrer Fähigkeit, auch im Dunkeln gut zu sehen, hatte sie sich noch nie verlaufen.

Seit ihrer Ankunft auf dem Hof vor fünf Jahren war sie jedoch beim Sammeln von Reisig, Brennholz und Beeren nie weiter als bis zur Moorgrenze in den Wald gegangen. Manchmal hörte sie die Bauersleute über das Moor reden, in das der Wald, ohne dass die Menschen es merkten, fließend überging. Der Bauer und der Knecht Emmerich waren daher die Einzigen, die den Hof an den Markttagen zu verlassen wagten. Nur zwei Male, solange Gesa zurückdenken konnte, waren Fremde hier auf dem Moorhof aufgetaucht. Jeweils im Winter, wenn das Moor vor Kälte erstarrt war. Denn das Moor sei im Sommer lebensgefährlich, hatte Hans ihr erklärt. Sämtliche Pfade wären dann nicht nur schlecht zu sehen, sondern für das menschliche Auge überhaupt nicht mehr erkennbar.

Gesa jedoch sah die Pfade auch im Sommer und glaubte gleichermaßen, jedes Geräusch zu kennen, das Tiere und Pflanzen von sich gaben. Nach dem Tod ihrer Mutter, war sie lange Zeit im Wald auf sich allein gestellt gewesen – bis sie eines Tages durch das Moor zum Hof gekommen war. Als man ihr dort nach langem Zögern schließlich das Federvieh anvertraute, hatte sie eine neue Familie gefunden: die Hühner. Sie waren auch der einzige Grund, warum Gesa die Bauersleute und ihren Knecht Emmerich weiterhin ertrug.

Ein freudiges Gackern ließ Gesa blinzeln: Vor ihren Augen tat Berthold den ersten Schritt aus dem Stall. Ihm folgten drei der Hennen mit ihrem Nachwuchs. Gesa konzentrierte sich auf Ellas hellbraune Küken, die neugierig um sich schauten. Das Kleine mit dem ungewöhnlich dunkelbraunen Streifen auf dem Kopf schien kurz innezuhalten und sie erwartungsvoll anzusehen.

Seitdem Gesa hier auf dem Moorhof den Hühnerstall versorgte, waren unter ihrer Obhut schon unzählige Küken zu stattlichen Hühnern geworden, doch noch keines hatte eine derart merkwürdige Färbung aufgewiesen. Alle waren sie hellbraun gewesen und hatten die spätere Farbe ihres Gefieders schon erahnen lassen. In Gesa rührte sich der Beschützerinstinkt, und sie winkte dem Kleinen aus ihrer Ecke heraus zu. Du bist wie ich, kam es ihr in den Sinn: anders. Sie richtete sich auf und schaute dem Küken nach, wie es erst über den Austritt der Klappe stolperte, dann aber mit etwas mütterlicher Schnabelhilfe den Weg zum Futter doch noch fand.

Gesa ließ sich zurück in ihre Ecke sinken. Bis sie ihren Hennen die Eier aus den Nestern nehmen musste, blieb ihr noch etwas Zeit.

Da wurde die Tür zum Hühnerstall plötzlich aufgerissen, und Emmerich kam hereingestürmt. Erschrocken stoben die restlichen Hühner auseinander, gackerten und flatterten in der Enge des Stalles panisch umher.

Unwillkürlich presste Gesa sich in die Ecke, ihre Hände krallten sich in den Sack um ihren Körper.

Emmerich baute sich vor ihr auf und verscheuchte die flatternden Hühner, die ihm vor die Füße liefen. »Kannst du nicht auf das Federvieh achtgeben?«, motzte er großkotzig.

Gesa starrte den Knecht an. Sein breites Gesicht war rot vor Zorn, und die Ohren standen ihm wie ausgebreitete Flügel vom Kopf ab.

Auf das Zucken seiner Mundwinkel hin drückte sie sich nur noch fester auf ihr Lager.

Der Knecht griff nach ihr. »Hühner-Gesa, ich rede mit dir!« Er zog die zierliche Gesa grob aus ihrer Ecke hoch.

»Deine dämlichen Hennen haben unserem Ochsen das Ohr zerhackt, weil du nicht aufgepasst hast!«

Gesa war, als ob ihr vom Gebrüll des Knechtes die Ohren platzen würden. Sie schüttelte mit zusammengebissenen Lippen den Kopf, so dass ihr das schwarze lange Haar ins Gesicht fiel. Nach Sonnenuntergang hatte sie – wie jeden Tag – geprüft, dass alle Tiere zum Schutze vor Füchsen und Mardern bei ihr im Stall waren.

»Du lügst!«, erwiderte Emmerich unbeeindruckt.

Gesa schüttelte erneut den Kopf, woraufhin der Knecht sie wütend von sich stieß, so dass sie rücklings vor ihm auf dem

Boden landete. »Verschwinde!«, zischte sie so leise, dass der Knecht sie nicht zu hören schien.

»So gefällst du mir schon besser, Irre!« Gierig glitt Emmerichs Blick über ihre Beine, die durch den Sturz bis zu den Knien hinauf freigelegt worden waren. Eine Henne rannte auf Emmerich zu, doch der stieß das Federvieh mit seinem Unterarm grob beiseite.

Wütend verfolgte Gesa die Flugbahn des Huhns und vernahm ein leises Knacken, als das Tier unsanft auf dem sandigen Boden auftraf.

»Wenn ich dem Bauern jedoch verschweigen würde, was du verschuldet hast, würdest du …« Noch bevor Emmerich den Satz beendet hatte, troff ihm schon Speichel aus den Mundwinkeln.

Rücklings schob Gesa sich auf das Kotbrett unter der Sitzstange am Kopfende des Stalles zu. »Hans!«, brachte sie krächzend hervor.

Emmerich wischte sich den Speichel vom Mund. »Wie hilflos sie nach dem Hof-Idioten ruft.«

In diesem Moment erschien der Hof-Idiot im Stall.

Erschrocken sprang sein Blick vom rotgesichtigen Emmerich zu Gesa vor dem Kotbrett. »Hans sagt, dass Emmerich Gesa in Ruhe lassen soll.« Der junge Mann, der mit seinen achtzehn Jahren nur unbedeutend älter als Gesa war, stampfte wütend mit dem Fuß auf. »Sie hat dir nichts getan.« Für den schlanken, hochgewachsenen Körper war sein Kopf ungewöhnlich groß. Sein festes, dunkles Haar begrenzte ein gewölbtes Stirnbein, auf dem über der Nasenwurzel buschige Augenbrauen zusammenliefen.

»Gerade du Dummerchen willst mir was vorschreiben?« Emmerich patschte Hans mit der flachen Hand gegen die Stirn und lachte laut auf.

Statt einer Antwort half Hans Gesa auf, die ihrerseits die verletzte Henne mit dem gebrochenen Flügel auflas. An Gesas Sack klebten Hühnerkot und Stroh.

Emmerich beobachtete, wie Hans das blasse Mädchen in seine Ecke neben die Hühnerklappe geleitete und sich dann schützend vor es stellte.

»Ich verstehe«, höhnte er daraufhin, »du also reitest die Irre!«

»Hans reitet nicht«, entgegnete ihm Hans verwirrt. Der Bauer hatte ihm verboten, auf den Rücken des einzigen Pferdes im Stall zu steigen. Reiten durften nur der Bauer, der Bauernsohn und Emmerich. »Ohne Gesa hätten wir weder Eier noch Hühnerfleisch zu essen. Niemandem gehorchen die Vögel so gut wie ihr.«

Emmerich rümpfte die Nase. »Und ich dachte schon, es war der Bauer, der ihr das Häutchen durchstoßen hat! Aber jetzt sehe ich klar!«

Angestrengt überlegte Hans, was Emmerich mit Häutchen wohl gemeint haben könnte. Als er so schnell keine Antwort darauf fand, versuchte er zu schlichten. »Hans glaubt, der Bauer mag es nicht, wenn wir streiten.«

»Brauchst nicht abzulenken«, entgegnete Emmerich und stieß den zweiten Knecht gespielt freundschaftlich mit der Schulter an. »Stiere müssen sich ihre Hörner eben mal richtig abstoßen! Oder bist du gar kein richtiger Stier? Hast deine Eier wohl beim Pinkeln im Wald vergessen? Das würde dir ähnlich sehen!« Emmerich schlug sich vor Lachen auf die Schenkel.

»Hans meint, es ist besser, wenn wir an die Arbeit gehen, Emmerich«, versuchte Hans, das unangenehme Gespräch zu beenden, und wandte sich kurz Gesa zu.

Gesas Blick fiel auf die tiefen Falten auf Hans' Stirn, die ihr verrieten, dass er sich ärgerte. Sie selbst war ebenfalls zornig und bemüht, die leidende Henne auf ihrem Arm vor dem Unhold zu schützen.

Emmerich hatte sich inzwischen von seinem Lachanfall wieder erholt. Er verschränkte die Arme vor der Brust und tönte: »Es ist besser, zu arbeiten? Ach ja? Woher willst du das denn wissen? Sitzt doch eh nur den ganzen Tag faul auf dem Feld und spielst an deiner Rute rum!«

Peinlich berührt ließ Hans von Gesa ab, die damit beschäftigt war, das verletzte Huhn auf ihrem Arm zu streicheln. Er hatte es doch nur ein einziges Mal getan, am Abend, als das Feld längst beackert und das Vieh versorgt gewesen war und er gemeint hatte, unbeobachtet zu sein.

»Wusste ich's doch! Dem Dummerchen wächst die Rute über den Kopf.« Emmerich trat auf Hans zu und packte ihn am Hals. »Die Schweine müssten längst versorgt sein. Willst den Bauern wohl wieder hinters Licht führen und den Fleißigen spielen, was?«

Unter heftigem Würgen und Schlucken schüttelte Hans den Kopf. Nicht Emmerich, sondern er war derjenige, der jeden Morgen bei Sonnenaufgang mit dem einzigen Sohn der Bauersleute zu arbeiten begann. Emmerich stieß häufig erst viel später zu ihnen. Wenn Schnee lag, nahmen sie sich morgens des Ochsen und der Kuh, des Pferdes und der Schweine an. Zur Saatzeit zogen sie Furchen, streuten Saatgut und ernteten. Sie beide waren auch diejenigen, die den Mist auf den zwei Feldern – ein Sommer- und ein Winterfeld hinter den Gebäuden – ausbrachten und einen Großteil des Korns droschen. Im Gegensatz zu ihnen wollte Emmerich die Arbeit immer nur verteilen und überwachen.

Der Bauer trat hinzu. »Was ist hier los?«

Gesa wich beim Anblick des fleischigen Gesichts mit der großporigen Haut und den blutunterlaufenen Augen eng an die Stallwand zurück.

»Der faule Kerl wollte sich gerade zu Hühner-Gesa legen!«, trug Emmerich anklagend vor. »Ich habe ihn dabei erwischt, wie er ihr den Stoff über die Knie hochgeschoben hat.« Mit ausgestrecktem Finger zeigte er auf Hans und Gesa, die mit zusammengepressten Lippen in ihrer Ecke hockte. »Dabei sollten wir längst bei der Arbeit sein. Teile der Umfriedung müssen erneuert werden.«

Krampfhaft suchte Hans nach Worten. »Ich … ich …«

Mit funkelnden Augen erhob sich Gesa mit der Henne auf dem Arm.

»Du und die Irre, ihr faulenzt schon wieder?«, fragte der Bauer und hob drohend die Peitsche. Hans stellte sich schützend vor Gesa, doch der Bauer schob ihn grob beiseite und betrachtete seine magere Magd. »Armselige, du! Taugst zu nichts und machst nur Dreck!«, spie er mit biergeschwängertem Atem hervor, so dass Gesa vor lauter Ekel kurz die Augen schloss. Hans wollte gerade widersprechen, da fuhr der Bauer auch schon fort und zerrte Gesa zu sich heran. »Wenn du nicht augenblicklich mit einem halben Dutzend Eier rübergehst, vergesse ich mich!«

Steif vor Ekel presste Gesa das Huhn noch fester an ihre Brust, um einen natürlichen Abstand zwischen sich und den Bauern zu bringen. Ein halbes Dutzend? So viele Eier legten fünf Hennen doch nicht an einem einzigen Tag! Erst recht nicht im Winter.

Schnaubend wendete sich der Bauer ab und begann, in den Brutnestern zu wühlen, so dass die Hennen erneut aufflogen und wild um sich zu picken begannen. »Wahrscheinlich hast du wieder Eier vor uns versteckt!«

Gesa antwortete auf diese Anschuldigung nicht, sondern setzte die Henne mit dem kaputten Flügel auf dem Boden ab und versuchte zu gurren, damit sich die aufgebrachten Bruthennen beruhigten.

»Ein halbes Dutzend«, raunte der Bauer beim Öffnen der Stalltür. »Du bringst jetzt die Eier sofort zu meiner Frau rüber, oder ich vergesse mich!« Die ersten beiden davon griff der

Bauer aus dem vordersten der Brutnester und reichte sie Gesa mit den Worten: »Wir haben Hunger!«

Gesa blieb das beruhigende Gurren beim Anblick der unfertig ausgebrüteten Eier im Hals stecken. Grob stieß der Bauer sie mit den Eiern in der Hand vor sich her aus dem Stall. Er selbst trat wieder hinein und vor seine beiden Knechte, die sich nicht vom Fleck gerührt hatten.

Gesa schlich sich, die Eier vorsichtig vor sich hertragend, hinter den Stall. Dort angekommen spitzte sie all ihre Sinne, um ganz sicher sein zu können, von niemandem beobachtet zu werden. Etwa mittig an der Rückwand des Stalles ging sie in die Hocke und schob mit der freien Hand Schnee und Stroh von einer Kiste, so dass sie den darunter erscheinenden Deckel leichter anheben konnte. Im feuchten Astwerk eines nahen Busches hörte sie Mäuse wühlen, gedämpfte Stimmen drangen aus dem Stall an ihr Ohr. Gesa öffnete ihre geheime Kiste, die in die Erde eingelassen war und über die sie zur Tarnung mehrere Lagen Stroh gebettet hatte. Hastig legte sie die warmen Eier in das darin befindliche Notnest und steckte stattdessen zwei der Eier ein, die sie immer mal wieder für ähnliche Anfälle des Bauern dort versteckt hielt. Sobald die Eindringlinge ihren Hühnerstall verlassen hätten, würde sie die Bruteier wieder zurück in ihre Nester legen. Es war nicht das erste Mal, dass sie der Bauer aus lauter Gier und Grobheit mit den Pfanneneiern verwechselte.

»Für dich ist der Frühbrei heute gestrichen. Damit du endlich lernst, dass es Folgen hat, wenn du, anstatt zu arbeiten, den Weibern nachsteigst!«, hörte sie den Bauern zu Hans sagen. »Und nun troll dich an die Arbeit, oder von was sonst, glaubst du, sollen wir alle satt werden! Und du, Emmerich«, die Stimme des Bauern klang nun weniger aufgebracht, »legst die Bretter für den Zaun bereit. Danach kannst du zum Frühbrei ins Haus kommen.«

Gesa schloss den Deckel ihrer Kiste, streute wieder Stroh und Schnee darüber und begab sich mit den Pfanneneiern in der Hand zu dem Haus, in dem die Bauersleute wohnten und gemeinsam mit dem Sohn, den Knechten und ihr die Mahlzeiten einnahmen. Im Gegensatz zu Gesas Stall und der Ochsenscheune, in der die Knechte schliefen, stand das Bauernhaus auf Holzpfählen und besaß sogar ein Dach aus Stroh, das besser vor Wind und Nässe schützte als die klapprigen Bretter der beiden Ställe.

Gesa hatte bereits die Hälfte des Weges zurückgelegt, als die Bäuerin – vom Umfang her das Dreifache der knochigen Gesa – aus dem Haus trat.

»Komm und hilf mir!«, rief sie zu Gesa hinüber, winkte diese zu sich heran und verschwand gleich wieder in der Wärme ihres Heimes.

Um sich leichter in die ungeliebte Gesellschaft der Bauersleute begeben zu können, nahm sich Gesa das Küken mit den hellbraunen Federn und dem dunkelbraunen Streifen zum Vorbild. Es war so mutig gewesen.

Der Mittelpunkt der bäuerlichen Küche war die offene Feuerstelle.

Gesa blieb im Eingang stehen. »Was war das im Hühnerstall wieder für ein Lärm?«, wollte die Bäuerin wissen und rührte nebenbei in einem Topf. Ihre erschlafften Wangen reichten ihr in Form zweier Hautlappen bis zur Kinnlinie hinab und wackelten bei jeder Kopfbewegung.

Doch Gesa blieb stumm und übergab der Bäuerin nur die beiden Eier.

»Ach, eigentlich will ich von deinem Ärger auch gar nichts wissen! Deck jetzt den Tisch!«

Gesa trat vor ein Regal und griff nach drei runden Holzschalen – einer kleinen und zwei größeren. Die Bäuerin nahm derweil den Dreibein-Topf von der Feuerstelle, um die Eier in der Pfanne über dem Feuer zu braten. Das hagere Mädchen mit den langen schwarzen Haaren, den gleichermaßen schwarzen Augen und dem spitzen Kinn war ihr schon vom ersten Tag an unheimlich gewesen. Dennoch hatten sie es bei sich behalten. Denn für eine Ecke im Hühnerstall, einen Becher Wasser und eine Schale Brei am Tag hätte sich sonst wohl niemand derart aufopfernd um das knappe Dutzend Hühner gekümmert. Schon gar nicht in dieser Gegend, die ans Moorgebiet grenzte. Und nachdem Sommer- wie Wintersaat immer weniger gediehen, vermochten sie keine normale Magd durchzufüttern, ohne selbst darben zu müssen. Wenn für den Sohn nur endlich eine Braut mit einer satten Mitgift auf den Hof käme. Die Bäuerin schlug die Eier in die erwärmte Pfanne.

Mit scharfem Blick beobachtete Gesa, während sie die Schalen auf den Tisch stellte, wie die Bäuerin die Eier rührte. Nach einiger Zeit stießen der Bauer, sein Sohn und Emmerich zu ihnen. Aus der Ecke der Kammer verfolgte Gesa von ihrem Hocker aus, wie sie am Tisch Platz nahmen und Brei und Eier gierig verschlangen.

Gesa aß derweil ihre zwei Löffel Brei. Eier standen ihr nicht zu. Sehnlich wünschte sie sich den Sonnenuntergang herbei, damit sie endlich wieder in ihren Stall zurückkehren durfte. Dann stand die zweite Fütterung an, und der Trog für die Hühner musste mit frischem Wasser aufgefüllt werden.

Nach dem Frühmahl übertrug die Bäuerin Gesa die Reinigung des Bauernhauses, während sie selbst das Fleisch der jüngsten Schlachtung versorgen wollte und die Männer auf das Feld hinterm Haus gingen.

Lange nach Sonnenuntergang durfte Gesa endlich wieder zurück in den Stall. Zunächst wurde sie von der verwundeten Henne mit einem Gurren begrüßt, die friedlich wieder auf ihrem Nest hockte. Gesa griff nach den zwei Eimern neben dem Futtertrog, um frisches Wasser aus dem Bach hinter der Ochsenscheune zu holen.

Doch kaum hatte sie dies getan, glitten ihr die Eimer auch schon wieder aus der Hand, als sie in der Mitte des Stalls helle Federn entdeckte. Der Überrest des Kükens sah zerfleddert aus, als ob jemand das Flauschknäuel wie ein Wurfgeschoss gegen die Wand geschleudert hätte. Schnell hatte Gesa die Stelle an der Bretterwand des Stalles ausgemacht, an der noch – ungefähr auf der Höhe ihres Kopfes – ein letzter Rest besonders heller Federn klebte.

Mit unstetem Blick suchte sie zunächst im Stall nach Ella – aber die Henne war mit ihren anderen Kleinen anscheinend noch draußen im Schnee.

Gesa löste die ungewöhnlich hellen Federn vom Wandbrett und betrachtete sie in ihrer Hand. Sie hatte das Kleine nicht beschützen können, so wie sie es Ella noch am Morgen versprochen hatte.

* * *

Nachdem die bisherige Suche nach Hermann in den Wäldern erfolglos verlaufen war und sie an diesem Morgen aufgrund eines nahen Rudels Wölfe nördlich der Burg hatten umkehren müssen, konnte Uta nicht untätig herumsitzen.

Schon am Vormittag war sie in der Kathedrale gewesen und hatte dort die Vorzeichnungen auf den Langhauswänden begutachtet. In der heiligen Zone waren Achsenlinien und Umrisse überall dort skizziert, wo bald Menschen und Gebäude gemalt werden würden, weiterhin war die Einteilung in Tagwerke inzwischen vollständig angebracht. Die Maler warteten bereits ungeduldig darauf, dass die Kälte den Burgberg endlich freigab. Schmuckhändler Christian hatte Lapislazuli für den Mantel Christi bei einem Händler aus dem Orient auftun können. Zum Osterfest – keinen Mondumlauf mehr hin – würde das ersehnte Säckchen mit dem pulverisierten Edelstein in Naumburg eintreffen.

Nachdem Uta noch ein Gebet vor dem heiligen Schleier gesprochen hatte, war sie mit zwei Begleiterinnen in die Wälder südlich Naumburgs aufgebrochen. Für eine spezielle Suche.

Vorbei an knorrigen Buchen, deren Äste sich wie gichtige Arme über den Weg streckten, repetierte Uta in Gedanken immer wieder die Worte von Jäger Raimund, der ihr gestern Abend noch den Weg zum Fundort der Leiche erklärt hatte. Der tote Körper war auf einer abschüssigen Lichtung, unweit eines schmalen, kaum bereitbaren Nebenwegs der Königsstraße entdeckt worden. Im Zentrum der Lichtung, so die Beschreibung Raimunds, stünden zwei riesige Buchen so dicht beieinander, dass ihre Äste geradezu miteinander verwachsen wirkten. Genau zwischen den beiden Stämmen habe der geschundene Körper gelegen.

»Hier, der schmale Weg nach rechts! Alwine, Katrina, wir sind richtig!« Uta trieb ihre Stute mit den Unterschenkeln an, obwohl der Weg mit Schnee bedeckt und eng war. Kahle Äste schnellten ihr ins Gesicht, so dass sie ihr Pferd doch lieber wieder in den Schritt fallen ließ.

Alwine und Katrina folgten ihr vorsichtiger mit etwas Abstand auf Katrinas Pferd. Das Kammermädchen saß vorne und schaute sich ängstlich um. Da sie wusste, dass Wölfe auf der anderen Seite der Burg waren, fühlte sie sich auch hier nicht sicher. Alwine hingegen kümmerten die Wölfe weniger, sie machte sich viel mehr Sorgen darüber, dass sie hatte flunkern müssen. Aber anders war die sauertöpfische Erlaubnis der Äbtissin, die Klausur zu verlassen, nicht zu bekommen gewesen. Auf dem Rücken führte Alwine mittels zweier Schulterriemen einen halbvollen Pflückkorb mit Fichtennadeln mit sich, die mit Wasser und Honig versetzt das beste schleimlösende und entzündungshemmende Mittel gegen winterlichen Reizhusten waren. Dass sie nach dem Nadelsammeln noch Leichenfundorte besichtigen wollte, hatte Alwine natürlich verschwiegen.

Uta spähte immer wieder rechts des Weges, wo das Gelände abschüssig war, durch die Bäume hindurch. Der Abstand zu Alwine und Katrina verringerte sich. Im Winter eine Lichtung zu finden, war nicht ganz einfach.

»Die verwachsenen Buchen!«, rief sie mit einem Mal hoffnungsvoll aus und zeigte durch das grauweiße Gewirr des Winterwaldes auf zwei unübersehbar ausladende Baumriesen. Alwine und Katrina brachten ihr Pferd nun direkt hinter dem Utas zum Stehen.

Uta stieg von ihrer Stute und band die Zügel an einem dicken Ast fest. »Hier muss es sein!« Ihr Puls beschleunigte sich. Immerhin waren an dem unbekannten Toten Hermanns Kleider gefunden worden, womit die Möglichkeit bestand, dass der Geliebte sich vor seinem Verschwinden auf genau dieser Lichtung aufgehalten hatte.

Uta raffte Umhang und Gewänder und machte die ersten Schritte die Böschung hinab auf die zwei starken Buchen zu, die in der Mitte der Lichtung wuchsen. Hermann, bist du hier? Auch wenn sein Verschwinden bereits über vier Mondumläufe zurücklag und ihr Suchradius inzwischen bis zur Gaugrenze reichte, gab sie die Hoffnung, ihn lebend zu finden, nicht auf.

»Zwischen den monströsen Bäumen hat der Körper gelegen, richtig?«, rief Alwine Uta nach, doch die war schon ganz auf das Buchenpaar fixiert.

Katrina wollte ihrer Herrin den Hang hinab folgen, doch Alwine hielt sie mit einer sanften Bewegung zurück. »Gebt Uta einen Augenblick dort unten allein«, bat sie mitfühlend.

Katrina verstand und holte daraufhin ihre zwei Wachstafeln aus dem ledernen Futteral hervor, welches sie an einem Ledergurt befestigt um den Oberkörper trug.

»Ein schönes Stück«, bemerkte Alwine.

Katrina lächelte und zog den Griffel aus geschnitztem und poliertem Wildschweinknochen aus der Lasche am Rand der linken Tafel. Die zwei Tafeln selbst wurden von einer Lederschnürung zusammengehalten und ließen sich jeweils beidseitig nutzen, so dass insgesamt vier Täfelchen zur Verfügung standen. Die Schreibfläche war aus geaschtem Wachs und von hellem Ahornholz gerahmt und in Form gehalten. »Ein Geschenk von …« Katrina deutete die Böschung hinab zu Uta, die an den Buchenriesen hinaufschaute.

Die Herrin hatte es ihr mit der Bitte übergeben, alle Orte darauf festzuhalten, an denen sie bereits gesucht hatten. Das tat Katrina auf der linken Tafel. Auf die rechte schrieb sie dagegen jene Informationen, die ihr später vielleicht Aufschluss darüber geben konnten, wie es zu Hermanns Verschwinden gekommen war. Kurz verloren sich das Kammermädchen und die Krankenschwester in den Anblick Utas, die vor dem Buchenpaar auf die Knie sank.

»Hermann?« Liebevoll strich Uta über den Boden, auf dem unter dem Schnee einige welke Blätter zum Vorschein kamen. »Wo bist du?« Der Wind zerrte an ihrem Eheschleier, als wolle er ihn ihr vom Kopf reißen.

Der Wald antwortete ihr nicht, die Schneedecke schien sogar das Krächzen der Wintervögel zu absorbieren.

Uta drehte sich nach den beiden Frauen auf dem Weg um. Mit einer schwachen Geste winkte sie ihre Begleiterinnen zu sich herunter.

»Die zwei Risse waren fast mittig am Schädeldach des Toten, so dass es unwahrscheinlich ist, dass sie ihm durch einen Sturz widerfahren sind«, erläuterte Alwine Katrina und raffte ihr

Benediktinerinnengewand, um über einen quer liegenden Ast zu steigen.

Katrina horchte interessiert auf und glich Alwines Ausführungen während des Gehens mit den Notizen auf ihrer Tafel ab, wodurch sie ins Straucheln geriet.

»Jemand hat auf den Unbekannten eingeschlagen, so dass dessen Schädel riss«, fuhr Alwine fort. Ihr lag nicht nur daran, Hermann zu finden, sie wollte auch den Tod des Unbekannten aufklären. »Ich denke, dass derjenige, der unserem Toten auf den Schädel schlug, nicht sehr kräftig gewesen sein muss«, führte Alwine ihre Überlegungen weiter fort.

Sie waren bei Uta und den Buchenriesen angekommen.

Katrina ließ vor lauter Beklommenheit den Griffel sinken. Die Bäume waren wahrhaft erdrückend, so hoch und kräftig wie sie dastanden und ihr Astwerk eine Einheit bildete.

Uta erhob sich.

»Unser Toter hatte zwei Risse im Schädel, wurde also zweimal geschlagen«, fuhr Alwine fort, den Korb mit den Fichtennadeln noch immer auf dem Rücken. »Auch das Gelände unterstützt meine Vermutung, dass der Täter nicht zwingend stark gewesen sein muss. Es ist abschüssig, auch über die verschlungenen Buchen hinaus. Am Hang wäre ein Schlag von oben herab leicht ausführbar gewesen.« Mit einem Lächeln bemerkte Alwine, dass Katrina ihre Worte eifrig auf der Wachstafel festhielt.

Für Uta waren die Stimmen ihrer Begleiterinnen weit weg.

»Hermann!«, rief sie lauter und drehte sich suchend um ihre eigene Achse. Doch weit und breit war kein Laut zu hören. Die kahlen Buchen standen stumm und trotzig da. Verzweifelt umfasste sie unter dem Umhang ihren Malachitstein und tat einige tiefe Atemzüge. In dieser Haltung schaute sie sich weiter um, schritt ein Stück in die eine, dann wieder in die entgegensetzte Richtung, soweit die Lichtung dies zuließ.

»Es könnte aber auch sein, dass der Mörder einfach nur sicher-gehen wollte, dass der Unbekannte wirklich tot war und des-wegen mehrfach auf ihn eingeprügelt hat. Jeder, ob Kämpfer oder Sänger, ob klein oder hochgewachsen, ob schmal oder breit, könnte zugeschlagen haben«, nahm Alwine ihren Mo-nolog wieder auf und ging in die Hocke. Sie griff in den Schnee und zog eine Handvoll Laub darunter hervor. »Die welken Blätter haben schon vor Hermanns Verschwinden hier gele-gen. Die machen es schwierig, sich geräuschlos anzuschlei-chen. Sie rascheln und knistern unter den Füßen.«

»Der Tote könnte geschlafen haben!«

Alwine seufzte. »Das wäre möglich! *Certo*, sicherlich.«

Katrina schaute zu Uta, die in einigen Schritten Entfernung mit den Armen den Schnee beiseiteschob. »Und weiter?«, sag-te sie wieder an Alwine gewandt.

Alwine schüttelte den Kopf. »Um weiterzukommen, sollten wir uns vielleicht zuerst auf die einfachste aller Fragen kon-zentrieren: Warum ist Erlaucht Hermann überhaupt ver-schwunden?«

Alwine bemerkte, dass sich Uta auf diese Frage hin kurz zu ihnen umdrehte, dann aber weiter den Boden untersuchte. Daraufhin bedeutete sie Katrina, das Gleiche zu tun. Schließ-lich waren sie deshalb hergekommen.

Katrina steckte die Wachstafel zurück in das Futteral und be-gann, den Schnee zu durchsuchen. Wenig später waren ihre Hände puterrot vor Kälte. »Ihm kann bei einem Ausritt etwas zugestoßen sein«, kam es Katrina in den Sinn. Sie zog einen gerade gewachsenen Ast aus dem Schnee, von dem sie zu-nächst geglaubt hatte, dass es ein stumpfes Schwert sei.

Alwine setzte ihren Nadelkorb ab und begann nun ebenfalls im Schnee zu wühlen. »Es wäre ebenfalls denkbar, dass er überfallen wurde. Er könnte in eine Erdspalte gestürzt, in ei-nen Bach gefallen oder von dem Kleiderdieb verletzt worden sein.« Mit Rücksicht auf Uta verzichtete sie auf die weitere Aufzählung von Szenarien mit tödlichem Ausgang. »*Maledizione!* Verflixt und zugenäht! Es gibt einfach zu viele Möglichkeiten!« Sie warf eine Handvoll Schnee in die Luft.

Aufgebracht kam Uta auf sie zu. »Weder ist er ertrunken, noch in einem Erdloch verdurstet. Auch kann er nicht bei einem Ausritt umgekommen sein, sein Pferd stand ja an Allerheiligen unberührt im Stall. Hermann lebt, das spüre ich.«

Alwine hielt inne und betrachtete die Freundin. Schnee haftete an ihrem Umhang, bis auf Kniehöhe war der Stoff ihrer Gewänder durchnässt. Vor Kälte hatte Uta ihre Hände unter den Umhang gesteckt, doch noch immer schaute sie sich erwartungsvoll um, als könnte Hermann jederzeit hinter einem der Bäume auftauchen.

Alwine rang eine Weile mit sich, bevor sie die nächste Frage stellte. Sie tat es mit leiser, beinahe zärtlicher Stimme. »*Cara*, wäre es vielleicht möglich, dass es Hermann wieder in die Einsamkeit gezogen hat? Er hat doch schon einmal mehrere Jahre im Kloster gelebt.«

Ohne über die Frage nachzudenken, schüttelte Uta den Kopf. »Von diesem Wunsch hätte er mir erzählt.«

»Dann bleibt auch noch die Möglichkeit, dass er dazu gezwungen wurde, fortzugehen«, erklärte Alwine nachdenklich.

»Du meinst, dass er entführt wurde? Dass jemand wollte, dass er aus Naumburg verschwindet?«

Alwine erhob sich und antwortete mit einer Gegenfrage. »Wer könnte Erlaucht Hermann aus dem Weg haben wollen?« Erwartungsvoll schaute sie von Uta zu Katrina, die bereits eine breite schneefreie Spur bis ans andere Ende der Lichtung geschoben hatte.

»Hermann war allseits beliebt«, war das Erste, was Uta bezüglich möglicher Feinde einfiel. »Er war zu allen gütig, jedermann mochte ihn.«

»Was ist mit seiner Exzellenz Aribo von Mainz?«, warf Katrina aus der Ferne ein, reinigte sich die Hände an ihrem Umhang und zog ihre Wachstafel aus dem Futteral.

»Der Erzbischof?« Uta lief ein eisiger Schauer über den Rücken. »Wenn ich mich an sein Gesicht zur Weihe erinnere …
Nur widerwillig hat er die Wände der Kathedrale, Hermanns Kathedrale, zur Segnung besprenkelt, weil diese an der Übermacht seines Erzbistums gekratzt hat. Aber er kann es nicht gewesen sein. Die Kaiserin schrieb mir jüngst, dass seine Exzellenz auf einer Pilgerreise in die Heilige Stadt verstorben ist. Noch vor Hermanns Verschwinden.«

Katrina kam wieder zur Gruppe. »Und …« Sie zögerte, schaute erst zu Uta, dann zu Alwine. »Da wäre noch Bischof Hildeward.«

»Wer ist das?«, wollte Alwine wissen.

»Erinnere dich an die Weihe! Er wurde der Brandstiftung überführt.« Unmerklich ballte Uta die Hände zu Fäusten. »Bischof Hildeward hatte, um den Schleier der heiligen Plantilla für sich alleine zu haben, den Brand im Ostchor der Kathedrale gelegt.«

Alwine verstand nun, wen Uta meinte, auch wenn sie sich nur noch schwach an das völlig entrückte Gesicht des Mannes erinnerte. »Ja«, nickte Alwine, »Bischof Hildeward hat durch Hermann seine Stellung in Naumburg verloren und wurde so von dem heiligen Schleier getrennt, der ihm sehr wichtig war.«

»Der Magdeburger Erzbischof höchstpersönlich, nicht Hermann, hat Hildeward seines Amtes enthoben und des Bistums verwiesen«, entgegnete Uta und sah, dass Katrina den Griffel auf die Wachsfläche setzte. »Hildeward wurde nach der Weihe der Kathedrale in Speyer gesichtet, er hat den Kaiser um Vergebung gebeten und ist dann demütig Richtung Westen in die Wälder weitergezogen. Er kann unmöglich so schnell wieder nach Naumburg zurückgekommen sein. Bischof Hildeward halte ich daher als Täter für unwahrscheinlich. Zumal er den wohl noch größeren Zorn gegen mich hegte, weil ich, eine Frau, den Bau der Kathedrale vorantrieb. Und ich stehe ja noch kerngesund vor euch.«

Katrina ließ den Griffel wieder sinken.

Hermann, Geliebter, zeig dich mir!, bat Uta stumm und schaute sich um.

»Wartet!«, rief Alwine und zog Utas Aufmerksamkeit wieder auf sich. »Immerhin haben wir den Hinweis auf eine Verbindung zwischen dem unbekannten Toten und Erlaucht Hermann: die Kleidung und der Stiefel! Ich bin mir sicher, dass der Mörder etwas mit Hermanns Verschwinden zu tun hatte. Es gibt viel weniger Zufälle, als wir gemeinhin glauben.«

»Ihr meint also wirklich, dass der Tote Erlaucht Hermanns Gewänder nicht zufällig trug?«, fragte Katrina entsetzt und sah die Benediktinerschwester kurz darauf nicken.

»Ich wüsste vielleicht doch jemanden«, gestand Uta nach einer Weile, zögerte aber noch, ihre Vermutung, die ihr mehr als gewagt schien, auszusprechen. »Jemand, der auch hier in Naumburg lebt, am Ort des Geschehens.«

»Wen?«, kam es zeitgleich von Alwine und Katrina. Zwei Augenpaare waren nun erwartungsvoll auf Uta gerichtet.

»Ich kann mir nur einen Naumburger vorstellen, der vor Hermanns Verschwinden schlecht auf ihn zu sprechen war. Am Vorabend vor Allerheiligen haben Hermann und ich Ekkehard von unseren Plänen …«

Uta hielt inne. Sie hatte Katrina nie davon erzählt, auch wenn sie sich ziemlich sicher war, dass das Mädchen im Bilde war. Vor Katrina würde sie kein Geheimnis daraus machen müssen.

»Ekkehard wollte es sich über Nacht durch den Kopf gehen lassen.«

Alwine benötigte einen Moment, um das Gehörte zu verarbeiten. »Du meinst, Ekkehard könnte seinen eigenen Bruder …«

Auch sie vermochte zunächst nicht, den schrecklichen Verdacht über die Lippen zu bringen.

Uta durchdachte das Gesagte angestrengt. Da war Ekkehards stiller Unmut am Vorabend des Verschwindens, an dem sie stärker als Hermann an Ekkehards Zustimmung für die Ehetrennung gezweifelt hatte. Selten hatte sie den Gatten derart nachdenklich erlebt. Gleiches galt für den Morgen, an dem Hermann nicht zum vereinbarten Frühmahl aufgetaucht war.

»Wenn es tatsächlich der Markgraf war«, sinnierte Alwine weiter, »warum sollte er Hermann die Gewänder ausziehen und sie einem Fremden geben?«

»Vielleicht hat er es nicht übers Herz gebracht, Hermann zu töten, und wollte lediglich sicherstellen, dass ich Hermann aus meinen Gedanken verbanne, indem er seinen Tod vortäuscht. Schließlich hätte mein …«, Uta räusperte sich und fuhr mit gesenkter Stimme fort, »mein Anliegen eine Schwächung der Mark Meißen bedeuten können. Die Scheidung«, sie flüsterte nun nur noch, »einer markgräflichen Ehe ist eine ebenso heikle Angelegenheit wie die Übergabe von Macht und Besitz an die nächste Generation. Verhältnisse müssen neu geordnet werden. Unruhe herrscht und verunsichert.« Uta nickte, wie um sich selbst die Logik ihres Gedankengangs zu bestätigen. »Ekkehard hat alles getan, um die Exhumierung zu verhindern«, erinnerte sie sich mit mulmigem Gefühl. Mit keinem Wort hatte der Gatte zur Feier Christi Geburt ihr Anliegen vor dem Kaiser befürwortet. »Und das alles vielleicht nur, weil er verhindern wollte, dass die wahre Identität des Toten entdeckt und jemand nach Hermann suchen würde.«

Mit zitternden Fingern notierte Katrina den Namen des Burgherrn auf der rechten Wachstafel. Da war er also, der erste echte Verdächtige.

»Lasst uns dennoch auch in andere Richtungen weiterdenken«, mahnte Alwine. »Bis jetzt sind das alles nur Vermutungen, die wir anstellen. Solange uns die Beweise fehlen, kann jeder andere Burgbewohner genauso für das Verschwinden von Erlaucht Hermann verantwortlich sein.«

»Wir suchen ab jetzt also nicht nur Erlaucht Hermann, sondern auch den Mann, der ihn entführt und den Unbekannten getötet hat«, schlussfolgerte Katrina, zog eine doppelte Linie unter Ekkehards Namen und klappte ihre Tafel zu.

Uta nickte und schaute sich erneut um. Der hartnäckige Winter war die denkbar schlechteste Jahreszeit für eine Spurensuche. Hermann, wo bist du? Gib mir ein Zeichen!, bat sie still und hoffte, dass die Kraft des feurig grünen Steines zwischen ihren Brüsten auf sie überging.

Sie würde die Suche noch lange nicht aufgeben.

4.

Im Wald

Ich danke Euch für die gute Arbeit, Meister.« Uta reichte Matthias die Zeichnungen zurück. »Exzellenz Bischof Kadeloh wird die Entwürfe für unsere neue Klausur bestimmt mit Wohlwollen aufnehmen.«

Meister Matthias verbeugte sich. Mit einem bewundernden Blick auf Utas leuchtend blaues Kleid mit den ungewöhnlich spitz über ihren Handrücken auslaufenden Ärmeln, das ihm besonders gut gefiel, nahm er seine Pergamente wieder aus ihren Händen entgegen.

»Den Steinvorrat habe ich bereits geprüft, Erlaucht«, ergänzte Maurermeister Joachim, der neben ihm stand und ein Freund des jungen Meisters war. »Die Steinbrüche am Rödel werden noch genügend Material für den Klausurbau hergeben.«

Gemeinsam gingen sie an der Westwand der Kathedrale entlang, an die sich der Kreuzgang anschließen würde, mit dessen Bau im kommenden Jahr begonnen werden sollte. In einigem Abstand folgten ihnen dabei die zwei Bewaffneten mit Blick auf Uta, die sich nun wieder an Matthias wandte: »Meister, ich würde dem Bischof gerne vorschlagen, Euch im nächsten Jahr die Bauleitung für die Klausur zu übertragen. Überlegt Euch bitte, ob das in Eurem Sinne ist.«

Matthias blieb überrascht stehen.

»Eure Fertigkeiten reichen weit über das Zimmermannshandwerk hinaus«, begründete sie ihre eigenwillige Entscheidung, einen Zimmermannsmeister die geplante Klausurbaustelle überwachen zu lassen. »Ihr habt einen vortrefflichen Überblick

über Verbrauch und Bestand an Material und könnt gut zeichnen. Ihr wisst das Wesentliche vom Unnützen zu unterscheiden und steht bei allen anderen Gewerken hoch im Ansehen.«
Der Zimmerermeister lächelte schüchtern.

»Ob Ihr Euch da den Richtigen ausgesucht habt, Erlaucht?«, scherzte Meister Joachim und strubbelte Matthias väterlich durch das schwarze kurze Haar, das danach völlig zerzaust war. »Kaum älter als die beiden bist du gewesen«, deutete der in die Jahre gekommene Maurermeister in Richtung des äußeren Burgtors, »als du Meister Jan mehr als hartnäckig darum gebeten hast, sein Lehrbursche werden zu dürfen.«
Uta folgte seinem Fingerzeig und erblickte Luise und Selmina, die neben dem Tor an der Mauer entlang Fangen spielten.
Schmuckhändler Christian war an sie herangetreten und verneigte sich. »Erlaucht, dürfen wir Euch in das Haus des Malermeisters bitten?«
»Wir sehen uns morgen früh wieder«, sagte Uta an die beiden Meister gewandt und dachte einen Moment lang an die immer noch erfolglose Suche.
Inzwischen war ein Teil des Suchtrupps im Umkreis eines ganzen Tagesrittes unterwegs. Den Süden waren sie bis auf die Höhe von Camburg schon abgeritten. Aber Hermann blieb wie vom Erdboden verschluckt. Dennoch würde sie nicht aufgeben, nach ihm zu suchen …
»Er ist eingetroffen!«, verkündete Christian. Gemeinsam mit seiner Familie war er vor mehreren Jahren wegen der zinsfrei angebotenen Grundstücke mit eigenem Verfügungsrecht und in der Hoffnung auf gute Geschäfte nach Naumburg gekommen. Im ersten Moment schien Utas Herz auszusetzen, weil sie glaubte, er würde damit die Rückkehr ihres Geliebten meinen. Dann aber schalt sie sich für ihre Tagträumerei!
Uta bedeutete dem Mann, sie einige Schritte in Richtung der Marienkirche zu begleiten.

»Geschützt von einem Dutzend Reiter hat Abdul al Hasin die Steine an mich übergeben.« Nur selten handelte Christian mit Edelsteinen, die mit Gold aufgewogen wurden. Mit gesenkter Stimme fuhr er im Gehen fort: »Auf der Zugbrücke habe ich sie gerade entgegengenommen.« Er schaute sich um und lüftete dann, als er sich unbeobachtet glaubte, seinen Umhang einen winzigen Spalt breit, so dass Uta das abgegriffene Wildledersäckchen, das unauffällig unter des Händlers Arm baumelte, sehen konnte. Sie nickte, als der Umhang seinen Schatz auch schon wieder verbarg.

»Habt Ihr Abdul al Hasin mein Schreiben überreicht?« Uta sprach von ihrer Zusicherung, dass der Händler noch eine weitere, vom Kaiser gestiftete Summe erhalten würde. Auch Christian bekäme noch eine angemessene Vergütung für seine Mühen.

Uta war sowohl für die Unterstützung der Naumburger als auch für die kaiserliche Schenkung dankbar, die sie zu Beginn der Fastenzeit erhalten hatte. Die Spenden hier in Naumburg deckten nur einen Teil des für die Ausmalungen benötigten Geldes ab, auch wenn sie nach wie vor einträglich flossen.

»Gewiss, Erlaucht«, bejahte der Schmuckhändler Utas Frage. »Er hat Euer Schreiben erhalten. Leider berichtete er mir auch von Überfällen, denen sich die Edelsteinhändler hier im Reich ausgeliefert sehen.«

Uta dachte sofort an Hermanns Händler, der ihnen den Lapislazuli ursprünglich beschafft hatte und danach beinahe genauso plötzlich wie Hermann verschwunden war. »Bittet Abdul al Hasin in unsere schützenden Mauern, Christian. Ich werde den Burgsaal wärmen und ihm und seinen Mannen zur Stärkung etwas auftragen lassen«, schlug sie vor, doch der Schmuckhändler winkte ab und erklärte: »Er ist schon weiter zum nächsten Handel, Richtung Speyer, lässt Euch aber seine Dankbarkeit und besten Grüße ausrichten.«

»Dann lasst uns die Steine zu Simon bringen«, schlug Uta in Erwartung der nun bald beginnenden Ausmalungen vor, die sie ein wenig von ihrer wachsenden Verzweiflung über die erfolglose Suche ablenkten. »Simon wird die Steine sorgfältig aufzubewahren wissen.« Die ersten frostfreien Nächte hatten sie bereits hinter sich gebracht. Vierzehn aufeinanderfolgende mussten es laut Simon sein, damit die Malerarbeiten beginnen und die Wände die Farbpigmente für die Ewigkeit in sich aufnehmen konnten.

Doch Christian, der schon am eigenen Leib erfahren hatte, dass sich unter den Besuchern und Pilgern in Naumburg auch Langfinger befanden, schüttelte den Kopf. »Verzeiht Erlaucht, aber ich vermute, dass es nicht genügen wird, wenn wir das edle Steinpulver einfach unter Simons Dielen legen.«

»Ihr habt recht.« Uta schaute zurück zur Westwand, wo sie eben noch Meister Joachim gesehen hatte. »Ich setze mich mit unserem Maurermeister in Verbindung. Joachim kann eine steinerne Truhe mit Schlössern in den Boden des Malerhauses mauern. Außerdem werde ich um absolute Verschwiegenheit bitten, was die Besitzungen in Simons Haus angeht. Ab heute wird er sein Haus verriegeln müssen.«

Der Schmuckhändler nickte. »So soll es geschehen, Erlaucht.« Christian verbeugte sich und wies seinen Beschützern den Weg zu Simons Haus an der Südmauer der Vorburg.

»Ich bin Euch für Eure unkomplizierte Hilfe zu großem Dank verpflichtet, Christian. Heute Abend werde ich für Euch und Eure Familie ein besonderes Gebet sprechen.« Gerade als Uta dem Schmuckhändler noch einmal freundlich zunicken wollte, ließ sie ein gellender Aufschrei zur Kathedrale zurückschauen. Vom Eingang aus blickte Meister Matthias sie erschrocken an. Der Schmuckhändler folgte Uta in das Gotteshaus.

»Raub!«, vernahm Uta eine männliche Stimme aus der Vierung und hielt auf die Menschentraube vor den Stufen zum

Ostchor zu. Ungläubig starrten die Anwesenden und nur wenig später auch Uta, die sich vor lauter Schreck die Hand vor den Mund presste, auf die Wand hinter dem Altar. Langsam stieg sie die Treppen zum Chor hinauf und ging um den Altar herum. Nur allmählich begriff sie, was ihre Augen längst erfasst hatten: Wo vorher feinste goldene Sterne auf azurblauem Himmel die Schönheit des Himmelreichs hatten erahnen lassen, fehlte nun jede Göttlichkeit. An den unzähligen Stellen, an denen gestern noch Sterne geleuchtet hatten, klafften nun dunkelgraue Löcher im darunterliegenden Putz.

Der Schmuckhändler und eine Gruppe Pilger bekreuzigten sich von den Chorstufen aus. Sie wagten nicht, sich der Unglücksstelle zu nähern.

Uta strich mit der Hand über die versehrten, der Sterne beraubten Stellen. Für sie war diese Tat ein Schlag ins Gesicht, hatte sich ihre trostlose Welt doch gerade erst wieder mit etwas Farbe zu füllen begonnen.

»Gestern Abend waren sie noch da!«, ergriff da der Schmuckhändler das Wort. »Unsere Kleine liegt mit hohem Fieber danieder. Gestern zu Sonnenuntergang habe ich hier für Gwendolin noch ein Gebet gesprochen und die heilige Plantilla um Beistand gebeten. Da funkelten die Sterne noch.«

Der Bäckermeister trat befremdet hinzu. »Wie kann jemand so etwas Heiliges, so etwas Schönes entfernen, Erlaucht?«

Panisch griff sich der Schmuckhändler unter den Arm, um erleichtert festzustellen, dass das Wildledersäckchen von Abdul al Hasin noch da war.

»Nicht jemand, sondern der Herrgott selbst ist dafür verantwortlich«, ließ sich da eine bange Frauenstimme vernehmen.

Uta konnte deren Besitzerin nicht so schnell ausmachen.

Da gab sich die Frau auch schon zu erkennen. Es war Ramona, die Ehefrau des Schmuckhändlers, die sich auf ihre forsche Behauptung hin nun nervös umschaute.

»Der Herrgott selbst? Wie meint Ihr das, gute Frau?«, wollte Uta wissen.

Ramona schaute zu ihrem Mann, der noch unschlüssig schien, was er glauben sollte und was nicht. »Es ist nur …«, begann sie zaghaft. Alles in ihr sträubte sich dagegen, die Markgräfin in Schwierigkeiten zu bringen, doch ihre Verpflichtung gegenüber dem Gemeinwohl wog schließlich schwerer. »Ich habe etwas gehört«, presste sie hervor.

»Was habt Ihr gehört? Berichtet es mir offen und ehrlich.« Uta begab sich zu der Menge in die Vierung. Vertraulich legte sie Ramona ihre Hand auf den Rücken, um sie zum Sprechen zu ermuntern.

Diese schaute hilflos in die vielen Gesichter, die nun erwartungsvoll auf sie gerichtet waren. Ihr versagte die Stimme.

Der Gerbermeister sprach an Ramonas statt weiter, nachdem Uta es ihm gestattet hatte. »Sie sagen, dass Gottes Zorn auf unserer Kathedrale lastet, weil …«, er schluckte. Auch er wollte den schlimmen Verdacht, den sie bisher nur in ihren Kammern und hinter vorgehaltener Hand weitergetragen hatten, nur ungern aussprechen. »Jemand aus unseren Reihen soll einer königlichen Anweisung zuwidergehandelt haben.« Beschämt senkte der Gerbermeister den Kopf.

»Königliche Anweisung.« Wie vor den Kopf gestoßen wandte Uta sich von Ramona und dem Gerbermeister ab und legte unvermittelt ihre Hand auf den Malachit unter ihrem blauen Gewand. Dass jemand anderes als Alwine, Katrina und Erna von der Exhumierung wissen konnte, war unmöglich!

»Wer setzt denn solche Gerüchte in die Welt?«, entfuhr es Matthias ungehalten. »Niemand würde es wagen, das Heil unserer Kathedrale aufs Spiel zu setzen. Zehn harte Jahre haben wir an ihr gebaut.«

Uta sah nun, dass auch Arnold und Erna zur Menge gestoßen waren. »Das kann nicht sein«, sagte sie verwirrt.

»Verehrte Markgräfin«, nahm Beate all ihren Mut zusammen und trat vor ihren Mann Volkmar, den Wirt der Schenke *Zum wilden Eber*. »Man sagt, dass Ihr den Körper des toten Hermann von Naumburg aus seinem Grab geholt habt.« Sie senkte den Blick, weil sie die Burgherrin mochte und ihr jedes Ungemach gerne ersparen wollte.

Als der Name des Geliebten fiel, zuckte Uta zusammen. Es war selten geworden, dass ihn noch jemand aussprach.

Schlagartig herrschte erdrückendes Schweigen in der Kathedrale. Die Blicke der Versammelten zeigten Unentschlossenheit und Beklemmung. Nur wenige wagten, Uta direkt in die Augen zu schauen.

Unsicher darüber, ob sie all den Menschen die Wahrheit verschweigen sollte, die ihr seit Jahren treu zur Seite standen, blickte Uta von einem zum anderen. »Es ist wahr«, sagte sie schließlich mit sicherer Stimme und straffte sich, »ich habe entgegen der Anweisung unserer königlichen Hoheit exhumiert. Ich hatte den Verdacht, dass der Tote nicht, wie von allen angenommen, Erlaucht Hermann ist.« Uta bemerkte, dass der beklommene Ausdruck in den Gesichtern der Umstehenden nunmehr tiefer Verwirrung wich. »Bei einer genaueren Betrachtung des Körpers habe ich herausgefunden, dass der Tote weder Hermann von Naumburg ist, noch dass es sich um eine Selbsttötung handelt«, erklärte sie und vermied dabei bewusst, Alwines Namen zu nennen. »Wir alle sind einem Schwindel aufgesessen. Und Erlaucht Hermann lebt sehr wahrscheinlich noch.«

»Erlaucht Hermann lebt noch?«, flüsterten einige ungläubig durcheinander. Auch Meister Matthias schaute Uta mit fragendem Gesichtsausdruck an.

»Ja«, entgegnete Uta laut. »Davon gehe ich aus!«

Der Bäckermeister bat darum, sprechen zu dürfen. »Aber der König hatte es verboten«, meinte er und hätte sich danach am liebsten auf die Zunge gebissen. Vor dem heutigen Tag hatte er noch nie gewagt, das Wort an die Markgräfin zu richten. Aber zuvor hatte er auch noch nie einer solch unglaublichen Begebenheit beigewohnt.

Uta sah, wie er sich in einer Geste der Verzweiflung die großporige, rote Nase rieb.

»Es gab aber keinen anderen Weg, um die Wahrheit herauszufinden«, entgegnete sie. »Es geht um das Leben Eures einstigen Burgherrn. Befürwortet ihr denn nicht auch, dass Wahrheit anstatt Lug und Trug herrschen?« Bedeutungsschwer wanderte ihr Blick von einem Naumburger zum anderen.

Beschämt senkten die Angesprochenen die Köpfe. Einige nickten dabei, andere schienen unschlüssig.

Der Wirt wischte sich nervös über die Stirn und nuschelte seiner Frau ins Ohr: »Wie soll ich denn ein Wirtshaus führen, das auf verdammtem Boden steht? Wahrheit hin oder her. Kein Gast wird mehr bei mir speisen wollen, wenn die Nachricht von Gottes Strafe erst einmal die Runde gemacht hat.« Auch ihn hatten die Gerüchte über den Frevel erreicht, und er war erleichtert, nun den wahren Grund für allen Unbill erfahren zu haben.

»Sie sehen aus wie die Augen des Bösen.« Ein Greis aus der größer gewordenen Pilgergruppe zeigte mit seinem knöchrigen Finger zur Altarwand.

»Das kann nicht sein«, entgegnete Uta mit einem Kopfschütteln und wandte sich der Wand hinter sich zu. Aber je länger sie auf die abgeschlagenen Stellen an der Altarwand blickte, desto mehr meinte sie selbst Augen in ihnen auszumachen, die anklagend und starr auf sie gerichtet waren.

»Wir haben trotzdem Angst, dass Gottes Zorn sich hier offenbart hat!«, rief jemand von hinten, eine klare Frauenstimme, die Uta aber keiner bestimmten Person zuordnen konnte. Erneut brach Unruhe aus.

»Dafür besteht kein Grund«, wandte sich Uta wieder an die

Menschen vor den Chorstufen. »Bitte urteilt nicht voreilig. Gott hat uns geholfen, diese Kathedrale zu bauen. Er würde sie nie zerstören. Unser Gott ist milde und gütig. Vermutlich hat sich ein Neider oder ein verwirrter Mensch an der Wand zu schaffen gemacht.«

Uta sah zu Erna, die angsterfüllt auf die dunkelgrauen Löcher an der Altarwand zeigte.

»Wenn dies ein Werk von Menschenhand ist, würden sich Spuren finden lassen«, fuhr Volkmar auf und machte damit Utas Versuch, die Leute zu beruhigen, wieder zunichte. »Eine Steighilfe, Abschlag vom Mauerwerk oder Ähnliches.«

Uta war sprachlos. So aufrührerisch hatte sie die Naumburger noch nie zuvor erlebt. »Ich werde den Vorfall aufklären«, versprach sie. Vielleicht, so grübelte Uta weiter, waren die Augen an der Wand ja gar keine Drohung, sondern eine Aufforderung, genauer hinzusehen. Und dies auch im Hinblick auf Hermann. Bei diesem Gedanken fuhr sie zusammen und wandte sich von der Menge ab. Vielleicht hatte sie sich ja wirklich in ihrer Hoffnung auf eine gemeinsame Zukunft verrannt und Hermann tatsächlich als Mönch oder Stiftsherr Einsamkeit in der Ferne gesucht? War die Schenkung seiner guten Gewänder an einen Frierenden vielleicht eine mildtätige Gabe, der erste Schritt zurück in ein klösterliches und damit gottgefälliges Leben gewesen?

»Geht an Eure Arbeit zurück«, drängte Matthias die Umstehenden, nachdem er die geistesabwesende Burgherrin eine ganze Weile von der Seite betrachtet hatte.

»Es gibt genug zu tun!«, unterstützte ihn Meister Joachim und begann, einige Menschen in Richtung Tür zu schieben.

Erna schaute von der grauen Wand hinter dem Altar zu Arnold und griff erschrocken nach seinem Arm. »Gottes Zorn wird auf uns alle hier fallen, sollten wir seine Wahrheit nicht beherzigen«, flüsterte sie ihm nun jene Worte ins Ohr, die sie seit dem

Besuch des Königs nicht mehr losgelassen hatten. »Lass uns gehen, bitte.«

* * *

Hinter steinernen Wänden war er in Dunkelheit versunken. Seine Lippen waren rissig, verkrustet und wie von Lehm zusammengehalten. Die einzigen Geräusche, die an seine Ohren drangen, waren das Pfeifen des eisigen Windes und das Rauschen der Baumkronen. Er hatte gesündigt, und er bereute.

Gott hatte ihn in diese Höhen geführt. Um Absolution zu erhalten, hatte er sich vollständig in dessen Hände begeben. Allein durch den Höchsten konnte er Befreiung erlangen. In den Nächten hielt er Zwiesprache mit den Heiligen, den Aposteln und der Dreifaltigkeit.

Sonne und Mond – eine Erinnerung an seine vergangene Existenz. Der Boden erwärmte sich langsam, was ihn vermuten ließ, dass die Fastenzeit bald begann.

Nahrung reichten sie ihm durch eine Luke herein.

Niemand zwang ihn, seinen Raum – ganze sechs Schritte lang und in etwa genauso breit – zu verlassen. Wurzelwerk eines nahen Baumes ragte aus dem noch feuchten Boden empor.

Er war dem Allmächtigen dankbar dafür, dass ihm hier Ruhe vergönnt war und er geschützt vor … nicht einmal in Gedanken wagte er, ihren Namen auszusprechen.

Er hatte sie verlassen müssen.

* * *

Es gäbe überaus Wichtiges mit Äbtissin Adelheid in Vreden zu klären, hatte sie Schwester Margit verkündet und damit ihre Abwesenheit für die nächsten Tage begründet.

Ein Schleimpropfen aus ihrer Vulva, ähnlich schmerzhaft wie

ihr Monatsfluss, hatte sie dazu gebracht, die Reise abrupt anzutreten. Doch anstatt sich nach Vreden zu begeben, war sie zu den karg besiedelten Unstrutauen geritten. Die eifrige Bebette konnte sie problemlos im Kloster zurücklassen, ohne dass Chaos ausbrach. Auch lenkten *die Augen des Bösen* die Aufmerksamkeit dieser Tage auf den Burgberg und die Kathedrale. Innerhalb der Burgmauern sprach man kaum noch von etwas anderem als der von unsichtbarer Hand verschandelten Altarwand.

Notburga erlaubte sich ein boshaftes Lächeln angesichts dieser Entwicklung. Zudem würde sie sowieso bald zurück im Kloster sein und die Zügel wieder fest in die Hand nehmen. Zwei Tage war sie nun schon auf dem Rücken einer der Klosterstuten unterwegs, um Naumburg entlang der Unstrut den Rücken zu kehren. Das heftige Ziehen in ihrem Unterleib hatte an diesem Morgen begonnen und kehrte inzwischen in immer kürzeren Abständen wieder. Menschen waren ihr, schon bevor sie in den nicht enden wollenden Wald hineingeritten war, seit dem Mittag nicht mehr begegnet.

Notburga blickte erneut an ihrem Leib hinab. Seine Wölbung, die ihr bei anderen Schwangeren am Ende der Tragezeit wesentlich größer erschien, hatte sie nicht daran gehindert, die Stute kräftig anzutreiben. Notburga freute sich darüber, wie vortrefflich es ihr gelungen war, von ihrer Schwangerschaft abzulenken. Mit ihrer Erklärung, über einen gesegneten Appetit zu verfügen, hatte sie neugierige, besorgte Fragen abwiegeln und ihre Gewänder mit einer zusätzlichen Bahn Stoff und geschickten Nadelstichen weiten können. Zumindest dafür war die ständige Stickerei in ihrer Kindheit gut gewesen. Nicht einmal die scharfsinnige Bebette schien etwas bemerkt zu haben. Ein erfreuliches Zeichen, hatte die Schwester doch selbst zwei kräftigen Jungen das Leben geschenkt.

»Schhh …«, zischte Notburga, als erneut ein Ziehen durch ihren Unterleib fuhr. Zu schreien hatte sie sich untersagt, um nur ja niemanden auf sich aufmerksam zu machen.

Als der Schmerz nachließ, schaute sie sich um. Der Pfad hatte deutlich an Breite verloren, und der zuvor feste Boden verschlang die Hufe ihres Pferdes nun mit jedem Schritt gieriger. Zudem roch es zunehmend modrig. Sicherlich nicht der bevorzugte Ort für Reisende oder umherstreunendes Gesindel. Der Gestank, das Gestrüpp und die hohen Tannen boten die besten Voraussetzungen, um von keiner Menschenseele überrascht zu werden.

Noch bevor sie es sich versah, war ihre Stute bis zur Ferse in den schlammigen Boden eingesunken. Ungehalten zerrte Notburga an deren Zügel, bis sich das Tier, unter den Befehlen seiner Reiterin und nach mehreren Anläufen, endlich aus dem Schlick befreien und weitere Schritte tun konnte.

Ein stechender Schmerz ließ Notburga bald darauf erneut anhalten. Sie nahm eine Hand vom Zügel, schob ihren Umhang beiseite und fasste sich an den Bauch. Als sie spürte, dass ihr etwas Feuchtes die Beine hinablief, presste sie die Oberschenkel fester zusammen und zog die Zügel an, so dass die Stute antrabte. Sie musste vorankommen.

Gerade einmal ein Dutzend Bäume weiter entlockte ihr eine weitere Wehe ein halberstricktes Stöhnen. »Weiter!«, stieß sie zwischen den Zähnen hervor und schnalzte ihrem Tier zu, obwohl die Schmerzen diesmal nicht vergehen wollten. Doch jeder Schritt, der sie weiter von Naumburg wegtrug, bedeutete für sie und ihre Stellung im Moritzkloster mehr Sicherheit. Sollte dagegen jemand etwas von der Geburt des Kindes mitbekommen, verlor sie alles, was ihr wichtig war: ihre Stellung und Macht als Äbtissin, eine geheizte Kammer und den Kontakt mit kaiserlichen Kreisen.

Mit blutleerem Gesicht und gelockertem Haarband erreichte Notburga schließlich eine Stelle, an der es – zumindest hoch zu Ross – nicht mehr weiterging. Zu eng standen die Bäume und schlossen sie ein. Ein heftiger Druck im Rücken zwang Notburga, sich nach vorne zu beugen. Sie klammerte sich an den Hals der Stute. Kraftlos rutschte sie vom Pferd. Der Schmerz wanderte vom Rücken in ihren Bauch. Notburga war, als wolle sich das Kind seinen Weg an der Wirbelsäule entlang nach draußen bahnen. Ihr wurde schwindelig, und sie drohte, in die Knie zu sinken. Ihr Atem ging schneller, und sie beugte den Oberkörper noch etwas weiter nach vorne, um den kraftraubenden, heftigsten Schmerz, den sie je erlebt hatte, leichter zu ertragen.

Beim nächsten Ziehen, das noch stärker als die vorangegangenen war, hielt sie die Luft an und kniff die Augen zusammen, damit sie ihr nicht aus den Höhlen sprangen. Es schien ihr unendlich lange zu dauern, bis das Ziehen wieder nachließ. Als der Schmerz sich etwas linderte, band sie die Stute fest, nestelte ein Messer aus der Satteltasche und machte ein paar Schritte in den unwegsamen, pfadlosen Wald hinein.

Der Schweiß lief ihr in Strömen die Schläfen hinab. Sie wischte sich die Stirn mit dem Ärmel und ging weiter. Die Enge der Bäume verlor sich etwas und wich niederem Gebüsch. Noch in Sichtweite ihres Pferdes wurde sie vom nächsten Stechen in der Bauchgegend zum Stehenbleiben gezwungen. Reflexartig legte sie eine Hand auf ihren Bauch, der ihr nun verhärtet vorkam. An den Beinen spürte sie die letzten Tropfen des Fruchtwassers hinabrinnen. »Noch weiter weg von Naumburg«, sprach sie und biss die Zähne zusammen.

Vor mehreren nahezu im Kreis gewachsenen Nadelbüschen blieb sie stehen. Die nächste Wehe durchflutete sie wie eine gewaltige Welle, die ihren Unterleib von innen nach außen zu stülpen schien. Gleichzeitig zog sich ein Gürtel derart fest um ihren Oberkörper, dass sie kaum noch atmen konnte. Ihr war, als drängten Harn und Kot gleichzeitig aus ihrem Körper. Mit letzter Kraft beugte sich Notburga vornüber und übergab sich. Sie schwitzte so sehr, dass sie ihren Umhang löste. Schließlich fand sie Halt an einer Tanne, das Messer hatte sie daneben fallen gelassen. Mit einer Hand schob sie ihr Gewand nach oben und ging dann leicht in die Hocke. So ließ sich der Schmerz besser ertragen.

Beim nächsten Krampf spürte sie einen derart überwältigenden Druck ihr Becken sprengen, dass sie nicht anders konnte, als den Namen des Allmächtigen in die Stille des Waldes zu zischen. Warum erhörte er sie denn nicht endlich und zog ihr diese unsägliche Frucht aus dem Leib? Ihre rechte Hand war schon ganz verkrampft, und scharfe Rindenstücke drangen ihr unter die Nägel. Sie wollte nur noch eins: Gebären – doch da war die Wehe auf einmal vorüber. »Allmächtiger!«, drohte sie und vergaß all ihre Vorsätze, sich ruhig zu verhalten. »Nimm es endlich aus mir raus! Ich befehle es dir!«, rief sie laut aus.

Zuletzt wusste sie nicht mehr zu sagen, mit wie vielen weiteren Befehlen sie den Allmächtigen noch zu bewegen versucht hatte, sie von der Last ihrer Leibesfrucht zu befreien. Nach einem Kreischen – unterbrochen von heftigem Atmen – sah sie schließlich den Kopf des Kindes zwischen ihren gespreizten Beinen herauskommen. Mit einem Schwall trüben Wassers waren dann auch die Schultern und der Rest des winzigen Körpers aus ihrem Unterleib gerutscht und auf den Waldboden geglitten. So war dabei noch tiefer in die Hocke gegangen. Weitere Wehen durchzogen Notburgas Körper. Wieder umklammerten ihre Hände den Stamm, drückte sie erschöpft ihre Wange an seine kantige Rinde. Etwas in ihr wollte weiterpressen. Waren es etwa zwei? Schon glitt jedenfalls etwas Dunkelrotes und Lappiges nach weiteren Wehen aus ihr heraus und auf das Neugeborene hinauf.

Notburga atmete mehrmals heftig durch. Langsam kehrte so etwas wie Frieden in ihren Unterleib zurück, ihr Inneres beruhigte sich. Notburga löste ihre Hände vom Baum. Angeekelt schob sie die Nachgeburt von dem winzigen Menschlein zwischen ihren Füßen weg. Dann griff sie nach dem Messer neben der Tanne und durchtrennte mit ihm die spiralförmig gewundene Verbindung zwischen Kindsnabel und dem ekeligen Gebilde, genau wie sie es einst im Keller von Schwester Alwine gelesen hatte.

Erschöpft sank Notburga auf den kühlen Waldboden neben ihr Kind. Langsam beruhigte sich ihre Atmung.

In die Ruhe des Waldes und die stumme Erschöpfung der Gebärenden hinein begann das Neugeborene, kaum hörbar zu husten, als stecke ihm etwas im Hals.

Das Messer noch immer in der Hand stemmte Notburga sich hoch und schaute auf das nun wieder stumme, blutrote Bündel neben sich. »Was willst du denn noch?«, sagte sie gereizt und zog ihren blutdurchtränkten Umhang unter sich hervor. Den Blick auf den Umhang gerichtet, wickelte sie das Kind darin ein und legte ihm die freie Hand auf den Mund. Zu Notburgas Überraschung verstummte es bei ihrer Berührung sofort.

Sie betrachtete es genauer.

Ihr Blick verlor dabei an Härte.

Sie nahm es hoch, das Messer mit der Schneide von seinem Rücken abgewandt. »Die Schönheit hast du von deiner Mutter geerbt«, kommentierte sie mit heiserer Stimme, auch wenn der Kopf des Kindes leicht gequetscht war und sich eine Mischung aus Schleim und Blut darüberzog.

Als Notburga begriff, was sie soeben gesagt hatte, legte sie das Neugeborene sofort wieder ab. Hatte sie sich doch tatsächlich gerade als Mutter bezeichnet! Was für ein hirnrissiger Gedanke!, schalt sie sich. Notburga begann, sich das Blut mit feuchtem Moos von den Oberschenkeln und Händen zu reiben. Erst jetzt fiel ihr auf, dass sie über der Geburt gar nicht bemerkt hatte, dass die Dämmerung hereingebrochen war.

Notburga ging zu einer Stelle, an der die letzten Strahlen des Tages noch auf den Waldboden fielen. Auch wenn ihr dieses Recht als Äbtissin nicht zustand, taufte sie ihr Neugeborenes dort mit wenigen Worten und einer segnenden Handbewegung und legte es dann auf den weichen Waldboden inmitten der kreisrund angeordneten Nadelbüsche.

Mit langsamen Schritten und die Finger um das Geburtsmesser gekrampft, hielt Notburga auf ihre Stute zu.

Auch als ein erster Schrei ihres Kindes an ihre Ohren drang, schaute sie nicht mehr zurück.

* * *

Die Fastenzeit und die Osterfeierlichkeiten waren in diesem Jahr verhalten ausgefallen. Die heilige Messe hatte Bischof Kadeloh in der Marienpfarrkirche gelesen, damit die Vorbereitungen für den Beginn der Ausmalungen nicht gestört wurden.

Der Tag nach dem Osterfest war für den ersten Pinselstrich bestimmt worden. Die Pigmentbreie schimmerten in Schalen und Trögen auf den Tischen vor den Gerüsten. Darunter befand sich in bereitgestellten Eimern ausreichend Wasser zur Verdünnung.

»Womit werdet Ihr beginnen, Simon?«, fragte Bischof Kadeloh, der neben Uta und einer Gruppe Maler durch das Langhaus der Kathedrale schritt.

Auf diese Frage hin blieb der Maler stehen und entrollte ein übergroßes Pergament, das die Entwürfe enthielt. »Wir beginnen auf beiden Langhauswänden gleichzeitig mit der *Himmelszone*.« Simon zeigte auf den oberen Bereich des Pergaments und deutete dann zur Fensterreihe der nördlichen Langhauswand zu seiner Linken hinauf, die hinter dem wuchtigen Holzgerüst zum Vorschein kam. »Von der *Himmelszone* arbeiten wir uns über die *heilige Zone* zur *Erdzone* abwärts, Exzellenz.«

Bischof Kadeloh schaute auf das Pergament, welches die gesamte Wand zeigte, die in drei horizontale Teile gegliedert war. Der untere Teil bestand aus den Pfeilern, die die Wand trugen und über Rundbögen miteinander verbunden waren. Auf den mittleren Wandbereich fiel, stellte Uta nun fest, als sie die Steinwand musterte, beim aktuellen Sonnenstand das meiste Licht aus der oberen Fensterreihe von gegenüber. Der höchstgelegene Bereich der Langhauswand reichte von den Fenstern bis unter das Dach.

»Sobald wir in der *heiligen Zone* angekommen sind«, fuhr Simon fort und deutete auf den mittigen Wandbereich, »werden die Flechtstränge, die Rahmen für das Bildprogramm, gemalt. Erst danach folgen die eigentlichen Bildwerke.«

»Also vom Einfachen zum Komplizierten«, schlussfolgerte Uta und war kurz abgelenkt von den Malerburschen, die vorfreudig pfeifend einige Tröge mit Sumpfkalk hereinbrachten. »Erst der Hintergrund, dann die Architektur, gefolgt von den Figuren.«

Simon hatte bei Utas Worten genickt und deutete nun auf die Pfeiler. »Die Ausmalung der *Erdzone* gestaltet sich unkompliziert. Sie wird ausschließlich von den Dekorationsmalern beendet, so dass die Figuristen bereits an der Westwand mit der Majestas Domini, dem schwebenden Christus, beginnen können.«

Bischof Kadeloh betrachtete die Entwurfszeichnungen in Simons Händen noch einmal genauer. »Wie lange, schätzt Ihr, Simon, werdet Ihr und Eure Maler brauchen, bis ihr mit allem fertig seid?«

Simon blickte in die vorfreudigen Gesichter seiner Malerjungen, die Pinsel und Rötelbalken von der Dicke eines schmalen Frauenfingers bereits an ihren Gürteln trugen und darauf brannten, endlich malen zu dürfen. Für seine Werkstatt hatte er überwiegend junge Talente ausgewählt – die älteren Maler trennten sich nicht mehr gerne von ihren Familien, was die Ausübung des Handwerks jedoch häufig verlangte. »Ich denke, dass wir in sechs Mondumläufen durch sein sollten, Exzellenz.«

Da kam Matthias vom Gerüst im zweiten Joch zu ihnen herüber. Die Aufgaben des jungen Meisters bestanden darin, immer wieder die Standhaftigkeit der Gerüste zu prüfen und die mit dem heutigen Tage beginnenden Weißungen der bildlosen Seitenschiffwände und Querhausarme zu überwachen.

»Das Gerüst an der südlichen Langhauswand steht mit allen seinen sechzehn Beinen fest auf dem Boden«, berichtete er, nachdem er Uta und Bischof Kadeloh begrüßt hatte, und machte sich gleich danach zur gegenüberliegenden Langhauswand auf.

Uta betrachtete das Mauerwerk hinter den Gerüsten. Der grobe Putz zeigte sich überwiegend weißlich und glatt. Sie konnte die Einteilungen der Flächen in die drei waagerecht verlaufenden Zonen deutlich von unten erkennen. Außerdem traten in der *heiligen Zone* die Skizzen für die Figuren und die mit Rötel vorgenommene Einteilung in Tagewerke sichtbar hervor. Wie ein mit unterschiedlich großen, voneinander abgegrenzten Flächen geknüpfter Teppich sah die *heilige Zone* aus. Uta meinte von unten sogar, die Grenzfurchen der drei Bilder zu erkennen. Simon hatte sie mittels Schnurschlag erzeugt. Die letzte Furche war an einem der Abende entstanden, bevor der König nach Naumburg gekommen war. Uta hatte Simon dabei zugesehen, um sich abzulenken und nicht so schnell wieder allein in ihre Kemenate zurückzumüssen. Simon und zwei seiner Maler hatten eine senkrecht verlaufende Schnur zwischen der zweiten und dritten Bildfläche gespannt und sie in den noch feuchten Putz gepresst, um sie dann während des Trocknungsprozesses wieder zu entfernen und ihren Abdruck als Orientierungslinie verwenden zu können.

»Dann sollten wir nun dazu übergehen, das erste Tagewerk zu segnen«, erklärte Bischof Kadeloh und legte die Pergamente auf einen der Tische mit den Farbtrögen. Als Segnungsstelle hatten sie das äußerste Fenster im ersten Joch an der südlichen Langhauswand auserkoren.

»Dann lasst mich vorgehen, Exzellenz, Erlaucht.« Simon bedeutete Kaspar und einem der Dekorationsmaler, den Trog mit der Farbe hochzuschaffen.

Bischof Kadeloh ließ sich das Weihwasser reichen, um es persönlich zur Segnungsstätte zu tragen. Schon in unzähligen Gotteshäusern nördlich und südlich der Alpen hatte er gepredigt, gesegnet und verkündet. Auf ein freistehendes Gerüst war er dazu allerdings noch nie geklettert.

Das Gerüst bestand aus fünf Etagen, von denen aus die Maler jedes Wandstück bequem erreichen konnten. Jede Gerüstebene war mit Holzbrettern ausgelegt und enthielt an drei Stellen entlang der Wand Auf- und Abstiegslöcher mit Leitern, welche die Geschosse miteinander verbanden.

Die Segnungsgruppe, allen voran Simon, gefolgt von Bischof Kadeloh, Uta und der vollzähligen Malergruppe, erklomm die ersten Stufen. Das Holz der Streben knarzte, dennoch schwankte das Gerüst nur unwesentlich.

Bischof Kadeloh reichte Uta die Hand, um ihr sicheren Halt beim Übertritt von der Leiter auf den ersten Gerüstboden zu geben. Ohne zu zögern, griff Uta nach der bischöflichen Hand und landete mit Schwung auf der ersten Ebene.

Sie kletterten weiter hinauf.

Auf dem dritten Boden – auf Höhe der *heiligen Zone* – angelangt, schloss Uta in einem unbeobachteten Moment die Augen. So nahe war sie dem Zentrum der Kathedrale lange nicht mehr gewesen. Vorsichtig strich sie über die Vorzeichnung eines Engels und stellte sich vor, wie hier schon bald die Geburt Christi im Stall leuchten würde. Ganz klar sah sie Chris-

tus in der Krippe vor sich, auf dessen mittige Position sich alle
weiteren Figuren des Bildes bezogen. Da waren Joseph und
Maria, die einzigen Menschen im Bild, die dem Geborenen
huldigten. Der Ochse als Sinnbild des Judentums und der un-
reine Esel, der das Heidentum symbolisierte, reckten beide die
Hälse über den Rand der Krippe und führten ihrem Betrachter vor Augen, dass Juden und Heiden gleichermaßen zum
Volke Gottes berufen wurden. Hinter den Tieren waren die
Umrisse der fernen Stadt Bethlehem mit Türmen und einer
dicken Mauer zu sehen, daneben huldigten zwei Engel dem
Jesuskind. Wenn doch Hermann nur all dies sehen könnte.
Schließlich hatte er den Bilderzyklus mit erarbeitet. Uta
schaffte es, die Lider wieder aufzuschlagen, bevor ihre Gedan-
ken zu der nach wie vor erfolglosen Suche nach ihm abglitten.
Die Maler hinter ihr hatten inzwischen angehalten, und einige
standen nun auf der Leiter, ohne dass es weiterging.
Uta wandte sich zu ihnen um, sie musste sich tatsächlich kurz
in ihrer Tagträumerei verloren haben! Schwungvoll setzte sie
ihren Weg daraufhin fort.
Je höher sie gelangten, umso heller wurde es. Die Fenster der
Himmelszone spendeten kostbares Licht.
Bischof Kadeloh und Uta traten an die linke Seite des Fensters, Simon und seine Maler an die rechte.
Der Malgrund – feinkörnigster Kalkputz – war erst am Morgen für das erste Tagewerk aufgetragen worden, damit die goldene Spanne exakt in den Zeitraum der Segnung fiel. Die frisch
verputzte Fläche glich einem Rechteck und war an den Kanten
schräg abgezogen. In den Kalkgruben zwischen Kathedrale
und Marienpfarrkirche waren in den vergangenen Tagen die
besten cremigen Farbbreie entstanden, die nun in Schalen und
Trögen auf ihre Vermalung warteten.
Simon prüfte zunächst die Versteifung des Malgrundes, indem
er – genau wie Uta es einst im Malerhaus schon beobachtet

hatte – mit dem Finger auf den Feinputz drückte. Der Malgrund gab nicht mehr wesentlich nach und ließ sich auch nicht mehr mit dem Pinsel aufrauhen. Simon nickte dem Bischof daraufhin auffordernd zu: Maler und Malgrund waren bereit. Worauf der Bischof segnend die Hand vor das Fenster hob. »Herrgott, wir bitten dich, die Malereien in deinen Dienst zu nehmen.«

Simon ließ sich die Rundbogenschablone reichen, die sie von nun an für die Vorzeichnung aller Fensterbänder verwenden würden. Das Fenster sollte durch einen dunkleren Blauton und eine breitere Rahmung als Quelle des Lichtes besonders betont werden. Der Hintergrund der *Himmelszone* um die Fensterreihe herum würde ein helleres Blau erhalten. Simon hielt dem Bischof die Schablone entgegen.

Der besprenkelte sie mit Weihwasser und sprach: »Der Herr schenke euch die Gnade der Formschönheit.«

Simon zog einen Rötelbalken aus seinem Gürtel, legte die Schablone am Scheitelpunkt des Fensters an und begann, die erste Vorzeichnung für die Fensterrahmung, die durch die frische Putzschicht überdeckt worden war, erneut aufzutragen. Fließend ging sein Linienwerk in die alten Vorzeichnungen außerhalb des frischen Feinputzes über.

Seit ihrem letzten Auftrag in Mailand waren Simons Maler so geschult, dass sie die Vorzeichnungen selbständig ausführen konnten und Simon sie lediglich noch vollenden musste. Anlässlich der Segnung wollte er sich das Vorzeichnen aber nicht nehmen lassen.

»Die Ausmalung soll allen, die sie anschauen, zum Heil gereichen«, fuhr der Bischof fort.

Der Rahmen, der von links nach rechts um das gesamte Fenster herum verlief, prangte nun im erdigen Rot des Rötels als durchgängig feine Linie an der Wand. Simon reichte die Schablone an Kaspar weiter, der sie – von Bischof Kadeloh persönlich gesegnet! – bis zum Ende des Segnungsaktes stolz wie eine Monstranz vor sich hinhielt.

Als Nächstes ergriff Simon ein hölzernes Lineal und zeigte es herum. Bischof Kadeloh besprenkelte auch dieses mit Weihwasser. »Der Herrgott möge Euch mit Geradlinigkeit segnen.« Uta lächelte beim Gedanken an die Doppeldeutigkeit des Segensspruches und schaute kurz ins Langhaus hinab, wo der geschrumpfte Meister Matthias einige seiner Lehrbuschen anwies. In der Vierung machte sie Leute aus, die mit offenen Mündern vor dem geschändeten Altarbild knieten. Alles wird sich klären, sprach sie sich Mut zu, auch hinter Camburg können wir Hermann noch finden!

Unter den aufmerksamen Blicken seiner jungen Maler zeichnete Simon erst an der linken, dann an der rechten Seite des Fensters je eine weitere Linie vor. Die Vorzeichnung des Fensterrahmens stellte sicher, dass er die Fensterwangen exakt mit dem dunkleren Sommernachtsblau ausfüllte, welches ihn an die Augen seiner verstorbenen Frau erinnerte.

Uta wiederum erinnerte die blaue Farbe mit ihrem geheimnisvollen Grünschimmer, in die Simon nunmehr seinen breiten Pinsel eintauchte, an die Spiegelung des Himmels in der Unstrut. Nun trat Simon ganz nah vor die linke Fensterwange.

Uta hielt die Luft an, als er den Pinsel über seinem Kopf sicher an der vorgezeichneten Linie hinabgleiten ließ und damit den ersten nicht weißen Pinselstrich auf dem Mauerwerk der Kathedrale zog. Das Blau verwandelte sich in eine fast traurige Blässe, genauso wie einst das Grün beim Auftrag in Simons Behausung seine ursprüngliche Leuchtkraft zunächst verloren hatte. Ohne zu atmen, verfolgte sie, wie der hochgewachsene Maler den Pinsel in einer einzigen fließenden Bewegung die Wand bis zu jener Stelle hinabführte, an der der frische Feinputz auslief. Erst als er unten angekommen war, holte Uta erneut Luft.

Auch Bischof Kadeloh schien von Simons Können angetan. Dem ersten Pinselzug folgten weitere, bis die linke Fensterwange komplett ausgemalt war. Zum Schluss trat Simon zur Seite und gab auch seinen Malern den Blick auf sein Werk frei. Bischof Kadeloh begab sich vor die noch blassblaue Fläche, machte das Kreuzzeichen und besprenkte sie ebenfalls mit Weihwasser. »Gott bewahre das Kunstwerk und seine Erschaffer vor Gefahren und lasse es gelingen.«

Nach einem gemeinsamen Gebet machten sich Uta und der Bischof an den Abstieg, gefolgt von einigen Malern, die zu ihrer Arbeit an die gegenüberliegende Langhauswand zurückkehrten. Wieder steinernen Boden unter den Füßen, kam auch schon Meister Matthias auf Uta zu, der mit Hilfe seiner Lehrburschen gerade noch das Gerüst vor der Westwand mit zusätzlichen Bodenbrettern verstärkt hatte. »Geht es Euch gut, Erlaucht?«, fragte er und vermochte seine Bewunderung ob der Kühnheit der Kathedralherrin, das Gerüst bis zur *Himmelszone* hinaufzusteigen, nur mühsam zu verbergen.

Uta überlegte kurz, ob sie die Wahrheit sagen sollte, entschied sich dann aber für eine mehrdeutige Variante. »Gewiss geht es gut«, antwortete sie, was zumindest für die Momente, in denen sie mit der Planung und Begleitung der Ausmalungen beschäftigt war, zutraf.

Matthias sah, dass Utas Blick auf das löchrige Himmelszelt im Ostchor fiel. Ihm schlug das Herz bis zum Hals, als er vorschlug: »Sollten wir es nicht so schnell wie möglich ausbessern, Erlaucht?« Wie sehr er sich doch wünschte, sie einmal länger anschauen zu dürfen.

»Darüber habe ich auch schon nachgedacht«, entgegnete Uta, ohne den Blick von den Auslöschungen hinter dem Altar zu nehmen. Eine Gelegenheit, die Matthias sofort nutzte, um sie intensiv zu betrachten. »Würdet Ihr dies noch mit Simon besprechen?«

Der Meister nickte gleich mehrmals und schaute sofort betreten zur Seite, als sich sein Blick mit dem Utas kreuzte.

Dann schaute er der Markgräfin nach, bis sie durch das Portal des Gotteshauses ins Freie getreten war.

»Einen gesegneten Tag, Meister«, drang plötzlich eine Frauenstimme von hinten an sein Ohr. »Ihr träumt doch nicht etwa?« Matthias drehte sich um und sah die Schwester der Äbtissin vor sich stehen. »Wie kommt Ihr darauf?«, meinte er, konnte aber nicht verhindern, dass er auf ihre Frage hin unwillkürlich errötete.

Bebette von Hildesheim lächelte ob der auffälligen Verliebtheit des Zimmerermeisters. Unbestritten war er mit seinen offenen Zügen, den blauen Augen und dem charmanten Lächeln ein reizvoller Anblick.

»Verzeiht meinen Vorstoß, Meister«, fügte sie freundlich hinzu und hielt ihm einem Krug entgegen. »Erlaubt mir, dass ich Euch zur Stärkung den besten Honigwein des Reiches anbiete?«

»Das ist nett, Gevatterin.« Matthias wollte nicht unhöflich sein, auch wenn ihm die Schwester der Äbtissin unangenehm war. »Ein anderes Mal, ich habe noch zu arbeiten«, entgegnete er, nickte zum Abschied und stieg leichtfüßig das Gerüst vor der Westwand hinauf.

Nun war es Bebette, die ihm nachschaute, dann aber, den Krug wieder fester in den Händen, ihr eigentliches Ziel ansteuerte.

Mit den Worten: »Der Herr sei mit Euch«, wurde sie an der Tür des Schmuckhändlers begrüßt.

Bebette lächelte freundlich und hielt der Frau den Krug entgegen. »Und mit Euch, ehrwürdige Frau.« Irgendwo im Haus hörte sie ein Kind jammern. »Bester Honigwein des Moritzklosters«, beeilte sie sich hinzuzufügen. »Ich dachte, eine Stärkung tut Euch und Eurem werten Gatten Not in dieser schweren Zeit.«

Die Frau nahm das Gefäß dankbar entgegen, tat einige Schritte weg von der Tür und rief dann über ihre Schulter hinweg: »Mira! Gwendolin weint, wo bleibst du bloß?« An Bebette gewandt, erklärte sie entschuldigend: »Unsere einzige Tochter fiebert schon seit einem Mondumlauf.«

Bebette nickte mitfühlend. Als die gerufene Magd daraufhin noch immer nicht erschien, entschuldigte sich Ramona mit den Worten, selbst kurz nach ihrer Tochter sehen zu müssen, und verschwand die Treppe hinauf nach oben.

Bebette trat ein und schaute sich um. Ein Haus der besseren Sorte war es, mit viel Platz nach hinten hinaus, wie sie sofort erkannte, und ganz offensichtlich das Reich eines Schmuckhändlers. Die Kochstelle war in einer gesonderten Kammer untergebracht, der Fußboden aus bestem Stein, in einem Regal an der Wand bewunderte Bebette eine kunstvoll geschmiedete Sammlung verschiedenster Messer aus poliertem Eisen.

Die Hausherrin war zurück zu Bebette getreten und bot ihr einen Platz an. »Ihr spracht von einer Stärkung, Gevatterin …?«, suchte sie in ihrer Erinnerung nach dem Namen ihrer Besucherin.

»Bebette von Hildesheim«, stellte Bebette sich vor und setzte sich auf einen der Stühle vor den Kamin. Einen Herzschlag lang fühlte sie sich in ihre alte Wohnkammer nach Brügge zurückversetzt, in ihr altes Leben mit dem Kamin, dem Amselumhang und dem Mann mit wenig Gespür für gute Geschäfte. Sie fröstelte, gleichzeitig erklärte sie: »Ich bin eine Grafentochter aus Hildesheim und verwitwet.« Bei diesen Worten schwor sie sich, das Gesicht des toten Balduin ein für alle Mal aus ihren Gedanken zu verbannen. »Nun bin ich im Auftrag des Herrn unterwegs. Nennt mich einfach Gräfin Bebette.« Und eine Gräfin wäre sie unzweifelhaft auch geworden, wenn die Eltern nicht zu früh verstorben und ihre Mitgift von der Verwandtschaft nicht gestohlen worden wäre.

Dass die schöne Frau ihr gegenüber keine Ewigversprochene war, erkannte die Händlersgattin schon an deren farbenfrohem Gewand. »Ihr seid eine Stiftsdame, Gräfin?« Der Schleier ihrer Besucherin verriet Ramona nicht, ob sie eine Witwe oder Kanonissin vor sich hatte.

»Nein, das bin ich nicht«, entgegnete Bebette mit weicher Stimme und genoss den aufrichtig beeindruckten Blick, der daraufhin in den Augen der Händlersfrau erschien. »Und dennoch bin ich einzig und allein im Auftrag des Herrn unterwegs.«

»Ich heiße Ramona.« Die Frau nickte angetan. »Es ist sehr freundlich von Euch, uns Honigwein zu schenken.«

»Jetzt, wo die Augen des Bösen in unsere Siedlung gefahren sind, bedürfen die Menschen auf dem Burgberg eines besonderen Schutzes.«

Bebette merkte, dass sich die Händlersgattin mit einem Mal unwohl fühlte – Ramona fuhr sich mit den Händen mehrmals über den Schleier und blinzelte aufgeregt.

»Es wäre schade, wenn die Einkünfte Eures werten Gatten dadurch in Mitleidenschaft gezogen werden würden«, sagte Bebette.

Ramona erhob sich von ihrem Stuhl. Sie blinzelte erneut, aber diesmal so, als sehe sie klarer. »Mein Christian hat tatsächlich schon zwei Kunden verloren. Die beiden befürchteten, dass der Kathedralfluch auch auf die edelsteinbesetzten Gewandnadeln, die wir hier lagern, übergegangen ist.«

Bebette zeigte sich betroffen. »Das tut mir leid für Euch und Euer Kind. Weiß Euer werter Gatte denn schon, wie er dem entgegenwirken kann? Nicht, dass ihr womöglich noch das Haus und die Mitgift für Euer Mädchen verliert.« Sofern dieses wieder gesundete.

»Wir beten Tag und Nacht«, versicherte Ramona und umklammerte die Stuhllehne angstvoll.

Bebette senkte sowohl den Blick als auch die Stimme. »Ich

verspreche Euch, dass ich meine Schwester, Äbtissin Notburga, darum bitten werde, Euch in ihre Gebete mit einzuschließen.«

»Das würdet Ihr wirklich für uns tun?« Die Stimme Ramonas klang eine Nuance hoffnungsvoller. »Und neben Gottes Schutz hat sich ja auch noch unsere Markgräfin des Fluches angenommen. Bisher hat sie uns noch nie enttäuscht.«

Nun erhob sich auch Bebette. »Die Markgräfin ist eine vielbeschäftigte Frau. Ich bete für Euch, dass sie in dieser schwierigen Situation Zeit und Rat zu finden vermag.« Sie strich Ramona fürsorglich über den Arm.

Ramona geleitete ihren Gast zur Tür. »Wenn Ihr mögt, kommt uns doch wieder einmal besuchen, Gräfin. Eure Worte sind so ermutigend.«

Mit einem zufriedenen Lächeln verließ Bebette die Frau des Schmuckhändlers und machte sich zum Haus des Weinhändlers auf, welches keine fünfzig Schritte entfernt war.

* * *

Gesa entriegelte die Hühnerklappe und schlüpfte ins Freie. Ruhe herrschte auf dem Hof. »Ella?«, rief sie mit gedämpfter Stimme, damit der Hund des Bauern nicht anschlug.

Doch Ella rührte sich weder, noch gab sie ein Gackern von sich. Gesa suchte die Auslauffläche vor dem Stall ab. Dabei entdeckte sie ein kleines Loch im dicht geflochtenen Weidenzaun auf der Seite zum Wald hin.

Gesa erschrak. Marder und Fuchs streunten um diese Zeit auf der Suche nach Nahrung herum. »Ella!«, rief sie noch einmal und spähte zum lichtlosen Bauernhaus hinüber.

Gesa begann zu suchen: in der Ochsenscheune, am Bachlauf dahinter und bei der Mistgrube. Gerade einmal einen Mondumlauf war es her, dass sie den Tod des mutigen Kükens mit dem dunkelbraunen Streifen nicht hatte verhindern können. Wie ein Blitz durchfuhr es Gesa, als sie in ihrer Erinnerung das Kleine wieder auf den Austritt des Stalles zutapsen sah. Erst war es über die Klappe gestolpert, hatte dann aber mit mütterlicher Schnabelhilfe doch noch den Weg zum Futter gefunden. Ich habe versagt, ging es Gesa durch den Kopf, ich bin ein wertloser Mensch. Vor der Mistgrube glitt ihr Blick wieder nach Norden zum Wald, der in schwarzer, friedlicher Stille dalag.

Auf dem gleichen Weg, den sie zuletzt zur Sammlung von Moosstücken genommen hatte, verließ Gesa den Hof und ging in den Wald hinein. Die Tage waren zwar schon länger, die Nächte aber noch immer kühl. Mit den geschärften Sinnen und der guten Orientierung einer einstigen Waldbewohnerin würde sie auf schnellstem Wege zum Moorhof zurückfinden. Gesa schaute zum Himmel hinauf. Nicht einmal den Mond konnte sie zwischen den dichten Baumwipfeln ausmachen, die ihre Krone aus Schnee schon bald gegen ein dichtes Blätterdach hergeben würden. Der Wald hatte ihr nie weh getan, sie stets beschützt. Warum sollte es heute anders sein?

Sie wusste nicht mehr, wie oft sie schon nach Ella gerufen hatte, als sie mit den Füßen auf einem mit Gras bewachsenen Pfad einsank. Sie musste die Grenze zum Moor übertreten haben. Gesa ging weiter und setzte ihre Suche nach Ella fort, doch von dem Huhn fehlte jede Spur. Sie schaute durch die Wipfel nach oben und sah, dass die Wolken gerade ein Stück Mondsichel freigegeben hatten.

Da vernahm sie ein Stück weit von sich entfernt ein Geräusch. Mit dem Gehör eines Luchsweibchens lauschte Gesa in die Dunkelheit. Womöglich hatte Ella Futter gefunden? Unsicher schaute sich Gesa um und tat ein paar weitere Schritte auf dem sumpfigen Boden. Sie vernahm das Geräusch ein zweites Mal und hielt inne. Es war ein Gurgeln. »Ella?« Sie hatte heute noch kein anderes Wort als dieses gesprochen.

Das Gurgeln verstummte wieder, und Gesas Blick fiel auf eine Stelle, die vom Mondlicht beschienen wurde. Gesa wagte keine Regung. Nun hörte sie ein leises Schmatzen. Vielleicht ein Reh, das gerade äste?

Vorsichtig trat Gesa in Richtung des Geräuschs auf ein beinahe kreisförmig angeordnetes niedriges Nadelgebüsch zu. In dessen Mitte machte sie ein Stoffbündel auf dem Boden aus.

Sie dachte, dass der Wald voller Geheimnisse war.

Dann schlug sie das Tuch auf. Und sprang entsetzt einige Schritte zurück, als sie in das Gesicht eines Neugeborenen blickte, das nun mit kräftiger Stimme zu schreien begann.

Sie schienen gleichzeitig voreinander erschrocken zu sein.

Gesa meinte, dass das Geschrei des Kindes das gesamte Baumwerk um sie herum zum Schwingen brächte, und so zog sie das Tuch wieder über das Kind. Die Mutter müsste es doch hören. Suchend blickte Gesa sich um, doch niemand trat aus dem Tannendickicht.

Plötzlich verstummte es wieder.

Ob es gerade starb? Mit ihren vortrefflichen Augen machte sie Blutflecken auf dem Tuch aus.

Gesa wagte sich erneut an das Bündel heran und schlug das Tuch vom Gesicht des Kindes, das in etwa so roch wie ihr Urin und das vom Schreien ganz rot im Gesicht war. Unwillkürlich streichelte Gesa ihm die Wangen, die mit getrocknetem Schleim überzogen waren. Genauso wie sein Köpfchen mit dem feinen Haarflaum. Sie begann, dem Kind die Wangen zu streicheln, während sie sich erneut nach seiner Mutter umsah. Da hatte es die Spitze ihres Mittelfingers auch schon in sein Mündchen genommen und saugte daran.

Gesa überlegte. Ihre Hühner schafften es vielleicht fünf Tage ohne Wasser. Wie lange würde das Bündel es wohl aushalten, falls seine Mutter heute nicht mehr zurückkam?

Unwillkürlich tastete Gesa mit der freien Hand in der Tasche ihres Hemdes nach der Flaumfeder des Kükens, die sie seit dem Unglück bei sich trug. Sie hatte ein Versäumnis zu begleichen, und so nahm Gesa das Kind zusammen mit dem Tuch auf, drückte es an ihre Brust und trat dann kurzentschlossen den Weg zurück zum Bauernhof an. Sie hoffte inständig, dass Ella inzwischen wieder in den schützenden Hühnerstall zurückgekehrt war.

Es war noch dunkel, als Gesa den Moorhof erreichte. Ihr Herzschlag beschleunigte sich, als sich die Tür der Ochsenscheune langsam öffnete. Rasch schlüpfte sie lautlos in den Hühnerstall und legte das Kind sorgsam in ihrer Ecke, gleich unterhalb des Bretts mit den Brutnestern ab. Dann bespritzte sie das Mündlein mit Wasser aus dem Hühnertrog und sah erstaunt zu, wie sich dieses daraufhin noch weiter öffnete.

»Gesa, ich bin es«, vernahm sie da eine Stimme, die von einem Klopfen gegen die Hühnerklappe begleitet wurde.

Gesa kannte die Stimme, aber angesichts ihres Fundes war sie unsicher, ob sie Hans einlassen sollte. Schließlich schob sie sich durch die Hühnerklappe nach draußen. Wenn das Bündel nur jetzt nicht anfängt zu schreien!, dachte sie und sah Hans mit Ella im Arm vor sich stehen.

»Hans wollte nicht, dass Gesa Ärger mit Emmerich wegen der Ochsenohren bekommt.« Er lächelte sie breit an.

Wortlos ergriff Gesa das Huhn und schob es durch die Klappe in den Stall hinein, so dass es erschrocken zu gackern begann. Dann reichte sie Hans zwei Eimer und deutete mit dem Kinn zum Bach hinter dem Ochsenstall.

»Aber willst du denn nicht wissen, wo Ella …«, wollte Hans fragen, als Gesa ihm vorsichtig ihren Finger auf den Mund legte und ihn damit zum Schweigen brachte. Nervös schaute sie kurz zum Hühnerstall, in dem, noch immer ohne einen Laut von sich zu geben, ihr Geheimnis lag. Dann zeigte sie ein zweites Mal zum Bach. Hans nickte daraufhin und verschwand mit den Eimern, ohne weitere Fragen zu stellen.

Gesa kroch wieder in den Stall und tröpfelte erneut einige Spritzer Wasser mit den Fingerspitzen auf den Mund des Kindes. Als es nach einiger Zeit den Kopf wegdrehte, fuhr sie mit den Fingerspitzen behutsam über seine himbeerroten Lippen. Da betrat Hans die Scheune.

»Was ist das?«, fragte er erschrocken, als läge der Leibhaftige persönlich in jener Ecke des Stalles, in der für gewöhnlich Gesa hockte.

»Es lag im Moor«, erklärte ihm Gesa knapp und bemerkte, dass das Kind schon wieder an ihrem Finger saugte.

»Hans weiß, dass das Moor gefährlich ist. Der Weg dorthin ist unsichtbar.« Voller Sorge betrachtete er erst Gesa und dann das Kind. »Da ist Blut an seinem Tuch. Ist es verletzt?«

Dann würde es vermutlich schreien und sich nicht von ein paar Wassertropfen oder meinem Finger beruhigen lassen, dachte Gesa und schüttelte den Kopf. Sie sah, wie Hans die Stirn runzelte. Er ließ sich auf die Knie nieder und betrachtete das Bündel eingehender, als müsse er sich erst noch dessen menschlicher Gestalt versichern. »Ist es ein Bub oder ein Mädchen?«

Gesa zuckte mit den Schultern.

Schon mutiger lugte Hans unter den Umhang. »Hans hat einen Piephahn gesehen.« Er lächelte peinlich berührt, als spräche er über seinen eigenen.

Ein Junge! Gesas Augen leuchteten. Wie das Küken mit dem braunen Streifen. Als Einzige auf dem Hof konnte sie anhand der Kopfform eines Kükens und der Betrachtung des Gefieders schon am Tag nach der Geburt sein Geschlecht bestimmen. Ein spärlicheres Gefieder und ein kantigerer Kopf waren für Hähne charakteristisch.

»Und die Bauersfrau hat es erlaubt?«, erkundigte sich Hans.

Gesa zuckte erneut mit den Schultern.

»Du musst es der Bauersfrau sagen. Sie bestimmt über Speis und Trank.«

Heftig schüttelte Gesa den Kopf. Niemals würde die Bäuerin einen weiteren Esser dulden. Ihre tiefschwarzen Augen sahen Hans bittend an, der sofort verstand, worauf Gesa hinauswollte: »Du willst niemandem davon erzählen?«

Gesa nickte. Das Erste, was sie kommende Nacht tun würde, wäre, das Kind im Bach von all dem Blut und Schleim zu befreien.

»Aber was willst du mit dem Jungen machen?«

»Ihn beschützen«, flüsterte sie.

Hans rieb sich nervös den Hals. »Wie willst du das anstellen, ohne dass es jemand merkt? Und woher willst du die Milch nehmen, um es zu nähren?«

Milch, wiederholte Gesa in Gedanken, froh darüber, dass Hans sie an diesen wichtigen Umstand erinnerte, und dachte wieder an das Kalb, das sie einst mit Milch auf dem Hof großgezogen hatten.

»Tagsüber verstecken wir ihn gleich hinter der Waldgrenze«, entschied Gesa. Sie kannte sich im Wald aus, und sofort kam ihr eine bestimmte Tanne in den Sinn, die außer Hörweite des Hofes stand und mit ihrem dichten, kräftigen Astwerk – unerreichbar für wilde Tiere – dem Kind tagsüber eine Bleibe bieten konnte. Schließlich wusste Hans mit Brettern umzugehen. »Über Nacht, bleibt es hier im Stall«, fügte Gesa noch hinzu.

»Und die Hühner?«, wollte Hans wissen und fuhr sich mit der Hand durch das verschwitzte Haar. »Sie picken es vielleicht tot, wenn sie mal wieder Streit haben.«

Heftig schüttelte Gesa den Kopf. So etwas würden ihre Hühner niemals tun.

»Hans meint, das Kind ist eine große Aufgabe«, sagte Hans beim Anblick des nunmehr schlafenden Säuglings leiser und erhob sich wieder. Manchmal schienen ihm schon der Ochse, die

Kuh, das Pferd und die Schweine zu viel Arbeit zu sein. Es gab keinen Abend, an dem er nicht im Stehen einschlafen konnte.

Gesa begann, die flauschige Feder in ihrer löchrigen Hemdtasche zu streicheln. Dabei schaute sie zu Hans auf. »Ohne meinen Schutz stirbt er«, sprach sie leise. Sie war davon überzeugt, dem Küken die Rettung des Kindes schuldig zu sein.

* * *

Spitz zulaufende Knospen trieben zu Hunderten an den schmalen Ästen der riesenhaften Buche, die den benachbarten Baum wie vertraut umschlang. Aus den braunen Knospen würden bald zarte Blätter hervorbrechen, die Baumkrone bereits im nächsten Mondumlauf in frühlingshaftem Grün leuchten. Das neu erwachende Leben im Astwerk nahm den Buchen die bedrückende Wirkung, die sie zuletzt noch gehabt hatten.

Beeindruckt von der Wandlungsfähigkeit der Natur, betrachtete Katrina den weichen Boden zu ihren Füßen, aus dem die Härte des Winters gewichen war. Die Wurzeln des Baumpaares, die mindestens genauso dick wie die Hauptäste im unteren Baumbereich waren, drangen an mehreren Stellen durchs Erdreich, so dass sie aufpassen musste, nicht zu stolpern. Fragend wandte sie sich ihrem Begleiter zu, der dabei war, den Rand der Lichtung auf der Suche nach Hinweisen abzugehen. Niemals hätte ihre Herrin, die wegen der Vorbereitungen anlässlich der Rückkehr des Markgrafen auf der Burg unabkömmlich war, sie allein den Gefahren des Waldes ausgesetzt. So war Koch Arnold mit ihr gekommen, auch wenn Erna ihren Mann am Morgen nur mit unglücklicher Miene in die Wälder hatte ziehen lassen.

Trotz Utas Verhinderung waren sie übereingekommen, die Untersuchung des Ortes, an dem der Tote aufgefunden worden war, nicht länger aufzuschieben, damit Tiere oder Waldleute nicht noch vor ihnen fündig wurden.

Arnold schaute auf Katrinas fragenden Blick hin auf und schüttelte dann verneinend den Kopf. Bislang hatte er noch nichts Ungewöhnliches entdeckt.

Enttäuscht nickte Katrina und konzentrierte sich dann wieder auf den Boden um die Buchen herum. Sie zog einen widerspenstigen Ast aus einem Gehölz hervor und begann damit, Schritt für Schritt im Unterholz zu stochern, in dem ein Mensch im vergangenen Spätherbst noch Schutz vor den Unbilden des Winters gefunden haben konnte.

»Wir müssen ganz genau hinsehen«, sagte Katrina und stieß mit dem Ast heftiger in die Laubschicht auf dem Boden.

Doch was war das? Etwa ein Wolfsknurren? Blitzartig fuhr Katrina auf.

Auch Arnold war erschrocken.

Das Knurren war nun in ihrer unmittelbaren Nähe zu hören.

Dann aber winkte Arnold ab. »Es ist der Stamm der Buche, der so knarzt!«, rief er und atmete erleichtert aus. »Wir sollten uns trotzdem beeilen«, schob er hinterher.

Katrina spähte noch einmal durch das Dickicht der Bäume und widmete sich dann wieder ihrer Suche.

Auch beim nächsten Knarzen des Stammes fuhr sie zusammen. Als sie mit der Spitze ihres Astes jedoch auf etwas Hartes traf, richtete sie ihre Konzentration wieder vollständig auf den Boden. Mit dem Fuß schob sie das Laub und Gehölz um die Astspitze herum zur Seite. Dann beugte sich Katrina langsam über das Fundstück.

Es schimmerte matt.

Sie ging in die Hocke. Zwei Versuche benötigte Katrina, um den Gegenstand aus dem Erdboden zu ziehen, in den er sich zur Hälfte eingegraben hatte. Schließlich lag er in ihrer Handfläche. Er war mit Erdresten überzogen, auch hatte sich Laub in ihm verfangen. Vorsichtig, wie ein Geschmeide ihrer Herrin, säuberte sie das Fundstück und erhob sich.

Immer noch auf der flachen Hand hielt sie es ins Licht, um es genauer betrachten zu können. Zuerst seine Vorder-, dann auch seine Rückseite.

Es war eisenfarben, abgenutzt und halbkreisförmig, etwas kleiner als ein menschliches Ohr. »Ich habe etwas gefunden, Arnold«, sagte Katrina, als habe sie gerade einen Schatz entdeckt, und ihre großen Augen öffneten sich weit.

Arnold eilte sofort zu ihr. »Etwas von Erlaucht Hermann?«

Eindringlich betrachtete Katrina den eisernen Gegenstand in ihrer Hand. Sie drehte ihn hin und her und entdeckte an dem Halbkreis, ungefähr in der Mitte, schließlich eine kleine Einkerbung.

Arnold war inzwischen bei ihr.

»Das ist eine Schnalle!«, entfuhr es Katrina, woraufhin Arnold genauer hinschaute. »Wie sie an Schuhen getragen wird.«

Mit dem Finger tastete sie die kleine Kerbe ab, in der normalerweise der Schnallenstift lag.

»Es ist ein einfaches Stück ohne jede Verzierung«, stellte Arnold fest und strich mit den Händen aufgeregt über sein Hemd, woraufhin Katrina meinte, gebratenes Wild zu riechen. Sie schauten sich an und blickten dann wieder auf die Schnalle. Katrina übergab Arnold das Fundstück, um ihre Wachstafel aus dem Futteral zu holen. Mit dem Stift aus der Lederschlaufe begann sie, die Form des Fundstückes auf die linke Tafel zu zeichnen, direkt unter die Notiz von der erstmaligen Begehung dieses Ortes.

»Wo genau habt Ihr die Schnalle gefunden?«, fragte der Burgkoch und wandte sich um.

Katrina zeigte ihm die Fundstelle vor dem linken Stamm der beiden riesigen Buchen. »Genau hier.«

Erst jetzt begriff Katrina, was dies bedeutete. Sie senkte die

Stimme. »Es ist die gleiche Stelle, an der auch der Tote gefunden wurde. Mit dem Kopf zwischen den Baumstämmen soll er gelegen haben.« So hatte es zumindest Jäger Raimund berichtet.

Arnold nickte bedeutungsvoll. »Dann könnte sich die Schnalle hier also bei einem Kampf von Erlaucht Hermanns Schuh gelöst haben?«

»Seine Stiefel besaßen keine Schnalle«, entgegnete Katrina, vor deren innerem Auge wieder das Ziegenlederschuhwerk erschien, welches Erlaucht Hermann über den Herbst hinweg stets zu tragen gepflegt hatte. Von der Farbe der Buchenstämme hier war es gewesen, mit Schnürungen an den Waden. »Das Fundstück könnte demnach dem Toten oder demjenigen gehören, der ihn niedergeschlagen hat.« Wenn der Zusammenhang zwischen dem Toten und Erlaucht Hermann, wie ihn Alwine vermutete, wirklich existierte, war die Schnalle ihre erste Spur. Katrina lächelte, was ihren Zügen, die durch das straff zurückgekämmte und am Hinterkopf zu einem Zopf geflochtene Haar streng wirkten, einen weichen Ausdruck verlieh.

»Aber wenn die Schnalle erst später hierhergelangt ist und gar nichts mit dem Geschehen an Allerheiligen zu tun hat?«, fragte Arnold.

Katrina schüttelte energisch den Kopf. »Die Schnalle steckte halb in der Erde und war von Laubblättern bedeckt. Vermutlich ist sie im Winter im Boden festgefroren und ließ sich erst jetzt wieder aus ihm herausziehen. Bei unserem letzten Besuch war noch strenger Winter, da konnten wir ja nichts finden.«

»Ihr könntet recht haben«, gestand Arnold.

Ein erneutes Knarzen erinnerte ihn an ihre Eile und die Gefahren des Waldes. Arnold schaute besorgt zu dem Hengst, den ihm der Stallmeister geborgt hatte.

Katrina war dagegen wie berauscht von dieser ersten Spur und hatte darüber alles andere vergessen. Ihr Fund bedeutete, dass

sie von heute an ihre ganze Anstrengung darauf richten mussten, den Besitzer der Schnalle ausfindig zu machen. Katrinas
Blick glitt über die rechte Tafel ihrer Wachstafel, wo ihr als
Erstes der doppelt unterstrichene Name des Markgrafen ins
Auge sprang. Gedankenverloren klappte sie die Tafel zu und
steckte sie in die lederne Tasche zurück. Danach ließ sie sich
von Arnold wieder die Schnalle reichen, die sie fest mit der
Hand umschloss. Angestrengt begann sie, in ihrem Gedächtnis zu suchen: Ekkehard von Naumburg, wie er zur Jagd auf
sein Pferd aufsaß, durch den Burgsaal lief, bei der Tafel saß.
An eine Eisenschnalle und dann noch von solch einfacher
Machart konnte sie sich jedoch nicht erinnern. Allerdings hatte sie auch nie besonders auf seine Füße geachtet. Für die Einkleidung und Säuberung des markgräflichen Schuhwerks war
einer der Knappen des Markgrafen zuständig.
Katrina dachte laut weiter, was sie selten tat. »Der Besitzer
dieser Schnalle könnte auch der Täter sein und damit die Verbindung zu Erlaucht Hermanns weiterem Schicksal darstellen.«
Arnold nickte nur, auch wenn ihm die Zusammenhänge insgesamt noch nicht ganz klar waren.
Katrina öffnete die Hand. Sie bemerkte, dass die Schnalle sich
immer noch kalt anfühlte.

* * *

Abt Pankratius beugte sich über den feinen Sandsteinstaub auf
dem Boden der Kathedrale. »Asche zu Asche, Staub zu Staub!«
»Es sind nur zwei Pfeiler betroffen«, versuchte Maurermeister
Joachim zu beschwichtigen und deutete auf die beiden Pfeiler,
die das Mittelschiff im ersten Joch vom südlichen Seitenschiff
trennten. Nur dank Meister Matthias, der an der Tür stand,
war verhindert worden, dass sich nach dem Aufschrei der Ma-

lerburschen angesichts der Bescherung noch weitere Schaulustige in die Kathedrale gedrängt hatten.

»Die Motive waren eine Augenweide«, sagte der Abt milde lächelnd in die Runde und wandte sich von dem Staubhaufen ab, der nicht mehr erahnen ließ, dass es sich dabei um Ahornblätter gehandelt hatte, die sich einst kunstvoll an den Pfeilerfüßen emporgerankt hatten.

»Erst gestern haben wir die Sternenmalerei an der Altarwand wiederhergestellt«, berichtete Simon, hinter dem sich seine Malergruppe vollständig versammelt hatte. »Und jetzt haben wir den nächsten Schaden?«

»Die Augen des Bösen!«, riefen die Leute durcheinander und schauten ängstlich zur Altarwand.

Der kleine Gert, neben dem seine ältere Schwester stand, griff die Hand seines Vaters. »Stürzt unsere Kirche jetzt bald ein?«

Maurermeister Joachim tätschelte seinem Sohn den Schopf, dann begutachtete er den Schaden genauer. Prüfend stemmte er sich gegen den Pfeiler, um im nächsten Augenblick mit der Hand deren Vibration zu erspüren. »Unsere Kirche stürzt nicht ein, aber die beschädigten Pfeiler werden wir sicherheitshalber abstützen müssen.«

»Beruhigt euch, beruhigt euch! Wir wissen nicht, ob der Schaden durch Gotteshand oder nicht doch durch Menschenhand entstanden ist«, ergriff Abt Pankratius das Wort.

Doch Andres durchkreuzte seine friedlichen Absichten. »Schaut Euch den feinen Staub an! Ein Mensch hätte die Blätter nur grob abmeißeln können, wenn er sie hätte zerstören wollen.«

»Andres hat recht«, setzte Volkmar nach. »Ein Mensch sitzt daran länger als eine Nacht, wenn er den Stein so fein abschleifen will. In diesem Fall wäre er sicherlich aufgefallen.«

»Bitte zieht keine voreiligen Schlüsse. Nach der Markgräfin habe ich bereits geschickt«, erklärte Abt Pankratius in gewohnt besonnenem Ton. »Sie wollte sich der Zerstörungen annehmen. Sie kann aufklären.« Höflich bedeutete er Bruder Laurentius, den Steinstaub zusammenzukehren. Der Bischof hatte nach dem Abt und seinen zwei heilkundigen Mitbrüdern geschickt, um ihren medizinischen Rat einzuholen, als die drei auf dem Weg zu ihm, von den Schreien alarmiert, zuerst in die Kathedrale gerannt waren.

»Was wird der Kaiser nur sagen, wenn er erfährt, was seiner Kämpferkathedrale zugestoßen ist?«, gab der Gerbermeister zu bedenken, dessen kräftige Stimme in der Mitte der Menschenmenge gut zu verstehen war.

Schniefend begann Gert zu weinen, sein schmächtiges Gesicht besaß auch, ohne dass er Tränen vergoss, einen leidenden Ausdruck. Doch jetzt hätte man meinen können, dass Gert soeben dazu gezwungen worden wäre, seine Familie zu verlassen und in eine andere zu wechseln.

Unter dem Nicken einiger Anwesender trat nun Wenzel, der Weinhändler, einige Schritte vor. »Wir schaffen das nicht mehr allein. Wir werden nicht darum herumkommen, das Geschehen vor den Kaiser zu bringen, sobald er Naumburg wieder besucht.«

»Was werden wir vor den Kaiser bringen?«, hallte da Ekkehards Stimme von der Tür herüber. Das kindliche Weinen Gerts verstummte daraufhin.

Meister Matthias ließ den Markgrafen mit einer Verbeugung eintreten. Dem steifen Gang des Burgherrn nach zu schließen, war er gerade vom Pferd gestiegen.

Ekkehards Blick glitt flüchtig über die Holzgerüste an den Langhauswänden, bevor er sich zu den Menschen im ersten Langhausjoch begab. »Was wir vor den Kaiser bringen, entscheide immer noch ich!«

»Ihr seid bereits zurück, Erlaucht?«, fragte einer der Händler und verbeugte sich. Die anderen taten es ihm kurz darauf gleich.

»Margraf, Ihr entscheidet«, schob Wenzel höflich nach, machte aber keine Anstalten, in die Runde zurückzutreten.

Ekkehard wandte sich mit einer hochgezogenen Augenbraue an den Abt. »Warum diese ganze Versammlung vor einem Haufen Staub?«

Bruder Laurentius war noch immer beim Kehren.

Ekkehard klopfte mit den Fingern ungeduldig auf seine Tunika.

»Zwei Pfeiler unseres Gotteshauses sind an den Basen zerstört worden, Erlaucht«, erklärte Pankratius ruhig.

»Und wieder ist nicht erkennbar, dass die Zerstörung von Menschenhand herrührt«, fügte Wenzel noch schnell hinzu und sah bei diesen Worten einige Köpfe nicken. »Wie schon zuvor bei der Altarwand.«

Ekkehard überging den Nachtrag des Weinhändlers und schaute sich suchend um. »Wo ist die Markgräfin?«

Auf diese Frage hin trat Bebette von Hildesheim vor. »Ich sah die werte Markgräfin letztens häufiger in Richtung der Südwälder an unserem Kloster vorbeireiten«, trug sie, begleitet von einer galanten Verbeugung, vor.

Ekkehard errötete vor Zorn. Die Gattin streifte durch die Wälder, während hier auf der Burg das Chaos …

»Gott zürnt Naumburg, Erlaucht«, mischte sich nun auch der Bäckermeister, der in einer der hinteren Reihen stand, ein, obwohl er das Unheil am Fuße der Pfeiler noch nicht einmal mit eigenen Augen gesehen hatte.

»Schon jetzt kommen weniger Pilger auf den Burgberg. Wenn das so weitergeht, kann ich meine Schenke noch vor Christi Geburt schließen!«, klagte Volkmar und sah sich in Gedanken bereits Tische und Bänke aus seinem verwaisten Wirtshaus tragen. Vom dem, was ihm seine wenigen Stammgäste einbrachten, vermochte er die drei hungrigen Mäuler zu Hause nicht zu stopfen.

»Auch meine Tuche werde ich zunehmend schlechter los«, tat Bepo kleinlaut kund und wischte sich kalten Schweiß von der Stirn.

Die Zwischenrufe verstummten, als Uta und Katrina, begleitet von Bruder Ewald, das Gotteshaus betraten. Der Bruder mit den freundlichen Zügen hatte sie in der Burgküche ausfindig gemacht und sie, im Auftrag seines Abtes, in die Kathedrale gebeten. Aller Blicke waren nun auf Uta und Katrina gerichtet, die auf die Menge zukamen. Katrina war es schrecklich unangenehm, von den Leuten angestarrt zu werden. Bruder Ewald zog sich hinter seinen Abt zurück.

Utas Körper verkrampfte sich unmittelbar, als sie sah, dass Ekkehard aus Goslar zurück war. »Seid willkommen«, begrüßte sie den Gatten, den sie nicht vor übermorgen zurückerwartet hatte. Sie war gerade noch dabei gewesen, das Begrüßungsmahl für ihn mit den Küchenleuten zu besprechen und den Fund der Schnalle samt ihren möglichen Besitzern zu durchdenken.

Unter gesenkten Lidern musterte Katrina nun neugierig Ekkehards Schuhwerk, entdeckte aber nur Schnürungen daran.

»Dieses Gotteshaus ist gerade in seinen Grundfesten erschüttert worden«, tat Bebette besorgt kund und deutete auf die Pfeilerbasen und den Staubhaufen, den Bruder Laurentius mittlerweile zur Seite gekehrt hatte.

Uta betrachtete Bebette von Hildesheim und meinte, ehrliche Sorge in ihrem Gesicht auszumachen. Ihr zweiter Blick galt den Gerüsten vor den Langhauswänden. Es war der fünfte Tag der Ausmalungen, und fünf der zwölf Fenster erstrahlten bereits in dem grünlich schimmernden Blau des Himmelreiches. Auch ein guter Teil des hellblauen Hintergrundes war bereits geschafft. Die Ausmalungen schienen unversehrt, was Uta jedoch nur unwesentlich erleichterte. Auf der einen Seite suchte sich das Grün des Morgenmooses, das Sonnenpfirsichgelb und nun auch noch das Unstrutblau in der *Himmelszone* seinen Weg mit aller Macht zurück in ihre Welt. Auf der anderen Seite waren da die abgeschlagenen Sterne an der Altarwand und die Sorge um die Kathedrale, welche die Rückkehr der Farben zu verhindern versuchten. Sobald sie einen Schritt nach vorn in eine farbige Welt tat und meinte, damit auch Hermanns Schicksal ein Stück näherzukommen, wurde sie sofort wieder zurück in die Farblosigkeit gezogen. Oder warum folgte auf den Schnallenfund eine neue Hiobsbotschaft?

»Zuerst wird unsere Kathedrale von den Augen des Bösen heimgesucht und jetzt das!«, fügte Christian an und erntete dafür getuschelten Zuspruch. Er war als einer der Ersten auf die erschrockenen Rufe hin in die Kathedrale geeilt.

»Die Augen des Bösen?«, wiederholte Ekkehard eher verständnislos als erschrocken und schaute Uta auffordernd an, damit sie sich ihm erklärte.

Uta sah zuerst in die Runde und schüttelte nur den Kopf, dann blickte sie dem Gatten direkt in die Augen. »Es begann mit dem Altarbild, von dem die goldenen Sterne entfernt wurden. Nun geht die Angst um, dass sich darin Gottes Zorn ausdrückt.« Sie deutete zum Altar. »Simon hat die Sterne inzwischen wieder auf der Wand aufgebracht.«

Die Umstehenden wagten keinen Kommentar mehr, alle Blicke waren auf das Markgrafenpaar gerichtet. Aus dem Augenwinkel sah Katrina, wie der Seidenhändler mit seiner schwangeren Frau einen bestärkenden Blick tauschte. Katrina verrenkte sich beinahe den Hals, um deren Schuhwerk zu begutachten, aber die Umstehenden verdeckten ihr die Sicht. Ihren Fund vom Morgen trug sie nunmehr im Lederfutteral gemeinsam mit der Wachstafel bei sich.

»Gottes Zorn hier in unserer Bischofskirche? Wieso das?« Ekkehard wandte sich dem Ostchor zu, sah aber nur, dass die goldenen Sterne wie eh und jeh auf dem nachtblauen Hintergrund leuchteten.

Uta rang um eine Erklärung.

Sollte ihre heimliche Exhumierung vielleicht doch etwas mit den Zerstörungen zu tun haben? Zumindest fiel das Verschwinden der Sterne zeitlich mit der Obduktion Hermanns zusammen.

»Was ist hier alles während meiner Abwesenheit geschehen?«, verlangte Ekkehard von ihr zu wissen.

»Die Beschädigungen an unserer Kathedrale sind vermutlich des Nächtens passiert«, erklärte Uta mit ruhiger Stimme, »und ich bin um Aufklärung bemüht.« Auch wenn sie sich in diesem Moment eingestehen musste, so sehr mit Hermanns Suche beschäftigt gewesen zu sein, dass sie bislang nicht mehr als ein paar Gedanken darauf verwandt hatte. »Doch dafür benötige ich noch etwas mehr Zeit.«

Ekkehard ließ seinen Blick über die Menschen schweifen, die seine Aufmerksamkeit für ihre Sorgen und Belange einforderten. »Sowohl das Altarbild als auch diese Pfeiler wurden also über Nacht zerstört?« Ekkehard wandte sich an die Runde, worauf sich allgemeines Gemurmel erhob.

»Von Sonnenauf- bis Sonnenuntergang sind wir hier zu Werke, Erlaucht«, entgegnete Simon nun. »Da wäre uns jemand, der sich an den Pfeilern zu schaffen macht, sicherlich aufgefallen.« Kaspar, der hinter Simon stand, nickte zustimmend bei diesen Worten.

»Sofern wirklich Gotteshand im Spiel ist, dürften wir hier bei Anbruch der Nacht keine Menschenseele vorfinden«, verkündete Uta laut, um das unruhige Raunen zu übertönen, was ihr aber nicht gelang. Sie beugte sich zu den verunstalteten Pfeilerstümpfen hinab und strich mit der Hand darüber. Der Stein war tatsächlich meisterhaft glatt abgetragen, fast wie abgeschliffen, was sie stutzen ließ.

Meister Matthias trat vor Ekkehard und Uta. »Ich erkläre mich bereit, heute Abend die erste Nachtwache an der Tür unserer

Kathedrale zu halten.« Mit den nächsten Worten wandte er sich an alle Anwesenden. Viele hielten den Blick gesenkt, waren damit beschäftigt, zu beten oder dem Nachbarn ihre Vermutungen bezüglich der Zerstörung zuzutuscheln. Trotz der allgemeinen Bestürzung leuchteten Matthias' blaue Augen hoffnungsvoll auf, als er fragte: »Wer von Euch wagt es, verehrte Naumburger, für unsere Siedlung einzutreten?«

Sein Anliegen ging im allgemeinen Aufruhr jedoch so gut wie unter.

Uta zählte neben der Meldung des jungen Meisters nur vier weitere Hände, die nun in die Luft gereckt wurden. Es waren die von Arnold, Simon, Raimund und Joachim, der seinen Sohn nicht beruhigt bekam und ihm immer wieder über den Kopf streichen musste.

»Macht es nicht noch schlimmer, als es bereits ist, Matthias. Nach unserer täglichen Arbeit sind wir alle erschöpft«, warf der Gerbermeister mit einem vorsichtigen Seitenblick zum Markgrafenpaar ein und erhielt dafür einiges Schulterklopfen. »Da könnt Ihr nicht erwarten, dass wir noch auf die Jagd nach einem vermeintlichen Eindringling gehen, zumal bereits eine weit einleuchtendere Erklärung für das Geschehen hier vorliegt.«

»Ich bitte Euch hiermit, nicht vorschnell zu urteilen«, sprach Uta laut und überzeugt. »Es gibt keinen Grund, weshalb Gottes Zorn unsere Siedlung heimsuchen sollte. Wir sind gottesfürchtige Menschen.«

Plötzlich herrschte Ruhe im Kirchenraum, alles Jammern und Flüstern war auf einen Schlag verstummt.

»Sie kennt den Grund für alles Unheil«, ertönte da eine weibliche Stimme, die sich aber keiner bestimmten Person zuordnen ließ. Danach war wieder alles still.

Uta straffte sich. Die Exhumierung! Ihr stockte der Atem. Das Ausgraben des Leichnams hatte sie dem Gatten allein und nicht in Anwesenheit der versammelten Burgbewohner beibringen wollen. Auch bestätigten ihr Ekkehards in Falten gelegte Stirn und die zu schmalen Schlitzen zusammengezogenen Augenlider, dass der jetzige Moment für eine Offenbarung denkbar ungünstig war. Sie wollte deshalb gerade den Kopf schütteln, da bat Andres, der wohlhabendste Händler auf dem Burgberg, darum, sprechen zu dürfen, was Ekkehard ihm auch gestattete. »Wir, und damit spreche ich im Namen aller Händler von Naumburg, bitten Euch, Markgraf und Markgräfin, ernsthaft etwas zu unternehmen.« Als spräche er im allgemeinen Auftrag aller Naumburger fuhr Andres selbstsicher fort: »Unser und damit auch Euer Erfolg steht und fällt mit der Anziehungskraft der Kathedrale. Bis an die Grenzen der Mark ist die Nachricht von Gottes Zorn bereits vorgedrungen.« Der Seidenhändler wandte sich der Menge zu. »Stimmt's, *Brüder*?«

Uta sah, dass die Mehrheit der Umstehenden zustimmend nickte, zu der auch Erna gehörte, die sich bislang hinter Arnolds Rücken versteckt haben musste. Der war in diesem Moment ganz schlecht vor Angst, sie konnte keinen klaren Gedanken mehr fassen, obwohl ihr Arnold erst kurz zuvor noch im Vertrauen von dem Schnallenfund und den daraus resultierenden Schlussfolgerungen berichtet hatte. Uta meinte, dass die Freundin es nicht wagte, ihr in die Augen zu sehen.

»*Brüder*?«, wiederholte Ekkehard unverständlich und schritt gedankenversunken die Stufen des Ostchores hinauf. Warum musste ihm die Naumburger Kaufmannschaft ausgerechnet jetzt Probleme bereiten, wo er doch schon mehr als genug mit den Sorgen des Königs zu tun hatte! Statt den sächsischen Herzog Bernhard durch Machtentzug in die Knie zu zwingen, hatte Heinrich III. den Frieden befohlen. Doch Ekkehard kannte die Sachsen. Die ließen sich den Frieden nicht so einfach befehlen, ihrem Geschlecht waren selbst schon Kaiser entsprungen. Es ärgerte ihn, dass König Heinrich seinem Ratschlag, wie man mit den Sachsen umzugehen hatte, nicht gefolgt war. Was Ekkehard jedoch noch weit mehr ärgerte als die Entscheidung des Königs, war der böhmische Herzog Břetislav. Immer noch hatte der an der Seite des Königs geweilt, wiederholt seinen Treueschwur bekräftigt und den König in seiner Idee, Frieden zu befehlen, auf Ekkehards Kosten unterstützt. Der Böhme machte ihm seine Position an der Seite des Königs streitig. Ekkehard benötigte einen Moment, um sich wieder auf seine Sorgen mit Uta und der Kathedrale zu konzentrieren. »Ich werde dafür sorgen, dass Ihr Euren Geschäften wieder unbesorgt nachgehen könnt«, verkündete er, damit erst einmal Ruhe einkehrte. Als Nächstes bedeutete er Uta, ihm zum Ausgang zu folgen. »Wir haben miteinander zu reden, Gattin!«

In Ekkehards Kemenate im dritten Geschoss des Wohngebäudes angekommen, schloss Ekkehard die Tür hinter seiner Gattin. Schweigend begann er, im Raum auf und ab zugehen. Uta beobachtete ihn von der Tür aus.

Nach einer Weile stoppte Ekkehard vor dem Fenster und schaute zu ihr hinüber. »Was meinten die Leute damit, dass Ihr den Grund für das Unheil kennen würdet?«

Uta fasste sich. Sie wusste, dass sie ihm diese Erklärung schuldig war. Weil sie seine Frau war, weil es um seinen Bruder ging und um das Wohl der jungen Burgsiedlung, seiner Burgsiedlung. »Ich habe den Leichnam des Toten vom Schandacker geholt und beschaut.«

Ekkehard schwieg.

»Entgegen der königlichen Anordnung, ich weiß«, fügte Uta hinzu. »Aber es gab keinen anderen Weg. Wir sind einem Irrtum aufgesessen, Ekkehard. Die Wahrheit über Hermanns Schicksal ist nicht, was Ihr dafür haltet.«

Er betrachtete sie eine Weile eingehend, bevor er fragte: »Hat Hermann nicht endlich Ruhe verdient?«

Irritiert, dass der Gatte so ruhig mit ihr sprach, wollte Uta beinahe schon nicken. Doch als sie auf den Tisch vor dem Kamin blickte, an dem Hermann und sie zusammen mit Ekkehard gesessen und ihm von ihrem Scheidungsanliegen berichtet hatten – holte die Realität sie schnell wieder ein. »Euer Bruder lebt«, sagte sie stattdessen beherrscht und entspannte sich wieder ein wenig.

Ekkehard gab ein ersticktes Lachen von sich, als habe Uta einen anzüglichen Scherz unter Männern gemacht. »Hermann lebt?« Er winkte ab, seine Ruhe war dahin. »Wie konntet Ihr nur der königlichen Anweisung zuwiderhandeln!« Unvermittelt musste Ekkehard bei diesen Worten an die Sachsen denken, die es vermutlich ebenso wie Uta halten und sich dem königlichen Befehl widersetzen würden. »Durch Euer unbedachtes Handeln sehe ich mich nun einer aufsässigen Kaufmannschaft gegenüber. Dabei hatte ich Euch eigens aufgetragen, Euch nur um die Burgverwaltung zu kümmern.« Ekkehard schüttelte den Kopf. Nicht einmal auf seiner Burg schienen seine Worte noch Geltung zu haben. »Und was soll ich dem König sagen?«

»Es war für Euren Bruder! Und Hermann hätte das Gleiche für mich wie auch für Euch getan. Da bin ich mir sicher. Ich werde ihn daher suchen und finden«, entgegnete Uta und tat einen Schritt auf Ekkehard zu. Der Tisch stand immer noch zwischen ihnen. Wie eine Wand. »Und die Zerstörungen zeugen gewiss nicht von Gottes Zorn«, fuhr Uta fort. »Es gibt eine andere Erklärung dafür.«

Ekkehard trat vom Fenster weg auf die andere Seite des Tisches zu Uta. »Und diese Erklärung wäre?«, fragte er und schaute ihr direkt in die Augen.

Sie erwiderte seinen Blick selbstsicher. »Die Zerstörungen sind von Menschenhand herbeigeführt worden.«

Ekkehard wollte gerade zu einer Erwiderung ansetzen, als Uta bereits fortfuhr: »Außerdem sieht es ganz danach aus, als ob der Tote ermordet und im Wald, an der Stelle, an der er gefunden wurde, nicht alleine war. Unsere bisherige Erklärung der Ereignisse an Allerheiligen ist jedenfalls nicht länger haltbar.«

Sie holte die eiserne Schuhschnalle hervor, die Katrina ihr beim Verlassen der Kathedrale noch übergeben hatte. Der Knappe, der für Ekkehards Kleidung zuständig war, hatte Katrina inzwischen bestätigt, dass die Schnalle nicht zur Ausstattung des Markgrafen gehörte. Und auch Uta war sich ziemlich sicher, sie nie an Ekkehards Schuhwerk gesehen zu haben. Genauso wenig wie an dem des Jägers und seines Gehilfen, die den Toten bei den beiden verschlungenen Buchen gefunden hatten. Sie reichte Ekkehard das Fundstück. »Es lag dort, wo auch der Tote gefunden wurde.«

Sie war demnach dort gewesen! Ekkehard warf kaum mehr als einen flüchtigen Blick auf die Schnalle. »Bitte erspart uns Eure sinnlose Suche. Ihr setzt das Wohl der Kathedrale für Euren irrsinnigen Wunsch aufs Spiel, einen Toten wieder lebendig zu machen! Ihr jagt diesem Wunsch ja schon beinahe wie eine Verrückte hinterher.«

Seine Worte trafen sie wie ein Fausthieb. Sie zog ihre Hand mit der Schnalle vor ihre Brust zurück. »Aber der Tote war nicht Euer …«, setzte sie an, brachte den Satz aber nicht zu Ende, weil Ekkehard ihr mit der Hand zu schweigen gebot.

»Es ist mein Befehl, und den habt Ihr zu respektieren!« Wenn schon der König nicht auf ihn hörte, dann doch wenigstens sein Weib.

Uta wich vom Tisch zurück. Hatte sie doch einen Moment lang gehofft, auf Verständnis bei ihrem Gatten zu stoßen, und war nun stattdessen wieder in ihren Ehekäfig zurückgezwängt worden.

»Ihr hört auf, nach meinem Bruder zu suchen, dann werden die Naumburger auch wieder zur Ruhe kommen!« Ekkehard trat vor das Fenster zurück, wandte ihr diesmal aber den Rücken zu. Aufgebracht sprang sein Blick nach draußen und dort von Zinne zu Zinne an der umgebenden Burgmauer entlang.

»Ich soll verrückt sein?«, wiederholte Uta. Und was seid ihr?, fuhr sie im Stillen fort. Gefühlskalt? Einsam?

Ekkehard reagierte nicht.

»Aber es geht um Euren Bruder, begreift das doch endlich. Wir tragen die Verantwortung dafür, dass sein Ansehen gelitten hat und mit dem Schandacker in Verbindung gebracht wird. Wir hätten das verhindern müssen, hätten den Leichnam von Anfang an richtig beschauen und Hermann suchen sollen.« Uta meinte auf ihre Worte hin einen Ruck durch den Körper des Gatten gehen zu sehen, so als wollte er sich ihr noch einmal zuwenden. Aber nichts dergleichen passierte. Er sprach zum Fenster: »Es geht Euch doch gar nicht mehr um meinen Bruder. Ihr wollt einfach nur Euren Willen durchsetzen!«

Uta verschlug es auf diese Antwort hin die Sprache. »Wenn Hermann Euch so sprechen hören würde …«, entgegnete sie schließlich nach einer Weile enttäuscht und wütend und stürmte dann aus Ekkehards Gemach in ihre Kemenate.

Dort öffnete sie das Fenster und ließ sich ihr erhitztes Gesicht von einem Schwall frischer Luft kühlen. Der Hauch der Chance, der zum Wind geworden war, streichelte und beruhigte sie. Ihr Blick glitt über die Wiesen und Wälder, die die Siedlung nach Süden hin umgaben. »Hermann, wo bist du nur?«, sprach sie voller Hingabe. Vermutlich bin ich ja wirklich ein bisschen verrückt, dachte sie. Verrückt vor Verzweiflung, verrückt vor Entbehrung. Der letzte Suchritt mit Jäger Raimund und Meister Matthias lag inzwischen ganze fünf Tage zurück. »Hermann, soll ich die Suche nach dir für den Frieden in Naumburg aufgeben?« Sich Ekkehards Anweisung offen zu widersetzen, nachdem er ihr die Suche ein zweites Mal untersagt hatte, konnte sie nicht wagen. Ob die Bücher Rat wussten? Oder vielleicht

Alwine oder Erna? Erneut traf es Uta wie ein Stich ins Herz, als sie sich Ernas gesenkten Blick in der Kathedrale vor Augen rief, die sich dem allgemeinen Aufruhr angeschlossen hatte.

Den gesamten verbleibenden Nachmittag grübelte sie über die Frage nach, welchen Preis sie bereit war, für ihre Liebe zu Hermann zu zahlen.

Auch am Folgetag fand sie keine Antwort darauf.

* * *

»Du willst ihn über den Hof hinweg zum Bach tragen?«, fragte Hans entgeistert und schaute sich verloren im Hühnerstall um. »Was ist, wenn Emmerich noch wach ist?«

Gesa schüttelte den Kopf und streichelte dem in der Ecke auf Stroh schlafenden Säugling die Wangen. Sie hatte ihn erst vor kurzer Zeit aus seinem Versteck im Geäst der Tanne hinter der Waldgrenze geholt. Nun beabsichtigte sie, sich entlang der Bäume bis zu der Stelle am Bach zu bewegen, wo das Röhricht so eng stand, dass sie nicht gesehen werden konnte. Bisher war es ihr tatsächlich gelungen, das Neugeborene vor allen zu verstecken. Zur Mittagszeit schlich sie sich jeweils zu dem Kleinen in den Wald, säuberte ihn mit Blattwerk, legte frisches Gras und manchmal auch Moos oder Stroh in seinen Umhang und fütterte ihn mit Milch. Die Kuh lieferte dieser Tage so viel davon, dass das Schüsselchen, das sie heimlich in der Küche für den Kleinen abzweigte, nicht weiter ins Gewicht fiel. Die meiste Zeit über schlief der Junge allerdings. Gesa hatte nicht gewusst, dass Menschen so viel schlafen konnten.

»Hans glaubt, dass Emmerich vielleicht nicht dich, aber den Kleinen hören wird!« Und wie sollte es überhaupt weitergehen, wenn erst die Ernte anstand und auch Gesa für das Dreschen des Getreides unabkömmlich war?

Gesa erhob sich, kroch geräuschlos durch die Klappe des

Hühnerstalls nach draußen zu ihrer geheimen Kiste und stand einige Augenblicke später wieder mit einem Schälchen Milch vor dem sprachlosen Hans.

Gesa kniete sich wieder neben den Jungen, tauchte ihren Finger in die Milch und führte ihn dann zum Mündchen des Kleinen.

»Aus der Vorratskammer der Bäuerin?«, fragte Hans entsetzt, nachdem er seine Stimme wiedergefunden hatte. »Und gleich ein ganzes Schälchen voll?«

Dafür esse ich umso weniger, entgegnete ihm Gesa in Form eines Schulterzuckens.

»Der schmatzt aber wie ein Großer«, stellte Hans nun amüsiert fest, und als Gesa ihm andeutete, es ihr gleichzutun, hatte Hans die Angst vor der Gerte des Bauern vergessen. Stolz steckte er seinen Zeigefinger in die Milch und führte ihn dann zum Mund des Neugeborenen, das sofort zu schlecken begann. Gerührt wiederholte er diese Methode des Fütterns noch einige Male. »Er ist jetzt schon ganze sieben Tage bei uns. Braucht er nicht einen Namen?«

»Kuno«, entgegnete Gesa, ohne zu zögern. Über einen Namen hatte sie zuvor noch nie nachgedacht – *Kuno* war ihr sofort eingefallen. Sie würde Kuno mit allen Kräften beschützen!

Mit vor Sehnsucht schmelzenden Augen schaute Hans von dem zufriedenen Kuno zu Gesa. Mit ihrem langen schwarzen Haar und der hellen Haut fand er sie wunderschön. Nicht so klobig und laut wie die Bäuerin.

Gesa musste Hans' Gedanken gespürt haben. Sie wandte sich ab. Es bereitete ihr Unbehagen, wenn man sie länger als einen Atemzug betrachtete.

»Wir haben heute die vorletzte Fuhre Saat auf das Sommerfeld gebracht«, verlegte Hans sich wieder aufs Reden und gönnte Kuno eine weitere Fingerspitze der weißen Flüssigkeit.

Gesa schaute durch die Latten in der Decke des Stalles: Es musste bald Mitternacht sein.

»Mhhh.« Hans leckte sich den nassen Finger ab, nachdem Kuno sich gesättigt abgewandt hatte. »Lass mich dich zum Bach begleiten«, bat er.

Gesa schüttelte den Kopf und schaute mit plötzlich hartem Blick in Richtung des Bauernhauses.

Der Knecht ahnte, was ihr auf dem Herzen lag. »Dann wird Hans für dich und Kuno den Kläffer ablenken. Und falls jemand auftaucht, schreie ich wie ein Kauz.« Mit einem Strahlen im Gesicht trat er vor Gesa und schaute sie erwartungsvoll an. Die nickte, ihr Blick wurde wieder weicher. Dann barg sie Kuno an ihrer Brust und machte sich auf leisen Sohlen zum Tor der Umzäunung auf. Dort, wo sich der Lauf des Gewässers in den Wald hineinzog und damit von der Umzäunung entfernte, bettete sie das Kind auf ein weiches Lager aus Moos. Dieser Abschnitt des Baches war breiter, reichlich von Röhricht umgeben und tiefer als jener Teil, der direkt am Zaun hinter der Ochsenscheune vorbeifloss.

Zuerst befreite sie Kuno von dem Umhang, in dem er sich trotz der Schmutz- und Blutreste wohl zu fühlen schien. Gleich am ersten Tag hatte sie das Kleidungsstück nur für die Nacht gegen ihr Hemd austauschen wollen. Da war Kuno vor lauter Schreien ganz rot angelaufen und hatte erst wieder eine gesunde Hautfarbe angenommen, als er den einst wohl feinen Umhang wieder an seiner weichen Haut spürte. Auch jetzt wollte der Kleine laut zu protestieren beginnen. Als Gesa seine Füßchen jedoch in den Bach hielt, verstummte der jüngste Mann auf dem Moorhof augenblicklich. Sie schaute ihn an und meinte, dass er sie zum ersten Mal bewusst anlächelte. Daraufhin tastete sie sich auf dem steinigen Untergrund des Baches weiter in das ruhige Wasser. Sie tauchte Kuno immer tiefer in das Nass, bis er auf ihrem Arm bis zum Bauchnabel im Wasser hing.

Gesa rieb Kuno die Ärmchen, den gewölbten Bauch und vor

allen Dingen den dreckigen Popo ab. Auch an ihrem Körper fühlte sich das kalte, klare Wasser wunderbar an.

Da vernahm Gesa ein ungewohntes Geräusch. Sie hielt still, was Kuno nicht beeindruckte. Der Junge strampelte genüsslich mit den Beinchen im Wasser.

Stimmen aus der Ferne?

Doch warum hörte sie dann nicht den vereinbarten Käuzchenschrei?

Kuno quietschte vor Freude, so dass Gesa ihn aus dem Wasser in Höhe ihres Kopfes hob. Leise trat sie, Kuno vor sich her tragend, von der Mitte des Baches an die Uferböschung.

Da vernahm sie deutlich Emmerichs Stimme, und die von Hans, der verzweifelt versuchte, den Knecht aufzuhalten.

Erschrocken schaute Gesa sich um. Sie spähte in den Wald, der so nah und doch nicht mehr erreichbar war. Die Stimmen waren inzwischen so dicht bei ihr, dass sie keine zwanzig Schritte mehr ungesehen tun konnte. Sie drängte sich tiefer in die schilfartige Uferböschung hinein. Gesa presste sich Kuno vor die Brust und hockte sich hin. Das Knarzen von Holz verriet ihr, dass die beiden Männer gerade über den Zaun hinter der Ochsenscheune stiegen.

»Dummerchen! Ganz sicher habe ich Geräusche beim Bach gehört!« Unbeeindruckt von Hans' Beteuerungen über die nächtliche Ruhe hielt der erste Knecht mit einer Heugabel in der Rechten und einer Fackel in der Linken auf den Bachlauf zu.

Vor lauter Angst, dass die Kälte Kuno zum Schreien bringen würde, steckte Gesa ihm den kleinen Finger zum Saugen in den Mund. Ihr langes schwarzes Haar ließ sie wie ein Tuch über seinen kleinen Körper gleiten, den sie fest in ihren Armen hielt. Ein spitzer Stein bohrte sich unter Wasser in ihre Fußsohlen, doch sie gab keinen Ton von sich. Jede Bewegung und jeder Laut wäre ihr …

Bedröppelt erreichte Hans an der Seite von Emmerich den

Bachlauf. Ihm war zum Heulen zumute. Wo waren Gesa und Kuno?

Schon trat Emmerich an den Rand des Bachlaufes, nicht einmal zehn Schritte von Gesa entfernt. Das Röhricht wuchs an dieser Seite des Ufers sehr dicht. Er schaute sich um. Das Licht der Fackel fiel auf das nunmehr unruhige Bachwasser. Ein Wolkenband hatte sich vor die Mondsichel geschoben.

»Hier soll niemand sein?« Emmerich war wenig überzeugt. »Und was ist das hier?« Mit der Heugabel fischte er an der flachsten Uferstelle ein Gewandstück auf.

Gesa hockte mit geschlossenen Augen in ihrem Versteck. Sie meinte, Emmerichs Mundgeruch bis zu sich herüberriechen zu können, und hoffte, dass Kuno davon keinen Schluckauf bekam. Was manchmal passierte, wenn ihm der Gestank von frischem Hühnerkot in die Nase drang.

Emmerich führte Hans die Mistgabel mit dem Stück Stoff vors Gesicht. »Igitt, der stinkt ja ekelhaft!«

Beim Anblick von Kunos Umhang stockte Hans der Atem. Er wollte gerade nach dem Teil greifen, als der erste Knecht die Heugabel auch schon wieder außerhalb seiner Reichweite hielt. »So, so!«, kommentierte Emmerich überlegen. »Du weist also, wem der Fetzen gehört!«

Hans hörte Zorn in Emmerichs letzten Worten mitschwingen und sah dessen Ohren im Mondlicht so gespenstisch weit vom Kopf abstehen, dass es ihn gruselte. »Hans weiß es nicht«, versuchte er, so überzeugend wie nur möglich zu lügen, und schaute sich ein weiteres Mal suchend nach Gesa um. Ob sie und der Kleine im Wasser ertrunken waren? Sie konnte genauso wenig schwimmen wie er selbst.

Emmerich bemerkte den bekümmerten Gesichtsausdruck seines Gegenübers. »Dann hast du sicher nichts dagegen, wenn ich den Drecklappen zurück in den Bach schmeiße.«

Hans wollte gerade zugreifen, da hatte Emmerich den Umhang schon in hohem Bogen ins nahe Wasser geschleudert. »Na komm schon, spring hinterher!«

Hans' erschrockener Blick zum Bach verriet dem ersten Knecht, dass das stinkende Stück dem Dummen einiges wert war. »Ist wohl deine Unterlage, wenn du dir den Schwanz melkst, was? Das würde auch den schrecklichen Gestank erklären!« Emmerichs Zorn wich entspannter Erheiterung. »Wenn du willst, dass ich dem Bauern nichts davon sage, arbeitest du morgen für mich mit!«

»Aber …« Die letzte Fuhre Saat nur zu zweit einbringen? An nur einem Tag? Hans wusste nicht, wie er das jemals schaffen sollte. Dennoch nickte er und wollte schon den Bachlauf entlangeilen und sich den Umhang greifen, als Emmerich aufhorchte und ihn am Arm zog.

War da nicht ein Rascheln gewesen? Bei genauerem Hinhören vernahm Emmerich jedoch nur das unschuldige Plätschern des Baches. Am liebsten hätte er Hans verprügelt, damit dieser endlich sein Geheimnis ausspuckte, doch dann mahnte er sich zur Zurückhaltung. Sofern er Hans verletzte, würde er am kommenden Tag ja selbst aufs Feld müssen. »Und wehe, du packst morgen nicht richtig an!«, drohte er noch einmal und machte sich dann auf den Rückweg zur Ochsenscheune, zu seinem Nachtlager. »Los, wir gehen!«, forderte er Hans auf, ihm zu folgen.

Hans schaute nervös von der Waldgrenze zum Hühnerstall und wieder zurück zum Bach. Für einen Augenblick sah er im Röhricht ihre helle Haut, die vom Mond durch ein Loch in der Wolkendecke beschienen wurde. Hans schaute genauer hin. Gesa schien am ganzen Körper zu zittern. Sie fühlte sich schlecht, wie sie dort mit dem Finger in Kunos Mündchen hockte.

»Der Umhang«, flüsterte Gesa ihm zu. Den musste sie um jeden Preis zurückbekommen.

»Komm schon, Dummerchen!«, rief Emmerich. »Oder willst du, dass der Bauer auf uns aufmerksam wird?«

»Hans kommt«, antwortete Hans und rannte zu Emmerich. Den Umhang würde er aus dem Wasser holen, sobald Emmerich schlief.

Nacheinander stiegen die Knechte zurück über den Zaun zum Hof, um unbeobachtet in die Ochsenscheune zurückzukehren. Der Kläffer begann, aufgeregt zu bellen, und kam auf sie zugelaufen. Emmerich holte mit dem Fuß aus und trat dem Tier so fest gegen den Kopf, dass es zu Boden sackte und das Kläffen in ein Jaulen überging.

* * *

An die dreißig Benediktinerinnen saßen sich an zwei Tafeln gegenüber. In ihren Schalen dampfte Erbsenbrei. Zu dieser Mahlzeit stand jeder von ihnen außerdem ein viertel Pfund Brot zu. Mägde schenkten Honigwein ein, der mit erfrischendem Quellwasser stark verdünnt war.

Mit einem heiseren Räuspern begann Schwester Gerlinde mit der Lesung, welche das Morgenmahl – lehrreich wie jeden Tag – begleitete. »Jesus sprach zu den Versammelten: ›Ein Sämann ging aufs Feld, um zu säen‹.« Ihre zitternde Stimme verriet, dass Angst ihre Pflicht begleitete. Angst, die Äbtissin einmal mehr nicht zufriedenstellen zu können, obwohl sie den Text aus dem Evangelium des Markus die vergangene Nacht hindurch geübt hatte. »Als er säte, fiel ein Teil der Körner auf den Weg.« Gerlinde stockte, um ihrer Aufregung Herr zu werden, und schaute zu den Tafeln vor sich. Die Schwestern aßen schweigend und mit gesenkten Köpfen. Gerlindes unsteter Blick blieb an der Schwester der Äbtissin hängen, die ihr aufmunternd zunickte, was Gerlinde beruhigte. Dann aber, als ihr Blick auf die Äbtissin in der Mitte der rechten Tafel fiel, sprach sie hastig weiter: »Jedoch die Vögel kamen und fraßen es. Ein anderer Teil des Samens …«

»Der Wein schmeckt viel zu süß!«, unterbrach Notburga die Lesung. Ihr vorwurfsvoller Blick wanderte an der gegenüberliegenden Tafel zu Schwester Kora hinab, die ihres Wissens die Zuckerung zuletzt überwacht hatte.

Bebettes Blick verharrte kurz bei Notburga, bevor auch sie sich auf Schwester Kora konzentrierte. Sie sah, dass die junge, gescholtene Schwester hilfesuchend zu Margit sah, die neben ihr saß.

»Verzeiht, werte Äbtissin«, begann Kora, die Schwester mit den wasserblauen Augen und den nordisch anmutenden flachen Gesichtszügen, sich zu verteidigen. »Aber unter Schwester Margits Anleitung habe ich jeden Schritt des Gärprozesses genauso ausgeführt, wie wir es schon immer getan haben.«

Seit Jahren gaben sie den Honig in fünf Portionen über zwei Mondumläufe hinweg zu klarem Wasser. Sobald der Zucker des Honigs vergoren war, das Gärgemisch also klar anmutete, taten sie in das größere der deckellosen Fässer für den Geschmack noch vorsichtig ein Säckchen Eichenspäne, in das Kleinere etwas Pflaumensaft.

»Das kann ich bestätigen«, pflichtete Margit ihrem Schützling bei, und Kora war sichtlich erleichtert über diese Unterstützung – ihr Blick wirkte beinahe schon trotzig.

»Und Ihr meint also, dass es – nur weil wir es seit Jahren so tun – richtig sein muss?«, fragte Notburga unbeeindruckt von der Argumentation ihrer Schutzbefohlenen.

Wütend biss Kora die Lippen zusammen. Sie konnte schlecht mit einem Ja auf diese Frage antworten, wollte sie nicht riskieren, dass sie und Schwester Margit für ihre Forschheit bestraft wurden. Folglich antwortete sie: »Nein, werte Äbtissin!«, und zwang sich, ihren Kopf demütig zu senken, bereit, Schelte entgegenzunehmen.

Doch anstatt einer lautstarken Zurechtweisung erhielt Kora von der Äbtissin lediglich einen herablassenden Blick, bevor sich diese wieder ihrem Erbsenbrei widmete.

Die wieder eingekehrte Ruhe veranlasste Schwester Gerlinde, mit der Lesung fortzufahren. »Ein anderer Teil des Samens fiel auf felsigen Boden, wo es kaum Erde gab. Der Samen ging sofort auf, weil das Erdreich nicht tief war. Als aber die Sonne hochstieg, wurde die Saat versengt und verdorrte, weil ihr die Wurzeln fehlten.«

»Geht es dir gut?«, flüsterte Bebette Notburga ins Ohr, denn sie fand den Wein genauso wohlschmeckend wie sonst auch.

»Es geht mir blendend«, erwiderte Notburga kurz angebunden, ohne die Schwester dabei anzuschauen.

»Wieder ein anderer Teil fiel in die Dornen, und die Dornen wuchsen und erstickten die Saat«, setzte Schwester Gerlinde zum dritten Mal mit der Lesung an. Sie las nun immer schneller, als wolle ihre Stimme aus dem spärlich beleuchteten Speisesaal davonlaufen und sich vor der Rohheit der Welt unter ihrem Lager im Schlafsaal verkriechen. »Ein anderer Teil landete auf gutem Boden und brachte Frucht, teils hundertfach. Wer Ohren hat, der höre!«

»Wahrlich kein Glanzstück, Gerlinde!« Notburga schob ihre Breischale von sich weg. Doch die Vorleserin war nur ein bemitleidenswertes, unsicheres Ding – im Gegensatz zu Margit, dieser hageren, schmallippigen Frau, deren Hochmut – mit dem sie die jüngeren Schwestern zusehends ansteckte – Notburga nicht länger gewillt war, hinzunehmen.

Sie schaute an Bebette vorbei die linke Tafel hinunter zu Schwester Margit und betrachtete sie mit zunehmendem Missmut.

Schwester Margit fühlte den Blick der Äbtissin auf sich ruhen und schaute langsam auf.

»Seit Jahren seid Ihr für die Kelterei verantwortlich«, sagte

Notburga beherrscht. »Also werdet Ihr mir nun besseren Wein holen.«

»Aber ...«, wollte Kora gerade ansetzen, als Margits beruhigender Blick sie innehalten ließ.

Margit erhob sich. Ihren Blick starr auf die Tür gerichtet, hielt sie auf den Ausgang des Speisesaales zu. Als sie kurz darauf mit einer älteren Abfüllung zurück in den Speisesaal trat, war die Äbtissin gerade dabei, aufzustehen. Mit regungslosem Gesicht füllte Margit den Becher der Klostervorsteherin. Von beklommener Stille begleitet, ging sie zurück an ihren Platz und ließ sich wieder auf ihrem Hocker nieder.

Etwas hier in diesen Mauern musste sich ändern. Margit erinnerte sich an die Worte aus Gerlindes Lesung. Das Gleichnis vom Sämann ermahnte dazu, Geduld zu haben und nicht mutlos zu werden. Der Samen brauchte Zeit zu wachsen. Den ersten Schritt zur Veränderung hatte sie getan – sie hatte gesät, nämlich Worte auf Pergament. Und sie war sich sicher, ein weiteres Schreiben aufsetzen zu müssen. Margit wurde aus ihren Gedanken gerissen, als der Hocker von Äbtissin Notburga scheppernd auf dem Steinboden aufkam.

»Hochmut«, sprach die Äbtissin laut und vernehmlich, »ist eine Todsünde. Das solltet Ihr Euch bei jeder Eurer Handlungen und erst recht bei jeder Eurer Äußerungen vor Augen führen.«

Demütig senkten die Schwestern daraufhin die Köpfe. Zuletzt Margit.

Niemand wagte mehr zu essen.

Gerlinde bibberte hinter dem Lesepult.

Schwester Erwina faltete die Hände zum Gebet, weitere Schwestern schlossen sich an.

Bis schließlich auch Margit, Alwine und Kora die Gebetshaltung einnahmen.

Im Stehen nickte Notburga in die Runde.

Gemeinsam sprachen sie den Psalm, der von der Gerechtigkeit und der Wegweisung Gottes handelte.

Danach löste Notburga das Morgenmahl auf, obwohl in den meisten Schüsseln noch Brei schwamm. Ohne eine weitere Erklärung nahm sie ihren gefüllten Becher Honigwein vom Tisch und begab sich in ihre Äbtissinnenkammer.

Bebette folgte der Schwester kurze Zeit später, fand Notburga aber nicht am Arbeitstisch, sondern auf ihrem Lager in der Nebenzelle vor.

»Ich brauche Ruhe«, erklärte Notburga. In ihrem Unterleib brannte seit ihrer Niederkunft vor neun Tagen ein höllisches Feuer. Ein grausamer Schmerz, der sich so langsam verabschiedete, dass Notburga dachte, sie würde ihn nie mehr loswerden.

Bebette war sich ziemlich sicher, dass es Notburga nicht blendend ging. »Hat dich der Besuch in Vreden so mitgenommen?«

Notburga zögerte mit einer Antwort und betrachtete Bebettes Obergewand am Ausschnitt, der Bebettes schlanken Hals in drei geometrisch geformten Stofflagen umgab. »Vermutlich war die Reise zu beschwerlich«, griff sie die Vorlage ihrer Schwester dankbar auf. »Ich bin einfach etwas müde.«

Bebette hatte gesehen, dass Notburga ihr neues Gewand mit der aus einem schwarzen Seidenfaden gewebten Brettchenborte aufgefallen war. Sie zeigte auf die Säume an ihren Handgelenken, die in der gleichen Machart wie der Halsausschnitt verziert waren. »Für die eingenähten Perlen habe ich einen exzellenten Preis mit dem Schmuckhändler verhandelt.«

Notburga fuhr mit der Hand über die kunstvolle Arbeit und weiter über den roten Seidenstoff am Arm der Schwester hinauf. »In diesem Gewand kommst du einer weltlichen Herrscherin sehr nahe.« Nur wenige vermochten auch ein seidenes Unterkleid ihr Eigen zu nennen!

»Rot kleidet mich am besten.« Bebette lächelte zufrieden. »Nicht wahr?« Ihre alten Gewänder aus Brügge hatte sie allesamt dem Feuer übergeben. Selbst das rote mit der goldfarbenen Schnürung. Jetzt, wo Tageslicht durch das Zellenfenster einfiel und die Schwester beschien, merkte Bebette, dass Notburgas Stirn und Wangen mit einem leichten Schweißfilm überzogen waren.

Notburga spürte den Blick ihrer Schwester auf sich ruhen und wies daraufhin auf die Tür zur Hauptkammer. »Bring mir bitte den Becher mit dem Honigwein vom Arbeitstisch.«

Bebette kam der Bitte nach.

Gerade noch rechtzeitig konnte Notburga ihre Hand, mit der sie das Tuch gewechselt hatte, das die aus ihren Brüsten tropfende Muttermilch auffing, wieder unter dem Gewand hervorziehen.

Bebette ließ sich auf der Bettkante nieder und reichte Notburga das Getränk. »Wir hatten noch keine Zeit, uns nach deiner Reise über unser weiteres Vorgehen auszutauschen, Burgi. Ich denke, wir sollten das regelmäßig tun.« Bebette machte eine bedeutungsschwere Pause.

»Du hast recht.« Notburga nippte am Honigwein. »Das sollten wir tun.« Um das ernste Thema mit Bebette auf Augenhöhe zu besprechen, zwang sich Notburga in eine aufrechte Sitzposition, was den Schmerz in ihrem Unterbauch verstärkte. »Dann berichte mir zunächst von deinen Fortschritten. Ich war in der letzten Zeit zu sehr von«, sie nippte erneut, »von den Ereignissen in Vreden abgelenkt.«

Bebette strich sich über das leuchtend rote Obergewand, dann schaute sie auf, als nehme sie Anlauf, und begann: »Die Kaufmänner haben sich zu einer Gemeinschaft zusammengeschlossen. Um in diese aufgenommen zu werden, müssen sie einen Eid leisten, der sie zur Hilfeleistung für alle in Not geratenen *Brüder* verpflichtet, genauso wie es einst in Brügge war.« Bebette konnte sich noch gut an die umfangreichen Pflichten und Schwüre erinnern, die Balduin vor seinen *Brüdern* hatte leisten müssen. Die Gemeinschaft der Wollhändler war dadurch zu einer festen Institution geworden, deren Interessen bei politischen Entscheidungen der Stadt eine wichtige Rolle spielten.

»Das hast du schneller geschafft, als ich dachte, Schwester«, lobte Notburga. Sie war – wegen ihrer Schwangerschaft – in den letzten Monat nur selten auf der Burg präsent gewesen, womit ihr, abgesehen von den Nachrichten über die verbotene Exhumierung und den Kathedralfluch, die Pilger und Kranke sowieso ins Kloster getragen hatten, die Zwischentöne standesspezifischer Befangenheiten entgangen waren.

Bebette erinnerte sich, am gestrigen Abend den markgräflichen Jäger und am Abend zuvor den jungen Zimmerermeister als Wache vor dem Eingang der Kathedrale gesehen zu haben.

»Sie befürchten alle, dass die Angst vor Gottes Zorn über die Grenzen der Mark dringt. Kaum jemand redet noch über etwas anderes, als dass der Markgraf die Zerstörung der Kathedrale stoppen muss.« Bebette lächelte ihr Schwurlächeln, das ihr das Gefühl gab, zur Schwester zu gehören, mit ihr, dem einzigen noch lebenden Mitglied ihrer Familie, eine Einheit zu bilden.

Notburga erwiderte das Schwurlächeln.

Diese Bestärkung tat beiden gut.

»Und, wird der Markgraf die Zerstörer stoppen können?«, wollte Notburga wissen. Sie wusste nur zu gut, dass Naumburg ohne Kathedrale und ohne Markt auch weniger Pilger, weniger Spenden an die umliegenden Klöster und weniger Aufmerksamkeit für ihre Glaubensgemeinschaft vor den Toren der Siedlung bedeutete.

Bebette lächelte tiefgründig. »Den armen Kaufleuten wäre es zu wünschen.«

»Es ist wichtig, dass sich ihr Groll gegen die Ballenstedterin richtet«, insistierte Notburga. Ihr Kloster durfte bei der ganzen Sache keinen Schaden nehmen, sonst wäre ihr Plan in seiner Gesamtheit zerstört und das große Ziel unerreichbar. »Alles Unheil, das die Kathedrale trifft, muss Uta angelastet werden!« Bebette nickte. Das war ihr bereits klargeworden, als die Sterne vom Altarbild verschwunden waren. Dennoch würde dies – käme es zu einer direkten Auseinandersetzung mit Uta – nicht so einfach sein. Sehnsucht und Verzweiflung, aber auch einen unbändigen Willen hatte sie auf dem Gesicht der Ballenstedterin gesehen – noch mehr als zu Gernroder Zeiten. »Wir müssen zusammenhalten, gemeinsam schaffen wir das«, flüsterte Bebette und umarmte ihre Schwester innig.

Unter Schmerzen ließ Notburga es geschehen. »Unser Plan soll zwar die Ballenstedterin treffen, aber der Markgraf ist der Schlüssel zu ihr«, sprach sie dabei.

Bebette hielt die Schwester lange in den Armen. »Vertrau mir, ich mach das schon.«

Die Schwestern lösten sich voneinander.

»Ich vertraue dir«, bestätigte Notburga.

Bebette erhob sich. »Ich vertraue dir auch!«, erwiderte sie und verdrängte dabei den Eindruck, dass in Burgis Schwurlächeln irgendetwas Steifes, Unnatürliches gelegen hatte.

Teil II

Fluch und Segen

5.

TRINK! TRINK!

Du willst hier arbeiten?«, fragte die Wache und konnte nicht verhindern, laut loszulachen.

Der Fremde wich daraufhin einen Schritt zurück.

Ein zweiter Wachmann von größerer Statur in ledernem Wams und mit einer Kleinaxt am Gürtel trat nun auf die Zugbrücke neben seinen Gefährten und versperrte dem Fremden den Weg in die Vorburg hinein.

»Jemand wie du macht nur Ärger!« Argwöhnisch schaute die kleinere Wache an dem Fremden hinab. Der Streuner hatte sich Tuchlappen um seine Füße und Waden gewickelt. Sein Umhang über dem knielangen zerfetzten Hemd glich eher einem Lumpen – auch schien er mindestens ebenso viel Unrat und Dreck wie ein solcher aufgenommen zu haben. Gewiss ein Abtrünniger von den Liutizenstämmen aus dem rohen Norden des Reiches. »Mach, dass du wegkommst!«, wies ihn die kleinere Wache harsch an und zeigte dabei auf den Weg, der den Burgberg hinabführte.

Der Fremde wandte sich dem Wink folgend um, schaute einen Moment zum Wald hinüber und dann wieder zu dem Wachmann vor sich zurück. Er fasste sich an die Kehle.

»Sprichst du unsere Sprache?«, fragte da der größere Wachmann, in dessen Stimme Mitleid schwang.

Der Fremde antwortete nicht, deutete nur wieder auf seinen Hals.

»Nun verschwinde schon. Der Markgraf duldet kein Pack!«, setzte der Kleinere nach und wollte dem Fremden mit dem zottelig brustlangen Haar und dem gleichsam verfilzten Bart gerade einen Stoß versetzen, als der abwehrend die Hand hob. Die größere Wache bedeutete dem Fremden daraufhin, zur Seite zu treten und so lange zu warten, bis ein mit Holzstämmen beladener Karren, der von zwei ungeduldigen Berittenen des Burgherrn begleitet wurde, das Tor passiert hatte.

Als sich die Schlange der Wartenden auf der Zugbrücke halbiert hatte, wandten sich die beiden Wachhabenden wieder dem sprachlosen Mann zu. »Suchst du Arbeit?«, fragte der Größere und strich mit der verhornten Hand grübelnd über den Schaft der Axt an seinem Gürtel. Er hatte schon Tausende Menschen über die mit Ketten versehene Zugbrücke eingelassen: vom Kaiser bis zur nächtlichen Betschwester, vom Steinhauer auf Arbeitssuche bis hin zu geschundenen, abtrünnigen Kriegern. Eine derart ausdruckslose Jammergestalt wie der Fremde war ihm jedoch noch nie untergekommen.

Der Mann bejahte die Frage nach der Arbeitssuche mit einem Nicken.

»Der und Arbeit?«, höhnte der kleinere Wachmann. »Der hat ja nicht mal Kraft genug, um einen Steinquader vom Boden aufzuheben!« Mit einem abwertenden Blick auf den ausgemergelten Körper vor sich winkte der kleinere Wachmann ab. »Wer bist du überhaupt, dass du dich traust, hier den Eintritt in die Burg zu blockieren?«

Das lebhafte Treiben in der Vorburg mit ihren vielen Geräuschen zog nun die Aufmerksamkeit des Fremden auf sich.

Er blickte an der Wache vorbei auf das Burggelände und überlegte einen Moment, wieder umzukehren, zurück in den Wald zu gehen, doch seine stechende Kehle zwang ihn zum Bleiben.

»Durst«, kam es ihm derart radebrechend über die Lippen, dass es sich tatsächlich anhörte, als würde er eine fremde Sprache sprechen.

»Na, du bist mir ja einer!«, rief die kleinere Wache, während der Größere immer noch grübelte. »Kannst dir also nicht mal einen Namen leisten!«

Der Fremde vernahm einiges Gelächter hinter sich.

»Für einen Tag lassen wir dich ein«, sagte da die größere Wache auf einmal und erntete dafür einen irritierten Blick ihres Kameraden. »Wenn uns aber etwas zu Ohren …«

»Sollte uns jedoch irgendetwas als gestohlen gemeldet werden«, wurde der Kleinwüchsige deutlicher, »machen wir dich dafür verantwortlich!« Bei diesen Worten sah er den abgerissenen Kerl im Geiste schon mit einer Forelle unter dem Oberhemd oder einem der teuren, leuchtenden Steine des Schmuckhändlers Christian unter der Zunge versteckt durch die Vorburg laufen.

Der Fremde deutete ein Nicken an und trat dann zögerlich von der Zugbrücke in die Vorburg. Sein Herz ging schneller. Es war so voll und laut hier. Unvermittelt legte er sich die Hände auf die Ohren. Das beruhigte ihn etwas. Er begann sich umzuschauen. Links, vor der Südmauer der Anlage, machte er eine Reihe gedrungener Häuser und eine kleine Kirche aus. Von dem Kirchlein wanderte sein Blick auf den Kirchenklotz rechts daneben. Vor Bedrückung geriet er ins Wanken und senkte seine Augen zu Boden, um sein Gleichgewicht wiederzufinden. Der Anblick des mächtigen Gotteshauses lastete schwer auf ihm. Ihm war, als würde ihn eine schwere Pranke niederdrücken. Noch immer hielt er die Hände auf die Ohren gepresst und konzentrierte sich bei seiner Brunnensuche nun mehr auf die niedere Bebauung. Da waren Unterstände voll mit Holzvorräten und Karren, die sich in sein Blickfeld schoben. Menschen eilten über den Platz und trugen Eimer in das erdrückende Gotteshaus. Mit den Händen auf den Ohren konnte er deren Anblick etwas besser ertragen. Kinder sprangen vor ihm umher. An deren sich bewegenden Mündern erkannte er, dass sie sich etwas zuriefen. Wo so viele Menschen lebten, gab es Arbeit, gab es Wasser, und vielleicht sogar etwas zum Beißen für den nervösen Magen, ging es ihm durch den Kopf. Unsäglicher Durst quälte ihn. Er musste einen Brunnen finden.

Langsam, damit er sich an die lauten Geräusche gewöhnen konnte, die ihn schmerzten, nahm er die Hände von den Ohren.

Da war der großgewachsene Wachmann mit der Axt am Gürtel auch schon bei ihm. »Wenn du Arbeit suchst, fragst du am besten bei Meister Matthias an«, sagte er freundlich und deutete zwischen die beiden Kirchen. »Das ist der junge Mann dort drüben. Er weiß, wo Hilfe gebraucht wird.«

Der Fremde nickte und trat dann schwerfälligen Schrittes zu dem ihm gewiesenen Meister. Vielleicht wusste der, wo Wasser zu finden war.

»Nicht so hastig!«, rief Matthias einer Gruppe Helfer zu, die gerade einen mit Holz beladenen Karren vor dem Eingang der Kathedrale entluden. »Erst gestern hat sich einer beim Abladen den Arm zerquetscht.« Zuversichtlich klopfte Matthias dem Knecht, der den Transport des Holzes von der Flößstation an der Saale bis zur Kathedrale verantwortete, auf die Schultern, musste aber beim nächsten Atemzug ein Gähnen unterdrücken. Die Nachtwache forderte ihren Tribut, welchen er jedoch gerne zu zahlen bereit war. Seitdem sie über Nacht die Kathedraltür abwechselnd bewachten, war es zu keiner weiteren Beschädigung mehr gekommen.

»Meister?«, vernahm Matthias eine schwache Stimme hinter sich und wandte sich daraufhin um. Vor ihm stand ein zerzauster, abgemagerter Mann. Die Fingergelenke an seinen Händen traten wie bei einem Gichtkranken hervor, sein Gesicht war von seinem verfilzten Bart wie auch dem zotteligen Kopfhaar so gut wie verdeckt und zugewuchert. Matthias schätzte ihn auf mindestens fünfzig Jahre.

»Ihr wünscht?«, erkundigte er sich nach einem kurzen Moment der Erschütterung.

»Ich suche Arbeit und Wasser«, brachte der Fremde mühsam hervor.

»Arbeit an der Kathedrale?« Matthias überlegte kurz. »Neben den Malerarbeiten gibt es derzeit nicht viel zu tun. Für die Ausbesserung der Gerüste reichen meine Gesellen, Knechte und Lehrburschen.« Matthias betrachtete den Mann, der sich gerade abwenden wollte, genauer. Er schien ihm unglücklich, vielleicht sogar geistig verwirrt zu sein. Er tat ihm leid. »Wartet«, hielt er ihn deswegen zurück. »Bei den Kalkgruben könnten wir vielleicht noch Unterstützung gebrauchen. Sie müssen geleert und mit Wasser und Kalk nachgefüllt und gerührt werden.« Er sah, wie der Fremde nickte und sich an die Kehle fasste. »Aber hole dir zuerst eine Stärkung.« Matthias deutete zu den Unterständen der Handwerker an der Südmauer der Vorburg, vor denen Mägde gerade die morgendliche Getreidebreiration verteilten. »Durst«, krächzte der Fremde und fuhr sich verzweifelt mit den Händen über den Mund, wobei er sich das lange Kopf- und Barthaar zurückstrich und damit auch seine Gesichtszüge freilegte.

»Herrgott!«, stammelte Matthias beim Blick in das halbwegs sichtbare Gesicht des Durstigen. »Herrgott, du scherzt mit mir.« Mehrmals rieb er sich die Augen und kniff sich dann in den Arm. »Herr … ich … Herr …« Matthias wurde sich immer sicherer, dass der Herrgott heute nicht mit ihm scherzte. Gebannt starrte er den Fremden an. Er überlegte, ob er sich verneigen sollte, schnell aber rief ihn sein Verstand zu raschem, überlegtem Handeln auf. »Wartet hier, bitte«, bat er den Fremden, bevor der sich zu den Küchenmägden aufmachen konnte, und war damit unbemerkt in die respektvolle Anredeform gewechselt. Matthias winkte einen seiner Gesellen heran. »Schnell, bitte holt die Markgräfin und den Markgrafen hierher!«

Sofort lief der Geselle auf das Tor der Hauptburg zu.

Der Fremde schaute zu den Ständen mit dem Essen. Bald ginge es ihm besser. Bald gäbe es vielleicht sogar sauberes Wasser für ihn.

»Matthias, raubt dir die Arbeitslast den Verstand?« Meister Joachim war zu ihm getreten. »Oder warum starrst du den Mann so an? Du tust ja gerade so, als habe er drei Köpfe.«

Unbeirrt starrte Matthias den wortkargen Fremden weiterhin an, was nun auch Volkmar dazu veranlasste, durch die Umstehenden hindurch auf den Fremden zuzutreten.

»Schaut doch einmal richtig hin! Er ist es, Allmächtiger!«, forderte Matthias die anderen auf.

Der Fremde wich vor den ihn anstarrenden Männern zurück, die Enge zwischen den vielen Menschen ließ ihn sich unwohl fühlen. Er verspürte den Drang wegzulaufen, doch die Hoffnung auf Wasser ließ ihn zaudern. Ein halbes Dutzend Gesichter schob sich ihm inzwischen entgegen.

»Dieser Streuner hier soll der Allmächtige sein?« Volkmar winkte ab und hielt wieder auf seine Schenke zu.

»Komm Junge, trink mal einen Krug guten Bieres. Dann geht es deinem Kopf bald wieder besser«, schlug Meister Joachim seinem jungen Kollegen vor und legte seinen Arm väterlich um Matthias' Schultern. »Hast wohl etwas zu viel gearbeitet. Dann auch noch nachts hier die Wache …«

»Ich will jetzt nichts trinken!«, unterbrach ihn Matthias und befreite sich aus Joachims Umarmung. Nach anfänglichem Flüstern hatte seine Stimme an Kraft gewonnen. »Jetzt seht doch genauer hin: Das ist Erlaucht Hermann!«

Nach diesen Worten hielten die Umstehenden wie versteinert inne. Matthias meinte, es nun in sämtlichen Ecken der Vorburg tönen zu hören: Das ist Erlaucht Hermann!

Der Fremde schaute Matthias mit leerem Blick an, als bekäme er gar nicht mit, dass gerade über ihn geredet wurde.

Einige der Anwesenden bekreuzigten sich nun sogar. Andere murmelten Worte wie Schandacker und Selbsttötung.

»Du bist verrückt, Matthias!«, tadelte Meister Joachim, mit einem Mal ernst geworden. »Und nun geht alle wieder an Euer Tagewerk zurück«, ordnete er an.

Von der Aussicht auf ein Wunder angezogen, taten die Umstehenden jedoch genau das Gegenteil. In diesem Moment erschien der Zimmerergeselle mit dem markgräflichen Ehepaar und deren Begleitern. Weitere Burgbewohner traten zu der Gruppe vor dem Eingang der Kathedrale hinzu. Angst vor neuem Unheil überkam die Leute aus der Hauptburg, als sie Markgraf und Markgräfin auf den Eingang der Kathedrale zuhalten sahen.

Joachim verneigte sich tief vor Ekkehard und Uta, kaum dass diese bei den Meistern angekommen waren. »Markgraf, Markgräfin, es tut mir leid, aber es handelt sich um ein Missverständnis.«

»Das ist kein Missverständnis!«, beharrte Matthias und setzte nun, da er auch Uta vor sich stehen sah, ebenfalls zu der gewohnten Respektsbezeugung an. Ungewohnt flüchtig fiel die Verbeugung aus, sofort wandte er seine Aufmerksamkeit wieder dem abgemagerten Mann zu, der inzwischen mit dem Rücken an die Kathedraltür gepresst stand und sich mutlos umschaute.

»Warum wird hier nicht gearbeitet?«, fragte Ekkehard und ließ seinen Blick über die ungewöhnliche Versammlung gleiten. Es mussten an die vier Dutzend Burgleute sein, die vor der Kathedrale zusammengekommen waren: Handwerker aus der Vorburg, einige Maler aus dem Inneren des Gotteshauses, Knechte, die zuvor die gelieferten Stämme entladen hatten, und weiteres Burgvolk, das immer schnell zur Stelle war, wenn irgendetwas Außergewöhnliches vorfiel. Der Geselle, der sie geholt hatte, sprang sogar einige Male in die Luft, um einen besseren Blick auf den Fremden erhaschen zu können, der die ganze Unruhe ausgelöst hatte.

Uta war neben Matthias getreten. »Ist etwas mit der Kathedrale, Meister? Ein erneuter …?« Sie folgte Matthias' starrem Blick und bemerkte den Fremden vor dem Kathedralportal, während Ekkehard sich weitere Entschuldigungen von Meister Joachim anhörte.

Was sie sah, ließ sie wanken. Dann trat sie langsam näher an den Mann heran.

Nicht die abgemagerte Gestalt oder die bedürftigen Gewandreste fielen ihr auf, sondern seine Augen – in denen sie einen Rest von Rauhheit und Sanftmut ausmachte. Mit glühenden Wangen schaute sie zu Katrina, die ihren Blick ebenfalls nicht von dem Fremden nehmen konnte. Wie gut, dachte Uta nur, dass sie einen dicken Wollumhang trug. Sonst hätte jedermann das verräterische Auf und Ab ihres Brustkorbes wahrgenommen. Besorgt hatte sie ihre Kemenate verlassen, nun aber zeigte ihr Gesicht ein zartes Lächeln, und sie flüsterte: »H-e-r-m-a-n-n.«

Der Wind musste ihn zu ihr zurückgetragen haben.

»Das ist nicht mein Bruder!«, unterbrach Ekkehard Utas von wundersamer Hoffnung getragene Ruhe, nachdem ihm Meister Matthias seinen Verdacht zugeraunt hatte. Kein Mitglied der Meißener Markgrafenfamilie hatte jemals solche Lumpen getragen und sich Stofffetzen um die Füße gewickelt! »Legt ihm das Haar zurück«, bat Ekkehard, mehr um die Versammelten als sich selbst von seiner Einschätzung zu überzeugen. »Der Mann soll näher treten.«

Der Fremde richtete seinen Blick nun auf den gelockten Edelmann mit der breiten Nase. Er ließ sich zu diesem hinschieben. Im Tausch für sauberes Wasser hätten sie ihm auch den Kopf rasieren dürfen.

Ekkehard schaute nachdenklich auf den Fremden. Durchaus

Ekkehardiner Züge, gestand er sich ein. Aber Ähnlichkeiten gab es auch außerhalb des engsten Familienkreises. »Wer bist du?«, fragte er in befehlsgewohntem Ton.

Während der Gatte vergeblich auf eine Antwort wartete, tastete Uta das Gesicht des Fremden sehnsüchtig mit den Augen ab – genauso wie Hermann es früher mit ihr getan hatte, wenn sie sich in der kleinen Burgkirche trafen. Nur hatte er damals seine Hände zu Hilfe genommen, was ihr in Anwesenheit der Umstehenden versagt blieb. Als ob ihre glühenden Wangen nicht schon genug preisgaben …

»Nun sag schon, wer bist du?«, forderte Ekkehard ungehaltener und wagte doch nicht, den Mann vor sich anzufassen, um ihm das Haar aus dem Gesicht zu streichen.

Uta sah, wie der Fremde zu einer Erwiderung ansetzte, dann aber doch nur mit den Schultern zuckte.

Mit einem kurzem »Hmm!« kommentierte Ekkehard die Geste ratlos. Und doch trug dieser Mann die etwas schief geratene Nase des Vaters. »Wo kommst du her?«

Die Stimme des Fremden war klanglos, als er endlich antwortete: »Ich erinnere mich nicht.«

Uta horchte auf. Erst jetzt fiel ihr der schlechte körperliche Zustand des Mannes auf.

Ekkehard wusste am Abend nicht mehr zu sagen, warum er den verwahrlosten Fremden nicht einfach fortgeschickt, sondern ihn stattdessen dazu aufgefordert hatte, ihm seinen bloßen Unterarm zu zeigen.

Der Fremde schob darauf seinen zerfetzten Umhang beiseite und zog das Hemd über den spitzen Ellbogen.

»Nein«, entgegnete Ekkehard angespannt. »Nicht den linken, den rechten!«

Der Fremde hielt Ekkehard daraufhin den rechten Arm hin.

Utas Augen weiteten sich. Und mit einem Mal war ihr, als sei sie, um Hermanns Schicksal aufzuklären, in den vergangenen

Mondumläufen die Wendeltreppe eines Turmes hinaufgestiegen. Eine Wendeltreppe, deren nächste Stufen sie nicht sehen konnte und deren Anzahl sie nicht kannte. Nun aber fiel ihr von oberhalb der Treppe ein Lichtstrahl entgegen, das sichere Zeichen dafür, dass der Austritt auf die Plattform nah war. Uta ahnte, was der Gatte mit der Armbeschau beabsichtigte. Doch was wäre, wenn die sichelförmige Narbe in der einst so weichen hellen Haut nun nicht zum Vorschein käme? Angespannt verfolgte sie, wie der Fremde auch seinen rechten Arm freilegte. Seine schmutzige Haut am Unterarm wirkte schlaff und sah ungesund grau aus.

»Ich möchte die Unterseite sehen«, forderte Ekkehard ungeduldig.

Der Fremde drehte den Arm langsam um, die Bewegung schien ihm Schmerzen zu bereiten. Uta fiel auf, das sein Unterarm mit verkrustetem Schlamm bedeckt war und zudem nahe der Armbeuge eine schlimme Entzündung aufwies, die gefährlich feucht schimmerte.

»Er ist es nicht!«, stieß Ekkehard hervor. »Er ist nur ein Betrüger!«

Was soll er denn betrogen haben?, dachte Uta und sah den Gatten aufgrund seiner Äußerung ungläubig und entsetzt zugleich an. Der Fremde war doch nicht durch die Vorburg gelaufen und hatte gerufen: Ich bin Hermann von Naumburg. Verzweiflung erfasste sie angesichts der schwindenden Hoffnung, ans Ende der steilen Wendeltreppe gelangt zu sein.

»Wartet!«, bat sie daher, winkte eine der Küchenmägde von den Unterständen mit Wasser heran und ergriff einen Zipfel ihres Umhangs.

Vorsichtig fasste sie nach dem wunden Arm des Fremden.

Er zog ihn zurück.

»Lasst ihn mich anschauen«, sagte sie sanft. »Ihr habt Schmerzen, nicht wahr?«

Auf ihre beruhigend leise Stimme hin streckte er ihr seinen Arm wieder entgegen und nickte.

Unter den gespannten Augen der Umstehenden befeuchtete Uta den Stoffzipfel im Eimer der Magd. Dann begann sie den geschundenen Arm zu waschen, der ihr früher so viel Sicherheit und Wärme gegeben hatte. Noch vor wenigen Tagen hätte sie für dessen Besitzer die Kathedrale aufs Spiel gesetzt.

Allmählich weichte der verkrustete Schlamm auf und ließ sich wegwaschen.

Uta schaute auf und lächelte den Mann ermutigend an. Auch wenn sie ihm gern so viel mehr hätte sagen wollen. Auf seinen Zügen machte sie jedoch nur Orientierungslosigkeit aus. Er schaute sich immer wieder um, als suchte er einen Fluchtweg.

Vorsichtig trocknete Uta die nässende Wunde. Der noch junge Biss einer Ratte, mutmaßte sie. Uta arbeitete sich mit einer weiteren sauberen Stelle ihres Umhangs in Richtung des Handgelenks vor, die Stelle, an der sich die Narbe befinden musste, der Beweis für seine Identität. Und seine Gefühle, hoffte sie. Unter ihrem vorsichtigen Wischen, beinahe ein Streicheln, kam tatsächlich Haut zum Vorschein.

Der Fremde biss die Zähne aufeinander, als ihn auf einmal ein heftiger Schmerz durchfuhr.

Uta schaute zu ihm auf, sah seine aufeinandergepressten, farblosen Lippen und meinte, so nah an ihm, wirklich Hermann von Naumburg zu riechen: Leder, Haut und Zärtlichkeit. So hatte kein anderer außer ihm gerochen. Oder war das nur ein Streich, den ihr ihre Erinnerung spielte?

»Ich wusste …«, begann Ekkehard und wollte gerade mit einer Handbewegung die Runde auflösen, als Uta der Atem stockte.

»Erlaucht, was habt Ihr?«, erkundigte sich Matthias, der die Säuberung gebannt verfolgt hatte und nun sah, wie die Markgräfin den Arm des Fremden ungläubig sinken ließ.

Ekkehard trat daraufhin wieder neben Uta und betrachtete den Unterarm des Mannes genauer. Entsetzt wich er zurück, ohne dabei den Blick von der fingerlangen, sichelförmigen Narbe zu nehmen, die dem Bruder einst von einem aufständischen Polen beigebracht worden war. Gemeinsam mit Hermann und dreitausend Kämpfern hatte er damals an seinem ersten Feldzug teilgenommen. Es waren die letzten Kämpfe unter Kaiser Heinrich II. gewesen, die dem Frieden von Bautzen im Jahre 1018 des Herrn vorangegangen waren. Bautzen lag inzwischen mehr als zwanzig Jahre zurück. Vor Ekkehard zogen Bilder der Schlacht vorüber, als hätten sie erst gestern gekämpft: Der Bruder hatte sich vor ihn gestellt, als einer der Gegner angesetzt hatte, ihm den Schädel zu spalten. Hermann war es gelungen, ihn mit einem Gegenhieb vor dem frühen Tode zu retten, hatte jedoch einen weiteren Angreifer abwehren müssen, der ihm einen Messerhieb in den Unterarm versetzte.

»Hermann«, flüsterte Uta und konnte kaum glauben, dass sie tatsächlich auf der Turmspitze angekommen war. Nun brauchte sie etwas Zeit, um sich an die Helligkeit zu gewöhnen, die ihrem Leben neue Farben schenkte, rote Blitze, Silberfeuer. Hermann war zurück. Zurück, um mit ihr zu leben.

Katrinas Blick glitt in Richtung des fernen Schandackers, wo die sterblichen Überreste des angeblichen Hermann von Naumburg vor über fünf Mondumläufen von Abt Pankratius unter die Erde gebracht worden waren.

»Bruder«, sagte nun auch Ekkehard und schaute dem Mann vor sich in die Augen. Zwei weitere Atemzüge lang zögerte er, umarmte ihn dann aber doch ergriffen.

Bruder?, ging es Hermann durch den Kopf, der sich ohne Gegenwehr drücken ließ.

»Erlaucht Hermann!« ertönten freudige Ausrufe. Einige der Umstehenden hatten zu applaudieren begonnen. »Erlaucht

Hermann lebt! Er ist wieder zu Hause!« Auch Meister Joachim hatte seine Sprache wiedergefunden und fiel in den Freudenchor mit ein. »Ein Wunder ist geschehen.«

Auf Joachims Ausruf hin nickte Uta unvermittelt. Ein Wunder. Der Hauch der Hoffnung war zum Wind geworden, und der Wind hatte ihr Hermann – in Fleisch und Blut – zurückgebracht.

Hermann schaute sich um, nachdem Ekkehard ihn aus der Umarmung entlassen hatte. »Mein Zuhause …?«

»Ja, Erlaucht. Naumburg ist Euer Zuhause, und Ihr habt diese Kathedrale erst ermöglicht«, pflichtete Meister Matthias ihm strahlend bei und deutete auf den Bau hinter ihnen, dessen vier Türme hoch in den Himmel ragten.

Hermann führte seinen Blick vom Portal, an dem er eben noch gelehnt hatte, über die Osttürme der Kathedrale und das Langhaus hinweg zu den Westtürmen und betrachtete sie lange. Dann schüttelte er den Kopf.

»In nur zehn Jahren ist die Kathedrale entstanden, und du hast sie mitgebaut, warst der Bauleiter und hast die Verlegung des Bischofssitzes von Zeitz nach Naumburg erwirkt«, erklärte Ekkehard und dachte kurz zufrieden an den Vater, der nur deshalb mit dem Georgskloster eine Grablege gefunden hatte, die sich auf dem geheiligten Boden eines Bischofssitzes befand.

Hermann bemerkte, dass Ekkehard den Blick nicht von ihm nahm, und fühlte sich zum Sprechen verpflichtet. »Ich … eine Kathedrale gebaut?«

»Du bist noch etwas durcheinander von deiner Reise«, entgegnete Ekkehard in versöhnlichem Ton. »Nach einem guten Bad wird sich der Nebel in deinem Hirn lichten. Heute Abend erzählst du uns, was eigentlich geschehen ist.« Ekkehard wartete auf ein Nicken des Bruders, das jedoch ausblieb.

»Vielleicht sollten wir ihn durch die Burg führen«, wagte Uta vorzuschlagen. Noch immer ging ihre Brust unter dem Umhang heftig auf und ab. »Wenn er den Burgsaal und seine Gemächer wiedersieht, weicht seine Verwirrung womöglich. Vielleicht erkennt er auch sein Schlachtross wieder.«

Die Umstehenden nickten, und besonders eifrig Meister Matthias. Der Freudenchor setzte erneut ein.

»Komm, Hermann!«, Ekkehard legte den Arm fürsorglich um die Schultern seines Bruders, der sich willenlos mitziehen ließ und nicht einmal mehr wagte, um frisches Wasser und einen Hühnerschenkel zu bitten.

Uta wollte sich ihnen gerade anschließen, als Ekkehard sie mit der ausgestreckten Hand abwehrte. »Sprecht Ihr ein Gebet für uns alle hier. Ich kümmere mich um meinen Bruder. Was er jetzt braucht, ist seine Familie.«

Uta war sprachlos angesichts dieser Gefühlskälte. *Ich* bin doch Hermanns Familie!, war ihr erster Gedanke. Als sie Hermanns verlorenen Blick sah, verzichtete sie jedoch auf einen Widerspruch. Es tat ihr weh, wie er sie so ohne jede vertraute Geste stehen ließ. Sie schaute dem Brüderpaar, das auf das Tor der Hauptburg zuhielt, lange nach. Es war ihre Art, Hermann festzuhalten. Die einzige, die ihr momentan möglich war. Hab Geduld, Uta!, mahnte sie sich. Hermann war wieder da – das war alles, was zählte. Und bald würden sie dort weitermachen, wo sie am Abend vor Allerheiligen aufgehört hatten, und für ihre Scheidung und eine gemeinsame Zukunft kämpfen.

»Herrin«, sprach Katrina leise zu ihr, »gebt den Brüdern etwas Zeit. Sie haben sich lange nicht gesehen.«

Uta legte den Kopf in den Nacken und blickte in den Himmel, um die aufsteigenden Tränen zurückzuhalten. Der junge Zimmerermeister und die Burgleute sollten nicht sehen, was in ihr vorging – nicht vermuten können, wie sehr sie sich freute, und was Hermann ihr bedeutete.

In der Hauptburg angekommen, mussten sie sich erst einmal durch einen Pulk Menschen schieben. Ekkehard schirmte den Bruder, so gut es ging, vor den vielen Händen ab, die sich ihm, als sei er ein Heiliger, entgegenreckten.

Er öffnete die Tür zum Burgsaal, ließ sich einen Span reichen und trat vor dem Bruder ein. Hinter Hermann schloss er die Tür. Freudige Rufe drangen von draußen zu ihnen herein.

Die lauten Rufe und Schreie der Menschen im Hof schmerzten Hermann noch immer in den Ohren. Irgendwo im schummrigen Saal fiepte ein Tier. Erschrocken schaute er sich um.

Ekkehard entzündete weitere Späne an den Saalwänden und steuerte dann auf die Empore zu. »Das ist unser Adler. Das Symbol unserer Familie als Berater der Könige!«, rief er zu Hermann hinüber, der noch immer an der Tür stand. Ekkehard leuchtete mit dem Span die Wand hinauf und wies auf die Malerei auf hellem Untergrund. Seit des Königs Besuch zum Feste Christi Geburt hatte Ekkehard den Adler mit der spitz herausragenden Zunge nicht mehr in Ruhe betrachten können. Seit seiner Rückkehr aus Goslar nahm er die Mahlzeiten allein in seiner Kammer ein. »Wie majestätisch! Findest du nicht auch?«, sprach er leiser wie zu sich selbst.

Langsamen Schrittes trat Hermann vor die Empore. Vom flackernden Licht der Kienspäne beschienen, betrachtete er die Wandmalerei, wusste aber nichts zu erwidern.

Während Ekkehard ihm daraufhin die Grafschaftsrechte, die Lehen und familieneigenen Hufen Land, die Rodungs- und Jagdrechte aufzählte, nahm er sich gleichzeitig vor, seinem Bruder standesgemäße Kleidung bringen und ihm das Haupt- und Barthaar stutzen zu lassen. Morgen würden sie auch den Stall begehen. Ekkehard leuchtete dem heimgekehrten Bruder ins Gesicht, so dass er dessen Züge ungestört studieren konnte. »Als mein großer Bruder hast du mich gelehrt, zu verhandeln und taktisch mit dem Gegner zu verfahren«, erzählte er nach einer Weile des Schweigens und meinte, in den Augen seines Gegenübers den gleichen Ausdruck auszumachen, den auch der Vater kurz vor seinem Ableben gezeigt hatte. »Du warst unbestritten der beste Mann am Langschwert.«

»Am Langschwert?« Unstet glitt Hermanns Blick über die Umrisse des Adlers.

»Erinnerst du dich an den Hoftag in Dortmund?« Ekkehard beobachtete den Bruder beim Nachdenken, und wie dieser die Wand in Augenschein nahm: flüchtig, desinteressiert. »Wir waren gemeinsam vor Ort. Es herrschte Chaos im Osten, da sich Herzog Mieszko selbständig zum König von Polen gekrönt hatte, und dies, obwohl Kaiser Konrad dort Lehensherr war!«

Hermann verzog die trockenen Lippen. Der brennende Durst erschwerte ihm das Sprechen. »Ein Hoftag in Dortmund?« Er ließ von dem Wandbild ab.

Ekkehard ließ den Span sinken, als Hermann den Kopf schüttelte. »Am Tage des heiligen Benedikt standen wir gemeinsam auf den Hügeln Roms und zogen kurz darauf triumphal an der Spitze des kaiserlichen Heeres in die Heilige Stadt ein.«

Hermann betrachtete den angeblichen Bruder genauer, der ihm ausschweifend von einem Italienfeldzug und von Kämpfen an der Ostgrenze erzählte. Die groben Gesichtszüge, das wellige Haar und die stämmige Figur hatten nicht viel mit ihm gemein. Dann waren da auch noch die Finger, mit denen er ungeduldig auf seinem Wams herumtrommelte.

»Weißt du noch die Zusammenkunft zur Grundsteinlegung der Kathedrale, hier in Naumburg?«, fuhr Ekkehard fort. »Der Kaiser war eigens angereist, und wir standen gemeinsam an seiner Seite. Bischof Hildeward hat uns dann den Schleier der heiligen Plantilla enthüllt.«

Die heilige Plantilla? Hermann schüttelte den Kopf und merkte, wie ihm dabei schwindelig wurde.

»Erinnere dich!«, drängte Ekkehard, verstummte aber kurz darauf, als er wahrnahm, dass der Bruder kraftlos auf die oberste Stufe der Empore sackte.

»Lass mich dir deine Kammer zeigen«, schlug Ekkehard vor, weil er erkannte, dass sie hier im Burgsaal nicht weiterkamen. Er trat zu Hermann und geleitete den Bruder aus dem Saal die Treppe in das vierte Geschoss des Wohngebäudes hinauf, wo sich Hermanns Kemenate, seine Bücherkammer, sein ehemaliges Ehegemach und die Gästekammern für königlich-kaiserlichen Besuch befanden.

»Du hast auch einige Jahre im Kloster des heiligen Georg gelebt, wo unser Vater begraben liegt«, erklärte Ekkehard vor Hermanns Kammer angekommen. Ekkehard öffnete die Tür und hieß Hermann einzutreten.

Hermann bewegte sich langsam, ihn schwindelte noch immer. Seine Augen erfassten zwei mit Butzenscheiben versehene Fenster, einen mit Bildhauerarbeiten verzierten, aber dennoch schlichten Kamin und eine Bettstatt, von der er glaubte, sie in seinem Leben noch nie gesehen, geschweige denn in ihr geschlafen zu haben. Es war angenehm hell in diesem Raum.

»Gefällt es dir?«, fragte Ekkehard, steckte seinen Span in eine der Halterungen am Eingang und folgte dem Bruder vor die Bettstatt. Die beiden Fenster warfen Tageslicht auf sie.

»Es ist reichlich«, sagte Hermann nur. Er stand inmitten all dieses Reichtums, wo es ihn doch nur nach etwas Wasser verlangte. »Ich habe Durst«, brachte er schließlich hervor.

Ekkehard nickte, und so hielt Hermann kurze Zeit darauf einen Krug Wasser und einen Becher Honigwein in den Händen. Ekkehard hob seinen eigenen Becher mit einem breiten Lächeln an die Lippen: »Auf deine Rückkehr und unser Wiedersehen!«

Hermann begann wortlos zu trinken.

Ekkehard ließ den Wasserkrug des Bruders noch zwei weitere

Male füllen, bevor er zu sprechen fortfuhr. Er öffnete das linke der beiden Fenster und deutete dann hinaus auf einen Turm aus gelbem Sandstein, unweit des Tores zur Vorburg. »Dort drüben besitzt du noch eine Arbeitskammer im obersten Geschoss. Von dort aus hast du den Kathedralbau geleitet.«

Kathedralbauer, Mönch, Schwertkämpfer und älterer Bruder eines Markgrafen? Hermann schaute sein Gegenüber verstört an.

»Und? Kannst du dich an irgendetwas davon erinnern?«, hakte Ekkehard nach.

Hermann trank vom Honigwein. Dann schüttelte er mehrmals den Kopf.

»Erinnerst du dich überhaupt an etwas?«

Hermann überlegte angestrengt. »An Bäume«, brachte er schließlich hervor.

»An was noch?«, fragte Ekkehard, den der Honigwein heute überhaupt nicht entspannte.

»Ratten und Eichhörnchen im Wald. Und Ruhe.« Das Krächzen verschwand allmählich aus Hermanns Stimme.

»Wie aber bist du in den Wald hineingelangt?«

»Ich weiß es nicht.« Hermann wandte sich ab, stellte den Weinbecher auf dem Boden ab und nahm noch einen Schluck Wasser.

»Nimm erst einmal ein heißes Bad, Bruder. Das entspannt die Glieder und sicherlich auch den Geist.« Ekkehard nahm den Span wieder aus der Halterung und geleitete Hermann zurück in den Gang. »Außerdem lasse ich einen Benediktiner kommen, der deine Wunden versorgen soll.« Ekkehard wies eine ihnen entgegenkommende Magd an, den Badezuber füllen zu lassen und einen Boten ins Georgskloster zu schicken.

Danach stieg er mit dem Bruder die Stufen ins dritte Geschoss hinab und durchquerte mit ihm den Flur, von dem vier Kammern abgingen.

Ekkehard schritt mit dem Kienspan voraus und deutete auf die letzte Tür am Ende des Ganges. »Dort hinten ist meine Kammer, davor haben wir mein Ehegemach und …«

Obwohl er noch nicht geendet hatte, blieb Hermann vor der zweiten Tür stehen. Ein angenehmer Duft strömte ihm daraus entgegen. »Wessen Kammer ist das?«

»Die Kemenate der Markgräfin«, gab Ekkehard beiläufig Auskunft und beeilte sich, den Bruder zum Weitergehen zu bewegen.

Die Markgräfin, die Frau also, die ihm den Arm gereinigt hatte.

»Eure Gattin«, sagte Hermann und merkte, dass ihm die Worte mit Wasser und Wein im Hals flüssiger über die Lippen kamen.

»Bitte duze mich, Bruder«, bat Ekkehard im Weitergehen.

»Das haben wir schon immer getan.«

Hermann setzte sich wieder in Gang.

»Ich geleite dich jetzt zum Badezuber im Haupthof.« Auf dem Weg zur Badekammer ließ Ekkehard in Gedanken erneut jenen Abend vor Allerheiligen an sich vorüberziehen, der einiges für ihn verändert hatte. Er sah Uta und Hermann wieder bei sich in der Kemenate sitzen und meinte sogar, die gesottene Wildsau zu schmecken, die sie miteinander geteilt hatten. In vertraulichem Ton hatte der Bruder ihn aufgefordert, Uta freizugeben. Gattin und Bruder mussten schon lange, bevor sie ihn einweihten, an ihrem Anliegen gearbeitet haben, nachdem ihnen die Unterstützung der Kaiserin bereits vorlag. Mit dem bitteren Gedanken, dass die Vergesslichkeit des Bruders vielleicht sogar etwas für sich haben könnte, öffnete Ekkehard die Tür zur Badekammer, die sich gemeinsam mit der Küche, dem Brot- und dem Brauhaus im rechten Winkel an das Wohngebäude anschloss. Im oberen Geschoss des Traktes befanden sich Wirtschaftsräume, die er nur selten betrat.

Zwei Mägde waren gerade dabei, den Zuber mit heißem Wasser zu füllen, als die Brüder in die Badekammer kamen. Nach einem Blick in das nachdenkliche Gesicht ihres Markgrafen beeilten sich die Frauen mit dem Füllen und Herrichten.

Ekkehard übergab den Kienspan an Hermann und ging ihm durch den aufsteigenden Dunst voran. »Ich lasse dir gleich eine Mahlzeit und frische Kleidung bringen.« Der Unmut, der ihn bei der Erinnerung an den Vorabend von Allerheiligen überkommen hatte, verschwand, als er den ausgemergelten, kraftlosen Körper des Bruders betrachtete: Durch den löchrigen Stoff hindurch sah Ekkehard die Gelenke an Hermanns Gliedmaßen übergroß hervortreten. Auch fiel ihm auf, dass der Bruder den Holzspan umklammerte, als wolle er sich an ihm festhalten. »Sobald du gereinigt bist, schlafe dich erst einmal aus. Morgen wird man sich dann deines Haars annehmen.«

»Danke«, entgegnete Hermann und leuchtete in der Kammer umher.

»Wenn du mich brauchst, du weißt ja, wo sich meine Kammer befindet.« Zum ersten Mal in seinem Leben kam es Ekkehard so vor, als seien ihrer beider Rollen vertauscht und er der größere, verantwortungsvolle Bruder. Er trank noch einen Schluck Honigwein und verließ dann den Raum.

Kurze Zeit später saß Hermann in dem mit heißem Wasser und Tannennadelöl gefüllten Zuber. Der Span steckte in seiner unmittelbaren Nähe in der Wandhalterung. Die Dunstwolken verflüchtigten sich langsam. Er atmete ein paar Mal tief durch. Der Geruch nach Wald, den das Badeöl verströmte, entspannte ihn etwas.

Beharrlich betrachtete er das glitzernde Wasser, in dem sich sein Antlitz spiegelte. »Wer bist du?«, säuselte er. Die Leute auf der Burg hatten ihn Hermann genannt.

Sein Spiegelbild brach sich auf der Wasseroberfläche, seine Gesichtszüge zogen sich in die Länge und Breite. Sie waren ihm fremd.

Hermann schloss die Augen und tauchte unter. Sein entzündeter Arm brannte, als er ihn ins Wasser zog. Scheinbar schwerelos nahm ihn die Wasserwelt auf. Keine Stimmen, keine Fragen, keine wundersamen Äußerungen. Endlich wieder Ruhe. Der Zuber war so groß, dass er selbst mit völlig ausgestrecktem Körper nirgends anstieß. Auch wenn die Luft zunehmend knapp wurde, wollte er weiterhin unter Wasser bleiben. Er öffnete die Augen, vermochte wegen des Öls und Schmutzes aber keine Armlänge weit zu schauen. Hermann spürte, dass ihm die Lungen zu brennen begannen, doch er wollte keinen Herzschlag zu früh wieder nach oben kommen. Erst als ihm die Brust zu zerbersten drohte, schoss er, begleitet von einer Wasserfontäne, im Zuber hoch. Er benötigte einige Zeit, um sich aufzurichten.

Zwei Unbekannte standen vor ihm, und er erschrak. Sie trugen Kutten und ihr Haar war tonsiert. »Entschuldigt, Erlaucht«, sprach der eine, hochgewachsen und mit lebendigen Augen, »ich bin Bruder Laurentius, und das ist Bruder Ewald. Wir sind hier, um uns Eurer Wunden anzunehmen.«

Hermann, der in seiner ganzen Blöße vor den beiden Geistlichen stand, griff nach einem Tuch, das er sich um den Körper schlang. Fahrig stieg er aus dem Zuber und hielt Bruder Laurentius den Arm hin.

Der Benediktiner bedeutete Hermann, sich auf einen der Hocker im Baderaum zu setzen, und legte auf einem zweiten seinen Beutel mit den Heilkräutern und Salben ab. »Ewald«, bat Laurentius, »halte du seinen Arm, während ich die Wunde reinige.«

Bruder Ewald tat, wie ihm geheißen, ging neben Hermann in die Knie und betrachtete die Wunde eingehend.

»Ein Tierbiss, nicht wahr?«, erkundigte sich Bruder Laurentius. »Eine Ratte?«

Hermann nickte. Das über dem Feuer gebratene Fleisch der

Nager hatte ähnlich wie das einer Wachtel geschmeckt, die er erst gestern verletzt aufgelesen und auf einen Ast gesteckt über den Flammen gegart hatte.

Laurentius bedeutete seinem Helfer, den Beutel zu öffnen.

»Als Erstes müssen wir die Wunden gründlich reinigen. Dann tun wir Salbe darauf«, erklärte er und machte sich ans Werk. Hermann harrte geduldig aus.

»Ihr habt auch einen Ausschlag am Oberarm«, stellte Bruder Laurentius fest und nutzte die offensichtliche Geistesabwesenheit Hermanns dazu, diesen genauer zu betrachten. Dann beugte er sich über die mitgebrachten Tinkturen. Das Gefäß mit der Eibennadelessenz war jedoch leer, und Laurentius erinnerte sich nicht mehr daran, bei welcher Gelegenheit er sie zuletzt aufgebraucht hatte. Folglich würde die normale Wundsalbe ausreichen müssen. Sorgfältig trug er sie auch auf dem Ausschlag am Oberarm bis hinauf zur Schulter auf. Schlussendlich verbanden die beiden Brüder den Arm.

Ohnmächtig über das, was ihm in seiner neuen Welt geschah, brachte Hermann nicht einmal ein Wort des Dankes heraus, als die Mönche das Badehaus lautlos wieder verließen.

* * *

Ein lautes Hämmern, gefolgt von einer aufgeregten Stimme, drang an Alwines Ohren. »Bitte, öffne die Tür!« Sie legte gerade den rostigen Riegel zurück, als das Trommeln erneut ertönte. Kaum hatte Alwine die Tür geöffnet, stürzte Uta herein und umarmte sie so heftig, dass sie die Tür mit dem Fuß zustoßen musste.

»*Cara! Che cosa c'è?* Was ist passiert?« Alwine trat an den Untersuchungstisch, der mit frischen Kräutern, Schalen und Pergamenten übersät war, und zog unter ihm zwei Hocker hervor. Dann bat sie ihre Besucherin, doch Platz zu nehmen.

»Es ist wahrhaftig ein Wunder geschehen!«, überschlug sich Utas Stimme. »Du wirst es nicht glauben!« Sie war zu unruhig, um sich hinzusetzen.

»Habt ihr inzwischen herausgefunden, wem die Schnalle gehört«, wollte Alwine wissen und ließ sich auf einem der Hocker nieder.

Statt einer Erklärung ging Uta aufgeregt in der Kammer umher. Sie roch Wald und Erde. Verwirrt und gedankenversunken streifte ihr Blick die Rosmarinzweige in Alwines Tinkturregalen – von denen einige beinahe völlig abgezupft waren. Nur mit Mühe wich sie den unzähligen Schalen und Gläsern auf dem Boden vor den Regalen aus. Sie glaubte noch immer Hermanns Haut an ihren Fingerspitzen zu spüren. »Er ist es! Er ist zurück!«

Sie ergriff den feuchten, schmutzigen Saum ihres wollenen Umhangs, mit dem sie Hermann gerade noch den Unterarm gereinigt hatte, und wollte gerade zu sprechen anheben, als sie sich des verletzten Steinhauers mit Wundbrand am Ende des Raumes erinnerte. Sie trat auf den Vorhang zu, zog ihn ein Stück zur Seite und erblickte acht leere Betten mit sauberen Laken.

»Das Fieber hat ihn vor zwei Tagen erlöst«, erklärte Alwine, doch ihre Neugier trieb sie dazu, das Gespräch wieder auf das Wunder zurückzuführen, von dem Uta gesprochen hatte. »Aber was ist denn nun passiert?«, fragte sie nun ungeduldiger. »*Dimmelo adesso!* Sag es mir jetzt! Wer ist zurück?«

Uta trat an den Untersuchungstisch, den Saum ihres Umhangs noch immer in der Hand. Sie öffnete den Mund und meinte dann mit zärtlicher Stimme: »Mein Hermann.«

Alwine starrte sie ungläubig an. »Nein!«

»Er stand plötzlich vor der Kathedrale, direkt neben Meister Matthias«, erklärte Uta und war unglaublich erleichtert, endlich ihr Ziel, die Turmspitze, erreicht zu haben. »Der Meister hat ihn erkannt und daraufhin gleich nach Ekkehard und mir schicken lassen.«

Ergriffen erhob sich Alwine. »Und eine Verwechslung ist ausgeschlossen?«

Uta nickte heftig. Seine Augen und der für ihn typische Duft waren ihr Beleg genug gewesen. »Wir haben die Narbe an seinem Unterarm gesehen.« Ihr Herzschlag hatte sich seit ihrem Wiedersehen mit Hermann keinen Deut verlangsamt.

»Was ist ihm passiert?«, wollte Alwine wissen.

»Ich weiß es noch nicht.« Kurz sah Uta wieder Hermanns verlorenen Blick vor sich, als er Ekkehard in die Hauptburg gefolgt war.

»Am besten nimmst du dir gleich morgen Zeit, ihn all das zu fragen.« Alwine umarmte die Freundin fest. »Bring ihn am besten hierher, und wir sprechen gemeinsam mit ihm.«

Uta löste sich von Alwine. »Ich glaube nicht, dass Ekkehard das zulassen wird.« Eine seltsame Traurigkeit ergriff sie. Zögerlich ließ sie ihren Umhang sinken. »Ich hatte den Eindruck, dass Hermann sich fremd fühlte.«

»Aber *cara*«, tröstete Alwine. »Er war lange fort. Mehr als fünf Mondumläufe.«

»Das ist es nicht«, entgegnete Uta bekümmert und verstand sich selbst nicht mehr. Was bedurfte es denn anderes zu ihrem Glück, als Hermann wieder bei sich zu haben? Und dennoch fuhr sie bedrückt fort: »Als Ekkehard ihn fragte, wo er denn herkomme, wusste er es nicht. Und unsere Kathedrale hat er auch nicht wiedererkannt. Ich glaube, er hat überhaupt niemanden von uns wiedererkannt. Nicht seinen Bruder, nicht Meister Matthias und …«, sie senkte den Blick, »auch mich nicht.«

Alwine hockte sich neben einen der Bücherstapel vor der Wand mit dem Schweinepergament und begann in ihm zu suchen. »Vielleicht hat ihn das Wiedersehen einfach nur verwirrt. Das kann schon mal zu kurzzeitigem Vergessen führen.«

Utas starrte die Freundin entsetzt an. »Vielleicht? Wie meinst du das?« Ein Vielleicht gab es in ihren Zukunftsplänen nicht.

Alwine zerrte einige Pergamente hervor und trug sie zum Untersuchungstisch. »Vermutlich hat er sein Gedächtnis zum Teil verloren, und die Erinnerung kommt innerhalb eines Tages zurück«, dozierte Alwine und las das Pergament in ihren Händen. Dann sagte sie in gedämpfterem Ton – als hätte sie Uta diese winzige Zusatzinformation lieber erspart: »Es ist eher unwahrscheinlich, dass er sein Gedächtnis für einen längeren Zeitraum verloren hat.«

Uta schluckte. Sie begriff nicht. »Ist das denn möglich?«

Alwine senkte bestätigend die Lider, fügte aber gleich darauf hinzu: »Wir müssen jetzt Geduld haben und ihn beobachten, um seinen Zustand besser einschätzen zu können.« Alwine verschwieg der Freundin, was sie über die Krankheit der Melancholie, über zeitweise Todessehnsucht und Angstzustände von Menschen, die ihre Erinnerung verloren, niedergeschrieben hatte. Sie legte ihre Notizen zurück auf den Stapel und schob die blasse Uta dann auf einen der Hocker neben dem Untersuchungstisch. »Versuche herauszufinden, an was genau er sich nicht mehr erinnern kann. Weiß er nicht mehr, wer er ist und was in der Vergangenheit geschehen ist, oder hat er lediglich frühere Fertigkeiten und allgemeine Kenntnisse vergessen. Er konnte doch lesen und schreiben, richtig?«

»Ja!«, bestätigte Uta. »Und wunderbar zeichnen«, fügte sie zärtlich hinzu.

»Sehr gut. Dann schau, ob er noch des Lesens, Schreibens und Zeichnens mächtig ist. Wenn du es unauffällig machst, vielleicht sogar aus der Ferne, hat auch der Markgraf keinen Grund, sich zu ärgern. Es ist für alle eine neue Situation, jetzt, wo der von vielen Totgeglaubte wieder da ist.«

»Bestimmt kann er noch schreiben!«, entgegnete Uta überzeugt, zitterte nun aber am ganzen Körper. »Gewiss, für alle eine neue Situation«, wiederholte sie in sich gekehrt.

»Ach, *cara*«, entgegnete Alwine und dachte dabei an einen ihrer Patienten in Salerno. Bei dem Gesellen eines Radmachers hatte jedes neue Ereignis die Erinnerung an alle vorangegangenen ausgelöscht. Der junge Mann hat sein Leben wie einen immerwährenden, einzigen Augenblick erfahren. Alwine hoffte, dass die Freundin recht behalten würde mit ihrem Optimismus, und begann nun laut zu überlegen. »Gedächtnisverlust überkommt einen Menschen nicht einfach so. Am wahrscheinlichsten ist in Erlaucht Hermanns Fall, dass er nach einem kräftigen Schlag auf den Kopf oder einem Sturz eingetreten ist. Zum Beispiel könnte er unglücklich auf einem Stein aufgeschlagen sein. Aber auch ein plötzliches Durcheinanderwirbeln der Körpersäfte könnte die Ursache für das Vergessen sein.«

Mit feuchten Augen und glühenden Wangen schaute Uta auf. Ihr Blick fiel auf die Zange mit den krallenförmigen Enden an der Wand und ließ sie an die Exhumierung vor über zwei Mondumläufen denken.

Schaudernd erhob sie sich, trat auf die Seite des Untersuchungstisches, an der sie einst den Arm des toten Hermann zu sehen geglaubt hatte, und berührte die Stelle, an der sein Unterarm damals kraftlos hinuntergehangen hatte. Hermann war weder ein Selbstmörder, noch tot. Und das war das Einzige, was zählte! »Es ist alles gut, ein Wunder. Hermann lebt, und er ist zurück.«

Alwine lächelte zuversichtlich. »Sollte seine Erinnerung in den nächsten Tagen nicht zurückkehren, kann vielleicht unsere Schnalle zur Aufklärung beitragen.« Sie wies auf ihre Skizze des Eisenstücks, das sie noch gestern von Katrinas Wachstafel abgezeichnet hatte. »Sollte Erlaucht Hermann nicht freiwillig weggegangen sein, könnte sie womöglich demjenigen gehören, der hinter seinem Verschwinden steckt. Und wenn dein Liebster sich an sie erinnert …«

»Das wird er!«, war Uta sich sicher.

Alwine betrachtete die Zeichnung. »Katrina ist ein kluges Mädchen. Nimm ihre Unterstützung an. Sie kann sich ein wenig umhören. Ihre Fragen verursachen lange nicht so viel Aufregung wie die einer Markgräfin.«

Uta nickte, obwohl sie mit ihren Gedanken schon wieder bei Hermann war.

Alwine sah auf den Untersuchungstisch, auf dem der leblose, von Fäulnisflüssigkeit aufgeblähte Körper des vermeintlichen Hermann einst gelegen hatte. »Und wir haben da auch noch unseren unbekannten Toten. Wenn wir herausfinden, wer er war und warum er die Sachen von Erlaucht Hermann trug, haben wir möglicherweise einen weiteren Hinweis.«

»Es gibt viel weniger Zufälle, als wir gemeinhin glauben«, zitierte Uta Alwines eigene Worte nun wieder etwas zuversichtlicher. »Du sagtest, seine Erinnerung kann sogar im Laufe eines Tages wiederkommen? Bestimmt wird es so sein, und wir werden schon morgen Abend Antworten auf all unsere Fragen bekommen!«

»Vielleicht, ja«, gab Alwine vorsichtig zurück.

»Und für den schlimmeren Fall, der bestimmt nicht eintritt«, Uta erhob sich und blickte zum Regal mit den Tinkturen zur Rechten der Eingangstür, »könntest du doch einen Trunk bereiten, der ihn schnell wieder gesund machen wird?«

»Einen Trunk gegen das Vergessen?«, fragte Alwine irritiert. »Ich habe noch nie von einer solchen Medizin gehört.«

Alwine schaute auf die verstreuten Pergamente auf dem Untersuchungstisch und dann in Utas erwartungsvolle Augen. Sie wollte der Freundin nicht alle Hoffnung rauben. »Aber lass mich in den nächsten Tagen in meinen Niederschriften suchen. Vielleicht weiß ja der alte Galen Rat.« Sie zwinkerte aufmunternd, obwohl ihr nicht danach zumute war.

Uta nickte zuversichtlich, und vielleicht war es auch der vertraute harzige Geruch in Alwines Keller, der sie nicht verzagen ließ.

Es klopfte, und keinen Lidschlag später stand Schwester Margit in der Tür.

»Euch geht es gut, Schwester Alwine?«, erkundigte sie sich und sah in die Gesichter der zwei Frauen, deren Ausdruck ihr zwischen Erregung, Freude und Angst zu schwanken schien. Margit verbeugte sich vor Uta. »Verzeiht die Störung, aber ich vermutete, dass Ihr bedrängt werdet, Schwester Alwine. Ich hörte zuvor ein gewaltiges Hämmern.«

»Es ist alles in Ordnung«, versicherte Alwine und schob die Zeichnung mit der Schnalle unter ein paar andere Pergamente.

»Ich habe vielleicht etwas zu forsch an die Tür geklopft«, setzte Uta nach. »Habt Ihr die neue Botschaft schon vernommen, Schwester?«

Margit schüttelte den Kopf. »Wieder eine Schändung an unserer schönen Kathedrale?«, erkundigte sie sich und hoffte inständig, dass die diesbezüglich bereits im Kloster und in Naumburg herrschende Verunsicherung nicht noch weiter zunehmen würde. War es nicht schon genug, dass die Mädchen Angst vor ihrer Vorsteherin hatten? Ihre Zelle mit Schwester Tusnelda teilen zu müssen berührte Margit wenig; die Launen der Äbtissin zu ertragen hingegen außerordentlich. Obwohl wenigstens die Mahlzeiten in den letzten Tagen wieder etwas friedlicher verliefen. Doch dieser Zustand würde wohl nicht lange anhalten. Zumal, und das bekümmerte Margit dieser Tage am meisten, sie noch immer keine Antwort auf ihre Schreiben erhalten hatte. Würde ein drittes etwas bewegen?

»Keine Schändung, Schwester! Erlaucht Hermann ist wieder zurück. Und er lebt!«, verkündete Uta und bemerkte, dass, je öfter sie diesen Satz aussprach, der bittere Beigeschmack über Hermanns Gedächnisverlust schwand.

Alwine musterte ihre Mitschwester währenddessen besorgt. Sie fand, dass Margit krank aussah.

Die bekreuzigte sich. »Der Herr schickt ein Wunder zur rechten Zeit.«

* * *

Das schmatzende Geräusch, das stets zu hören war, sobald der Feinputz an die Wand geworfen wurde, war am heutigen Vormittag verstummt. Für den Heimkehrer wurde eine Messe gehalten, und die Glocken der Kathedrale verkündeten dies über die Mauern der Burganlage hinaus. Ihr feierlicher Klang ging nahtlos in die eröffnenden Worte Bischof Kadelohs über. »Lasst meine Söhne und Töchter aus den noch so fernen Ländern heimkehren!«, trug er aus dem Buch Jesaja von den Stufen im Ostchor aus vor. Mit seiner Predigt war Kadeloh angetreten, den Menschen die Verunsicherung zu nehmen, welche sich über die Grenzen des Burgbergs hinaus ausgebreitet hatte. Er schaute zu den zwei Pfeilern, deren Basen dem letzten Unglück zum Opfer gefallen und inzwischen von den Handwerkern mit jeweils drei Stützen um das Malergerüst herum gesichert worden waren. Er war nicht gewillt, zuzulassen, dass sich die Gläubigen nicht einmal mehr tagsüber zum Beten in die Kathedrale trauten, weil sie den Kathedralfluch fürchteten. Kadeloh gedachte, das Volk in die Kathedrale zurückzuholen, und was taugte dafür mehr als ein Wunder, das vor ihrer aller Augen geschehen war? Kadeloh warf einen kurzen Blick hinter sich. Im Chorgestühl an der Südwand des Ostchores hatten es sich Notburga und Bebette von Hildesheim bequem gemacht, die restlichen Schwestern des Moritzklosters standen in zwei Reihen hinter dem Altar, bereit, ihre Stimmen erklingen zu lassen. Abt Pankratius und seine Georgsbrüder saßen im Chorgestühl an der Nordwand. Im Langhaus erblickte Kadeloh in den hinteren Reihen die Maler und Handwerker, Pilger und das Burgpersonal. In der vordersten Reihe sah er den Markgrafen, rechts davon Hermann von Naumburg, den wundersamen Heimkehrer, und links davon die Markgräfin mit ihrem Kammermädchen. Nur die Kaufmannschaft und die Bauern der umliegenden Siedlungen waren nicht gekommen.

»H-e-r-m-a-n-n«, murmelte Uta geistesabwesend und schaute sich, als sie ihrer Stimme gewahr wurde, peinlich berührt um. Hatte sie den Namen tatsächlich ausgesprochen und nicht nur – wie in den vergangenen Tagen – gedacht? Nachdem Ekkehard und Katrina jedoch nicht reagierten, war sie erleichtert – zum ersten Mal seit drei Tagen – seitdem Hermann zurückgekehrt war und sie nicht wiedererkannt hatte. Zu den unruhigen Nächten waren ungewisse Tage hinzugekommen. Keinen Augenblick war der Gatte bisher von Hermanns Seite gewichen. Ständig betraute er sie mit Aufgaben der Burgverwaltung oder schickte sie in die Kathedrale zum Gebet. Wie viel Zeit musste sie Ekkehard noch zugestehen, damit er mit der neuen Situation umzugehen lernte? Lange würde sie es nicht mehr aushalten.

Beherrscht sah Uta nach vorn in den Ostchor, wobei ihr Blick prompt auf die ausgebesserten Sterne an der Altarwand fiel. Waren die Zerstörungen womöglich wirklich Gottes Zorn? Matthias hatte berichtet, dass ihm und den anderen Handwerkern während der Nachtwache vor der Kathedrale nichts Außergewöhnliches aufgefallen war.

»Fürchte dich nicht, denn ich bin bei dir!«, fuhr Kadeloh da mit sonorer Stimme fort. Das Licht aus den oberen Fensterreihen des Langhauses fiel auf den mächtigen Glasschrein hinter ihm, brach sich dort und wurde in einem Strahlenkranz in alle

Richtungen zurückgeworfen. Dem hochgewachsenen Geistlichen verlieh dieses Schauspiel fast schon einen überirdischen Nimbus. »Von Osten und Westen bringe ich deine Kinder herbei. Zum Norden sage ich: ›Gib sie heraus‹, und zum Süden: ›Halte sie nicht zurück‹.« Mit einem gütigen Lächeln sah Kadeloh dabei zu Hermann. »Völker gebe ich für dich hin, ja die ganze Welt, weil du mir so viel wert bist!« Nach diesen Worten faltete er die Hände zum Gebet und sprach ein Vaterunser.

Während der Chor der Moritz-Benediktinerinnen unter der Leitung von Schwester Margit hinter dem Altar ein Lied anstimmte, drehte sich Uta zu Erna um, die mit Arnold und den Kindern im vorderen nördlichen Seitenschiff untergekommen war. Der engelsgleiche Gesang ließ die veilchenblauen Augen der Freundin freudig aufleuchten. Zuletzt hatten nur noch Angst und Distanz in ihnen gelegen. Als sich die Blicke der beiden Frauen trafen, nickte Erna Uta zu, schmiegte sich aber gleich darauf näher an Arnold, als suche sie Schutz bei ihm. Hoffentlich hat sie bald wieder einmal Zeit für mich, dachte Uta und seufzte leise. Wer, wenn nicht ihre treue, gutmütige Erna könnte sie auffangen? Mit jedem Tag, der verging, verstärkte sich ihr Gefühl, sich im freien Fall zu befinden, heruntergestoßen worden zu sein vom Dach ihres Turmes, den sie so mühevoll erklommen hatte. Wie gerne hätte sie Erna in den letzten Tagen vor die ersten bemalten Wandflächen der *heiligen Zone* geführt und sich gemeinsam mit ihr an der Entstehung des steinernen Buches berauscht, die ihr ein wenig über die zermürbende Grübelei um Hermann hinweghalfen. Im ersten und zweiten Joch des Langhauses waren bereits die Flechtbänder gemalt, die Architektur der Stadt Bethlehem für die Geburt Christi in hellen Rot- und Gelbtönen angelegt sowie Schattierungen gesetzt und Konturen und Lichter gezeichnet worden. Ebenso nahmen die Krippe und das Kreuz

Christi im dritten Joch Gestalt an. Zudem hätte sie Erna gerne persönlich von Hermanns Rückkehr erzählt, wie auch von ihrer Freude und ihren Ängsten. Zu überprüfen, ob Hermann lesen, schreiben oder gar zeichnen konnte, hatte Uta bisher noch keine Möglichkeit gehabt. Ekkehard ließ den Bruder nicht aus den Augen. Und noch immer – das entnahm Uta dem gedrängten Gesichtsausdruck ihres Liebsten – schien sich Hermann weder an seine Umgebung noch an seine Vergangenheit erinnern zu können. Katrina hatte in der Vorburg aufgeschnappt, dass er nächtelang durch den burgnahen Wald lief, sich kaum Schlaf gönnte und sich pausenlos mit irgendetwas beschäftigte. Erna, deine Ratschläge fehlen mir, dachte Uta in diesem Moment und sah wieder zu der Freundin im Seitenschiff hinüber. Die blickte jedoch, vom Gesang der Moritz-Benediktinerinnen gefesselt und noch immer an Arnold geklammert, nicht mehr zu ihr herüber.

Wehmütig wandte Uta sich von Erna ab. Dabei fiel ihr auf, dass der Gatte rechts neben ihr ständig die Fingerspitzen aneinandertippte. Immer wieder und immer schneller. Utas Blick glitt von Ekkehards Händen zu denen Hermanns. Die hingen eher steif vor seinen Oberschenkeln. Uta senkte den Kopf, um die Hände des Geliebten einen weiteren Moment unauffällig betrachten zu können. Beim Anblick der wohlgeformten Hände schloss sie die Augen. Sie stellte sich vor, wie seine geraden Finger langsam und kaum spürbar ihren Hals hinauf zu ihrem Gesicht strichen.

»Glaubt ihr nicht, dann bleibt ihr auch nicht!«, holte Bischof Kadeloh sie aus ihrer Phantasie zurück. Der wohltuende Gesang von Schwester Margits Chor war längst verklungen.

Uta schalt sich für ihre unzüchtigen Gedanken, schaute dann aber doch noch einmal zu Hermann hinüber. Sein Haar war wieder auf Kinnlänge gestutzt und der Bart kurz geschoren. Sein Gesicht mutete zwar kräftiger, aber nicht glücklicher an als bei seiner Ankunft. Die edle grüne Tunika, die er sich zur heutigen Messe angelegt hatte, stand ihm gut – auch wenn sie fand, dass er darin kein Wohlgefallen ausstrahlte. Die Teilnahmslosigkeit in seinem Gesicht schien einer tiefen Ratlosigkeit gewichen zu sein.

»Jesaja war mit diesen Worten zwar nicht an sein Ziel gekommen, aber unserer jungen Siedlung vermögen sie Mut und neues Gottvertrauen zu schenken.« Im schwarzen Chormantel mit blätterartigen Stickereien an Saum und Ärmeln nickte Bischof Kadeloh der versammelten Menge zu und war überzeugt, schon etwas mehr Zuversicht wahrzunehmen. »Uns alle freut die Rückkehr Hermanns von Naumburg, des einstigen Markgrafen von Meißen. Wir bitten dich, oh Herr, dass du ihm Sicherheit und einen Weg zum Neuanfang weist.«

Die Gemeinde wiederholte die Bitte.

Die Gläubigen empfingen den Leib und das Blut Christi. Schließlich sprach der Bischof das Schlussgebet sowie den Schlusssegen und forderte seine Gemeinde auf, erst am morgigen Tag an ihre gottgefälligen Werke zurückzukehren und lieber noch etwas über seine Predigt nachzudenken.

Nachdem das letzte Wort des Bischofs verklungen war, setzte Gedränge ein. Die Burgbewohner, einige Handwerker und sogar Arnold und Erna schoben sich zu Hermann vor, versicherten ihn ihrer Gebete und ihrer Freude über seine Rückkehr. Ekkehard hatte Mühe, sich und dem Bruder Platz in diesem Gewusel greifender Hände und neugieriger Gesichter zu verschaffen. Er winkte einige Bewaffnete herbei, die die Menschen etwas zurückdrängten, da Hermann sich sichtlich unwohl fühlte.

Uta und Katrina hatten sich derweil ins Querhaus zurückgezogen, von wo aus Uta verfolgte, wie die Menschen sich um Hermann drängten und seine Nähe suchten. Eine Nähe, die ihr bislang versagt geblieben war. Ebenso wie die Möglichkeit,

Fragen bezüglich der Umstände seines Verschwindens an ihn zu richten. Von einem persönlichen Austausch oder einer Berührung ganz zu schweigen.

Das auffällige Knarzen des hölzernen Gestühls an der Nordwand des Chores, in dem sich die Brüder des Georgsklosters gerade erhoben, hatte derweil Katrinas Aufmerksamkeit auf sich gezogen. Sie blinzelte kurz, als sie etwas aufblinken sah. Sie schaute zu ihrer Herrin, die traurig den Auflauf im Querhaus beobachtete, und entschied sich, sie keiner weiteren Belastung auszusetzen. So zog Katrina, ohne ein Wort zu sagen, ihre Wachstafel aus dem Futteral und blickte nachdenklich auf ihre Notizen und dann wieder zu dem blinkenden Etwas vor dem Chorgestühl. Danach hielt sie ihre aufregende Entdeckung auf der Tafel fest.

Uta begab sich hinter den Altar, um sich bei den Benediktinerinnen für ihren bewegenden Gesang zu bedanken. Im selben Augenblick trat Bischof Kadeloh auf Schwester Margit zu.

Uta fiel auf, dass die Schwester abgelenkt zum Ausgang schaute, wo gerade Bebette von Hildesheim zusammen mit einigen Burgbewohnern das Gotteshaus verließ.

»Habt Dank, Schwester, Eurer Führung haben wir diese engelsgleichen Stimmen zu verdanken«, sagte der Bischof. »Ich würde mich freuen, wenn Ihr und Euer Chor auch weitere Messen begleitet.« Nach diesen Worten schritt er auf Erwina zu, die das bischöfliche Dankeschön mit einem freudigen Lächeln entgegennahm. »Ich habe selten göttlichere Stimmen als die Euren vernommen.«

Uta schüttelte den Schwestern die Hände und nahm dann Alwine zur Seite. »Du musst auf Schwester Margit achtgeben. Sie wirkt erschöpft«, mahnte sie leiser, damit ihre Sorge den anderen Schwestern nicht zu Ohren kam.

»Das versuche ich ja, *cara!*«, gab Alwine nach einem fachkundigen Blick in die glasigen Augen von Margit zurück. »Aber vor lauter Kelterei, Krankenkammer und Verwaltungssorgen hat sie keine Zeit, sich von mir untersuchen zu lassen.«

Uta legte die Stirn in Falten. »Dann lass dir etwas einfallen, wie du sie in deinen Keller bekommst. Du weißt doch sonst für alles eine Lösung.« Utas Worten folgte ein hoffnungsvolles Lächeln.

Alwine schüttelte den Kopf. »Bisher konnte ich noch keine Medizin gegen Gedächtnisverlust ausfindig machen«, gestand sie flüsternd. Es war das erste Mal, dass Uta ernsthafte Zweifel in Alwines Stimme ausmachte.

»Aber ich habe noch nicht alle Pergamente durchgesehen«, fügte Alwine an und führte Uta und Katrina in die Ecke des Chores. »Außerdem fördere ich beim Studium der Schriften andere höchst interessante Zusammenhänge zutage, die uns bezüglich Erlaucht Hermann weiterhelfen könnten.«

Uta horchte auf, sie blickte sehnsüchtig zu Hermann hinüber, der immer noch von einer Masse Leuten umringt war.

»Galen«, begann Alwine zu berichten, »benennt drei mit Flüssigkeit gefüllte Hirnräume, die sogenannten Ventrikel, die wiederum das luftähnliche Pneuma beinhalten, das entsprechende Wahrnehmungen und Funktionen auslöst. Die Ventrikel sind der Sitz unserer unsterblichen Seele.«

Die Seele saß also im Kopf, nicht im Herzen? Katrina war fasziniert und notierte diesen Umstand schnell auf ihrer Wachstafel, die sie wegen der Benediktinerinnen zwar zugeklappt hatte, aber noch immer schreibbereit in den Händen hielt.

»Da ist der Ventrikel, der alle Sinne zu einer Einheit verbindet und für die Einbildungskraft verantwortlich ist«, führte Alwine weiter aus. »Dann jener, in dem der Verstand angesiedelt ist. Der dritte Ventrikel enthält das Gedächtnis, das bei Hermann geschädigt zu sein scheint. Auf Angaben über Heilungsmöglichkeiten oder wie lange dieser Zustand anhalten kann, bin ich noch nicht gestoßen.«

Heilung? Uta fühlte sich elend. War Hermann denn wirklich krank? »Bitte suche weiter«, drängte sie, als sie bemerkte, dass Hermann und Ekkehard – umringt von Burgvolk – die Kathedrale verließen.

Alwine nickte.

Nach einer höflichen Verabschiedung in Richtung der Benediktinerinnen und des Bischofs steuerte Uta mit Katrina an der Seite ebenfalls auf den Ausgang zu. Noch einmal warf Katrina dabei einen letzten Blick ins Chorgestühl – zu den Georgsbrüdern.

Erst in der Hauptburg, auf Höhe des Brunnens, gelang es den beiden Frauen, Ekkehard und Hermann einzuholen.

Die Menschenmenge um die Burgherren bildete eine Gasse für Uta und ihr Kammermädchen, um sie durchzulassen. Als Ekkehard die Frauen auf sich zukommen sah, trat er so vor Hermann, dass Uta der Blick auf dessen Gesicht verstellt war. »Ich werde dem Bruder erneut die Räume unserer Burg zeigen«, sagte er kurz angebunden. Erschöpft fuhr er sich über Stirn und Schläfen.

Bereits nach den ersten Worten des Gatten war Utas Blick an seiner Schulter vorbei zu Hermann gewandert, der nun einige Schritte tat, um den Platz einmal mehr zu betrachten und den eifrigen Burgleuten und Pilgern zu entgehen, die ihn baten, sie zu segnen.

Für die Menschen hier war er vermutlich ein Auferstandener. Für mich jedoch ist das nicht mehr Hermann, wie er einmal war, ging es Uta durch den Kopf. Hermann verhielt sich, als sei er hier nicht mehr zu Hause, als passten seine Gewänder nicht zu ihm und als sei sie eine Fremde für ihn. Gerade so, als ob sie nie vorgehabt hätten, sich mit der Unterstützung der Kaiserin zu vermählen. Konnte er das wirklich alles vergessen haben? Sogar seine Vision, seinen großen Traum – die Kathedrale?

»Außerdem möchte ich«, drangen Ekkehards Worte wieder an ihr Ohr, »dass sich morgen um die Mittagszeit sämtliche Leute, mit denen mein Bruder hier in Naumburg zu tun hatte, im Burgsaal versammeln. Bitte veranlasst alles Notwendige.« Uta nickte, die Augen noch immer bei Hermann. Sogar die Pilger durften ihn vor ihr berühren. »Was habt Ihr vor?«

»Ihr werdet es morgen erfahren«, gab Ekkehard zurück und bedeutete Hermann, ihm zu folgen. Als die Tür des Burgsaals sich hinter den Brüdern schloss, wandte sich Uta mit einem trostlosen Seufzer an Katrina.

»Ich würde mich gerne morgen im Georgskloster etwas umhören, Herrin«, bat das Kammermädchen und strich dabei unbewusst über ihre Wachstafel am Ledergurt.

»Tu das, Katrina.« Uta wusste um die Schüchternheit des Mädchens, das sich schon mehrmals für sie überwunden und »die Sache Hermann« längst zu ihrer gemeinsamen gemacht hatte. Freundschaftlich tätschelte sie ihrem Kammermädchen die Wange. Dann schaute sie zur Kammer des Vogtes im Turm hinüber. Mindestens zweihundert Menschen würde sie morgen in den Burgsaal bitten und dort auch verpflegen müssen. Die Liste mit den Vorräten, die der Vogt genauestens notierte, hatte sie im Kopf. »Gepökeltes ist genug vorhanden, weitere Fässer Wein könnten den Burgberg noch bis zur Mittagszeit erreichen. Den Ofen in den Küchengebäuden lasse ich die Nacht über einheizen«, ging sie die Planung für den morgigen Tag durch, dankbar für jede, wenn auch noch so aufwendige Ablenkung. Wenn der Gatte neben der Politik noch andere Prioritäten hatte, dann waren diese opulente Mahlzeiten und Honigwein, so viel hatte sie in den mehr als zehn Jahren ihrer Ehe gelernt.

✳ ✳ ✳

Der Morgen war frisch und zauberte der Frühaufsteherin rosige Wangen ins Gesicht. Den kurzen Weg zum Georgskloster ging Katrina zu Fuß. Als Erste an diesem Tag verließ sie die für die Handwerker soeben heruntergelassene Zugbrücke und hielt auf den Weg zu, der die Burg nördlich umlief und sie direkt zum Kloster führte.

Bis zum Morgengebet bliebe ihr genügend Zeit, um herauszufinden, was sie seit der gestrigen Messe brennend beschäftigte. Katrina war etwas bange, wenn sie daran dachte, dass sie, ein Kammermädchen, sich bald im Gespräch mit einem höheren Geistlichen, noch dazu ohne die klugen, lenkenden Worte der Herrin, befinden würde. Um sich zu beruhigen, fuhr sie immer wieder über ihre Wachstafel.

Am Klosterportal angekommen, bat sie höflich um Einlass und um ein Gespräch mit dem ehrwürdigen Abt. Etwas verwundert wurde sie daraufhin von Bruder Cornelius, der die Portalwache bis zur Morgenmesse innehatte, in den Klosterhof gebeten und dort allein gelassen.

Aufmerksam schaute Katrina über die Stallungen zu ihrer Linken, den Kräutergarten, das Backhaus und die Küche hinweg zur gepflegten Klosterkirche, die unübersehbar den Mittelpunkt der Anlage darstellte. Hinter der Kirche schlossen sich die Klausur und weitere gepflegte Gebäude an, die die Bauten an der Südmauer der Vorburg an Größe und Ausstattung um einiges übertrafen. Abgesehen von zwei Mönchen, die gerade mit einer Schale auf den Kräutergarten zuhielten, machte Katrina keine Menschenseele auf dem Gelände aus. Überhaupt strahlte das Kloster genau jene Ruhe aus, die Benedikt von Nursia – der Begründer des Ordens – einst empfohlen hatte. Katrina meinte, dass der Rückzug von allem Weltlichen hier vermutlich so gut wie nirgends sonst möglich war. Kein Wunder, dass Erlaucht Hermann sich damals nach dem Chorbrand für sechs Jahre an diesen Ort begeben hatte, um

Buße für seine vermeintliche Schuld zu tun. Katrina lächelte ungezwungen, als sie das Gezwitscher mehrerer Rotkehlchen vernahm, deren Gesang sie stets an einen zarten, unbeschwert dahinplätschernden Quell erinnerte.

In diesem Moment trat auch schon Bruder Cornelius wieder an sie heran, um sie in eine winzige Zelle neben der Klausur im oberen Geschoss zu geleiten. Mit neugierigem Blick informierte er Katrina darüber, dass er nun den ehrwürdigen Abt holen würde, was jedoch eine Weile dauern könne, da der Klostervorsteher gerade einer Gruppe Pilger ihre Schlafstätten zuwies.

Katrina bedankte sich und schaute sich, sobald der Mönch verschwunden war, in der Zelle um. Überrascht stellte sie fest, dass der Raum kein einziges Möbelstück enthielt. Es gab lediglich ein kleines Fenster, vor dem sich ein über einen Holzrahmen gespanntes Pergament befand. Die Zelle maß kaum mehr als drei mal drei Schritte. Katrina zog sich ihren wollenen Umhang fester um die Schultern und atmete tief durch. Sie trat vor das Fenster. Schon wollte sie noch einmal ihre Notizen vom gestrigen Tag durchgehen, als die Zellentür geöffnet wurde.

Mit einem seligen Lächeln und den Worten: »Der Gottesdienst gestern war überaus andächtig. Ich habe die Predigt sehr genossen«, betrat Abt Pankratius den Raum. Seinen Worten folgte eine ehrfürchtige Verbeugung.

Katrina erwiderte diese Geste, indem sie etwas unbeholfen knickste.

»Meine Tochter, was verschafft mir die Ehre deines Besuches?«, fragte der schmale Mann mit unaufdringlicher Stimme und blieb in der Mitte des Raumes stehen.

»Ich bin gekommen …«, begann Katrina zaghaft und wünschte sich einen kurzen Moment, wenigstens Schwester Alwine mit hierhergenommen zu haben. Wer, wenn nicht die Krankenschwester, war mit den Geflogenheiten der Benediktiner vertraut. Aber nachdem Alwine angeboten hatte, derweil in ihren Aufzeichnungen nach einem Mittel gegen Erinnerungsverlust zu suchen, hatte Katrina sich nicht mehr getraut, die Benediktinerin um ihre Begleitung zu bitten.

»Wünschst du die Beichte abzulegen?«, erkundigte sich der Abt und lächelte mild.

»Nein«, entgegnete Katrina kleinlaut und überlegte kurz, ob ihre Neugier etwa Sünde sei.

»Was liegt dir also dann auf dem Herzen, meine Tochter?«, hakte der Abt freundlich nach.

Katrina schluckte fest, dann nahm sie all ihren Mut zusammen. »Ich möchte gerne von Euch wissen, ob Euch zuletzt an einem Eurer Brüder etwas Ungewöhnliches aufgefallen ist? Es geht dabei um den Toten im Wald.«

»Was hat unsere Gemeinschaft mit dem Toten im Wald zu tun?« Der Abt schaute Katrina irritiert an. »Kind, nehmt Euch vor Irrwegen in Acht.«

Katrinas Blick glitt über die perfekt rasierte Tonsur des Klostervorstehers, dessen Augenmerk nicht auf sie, sondern auf das helle Fenster gerichtet war. Sie sah sich gezwungen zu erklären: »Wir haben einen Hinweis darauf, dass ein Bruder Eurer Gemeinschaft bei den verschlungenen Buchen war, unter denen der unbekannte Tote gefunden wurde. Ihr erinnert Euch?«

Abt Pankratius erinnerte sich durchaus. »Einen Hinweis?«, fragte er verwundert.

»Eine eiserne Schnalle«, erklärte Katrina.

Der Abt sah sie nun aufmerksam an. »Ora et labora, das ist alles, was wir tun. Beten und Arbeiten, im Dienste des Herrn. Tagein, tagaus. Es ist immer das Gleiche. Etwas anderes ereignet sich so gut wie nie bei uns. Und wenn, wäre mir das in der Kapitelsammlung vorgetragen worden.«

»Keiner Eurer Brüder hat sich in den vergangenen Mondumläufen anders verhalten als gewöhnlich? Vielleicht weniger
gegessen als sonst oder den Mitternachtsgottesdienst verschlafen? Oder ist mit einer Verletzung in der Krankenkammer
vorstellig geworden?«, fügte Katrina vorsichtig hinzu.

Pankratius betrachtete Katrina eine Weile, dann schüttelte er
den Kopf. »Ich weiß von keinem.«

»Und wie haltet Ihr es mit dem Leben in Klausur?« Katrina
erinnerte sich, dass sie außer dem Abt auch mehrmals anderen
Brüdern in der Vorburg begegnet war. »Welche Ausnahmen
lässt die Regel zu?«

»Ausnahmen sind lediglich zu besonderen Anlässen und ausschließlich mit meiner Erlaubnis möglich.«

»Gäbe es denn überhaupt für einen Eurer Brüder während des
Tages oder der Nacht die Möglichkeit, unbemerkt aus dem
Kloster zu verschwinden?«

»Meine Tochter«, bat der Abt höflich und verschränkte die
Arme vor seinem schmächtigen Körper. »Unsere Gemeinschaft beruht auf Vertrauen und Ehrlichkeit. Der erste Schritt
zu einem demütigen Leben ist absoluter Gehorsam.«

Katrina verstand. Ein Entkommen war demnach zumindest
theoretisch kaum möglich. »Ist Eure Klosterpforte über Nacht
besetzt?«, fragte sie dennoch und schaute den Abt mit ihren
kindlichen, großen Augen an.

»Die Klosterpforte ist von Sonnenauf- bis Sonnenuntergang
besetzt. Ab Einbruch der Dunkelheit wird unsere Gemeinschaft von niemandem mehr aufgesucht. Die Klostermauern
sind außerdem unüberwindbar. Zumindest für uns Mönche.
Zum Klettern hat uns Gott nicht erzogen.« Der Geistliche lächelte fürsorglich. Katrina kam es fast so vor, als mache er sich
über ihre in seinen Augen allzu blühende Phantasie lustig.

In diesem Moment ging ihre Phantasie tatsächlich ein bisschen
mit ihr durch, denn Katrina sah auf die Antwort des Abtes hin

das erfrischende Bild eines Mönches vor sich, der auf der Klostermauer balancierte. »Verzeiht, ehrwürdiger Abt, wenn ich Euch diese Frage stelle«, setzte sie noch einmal nach, »aber dürfte ich wohl kurz einen Blick auf Euer Schuhwerk werfen?« Der Abt zögerte. »Auf mein Schuhwerk?«

»Vermutlich gab es einen Totschlag, der mit dem Schicksal von Erlaucht Hermann zusammenhängt.« Katrina umklammerte aufgeregt ihre Wachstafel. »Ganz Naumburg könnte bedroht sein, und die Markgräfin bedarf zur Aufklärung Eurer Hilfe.« Derart bestimmt hatte sie noch nie gesprochen. Und schon gar nicht mit einem so hohen Geistlichen. Demütig senkte sie entschuldigend den Kopf.

»Ganz Naumburg?« Schließlich hob Pankratius die grobe Kutte etwas an und legte damit seine Füße bis über die Knöchel frei.

Mit gebührendem Abstand betrachtete Katrina ausgiebig die Sandalen des Abtes und sah den Verdacht, der nach der gestrigen Messe in ihr aufgekommen war, bestätigt: Alle Benediktiner des Georgsklosters trugen die gesuchte Schnalle an ihren Sandalen. Alwine hatte ihr bestätigt, dass diese kein Teil des Schuhwerks der Schwestern des Moritzklosters und damit auch nicht von Notburga von Hildesheim war. Jener Person, der Katrina so gut wie jede Schlechtigkeit, sogar eine Tötung zutraute. Die Suche nach weiteren Hinweisen zu Hermanns Schicksal vorerst auf das Georgskloster zu konzentrieren schien Katrina nach der eindeutigen Zuordnung der Schnalle nunmehr am aussichtsreichsten. Ermutigt über ihren Erfolg, wagte sie nachzufassen: »Ehrwürdiger Abt, säubert Ihr Euer Schuhwerk regelmäßig? Eure Schnallen sind auffallend hell, die Eurer Mitbrüder hingegen dunkler und abgestoßener.« Katrina vermutete, dass die Abtschnallen neuwertig und noch vor nicht allzu langer Zeit an den Sandalen angebracht worden waren: Bruder Cornelius am Portal zum Beispiel hatte weit abgetragenere Schnallen an seinen Sandalen aufgewiesen. Das hatte sie genau gesehen, als er seine Kutte beim Treppensteigen ein wenig angehoben hatte.

Erst jetzt unterzog Pankratius seine ledernen Schuhe einer genaueren Betrachtung: Eine silbern glänzende Eisenschnalle in Form eines Halbkreises hielt die Riemen auf dem Rist jedes Fußes zusammen. Er bekreuzigte sich. »Ich trage dieses Schuhwerk seit meiner Ankunft hier vor zwanzig Jahren. Ich kann mir die neuen Schnallen nicht erklären«, fügte er hinzu und ließ die Kutte wieder über das Schuhwerk sinken. »Meine Tochter, was willst du mit deinen Fragen erreichen? Dem armen Zerfleischten ist nicht mehr zu helfen. Sein Verbleib in der jenseitigen Welt liegt längst in den Händen des Allmächtigen.« In keinem Wort des Abtes lag Unmut, nur Höflichkeit und Besorgnis.

Nicht weniger freundlich entgegnete Katrina: »Die Antwort auf meine Fragen vermag uns alle, die wir hier leben, vielleicht vor weiterem Unheil zu bewahren.« Wenn wir denjenigen finden, der dem Unbekannten das Leben nahm, haben wir wahrscheinlich auch den, der Erlaucht Hermann so übel mitgespielt hat, führte sie ihr Plädoyer gedanklich weiter. Dass Letzterer gestern in der Kathedrale weder einen Blick noch ein Lächeln in Richtung der Herrin geworfen hatte, schmerzte Katrina.

»Warum geht Ihr überhaupt davon aus, dass Erlaucht Hermann nicht freiwillig die Burg verlassen hat? Verzweifelte Menschen tun manchmal merkwürdige Dinge, und Erlaucht Hermann kann sich an nichts erinnern – also auch nicht an Zwang oder gar Gewalt. Meine Untersuchung hat dies bestätigt.«

»Eure Untersuchung?«, fragte Katrina perplex, die davon nichts wusste.

»Ja, der Markgraf bat mich um eine weitere Untersuchung seines Bruders, nachdem wir ihm die schorfige Wunde am Arm versorgt hatten. Der Körper Hermanns von Naumburg wies keine Anzeichen von Gewalt auf. Er war zwar wenig kraftvoll und abgezehrt, aber abgesehen von einigen Entzündungen gesund und unverletzt. Es ist daher wahrscheinlich, dass Erlaucht Hermann aus eigener Entscheidung von Naumburg fortgegangen ist. Seine Gewänder waren womöglich eine mildtätige Gabe an den unbekannten Toten.«

Katrina wandte den Blick zum Fenster. Also kein Schlag, der Hermanns Erinnerungsverlust verursacht hat. Sonst hätte der Klostervorsteher zumindest eine relativ frische Vernarbung festgestellt, schlussfolgerte sie still und spürte dabei den Blick des Abtes auf sich ruhen.

»Habt Ihr noch weitere Fragen?«, fragte der mit ungewohnt ernster Stimme.

Gedankenversunken wandte sich Katrina wieder dem Klostervorsteher zu. Sie durfte ihn keineswegs verärgern, weswegen sie beschloss, es für heute genug sein zu lassen. Da fiel ihr das Anliegen des Burgherrn wieder ein.

»Der Markgraf bittet heute Nachmittag all jene in den Burgsaal, die mit Erlaucht Hermann zu tun hatten und ihm nahestanden.«

Die leichte Verbeugung des Abtes deutete an, dass er das Gespräch damit für beendet ansah. »Selbstverständlich werde ich da sein.«

Katrina legte die Hand auf das Futteral ihrer Wachstafel. Es gab einiges zu notieren!

»Danke, ehrwürdiger Abt, dass Ihr Euch so viel Zeit für mich genommen habt«, entgegnete sie und fühlte sich bei diesen Worten weit weniger unsicher als zu Beginn ihres Besuches. »Gott hat uns mit der Rückkehr von Erlaucht Hermann ein Wunder geschenkt.«

Der Abt nickte nun wieder lächelnd. »Ich geleite Euch noch bis zur Klosterpforte.«

Katrina war erleichtert, der zuletzt schlechten Luft in der winzigen Zelle entkommen zu sein. Eiligen Schrittes machte sie sich auf den Weg zurück zur Burg. Als Nächstes würde sie festhalten, was sie an Neuem vom Abt erfahren hatte. Da war als Erstes die zweite Untersuchung an Erlaucht Hermann, der sein Erinnerungsvermögen verloren hatte, ohne einen Schlag auf den Kopf erhalten zu haben. Dann war da die teilweise gelockerte Klosterregel, was das Leben in Klausur anging. Und nächtens war das Portal nicht besetzt, erinnerte sich Katrina weiter. Solange die Brüder nur allesamt zu den sieben Gebetszeiten anwesend waren, fiel ihr Verschwinden womöglich nicht einmal auf. Zuletzt war da noch der Abt, der ehrwürdige Pankratius, der ihr keine Erklärung für seine blankpolierte Schnalle hatte liefern können und damit wie seine Mitbrüder zum Kreis der Verdächtigen gehörte. Und das beunruhigte sie am meisten.

✳ ✳ ✳

Ein solch ungewöhnliches Ereignis hatte es noch nie gegeben, weshalb sich diejenigen, die ihm beiwohnten, auch als ein Teil des Wunders fühlten, welches der allmächtige Herr gewirkt hatte. Die Augen des Bösen waren darüber ins Hintertreffen geraten.

Ekkehard ließ seinen Blick über die vielen Menschen gleiten, die sich einer riesigen Schlange gleich durch den Burgsaal in Richtung der Empore wand, wo er und Hermann seit dem frühen Nachmittag hinter einem Schreibpult standen.

Dutzende Kienspäne und der Radleuchter über der Empore erhellten den Raum. Einige der Gäste starrten ihn und den Bruder an, andere tuschelten aufgeregt miteinander.

Der Andrang riss nicht ab, die Menschenmenge reichte inzwischen bis in den Hof der Vorburg, wo Ekkehard Tafeln hatte aufstellen lassen, um sich bei den Gästen für ihr Erscheinen mit Speis und Trank zu bedanken.

»Es war vergangenes Jahr, an einem Markttag in der Vorburg«, begann eine jüngere Frau nun vor Ekkehard und Hermann zu berichten. »Getrieben vom Wind brach mein Gemüsestand unter der großen Last des Kohls zusammen, und Ihr, Erlaucht«, die Frau in ihren einfachen leinenfarbenen Gewändern verneigte sich tief vor Hermann und lächelte ihn dann an, »seid mir daraufhin zu Hilfe geeilt und habt das Gemüse wieder eingesammelt.«

Hermann notierte das Gesagte wortwörtlich, dann schaute er auf. Obwohl ihn die herzlichen Augen der Frau rührten, schüttelte er schließlich den Kopf. Auch sie – mittlerweile die vierzigste in der Schlange – kannte er nicht.

Ein kaum vernehmbares Raunen ging durch die Menge.

»Aber Ihr erinnert Euch sicher an unsere gemeinsame Zeit an der Ostgrenze!«, schob sich da ein älterer Mann in Hermanns Blickfeld, dem die Vorderzähne fehlten. Stolz deutete er auf sein mit Metallschuppen besetztes, glänzendes Panzerhemd, in das er sich eigens für das heutige Wiedersehen gezwängt hatte. Sein letzter Kampf musste schon viele Jahre zurückliegen.

Hermann versuchte sich an einer schnellen Zeichnung des alten Kämpfers. Der Gänsekiel kratzte über das Pergament, und Buchstaben reihten sich zerrissen und schief aneinander.

»Nach dem kaiserlichen Zug nach Italien waren wir gemeinsam zur Winterwache an die Ostgrenze gezogen. Ich war schon ein Kampfgefährte Eures Vaters, Markgraf, und Euch kenne ich seitdem Ihr laufen könnt.« Der alte Mann schien dermaßen tief in der Vergangenheit zu leben, dass ihm sogar entgangen war, dass Hermann den Titel des Markgrafen bereits vor mehr als sechs Jahren an den Bruder abgetreten hatte.

»Der Zug nach Italien. Gewiss!«, ergänzte Ekkehard und warf

einen skeptischen Seitenblick auf die Zeichnung des Bruders, bevor er sich wieder dem alten Kämpfer zuwandte und meinte: »Das Größte, was ich unter Kaiser Konrads Führung erlebt habe! Da waren die Alpen, da war das Pass der Breonen, dann Mailand und Pavia!«

Hermann hob kurz den Blick und machte sich dann daran, die Worte des Bruders zu notieren. Da vernahm er eine Stimme. *Trink! Trink!*, sprach diese verheißungsvoll, aber auch irgendwie verzerrt, und er vermochte nicht zu sagen, ob die Worte der Kehle eines Mannes oder einer Frau entstammten. Irritiert schaute er sich um. Waren die Worte aus dem Burgsaal gekommen oder nur in seinem Kopf gesprochen worden? Die Gesichter der Menschen um ihn herum verschwammen auf einmal vor seinen Augen, weshalb er sich sicherheitshalber am Schreibpult festhielt.

»Hermann?«, fragte Ekkehard und legte dem Bruder die Hand auf den Arm.

Hermann schüttelte sich, woraufhin er das Gesicht des Bruders wieder klarer erfasste. Eine kurze Irritation. »Mussten wir in Italien dursten?«, fragte er, während er die seltsame Stimme noch immer in seinem Kopf hörte.

»Es war sehr heiß, und einige überlebten die Hitze unter ihren Rüstungen nicht«, antwortete Ekkehard. »Aber dursten?« Ein Kopfschütteln des alten Ritters begleitete Ekkehards Worte.

Erinnere dich endlich an dein altes Leben!, beschwor sich Hermann und ließ vom Schreibpult ab. Unsicher blickte er dem alten Mann und angeblich einstigen Kampfgefährten in die Augen. »Verzeiht, aber ich habe Euch noch nie gesehen.«

Der Alte trat daraufhin um das Schreibpult herum, schlug Hermann mitleidig auf die Schulter und verließ den Saal.

»Er erkennt nicht einmal mehr den alten Ritter Ulrich von Brehna«, ging es durch den Raum.

Trübselig schaute Hermann dem Kämpfer, der im Gedränge

verschwand, nach. Er musste sich einfach erinnern! Er war Hermann von Naumburg! Und seine Vergangenheit war ein Teil von ihm. Solange er sich nicht an sie erinnerte, würde er sich selbst fremd sein. Schon jetzt spürte er sich nicht mehr. Fühlte sich nicht mehr lebendig, seitdem er zurückdenken konnte. Was keinen langen Zeitraum umfasste. Er verschwand, wurde unschärfer, löste sich auf, genauso wie der alte Kämpfer eben in der Masse. Die Gesichter der Besucher schienen ihm plötzlich verändert. Das Leuchten und die frohe Erwartung in ihnen waren einem Ausdruck der Anteilnahme gewichen. Der Anteilnahme und sogar des Mitleids.

»Erlaucht Hermann, schaut her!«, rief da Luise, die mit ihrer Familie die Nächste in der Schlange war.

Hermann schaute zu Luise hinüber.

Das Mädchen bat die Kaufmänner hinter sich, etwas Platz zu machen, und sprang auf ihre Hände, so dass ihre Füße in die Luft ragten und ihre geflochtenen Zöpfe den Boden berührten. Sie ging im Handstand vor und zurück, wankte dabei bedrohlich, schaute aber immer wieder zu Hermann.

»Lass den Unsinn, Kind!«, forderte Ekkehard. »Die Situation ist ernst!«

Einige Umstehende nickten traurig, andere hingegen zeigten sich von Luises Vorführung angetan.

Freudlos beobachtete Hermann das Mädchen. Bestimmt hätte er in seinem alten Leben über ihre Unbefangenheit, die ihm so gänzlich fehlte, geschmunzelt. Doch in seinem jetzigen konnte er es nicht.

Vereinzelt wurde Beifall geklatscht, wodurch sich Luise in ihrem Tun bestätigt fühlte und die Anweisung des Markgrafen überging.

»Luise, hör auf!«, mahnte nun auch Arnold, der mit Selmina an der Hand das Spektakel eine Weile verfolgt hatte. »Hast du nicht gehört, was der erlauchte Markgraf befohlen hat?«

»Aber so habe ich Erlaucht Hermann doch einmal auf dem Baugerüst der Kirche gesehen! Kopfüber, wirklich!«, verteidigte Luise ihre artistische Einlage und schaute hoffnungsvoll zu ihrer Schwester, die ihr jedoch ebenfalls bedeutete, abzusetzen. So kam Luise mit den Füßen auf den Boden zurück und stellte sich richtig herum auf. Die Zöpfe hingen ihr schief über der Brust, und ihr Kopf war derart rot angelaufen, dass sich ihre Sommersprossen kaum mehr von der Haut abhoben. Unter dem verärgerten Blick des Markgrafen trat sie vor das Schreibpult und verneigte sich, so tief sie konnte.

Hermann notierte zunächst einige ihrer Angaben, dann tätschelte er ihr über das Pult hinweg den Kopf. »Danke, Luise. Du bist sehr mutig.« Eine Eigenschaft, die ihm in seinem neuen Leben fehlte, wie er fand und mit niedergeschlagenem Blick kommentierte.

»Ich bin schon fast eine Jungfer«, entgegnete Luise sogleich und strahlte Hermann an.

Arnold trat daraufhin vor. Selmina ließ er bei Erna zurück. »Ich bin der Küchenmeister«, erklärte er, »und bereite seit vielen Jahren hier auf der Burg die Mahlzeiten für Euch. Ihr mochtet Blamensir sehr gerne, Erlaucht. Und den hellen Wein aus der Gegend.«

»Süßen Brei, sagt Ihr?«, fragte Hermann, notierte zwanghaft auch diese Information und kam sich dabei einmal mehr wie sein eigener Historiograph vor.

Ekkehard hatte neue Hoffnung geschöpft. »Du kennst das Gericht, Bruder?«

Hermann ließ sich von einer der Mägde einen gefüllten Krug bringen. Noch immer quälte ihn dieser unsägliche Durst. Sogar in der Nacht. Nach einigen Schlucken schaute er sich im Burgsaal um und sah an die hundert weitere Menschen, in deren anteilnehmenden Gesichtern er einen Funken neuer Hoffnung ausmachte. Dann konzentrierte er sich. Blamensir!

»Es enthält die zerkleinerte Brust eines Huhnes, die in gezuckerter Mandelmilch gekocht wird«, fügte Arnold leise hinzu, um Hermann nicht beim Nachdenken zu stören. »Die Speise hatte es Euch angetan, Erlaucht.«

Hermann schaute zu der Familie des Burgkochs und dachte, dass ihm zusammen mit seinem Gedächtnis wohl auch die Fähigkeit zu schmecken abhandengekommen sein musste. Alles roch und fühlte sich gleich auf seiner Zunge an. Und so genau er die Zwillinge mit den roten Haaren, ihre Mutter mit der großen Haube und den sympathischen Vater auch betrachtete ... er erinnerte sich einfach nicht! Weder an das Huhn in Mandelmilch noch an ihre Gesichter.

»Wieder nicht!«, kommentierte Ekkehard verzweifelt, als Hermann schließlich verneinend den Kopf schüttelte. Der Bruder musste sich doch an irgendetwas oder irgendwen erinnern!

Betreten senkten die Gäste die Köpfe.

Ratlos wandte Hermann sich ab, legte den Schreibkiel beiseite und griff sich mit der Hand an den Hals. Nur das, was er seit Tagen umfangreich schriftlich festhielt – Details über die Ahnen, Schlachten und politische Verhältnisse –, vermochte er wiederzugeben. Aber es war kein Teil von ihm, sondern etwas Fremdes, Losgelöstes. Seine Vergangenheit, wie sie ihm von anderen erzählt wurde, war für ihn nicht mehr als ein Wust zusammenhangloser Bilder, und eine Zukunft auf dieser Basis konnte er sich nicht einmal ansatzweise vorstellen. Besorgtes Getuschel setzte ein, was Händler Christian dazu veranlasste, das Wort zu ergreifen. Nur dank der Unterstützung des einstigen Markgrafen war es ihm möglich gewesen, sich hier in Naumburg als einer der ersten Kaufmänner anzusiedeln. »Erinnert Ihr Euch vielleicht an die vielen Markttage, die wir hier schon abgehalten haben?«

Hermann war ernsthaft versucht, zu bejahen, damit er den Versammelten endlich geben konnte, wonach sie verlangten:

den alten, vertrauten Hermann. Hin- und hergerissen zwischen Nicken und Kopfschütteln versteifte er sich und entgegnete schlussendlich gar nichts.

Die beiden Torwachen, die Hermann am Tag seiner Rückkehr nur zähneknirschend eingelassen hatten, spekulierten schon, ob sie nun nicht mehr dazu kommen würden, ihre Entschuldigung vorzubringen. Volkmar und Beate starrten ähnlich den meisten Umstehenden wie gelähmt auf das Bruderpaar. »Aber Ihr könnt doch nicht vergessen haben, dass Ihr zusammen mit der Markgräfin unsere Kathedrale gebaut habt!«, rief da Matthias aus dem hinteren Teil der Besucherschlange nach vorne, der nicht verstand, warum die Burgherrin nicht anwesend war. Ekkehard schaute überrascht zu Hermann, der plötzlich innehielt.

»Die Markgräfin?«, ertönte ein Flüstern, und die Menschen schauten sich suchend um.

»In nur zehn Jahren wurde unser Gotteshaus gebaut«, erklärte Matthias und schob sich an Abt Pankratius, dem Jäger und dem Vogt vorbei zu Hermanns Schreibpult. »Ihr habt eine Kämpferkathedrale errichtet, die uns Frieden im Reich beschert hat.«

Auch das hat man mir schon einmal erzählt, dachte Hermann, aber ich habe keine Kathedrale gebaut! Verzweifelt schloss er die Augen. Gehöre ich wirklich hierher? Träume ich, oder bin ich wach? Sehnlichst wünschte sich Hermann in die Unaufdringlichkeit des Waldes zurück.

Ekkehard trommelte mit den Fingern auf seiner Brust. »Weiter, der Nächste!«, drängte er, schob Matthias beiseite und schaute den Bruder auffordernd an. Ohne jede Erinnerung an die gemeinsame Kindheit und Jugend, an gemeinsame Jagden und die Zeit im kaiserlichen Heer kam ihm Hermann wie ein Fremder vor. Dabei war er ihm nach dem Tod des Vaters nicht nur Bruder, sondern auch Ratgeber und Freund gewesen.

Als Nächstes war Schwester Margit an der Reihe. Doch als sie nach der Nennung ihres Namens über ihre Begegnungen mit Hermann berichten wollte, wurde sie von Ekkehard unterbrochen. Der hielt all die versammelten Leute plötzlich zu unbedeutend für das Leben des Bruders. Was Hermann nun brauchte, waren Menschen, die ihn geprägt und denen er wirklich vertraut hatte. »Wir reiten zum Kaiser und verbringen mit ihm das Pfingstfest!«, verkündete er daher kurzerhand.

Bei dieser Gelegenheit könnte er der kaiserlichen Familie auch gleich von der Missachtung der königlichen Friedensorder durch Herzog Bernhard von Sachsen berichten. Ein Gedanke, der Ekkehard einen Augenblick lang von der niederschmetternden Zusammenkunft hier im Burgsaal ablenkte. Wie er es vorhergesehen hatte, war der königliche Friedensbefehl nicht ausgeführt worden. Stattdessen war dem König der Kriegsdienst für die nächste Schlacht verweigert worden. Und in den sächsischen Bistümern Paderborn und Osnabrück herrschte eine äußerst aggressive Grundstimmung gegen denselben, wie Ekkehard berichtet worden war. Gewöhnlich wäre er mit diesen besorgniserregenden Nachrichten sofort zum König geritten, doch ihr Eintreffen hatte sich mit Hermanns unerwarteter Rückkehr überschnitten, wodurch diese an Priorität eingebüßt hatten. Ekkehard wandte sich wieder dem Bruder am Pult zu. »Du wirst den Kaiser wiedererkennen, Bruder«, war er überzeugt und führte seinen Blick zum Wappen an der Wand hinauf. Der rote Adler symbolisierte nicht nur die Stärke seiner Familie, sondern auch deren Nähe zu den ostfränkischen Königen. Zu Otto III., Heinrich II. und nun seit fünfzehn Jahren zu Konrad II. Mit Letzterem hatten sie jahrelang Seite an Seite gekämpft und Strategien ersonnen. Nicht zuletzt hatte Konrad beim Papst die von Hermann angestoßene Verlegung des Bischofssitzes von Zeitz nach Naumburg für sie erwirkt. Gleich morgen würde er einen Boten zur Pfalz Nimwegen an den Niederrhein entsenden, wo sich, wie er wusste, der kaiserliche Hof seit Ostern aufhielt. Das Pfingstfest, so hatte ihm unlängst in Goslar König Heinrich berichtet, gedachte die Kaiserfamilie allerdings in Utrecht zu begehen. Mit einer Reise zur Kaiserfamilie könnte Ekkehard also vermutlich gleich zwei Fliegen mit einer Klappe schlagen.

»Werte Gäste, ich danke Euch für Eure Mühen«, sagte da Hermann mit nicht annähernd jener festen Stimme, die Ekkehard vor seinem Verschwinden von ihm gewohnt gewesen war. »Es tut mir leid, dass ich Euch, die ihr mir helfende und treue Weggefährten wart, nicht mehr zu bieten habe als die Leere in meinem Kopf.« Hermann bahnte sich einen Weg durch die dicht stehende Menge. Mit seinem Pergamentbündel unter dem Arm, den Blick auf den Boden gerichtet, verließ er aufgeregt den Burgsaal.

Das Wunder der Heimkehr war entzaubert.

* * *

Inzwischen war es die neunte Nacht in Folge, in der Uta keinen Schlaf fand. Unruhig wälzte sie sich auf ihrer Bettstatt umher. Ein weiteres Mal, das versprach sie sich, würde sie sich von Ekkehard das Betreten des Burgsaales nicht untersagen lassen. Denn etwas anderes hatte hinter seiner Bitte, Rücksicht auf Hermanns Zustand zu nehmen und diesen mit ihrer Anwesenheit nicht unnötig aufzuregen, nicht gesteckt. Aufgewühlt erhob sie sich. Alles war so anders gekommen. Hermann war ihr so fremd geworden. Und sie fühlte sich hilflos, haltlos und ohnmächtig.

Vielleicht gelang es ihr, in der Arbeitskammer etwas Ablenkung zu finden. Seit Hermanns Rückkunft war sie nicht mehr dort gewesen. Sie legte sich Unter- und Obergewand an und griff nach ihrem wollenen Umhang. Ein Band hielt ihr dunkles Haar am Hinterkopf locker zusammen, den Eheschleier würde sie zu dieser späten Stunde nicht benötigen.

Uta stieg die Treppe des Wohngebäudes hinab und überquerte dann den Hof der Hauptburg. Als farblos empfand sie den Nachthimmel über sich. Sie machte einen tiefen Atemzug und schaute sich um. Der Hof war leer, und das Tor zur Vorburg ordnungsgemäß verriegelt, wie sie anhand der drei vorgelegten Holzbalken erkennen konnte. Neben sich sah sie einige Tafeln, die nach der nachmittäglichen Bewirtung nicht aufgeräumt, sondern einfach an die Wand des Wohngebäudes geschoben worden waren. Sie überblickte das Gebäude zu ihrer Linken, das vollkommen im Dunkeln lag, und hielt dann auf den Turm links neben dem Tor zur Vorburg zu.

Während Uta die Außentreppe zum Turm hochstieg, erinnerte sie sich an Vitruvs Ausführungen über den Mond, die sie gerade gelesen hatte. Darin hatte der römische Architekt den Chaldäer Borosos zitiert und aufgeschrieben, dass der Mond ein Ball sei, der auf seiner einen Hälfte leuchte und auf der anderen die Farbe des Himmels habe. Auf Höhe des zweiten Geschosses gelangte Uta in das Innere des Gebäudes. Vorbei an der Kammer des Bischofs im zweiten und jener des Vogtes im dritten Geschoss, erklomm sie die ins oberste Geschoss führenden, eng gewundenen Stufen der Innentreppe. Was Vitruv mit seiner Behauptung, die Stellung des Mondes zur Sonne sei für Vollmond, Neumond und die Sichel verantwortlich, wohl gemeint hatte?

»Guten Abend«, drang da eine tiefe Stimme an ihr Ohr.

Wie vom Blitz getroffen, hielt Uta inne und schaute auf. »Hermann?«

Er trug seine grüne Tunika, lederne Beinkleider und schwarze Stiefel, die ihm bis zu den Knien reichten. Es waren dieselben Gewänder, in denen sie ihn am Mittag von ihrer Kammer aus im Hof beobachtet hatte, bevor die Menschenmassen in den Burgsaal geströmt waren.

»Mein Bruder sagte, dass das hier meine Arbeitskammer war.« In seiner rechten Hand hielt Hermann einen lodernden Kienspan.

Uta war noch immer zu keinerlei Bewegung fähig. Ihre erste Begegnung. Ihre Chance, ihn an sich zu erinnern. An ihre Träume und ihre gemeinsame Zukunft.

Hermann fuhr sich ratlos durch das Haar. »Aber einzutreten habe ich nicht gewagt, da mir nicht einmal die Tür vertraut war.«

»Ich bin ... ich wollte ... wir wollten«, begann Uta leise, verlor beim Anblick seines gequälten Gesichtsausdrucks jedoch erneut die Sprache. So blieb sie stumm auf der vorletzten Stufe stehen, ganze zwei Köpfe kleiner als er.

»Ihr seid die Gattin meines Bruders, nicht wahr?« Ihr Geruch nach Gänseblümchen, Tinte und frischem Pergament war der gleiche, der auch aus ihrer Kemenate neben dem Ehegemach des Bruders in den Flur drang. Es war einer der wenigen Düfte, die er wahrzunehmen vermochte.

»Ich bin Uta von Ballenstedt.« Sie nickte zurückhaltend. »Und möchte noch etwas arbeiten.«

Sein Blick glitt überrascht über ihr braunes Haar und ihr Gesicht. »Ihr arbeitet nach Mitternacht?«

»Ich konnte nicht schlafen«, gestand Uta. Es schmerzte sie, ihn nicht mit dem vertrauten *Du* ansprechen zu können.

Hermann sank auf die oberste Treppenstufe und heftete den Blick auf den Span in seinen Händen. »Mir geht es genauso.« Er seufzte. »Heute war der Burgsaal voller Menschen, die alle so bemüht um mich waren und mir von gemeinsam erlebten Begebnissen erzählten. Der Stallmeister berichtete vom Einfangen der ausgebüxten Pferde, ein Handwerksmeister vom ersten Abstecken der Fundamente für die Kathedrale, und ein alter Ritter war überzeugt, mich von Kindesbeinen an zu kennen.«

Uta lauschte konzentriert. Ihre Gedanken an die gemeinsame Zukunft, an die Scheidung und an seine Berührungen in der Krypta der kleinen Burgkirche traten in den Hintergrund. In den Vordergrund trat nun das Bild des alten Ritters Ulrich von Brehna, den Hermann früher wegen seiner bedingungslosen Treue und Unerbittlichkeit im Kampf geschätzt hatte.

»Diese Welt, von der sie sprachen, kam mir so wunderbar vor. Freundschaften müssen mich einst mit diesen Menschen verbunden haben.« Hermann schlug verzweifelt mit der Hand gegen die Wand. »Doch keinen Einzigen von ihnen habe ich wiedererkannt! Mich an nichts erinnert!« So gerne würde ich Ekkehards Erwartungen erfüllen, und doch versage ich kläglich, fuhr er in Gedanken fort und barg sein Gesicht in der freien Hand.

Uta wollte ihm zärtlich durch das Haar fahren, traute sich aber nicht. Es musste ein furchtbares Gefühl sein, seine Vergangenheit und damit auch sich selbst verloren zu haben. Doch bislang hatte sie sich so sehr auf ihren eigenen Kummer konzentriert, dass ihr dies gar nicht bewusst geworden war.

»Es muss sich anfühlen …«, sie schluckte, weil sie jetzt erst begriff, was Hermanns Worte nicht nur für ihn selbst bedeuteten, »als ob man die Grundpfeiler Eures Lebens vollkommen neu und auf unsicherem Boden errichtet hat, weit entfernt von allem und jedem Vertrauten.«

Langsam löste Hermann seine Hand vom Gesicht. »Andauernd frage ich mich, wie wohl der alte Hermann reagiert hätte.«

Uta ließ sich neben ihm auf die oberste Stufe der Treppe nieder. Da war nun der Hauch zum Wind geworden, und Hermann war zurück. Der Kampf für ihn und die Zukunft lohnte sich – das spürte Uta hier, bei ihrem berührenden Wiedersehen, auf der Treppe des Turmes. Auch der neue Hermann berührte sie. »Palatin, Aventin, Kapitol«, begann sie behutsam aufzuzählen, ohne ihn dabei anzuschauen. »Quirinal, Viminal, Esquilin und Caelius. Lange vor der Geburt Christi entstanden auf diesen Hügeln Siedlungen. Kleine Häuser, bewohnt von zahlreichen Familien.«

Erstaunt hob Hermann den Kopf und folgte ihrem Blick, der eine der Treppenstufen zu ihren Füßen fixierte.

»Erst viele Jahre später jedoch wuchsen diese Siedlungen zu einer Stadt zusammen, die immer größer wurde«, erklärte Uta weiterhin mit unaufdringlicher Stimme. »An einem Fluss gelegen, kamen immer mehr Menschen hinzu und ließen sich nieder. Jeder neue Herrscher schmückte die Stadt noch schöner aus, machte sie noch lebenswerter.«

Hermann betrachtete Uta von der Seite. Ihr Profil war anmutig.

»Man baute neue Straßen, neue Häuser, Paläste und Tempel. Sogar erste Bewässerungssysteme wurden geschaffen, bis auf den sieben Hügeln die damals berühmteste Stadt des Mittelmeers herangewachsen war.«

»Ihr sprecht von Rom, nicht wahr?«, fragte er, während der Span in seiner Rechten loderte und ihre Wangen, die ihm zugewandte Schulter und den Arm in warmes Licht tauchte.

Uta nickte, den Blick unverändert auf die Stufe zu ihren Füßen gerichtet. »Es braucht Zeit, eine Stadt zu errichten.« Und diese Worte galten auch für sie.

»*Urbs non fuit una die condita*«, sprach Hermann vor sich hin. Sein Blick verweilte weiterhin auf ihrem Profil. »Eine Stadt wird nicht an einem Tag erbaut.«

Uta lächelte, weil er des Lateinischen anscheinend immer noch mächtig war. Mit pochendem Herzen wandte sie ihm ihr Gesicht zu.

Ihre Blicke trafen sich.

»Große Dinge brauchen Zeit und noch mehr Geduld«, flüsterte sie.

Aus Hermanns Augen sprach Verwunderung. Endlich ein Mensch, dessen Finger nicht ungeduldig trommelten und der ihn nicht dazu zwang, sich zu erinnern. Einmal ganz abgesehen von den Hunderten von Händen, die ständig nach ihm griffen, und den vielen Mündern, die sich seinen Segen erbaten.

»Darf ich Euch etwas zeigen?«, fragte Uta vorsichtig und deutete hinauf zur Arbeitskammer.

Er nickte.

Daraufhin erhob sie sich. Eine Strähne löste sich dabei aus ihrem Haarband. Hermann folgte ihr in jenen Raum, in dem er vor seinem Verschwinden viel Zeit verbracht hatte. Uta beobachtete ihn. Angefangen vom Grundriss der Kathedrale bis hin zur Skizzierung von schmückenden Details hatte er hier oben mit der Unterstützung von Baumeister Tassilo seine Vision eines Gotteshauses zu Pergament gebracht, die Kathedrale geplant und den Bau bis zur Bedachung des Ostchores überwacht.

Schnell entzündete Uta zwei Talgschalen an seinem Span, während er sich umschaute. Die eine stellte sie auf den Boden, die andere auf einen der zwei Schreibtische, rechts neben der Tür. Hermann machte ordentlich gestapelte Bücher und Pergamente auf ihm aus. Mehrere Schreibfedern und ein Blindrillenstift warteten auf ihren nächsten Einsatz. Hinter den Tischen in der Ecke erkannte er ein Stehpult.

»Gemütlich ist es hier«, sagte er schließlich, steckte den Kienspan in eine Haltung neben der Tür und trat vor das Fenster. »Es ist aus Glas.«

Sie nickte ihm aufmunternd zu.

Er öffnete das Fenster und schaute hinaus. Es war eine helle Nacht, der Mond war beinahe voll. Haupt- und Vorhof menschenleer. Hermanns Blick fiel auf die kleine Burgkirche, die von hier aus gesehen vor dem Kathedralbau lag. »Wunderbar ruhig«, sagte er und freute sich plötzlich, diese Nacht nicht ergebnislos in der Burganlage oder den Wäldern umherzuirren. Er drehte sich zu Uta um. »Ist Euch kalt? Verzeiht, dass ich so rücksichtslos war.«

Uta wollte gerade den Kopf schütteln, da hatte er das Fenster auch schon wieder geschlossen. Sie hielt inne, als er gleich darauf vor sein früheres Pult schritt. Ob er sich daran erinnert hatte? Sie beobachtete, wie er nach den Aufzeichnungen im weißen Ledereinband griff. Sein Bautagebuch!

»Was ich Euch zeigen wollte …«, sagte sie, nachdem er eine Weile still in ihm geblättert und es dann zurück auf das Pult gelegt hatte. Zuerst nahm sie das Talglicht vom Schreibtisch und leuchtete zur Wand gegenüber der Tür. Dann bat sie ihn mit einer Handbewegung, neben sie in die Mitte des Raumes zu treten.

Mit der rechten Hand zeigte sie auf das riesige, über einen Rahmen gespannte Leder vor der Wand. Es reichte ihr von den Knien bis zum Kopf und war von feinen Linien überzogen, die an einigen Stellen aufeinandertrafen und zu Flächen, Halbkreisen oder zu Kreuzen ausgemalt worden waren.

»Ein schönes Bild«, bemerkte Hermann und brachte Uta kurz zum Schmunzeln, denn mit den beinahe gleichen Worten hatte sie ihm gegenüber vor über zehn Jahren ihre Faszination angesichts des Leders zum Ausdruck gebracht.

»Es ist der Grundriss unserer Kathedrale«, sagte sie und rezitierte die Sätze, mit denen er ihr damals mit nur einer Handbreit Abstand zwischen ihnen erklärt hatte, was ihre Augen sahen: »Vitruv, ein römischer Architekt, fertigte vor Baubeginn immer Zeichnungen an. Und so arbeiten wir auch. Auf diesem Wege geben wir unsere Vorstellungen an die Gewerkemeister weiter. Anhand eines bestimmten Maßstabs«, sie deutete auf einige Zahlen unten rechts auf dem Leder, »wissen sie genau, wie jedes Teil proportioniert ist.«

Hermanns Blick folgte den Linien, die rot und golden schimmerten.

»Ein Grundriss ist eine Zeichnung von oben, aus der Sicht eines Vogels gesehen«, fuhr sie nach einem Seitenblick auf ihn fort. »Es ist, als ob Ihr über den Bau fliegt und durch das Dach in ihn hineinschaut.«

Voller Vorfreude auf das Gefühl, das sie überkommen würde, sobald sie mit der Kuppe ihres Zeigefingers den Verlauf einer Linie nachfuhr, lächelte sie und trat auf das Leder zu. Ihre langjährige Erfahrung mit Bauzeichnungen hatte der Faszination, welche die Symmetrie des feinen Linienspiels auf sie ausübte, keinen Abbruch getan. Ihre Finger berührten das Leder so zärtlich, als wäre es Hermanns Haut.

»Berührt auch Ihr es«, bat sie Hermann. »Bauen tut man mit allen Sinnen.«

Zögerlich streckte Hermann den linken Arm aus und machte dann einige Schritte nach vorn, um seine Fingerkuppen ebenfalls auf das Leder zu legen und dessen Oberflächenstruktur zu erspüren.

»Wenn Ihr wollt, schließt die Augen«, sagte sie leise. »Eure Finger werden Euch führen.«

Hermann folgte ihrem Rat. Er wählte den Mittelfinger und tastete sich langsam an einer Linie entlang.

Atemlos verfolgte sie, wie sein gerader, schlanker Finger behutsam über das Leder strich. »Ihr befindet Euch im Langhaus unserer Kathedrale. Stellt Euch nun vor, wie Ihr Euch auf den Ostchor zubewegt.«

»Ich bin alleine in der Kathedrale«, sagte Hermann, und seine Züge entspannten sich. »Es ist so friedlich hier.«

»Genießt die Ruhe«, flüsterte sie und vernahm dabei seine gleichmäßigen Atemzüge. Sie betrachtete ihn: das kinnlange

Haar, die Fältchen um seine Augen herum und seine leicht ge-
bogene Nase. Nicht zu lange, denn sie wollte nicht aufdring-
lich erscheinen, und so glitt ihr Blick zu seiner Hand auf dem
Leder zurück.

Mit geschlossenen Augen tastete Hermann weitere Linien auf
dem Leder ab. Zum ersten Mal empfand er so etwas wie Befreiung, zum ersten Mal konzentrierte er sich ganz auf die Gegenwart und nicht auf die Vergangenheit. Tatsächlich meinte
er, nun den regennassen Stein der Kathedrale riechen zu können, vermischt mit dem leichten Duft von Gänseblümchen.
Seine Sinne waren demnach noch intakt! Nach einiger Zeit
öffnete er wieder die Augen.

»Vielleicht könnt Ihr jetzt besser schlafen.« Uta nahm den
Blick von seiner wohlgeformten Hand, deutete eine Verbeugung an und trat zur Tür. »Ich wünsche Euch eine gute Nacht.«
Noch länger hätte sie ihm nicht widerstehen können. »Schlaft
gut, Hermann«, sagte sie, wandte sich noch einmal zu ihm um
und verließ dann die Turmkammer.

»Schlaft auch Ihr gut, Uta«, entgegnete er, die Hand noch immer auf dem Grundriss.

Nachdem ihre Schritte auf der Treppe verklungen waren, zog
Hermann ein leeres Pergament von einem der Stapel auf dem
Schreibtisch, um seine »Sammlung der Vergangenheit«, die
nach der Veranstaltung im Burgsaal um weitere fünf Pergamente angewachsen war, fortzuschreiben. Von heute an würde
er nicht nur Erinnerungen, sondern auch die Gegenwart festhalten – vor allem, wenn sie so außergewöhnlich war wie gerade eben.

Mit kribbelnder Hand schrieb er den Namen seiner Schwäge-
rin mit weniger zerfledderten, schiefen Buchstaben als sonst
oben auf das Pergament. Uta von Ballenstedt. Darunter skiz-
zierte er sie mit ihrem auf dem Rücken zusammengebundenen
langen Haar und der losen Strähne.

»Schlaft auch Ihr gut, Uta von Ballenstedt«, wiederholte er seine letzten Worte und schloss die Augen.

Die Erschöpfung des Tages brach sich Bahn.

Mit einem Mal merkte Hermann, dass sich sein Puls beschleunigte und Übelkeit in ihm aufstieg. Er ließ sich auf dem Stuhl am Schreibtisch nieder.

Keine Menschenseele begegnete ihm, und er fror erbärmlich. Er meinte allein auf der Welt, alleine im Wald zu sein. Bis er ein Messer fand und gutes Wasser in einem Fluss. Etwas abgenutzt war das Messer, aber noch gut genug, um die Wurzeln nicht länger reißen zu müssen wie bisher.

Zitternd sackte Hermann gegen die Lehne des Stuhls. Sein Atem ging heftig, sein Brustkorb hob und senkte sich schneller.

Nach dem Messerfund war er durch den Wald gegangen. Als es dämmerte, entzündete er ein Feuer gleich neben dem Flusslauf. Feuersteine lagen zuhauf an diesem Flecken Erde herum. Das Messer war neben dem Umhang und einem löchrigen Oberhemd alles, was er besaß. Er war allein. Er hätte auch keine Menschenseele sehen wollen.

* * *

Mit der aufgehenden Sonne begannen die Knechte in der Hauptburg, die Pferde zu beladen. Einige Burgbewohner sowie das Gesinde hatten sich bereits zur Verabschiedung der Reisenden, die die Burg heute in nordwestlicher Richtung verlassen würden und noch mit allerlei Vorbereitungen beschäftigt waren, im Burghof versammelt. Sofern nicht schlechtes Wetter, Über- und Unfälle oder gar Krankheit die Reise verzögerten, würde die kleine Gruppe in achtundzwanzig Tagen pünktlich zum Pfingstfest in Utrecht eintreffen. Ihr erstes größeres Ziel war der Quellort des Flusses Unstrut, gefolgt vom Kloster Kaufungen und Essen, danach ging es weiter die Ruhr und den Rhein flussabwärts.

Gleichzeitig mit dem Markgrafenpaar brach auch Bischof Kadeloh auf. Allerdings führte ihn sein Weg über die Alpen nach Italien, wo er seinen Aufgaben als Kanzler nachzugehen gedachte. Ihm war von heftigen Unruhen in Mailand berichtet worden, die er zu klären beabsichtigte.

»Es besteht wirklich keinerlei Gefahr für Satteldruck, Markgraf«, bestätigte der erfahrenste der Stallburschen seinem Herrn gerade, nachdem dieser überprüft hatte, ob die Decke unter dem Sattel des Pferdes auch tatsächlich keine Falten warf und die Haare des Tieres nicht gegen die Wuchsrichtung gepresst wurden. Unter den Blicken der übrigen Reisegesellschaft, die neben Uta und Hermann aus zwei Dutzend bewaffneten Reitern, Knappen sowie einer Handvoll Helfer bestand, prüfte der Stallbursche zuletzt noch sorgfältig die Länge der Steigbügel, genau wie es ihm der Stallmeister, welcher mit einem Fieber daniederlag, beigebracht hatte. »Erlaucht, Euer Pferd ist nun für die Reise bereit«, beschied er danach seinem Herrn und entfernte sich nach einer tiefen Verbeugung.

»Gut, dann sollten wir endlich aufbrechen!«, sagte Ekkehard, während Uta zärtlich über die Blesse ihrer Stute strich und gegen ihre Müdigkeit ankämpfte.

Nach ihrer Rückkehr aus der Turmkammer hatte sie das Gespräch mit Hermann in ihren Gedanken noch lange fortgesetzt. Sie hatte ihm von den Ausmalungen an der Langhauswand vorgeschwärmt, von der leuchtenden Wiege Christi, von dem feurigen Malachitgrün in den Flechtbändern um die *heilige Zone* und dem Unstrutblau der Fensterwangen. Seit gestern Nacht war ihre Welt wieder etwas leuchtender geworden.

Uta bekam gerade noch mit, wie Hermann einen Stapel Pergamente in seiner Satteltasche verstaute, als Ekkehard vor sie hintrat.

»Warum begleitet Euch Euer Kammermädchen nicht?« Ekkehard hatte registriert, dass Katrina bei der Gruppe stand, die die kleine Reisegesellschaft verabschiedete, und weder ein gesatteltes Pferd am Zaumzeug hielt, noch Reisegewänder angelegt hatte.

»Katrina wird auf der Burg bleiben und hier nach dem Rechten sehen«, entgegnete Uta mit festem Blick, während die Knechte dabei waren, das letzte Reisegepäck und Säcke mit Dörrfleisch, Brot und Käse an den Sätteln der Tiere zu befestigen. Dass Uta alleine nach Utrecht reiten sollte, war ein Vorschlag des Kammermädchens gewesen, das trotz der Nachtwachen die Kathedrale nicht unbeobachtet lassen und auch das Georgskloster weiterhin im Auge behalten wollte. »Schwester Margit wird uns statt Katrina begleiten.«

»Eine Benediktinerin?«, entgegnete Ekkehard überrascht, als habe ihm Uta gerade vorgeschlagen, die Strecke nach Utrecht auf einem dreibeinigen Esel zurückzulegen. »Wir befinden uns auf keiner Pilgerreise, sondern haben ein ordentliches Stück Weg hoch zu Ross vor uns!«

Schwester Margit trat hinter einem der Pferde hervor und deutete eine Verbeugung an. »Ich werde mich der Gesundheit unserer Reisegruppe annehmen«, erklärte sie beherrscht. »Noch sind die Nächte kühl und damit schwer zu ertragen.«

»Also gut!« Ekkehards Blick ruhte kurz auf dem Kräuterbündel, das die Schwester um ihre Taille gebunden hatte, und meinte dann abschließend: »Bedenkt aber, dass wir auf unerfahrene Reiterinnen keine Rücksicht nehmen können. Zum Pfingstfest wollen wir in Utrecht ankommen.«

Margit nickte dankbar, und Uta glaubte dem unzufriedenen Gesichtsausdruck des Gatten entnehmen zu können, dass er nicht nur die Krankenschwester, sondern auch sie selbst am liebsten in Naumburg zurückgelassen hätte. Doch wollte er bei seinem repräsentativen Auftritt in Utrecht und noch dazu am Pfingstfest wohl nicht riskieren, der beharrlichen Kaiserin Gisela die Gründe für Utas Verbleib in Naumburg vortragen zu müssen.

Ekkehard ließ sein Tier ein paar Schritte laufen und zog dabei den Sattelgurt nach. Er dachte wie Uta, wenn auch in anderer Hinsicht, an die Kaiserin. Wenn es tatsächlich stimmte, dass die Kaiserin vor sechs Mondumläufen einer Eheauflösung zugestimmt hatte, würde er vor ihr auf der Hut sein und zum Ausgleich seine Beziehung zu König Heinrich wie auch zum Kaiser noch weiter festigen müssen. Ekkehard drehte sich zu Hermann um, der nun ebenfalls aufgesessen war. Die Begegnung mit dem Kaiser, davon war Ekkehard überzeugt, stellte die größte Chance dar, dem Bruder die Erinnerung zurückzugeben. Seit der gestrigen Zusammenkunft im Burgsaal schien ihm Hermann außerdem etwas gelöster zu sein. Ein gutes Zeichen, wenn nicht sogar der vorauseilende Bote des Gelingens. »Fünf Tage werden die Vorräte reichen, Erlaucht«, sprach der Vogt Ekkehard da auf einmal an und riss ihn damit aus seinen Gedanken. Der Mann verbeugte sich tief und wischte sich dann über die fliehende Stirn. Die einsetzenden Worte Kadelohs beraubten ihn jedoch jeglicher Dankesworte, die er sich aus dem Munde des Markgrafen erhofft hatte. »Gott, der im Himmel wohnt, bewahre uns unterwegs«, stimmte der Bischof von seinem Ross aus das Reisegebet an. Er würde mit einer ebenso großen, bewaffneten Truppe wie das Markgrafenpaar reiten, welche ihm der Kaiser für die Alpenüberquerung gestellt hatte; einige seiner Begleiter kannte er noch von seiner letzten Reise. »Der Herrgott möge uns wohlbehalten wieder nach Hause geleiten. Es segne uns der allmächtige Gott: der Vater, der Sohn und der Heilige Geist. Amen.«

Noch mit gefalteten Händen erteilte Ekkehard seine Anweisungen: »Vier bewaffnete Reiter traben an der Spitze. Danach folgen mein Bruder und ich, die Markgräfin und ihre Begleiterin. Neben und hinter uns benötige ich ebenfalls vier Reiter. Dann reiht sich der Rest ein. Das Ende des Zuges bilden erneut bewaffnete Reiter.«

Die ersten Tiere setzten sich bereits in Bewegung, als Uta noch einmal Simon zu sich heranwinkte, der ebenfalls zur Verabschiedung gekommen war. Zuletzt hatte er bis in die frühen Morgenstunden hinein mit Bischof Kadeloh den aktuellen Stand der Wandbemalung durchgesprochen.

»Bitte wendet Euch an den Vogt, wenn Ihr neuer Pigmente bedürft«, bat Uta den Mann mit dem breiten Kreuz und den hellen, weit auseinanderstehenden Augen. Jetzt, wo Hermann wieder da war, hatte Simon so ganz und gar nichts mehr mit ihm gemein, fand Uta. »Ich freue mich schon darauf, nach unserer Rückkehr ein paar Bilder mehr zu sehen.«

Der Maler verneigte sich ergeben. »Wann dürfen wir Euch zurückerwarten, Erlaucht?«

»Ich denke in drei Mondumläufen«, kam Ekkehard Utas Antwort zuvor. Er schaute zum Tor und schnalzte mit der Zunge. »Wir haben schon genug kostbare Zeit verloren, die wir lieber auf der Strecke verbringen sollten. Lasst uns aufbrechen!«

Uta schenkte Simon ein Lächeln. Bei ihrer Rückkehr würde die gesamte Bilderfolge auf den beiden Wänden des Langhauses fertiggestellt sein und danach die Arbeiten am schwebenden Christus beginnen! Der Lapislazuli, den Abdul al Hasin vor einem Mondumlauf nach Naumburg gebracht hatte, würde dem Mantel Christi seinen einzigartigen Blauton verleihen. Die Farbe, die nie selbst rahmt, sondern von Rot, Grün oder Gelb gerahmt wird, erinnerte sie sich mit einem Lächeln an

Simons Worte. War Blau nicht auch die Farbe des Friedens? »Ist er«, sie senkte ihre Stimme und wandte sich noch einmal an den Maler, »… ist er auch sicher verwahrt?«

»In einer verschlossenen Steintruhe im Boden, Markgräfin«, antwortete der Maler leise, so dass nicht einmal Schwester Margit seine Erwiderung verstehen konnte. »Nur ich und seine Exzellenz Bischof Kadeloh besitzen den Schlüssel dafür.« Uta nickte dankbar und trieb ihre Stute an.

»*Aspetta!* Warte!«, kam da Alwine angelaufen und trat an den unruhigen Pferden vorbei vor Utas Tier. Sie war von der Klausur befreit worden, um eine verwirrte alte Frau zurück in die Vorburg zu geleiten, und nutzte nun die Gunst der Stunde, um sich zu verabschieden, nachdem sie die familienlose Greisin wieder zu ihrem Haus gebracht hatte. Es war nicht das erste Mal, dass die alleinstehende Frau verlangte, trotz Schmerzfreiheit behandelt zu werden. Und so hatte Alwine ihr noch eine Weile zugehört und ihr einen beruhigenden Kräuteraufguss bereitet.

Uta neigte sich zu Alwine hinab, die ihr einen Stapel Pergamente entgegenhielt. »Galens Aufzeichnungen über das Hirn und die Seele. Nimm sie an dich.«

Uta begriff sofort, dass die Benediktinerin noch keine Heilmethode für Hermann gefunden hatte. »Danke, dass du die Abschriften herausgesucht hast. Ich werde sie studieren«, entgegnete Uta und steckte die Pergamente zu ihrem *Vitruv* in die Satteltasche. Ein kurzer Blick zu Hermann verriet ihr, dass Ekkehard diesen bereits wieder mit Berichten aus der Vergangenheit in Beschlag genommen hatte. Gestenreich deutete der Gatte die Maße eines Langschwertes an, das der Bruder wohl während einer gemeinsamen Schlacht geführt hatte.

»Wir reiten los!«, hörte Uta da die Stimme eines Reiters an der Spitze des Zuges.

Nur ungern ließ Uta vom Anblick des Geliebten ab. Zum Abschied ergriff Alwine Utas Hand und lächelte noch einmal in Margits Richtung. »Ich bete für Euch.«

»Passt du mir ein bisschen auf meine Katrina auf?«, bat Uta, während die Reisegesellschaft bereits antrabte.

»*Ma sì. Volentieri!* Sehr gerne!«, rief Alwine ihr nach.

»Schwester, tretet beiseite! Die Pferde trampeln Euch sonst noch zu Tode!«, mahnte einer der Berittenen mit ungeduldiger Stimme und wies Alwine den Weg vor das Wohngebäude, wo auch die anderen Burgbewohner und die Malergruppe versammelt standen.

Schwester Margit ritt dicht hinter Uta durch das Tor. In Gedanken hörte sie Notburga schon fluchen, die ihre Abwesenheit sicher bald entdecken würde. Zum ersten Mal in ihrem Leben nahm Margit die Bürde des Ungehorsams bewusst auf sich. Doch es galt, ein höheres Ziel zu verfolgen, dem sie in den Gebieten der Friesen, wo Utrecht lag, deutlich näher kam.

6.

DREIKLANG

Zwei Schüsseln Milch und einen ganzen Schinken!«, keifte der Bauer und schlug mit der Gerte so heftig zu, dass sein fleißigster Knecht unter den Hieben zu Boden ging. »Das kannst du uns niemals zurückgeben!«

Hans wollte sich gerade wieder aufrichten und die Sache klarstellen, als ihn ein weiterer Hieb traf, der ihn mit dem Gesicht im Staub landen ließ. Sein Rücken brannte wie Feuer. Der Schmerz war so stark, dass er nicht einmal mehr wusste, wie es überhaupt zu dieser Situation gekommen war. Eigentlich hatte er – wie jeden Tag – an diesem ersten Sommertag des Jahres nach der Feldarbeit nur die Schweine versorgt und sich danach zum Essen ins Bauernhaus begeben wollen, als ihn keine zehn Schritte vom Haus entfernt von hinten ein Hieb getroffen und ihm jemand das Hemd vom Körper gezerrt hatte.

»Dankst du mir so meine Großzügigkeit?«, hörte er den Bauern nun über sich knurren und war wieder zurück im Hier und Jetzt.

Nur verschwommen erkannte er neben den Füßen seines Peinigers noch ein zweites paar Latschen.

»Für deine Diebstähle gehörst du im Moor erstickt!«, schrie der Bauer und hieb noch fester zu. Seine plumpe, kräftige Gestalt erleichterte es ihm, die Schläge wuchtig auszuführen.

Bei den folgenden Worten wurde Hans auch klar, wer in dem zweiten Paar Schuhe steckte. »Wegen des Dummerchens werden wir alle noch verhungern!« Emmerichs Tritt in die Magengrube machte es Hans unmöglich, richtigzustellen, dass er den Schinken in der Vorratskammer nie berührt hatte. Nur die beiden Schüsseln Milch konnte der Bauer ihm vorwerfen. Insgeheim hatte Hans schon lange befürchtet, dass Gesas Milchdiebstahl irgendwann einmal auffallen würde. Seit zwei Mondumläufen bediente sie sich bereits an der bäuerlichen Milch in der Vorratskammer, um Kuno füttern zu können. Gesa!, hämmerte es in Hans' Kopf. Hoffentlich war sie in Sicherheit. Zu dieser Zeit half sie gewöhnlich der Bäuerin, die zweite Mahlzeit des Tages vorzubereiten.

Hans versuchte sein Gesicht in Richtung des Bauernhauses zu drehen, schrie dann aber vor Schmerz auf, als die Peitsche erneut auf seinen Rücken niedersauste. Hundegebell mischte sich unter das Schnalzen der Gerte.

»Vater, das reicht doch. Er blutet ja«, versuchte der Sohn des Hauses zu beruhigen, doch der Bauer stieß ihn zur Seite.

Stöhnend blickte Hans genau in dem Moment zum Bauernhaus, in dem Gesa, begleitet von Emmerichs höhnischem Gelächter, aus der Tür trat.

»Die Hühner-Gesa wagt sich für ihren Liebsten unter die Menschen!«, frotzelte der erste Knecht.

Gesas Erscheinen verschaffte Hans eine willkommene Atempause. »Gesa«, schrie er dann aber entsetzt, als er sie auf Emmerich zulaufen sah.

Hans war, als stocke die Zeit, als zöge jemand die Bilder vor seinen Augen in die Länge, während er beobachtete, wie Gesa ihre Zähne in den Unterarm des Knechtes schlug und, so fest sie konnte, zubiss.

Emmerich schrie auf. Er war so erschrocken, dass es ihm nicht gelang, Gesa mit einem Griff in ihr Haar von seinem Arm wegzuzerren.

Der Bauer peitschte nach Gesa, die daraufhin jedoch nur noch fester zubiss. Ihre Wut schien ihre Kraft zu verdoppeln. Sie hörte Emmerich aufschreien. Doch schon im nächsten Moment fühlte sie die Pranke des Bauern an ihrem Hals und seinen scharfen, fauligen Atem an ihrer Wange. Mit einer einzigen Hand hielt er Gesa am Hals gepackt fest, nahm dann die zweite zu Hilfe und begann seine Magd zu würgen.

»Tut ihr nichts, Hans wird die Milch ersetzen«, bat Hans den Bauern und rappelte sich aus dem Staub auf die Knie. Er hob sein Hemd vom Boden auf und zog es sich hastig über, als hielte das den Bauern davon ab, weitere Hiebe zu verteilen.

Erst jetzt löste Gesa, um besser nach Luft schnappen zu können, ihre Zähne vom blutenden Unterarm des ersten Knechtes, der noch immer an ihren Haaren zerrte. Woraufhin der Bauer sofort von ihr abließ, ihr aber einen so heftigen Stoß in den Rücken versetzte, dass sie neben Hans in den Staub fiel. Von Emmerichs rohem Zugriff fühlte sich ihr Kopf wie betäubt an. Sofort fasste sie nach ihrem Haar und stellte schnell fest, dass ihr Emmerich nur ein dünnes Büschel ausgerissen hatte, das er nun in seiner Hand hielt, während er fassungslos auf seinen blutenden Unterarm starrte.

In diesem Moment, in dem alle vier Beteiligten die Situation erst richtig zu begreifen begannen, lag der Moorhof in tiefem Schweigen. Der Hund war verstummt und das Rauschen des Baches nicht mehr als ein fernes Tuscheln. Nicht einmal die Grillen auf dem Feld gaben Laut. Erschrocken schauten die vier einander an. Hans blickte zunächst zu Gesa, der das lange schwarze Haar ins Gesicht hing und deren Mund blutverschmiert war. Gesa hingegen funkelte den Bauern wegen seines brutalen Vorgehens gegen Hans wütend an. Der Bauer seinerseits sah zu Emmerich, der Gesa mit hochrotem Kopf und dem Haarbüschel in der Hand anstarrte.

Durch diese Stille gellte auf einmal ein Schrei.

Unzweifelhaft der eines Säuglings.

Gesa verfolgte, wie Emmerich ruckartig den Kopf Richtung Hühnerstall drehte und ein wissendes Lächeln in sein Gesicht trat. Am Morgen hatte sie Kuno zum ersten Mal nicht in sein Waldversteck gebracht, weil er am ganzen Körper geschwitzt und sie öfters nach ihm hatte schauen wollen.

Auch Hans wandte sich um. Kuno musste die Not seiner Eltern gespürt haben.

Emmerich rannte los.

Einige Atemzüge später kam Hans auf die Beine.

Dann folgte Gesa.

Emmerich erreichte den Stall als Erster, riss die Tür auf und sah sich hastig um. Schnell hatte er den Säugling im Stroh entdeckt. Eingewickelt in jenen schäbigen Umhang, den er schon einmal in den Bach geschleudert hatte.

Emmerich nahm das Kind samt Lumpen auf und trat mit ihm auf die Tür des Stalles zu. Die aufgeschreckten Hühner liefen ihm vor die Füße. Emmerich trat nach dem Federvieh, das nun plärrende Kind wie einen Sack Getreide unter den Arm geklemmt.

Da waren Hans und Gesa bereits zur Stelle und versuchten, Emmerich den kleinen Kuno zu entreißen, doch der zückte mit der freien Hand sofort ein Messer und hielt sie damit auf Distanz.

»Tu ihm nichts«, flehte Hans.

Gesa hörte, dass Bauer und Bäuerin im Anmarsch waren.

Emmerich wischte seine kotbeschmierten Finger am Umhang des Säuglings ab. Der schrie noch immer aus vollem Halse.

Hans schlotterten die Beine vor Angst, als sein Blick zwischen Emmerichs Messerspitze und Kunos geschwollenem Gesichtchen hin und her sprang. »Du darfst ihn nicht so grob anfassen, Emmerich. Er ist doch noch so klein.«

Auf diese Anweisung hin spuckte Emmerich auf den Boden und presste den Kleinen nur umso fester an sich, der daraufhin aus Leibeskräften brüllte.

Ungeachtet des Messers war Gesa nun fest entschlossen, dem

Grobian das Kind zu entreißen. Doch da packte sie der Bauer auch schon von hinten am rechten Arm und drehte ihr diesen so weit auf den Rücken, dass sie wimmernd zu Boden sank.

»Gebt mir das Kind«, forderte die Bäuerin. Erst als sie den Kleinen, wenn auch nur grob, zu wiegen begann, beruhigte er sich wieder etwas. »Wessen Kind ist das?«, wollte sie wissen.

»Irre sind unfruchtbar! Das weiß doch jeder«, trug Emmerich vor, die Hand mit dem Messer noch immer abwehrend in Richtung Gesa ausgestreckt. Hans stellte offensichtlich keine Gefahr für ihn dar.

»Wessen Kind ist das?«, wiederholte die Bäuerin und trat vor Hans. Der blickte jedoch nur verloren zu der im Staub knienden Gesa. Er war überzeugt, dass er sowieso nichts sagen könnte, was sie aus diesem unsäglichen Schlamassel herausbrächte.

Noch immer im Klammergriff des Bauern übernahm es Gesa zu antworten: »Er gehört zu uns!« Als ob dies die Situation aufklären würde, wollte sie sich losmachen, um nach Kuno zu greifen, doch der Bauer hielt ihren Arm weiterhin angewinkelt auf dem Rücken und drückte ihn nun noch einmal weiter nach oben.

»Sie haben es also gestohlen«, mischte sich Emmerich ein. »Genauso wie die Milch und den Schinken! Dreckige Diebe sind sie!«

»Wir haben den Jungen nicht gestohlen«, beteuerte Hans. »Er lag im Wald. Ganz allein! Wenn Gesa ihn nicht mitgenommen hätte, wäre er verdurstet.«

»Pah«, brummte Emmerich und hielt sich anklagend den blutenden Arm. »Der lügt doch, sobald er den Mund aufmacht!«

Hans wurde langsam wütend. Er war vielleicht ein Angsthase, aber kein Lügner.

»Die Ackerarbeit läuft schon schleppend genug. Das Kind kann nicht länger auf dem Hof bleiben!«, meinte da die Bäuerin und schaute aus ihren schmalen Augenschlitzen auf Gesa hinab. »Noch ein Maul können wir nicht durchfüttern!«

Hans verstand die Welt nicht mehr. »Aber der Kleine trinkt doch gar nicht viel«, wandte er ein.

»Er wird jeden Tag mehr verlangen«, erklärte die Bäuerin, »und er hält uns allein durch sein Geschrei von der Arbeit ab.«

»Schmeißt ihn in den Bach!«, raunte der Bauer und rülpste zur Bekräftigung seiner Aussage.

Verzweifelt begann Gesa, unter ihm zu strampeln. »Niemals!«, keuchte sie mit schmerzverzerrter Stimme.

»Er kann doch nicht schwimmen«, fügte Hans kleinlaut hinzu.

Die Bäuerin trat vor ihren Mann und schlug vor: »Wir bringen ihn in eine Siedlung hinter den Mooren. Dort wird schon jemand sein, der sich seiner annimmt.« Schließlich war sie ja kein Unmensch!

»Nein«, bat Hans und hockte sich neben die erschöpfte Gesa. »Kuno gehört doch zu uns.«

»Kuno?« Endlich ließ der Bauer Gesas Arm los, versetzte ihr aber noch einen Fußtritt, so dass sie vornüber kippte und sich die linke Gesichtshälfte am Boden aufschrammte.

Emmerich lachte höhnisch.

»Du wolltest doch ohnehin bald wieder zum Markt reiten, Vater«, mischte sich da der Bauernsohn ein, der ohne, dass die Bauersleute es bemerkt hatten, dazugetreten war. »Wir brauchen einen jungen Ochsen. Das Kind kannst du dann mitnehmen.«

Die stämmige Bäuerin stellte sich breit neben dem Sohn auf. »Genau.«

»Nein«, widersprach Gesa und rappelte sich auf Hände und Knie auf. In Gedanken stürmte sie bereits auf die Bäuerin zu, um ihr das Kind zu entreißen. Doch ein Blick zu Hans ließ sie von ihrem Vorhaben absehen.

»Bis zum Markt bleibt das Kind im Bauernhaus«, bestimmte die Bäuerin auf ein Nicken des Bauern hin und verließ dann gemeinsam mit diesem den Stall. Ihr Sohn folgte ihnen.

Niedergeschlagen schauten Gesa und Hans den Unholden nach, die mit Kuno auf dem Arm auf das Bauernhaus zuhielten. Dann trat Emmerich in ihr Blickfeld.

»Damit«, sagte er mit erschreckend ruhiger Stimme und hielt Gesa seinen verletzten Arm vors Gesicht, »hast du dir selbst das Urteil gesprochen!«

Gesa schaute mit hasserfüllten Augen zu dem ersten Knecht auf.

Sie maßen sich mit ihren Blicken wie zwei Gegner kurz vor dem Schwertkampf, dann schaute Emmerich über ihr staubiges Hemd zu ihren spitzen Knien hinab. Erneut spie er vor ihr und Hans aus und verließ dann den Hühnerstall, um seine Wunde zu versorgen. Er war sich nicht sicher, ob die Irre ihn mit ihrem Biss nicht vielleicht vergiftet hatte.

Hans schaute zu Gesa, die noch immer auf dem Boden kniete. Er sah die Würgemale an ihrem Hals und an ihren Handgelenken und hätte am liebsten zu weinen begonnen. Das zersauste Haar und ihr blutverschmierter Mund jagten ihm einen Schauer über den Rücken. Schließlich ließ er sich neben ihr auf dem Sandboden nieder. So saßen sie eine Weile stumm und hilflos nebeneinander, bis das Gurren der Hühner wie eine tröstende Melodie einsetzte.

Gemeinsam zwängten sie sich daraufhin in Gesas Ecke.

Nicht einmal jetzt wagte es Hans, Gesa in den Arm zu nehmen. Sie schluchzte immer wieder, und auch ihm liefen nun die Tränen über das Gesicht. Er wusste, dass er nicht nur wegen der misshandelten Gesa und der Ungerechtigkeit des Bauernpaares weinte. Sondern auch, weil ihm Kuno jetzt schon fehlte. Nicht minder vermisste er den Anblick Gesas, die in Kunos Nähe manchmal sogar gelächelt hatte.

Auch Gesa dachte an den Kleinen. Sie sehnte sich nach seinen Händchen, die zuletzt nach ihr gegriffen hatten, nach seinem freudigen Quietschen und seinem Lächeln. »Ich will ihn wiederhaben«, sagte sie und hob den Kopf.

»Hans glaubt, dass sie ihn uns niemals geben werden.« Er verzog das Gesicht, als die Schmerzen auf seinem Rücken nach einer abrupten Bewegung wieder stärker wurden.

»Dann holen wir ihn uns!« Mit dem flachen Handrücken wischte Gesa sich über den Mund, um Emmerichs Blut aus den Mundwinkeln zu bekommen. Es schmeckte scheußlich.

»Sie werden ihn uns wieder wegnehmen«, entgegnete Hans ernüchtert, schöpfte dann aber neuen Mut. »Oder meinst du, dass wir Kuno an einem Ort verstecken können, den Emmerich oder die Bauern niemals finden? Irgendwo im Moor vielleicht?« Aber was würde dann aus ihm werden? Viel zu weit weg wäre der Kleine dann, um jeden Tag nach ihm schauen und ihn versorgen zu können.

Gedankenversunken erhob sich Gesa aus ihrer Ecke. »Wir müssen weg«, sagte sie dann und strich fürsorglich über die leeren Brutnester auf dem Brett über der Schlafecke.

»Weg von hier?« Hans starrte sie an, als verlange sie von ihm, bis ans Ende der Erdscheibe zu wandern. »Aber wohin sollen wir denn gehen?«

»In den Wald«, antwortete Gesa zaghaft und erschrak im gleichen Moment angesichts der Vorstellung, ihre Hühner zurücklassen zu müssen. Ella und die anderen Zweibeiner waren ihr all die Jahre über eine Familie gewesen und hatten sie davon abgehalten, vom Moorhof wieder in den Wald zurückzukehren. In den Wald, wo keine aufdringlichen Menschen lebten, sondern nur Tiere und Pflanzen, die ihr nichts Übles wollten.

»Weggehen, ohne woanders Essen und Arbeit gefunden zu haben?« Hans schüttelte den Kopf, weil doch bald die Ernte auf dem Winterfeld anstand. Vor fünf Jahren hatte er das elterliche Dorf auf der Suche nach Arbeit verlassen, weil seine Erzeuger nicht einmal mehr einen Kanten Brot für ihn übrig gehabt hatten. Vom Bauern in der nächstgrößeren Siedlung war er zunächst mit der spöttischen Begründung abgewiesen worden, dass er selbst für das Ziehen des Pfluges zu dumm sei und man nun einmal keinen dummen Esel beschäftigen wolle. Auch die anderen Leute in der Siedlung hatten immer nur über ihn gelacht, mochte er sich auch noch so anstrengen, um es ihnen recht zu machen. Die I-A-Rufe einiger Bewohner gellten Hans noch heute in den Ohren.

Nach tagelangem Umherirren, Betteln und erfolgloser Suche nach einem Broterwerb wäre Hans beinahe im Moor versunken, hatte es dann aber doch noch irgendwie geschafft, sich bis zum Moorhof zu schleppen. Der war ihm im Laufe der Zeit und trotz der schweren Arbeit eine Art Zuhause geworden, obwohl Emmerich immer wieder die eine oder andere gemeine Bemerkung über ihn machte. Doch immerhin traute man ihm hier zu, arbeiten zu können, und einen Esel schalt man ihn auch nicht. Und dann war da auch noch Gesa, die ihn niemals ausgelacht hatte. Hans rang mit sich.

Gesa spähte derweil durch die Deckenbretter des Stalles ins Freie und hoffte, dass die Dämmerung bald einsetzte. Das stärkere Rauschen des Waldes und das zunehmende Rascheln der nachts auf Jagd gehenden Tiere legten nahe, dass es bald so weit wäre. Sie griff in die Tasche ihres Hemdes und fühlte die flaumige Feder, die sie noch immer darin verwahrte. Sie erinnerte sie schmerzlich an ihr einstiges Versagen. Eine Weile drehte sie die Feder zwischen ihren Fingern, dann sprach sie leise und mit brennenden Augen: »Wir werden Kuno beschützen.« Das hatte sie dem Kleinen bei seiner Namensgebung stumm versprochen. Noch einmal würde sie nicht versagen. Hans nickte. Er wollte Kuno ebenfalls beschützen. Und Gesa.

»Heute Nacht«, flüsterte sie, »wenn alle schlafen, tun wir es.« Das Herz wurde ihr schwer, denn für Kuno musste sie einen anderen Teil ihrer Familie aufgeben. Was würden Ella und die anderen Hennen nur ohne sie tun?

Im Schein des Mondes füllte Gesa im Grubenhaus ein letztes Mal eine der Korbschalen mit Wintergetreide und Grünzeug. Mit schmerzlichem Bedauern streute sie die Körner, immer eine Handvoll, großflächig vor dem Stall aus, so, wie sie es immer tat. Auch an diesem Abend füllte sie den Korb ein zweites Mal und schob sich mit ihm durch die Hühnerklappe, um auch noch im Stallinneren Futter auszustreuen. Mit einer Mischung aus Schnalzen und Pfeifen lockte sie danach Hahn Berthold in den Stall, dem die restlichen Hühner folgten.
Schuldbewusst glitt ihr Blick über die Tiere, die zu spüren schienen, dass etwas nicht stimmte, und sich allesamt auf der Stange im hinteren Bereich des Stalles niederließen.
»Ich muss weg«, flüsterte sie und presste jeden Vogel zum Abschied noch einmal zärtlich an ihre Brust. Ella! Ihre Lieblingshenne mit den schwarzen Federn an Kopf und Schwanz ließ traurig den Kopf hängen. Ihr Anblick tat Gesa weh. Die umtriebige Ella würde sie besonders vermissen, doch der Verlust Kunos brannte heftiger in ihr. Aber ihre Tiere hier, der Hahn und die Hennen, waren immerhin zu zehnt. Kuno dagegen ganz allein.
»Gesa«, drang Hans' Stimme von draußen zu ihr in den Stall.
Sie antwortete nicht, strich stattdessen Ella mit der gleichen Sanftheit über das Gefieder, mit der sie auch oft Kunos Bäuchlein liebkost hatte, was der kleine Mann zufrieden gurgelnd genossen hatte.
»Gesa!«, vernahm sie Hans' Ruf erneut und ungeduldiger. »Bist du etwa eingeschlafen?«
»Ich gehe, aber vergessen werde ich euch niemals«, flüsterte

sie den Hühnern zu. Mit gesenktem Blick trat sie zu ihrem Lager unter den Brutnestern. Sie richtete das Stroh, als wolle sie es jemand anders, der nach ihr kam, bequem machen. Aus ihrem Hemd zog sie die flaumige Feder hervor. Mit Tränen in den Augen legte sie sie sanft ins Stroh und krabbelte schließlich ein letztes Mal durch die Hühnerklappe nach draußen.

»Endlich«, empfing Hans sie erleichtert. Sein Rücken schmerzte noch immer, er nässte und brannte bei jeder Armbewegung. »Hans dachte schon, dass Gesa …«

Gesa schüttelte den Kopf, so dass ihr eine Strähne ihres offenen Haars über die Schultern fiel. Der Staub des Tages klebte ihr noch im Gesicht, ihre aufgeschrammte linke Wange würde sie noch eine Weile an den heutigen Zwischenfall erinnern.

»Emmerich schläft schon seit einer Weile«, berichtete Hans. Das Schnarchen aus der Scheune hatte Gesa längst vernommen, genauso wie das heftige Furzen der Bauersleute im Haus. Mit unstetem Blick suchte sie den Hof nach dem Wachhund ab, hörte dann aber ein schlabberndes Geräusch von der anderen Seite des Bauernhauses. »Ich habe ihm einen toten Fuchs hingelegt«, erklärte Hans leise und schaute sich in alle Richtungen um. »Für den wird er eine Weile benötigen.«

Im Schutz der Dunkelheit gingen sie nebeneinander auf das Bauernhaus zu. Gesa hatte nichts bei sich. Sie besaß auch nichts anderes als die Kleidungsstücke, die sie am Körper trug. Hans hingegen war mit einer Handsäge ausgerüstet: Vor der Tür des Bauernhauses angekommen, schob er das Werkzeug durch den seitlichen Türspalt hindurch und führte es bis zum Riegel hinab. Das Sägeblatt hatte ihm an unbeschwerteren Tagen schon so manch guten Dienst beim Abschneiden dicker Äste geleistet.

Den Blick sehnsüchtig auf den Hühnerstall gerichtet, stand Gesa neben ihm und dachte an Ella. So geborgen wie ein Kind beim Betrachten seiner Mutter hatte sie sich beim Blick in die

Augen des Tieres gefühlt, dessen Iris ein warmes Braun aufwies.

»Hans hat es durchbekommen«, erklärte Hans nach einer Weile stolz, zog die Säge heraus und legte sie beiseite. Vorsichtig schob er die Tür einen Spalt auf, spähte in das Bauernhaus und tat die ersten Schritte hinein. »Wo fangen wir an?« Ängstlich blickte er sich um. Das Herz schlug ihm bis zum Hals. Wenn das Bauernpaar sie erwischte, schlügen sie sie sicherlich tot.

Gesa folgte Hans und schaute sich aufmerksam um. Sie deutete auf die Treppe hinter dem Tisch und hielt zielgerichtet an Hans vorbei darauf zu. Sie wusste, dass Bauer und Bäuerin im Obergeschoss nächtigten und Kuno vermutlich bei sich hatten. Als sie ihren zierlichen Fuß auf die Treppe setzte, knarzte die erste Stufe so laut, dass sie beide zusammenzuckten und so lange verharrten, bis sie sicher waren, dass sie niemanden aufgeweckt hatten. Gesa setzte ihren Fuß noch vorsichtiger als zuvor auf der zweiten Stufe auf, dieses Mal auf deren linke Seite, wo auch der Handlauf verlief. Geräuschlos bewegte sie sich auf diese Weise ins obere Geschoss des Hauses, wo sie zwei Türen ausmachte.

Hans begann seinen Aufstieg mit zitternden Knien.

Gesa erwartete ihn oben und schob die linke, offen stehende Tür, aus der laute Schnarchgeräusche drangen, vorsichtig mit den Fingerspitzen auf. Mit einem Blick erfasste sie den kargen Raum, in den einzig eine winzige, geöffnete Luke etwas Nachtlicht einließ. Da war eine flache Bettstatt direkt unter der Luke, welche die Hälfte der Kammer einnahm. Die Bäuerin hatte die linke Seite des Lagers bis zur Wand hin eingenommen, der Bauer lag in einigem Abstand neben ihr. Vor der Bettstatt stand eine Nachtschüssel unter einem Tischchen, die dem Geruch nach zu urteilen gut gefüllt sein musste. Spärlich lag Stroh auf dem Holzboden verteilt.

»Siehst du Kuno?«, bemühte sich Hans hinter ihr zu flüstern, was sich in der Aufregung als gar nicht so einfach erwies.

Gesa schüttelte den Kopf. Wo hatten sie ihn nur hingebracht? Ob er etwa schon im Bach … Da machte sie in der Ecke der Kammer eine weitere Tür aus. Um dorthin zu gelangen, musste sie mindestens zehn Schritte an der Bettseite des Bauern vorbei machen. Der schnarchte und schien mit halboffenen Augen zu schlafen. Darauf bedacht, nur ja kein Geräusch zu machen, schritt Gesa auf die Tür zu.

»Bleib hier!«, wisperte Hans noch, doch er bekam das Mädchen nicht mehr am Hemd zu fassen.

Gesa meinte schon nach dem Türknopf greifen zu können, als sie ein kratzendes Geräusch innehalten ließ. Hans hielt sich vor lauter Entsetzen die Hand vor den Mund und beobachtete nun, wie sich der Bauer im Bett in die Richtung der Nebenkammer umdrehte und dabei ein grausames Röcheln ausstieß. Komm zurück!, bedeutete Hans Gesa mit den Händen, doch die tat nichts dergleichen, sondern hielt stattdessen weiter auf die Kammertür zu.

Hans atmete heftiger und beobachtete, wie Gesa die Tür leise aufmachte und dann in der Kammer verschwand. Hans blickte wieder zur Bettstatt. Er hatte Schiss.

In der Nebenkammer schob Gesa sich derweil an der Wand entlang. Längst hatten sich ihre Augen an die Dunkelheit gewöhnt. Sie machte Körbe aus, einen Besen und einige Stoffstücke. Die Kammer war ungefähr halb so groß wie jene, die sie gerade durchquert hatte. Doch Kuno konnte sie nicht in ihr entdecken. »Mach Platz, Weib!«, vernahm sie da die Stimme des Bauern nebenan und wandte sich erschrocken um. Der brutale Bauer war wach! Und sie war in der Nebenkammer gefangen. Vorsichtig spähte sie durch den Türspalt und hörte den Mann Unverständliches brummen. Gesa zog die Tür lautlos zu und überlegte. Sie vernahm ein schleimiges Husten und mehrmaliges röchelndes Ausspucken. Solange der Bauer so weiterrotzte, würde sie das stickige Versteck nicht verlassen können.

Gesa hockte sich hin und wiegte ihren Oberkörper vor und zurück. Sollte ihr Weg bereits im Obergeschoss des Bauernhauses enden? Würde sie Kuno nie wiedersehen? In Gedanken sah sie den Kleinen bereits gleich einem Brot auf dem Verkaufstisch einer Bäckerin liegen. Mit hochrotem Kopf schrie er nach menschlicher Wärme und reckte seine Ärmchen bittend in die Luft. Der Bauer wird sich doch nie die Mühe machen, nach einem liebevollen Menschen für das Kind zu suchen, dachte Gesa und fuhr erschrocken zusammen, als sich die Tür zur Kammer öffnete.

»Hast du Kuno?«, flüsterte Hans.

Gesa schüttelte den Kopf und vernahm erst dann die regelmäßigen Atemzüge, die von der Bettstatt zu ihr drangen.

»Wir müssen hier raus«, wisperte Hans nervös und zog Gesa an den Händen hoch.

Den Blick starr auf den Bauern gerichtet, folgte sie ihm durch die Schlafkammer. Wie ein Fleischberg sah der Bauer auf dem Lager aus, mit wulstigen Gliedmaßen und offenem Mund, aus dem es bis zu ihr herüberstank. Gesa schüttelte sich und stieß dabei an den Nachttopf. Dessen Inhalt schwappte über den Rand auf Gesas Füße vor dem Bett der Bauersleute. In dem Moment ließ sie ein erneutes Husten des Bauern heftig zusammenfahren. Erst nachdem sich wieder Ruhe eingestellt hatte, wagten sie den nächsten Schritt auf die Tür zu.

Das Herz war Hans längst in die Hose gerutscht. »Wir müssen uns beeilen«, sagte er und schob Gesa vor sich aus der Kammer. Es konnte nur noch eine Frage der Zeit sein, bis die Schläfer vom Gestank ihrer verschütteten Notdurft aufwachten. Er zog die Tür hinter ihnen zu und deutete ins Untergeschoss. Als es auch in der zweiten Kammer, in der der Bauernsohn schlief, ruhig blieb, stiegen sie vorsichtig wieder die Treppenstufen ins Erdgeschoss hinab.

Unten angekommen, begann Hans überall nachzusehen. Auf Zehenspitzen schlich er durch die Kammern. Schaute unter den Tisch und sogar in die bereits erkaltete Feuerstelle.

Gesa stand derweil starr am Treppenabsatz. Warum nur hatte sie Kuno einfach so der Bäuerin überlassen? Als Hans zum zweiten Mal auf Zehenspitzen an ihr vorüberging, fiel Gesas Blick auf die Vorratskammer links des Treppenaufstiegs. Aus ihr hatte sie die Schalen mit Milch für Kuno stibitzt, nun schritt Gesa erneut auf die Tür zu und öffnete sie. Die Vorratskammer war ums Eck gebaut, das wusste Gesa, auch wenn sie in den abknickenden Teil nie gekommen war, weil die Milch nahe beim Eingang lagerte. In zwei hohen Wandregalen verstaute die Bäuerin hier zudem Schinken, getrocknetes Fleisch, Gemüse und Mehl.

Vorbei an den halbleeren Regalen ging sie um die Ecke herum und schreckte zurück, als sie dort Hühner an Haken von der Decke hängen sah. Bisher hatte sie die Vorstellung immer verdrängt, dass ihre Hühner auf dem Tisch der Bauersleute landeten. Abrupt wandte sie sich ab. Dabei fiel ihr Blick auf das Fass unter den Hühnerhaken. Vorsichtig, als ob es jeden Moment zerbersten könnte, schritt sie darauf zu.

Da hörte sie auf einmal ein leises Wimmern hinter dem Fass. Schnell trat sie um das Fass herum. »Kuno!«, kam es ihr vor Freude laut über die Lippen. Erleichtert beugte sie sich über das Bündel. Nicht einmal Stroh hatte die Bäuerin zwischen den steinig kalten Boden und seinen Umhang, der voller Urin und Kot war, gelegt.

Da betrat Hans die Vorratskammer. »Hast du ihn gefunden?« »Ja«, flüsterte Gesa nun wieder und strich dem Kleinen über die Wangen. Dann hob sie ihn auf und presste seinen ausgekühlten kleinen Leib mitsamt Umhang fürsorglich an sich.

Sofort spürte sie, wie die Wärme ihres Körpers auf den seinen überging.

Hans hätte am liebsten geheult vor lauter Glück und war so rasch bei Gesa neben dem Fass, dass die Hühnerteile an den Haken über ihnen mächtig zu schwingen begannen und Hans gegen den Kopf schlugen. Doch er bemerkte es nicht. Auch sein offener Rücken war in diesem Moment vergessen.

Als Kuno sein Gesichtchen verzog, hatte Gesa auch schon ihre Fingerspitze mit Spucke benässt und sie dem Kleinen in den Mund geschoben, worauf sich Kuno sofort entspannte.

Nach einigem Zögern ließ Hans schließlich doch noch einige Äpfel in seinen Taschen verschwinden und griff nach einer Kanne Milch und einem dichtgeflochtenen Binsenkorb, dann zog er Gesa mit Kuno auf dem Arm aus der Vorratskammer und aus dem Bauernhaus. Gesa prüfte die Farbe des Nachthimmels, befand sie für noch dunkel genug und hielt Hans das Kind hin.

»Hans soll ihn tragen? Und du …?«

Ohne zu antworten, ließ Gesa den verdatterten Hans mit dem Kleinen stehen und verschwand in der Ochsenscheune, in welcher das Vieh und die Knechte schliefen. Zielstrebig schob sie sich zwischen den Schweinen hindurch bis zu der Stelle vor, wo Emmerich sein Lager hatte. Eine Weile betrachtete sie den schlafenden Knecht mit dem breiten Schädel und den abstehenden Ohren. An seinem Unterarm machte sie eine tiefe Bisswunde aus und nickte dankbar darüber, dass der Knecht heute einen so tiefen Schlaf hatte. Dann schob sie sich langsam näher an Emmerich heran. Am Fuße seines Lagers machte sie, wie sie es in Erinnerung und nachdem sie eine Lage Stroh beiseitegeschoben hatte, eine dunklere Erdstelle aus, die sie nicht einmal eine Handtief mit den Händen ausheben musste, um auf ein Leinentuch zu stoßen, das um einen festen Gegenstand geschlungen war. Sie wickelte ihn aus und sah den Rest eines

Schinkens vor sich. Unter dem Schinken kam außerdem noch ein grauer Lederbeutel, der mit einem Strick zugebunden war, zum Vorschein.

Es ist also noch da!, dachte sie und ließ den Beutel unter ihrem Hemd verschwinden. Mit einem Blick auf Emmerich vergewisserte sie sich, dass dieser noch immer tief und fest schlief. Dann schob sie die Erde zurück in das Loch, drückte sie fest und legte wieder Stroh darüber. Beim Gehen blieb ihr Blick an Emmerichs Umhang hängen, der neben ihm auf dem Boden lag. Sie hob ihn auf und schlängelte sich dann geschickt zwischen den Schweinen hindurch zum Scheunentor zurück.

Von einem Bein aufs andere tretend, wartete Hans mit Kuno auf dem Arm schon ungeduldig auf sie.

Stumm legte Gesa ihm den Umhang über die Schultern.

Erschrocken erkannte Hans Emmerichs Gewandstück, wagte jedoch keinen Widerspruch, weil er Gesas Finger auf seinem Mund spürte.

Gesa übernahm Kuno wieder. Sie band sich den Kleinen mittels seines verdreckten Umhanges auf den Rücken. Als sie die Umfriedung überwunden hatten und die ersten Schritte auf den Wald zu taten, drehte sich Hans noch einmal um. Es war so weit. Nun würde er regelmäßige Mahlzeiten, Heu für die Nacht und einen geregelten Tagesablauf gegen das feindliche Moor, gegen Kälte und Ungewissheit eintauschen; ein Leben im Wald, fern von den Menschen führen. So wie Gesa es schon früher geführt hatte. Sie würden Waldleute werden.

Gesa bemerkte, dass Hans stockte. Da griff sie nach seiner Hand und zog ihn mit sich in den Wald.

Sie würden einigen Vorsprung gewinnen müssen, wenn ihnen ihr Leben lieb war.

Mit der ganzen Kraft ihrer schwabbeligen Oberarme riss die Bäuerin das Scheunentor auf und stemmte die Hände in die breit ausladenden Hüften. »Wo ist das Kind?« Sie hatte schlecht geschlafen und sich zu allem Überfluss gerade von ihrem Mann anhören müssen, heute Nacht neben den Topf gepinkelt zu haben.

Emmerich erhob sich verschlafen. »Das Balg ist weg?« Selten hatte er das Bauernweib so aufgelöst erlebt.

»Wo ist Hans?«, blökte die Bäuerin, nachdem sie erfasst hatte, dass die Schlafstätte des Gesuchten neben Emmerich leer war.

»Bestimmt ist er im Hühnerstall und liegt bei der Irren.« Emmerich gähnte und rieb sich die Augen.

»Bei der Irren?«, wiederholte der Sohn der Bäuerin, der soeben hinter ihr hervorgetreten war, und machte sich dann zum Hühnerstall auf.

Die Bäuerin durchwühlte derweil das Stroh in der Nähe von Hans' Lager. Sie warf das Stroh auf, als läge Kuno darunter begraben und fluchte dabei ununterbrochen.

»Im Hühnerstall ist Hans nicht«, kam ihr Sohn nach einer Weile in die Ochsenscheune zurück.

Emmerich befiel eine böse Vorahnung. »Und Hühner-Gesa?«

»Die ist auch weg!«

In Emmerichs Hirn begann es zu arbeiten. Das Dummerchen, die Irre und der Schreihals waren weg. Das bedeutete … Emmerichs Blick glitt über die Tiere. »Sie sind zu Fuß los, vergangene Nacht.« Das einzige Tier des Hofes, das sich zum Reiten anbot – das Pferd – stand noch in seiner Ecke. »Haben sie Vorräte mitgenommen?«, fragte er.

»Ich schaue in der Vorratskammer nach«, schimpfte die Bäuerin. Mit der Gewissheit, dass einiges in ihren Regalen fehlen würde, verließ sie zusammen mit ihrem Sohn die Scheune.

»Solche wie die bringen nur Unglück!«, hörte Emmerich sie noch sagen und fuhr sich grübelnd über das borstige Kinn. Plötzlich fiel sein Blick auf die eigene Schlafstatt. »Mein Umhang!« Er hatte ihn am Abend zuvor doch noch neben sich gelegt! Auch als Schutz für sein … Emmerich trat ans Ende seines Lagers und strich das Stroh beiseite. Als er sah, dass die Erde dort ungewöhnlich lose war, wusste er Bescheid. Er formte seine Hände zu Schaufeln und begann, mit ihnen zu graben. Den Rest des Schinkens, der ihm dabei in die Hände fiel, legte er unbeachtet beiseite. Er grub und grub, doch als er bereits tiefer war, als er das Loch jemals ausgehoben hatte, war der graue Lederbeutel immer noch nicht zum Vorschein gekommen. Es gab keinen Zweifel. Sein Geheimnis war verschwunden. Emmerich hieb mit der Faust auf den Boden. »Diebespack!« Nach einigen weiteren Schlägen mahnte er sich jedoch zur Ruhe. Seinen Beutel bekäme er nur zurück, wenn er einen klaren Kopf bewahrte. Außerdem wollte er Genugtuung! Und es gab nur wenige Personen, denen er zutraute, ihn zu bestehlen. Genau genommen eigentlich nur zwei. Er musste Hans und Gesa finden!

Emmerich erhob sich und rannte hinüber zum Bauernhaus.

Der Bauer saß mit mürrischem Gesicht am Tisch, neben ihm sein Sohn, der hungrig dreinschaute. Zum Leidwesen der beiden hatte der Aufruhr die Zubereitung des Morgenbreis verzögert.

Die Bäuerin kam aus der Vorratskammer. »Zumindest Obst haben sie mitgenommen!«

»Räudige Diebe sind sie und gehören bestraft!«, knurrte der Bauer und schlürfte an einem Krug abgestandenen Bieres vom Vorabend. »Ein für alle Mal!«

»Die beiden werden im Moor verenden«, sagte der Bauernsohn und konnte sein Mitleid nicht verbergen, das er als Einziger in dieser Runde zu empfinden schien. Gesa und Hans hatten stets gute Arbeit geleistet und sich nie beschwert.

Da betrat Emmerich das Haus. »Ich hole sie für Euch zurück!«, verkündete er und starrte feindselig auf den Hocker, auf dem Gesa immer gesessen und ihren Morgenbrei gelöffelt hatte. Ihm war nur wenig daran gelegen, Gesa und Hans vor einem möglichen Erstickungstod im Moor zu retten. In Wirklichkeit ging es ihm um seinen Beutel voller Silberpfennige und Vergeltung, doch das behielt er lieber für sich. Die Bauersfrau würde ihn nur fragen, woher er das Geld hätte, ihr eigenes nachzählen und ihm dabei auf die Schliche kommen. Auf den Inhalt des Lederbeutels bezogen waren seine regelmäßigen Schinkendiebstähle eher geringfügige Vergehen. Emmerich grinste verwegen.

Der Bauer schaute dröge von seinem Krug auf. »Und wer erntet das Winterfeld ab?«

»Die Ernte kann noch warten«, erklärte Emmerich, als sei er der Herr im Haus. Gesa und Hans in die Finger zu bekommen hingegen nicht. Ein widerspenstiges Hühnerweib und ein Dummer bestohlen ihn nicht einfach so! Er würde ihnen schon noch zeigen, wer der Klügere war. »Gebt mir zwei Tage, dann bringe ich euch das Gesindel zurück.«

»Und wie willst du das anstellen?«, fragte die Bäuerin, deren Lider heute noch schlaffer auf den Augen hingen als sonst.

Emmerich hatte sich auf dem Weg ins Bauernhaus alles gut erdacht. »Mit dem Rappen habe ich sie binnen eines halben Tages eingeholt. Sie sind zu Fuß unterwegs. Noch dazu mit einem leidigen Balg. Pünktlich zum Erntebeginn habt Ihr sie wieder.«

»Kennst du dich im Wald denn aus?«, fragte die Bäuerin überrascht, nachdem sich ihr Mann wieder dem Inhalt seines Kruges widmete.

»Sicher!«, bestätigte Emmerich, schließlich hatte er den Bauern vergangenes Frühjahr einmal zum Markt begleitet. Auf jenen Markt, auf dem er nach dem Verkauf von zwei Schweinen gutes Geld für sich abgezweigt hatte, weil der Bauer lieber zum Saufen gegangen war, anstatt zu verhandeln.

»In zwei Tagen bist du aber zurück!«, brummte der Bauer. »Und wehe dir, dem Rappen stößt etwas zu! Wir brauchen das Pferd für die Ernte und die Markttage.«

Emmerich nickte ergeben. »In zwei Tagen ist wieder alles beim Alten«, versprach er, obwohl er sich seine Zukunft ganz anders ausmalte. Mit dem heutigen Tag konnte er sogar einen Rappen sein Eigen nennen. Und wenn er sich erst noch seine Silberpfennige zurückgeholt hätte, würde diese elende Plackerei auf dem Moorhof ein für alle Mal der Vergangenheit angehören. Ein Rappe, ein Beutel Silbergeld und kein Mensch, der ihn des Diebstahls bezichtigte – die Zeichen standen günstig für ihn, sein Schicksal endlich selbst in die Hand zu nehmen.

* * *

Ekkehard ritt neben dem Bruder und wurde nicht müde, ihm von Kaiser Konrad und dessen politischem Aufstieg vom Herzog zum Kaiser zu berichten. Die Formung des dreieinigen Reiches, bestehend aus dem Ostfrankenreich, dem Königreich Italien und Burgund, fand ebenfalls Erwähnung. Zur Sicherheit gleich zwei Mal. Selbst abends, wenn sich die Brüder eine Kammer oder Zelle teilten, dozierte Ekkehard, bis ihn der Schlaf übermannte.

Seitdem sie den Quellort der Unstrut passiert hatten, stürmte und regnete es. Drei Tagesritte weiter westlich hatten sie sich einen Tag Ruhe im jungen Benediktinerinnenkloster Kaufungen gegönnt und Kraft geschöpft. Aufopferungsvoll hatte sich Margit dort der Versorgung eines hustenden Knappen angenommen.

Der Reisetag nach dem Verlassen des Klosters war Ekkehards Erklärungen zum kaiserlichen Hofstaat und zu den einzelnen weltlichen und geistlichen Fürsten vorbehalten. Er erzählte

Hermann vom unnachgiebigen, inzwischen verstorbenen Erzbischof Aribo von Mainz. Auch erwähnte er den Magdeburger Bischof Humfried und den ersten Naumburger Bischof Hildeward.

Beim Reiten hatte Uta jede Gelegenheit genutzt, Hermann unauffällig zu beobachten, dabei bemerkte sie auch, dass er eifrig in den Pausen aufschrieb, was der Gatte ihm erzählt hatte.

Das Fest Christi Himmelfahrt begingen sie mit einer verkürzten Messe in der Kapelle einer ländlichen Siedlung vor den Toren von Essen. In der Stadt übernachteten sie im Gästehaus des Damenstiftes, dessen Schwestern nach dem Dahinscheiden der Ottonentochter Sophie zum Pfingstfest die neue Äbtissin Theophanu erwarteten. Uta hatte den Schwestern ihr Beileid ausgesprochen und dabei auch erfahren, dass sich Kaiser Konrad nur wenige Tage zuvor geweigert hatte, Äbtissin Adelheid von Quedlinburg als Nachfolgerin in Gandersheim einzusetzen, dem Stift, dem ihre ältere Schwester Sophie gleichfalls vorgestanden hatte.

»Ihr friert und schwitzt gleichzeitig. Das ist nicht gut. Gönnt Euch doch etwas Ruhe«, empfahl Uta Schwester Margit am Abend im Stift und meinte, noch immer die Schemen der rothaarigen Äbtissin Sophie in den Fluren des Gästetraktes auszumachen. Nur wenige Male war sie der Äbtissin begegnet, doch stets hatte sie diese mit Missachtung gestraft. Warum, wusste Uta nicht zu sagen.

»Ich muss mich um den Kranken kümmern«, rechtfertigte Margit ihre Rastlosigkeit. »Er muss viel Flüssigkeit zu sich nehmen, damit sich der Schleim in seinem Schlund löst.«

»Aber dabei kann ich Euch doch helfen?«, schlug Uta in der Hoffnung vor, dass sich die Benediktinerin dann endlich einmal ausruhen würde. »Ich kann ihm Euren hustenlösenden Trunk aus Thymian und Efeu gleichfalls reichen.«

Margit schüttelte den Kopf. »Ihr könntet Euch anstecken, Erlaucht. Das würde mir die Kaiserin nie verzeihen.« Als das Würgen des Jungen aus der benachbarten Kammer zu ihnen in den Flur drang, entschuldigte Margit sich und eilte zu ihrem Patienten. Der Bursche hatte die Reise mit einem breiten Lächeln im Gesicht angetreten, stolz darauf, im Gefolge des Markgrafen zum Kaiser reiten zu dürfen. Diese Aussicht hatte ihn bei Wind und Wetter mit peniblem Pflichtbewusstsein nicht nur die Waffen seines Ritters reinigen, sondern auch die Pflege von einem Dutzend Pferde übernehmen lassen. Sein Übereifer hatte ihn letztendlich krank werden lassen.

Am übernächsten Tag ihrer Reise erreichten sie den Rhein und ritten am Flusslauf rheinabwärts. Das Land war unterdessen flacher und waldreicher geworden. Sobald sie den Strom auch nur wenige Hufschläge weit aus den Augen verloren, wurde der Boden sandiger. Zwei Moore mussten sie umreiten. Die Menschen sprachen nun zunehmend kehliger, gar ungewöhnlich gurgelnd. Die unzähligen Schleifen des Rheins schienen Uta zeitweise kaum mehr als schmale, stehende Gewässer zu sein. Auf den engen, holprigen Wegen kamen sie nur langsam voran. Nichts wies mehr darauf hin, dass der kaiserliche Tross mit seinen Hunderten von Begleitern diesen Weg nur weniger als einen Mondumlauf vor ihnen genommen hatte.

Ekkehard bezweifelte inzwischen, dass sie das Pfingstfest an der Seite der kaiserlichen Familie verbringen würden, und ließ dies seine Mitreisenden in regelmäßigen Abständen wissen. Noch drei Tage standen ihnen bis zum Einritt in Utrecht bevor.

Doch an diesem Abend würden sie ihr Lager erst einmal nordwestlich von Nimwegen im Freien aufschlagen müssen, nachdem Ekkehard die Reisegruppe bis nach Sonnenuntergang angetrieben hatte und keinerlei Umwege für eine komfortablere Übernachtung in Kauf nehmen wollte.

Nach einiger Zeit war ein Zelt für die mitreisenden Frauen aufgebaut, einiges Getier aus dem nahen Waldstück gefangen und ein Feuer entzündet worden. Ein Dutzend Hasen, auf Schwertern aufgespießt, brutzelte bald über den Flammen, die eher schwach vor sich hin flackerten. Das verfügbare Holz im Wald hatte noch Regenfeuchte gespeichert. Es zischte ein paar Mal und qualmte. Um das Feuer herum waren einige Stämme gelegt worden, die als Bänke dienten. Mehr Gemütlichkeit hielt die freie Natur auf der hastigen Durchreise nicht für sie bereit.

Bis auf eine Handvoll Bewaffneter, die den Lagerplatz bewachten, hatte sich die Reisegruppe um das Feuer herum versammelt und schaute hungrig auf die entfellten und geköpften Tiere. Es wurde nur wenig gesprochen. Alle waren von der langen Reise ermüdet.

Uta saß gegenüber von Ekkehard und Hermann, so dass sie deren Gesichter gut im Schein der Flammen sehen konnte. Ob Ekkehard wohl vor dem Sonnenaufgang seine Berichte über Kaiser Konrad beendet haben würde? Sie bewunderte die Geduld, mit der Hermann dem Gatten zuhörte und alles niederschrieb.

Uta wandte sich von den Brüdern ab und drückte Schwester Margit neben sich etwas von dem Brot in die Hand, das sie in ihrer Satteltasche noch als Proviant mit sich führte. Bis die Hasen durchgebraten waren, sollte sich Margit damit stärken. Der blutspuckende Knappe war während einer kurzen Rast um die Mittagszeit herum in ihren Armen gestorben, und die Traurigkeit in Margits Gesicht ließ sie nun noch schwächer wirken. Die Schwester nahm das Brot und tat einen Bissen, auf dem sie endlos herumkaute.

»Es muss im Jahr tausend des Herrn gewesen sein«, berichtete Ekkehard mit einer Stimme, in der Uta trotz der späten Stunde keine Müdigkeit, sondern Kraft ausmachte. Sie seufzte stumm, weil der Gatte erneut von den Lebensläufen der Ekkehardiner zu reden begann, lauschte dann aber aufmerksamer, als Ekkehards Worte eine persönlichere Note bekamen: »Du überragtest mich damals um beinahe zwei Köpfe und zähltest fünfzehn Jahre, ich war gerade einmal zehn.«

Auch die Umsitzenden hörten interessiert zu. Geschichten aus der Kindheit eines Markgrafen bekämen sie wohl nur in dieser vertrauten Runde zu hören. Auf der Burg behandelte der Markgraf sie mit Distanz und der Würde eines Herrschers. Der erste Hase wurde vom Schwert gezogen, mit dem Messer zerteilt und auf einem Brett herumgereicht.

Ekkehard blickte Hermann an, der sein Pergament zur Seite gelegt hatte, um ihm zuzuhören. »Damals wolltest du mir zeigen, wie man eine Hirschkuh mit dem Schwert erlegen kann.«

»Mit dem Schwert Hochwild jagen?« Einige Männer der Runde lachten ungläubig auf. Hochwild mit dem Schwert zu erlegen gelang nicht einmal dem geschicktesten Jäger.

Ekkehard biss in das eher trockene Fleisch eines Hasenschenkels und blickte dann in die Flammen vor sich. »Ohne Erlaubnis der Mutter hattest du mich dazu über Nacht mit in den Wald genommen. Aber wir haben die Hirschkuh mittels des Schwertes natürlich nicht erwischt. Später dann hast du mir gezeigt, wie einfach es stattdessen mit einer Armbrust funktioniert.«

In Gedanken bei den kindlichen Ekkehardinern musste Uta unwillkürlich lächeln. Auch sie nahm sich ein Stück Fleisch und biss in einen Kanten dunklen Brotes. Trotz seines ständigen Dozierens rührte es sie in diesem Moment auch ein wenig, mit welcher Ausdauer der Gatte seinem Bruder zu helfen versuchte. Ekkehard legte all seine Hoffnung auf den Besuch beim Kaiser.

»Erzähle mir von unserer Mutter«, bat Hermann und blickte

zu den einzigen Frauen in der Runde. Mit dem Kinn deutete er zu Uta. »Hatte sie auch so langes Haar? So wie sie?« Loses, dunkelbraunes Haar, friedliche Ruhe und das Gefühl, sich einmal nicht auf die Vergangenheit konzentrieren zu müssen, war es, was er von dem Abend in der Turmkammer in Erinnerung behalten hatte.

Ekkehard sah zu Uta hinüber. Die Gattin trug den Eheschleier, woher wusste Hermann …? »Unsere Mutter … war Swanahild Billung«, erklärte er dann an die gesamte Runde gewandt. »Sie war bereits vor ihrer Vermählung mit unserem Vater Meißener Markgräfin und in Ehe mit des Vaters Vorgänger, Markgraf Thietmar, verbunden.«

Uta meinte im Glanz des Feuers feine Speicheltropfen aus Ekkehards Mund fliegen zu sehen.

»Swanahild war die Schwester Herzog Bernhards I. von Sachsen und überlebte sowohl ihre beiden Gatten wie auch ihre Brüder. Dann aber, am Tage des Osterfestes, starb auch sie.«

Auch wenn es um den Tod einer ihm unbekannten Frau ging und die Nennung des Namens Swanahild Billung keine Regung in ihm auszulösen vermochte, nickte Hermann.

Uta sah in Hermanns übermüdetes Gesicht. Mit der Vorstellung, sich selbst nicht mehr spüren zu können, sich regelrecht aufzulösen, hätte auch sie keinen Schlaf mehr gefunden.

»Unsere Mutter war dem Vater treu ergeben.« Ekkehards Blick verlor sich in den Flammen. »Sie war untröstlich, als er starb. Du und Mutter, ihr seid nach seinem Tod nach Meißen geritten, um das Nachfolgerecht wahrzunehmen. Dann aber kam Onkel Gunzelin dazwischen und schnappte dir die Markgrafenschaft weg. Erst einige Jahre später wurde sie dir, dem rechtmäßigen Erben, verliehen.«

Hermann erinnerte sich an seine Notizen, die vom ehrwürdigen Grab des Vaters in Naumburg sprachen. »Liegt M-u-t-t-e-r auch im Kloster des heiligen Georg begraben?«, wollte er deshalb wissen. Es kostete ihn Überwindung, das Wort Mutter über die Lippen zu bringen.

Ekkehard schüttelte den Kopf. »Sie liegt im Thüringischen.«

»Vielleicht ist es eine gute Idee, die beiden wieder zu vereinen, wie zu Lebzeiten«, schlug Hermann nach einigem Ringen vor und fragte sich zum ersten Mal, ob er in seinem alten Leben gleichfalls sein Herz einer Frau geschenkt hatte. Zumindest hatte man ihm bisher keine Kinder als die seinigen vorgestellt.

»Vielleicht«, gab Ekkehard zurück. »Mutter sagte immer, dass du ganz nach ihrem Wesen geraten bist. Ich komme mehr nach dem Vater.«

Hermann griff nach einer Portion Hasenfleisch und biss hinein. Nach einem Schluck Bier fragte er: »Wie war ihr Wesen?«

Ekkehard riss sich ein Stück Brot ab und kaute lange darauf herum, bevor er antwortete. »Sie wusste immer, was zu tun war. Wenn der Vater nervös war, beruhigte sie ihn. Einerlei, ob es um die Markgrafschaft, die Königskrone oder nur um die Speisenfolge für das kommende Hochfest ging.«

Hermann legte dem Bruder für einen kurzen Moment die Hand auf die Schulter. »Bestimmt war sie eine wundervolle Frau.« Das Fleisch lag ihm schwer im Magen. Nach einem Moment des Schweigens ergriff er Pergament und Schreibzeug und verabschiedete sich mit einem höflichen Nicken von der Runde.

»Dir auch eine geruhsame Nacht!«, rief Ekkehard ihm hinterher.

Uta beobachtete, wie Hermann in der Ferne zwischen zwei brennenden Spänen, was sie verwunderte, eine Decke ausrollte und sich der Länge nach darauf ausstreckte. Das Gesicht in den Himmel gerichtet, versuchte er, Schlaf zu finden.

* * *

Für die frühe Morgenstunde brannte die Sonne schon ungewohnt heiß auf Ernas Haut. Sie wischte sich die schweißnasse
Stirn und stopfte eine ihrer widerspenstigen Locken unter die
Haube zurück. Mit zusammengebissenen Zähnen beugte sie
sich über den Brunnen und zog einen zweiten Eimer mit Wasser herauf. Zum Glück brauchte sie keinen weiteren. Beim
Herausheben blieb ihr Blick an der Schenke *Zum wilden Eber*
hängen. In der vergangenen Nacht hatte sie nicht schlafen
können, weil der Lärm der Gäste wie ein hartnäckiges Gewitter über dem gesamten Burgberg gehangen hatte. Heute hingegen herrschte um das Haus herum gespenstische Ruhe.
Mit nassen Händen wischte sich Erna über die Augen. Die
Eingangstür zur Schenke war geschlossen. Zu dieser Jahreszeit ein sicheres Zeichen dafür, dass Volkmar weder Krug
noch Glas füllen würde. Sowieso ist es noch viel zu früh, um
unverdünntem Wein und Gesottenem zu frönen, überlegte
Erna und bekam dennoch Hunger. Im nächsten Moment
dachte sie an Uta und dass sie deren Unbefangenheit und
Leichtigkeit vermisste. Sicher hätte die Freundin Lust gehabt,
sich auf eine Scheibe guten Brotes zu ihr an den Tisch in die
alte Schmiede zu setzen.
Mit den Worten »Gott beschütze« griff sie nach den gefüllten
Eimern und hob sie an. Jeden in einer Hand. Sie hatte den ersten Schritt noch nicht getan, als sie zusammenzuckte. Die Ka-
thedraltürme warfen riesige Schatten auf den Weg zur Schmiede, die keine zweihundert Schritte vom Brunnen entfernt war.
Die Kathedrale ängstigte sie, und allein die Aussicht auf Gottes Abwesenheit ließ sie erschaudern. Alles deutete darauf hin,
dass die Beschädigungen im Inneren nicht von Menschenhand
stammten. Zuerst war es nur die freundliche Äbtissinnenschwester gewesen, die ihr davon erzählt hatte, inzwischen
aber tuschelten auch die Bewohner der Vorburg über eine
Krankheit, die die Kathedrale befallen haben sollte. Eine

Krankheit, die das Seelenheil all jener verzehrte, die der steinernen Patientin zu nahe kamen. Seitdem mied Erna das mächtige Gotteshaus – zum Glück fanden die täglichen Messen in der Marienkirche statt. Ungewöhnlich wenige Menschen waren heute unterwegs. Die Angst vor einer Ansteckung schien sich auszubreiten. Instinktiv dachte sie an die Sicherheit ihrer Familie. Und Uta? Die Freundin gehörte auch zum Kreis ihrer Liebsten. Erna seufzte schwer. Wie konnte sie Uta nur vor sich selbst schützen? Vielleicht hatte Ramona ja recht, und Erna vermochte die Freundin doch noch zur Umkehr zu bewegen, sie zu Demut und Gehorsam gegenüber Gott zu bringen. Die Kaufmannschaft forderte Buße anstatt der Nachtwachen für die Kathedrale und langer Reisen zum Kaiser ins Friesische.

Erna schaute erneut auf die Schatten, die die Kathedrale auf den Weg vor ihr warf, und glaubte, dass es die schwarzen Finger der Krankheit wären, die sich dort nach ihr ausstreckten. Sie entschied sich, einen Umweg zu machen. Sie würde das Gotteshaus im Norden umgehen, wo es keine Schatten gab.

Erna tat das erste Dutzend Schritte, setzte aber auf Höhe des nördlichen Querhausarmes die Eimer ab. Der Weg kam ihr heute besonders beschwerlich vor, das Wasser in den Eimern wog schwer wie Wackersteine. »Puhh!« Ihre Kräfte begannen mit dem Alter zunehmend zu schwinden. Oder war es etwa die Krankheit, die ihren Leib schon ergriffen hatte? Ihren zunehmenden Leibesumfang zog sie als möglichen Grund dafür nicht in Betracht. Schließlich nahm sie die Eimer wieder auf und erreichte, an der Marienkirche vorbei, schwer atmend das alte Schmiedehaus.

»Du schaffst es nicht, wenn du ihn nicht hoch genug in den Himmel schmeißt«, erklärte Selmina dort gerade ihrer Spielkameradin und deutete auf den Knochen in ihrer Hand.

Rosina nickte aufmerksam.

»Je höher der Knochen fliegt, umso mehr Zeit hast du, die anderen wieder einzusammeln.« Zur Verdeutlichung tippte Selmina mit dem Fuß auf den Boden vor sich, auf dem fünf weitere Knochen in einem Umkreis von zwei Armspannen verteilt waren. »Also pass auf!«, fuhr sie fort und warf den Knochen, so hoch es ging, in den wolkenlosen Himmel.

Mit offenem Mund beobachtete Rosina, wie dieser in die Luft schoss und ihre Freundin flink die restlichen Knochen vom Boden einsammelte. »Schnell!« Das schwarzhaarige Mädchen hüpfte vor Aufregung auf der Stelle.

Fast im gleichen Moment, in dem Selmina den letzten Knochen vom Boden zu den anderen in ihren gerafften Schurz legte, richtete sie sich flink auf und fing den Knochen aus der Luft wieder auf.

»Du hast es geschafft!« Wie verrückt klatschte Rosina in die Hände und bewunderte die Wurfkünste der Freundin.

Die drehte sich frohgemut im Kreis und ließ ihre Zöpfe fliegen. Dabei glaubte sie, den zitronigen Duft der Melissen in den Pflanztrögen links und rechts der Bank vor dem Haus zu riechen. Die Blätter der Pflanze – als Aufguss bereitet – beruhigten die Nerven, hatte Alwine bei der Übergabe dieses Geschenks an die Mutter mit einem Augenzwinkern gesagt. Das hatte Selmina ganz deutlich gesehen.

»Wo ist deine Schwester?«, fragte Erna und setzte ihre Last vor der Eingangstür ab. Die Hausarbeit ging ihr zunehmend schwerer von der Hand.

»Wir haben Suchen gespielt und seitdem ...«, erklärte Selmina, kam aber nicht bis zum Ende des Satzes.

»Lass mich raten: Seit eurem Suchspiel ist Luise verschwunden!«, ergänzte Erna und wusste, dass sich ihre Tochter einmal mehr ein besonderes Versteck gesucht haben musste.

Die Mädchen nickten gleichzeitig. Nachdem sie Luise wieder einmal nicht finden konnten, hatten sie einfach mit dem nächsten Spiel begonnen. »Wenn mir nur auch mal so gute Verstecke einfallen würden und ich die Beste wäre«, sagte Rosina bedauernd und begutachtete die Knochen.

Selmina gab Rosina die Knochen aus ihrem Schurz, trat dann vor die Mutter und griff nach einem der Eimer. »Komm, ich helfe dir.« Im nächsten Moment hielt sie jedoch inne, weil sie meinte, der Boden bewege sich unter ihren Füßen. Ungläubig schaute sie zu ihrer Mutter auf.

»Die Erde bebt!«, kam da der kleine Gert auch schon heulend auf sie zugerannt. Bei jedem Schritt schlugen ihm die Knie aneinander, die Füße schienen ihm geradezu wegzufliegen.

Das ist Gottes Zorn!, durchfuhr es Erna, als sich das Beben, begleitet von einem scheppernden, hohlen Klang, noch verstärkte. Sie meinte zudem auch einen tiefen, aber verzerrt tönenden Glockenschlag zu vernehmen.

Vom Schrecken gepackt, drückte Erna die Kinder mit dem Rücken gegen die Tür des alten Schmiedehauses. Widerstrebend blickte sie in die Richtung, aus der das Geräusch gekommen war: zu der steinernen Patientin und deren Westchor mit seinen beiden Türmen.

Sobald das metallene Scheppern mitsamt seinem bedrohlichen Nachhall verklungen war, drang ein greller Schrei zu ihnen herüber. »Aaaaaaaaah!«

Die schrille Stimme ging Erna durch Mark und Bein. Sofort schob sie die drei Kinder ins Haus. Gert schrie ununterbrochen, so dass Erna Mühe hatte, ihre Worte verständlich an die beiden älteren Mädchen zu richten. »Ihr bleibt hier drin, verstanden? Und das Fenster bleibt geschlossen«, wies sie die Kinder bestimmt an, verriegelte die Tür von außen und schlug ein Kreuzzeichen. Dann lief sie, so schnell sie konnte, auf den Eingang der Kathedrale zu.

»Ist was mit Luise?«, hörte sie Selmina von der anderen Seite der Tür noch rufen.

Doch Erna antwortete nicht. Mit den Gedanken bei Luise, rannte sie über die schwarzschattigen Finger auf dem Weg hinweg in die Richtung, aus der der Schrei gekommen war. In diesem Moment verfluchte sie nicht nur die Kathedrale, sondern auch all die Freiheiten, die sie ihren Töchtern stets gewährt hatte. Die Augen stur auf den südlichen Glockenturm der Westwand gerichtet, stolperte sie über einen Stein und landete in Höhe der Marienkirche bäuchlings auf der Erde. Mit Staub an den Händen und im Gesicht rappelte sie sich wieder auf und humpelte das letzte Stück auf das Kathedralportal zu. Die Türme waren nur vom Kathedralinneren aus zugänglich. Es kam ihr so vor, als würde sich ihr dabei eine seltsame Kraft entgegenstemmen, die sie daran hindern wollte, näher zu kommen.

»Der Kathedralfluch«, hörte sie die Menge raunen, die sich bereits vor dem Eingang zu den Türmen des Westchors versammelt hatte und entsetzt am südlichen der Glockentürme hinaufschaute.

»Luise, Kind?«, rief Erna aufgelöst und drängte sich durch das Langhaus bis zur Tür, die auf den Südwestturm hinaufführte.

»Geh dort nicht rein!«, rief da ein Mann von hinten, als sie Anstalten machte, die Tür aufzuschieben.

Erna hatte schon das Bild eines leblosen Kinderkörpers vor Augen. »Luise?«, rief sie durch die geschlossene Tür hindurch.

»Wartet, ich helfe Euch.« Meister Matthias war neben sie getreten und stemmte sich so lange mit seinem Oberkörper gegen die Tür, bis er sie aufdrücken konnte. »Lasst mich vorgehen«, bat er.

Erna nickte. Tränen standen ihr in den Augen. Sie schneuzte in ihre Schürze und wischte sich den Staub aus den Augen, damit sie wieder einigermaßen klar sehen konnte, dann betrat sie den Glockenturm. Von den vier Geschossen des Turmes waren nur die Glockenstube und der darunterliegende Läuteboden mit Holzdielen ausgelegt worden. Letzterer sollte dem Glöckner festen Stand garantieren, wenn er am Seil zog und die Glocke über einen am Joch befestigten Hebel zum Schwingen und Läuten brachte. Zum Läuteboden und weiter in die Glockenstube hinauf führte eine hölzerne Treppe mit einfachem Geländer, die sich an den Innenwänden des Turmes nach oben wand, bis sie die Glockenstube erreichte. Auf diese Weise war der Turm gebaut worden, aber so fanden sie ihn an diesem Sommertag nicht mehr vor.

Die Hand noch an der hölzernen Tür, begann Meister Matthias ein Gebet zu murmeln. Zuerst starrten er und Erna die Glocke zu ihren Füßen an, dann führten sie den Blick gleichzeitig nach oben. Der Läuteboden und der Boden der Glockenstube waren von der herabfallenden Bronzeglocke durchbrochen worden. Die noch verbliebenen Holzdielen ragten völlig zersplittert in die Luft. Das Läuteseil hing schlaff herab.

»Die Seele unserer Kathedrale ist zu Fall gekommen«, murmelte der Meister. Eine der vier Glocken hing nicht länger in ihrem Turm!

Erst ein Wimmern von oben ließ Erna reagieren. »Meine Älteste ist da oben«, begann sie zu jammern, vermochte ihren Blick aber nicht von der herabgestürzten Glocke abzuwenden.

»Ich gehe hinauf, Ihr bleibt hier unten stehen«, entschied Matthias geistesgegenwärtig und begann dann, die halb zertrümmerte Treppe hinaufzusteigen. Daraufhin wagten sich auch andere Leute aus der Vorburg in den Turm hinein. Erna bemerkte, dass das Wimmern kraftloser wurde. Ihr Herzschlag beschleunigte sich. »Meine Tochter stirbt!«

Die Botschaft von der herabgefallenen Glocke schien sich zu dem Zeitpunkt, zu dem der Meister die zertrümmerte Glockenstube erreicht hatte, bereits in der gesamten Vorburg verbreitet zu haben.

Matthias schaute auf den Glockenstuhl, der an besseren Tagen die Aufhängung für den bronzenen Klangkörper beherbergt und mit weiteren Holzbalken gestützt hatte.

Im nur sparsam belichteten Turm erkannte Matthias, dass auch die verbliebenen Dielenstümpfe lose waren, und blickte prüfend auf die noch verbliebenen Holzdielen, die das Loch wie eine Manschette umgaben. Ein falscher Schritt und er würde gleichfalls den Weg der Glocke nach unten nehmen.

Vorsichtig trat er einen Schritt auf das Loch zu und spähte zu Erna und den anderen hinab, die erwartungsvoll von unten zu ihm heraufblickten. Er gab ihnen mit der Hand ein kurzes Zeichen, dass so weit alles gut war, und schaute dann wieder in die Glockenstube, wo er Ernas Tochter vermutete. Tatsächlich machte er im Gewirr der Holzbalken – die Reste des Glockenstuhls, die nicht in der Tiefe verschwunden waren – Leinen und einen Zopf aus. »Luise!«

Doch das Mädchen antwortete nicht. Auch war sein Wimmern mittlerweile so leise geworden, dass es kaum noch zu hören war. Bedachten Schrittes versuchte sich Matthias am Gemäuer der Turmstube entlang auf den Dielenresten zu dem Mädchen hinüberzuschieben.

»Luise«, sagte Matthias aufmunternd, »kannst du mir deine Hand reichen?«

Diesmal antwortete Luise mit einem jammervollen Laut.

»Luise, bist du allein hier?« Die Zerstörung, die die fallende Glocke hier oben angerichtet hatte, ließ vermuten, dass in den hölzernen Trümmern mehr als nur ein Mensch begraben lag.

Gefangen in ihrem hölzernen Grab, nickte Luise, was ihr Retter jedoch nicht sehen konnte.

Matthias hatte inzwischen die erste der zwei Turmwände hinter sich gelassen, die er zurücklegen musste, um zu Luise zu gelangen. Einen Moment presste er sich in die Turmecke, um durchzuatmen, zumindest dort wurden die Dielenbretter von den zwei enger beieinanderliegenden und darunter hervorkragenden Kämpfersteinen noch etwas mehr gestützt als an den geraden Wänden. Matthias' Puls raste. Die Gerüste der Maler im Langhaus waren zwar fast genauso hoch wie der Glockenstuhl, doch boten sie einen deutlich festeren Stand. »Wenn du deine Hand nicht vorstrecken kannst«, versuchte er es im zweiten Anlauf, um das Mädchen bei Bewusstsein zu halten, »kannst du dann fiepen wie eine Maus?« Behutsam tastete Matthias sich weiter in Richtung des Balkenhaufens am Ende der zweiten Wand vor, unter dem er das Mädchen vermutete.

Da piepste es schüchtern.

»Sehr gut, Luise. Ich komme jetzt zu dir rüber.«

Mit dem Mädchen zu sprechen schien die richtige Strategie gewesen zu sein, denn nun hörte er es die ersten Worte krächzen. »Mein Arm ist eingeklemmt, und meine Beine brennen.«

»Ich helfe dir, Luise«, ermutigte Matthias Luise weiterhin und musterte den Trümmerhaufen aus wirr übereinanderliegenden Hölzern vor sich. Es war eine kaum lösbare Aufgabe, genau die richtigen Teile aus dem Stapel herauszuziehen, damit der ohnehin wackelige Boden unter seinen Füßen nicht vollends hinabstürzte. »Sag mal Luise. Ich habe gehört, dass du schon bis zwanzig zählen kannst.«

Es folgte ein herausgepresstes: »Bis dreißig, in der Sprache unserer heiligen Kirche.«

»Dann fang mal an zu zählen, und ich verspreche dir, noch bevor du bei dreißig angekommen bist, habe ich dich befreit.« Matthias hoffte inständig, sich nicht Lügen strafen zu müssen.

»Unus, duo«, begann Luise langsam.

Matthias schob den ersten Balken, der gegen die Seitenwand der Glockenstube gefallen war, beiseite. Einige andere Balken wankten und sackten daraufhin ein Stück nach unten. Luise war mitten in der lateinischen *Neun* verstummt.

»Du bist unsere Räuberkönigin. Sei also mutig und zähle weiter«, forderte Matthias sie auf und ließ den gefährlichen Balken, eine der Querverstrebungen aus dem Glockenstuhl, sinken.

»Decem, undecim …«

»Das machst du sehr gut«, lobte der Meister und war nun nahe genug an das Mädchen herangekommen. Es grenzte beinahe an ein Wunder, dass man unter derart viel Gebälk geraten und trotzdem noch am Leben sein konnte.

»Viginti, viginti unus«, erklang es weinerlich.

Matthias roch Fett an der Stelle, wo er Luises Zopf und ein Stück Leinen sah. Fett, das für gewöhnlich das Joch bequem schwingend auf den Armen des Glockenstuhls hielt.

Luises Stimme wurde leiser. Sie schien wegzudämmern.

»Komm Luise, wie geht es nach der fünfundzwanzig weiter?«, sprach Matthias lauter, um das Mädchen wachzuhalten.

Luise sprach daraufhin wie in Trance: »Viginti sex, viginti septem …«

Matthias schwindelte, als er einen kurzen Blick nach unten wagte, dann konzentrierte er sich wieder auf den Trümmerhaufen. »Duodetriginta – achtundzwanzig«, zählte er und schob dabei vorsichtig mit dem Fuß einen Balken zur Seite, der Luises linkes Bein freilegte. »Du bist sehr tapfer, Luise«, lobte er und hockte sich nun neben sie. Das wenige Tageslicht, das durch die Schallöffnungen im Mauerwerk ins Turminnere drang, ließ ihn unter dem Balkengewirr nicht viel erkennen. Matthias streichelte der Tochter des Burgkochs die Stirn, wobei er ihr feuchtes Haar an den Fingern spürte.

»Mein Arm«, krächzte Luise mit rauher Kehle. »Ich kann ihn nicht mehr spüren.«

Es dauert eine Weile, bis Matthias den zweiten Querbalken so weit beiseitegeschoben hatte, dass Luises gesamter Körper freigelegt war.

Mit größter Vorsicht hob Matthias das kraftlose Mädchen, das inzwischen das Bewusstsein verloren hatte, auf und schob sich mit ihm auf den Armen an der Mauer zurück zum Treppenabgang. Danach stieg er nicht weniger behutsam ein Stockwerk nach dem anderen bis ganz nach unten hinab, wo die schluchzende Erna unter vielen Dankesworten ihre Tochter wieder in Empfang nahm. Zusammen legten sie Luise sanft neben der Glocke ab.

»Luise?«, fragte Erna immer wieder, als ob sie damit sicherstellen könnte, dass ihr Kind nicht noch an Ort und Stelle verstarb.

»Schnell, schickt nach einem Heilkundigen!«, forderte der völlig erschöpfte Matthias die Umstehenden nun auf. Doch niemand regte sich.

Da ließ sich eine zurückhaltende Stimme vernehmen. »Ich habe bereits nach meinen Brüdern schicken lassen, mein Sohn.«

Nur wenig später erschien auch schon einer der heilkundigen Georgsbrüder, der sich unter den Anweisungen von Abt Pankratius der Patientin annahm.

»Es wird alles gut«, kniete sich Erna neben Luise und strich ihrer Tochter mehrmals über die Stirn. Dabei starrte sie angstvoll auf deren blau angelaufenen Arm. Luise kam langsam wieder zu sich. Daraufhin begann Bruder Laurentius, prüfend jedes einzelne von Luises Gliedern zu bewegen. Das Mädchen biss die Zähne zusammen, dann folgte es seiner Natur und säuselte weiter lateinische Zahlen.

»Wird sie den Arm verlieren?«, fragte Erna den Benediktiner und hörte dabei nicht auf, Luise beruhigend über die Wange zu streichen.

»Bruder Laurentius«, sagte daraufhin der Abt. »Sagt, was Eure Untersuchung ergeben hat.«

»Sie wird gesunden«, sagte der Benediktiner und machte sich

daran, den Arm des Mädchens provisorisch zu schienen. Der geschwollene Unterarm legte den Bruch eines Knochens nahe. »Du bist sehr tapfer, meine Tochter«, bestätigte der Abt mit wohlwollender und ruhiger Stimme, was Luise guttat.

»Wie konnte das nur passieren?«, riefen da auch schon die ersten Stimmen, und augenblicklich verdrängte Unmut die Erleichterung über die geglückte Rettung.

Gefolgt von einigen eifrigen Leuten trat Meister Joachim auf die Treppenstufen zu. Derweil erinnerte Matthias sich an Meister Jans Tätigkeiten im Glockenturm. Jan hatte damals alles doppelt und dreifach ausgemessen, um ganz sicherzugehen, dass der Sitz der Glocke durch nichts zu erschüttern und der Glockenstuhl stabil genug war, um die beim Schwingen der Glocke auftretenden Kräfte ins Mauerwerk des Turmes abzuleiten. Auch wenn Matthias nicht viel von der richtigen Aufhängung einer Glocke verstand, hatte er den besonders weichen Klang dieser Glocke auch Jans fachmännisch gezimmertem Glockenstuhl zugeschrieben. Auf diese Gedanken hin stieg Matthias erneut in den Glockenstuhl hinauf. Oben angekommen, prüfte er vorsichtig das Joch, die Aufhängung der Glocke. Und stutzte. Der Balken selbst war nicht beschädigt, er wies keinen Bruch oder Riss auf, der dem Gewicht der Glocke nachgegeben hätte. Irgendwie mussten sich die geschmiedeten Eisenbänder, die die Glocke am Joch hielten, gelockert haben. Der Läutehebel war ebenfalls unbeschädigt. »Auf eine erste Sichtung hin kann ich keinen Grund für das Unglück ausfindig machen!«, rief er daher laut und deutlich nach unten, was Meister Joachim dazu brachte, seinen fassungslosen Blick endlich von der Glocke zu lösen.

»Qui conflavere me, cunctos Christe tuere«, drang da eine weibliche, wohlklingende Stimme durch den Turm und übersetzte auch gleich im Anschluss. »Christus schütze all jene, die mich haben gießen lassen.«

Verzweifelt presste Erna daraufhin Luise fest vor ihre Brust. »Uns alle sollte sie beschützen, hat Erzbischof Humfried bei der Kathedralweihe versprochen.«

»Hoffentlich will uns Gott mit dem Sturz der Glocke nicht zeigen, dass er seine Hände nun nicht mehr schützend über uns hält«, gab der Bäckermeister zu bedenken. Angst lag in seiner Stimme, wie sie auch aus den Gesichtern einiger Umstehender sprach. Die wohlklingende, weibliche Stimme war verstummt.

Matthias, der in der Zwischenzeit wieder bei den Versammelten angekommen war, beugte sich über Luise. Dem Benediktinermönch nickte er kurz dankbar zu. »Luise«, fragte er, »hast du an der Glocke gespielt und dabei vielleicht etwas verändert?«

Luise schaute ihn bewundernd an, schüttelte dann aber den Kopf.

»Gottes Fluch hat uns wieder eingeholt!«, verkündete Volkmar daraufhin und erntete von einigen Umstehenden ein Nicken. »Wer sonst außer dem Allmächtigen kann eine so schwere Glocke zum Einsturz bringen, ohne Spuren zu hinterlassen?« Er deutete auf den bronzenen Glockenkörper, der unbeschädigt war, nicht einmal einen Haarriss aufwies.

Erna presste den geschundenen Körper ihrer Tochter fester an sich. »Und die Unschuldigen – die Kinder – trifft es«, murmelte sie vor sich hin, und Utas Bild begann, sich vor ihrem inneren Auge aufzulösen. Nur undeutlich vernahm sie nun wieder die wohlklingende Frauenstimme: »Mit den Glocken zieht der heilige Geist in ein Gotteshaus ein. Mit dem Verklingen des Geläutes verlässt er es!« Bebette beugte sich zu Erna hinab. »Es ist nicht die Schuld deiner Tochter. Gewiss wissen die meisten von euch hier, wem ihr Gottes Unmut zu verdanken habt.« Sie setzte eine bedauernde Miene auf, so als täte es ihr leid, diese Anschuldigung vorzutragen.

Verwirrt blickte Erna auf. Meinte die Schwester der Äbtissin etwa Uta damit?

An Bebettes Seite traten zwei Männer, die ins gleiche Horn zu stoßen begannen. »Habt Ihr etwa vergessen, dass es eine Exhumierung entgegen der königlichen Anweisung gab?«, meinte der eine, Weinhändler Wenzel. Noch immer hatte er es nicht verdaut, dass die Frau von Andres nach der Geburt eines kleinen Jungen ganz plötzlich im Wochenbett verstorben war. Dass Gottes Zorn dafür verantwortlich war, stand für ihn außer Frage. Zwei Tage vor dem Tod der jungen Mutter hatte er sie ja noch putzmunter und mit rosigen Wangen erlebt, als er die werdenden Eltern besuchte, um ihnen zum bevorstehenden Glück mit einem erlesenen Wein zu gratulieren. Seitdem die Augen des Bösen in die Kathedrale gekommen waren, war dies die fünfte Totgeburt in Naumburg! Bei insgesamt sechs Schwangerschaften.

»Habt Ihr etwa auch vergessen, dass unsere Kathedrale seitdem immer mehr verfällt?«, fuhr Bepo, der Tuchhändler, fort und verzog das Gesicht. Die Abwesenheit der Burgherren hatte seine Zunge gelockert. »Dass unser Naumburg ausdorrt, gemieden und schlechtgemacht wird? Diese Kathedrale krankt an der Engstirnigkeit seiner Stifter! Und sie wird jedem die Seele vergiften, der dem weiterhin zuschaut, ohne etwas dagegen zu unternehmen.«

So hatten einst auch Ramonas Worte gelautet, erinnerte sich Erna. Jetzt waren sie für alle hörbar ausgesprochen. Beim nächsten Wasserholen würde sie die Kathedrale auf jeden Fall wieder umgehen.

Mit festem Blick hatte Meister Matthias die Reden verfolgt und war sich dabei nervös durch das Haar gefahren. Ihre Kathedrale sollte verflucht und die Nachtwachen völlig umsonst gewesen sein?

»Und der Markgraf reist in die Ferne und überlässt uns unserem Schicksal. Das kann so nicht weitergehen!« Dass Wenzel diese Forderung ernst meinte, konnte man seinem entschlossenen Gesichtsausdruck entnehmen.

»Als Nächstes stürzt noch der ganze Bau ein«, warfen gleich mehrere Stimmen ein.

Meister Joachim kratzte sich die Nase, nickte aber schließlich, fand er doch selbst keine andere Erklärung für den Absturz der Glocke.

»Leute, führt Euch doch die Geschehnisse noch einmal vor Augen!«, mahnte einer der Händler, den Erna auf dem Markt bisher immer nur aus der Ferne gesehen hatte. An einem kleinen Stand an der Seite des Platzes pflegte er, seine Waren aus Holz feilzubieten. »Zuerst erscheinen die Augen des Bösen auf der Altarwand. Dann werden tragende Pfeiler der Kathedrale beschädigt, und nun entzieht uns der Allmächtige mit dem Sturz der Glocke seinen Schutz. Unser Heil ist verwirkt.«

»Nicht nur unser Schutz, sondern auch unser Seelenheil und das unserer Kinder und Kindeskinder stehen auf dem Spiel!«, hörte Erna Ramona sagen und ertappte sich dabei, wie sie in das Nicken der Umstehenden mit einfiel.

Erna war verzweifelt. Plötzlich aber spürte sie etwas Weiches auf ihrem Kopf.

»Die hast du vor der Treppe verloren.« Mit einem verständnisvollen Lächeln setzte Bebette ihr die Haube auf.

»Danke«, entgegnete Erna perplex, überließ Luise vollständig den Händen des Benediktiners und erhob sich. »Ich lasse nicht zu, dass meiner Familie etwas geschieht.« Bei den ersten Worten klang ihre Stimme noch zurückhaltend, gewann dann aber an Kraft.

»Mit dem heutigen Tag werden wir nicht mehr zulassen, dass das Wohl unserer Familien aufs Spiel gesetzt wird!«, schloss sich ihr Volkmar an und nahm seine Frau Beate neben sich in den Arm. »Damit der Allmächtige nicht noch die gesamte

Burganlage über uns zusammenbrechen lässt und Naumburg unser aller Grab wird!«

»Unser Grab«, murmelte Luise. »Da will ich nicht rein.« Unbewusst lenkte sie das Gespräch damit in eine andere Richtung.

»Das Mädchen gehört in eine Krankenstation«, erklärte daraufhin Abt Pankratius sachlich, nachdem er abseits der Gruppe, vom Westchor aus, das Gespräch verfolgt hatte. »Ihr Unterarm sollte mehr als nur notdürftig geschient werden.«

»Komme ich in Alwines Krankenkammer?«, fragte Luise weinerlich und schwor sich im nächsten Moment, unter keinen Umständen nochmals in Tränen auszubrechen.

»Wer dich auch immer behandelt, du wirst auf jeden Fall wieder gesund«, erwiderte Erna und versuchte, sich mit ihren Worten selbst Mut zu machen.

Luise sah den Benediktinerabt an und befand, dass sie ihn aus irgendeinem Grund nicht mochte. »Schwester Alwine soll mich heilen, bitte.«

Pankratius nickte schließlich, obwohl er der Meinung war, dass es im Moritzkloster wegen Schwester Margits Abwesenheit sicher hektischer zuging als sonst. Er bedeutete Bruder Laurentius, Luise vorsichtig hochzunehmen. »Bringt sie ins Moritzkloster und seid vorsichtig mit ihrem rechten Arm. Er darf vorerst nicht bewegt werden.«

»Ich werde im Namen der Brüder vor den Markgrafen treten und unverzügliche Maßnahmen fordern«, griff Bepo das vorangegangene Gesprächsthema wieder auf. »Wir lassen uns nicht länger hinhalten.«

Die *Brüder* nickten.

»Aber vergesst nicht«, fuhr ein weiterer Händler aufgebracht dazwischen. »Inzwischen tragen wir keine Bitte mehr vor. Das haben wir vielleicht noch vor zwei Mondumläufen getan! Der Markgraf versprach uns daraufhin, den Markt wieder zu beleben und die Kathedrale reinzuwaschen. Doch dann ist Erlaucht Hermann wieder aufgetaucht und hat dadurch unser Anliegen in den Hintergrund treten lassen.«

Bei dem Namen Hermann war Bebette kaum merklich zusammengezuckt.

»Deshalb ist es nunmehr an der Zeit, stärkere Geschütze aufzufahren!«, fuhr Christian fort und war sich ohne jeden Blickkontakt der Zustimmung der Umstehenden sicher.

Auch er hat eine Tochter, um deren Seelenheil er bangt, dachte Erna. Und er ist sicher froh, dass die Glocke nicht Gwendolins Arm verletzt hat, die erst vor wenigen Tagen von ihrem langen Fieber gesundet ist.

Nach einem einvernehmlichen Nicken verließ die Kaufmannschaft die Kathedrale. Erna begleitete Bruder Laurentius nachdenklich zum Moritzkloster. Sie hoffte inständig, dass die Kaufmannschaft die richtigen Mittel finden würde, um alle Menschen auf der Burgsiedlung vor der Verdammnis zu bewahren.

Luise drehte sich derweil auf dem Arm des Benediktiners noch einmal um und schenkte Matthias ein letztes dankbares Lächeln.

Des Meisters Aufmerksamkeit war jedoch auf ganz andere Vorgänge gerichtet. In der allgemein herrschenden Aufbruchstimmung beobachtete er, wie Volkmar den Kaufleuten um Seidenhändler Andres ein Zeichen gab und sie in seine Schenke bat. Unter ihnen befand sich auch die Schwester der Äbtissin.

Der junge Meister meinte, sich auf den Schrecken hin ebenfalls ein gutes, vielleicht sogar unverdünntes Bier genehmigen zu dürfen. Als er den *Wilden Eber* betreten wollte, wurde er jedoch mit einer fadenscheinigen Ausrede abgewiesen.

✳ ✳ ✳

Der Einritt in die Stadt Utrecht war für den Tag *nach* dem Pfingstfest angesetzt. Man schrieb den Tag des heiligen Wendelin, der kühl und wolkenlos war und in dieser Gestalt auch den Beginn des Herbstes hätte einläuten können.

Uta war auf das Kaiserpaar neugierig. Inzwischen war fast ein ganzes Jahr vergangen, seitdem sie diesem zuletzt begegnet war. Und sie freute sich auf Wipo und die bevorstehenden anregenden Gespräche mit ihm. Bei dem Gedanken an den warmherzigen Kaplan wurde ihr gleich wohler. Den Frieden der Seele hatte er sie gelehrt, und dass man ihn anhand der Wärme in seinem Körper spüren konnte. Wärme bedeutet nicht nur Frieden, sondern auch Ruhe, dachte sie. Ruhe und Schutz unter dem Schutzmantel Gottes, im Staate Gottes.

»Schwester, was ist mit Euch?«, erkundigte sich Uta besorgt, nachdem sie ein ersticktes Husten neben sich vernommen hatte.

»Entschuldigt, Erlaucht.« Margit straffte sich. »Ich habe mich lediglich verschluckt.«

Uta behielt Margit im Auge. Sobald man ihnen ihre Räumlichkeiten zugewiesen hätte, würde sie der Benediktinerin Bettruhe verordnen.

Inzwischen durchritten sie größere Siedlungen mit geduckten Häusern, die sich in ihrer Form dem flachen Land angepasst hatten. Birkenwälder säumten ihren Weg, und feiner Sand flog durch die Luft. Der grau bedeckte Himmel hing über ihnen, als befänden sie sich unter einer Glocke, die sie vom Licht der Sonne abschirmte. Diese Gegend ist erdrückend leer, befand Uta und schaute sich um. Wo waren nur all die geistlichen und weltlichen Würdenträger, die das Erscheinen des Kaiserpaares für gewöhnlich nach sich zog?

Da kreuzte ihr Blick den Hermanns, der schräg vor ihr ritt und ebenfalls auf der Suche nach irgendwelchen Lebenszeichen war. In Erinnerung an den Frieden im Zeichenturm, den er ihr verdankte, lächelte er in ihre Richtung. Zaghaft lächelte sie zurück. Hätte Uta gewusst, dass sie seinen Traum unter dem Sternenhimmel bei Nimwegen beflügelt hatte, wäre ihre Geste vielleicht weniger zurückhaltend ausgefallen.

Es musste kurz vor Sonnenaufgang gewesen sein, als Hermann im Traum der Frau begegnet war, die Ekkehard Mutter genannt hatte. Swanahild Billung, mit dem gleichen braunen Haar wie Uta, hatte ihm die Hand gereicht und ihn durch Naumburg geführt.

»Sollten wir wirklich die Einzigen sein, die am Tage nach Pfingsten zur Nachmittagszeit unterwegs sind?«, hörte Uta den Gatten fragen, der zu Hermann aufgeschlossen hatte und dadurch bewirkte, dass dieser den Blick von ihr abwandte.

Das Lächeln hat ihm gut gestanden, dachte Uta, während sie den Wallgraben und dann die Brücke erreichten, die den Zugang zum Handelszentrum Utrecht darstellte. Durch das offene und unbesetzte Tor der Stadt hindurch sah Uta einige Kinder in eine Behausung huschen. Danach war wieder alles reglos und still.

Da setzte auf einmal gleich einem Donnerschlag Glockengeläut ein.

Vorbei an künstlichen Wasserarmen, in denen sich der Rhein innerhalb der Stadt verlor, und über ein halbes Dutzend Brücken hinweg, ritten sie in Utrecht ein. Niemand nahm sie gebührend in Empfang. Begleitet vom durchdringenden Glockengeläut, beschlossen sie, sich zur Kathedrale des heiligen Martin zu begeben, wo sie den Bischof vorzufinden hofften.

Auf dem Weg dorthin machte Uta zwei Turmstümpfe aus. Sie schienen noch im Bau zu sein, und doch ertönte nirgends der Schlag der Knüpfel, der ihr von der Arbeit der Steinmetze an der Naumburger Kathedrale vertraut war.

Das Glockengeläut war inzwischen verstummt, doch noch immer war weit und breit niemand zu sehen. Nur Vogelschreie drangen an Utas Ohren. Wo waren all die Prälaten, Bischöfe und Leute aus dem Gefolge des Kaisers? Wo die Bewohner dieser Stadt, die ihr deutlich größer als Naumburg vorkam. In Uta keimte der Verdacht auf, dass das Kaiserpaar schon weitergezogen war.

Die Reisegruppe hielt schließlich vor einem palastähnlichen Wohnhaus neben der Martinskirche an – der Residenz Bischof Bernulfs, wie über dem Türsturz in Stein gemeißelt zu lesen war.

Der Bischof selbst mit Krummstab und Mitra und begleitet von zwei Gehilfen, die in einfachere Gewänder gehüllt waren, trat soeben aus der Eingangstür.

Ekkehard stieg vom Pferd und bedeutete seinen Begleitern, zu warten. Dass ein Ort so ausgestorben wirkte, kannte er lediglich im Zusammenhang mit dem Ausbruch einer Krankheit oder Seuche. Er begrüßte den Gottesmann daher aus sicherer Distanz mit allen Ehrbezeugungen und stellte danach sich selbst und sein Gefolge vor.

»So habt Ihr einen weiten Weg hinter Euch gebracht, Markgraf«, eröffnete Bischof Bernulf das Gespräch. Fehlerfrei sprach er ihre Sprache mit einem sympathisch kehligen Akzent. Er warf einen Blick auf den roten Adler, der Ekkehards Banner zierte, und meinte dann: »Leider muss ich Euch mit einer unerwarteten und schrecklichen Nachricht empfangen: Unser Kaiser ist tot.«

Ekkehard erstarrte. Auf solch eine Botschaft war er nicht gefasst gewesen.

Auch Uta war wie benommen. Ihr war, als lege sich die riesige Glocke über ihnen nun direkt auf sie alle und erdrücke sie. Uta sah den Kaiser vor sich, als sie ihm das erste Mal in der Kammer Giselas begegnet war – damals war er noch Herzog gewesen. Wie liebevoll er mit seiner Frau umgegangen war, mit der ihn eine tiefe Liebe verbunden hatte, die sogar hartnäckigen, jahrelangen Inzestvorwürfen trotzte. Kaiser Konrad hatte Uta stets höflich behandelt und nicht zuletzt ein für sie positives Urteil in ihrem Kampf um Gerechtigkeit für die Mutter gesprochen. Mit dem Tod des Kaisers verflüchtigte sich Utas Freude über die Nähe Hermanns wie der Morgentau an einem Sommertag. Sie schaute zu ihm hinüber. Wie alle anderen, außer Ekkehard, saß er noch immer hoch zu Ross und blickte betroffen zu Boden.

»Bruder Adolfus wird Euch Eure Unterkünfte zeigen. Die Kaiserin wird Euch benachrichtigen, sobald sie Euch zu empfangen wünscht«, erklärte der Bischof.

»Wann ist es geschehen?«, fragte Ekkehard noch immer benommen und nicht bereit, sogleich mit den organisatorischen Fragen ihres Besuchs fortzufahren.

Der Bischof räusperte sich, als ob er sich zunächst sammeln müsse. »Gestern zur Mittagszeit erteilten wir ihm die Letzte Ölung. Dann schloss seine kaiserliche Hoheit für immer die Augen.«

»Wir beten für seine hoheitliche Seele«, versicherte ihm Ekkehard und fragte sich im gleichen Moment, ob mit dem Ableben des Kaisers auch Hermanns Erinnerung für immer verloren wäre. Seine letzte Hoffnung, und das hätte er vor wenigen Tagen noch nicht glauben wollen, ruhte demnach auf der Kaiserin, die zusammen mit dem Kaiser mehrmals auf Hermann getroffen war.

Der Bischof wies seinen Gehilfen an, sich der Gäste anzunehmen. »Entschuldigt mich nun, ich habe dringliche Dienste für den Toten zu verrichten.« Ekkehard schaute dem Geistlichen hinterher, der sich schwermütig wieder in Bewegung setzte. Nur aus dem Augenwinkel heraus bemerkte er, dass Uta panisch von ihrem Pferd sprang. Er drehte sich um und sah nun, dass Schwester Margit reglos auf dem staubigen Boden lag. Ihre Augen waren geschlossen, und ihr Atem ging flach und heftig. »Noch nicht«, murmelte sie wie im Delirium. »Ich muss erst …«

Sorgsam hob Uta Margits Oberkörper etwas an. »Exzellenz, wir brauchen einen Medikus!«, rief sie dem Bischof hinterher, der schon ein Stück weit des Weges gegangen war. »Diese Frau ist vom Pferd gestürzt. Sie scheint schwerkrank zu sein.«

Die meisten Männer des Begleitzugs waren inzwischen abgesessen und drängten sich nun um Schwester Margit und Uta. Margit war nicht mehr ansprechbar.

»Herr im Himmel, erbarme dich unser …«, begann Uta, um ihre aufkommende Verlustangst zurückzudrängen. Nicht auch noch Schwester Margit und nicht hier an diesem seelenlosen, grauen Ort!

»Lasst mich sie tragen.« Hermann stand mit einem Mal neben Uta und hob die leblose Benediktinerin auf seine Arme.

Bischof Bernulf geleitete ihn in sein Haus.

Uta und Ekkehard folgten den beiden Männern.

In einer warmen Kammer, die sich im Seitenflügel des Gebäudes befand, bettete Hermann Margit auf ein erhöhtes Lager, vermutlich die Schlafstätte eines der oberen Hausangestellten. Gegenüber der Bettstatt befand sich sogar ein Kamin.

Margit murmelte Unverständliches und würgte rotbraunen Schleim aus sich heraus. Uta trat an die Bettstatt und schmiegte sich an Margits Arm. Hermann ging zurück zur Tür, wo auch Ekkehard stand. Uta tupfte Margit die feuchte Stirn und versuchte, weiteren Schleim mit einem Leinentüchlein aufzufangen. Viel zu lange dauerte es ihr, bis endlich ein Medikus eintraf. Doch woher sollte der auch kommen, in dieser von Gott verlassenen Stadt?

Nach einem Blick auf die Kranke schickte der Medikus die drei Begleiter seiner Patientin vor die Tür.

Uta hatte weder Augen für Hermanns besorgtes Gesicht noch für Ekkehards Blick, der ihr Vorhaltungen machte. Stumm ging sie im schmalen Flur auf und ab und sprach ein weiteres Gebet für die Benediktinerin. Margit war ihr zu einer wertvollen Vertrauten während der gemeinsamen Jahre in Naumburg geworden.

»Ist sie …?«, erkundigte sich Uta, als der Medikus kurze Zeit später die Kammer schon wieder verließ.

Der schüttelte den Kopf. »Nein, noch nicht, aber es kann jederzeit so weit sein.«

»Welche Krankheit hat sie?«, fragte Hermann.

Der Medikus erklärte geduldig, obwohl er gedanklich bereits am Bett seines nächsten Patienten weilte: »Daran sterben einige Menschen – kranke Lungen. Die Krankheit wird vermutlich durch Auswurf oder Niesen übertragen. Als Erstes gehört sie unerschüttert und kräftig zur Ader gelassen.«

»Aber sie ist so schwach. Ein Aderlass würde sie töten«, begehrte Uta mit dem Wissen auf, das Alwine ihr vermittelt hatte.

»Der Aderlass ist ihre einzige Chance, wenn wir sie nicht einfach kampflos wegsterben lassen wollen.« Der Medikus schaute Uta ernst an. »Oder wisst Ihr etwas Besseres?

Betreten verneinte sie. »Aber der Junge«, fiel es ihr mit einem Mal wieder ein, und ließ sie daran denken, wie aufopferungsvoll Margit sich des spuckenden Knappen angenommen hatte, der die tödliche Krankheit übertragen haben musste. Zum Schluss hatte sie zur Unterstützung Margits den Jungen selbst noch mit Tränken versorgt. »Darf ich zu ihr?«, fragte sie und machte sich schlimme Vorwürfe. Sie hätte Schwester Margit von der weiteren Arbeit abhalten müssen oder vielleicht gar nicht erst auf die anstrengende Reise mitnehmen dürfen. Selbst Alwine hatte den Verdacht geäußert, dass sich Schwester Margit in keiner guten körperlichen Verfassung befand. Uta nahm sich vor, heute Abend für die Erkrankte eine Kerze in der Kathedrale anzuzünden.

»Es hilft der Gottesfrau mehr, wenn Ihr ein tüchtiges Gebet sprecht«, gab der Medikus zurück. »Sofern sie den Tag nach dem Aderlass übersteht, werde ich die Brüder des Paulusklosters bitten, sich ihrer anzunehmen!«

* * *

Schweißgebadet fuhr Hermann hoch. Ihm war übel. Er wagte nicht, die Augen zu öffnen, um nicht feststellen zu müssen, dass er sich noch immer in seiner Traumwelt befand, anstatt in der bischöflichen Gästekammer. Sein Atem überschlug sich, in seiner Brust stach es. In seinen Ohren hörte er sein Blut rauschen. Hatte nicht gerade jemand versucht, ihm die Augen aus den Höhlen herauszubrennen? Es war so entsetzlich hell gewesen!

Schnarchgeräusche von der Bettstatt neben ihm verrieten ihm, dass er sich tatsächlich in dem Schlafgemach befand, welches ihm und Ekkehard von Bruder Adolfus für die Zeit ihres Aufenthaltes in Utrecht zugewiesen worden war.

Hermann öffnete die Augen.

Die Talglichter waren noch nicht erloschen. Bruder Adolfus hatte ihm, auf seine Bitte hin, zwei frische Talglichter mit besonders breitem Docht bringen lassen, die heller brannten als die üblichen. Eins davon stand auf dem Tisch, gegenüber den Betten, ein zweites direkt neben seinem Lager.

Erschöpft erhob er sich und zog ein halb beschriebenes Pergament aus seinem Umhang, den er über einen Schemel gelegt hatte. Seine Finger hinterließen Schweißabdrücke auf dem Pergament. Er ließ sich am Tisch mit dem Nachtlicht nieder. Fahrig befeuchtete er den dort abgelegten Kiel im Tintenfass. Dann zwang er sich dazu, die frische Erinnerung zu rekapitulieren:

Die Glieder schmerzten ihm und fühlten sich ausgekühlt an. Auf der Schulter ertastete er zottiges Haar. Er blinzelte. Und zuckte gleich darauf zusammen, weil etwas – heller als die Sonne – auf sein Gesicht getroffen war. Brennend heiß fühlte es sich an und war unmittelbar vor seinen Augen. Vor Schmerz hatte er sich zusammengekrümmt und die Lider sofort wieder geschlossen.
Die Schritte hatten sich entfernt.

Der Hermann am Tisch, nicht der Traum-Hermann, stieß ein unkontrolliertes Stöhnen aus. Der Gänsekiel zwischen seinen Fingern zitterte. Er musste weiterschreiben. Sich weiter zurück ins Traumgeschehen denken.

Nach einer langen Zeit der Angst und Starre, vielleicht nach einem halben, vielleicht sogar nach zwei ganzen Tagen, hatte er um sich getastet und Blattwerk gefunden. Nahrung! Er schob es sich in den Mund. Es schmeckte bitter.
Ein eisiger Wind zog um ihn herum – der ihm wie ein schrilles Pfeifen unerträglich in den Ohren stach.

Hermann sah nun alles wieder ganz genau vor sich. Das alte Blattwerk auf dem Boden und der Wind deuteten auf die kältere Jahreszeit hin. Das Geschehen lag damit nicht allzu lange zurück.

Mit geschlossenen Augen hatte er sich bäuchlings niedergelassen. Den Umhang über den entkräfteten Leib gezogen, war er danach im Dickicht umhergekrochen. Ein Regenguss hatte sich seiner erbarmt, gierig hatte er den Mund geöffnet und die Tropfen aufgenommen, um seinen Durst zu stillen. Derart gestärkt hatte er später ein paar Schritte gehen können, mit Astwerk, das er als Stützen zu Hilfe nahm. Seine

*Beine schienen vollkommen kraftlos wie wächserne Stengel,
die jeden Moment unter ihrer Last zu brechen drohten.*

Und in diesem Moment begriff er erst: Der Traum war eine
Erinnerung gewesen! Mit dem Kiel in der Hand erhob sich
Hermann und machte einige Schritte durch die Kammer. Wie
war er nur an diesen Ort gelangt, und warum war er derart
geschwächt? Tinte tropfte auf den hölzernen Kammerboden
und das Deckblatt seiner Sammlung mit der Kathedrale vorne
drauf. Er starrte darauf, als könnten ihm die Flecken Antwort
geben. Das Messer aus der letzten Erinnerung, die genau wie
die heutige mit Übelkeit und Herzrasen einherging, hatte er in
der jetzigen Traumerinnerung nicht bei sich gesehen. Demnach musste die gerade durchlebte Erinnerung in der späteren
Vergangenheit liegen. Als er das Messer gefunden hatte, war er
schon nicht mehr gekrochen, sondern wieder gegangen.
Hermann ließ sich auf der Bettstatt nieder. »Herrgott, lehre
deinen Schüler, was er längst wusste!« Er schloss die Augen
und lehnte sich an die Wand am Kopfende der Bettstatt. Seine
Atemzüge verlangsamten sich, als er in seinen Gedanken begann, mit den Fingerspitzen wieder über das Grundrissleder
zu tasten. Er fuhr die feinen Linien darauf ab und spürte seine
Fingerspitzen als einen Teil von sich. Vielleicht löste er sich ja
doch nicht auf! Auf dieses wunderbare Gefühl hin trat Hermann aus der Kammer, nahm einen Kienspan aus der Halterung im Gang und hastete in die nächtliche Dunkelheit Ut-
rechts.
Er rannte durch Gassen und über Plätze, berührte Gras,
lauschte dem nächtlichen Rauschen des Rheines und schmeckte Regen. Er wollte mit seinen wiedergewonnenen Sinnen leben! Und er hatte sich erinnert. Doch noch viel wichtiger war,
dass er nicht mehr nur Schuldgefühle verspürte. Und das im
Hier und Jetzt.

Es dämmerte bereits, als er in die Gästekammer zurückkehrte. Der Bruder schlief noch.

Hermann betrachtete Ekkehards grobes Gesicht und seine gedrungene Gestalt unter der dicken Decke. Dass der Bruder der Richtige war, um ihm in diesem neuen Leben beizustehen, bezweifelte er.

❖ ❖ ❖

Ihre gesamte freie Zeit der vergangenen zwei Tage hatte Uta für das Studium von Alwines Pergamenten über die Funktion des Gehirns verwendet. Obwohl Schwester Margit den Aderlass überlebt hatte und eisern gegen die Lungenkrankheit kämpfte, lastete an Utas drittem Tag in Utrecht das anhaltende Grau des Himmelszeltes und der Bauten so schwer auf ihrem Gemüt, dass sie sich dazu entschloss, einen Gang durch die Stadt anzutreten. Als sie, begleitet von einer Handvoll Schwertträgern, die Kanäle und Wassergräben der Stadt entlangging, machte sie eine kleine Gruppe Reisender aus, die mit düsteren Mienen auf das Tor der Stadt zuhielten. Ansonsten herrschte auf den Straßen und Plätzen nach wie vor kein Leben. Gespräche und Gebete fanden nur im Inneren der Häuser, im Lichte von Kerzen und Talgschalen, statt.

Am Nachmittag ließ die Kaiserin die Naumburger endlich zu sich bitten. Sie wünsche nur ihre engsten Vertrauten und Ratgeber in diesen schweren Stunden um sich zu haben, hatte sie ihnen mitteilen lassen. Uta war gerade von ihrem Spaziergang zurück und kleidete sich schnell noch um.

Auf einem Stuhl, der den Bischofsstuhl neben ihr noch einmal an Pracht übertraf, empfing Gisela von Schwaben ihre Gäste im Bischofssaal. Auf dem Gang waren Uta eben noch zwei geistliche Fürsten entgegengekommen, die die Kaiserin ebenfalls zur engsten Runde zählte.

An Giselas Seite stand ihr Sohn Heinrich, dessen graue Tunika Uta an ein häresenes Büßerhemd erinnerte. Gisela hingegen trug ein blaues, hochgeschlossenes Seidengewand, das an der Seite geschnürt und am Hals sowie in der Taille mit kunstvoller Stickerei verziert war.

Ihren langen Schleier hatte sie sich weit über die Schultern gezogen. Nicht eine einzige ihrer bodenlangen, hellblonden Haarsträhnen schaute darunter hervor. Sie bot das Witwengewand in der ihr eigenen Art der Zurückhaltung, Schönheit und Würde dar.

Ekkehard war der Erste, der mit gesenktem Kopf vor den Hinterbliebenen niederkniete. Uta und Hermann taten es ihm kurze Zeit darauf gleich. Als Zeichen ihrer Unterwerfung, ihres Verlustes und Respektes vor dem Toten verharrten sie lange in dieser Haltung.

»Ich weiß sehr wohl, dass du mich siehst und in die Enge meines Herzens dein Erbarmen gießt«, begann die Kaiserin gefasst. Eher inbrünstig fiel Heinrich in den Bußpsalm mit ein. Auch die Naumburger sprachen leise mit. »All meine Hoffnung liegt auf dir. Mein allmächtiger Gott. Lass nicht zu, dass ich auch dich verlier.« Die Kaiserin bedeutete ihren Gästen, sich zu erheben.

Ekkehard sprach ihr sein Beileid aus. Dabei schaute er immer wieder zwischen Gisela und dem König hin und her. Der Heimgang des Kaisers würde für Heinrich große Veränderungen mit sich bringen. Noch mehr als früher bräuchte der König nun Berater, und mit Genugtuung nahm Ekkehard zur Kenntnis, dass der böhmische Herzog Břetislav, dessen Nähe zu Heinrich ihn zuletzt verunsichert hatte, zumindest hier nicht anwesend war.

»Erlaucht Hermann von Naumburg«, bat Gisela nun Hermann vorzutreten. »Es war mir eine wahrhaftige Freude, als Euer Bote mir die Nachricht überbrachte, dass Ihr, den wir schon im göttlichen Reich glaubten, mit uns das Pfingstfest zu verbringen gedenkt.«

»Es tut mir leid, dass wir uns unter diesen Umständen begegnen«, gestand Hermann und empfand Bewunderung für die Frau vor ihm, die wie ihr Sohn stolz und gefasst mit dem Leben fortfuhr, obwohl ihr etwas sehr Kostbares – ein vertrauter Mensch – genommen worden war. Auch wenn sie den Schmerz mittels ihrer Haltung und Rede zu verbergen versuchte, schien sie ihm bei genauerem Hinsehen doch gebrochen und ihm damit in gewisser Weise ähnlich zu sein.

»Uta«, sprach da die Kaiserin und löste sich von Hermanns eindringlichem Blick. »Es ist schön, Euch zu sehen.« Kurz leuchteten Giselas Augen auf, als ihr Blick auf die feine Brosche am Obergewand ihrer Vertrauten fiel.

Uta neigte den Kopf tief. »Ich bin da, wenn Ihr nach mir verlangt, Kaiserliche Hoheit.« Dann trat sie vor den König. Mit erhabenem Ausdruck schaute er auf sie hinab. Genau wie bei seinem Besuch in Naumburg trug er das schwarze Haar gescheitelt und den Bart über der Oberlippe kurz gestutzt. Nur am Kinn stand das Haar länger, war aber akkurat gebürstet. Uta verneigte sich vor dem Mann, den sie als unnahbar und unverständig kennengelernt hatte.

Der König erwiderte ihre Geste mit einer leichten Verbeugung. Sein durchdringender Blick verriet Uta, dass er ihren Auftritt im Naumburger Burgsaal nicht vergessen hatte. »Markgräfin. Wir haben noch etwas zu besprechen«, fügte er hinzu, als Uta sich gerade abwenden wollte. »Euren Ungehorsam.«

Heinrich hatte gerade seinen Vater verloren – hier und jetzt eine rationale Diskussion über den Nutzen ihrer Exhumierung zu führen, schien Uta deshalb weder angebracht noch erfolgversprechend. Menschen in Trauer dachten anders, selten klar. Und so sprach sie, anstatt eine Rechtfertigung zu formulieren, in Gedanken ein Gebet für Naumburg und die Kathedrale.

»Aber dafür werden wir einen passenderen Anlass finden als den jetzigen«, übernahm Gisela das Wort und schaute den Sohn mit befehlsgewohntem Blick an, was Heinrich schließlich nicken ließ.

Der Zeitpunkt tiefster Trauer ist sicher nicht der richtige, dachte Heinrich, um die vollkommene Präsenz meiner Mutter – diese einmalige Verbindung aus Anmut, Souveränität und Weitsicht – zurückzudrängen. Seitdem er denken konnte, hatte er ihre Ausstrahlung genossen und war stolz, dass der Herrgott sie zu seiner Mutter auserkoren hatte. Noch heute war er oftmals genauso fasziniert von ihr, wie es all die Bittsteller, Unterhändler und Zuschauer bei der ersten Begegnung mit ihr waren. In ihrer Gegenwart war selbst er – der Mitkönig, der mehrfache Herzog und die Hoffnung des Reiches – nicht mehr als ein Beisitzer. Doch als zukünftiger Herrscher musste er mehr als ein Beisitzer sein, den sie lediglich die Politik an der Ostgrenze selbständig bestimmen ließ.

Mit einem »Gut« beendete die Kaiserin die unangenehme Situation und betrachtete als Nächsten Ekkehard. Keine zwei Wimpernschläge lang hielt er ihrem Blick stand, ohne die Lider zu senken. In seinen Augen meinte sie Zweifel auszumachen, was sie ein Stück weit verstand, schließlich hatte sie Utas Scheidungsanliegen unterstützen wollen. Uta zu seiner Rechten hingegen war ungebrochen anziehend. Ihre einstige Hofdame war eine Frau, die die Gemüter und Emotionen vieler erregte. Das gefiel Gisela, sofern bestimmte Grenzen eingehalten wurden, wozu sie normalerweise auch den Gehorsam rechnete. Mit dem Schreiben einer gewissen Notburga von Hildesheim in der Hand, das von einer heimlichen Exhumierung in Naumburg berichtete, war Heinrich in Nimwegen in ihre Kemenate gestürmt. Sicherlich war Utas Übertreten des königlichen Gebots ein Fehler gewesen und musste geahndet werden. Doch Gisela war überzeugt, das Motiv für Utas Ungehorsam zu kennen: Es stand einige Hand breit zur Linken des Markgrafen und war äußerst lebendig – genau wie Uta es vermutet hatte –, auch wenn Erlaucht Hermanns Haltung und Auftreten viel von seiner früheren Souveränität eingebüsst hatte. Immer wieder schaute er sich um und musterte die Anwesenden, als müsse er im nächsten Moment eine Beschreibung jedes Einzelnen abgeben.

Gisela prüfte den Sitz ihres Schleiers auf Schultern und Schoß. »Hier in Utrecht am Pfingstsonntag begann alles«, berichtete sie dann von den schwersten Tagen ihres Lebens. »Konrad lief zwischen mir und Heinrich noch festen Schrittes mit der Krone auf dem Haupt. Auf dem Weg vom Gottesdienst zum Festmahl überkamen ihn dann Schmerzen. Ich sah, wie er den Menschen nur noch mit Mühe zuzunicken vermochte. Er verheimlichte seine körperliche Pein vor seinem Volk. Vermutlich wollte er das Fest nicht stören.«

Hermann nickte und sah, wie die rechte Hand der Kaiserin die Armlehne fester umfasste. Da vernahm er sie wieder, die verzerrte Stimme in seinem Kopf, die er schon einmal im Naumburger Burgsaal in der Anwesenheit Hunderter von Menschen gehört hatte. *Trink!*, sagte sie immer wieder. *Trink! Trink!* Hermann schaute von der Hand der Kaiserin auf und blickte sich um. Aber auch dieses Mal war niemand da, der diese Worte zu ihm sprach und ihm einen Becher reichte. Wieder war die Stimme nur in seinem Kopf gewesen und auch schon wieder verschwunden. Mit einem Mal verspürte er Durst.

»Am Pfingstmontag begaben wir uns abermals an die Tafel«, fuhr die Kaiserin fort. »Da erlitt der Kaiser einen weiteren Anfall. Diesmal waren die Schmerzen so stark, dass er an der Tafel zusammenbrach.«

Mit ihren Gedanken bei einem Mann, den sie nicht nur als Kaiser, sondern auch als Menschen geschätzt hatte, schüttelte Uta fassungslos den Kopf.

»Er schickte uns fort und bat die Bischöfe für die Absolution und die Letzte Ölung zu sich«, berichtete Gisela weiter. »Beschützt von Splittern des heiligen Kreuzes, die ihm Bischof Bernulf auf die Brust gelegt hatte, wurden wir wieder zu ihm gelassen. So fand er seine letzten Worte für uns. Er gebot uns, aufeinander achtzugeben, sein Reich zu bewahren und ihn in Speyer zu Grabe zu tragen. In unserer Krypta.« Beim Gedanken an ein Wiedersehen im himmlischen Reich glitt ein sehnsüchtiges Lächeln über Giselas stolze Züge.

»Unsere Kaiserliche Hoheit Konrad II. trat um die Mittagszeit in das göttliche Reich ein«, fuhr Heinrich nun fort und sprach dabei ausschließlich zu Ekkehard und Hermann. »Seine Leibärzte vermuteten, dass sein letzter Anfall ein Versagen der Nieren ausgelöst hat.«

Die Kaiserin erhob sich. Sie schien über die Naumburger hinweg in eine weite Ferne zu blicken. Heinrich trat neben sie und ergriff ihre Hand, um sie zu stützen.

»Er war bei vollem Bewusstsein, als er seine letzten Worte sprach«, setzte Gisela erneut an und konnte nicht verhindern, dass ihre die Stimme kurz versagte. »›Ich warte auf dich dort oben‹, sagte er zu mir. Dann schloss er die Augen.«

Bei den letzten Worten sah Uta eine Träne am linken Lidrand der Kaiserin glitzern. Bis zum heutigen Tag hatte sie die Kaiserin noch nie weinen gesehen.

Schließlich fand Gisela ihre Sprache wieder und nickte ihrem Sohn liebevoll zu. »Schon am morgigen Tag werden Konrads Eingeweide hier in der Utrechter Kathedrale beigesetzt werden. Bis dahin …«, Gisela holte tief Luft, »ist seine körperliche Hülle einbalsamiert und in der Kathedrale aufgebahrt. Am darauffolgenden Tag brechen wir dann mit seinem Sarg nach Speyer auf. Der Kaiser wird ein würdiges Trauergeleit erhalten.« Gisela würde nicht Konrad, den Kaiser, sondern Konrad, den Geliebten, zu Grabe tragen. Jenen Mann, der manchmal stürmisch, manchmal sanft und verlangend *Gisle* gerufen hatte, um sich ihrer erfüllenden Nähe zu versichern. Ein Name, den nur Konrad verwenden durfte, und auch nur dann, wenn sie unter sich waren. »Ich möchte Euch bitten, den Trauerzug nach Speyer zu begleiten.« Gisela schaute wieder ihre Gäste an und trat vor das Naumburger Brüderpaar. »Dem Kaiser wart Ihr vertraute Menschen und wichtige Ratgeber.«

»Wir bedanken uns für die Ehre, dies gewesen zu sein, Kaiserliche Hoheit«, entgegnete Ekkehard und verbeugte sich würdevoll vor Gisela, danach vor König Heinrich. Er wird der nächste Kaiser des Reiches sein und ich sein wichtigster Berater, dachte Ekkehard, und diese Aussicht beruhigte ihn. »Und wir stehen Euch auch weiterhin treu ergeben zur Seite.« Nicht zuletzt deshalb war Ekkehard ja nach Utrecht gekommen. Er schaute zu Hermann, konnte aber nicht erkennen, dass der Bruder Anzeichen wiederkehrender Erinnerung zeigte.

Gisela nickte. »Ab morgen erwarten wir Tausende Fürbitten und Beileidsbekundungen. Geistliche und weltliche Fürsten werden sich aus allen Reichsteilen in Bewegung setzen, sobald die Boten bei ihnen eingetroffen sind. Sie werden sich dem Trauerzug und spätestens der Grablegung in Speyer anschließen. Und unser Volk wird dieser ebenfalls beiwohnen.«

Eine bedrückende Stille trat ein.

Ekkehard schaute zu Heinrich auf.

Uta sah dagegen Gisela und Konrad wieder vor sich, wie sie in ihren prächtigen Gewändern der Kathedralweihe beigewohnt hatten.

Hermann wiederum hatte immer noch Durst und war sich ziemlich sicher, die Kaiserin noch nie in seinem Leben gesehen zu haben.

»Wie ist es Naumburg derweil ergangen?«, erkundigte sich Heinrich schließlich, und Uta benötigte einen Moment, um zu begreifen, dass der König sie gerade angesprochen hatte.

Ekkehard musste ihm von den Vorkommnissen in Naumburg erzählt haben.

Geschickt vermied sie es, auf das verunstaltete Altarbild, die zerstörten Pfeilerfüße und die schrumpfenden Markteinnahmen zu sprechen zu kommen, und meinte stattdessen: »Wir sind zuversichtlich, Königliche Hoheit, dass sich jetzt, wo auch Erlaucht Hermann wieder zurückgekehrt ist, alles beruhigen wird. Die vergangenen Mondumläufe ist viel passiert, und die Händler und Kaufleute sind verunsichert. Alsbald wird es uns aber gelingen, ihnen die frühere Sicherheit zurückzugeben.«

Das eher schwächliche Aussehen des einstigen Markgrafen überzeugte Heinrich kaum von diesem Plan. »Erlaucht Hermann wird es also richten?«, fragte er, und Uta hörte den Zweifel in seiner Stimme.

»Gemeinsam werden wir es schaffen, mein König«, gab Uta beruhigend zurück und führte ihren Blick von Heinrich zu seiner trauernden Mutter. Die nickte.

»Gewiss, gelingt es. Und ich danke Euch für Euer Kommen.« Mit diesen Worten erhob sich Gisela und verabschiedete sich protokollgerecht. »Markgräfin«, sprach sie noch einmal, als die Gäste bereits einige Schritte hin zum Ausgang getan hatten. »Hättet Ihr noch einen Moment Zeit?«

Von Heinrichs aufmerksamen Blicken begleitet, trat Uta noch einmal vor die Kaiserin. »Natürlich.«

»Kaplan Wipo bittet Euch für ein gemeinsames Gebet in den bischöflichen Garten«, sagte die Kaiserin, und ihre Züge entspannten sich.

»Gerne komme ich seiner Einladung nach.« Ein dankbares Lächeln folgte Utas Worten.

Während die Naumburger Brüder den Bischofssaal durch den Vordereingang verließen, ging Uta durch den Nebenausgang in den bischöflichen Garten.

Gisela schaute ihrer einstigen Hofdame noch eine Weile hinterher. Waren es die Strebsamkeit und das aufrichtige Herz oder der kraftvolle Wille der Ballenstedterin gewesen, die sie in der Vergangenheit für diese eingenommen hatten? Seit dem vergangenen Jahr trat Uta für ein Ideal ein, für das kaum einer zu kämpfen wagte, welches Gisela in ihrer aktuellen Situation jedoch mehr denn je verstand: die Liebe.

Der bischöfliche Garten wurde von den zwei Seitenflügeln des Haupthauses eingerahmt. Die Pflanzen des Gartens schienen Uta von derselben Starre wie die gesamte Stadt. Wo Efeu und Knöterich gewöhnlich rankten und tiefgrün sprossen, sah sie sich von dornigem, graubraunem Gehölz umgeben. Kurz dachte sie an Simons leuchtendes Moosgrün und das Sonnenpfirsichgelb, die alles an Leuchtkraft überboten, was sie jemals gesehen hatte. Gleich am Haupthaus machte sie eingefallene Hortensienbüsche aus. Weiße, anstatt rote oder rosafarbene Rosen führten auf einen plätschernden Brunnen zu, der als Einziges lebendig zu sein schien. Langsamen Schrittes ging sie an den Rosenbüschen und dem Brunnen vorbei auf eine kleine, hölzerne Brücke zu.

Uta schaute geradeaus. »Wipo!«, entfuhr es ihr vor Freude lauter, als es den Umständen angemessen war. »Wie schön, Euch zu sehen.«

Der Hofkaplan war aus einer winzigen Kapelle am Ende des Gartens getreten, die an die Außenmauer grenzte und unter dem tiefen Geäst einer Silberpappel versteckt lag. »Es ist noch viel schöner, *Euch* zu sehen«, begrüßte Wipo sie und führte als Zeichen der Verbundenheit ihre Hand vor seine Stirn. »Zuletzt sind wir uns auf der Weihe Eurer Kathedrale begegnet. Das ist bereits zwölf Mondumläufe her.«

Und wieder überraschte es sie, wie wenig der ruhige Klang seiner Stimme zu seinem hageren Gesicht mit den tief in den

Höhlen liegenden Augäpfeln passte. Er war kleiner geworden in seiner abgetragenen Mönchskutte, fand sie, seine Augen befanden sich nur noch einen halben Kopf über den ihren. Die vielen Krankheiten und die ständigen Reisen an der Seite des Kaisers hatten ihre Spuren hinterlassen.

»Meine Knochen sind des irdischen Daseins müde«, kommentierte Wipo ihre Gedanken. »Aber zum Schreiben und Lesen reicht es noch. Meine Augen und Sinne sind mir weiterhin treue Begleiter.«

Mit einem erleichterten Lächeln gedachte Uta ihrer früheren Gespräche, in denen Wipo sie in die Welt der Philosophie eingeführt und sie dazu ermutigt hatte, eigenständig zu denken. Der Kaplan besaß einen feinen Geist und eine grandiose Schreibbegabung, das hatte Uta bereits nach ihrem ersten Gespräch auf dem Hoftag in Dortmund bemerkt. Ganze fünfzehn Jahre lag diese erste Begegnung nun schon zurück. Auf eine einzigartige, vertraute Weise fühlten sie sich einander bis heute verbunden. Der mönchische, weise Greis und die zarte, tiefgründige Markgräfin.

Wipo führte sie in die kleine Kapelle unter der Silberpappel. Ein viereckig gemauerter Raum, ohne Verputz, einzig mit einem Altar und einem Bänkchen an der Seite. »Lasst uns gemeinsam ein Gebet für den seligen Kaiser sprechen. Im Wachen und im Schlafen werden die Menschen im Reich über den Tod des Kaisers seufzen.« Er sank auf die Knie, was ihm augenscheinlich Schmerzen bereitete. Uta ließ sich neben ihm nieder.

»Gott, Allmächtiger«, begann der Kaplan, »nimm unseren untergebenen Dank dafür, dass du uns den kostbaren Konrad von Schwaben schenktest, der nun in dein göttliches Reich eintritt. Lass uns dir danken für alle Freundschaft, die er anbot, für allen Frieden, den er schuf, für alle Ruhe, die er dem Reich brachte.«

»Für alle Gerechtigkeit, die er walten ließ«, ergänzte Uta, »und für alle Liebe, die er schenkte.«

Wipo nickte und bedeutete Uta auf dem Bänkchen an der Seitenwand der Kapelle Platz zu nehmen. »Wie geht es Euch und der Kathedrale?«, wollte er als Erstes wissen, nachdem sie sich beide niedergelassen hatten.

»Es ist viel passiert«, erklärte Uta und überlegte, wie sie die ungewöhnlichen Geschehnisse in wenigen, aber klaren Worten zusammenfassen konnte.

Der Hofkaplan ließ ihr Zeit. Er ahnte, welches Ereignis ihr am meisten zu schaffen machte, schließlich hatte er den wütenden König Heinrich in der Kemenate seiner Mutter schreien gehört.

»Fangt beim Anfang an, das macht es einfacher«, scherzte er respektvoll, was es Uta tatsächlich erleichterte, die passenden Worte zu finden: »Erlaucht Hermann ist wieder bei uns, nachdem er für tot gehalten wurde. Jedoch fehlt ihm die Erinnerung an die Vergangenheit.« Sie dachte an Hermann und die gemeinsame Nacht vor dem Grundrissleder im Turm. Seitdem sie sich dort entschlossen hatte, für ihn zu kämpfen, fühlte sie sich weniger schwebend, weniger ohnmächtig. Auch wenn es nicht leicht für sie war: so oft stand er greifbar nah neben ihr, so oft nahm sie den für ihn so typischen Geruch wahr und durfte sich doch nicht in ihm verlieren oder Hermann gar berühren. Allein schon bei dem Gedanken an ihn … Sie blickte zum Altar, wagte aber nicht, Wipo in die Augen zu schauen – aus Angst, er könnte ihre Gedanken lesen.

»Gott wollte ihn also noch nicht bei sich haben. Das freut mich für Erlaucht Hermann«, ergänzte der hagere Mann. »Euer letzter Brief stammt aus der Zeit, als Ihr Euren Schwager noch für tot hieltet.«

Nun wandte sich Uta Wipo wieder direkt zu. »Man fand einen schrecklich zerfleischten Körper im Wald, befand diesen für

Erlaucht Hermann und warf ihm Selbsttötung vor. Aber ohne die Beschau der inneren Organe, die allein ein sicheres Urteil über die Identität und die Todesursache erlaubt hätten«, brach es aus ihr heraus. Dann zwang sie sich wieder zu mehr Ruhe.

»Beim Lesen Eures letzten Briefes musste ich ein wenig in mich hineinlächeln«, gestand Wipo.

Uta war verwirrt. »Ihr fandet ihn lustig?«

Wipo schüttelte den Kopf. »Nein. Ich musste lächeln, weil ich außer der Kaiserin und Euch keine Frau kenne, die ich wegen ihrer Klugheit schätze und die es zudem noch wagt, den König in einem Disput herauszufordern.«

Uta senkte den Kopf. Also verurteilte auch Wipo sie für ihren forschen Vorstoß. Im gleichen Moment sah sie den unnahbaren König wieder vor sich und wie er sie vor den tafelnden Gästen in Naumburg verständnislos abgewiesen hatte.

»Der König ist der höchste Richter auf Erden. Sollte nicht gerade er offen für Argumente und neue Erkenntnisse sein?« In einem Werk über den griechischen Mathematiker Euklid hatte sie gelesen, dass dieser wegen seiner geometrischen Postulate und Beweise exkommuniziert und Aristoteles nachträglich gar aus der Kirche ausgestoßen wurde – aber das war schon lange her und ihre Zeit eine andere.

»So einfach ist die Antwort auf Eure Frage nicht.« Wipo wiegte unschlüssig den Kopf. »Aber berichtet mir zuerst genauer von Euren Argumenten.«

Das wollte sie gerne tun. »Ich trug dem König die Möglichkeit der inneren Leichenschau vor und erzählte ihm, warum sie dabei hilft, die Identität des Toten festzustellen. Die Benediktinerinnen unseres Moritzklosters haben mit ihrem Wissen um den menschlichen Körper neue Wahrheiten hervorgebracht.«

Uta erhob sich von der Bank und fuhr leidenschaftlich fort: »Ich versuchte ihm aufzuzeigen, dass die Medizin uns hilft, anstatt Gotteslästerung zu sein. Dass sie uns Schmerz nimmt und uns mehr Zeit im Diesseits gibt, um gute Taten zu vollbringen.«

»Ich verstehe Eure Beweggründe«, entgegnete Wipo unverändert nachdenklich.

»Der König ist jedoch davon überzeugt, dass der einzig wahre Mediziner Gott ist. Er sagte, dass wir mit der medizinischen Untersuchung eines Körpers in die himmlische Fügung eingreifen.«

»Ein schwerwiegender Vorwurf«, kommentierte Wipo und verfiel dann in Schweigen.

»Auch Cassiodorus, ein Benediktiner, fordert in seinen Schriften zum Studium der Medizin auf. Das Wissen der antiken Ärzte wie Dioskurides und Galenus kann uns helfen«, fuhr Uta fort und dachte im gleichen Moment an die Pergamentstapel, die Alwine aus Salerno mitgebracht hatte. Wie gern hätte sie die Krankenschwester mit ihrem fundierten Wissen jetzt an ihrer Seite gehabt.

Nun erhob sich auch Wipo und bedeutete Uta, ein paar Schritte mit ihm zu gehen.

Sie bot ihm den Arm, weil sie merkte, dass das Gehen ihm Schmerzen bereitete. »Wipo, bedeutet die Anwendung und Erweiterung unseres medizinischen Wissens denn tatsächlich, dass wir Gott verleumden?« Das wollte sie niemals, war sie Gott und seiner Allmacht doch zutiefst ergeben.

»Ich glaube nicht, dass ein Mediziner Gott allein damit verleumdet, dass er seiner Berufung nachgeht«, meinte Wipo schließlich. »Dennoch hat der König recht, wenn er sagt, dass der Allmächtige der einzig wahre Mediziner ist. Was auch immer wir auf seiner Erde tun, er allein entscheidet, wann wir in sein Reich eintreten. Er entscheidet, ob ein Geschwür austrocknet oder tödlich zu wässern beginnt. Aller weltlichen Mittel und Anstrengungen zum Trotz.«

Uta blieb stehen. »Also ist jedweder Drang nach Neuem vermessen?«

Wipo wischte sich mit der knöchernen Hand über den Schädel. »Würdet Ihr sagen, Uta, dass der Bau Eurer Kathedrale vermessen oder gar umsonst war?«

Heftig schüttelte sie den Kopf. »Gewiss nicht! Sie hat den Kämpfern den Glauben zurückgegeben.« Und ihr selbst Gerechtigkeit gebracht, die Kathedrale der Ewigkeit.

»Seht Ihr!«, entgegnete der Kaplan. »Neues, gleichgültig, ob in der Architektur, in der Medizin oder in der Theologie, ist immer bedeutsam, denn es zeigt auch neue Wege zu Gott, zum Gehorsam und damit auch zur friedlichen Seele auf. Das Neue und Gott müssen nicht im Gegensatz zueinander stehen, sondern können sich gut miteinander vertragen.«

In Gedanken vertieft, nickte Uta. Neues veränderte Menschen. Noch vor einem halben Jahr hätte sie sich nicht träumen lassen, einen Toten aus der Erde zu holen und ihn auf ihr Geheiß hin aufschneiden zu lassen. Eine vage Erinnerung an den säuerlich schmeckenden Pelz auf ihrer Zunge überkam sie.

»Mit dem König habe ich ein ähnliches Gespräch geführt«, gestand Wipo. »Aufgewühlt von dem Brief der Naumburger Äbtissin ist er an jenem Abend auch zu mir gekommen. Ihm habe ich die gleiche Einschätzung ans Herz gelegt wie gerade Euch.«

Uta zuckte zusammen. Also war es Notburga von Hildesheim gewesen, die, auf welche Weise auch immer, von der Exhumierung erfahren und dem König davon berichtet hatte. Warum versuchte diese Frau nur ständig, ihr zu schaden! Und doch wusste sie nicht, wie sie die Hildesheimerin bremsen konnte. Ärger stieg in ihr auf, der sich jedoch beim Blick in Wipos warme Augen verflüchtigte. Sie wollte die wertvolle Zeit mit ihm nicht mit Gedanken an die hinterhältige Äbtissin verschwenden. Uta konzentrierte sich erneut auf ihren Konflikt mit dem König. Wenn Wipo mit ihm das gleiche Gespräch geführt hatte, besaß sie zumindest die Aussicht, dass Heinrich ihre Position nicht gänzlich verwarf, ihr Tun nicht länger Gotteslästerung schimpfte.

»Ihr müsst jedoch eines berücksichtigen«, Wipos Stimme klang nun mahnend, »der König ist an erster Stelle ein Sohn Gottes und erst danach König. Noch vor der Erfüllung seines Amtes steht für ihn das Wort Gottes. Und vergesst nicht, dass der Tod und der damit verbundene Eintritt in das Reich Gottes das eigentliche Ziel des Lebenden ist. Und die Medizin versucht genau diesen Tod – den Eintritt in Gottes Reich – möglichst weit hinauszuschieben.«

Uta nickte erneut, wenn auch immer noch nachdenklich.

Die tiefliegenden Augen des Hofkaplans betrachteten sie eindringlich. »Ich sehe an Eurem Gesicht, dass Euch meine Argumente noch nicht zufriedenstellen.«

»Wenn beides zusammengeht, warum hat der König es mir dann verboten?«

»Vielleicht habt Ihr ihn einfach zu sehr überrumpelt. Er ist noch jung, und viele prüfende, kritische und nicht immer wohlwollende Augen sind auf ihn gerichtet. Schnelle Entscheidungen werden von ihm gefordert, jeden Tag aufs Neue. Entscheidungen von enormer Tragweite. Bei solchen bekommt niemand gerne das Messer auf die Brust gesetzt oder wird unvorbereitet mit ihnen konfrontiert. Zu widersprechen ist zwar grundsätzlich nicht falsch, doch bei einem König …« Wipo wiegte den Kopf. »Vielleicht lässt sich Zustimmung auch über ein weniger überraschendes Vorgehen gewinnen.«

Uta nickte. Sie wusste, dass sie leidenschaftlich vor dem König für die Medizin gesprochen hatte. Es hätte Hermanns Fest werden sollen.

»Umsicht ist eine bessere Gefährtin als die Leidenschaft«, riet Wipo nach einem Blick in Utas Augen, und sie verstand, was er ihr damit sagen wollte. »Insbesondere im Gespräch mit einem König. Lasst das alles erst einmal sacken«, empfahl Wipo und bedeutete ihr, ihm über die Brücke zu folgen.

»Danke, dass Ihr mich an Euren Gedanken teilhaben lasst«, erwiderte sie und betrachtete den alten Mann, als wäre es das letzte Mal. Er hatte es geschafft, dass sie die Reaktion König Heinrichs nunmehr besser nachvollziehen konnte.

»Darf ich Euch demnächst die letzten Seiten meiner Lehrschrift *Die Taten Konrads* zukommen lassen? Spätestens zur Kaiserkrönung möchte ich Heinrich das gesamte Werk überreichen. Ich denke, es wird keine drei Jahre dauern, bis er nach Rom zieht.«

»Ich kann es kaum erwarten, mehr von Euch zu lesen, Wipo.« Noch diesen Abend wollte Uta in einem leidenschaftlichen Gebet darum bitten, dass Wipo der irdischen Welt, der Kaiserin, Heinrich und ihr selbst noch lange erhalten blieb. Im nächsten Moment fragte sie sich, wie es wohl Schwester Margit ging. Hoffentlich weilte die Benediktinerin noch unter ihnen. Seitdem sie vor drei Tagen kraftlos vom Pferd gefallen war, hatte der Medikus wegen der möglichen Ansteckung und Ausbreitung der Lungenkrankheit alle Besuche an ihrem Krankenlager untersagt. Auskünfte über Margits Gesundheitszustand waren nur sparsam zu ihr durchgedrungen: Mehr, als dass Margit den Aderlass überstanden hatte, wusste Uta noch immer nicht. Ihrer Eingebung folgend, verabschiedete sie sich von Wipo mit einer warmen Umarmung und verließ den Garten. Vorbei an den Rosenbüschen betrat sie den rechten Seitenflügel des Bischofshauses, wo Margit zuletzt im Erdgeschoss versorgt worden war. Vorsichtig klopfte sie an die Tür der Kammer. Ihre Beklemmung nahm zu, als sie kein Geräusch hinter der Tür vernahm. Nicht einmal ein Husten. Uta machte das Kreuzzeichen, dann atmete sie tief ein und öffnete die knarzende Tür.

Sogleich fiel ihr Blick auf die Bettstatt – sie war leer. Sogar die Leinen waren bereits vom Lager genommen. »Nein, nicht Schwester Margit!«, rief sie und stürzte fassungslos aus der Kammer. Brachte diese Stadt denn nichts anderes als den Tod?

Bischof Bernulf kam ihr auf den Stufen zum Hauseingang entgegen. »Erlaucht?«

»Exzellenz, es ist wegen Schwester Margit«, stotterte Uta und verbeugte sich dann tief, um den Geistlichen zu begrüßen.

Der Bischof streckte ihr seine Hand mit dem Bischofsring entgegen. Uta ergriff sie und drückte pflichtbewusst, aber flüchtig einen Kuss auf den Ring.

»Es hat eine Weile gedauert«, entgegnete Bernulf.

Es muss ein schrecklicher Tod sein, immer weniger Luft zu bekommen, dachte Uta. »Wo ruht sie nun, Exzellenz?«

»Im Pauluskloster. Ich hatte Erlaucht Markgraf Ekkehard darüber informieren lassen.«

Nicht einmal diese Information hatte Ekkehard an sie weitergegeben! »Ich danke Euch für Eure Fürsorge, Exzellenz«, sagte sie höflich und wandte sich zum Gehen.

»Wenn Ihr das Kloster aufsucht, Erlaucht, richtet der Schwester meine besten Genesungswünsche aus.«

Uta stockte und drehte sich abrupt um. »Genesungswünsche?«

»Die Brüder des Pauluslosters haben sie in ihre Krankenstation gebracht, nachdem der vom Medikus empfohlene Aderlass das schlechte Blut ausgeschwemmt hatte.«

Utas Herz tat einen Sprung. Sie raffte ihr Gewand und rannte los.

»Haltet Euch südlich vom Dom!«, rief der Bischof ihr noch nach.

Außer Atem erreichte sie die Pforte des Klosters. Wenige Augenblicke später stand sie an Margits Lager. Sie beugte sich hinab und umarmte die Schwester vorsichtig, wobei ihr erst jetzt das Dutzend weiterer Patienten in den benachbarten Betten auffiel. »Ihr lebt noch, Margit. Ich bin so froh.« Sie löste die Umarmung und betrachtete die Benediktinerin, die sie heute zum ersten Mal ohne ihren Schleier sah. Margit besaß hellbraunes Haar, das von mehreren Silberfäden durchzogen war, und trug ein helles Leinengewand, vermutlich das Unterkleid der winterlichen Klostergewänder, die den Kranken hier angelegt wurden, weil sie sich leicht auskochen ließen. »Wie schön, dass es Euch bessergeht!«

Schwester Margit hustete. »Der Auswurf ist nicht mehr blutgetränkt. Gott scheint mich noch eine Weile auf der Erde lassen zu wollen.« Obwohl Margits Stimme rauh und schwach klang, hatte sie im Gesicht bereits wieder an Farbe gewonnen. »Das ist gut so. Denn ich habe nicht vor, ohne Euch wieder nach Naumburg zurückzukehren, hört Ihr?« Uta wertete Margits erneutes, aber nicht mehr rasselndes Husten als Versprechen, ihr Bestes für eine gemeinsame Heimkehr zu geben. »Kann ich irgendetwas für Euch tun?«, fragte sie dann und sah, wie sich die Benediktinerin in ihrem Krankenlager mühevoll aufsetzte. Ihr Blick fiel auf gleich mehrere Einstiche in Margits Armbeuge und Unterarm, die von mehr als nur einem Aderlass zeugten.

»Spätestens morgen mache ich meinen ersten Spaziergang!«, erklärte Margit mit einem Stöhnen, weil sie das aufrechte Sitzen anstrengte.

»Morgen wird der Kaiser hier in der Kathedrale zu Grabe getragen«, berichtete ihr Uta, und aus einer Schale neben der Bettstatt stieg ihr Thymianwasser in die Nase.

»Der Kaiser ist tot?«, hauchte Margit und faltete die Hände zum Gebet. Uta tat es ihr gleich, und gemeinsam empfahlen sie dessen Seele dem Allmächtigen.

»Ich denke, in zwei oder drei Tagen bricht der Leichenzug nach Speyer auf«, erklärte Uta. Kaiserin Gisela möchte uns bis Speyer an ihrer Seite wissen. Ich werde einen Karren besorgen, auf dem wir Euch transportieren. Im Liegen könnt Ihr Euch am besten auskurieren.«

Margit nickte schwächlich.

»Schwester, sagt mir eines zu«, bat Uta eindringlich. »Dass Ihr Euch nicht überanstrengt und Euch ausreichend Zeit gebt, zu genesen.« Margit versprach es. »Habt Dank für Euer Kommen, Markgräfin«, brachte sie zwischen zwei Hustenanfällen noch hervor. »Und habt Dank, dass ich Euch auf der Reise hierher begleiten durfte.« Das Unbehagen des Markgrafen war ihr natürlich nicht entgangen. »Ich werde morgen wieder nach Euch schauen«, versprach Uta und verließ die Krankenkammer. Margit zog sich die Decke über die fröstelnden Schultern, ließ sich zurück in die weiche Bettstatt sinken und schloss die Augen.

»Schwester, Ihr habt einen weiteren Besucher«, trat da einer der Brüder des Paulusklosters an ihr Lager.

Als der Mönch ihr den Namen des Gastes nannte, riss Margit die Augen auf, als sei ihr soeben eine Erscheinung angekündigt worden. Erwartungsvoll starrte sie zur Tür und spürte plötzlich, wofür sie die vergangenen Monate gekämpft hatte.

❊ ❊ ❊

Katrina trug das glatte, dunkelblonde Haar wie gewohnt in einem Zopf am Hinterkopf. Ihre Wachstafel hing ihr über die Schulter auf den Rücken. Mit dem ihr innewohnenden Pflichtbewusstsein hatte sie es sich zur Aufgabe gemacht, täglich in der Kemenate ihrer Herrin nach dem Rechten zu sehen. Einen ganzen Mondumlauf war es nun schon her, dass die Burgherren zum Kaiser aufgebrochen waren.

Sie betrat Utas Kammer und schaute sich um. Die Räumlichkeit war ganz zu ihrer Zufriedenheit. Nichts schien verändert. Sie strich über die seidene Decke, ohne sich auf dem Bett niederzulassen. Erst gestern hatte sie das Fenster geöffnet, aber auch heute ließ sie frische Luft herein. Wie schon an den vergangenen Tagen drangen kaum Stimmen von draußen zu ihr in die Kemenate. Keine Rufe nach Nachschub an Waren oder frischem Wasser, keine Anweisungen der Maler und Handwerker, kein Baulärm aus der Kathedrale und keine Kinderstimmen, die um die Marktstände herum Fangen spielten.

Katrina blickte aus dem Fenster über die Vorburg. Es war ein warmer Sommertag, der Tag nach dem Fest des heiligen Barnabas, und es war Markt. Sie war erleichtert, dass der Herrin der Anblick, der sich ihren Augen bot, erspart blieb: Die Menschen, die auf dem Platz um die Kathedrale herum unterwegs waren, konnte sie an zwei Händen abzählen, die Anzahl der Marktstände sogar an einer. Sie würde ein weiteres Gebet für das Wohl Naumburgs sprechen, beschloss sie, machte das Fenster wieder zu und verließ die Kammer.

In der Hauptburg kam ihr niemand entgegen, der ihr wie gestern, als sie zu Alwine geeilt war, seltsame Blicke zuwarf und sie ihren Schritt beschleunigen ließ. In der Vorburg allerdings machte sie zwei vornehm gekleidete Frauen mit leuchtenden Eheschleiern vor den Häusern der Händler aus, die die Köpfe zusammensteckten und sich immer wieder umschauten. Vielleicht sah sie aber auch schon Gespenster, wo zwei Freundinnen einfach nur miteinander plauderten. Von der kranken Kathedrale, die einem schon die Seele fraß, wenn man sie nur betrat, sprachen die Menschen inzwischen unverhohlen laut und offen. Deren Hoffnung konzentrierte sich immer mehr, so weit Katrina dies mitbekommen hatte, auf die *Brüder*. Katrina wusste nicht genau, was das Ansinnen der *Brüder* war, spürte jedoch Unheil von ihnen ausgehen. Zumal es ihr ein Rätsel war, warum sich diese nicht für die Reparaturarbeiten des Glockenstuhls einsetzten, wenn sie Naumburg tatsächlich helfen wollten.

Ihr erster Schritt über die Schwelle des Kathedralportals ließ sie – mit den Gedanken noch immer bei den Motiven der *Brüder* und irritiert vom abrupten Übergang vom Hellen ins Dunkle – stolpern und aus dem Gleichgewicht geraten. Erschrocken ruderte sie mit den Armen und fand sich kurz darauf an einer fremden Brust wieder. Irritiert über das mit Farb- und feinen Putzspritzern besudelte Hemd vor ihren Augen, schaute sie zum Gesicht seines Trägers hinauf. Kaspar! Ohne ihn aus den Augen zu lassen, löste sie sich von ihm und trat einen Schritt zurück. »Verzeiht«, beeilte sie sich zu sagen. Sie klopfte sich den Staub vom Gewand und versicherte sich ihrer Wachstafel. Da war ja Farbe an ihrem Obergewand. Zumindest einige feine Spritzer.

»Es tut mir leid«, meinte Kaspar bedauernd, der sich mit einigen anderen Malern in der Nähe der Tür besprochen hatte, als Katrina das Gotteshaus betrat. Von ihrem kurzen, hellen Aufschrei alarmiert, hatte er sich blitzschnell umgewandt und sie aufgefangen, wobei ihm die Pigmentschale aus der Hand geglitten war.

Katrina schaute von ihrem Gewand in sein bleiches Gesicht und bemerkte, dass er ihr ein scheues Lächeln schenkte. Sie erinnerte sich an ihre erste Begegnung mit dem jungen Maler im Malerhaus und wie er damals zunächst zurückhaltend an der Treppe gestanden, sie dann aber dazu ermutigt hatte, sich grüne Farbpigmente auf den Handrücken zu reiben. Er ist nett, dachte sie. Hinter Kaspar erblickte sie einen Scherbenhaufen, der von der gleichen gelbgrünen Paste überzogen war, die nun auch auf ihrem Obergewand zu sehen war.

Kaspar machte sich daran, die Scherben aufzusammeln und den Boden von der Farbe zu reinigen. Zwei Bauern, Katrina erkannte dies an ihren einfachen, ungefärbten Leinengewändern, betraten an ihnen vorbei die Kathedrale.

»Wartet hier«, bat Kaspar sie da und war auch schon mit den

Resten der Farbschale aus der Kathedrale verschwunden. Als er kurz darauf das Gotteshaus wieder betrat, hielt er ein neues irdenes Gefäß in der Hand. Der helle Gelbgrünton des Pulvers darin erinnerte Katrina an eine junge Traubenrebe, die vom Sonnenlicht beschienen wurde.

»Darf ich …«, Kaspar schluckte verlegen, bevor er weitersprach, »meine Tölpelei mit einer Einladung wiedergutmachen?« Erwartungsvoll schaute er Katrina an und zeigte auf das Gerüst im ersten Joch vor der nördlichen Querhauswand. »Simon hat mir die Figurenmalerei des Pfingstwunders in der *heiligen Zone* übertragen – das letzte der sechs Bilder über das Wirken Christi. Ich könnte Euch zeigen, wie ein Apostel entsteht.«

»Wie ein Apostel entsteht?«, wiederholte Katrina angetan.

Kaspar nickte nachdrücklich.

Katrinas Blick glitt zum Altar hinüber, sie hatte dort lediglich ein Gebet verrichten wollen. Der Gedanke, allein als Frau mit einem fremden Mann unterwegs zu sein, ließ Unbehagen in ihr aufsteigen. Sie wandte sich vom Altar ab und dem Langhaus zu. Erleichtert machte sie dort Simon und Meister Matthias aus, die sich zusammmen mit einer Gruppe Handwerkern über einige Tröge beugten und diskutierten.

»Es ist gleich dort drüben«, versicherte Kaspar und lächelte, als er das Kammermädchen zögerlich nicken sah.

Auf dem Weg zur nördlichen Langhauswand versicherte Katrina sich immer wieder der Anwesenheit von Simon und Meister Matthias.

Am Geländer des ersten Jochs angekommen, deutete Kaspar zur dritten Ebene des Gerüstes hinauf. Die ersten Schritte auf den Holzplanken hielt sich Katrina noch am Gerüstgestänge fest, gewann jedoch bald an Trittsicherheit. Auf der dritten Ebene angekommen, fiel ihr sofort das fertige Flechtband in der Höhe ihrer Füße auf. Mit ihren kindlich großen Augen betrachtete sie die geflochtenen Taue, die in mannigfaltigen Grüntönen ineinander verschlungen von links nach rechts zu verlaufen schienen. Von unten sahen die Motive an der Wand so viel kleiner aus, stellte sie beeindruckt fest. Behutsam setzte sie zwischen den Schüsseln, Pinseln und Trögen mit Resten von Feinputz und Wasser einen Fuß vor den anderen. Dann trat sie zur Seite, um Kaspar genügend Platz für seine Tätigkeit zu geben.

Kaspar stellte die Pigmentschale ab und deutete auf die Wand. In ihrem oberen Bereich über Katrinas Kopf brachen bereits gelbe Strahlen aus dem Himmel herab: die Verkündung des Heiligen Geistes. Der weitere Bildbereich war bislang lediglich in Rötel vorgezeichnet und in Tagewerke eingeteilt, außer …

Katrina betrachtete eine Putzfläche von der Größe eines guten Sarges, die schon über der Vorzeichnung aufgetragen worden war. »Was wird das?«, fragte sie, konnte aber auf dem Gerüst nicht weit genug zurückzutreten, um das gesamte Bild zu erfassen.

»Das wird einmal der Apostel Jacobus der Ältere werden. Sein Gesicht, sein Hals und das Gewand sind mein erstes Tagewerk heute.« In der Sommerzeit war es so lange warm und hell, dass er zwei Tagewerke innerhalb eines Tages schaffte. »Den Putz habe ich gleich nach dem Aufstehen, noch vor dem Frühmahl, aufgetragen.«

Jacobus der Ältere, einer der erstberufenen Jünger Jesu? Katrina wurde es heiß und kalt. »Aber der frische Putz überdeckt doch die schöne Vorzeichnung, woher wisst Ihr nun, was Ihr zeichnen müsst?«

»Die Vorzeichnung muss ich vor Malbeginn noch einmal auf den Putz zeichnen«, erklärte Kaspar. »Und so oft, wie ich mir die Vorlage schon angeschaut habe, kann ich das auswendig.« Mit dem Daumen prüfte Kaspar die Druckfestigkeit des Putzes in dessen Mitte und an den Außenrändern. »Es kann losgehen«, stellte er freudig fest.

Mit einem dünnen Rundpinsel begann er, die Konturen des Gesichts sowie des Halses bis zum Gewandsaum hinab in rostigem Rötel zu zeichnen. Katrina kam es so vor, als träte die Vorzeichnung wieder unter der Feinputzschicht hervor. Kaspars Linien stießen in einem perfekt fließenden Übergang mit denen außerhalb des frischen Putzes zusammen. Das Bildmotiv in seiner Gesamtheit war wiederhergestellt.

»Insgesamt zeige ich alle Apostel und wie sie gemeinsam ein geöffnetes Buch halten. Jacobus ist mein erster«, erklärte Kaspar nun schon mutiger, weil er das Leuchten in Katrinas Augen sah, auch wenn es nicht ihm, sondern nur der Wand galt. »Das Buch ist das Zeichen dafür, dass sich die Ausgießung des Heiligen Geistes unmittelbar mit der Ausbreitung des Evangeliums verbindet.«

Ergriffen folgte Katrina seinen Ausführungen.

»Ich beginne jede Zeichnung mit der Untermalung«, erklärte Kaspar. »Die farbigen Pigmente treten später besser darauf hervor, als wenn ich sie direkt auf den Feinputz auftragen würde. Dank der Untermalung haben sie eine höhere Deckkraft. Gebäude wie die Stadt Bethlehem bei der Geburt Jesu«, Kaspar zeigte auf die südliche Langhauswand ihnen gegenüber, »werden gelb und grau untermalt. Hintergründe und Gewänder«, er deutete auf den Gewandansatz des Apostels Jacobus, »erhalten eine graue Untermalung. Und Gesichter werden mit der besonderen grüngelben Mischung grundiert, mit der ich Euer Gewand vorher befleckt habe. Wir bezeichnen die Farbe, mit der wir die Haut malen, als Inkarnatston.«

Kaspar hielt Katrina jene Schale unter die Nase, wegen derer er zuvor kurz aus der Kathedrale geeilt war.

Katrina schaute neugierig in sie hinein, dann aber verlegen zur Seite. »Eigentlich war es ja meine Schuld«, gestand sie.

»Nein«, insistierte Kaspar, legte den Rötelpinsel beiseite und zog einen zweiten Pinsel von zwei Fingern Breite aus seinem Gürtel hervor. Er begann mit der Untermalung.

Katrina beobachtete stumm, wie die graue Farbe so gut wie vollständig an jener Stelle versickerte, die dem Gewand des Apostels vorbehalten war.

»Nach den Untermalungen folgt erst die eigentliche Ausmalung innerhalb der gezeichneten Umrisse, was wir Binnenzeichnung nennen.« Kaspar reinigte den Pinsel und schaute sich auf dem Gerüst suchend um. Katrina folgte seinem Blick und reichte ihm die neben sich stehende Schale, deren Inhalt sie an verdünntes Blut erinnerte.

Er lächelte sie dankbar an und war sogleich wieder in die Malerei vertieft. »Grundsätzlich tragen wir zuerst immer einen Mittelton auf.«

Aufmerksam beobachtete Katrina, wie er das Gewand am Schulteransatz des Apostels bis zum Saum hinab rötlich ausmalte. Es dauerte eine Weile. Kaspar arbeitete sehr sorgfältig. Immer wieder trat er einige Schritte zurück, um das Bild, das eigentlich noch gar nicht vorhanden war, in Gedanken zu visionalisieren und auf die Wand zu projizieren. Eine Technik, die er von Simon übernommen hatte.

»Nach dem Mittelton arbeite ich die dunkleren Schattentöne aus.« Kaspar zog den Pinsel von der Schulter des Apostels bis zum Rand der Feinputzschicht. Dann reichte er Katrina den Pinsel.

Die wich zurück.

»Versucht es, nur diese Gewandwelle hier«, Simon deutete auf das Gewandstück über dem rechten Oberarm des Apostels. »Zeichnet genau die Form nach, die ich eben gezogen habe.«

»Aber …«, setzte Katrina an, als ihre Hand sich auch schon vorsichtig nach dem Pinsel ausstreckte.

Simon deutete auf die Farbschale.

Behutsam tauchte sie nur die Pinselspitze in den blutroten Farbsaft. Dann trat sie vor den Apostel und führte den Pinsel an die Schulter des Heiligen. Dabei war ihr, als entstände über den Pinsel, den sie vorsichtig auf den Putz setzte, eine besondere Verbindung zwischen ihr und Jacobus.

Sie schaute zu Kaspar, unsicher darüber, ob sie wirklich …

Der nickte ihr aufmunternd zu und deutete mit einer schwungvollen Bewegung seiner Hand an, welchen Weg ihr Pinsel auf der Gewandfalte zu nehmen hatte.

»Also gut, dann mach ich es jetzt«, sagte sie und zog den Pinsel über die ihr gewiesene Stelle an der Schulter des Apostels.

»Tut es noch einmal«, forderte Kaspar sie auf.

Und Katrina nahm frische Farbe auf und wiederholte den Akt.

»Und noch einmal, dort ist wirklich eine schattige Stelle.«

Katrina kam der Aufforderung nur allzu gerne nach. Das Malen und die Nähe zum Apostel wie zur Kathedrale fühlten sich wunderbar an. Zufrieden zog sie den Pinsel von der Wand zurück und betrachtete ihr Werk.

»Ihr seid begabt«, sagte Simon und schaute von ihren Händen in ihr Gesicht.

Katrina lächelte schüchtern, plötzlich weiteten sich ihre Augen. »Aber die Farbe wird gar nicht dunkler«, bemerkte sie und grübelte, was sie falsch gemacht haben könnte.

»Das ist normal beim Frischputzmalen. Gebt dem Putz zwei Tage Zeit zum Trocknen und Ihr werdet sehen, dass die Farbe dort kräftiger und dunkler ist, wo Ihr gerade mehrmals darübergestrichen habt. Durch das einfache und mehrfache Auftragen, das Spiel zwischen Hell und Dunkel erhält der Mantel den Anschein, als würden die Falten tatsächlich Schatten werfen.«

Zwei Tage!, merkte sich Katrina. Es war wie ein Wunder. Und sie war sehr gespannt, ob ihr das gemalte Gewand danach wirklich wie ein echtes erscheinen würde.

»Danach trage ich die Lichter auf. Das sind die Stellen«, erklärte er nach einem Blick in Katrinas fragende Augen, »die mehr göttliches Licht abbekommen und dadurch strahlender erscheinen. Für die Lichter benutzt man hellere Farben. Hier auf dem roten Gewand des Jacobus nehme ich dafür einen helleren Rotton. Da das Licht von oben kommt, ist die dem Himmel zugewandte Falte besonders hell.« Kaspar wässerte das Farbschälchen, so dass der Pigmentbrei darin dünner und somit heller wurde. »Lichter, die nicht aus dem Grundton hervorgehen, wirken aufgesetzt. Die einzige Ausnahme bildet der Inkarnatston. Hier kann für die Lichter mit Weiß gearbeitet werden.«

Katrina nickte fasziniert und sah in ihrer Phantasie den Mantel bereits faltenreich um den Leib des Apostels schwingen.

»Meine letzte Aufgabe ist der Auftrag von Weißhöhungen.«

»Weißhöhungen«, wiederholte sie und sah Kaspar erneut fragend an, der nun wieder zu malen begonnen hatte. »Ich bringe besondere Lichter gezielt mit weißer Farbe auf.« Vorsichtig strich er über die Gewandstellen des Apostels, die sich unmittelbar unterhalb der Strahlen des Heiligen Geistes befanden. »Schön!« Kaspar betrachtete zuerst Katrina und dann sein Werk. »Die finalen Überzeichnungen für das Bild nimmt der Meister zum Schluss vor. Da dürfen wir noch nicht ran.«

»Das Gesicht fehlt ihm noch«, merkte Katrina an, und ihr fiel auf, dass sie wieder näher an die Wand gerückt war, um die Pinselstriche genauer verfolgen zu können.

Kaspar nickte und prüfte erneut die Festigkeit des Feinputzes. »Das muss ich fertigstellen, bevor die goldene Spanne zu Ende ist.«

Katrina erschrak. Ihre vielen Fragen sollten nicht der Grund dafür sein, dass der Apostel an der Wand nicht rechtzeitig zustande kam. Doch die geschickten Pinselstriche des jungen Malers beruhigten sie rasch, so dass sie sich unbeschwert wieder in der Beobachtung seines Handwerks verlieren konnte. Das Gesicht des Apostels baute er nach der Grundierung aus dem hellen, gelbgrünlichen Hautton auf, wobei er Augen, Bart, Brauen und Haare aussparte. Die Umrisse von Nase, Mund, Augen und Ohren zog er erneut, diesmal jedoch in unterschiedlich breiten Linien in Rotocker nach. Die Wimpern strichelte er schwarz, das dicke Haar, die Brauen und der Bart wurden in gelbroten Strichen und nochmals dunkleren Gelb-Rot-Tönen modelliert. Die Konturen der Augenlider und -äpfel, von Nase, Mund, Wangen und Kinn umfuhr er nochmals mit Rot; Schattierungen trug er in einem Grau-Rot-Gemisch auf. Die Weißhöhungen im Gesicht setzte er eng auf der Stirn und krähenfußartig an den Augenwinkeln, den Nasenflügeln, Mund und Kinn nebeneinander, um die Gesichtszüge und das starke Licht, das daraufgiel, deutlich herauszuarbeiten. Erschöpft, aber glücklich ließ Kaspar schließlich den Pinsel sinken.

»Der Apostel wird leben«, flüsterte Katrina hingerissen.

»Noch nicht ganz«, entgegnete Kaspar.

Katrina blickte den jungen Maler an und sah, dass sich etwas von dem Hautton, der Farbe der frühen Trauben, an seiner Nase befand.

Verschmitzt lächelte Kaspar. »Schaut mir genau in die Augen.«

Katrina war irritiert.

Er umfasste sein Gesicht mit beiden Händen und bat: »Merkt Euch genau meine Augen.«

Katrina nickte verunsichert. Sie waren so grau wie die Untermalung des Apostelmantels.

Kaspar drehte seinen Kopf nun so, dass sein Gesicht voll vom Licht der gegenüberliegenden Fenster beschienen wurde. In dieser Position beugte er sich leicht zu Katrina. »Und nun sagt mir, was sich verändert hat.«

Noch einmal wiederholte Kaspar den Vorgang – mit und ohne

Hände am Kopf, hin und weg vom Licht. »Seht Ihr den Unterschied?«

»Der Lichtpunkt mitten in Eurem Auge«, stellte Katrina fest. Der war ihr früher nie aufgefallen, obwohl sie ihr Gegenüber stets genau zu betrachten pflegte.

»Wir nennen die Mitte des Auges Augenstern, und der helle Punkt darin wird durch den Lichteinfall verursacht«, erklärte ihr Simon. »Erst der Augenstern lässt eine Figur wirklich lebendig wirken. Ich setze ihn erst auf den trockenen Putz auf, in der Form eines Sternes.«

Katrina war gefesselt. »Apostel Jacobus wird uns erscheinen.« Wahrlich überlebensgroß kam er ihr in all seiner Leuchtkraft vor, auch wenn die Farben noch blass waren.

Kaspar legte die Pinsel mit Resten weißen Pigmentbreis beiseite und trat über die Glättkelle an den Gerüstrand, um das Werk der ersten Tageshälfte mit etwas Abstand zu betrachten.

»Kaspar?«, hallte es da von Gegenüber. Es war Simons Stimme. »Bitte hilf Meinhard mit den Gesichtszügen, sobald du dein erstes Tagewerk fertig hast!«, rief er herüber und deutete vom Gerüst an der Südwand eine Verbeugung vor Katrina an. Die erwiderte diese höflich und sah auf Simons fragenden Blick hin Kaspar entschuldigend die Schultern zucken. »Danke«, sagte sie an den jungen Maler gewandt. Dann stieg sie das Gerüst hinab und verließ tief berührt die Kathedrale.

Als sie auf das Tor der Hauptburg zuging, sah Katrina einige von Matthias' Zimmerleuten mit gefüllten Schüsseln in der Hand. Die Stärkung wurde gewöhnlich zur Mittagszeit gereicht.

Sollte es tatsächlich schon so spät sein? Das hieße ja, dass sie beinahe den halben Tag in der Kathedrale verbracht, dabei aber ihr Gebet gegen die Angst der Naumburger ganz vergessen hatte. Dennoch ließ die auf dem Gerüst von ihr gespürte Nähe zum Apostel Jacobus neuen Mut in ihr aufsteigen. Bestimmt würde noch alles gut werden für ihre Herrin und Erlaucht Hermann.

»Verzeiht, meine Tochter«, riss sie da eine männliche Stimme aus ihren Gedanken.

Katrina wandte sich um und erkannte den Abt des Georgsklosters.

Ob auch für ihn, dessen Name in großen Buchstaben auf ihrer rechten Wachstafel prangte, alles gut werden würde? Nachdem ihr Bruder Gregorus, der Verwalter der Kleiderkammer, die glänzende Schnalle an Pankratius' Schuhwerk ebenso wenig hatte erklären können wie der Abt selbst, hegte sie großen Zweifel daran.

»Habt Ihr einen Augenblick in göttlicher Geduld?«, fragte Pankratius und lächelte mild. Kurz blieb sein Blick an ihrem Obergewand mit den Farbspritzern hängen.

Katrina nickte, war aber verwundert, dass der Abt sie um ein Gespräch bat. »Habt Ihr denn herausgefunden, was mit der alten Schnalle Eures Schuhwerks passiert ist, ehrwürdiger Abt?«, fragte sie, denn einzig darüber konnte er doch mit ihr sprechen wollen.

»Meine Tochter«, antwortete der Gottesmann, »wegen der Schnalle bin ich nicht hier.« Er bedeutete ihr, einige Schritte mit ihm zu gehen.

»Nicht?« Seitdem Katrina wusste, dass die Schnalle, die sie am Fundort der Leiche entdeckt hatten, allein von den Georgsbrüdern am Schuhwerk getragen wurde, legte die neue, blanke Schnalle am Fuß des Abtes die Vermutung nahe, dass er derjenige gewesen war, der die alte bei den ineinander verschlungenen Buchen verloren hatte.

Der Abt schüttelte den Kopf. »Bevor ich mich Euch offenbare, muss ich Euch allerdings um Verschwiegenheit bitten.«

Sie waren inzwischen durch das Tor in die Hauptburg getreten, wo mehrere Mägde am Brunnen Wasser schöpften und Katrina vor dem Brothaus den Jäger erkannte. »Betrifft es einen Eurer Brüder, verehrter Abt? Ist Euch nachträglich noch etwas eingefallen?«, fragte sie und nickte zum Zeichen ihrer Verschwiegenheit.

»Es gab da den Unverbesserlichen«, begann der Abt und blickte kurz zum Himmel hinauf, wodurch er den Gruß des Jägers übersah, der nach einem Nicken in ihre Richtung hin auf die Vorburg zuhielt. »Unsere Ordensregel verlangt, dass ein von den Mahlzeiten und Stundengebeten ausgeschlossener Bruder Rutenschläge erhalten soll.« Pankratius teilte diese sehr ungern aus. Noch weniger mochte er an Ausschlüsse dieser Art erinnert werden, von denen es während seiner Amtszeit – Gott sei Dank – nur diesen einen gegeben hatte. »Wenn wir jedoch sehen, dass diese körperliche Züchtigung nicht wirkt, sind wir gezwungen, den Übeltäter aus unserer Mitte zu entfernen, zumindest zeitweise. Ein krankes Schaf darf nicht die gesamte Herde anstecken.«

»Wie hieß der Bruder, und welchen Vergehens hat er sich schuldig gemacht?«, fragte Katrina und hielt auf Höhe des Brunnens inne, von dem sich die Mägde mit ihren Wassereimern mittlerweile entfernt hatten.

»Du sollst nicht stehlen, lehrt uns die Regel. Du sollst nicht falsch aussagen. Bruder Sibodo achtete vor allem diese beiden Regeln nicht.« Der Abt zögerte und fügte schließlich mehr an sich selbst als an Katrina gewandt hinzu: »Die Schuld an diesen Verfehlungen trifft schlussendlich den Hirten, wenn der Allmächtige an seinen Schafen zu wenig Gehorsam feststellen kann.«

Katrina verstand, was er meinte. Die Schuld seiner Schützlinge lastete letztendlich auf dem Rücken des Abtes als dem Vater der Gemeinschaft, der im Kloster die Stelle Christi vertrat. »Wo ist der Verstoßene jetzt?«

»Ich sandte ihn auf eine Pilgerreise zum Felsenberg Mont-

Saint-Michel. Die Brüder der dortigen Abtei werden sich seiner reuigen Seele für einige Zeit anzunehmen wissen. Das Beten in Abgeschiedenheit bringt ihn dem Herrn sicherlich wieder näher.«

»Wann habt Ihr Bruder Sibodo des Klosters verwiesen, verehrter Abt?«

»Einige Zeit nach dem Fest des heiligen Petrus und Paulus, an dem die Kathedrale geweiht wurde. Es war kurz vor dem Verschwinden von Erlaucht Hermann, ein oder zwei Tage zuvor.«

»War Bruder Sibodo in der Zeit, als Erlaucht Hermann in Euren Mauern weilte, bereits Mitglied Eurer Gemeinschaft?«

»Sibodo und Hermann kannten sich, das kann Euch Bruder Laurentius bestätigen«, entgegnete Pankratius.

Bruder Laurentius! Der Bruder aus der Krankenkammer. Katrina erinnerte sich an den Mönch, der des Öfteren an der Seite des Abtes außerhalb der Klausur unterwegs war. »In welchem Verhältnis standen Sibodo und Erlaucht Hermann zueinander?«

»In einer brüderlich gemeinschaftlichen, wie wir alle im Kloster. Jeder Bruder steckt seine ganze Kraft in die Beziehung zu Gott.« Der Abt überlegte eine Weile, bevor er fortfuhr: »Doch einmal sind die beiden aneinandergeraten, weil Erlaucht Hermann Bruder Sibodo den Alkohol vorenthalten wollte. Was diesen wütend gemacht hat.«

»War Bruder Sibodo dem Wein verfallen?«

Pankratius nickte stumm. »Noch mehr dem scharfen Gebrannten.« Der Abt wurde nachdenklich, als ihm klarwurde, wie lange er den Unverbesserlichen schon nicht mehr hatte lenken können.

Katrina überlegte kurz und fragte dann: »War Bruder Sibodo wütend, als ihr ihn fortschicktet?«

Pankratius strich sich über die perfekt rasierte Tonsur. »Zunächst weigerte er sich sogar, meiner Anweisung Folge zu leisten, und sein Atem war alkoholgeschwängert, als er mir Vorwürfe machte.«

»Verließ Bruder Sibodo das Kloster zu Fuß?«, fragte Katrina nach einer längeren Pause, die so manch niederen Geistlichen auch schon auf einem Esel hatte reiten sehen.

»Ohne Pferd und ohne Nahrung hat er unser Kloster verlassen. Dennoch zweifelte ich nach seinem Fortgang an meiner Entscheidung, da er seit langem Probleme mit den Gelenken hatte. An manchen Tagen schmerzte ihn jede Bewegung«, bekundete Pankratius mitfühlend und legte die Hände milde lächelnd zum Gebet aneinander. »Dennoch vermochte keine andere Maßnahme als der Bußgang, des armen Bruders Geist noch reinzuwaschen. Es war eine äußerst schwierige Situation für mich.« Pankratius seufzte. »Meine Tochter, ich bin mir sicher, dass du mit diesen Informationen verantwortungsvoll umzugehen weißt.« Mit diesen Worten machte der Abt das Kreuzzeichen über ihrem Haupt, lächelte noch einmal und begab sich dann zurück in die Vorburg.

Der Apostel Jacobus musste den Abt zur Offenbarung dieser wichtigen Informationen bewegt haben, dessen war sich Katrina sicher. Wachsamen Auges verfolgte sie die Schritte des Klostervorstehers vom Brunnen weg.

* * *

Die Hand des Göttlichen auf seinem Schädel fühlte sich leicht an. »Vater des Erbarmens, du bist der Ursprung aller Vergebung«, erwiderte er die Geste mit Worten.

Er benötigte noch mehr von dieser Bestätigung, bis er ins Tal hinabsteigen würde und sich vom dortigen Klostervorsteher das Bußsakrament spenden lassen würde.

Das erste Mal hatte er die ungewöhnliche Berührung durch Gottes Hand während des nächtlichen Zwiegesprächs vor drei

Tagen gespürt. Seitdem betete er auch tagsüber zu den Heiligen und Aposteln.

Einer der Mönche aus dem Tal hatte ihm – es könnte um Ostern, aber auch um das Pfingstfest herum gewesen sein? – Waldbeeren hereingereicht. Davon schmerzte ihn der Magen noch immer. Was ihm am besten bekam, war Wasser. Wasser reinigte. Allein für Wasser verließ er seine Klause, schöpfte es sich mit beiden Händen in den Mund und benetzte sich damit Handgelenke sowie Stirn in Form eines Kreuzzeichens. Es rann aus demselben Berggestein, an das auch seine Hütte nur wenige Schritte weiter gebaut worden war. An warmen Tagen wie heute tröpfelte es allerdings nur.

Blattwerk wehte durch die Luke auf seinen Schoß. Kniend, die geschundenen Schienenbeine fest auf das Wurzelwerk am Boden gepresst, starrte er auf das Laub.

Hier oben, fern der Menschen, spürte er wirkliche Verbundenheit.

Nur hier besaß er das allein Notwendige, das Absolute, alles, was ihm wichtig war.

Hier war seine Lebensaufgabe.

7.

IN GRÜN, GELB
UND WEISS

Es waren die ersten Sommertage des Jahres, doch Notburga fror. Ein Schrei – gurgelnd, gedrückt und noch kraftlos – drang an ihr Ohr. Immer deutlicher vernahm sie in letzter Zeit die Töne des Neugeborenen. Wenn sie schlief und wenn sie wachte.

Notburga erhob sich hinter ihrem Schreibtisch und trat an das Fenster der Äbtissinnenkammer. Verdrossen betrachtete sie die Stelle, an der sie einst Weizen und Dinkel benässt hatte. Das lag inzwischen sieben Mondumläufe zurück. Sie öffnete das Fenster und ließ ihren Blick über den Garten und die Klostermauern hinweg bis zum Wald gleiten. Notburga beugte sich etwas aus dem Fenster hinaus, um ganz rechts den Zusammenfluss von Saale und Unstrut zu betrachten. In diese Richtung war sie einst auf der Suche nach Abgeschiedenheit geritten.

Was haderst du nur die ganze Zeit mit deiner Entscheidung!, schalt sie sich. War es doch richtig gewesen, den Kleinen dem kalten Schlaf zu überlassen! Ihr gemeinsames Vorhaben mit Bebette verlief unkompliziert und ganz nach Plan. Aber warum konnte sie dann keine Freude darüber empfinden?

»Schwester?«, trat da Bebette ohne Vorwarnung ein. »Wo bleibst du denn?«

Notburga fuhr herum.

»Wir wollten uns doch in meiner Zelle treffen, um …« Bebette stockte. »Du siehst blass aus, und wo ist dein Haarband?« Sie sah von Notburga hinüber zum Schreibtisch, auf dem das mit Goldfäden durchzogene Band lag. Zerknüllt, wie sie feststellte.

»Ich wollte nur noch kurz etwas frische Luft schnappen«, entgegnete Notburga entschieden, nachdem sie dem Blick der Schwester gefolgt war. Mit einer raschen Bewegung schloss sie das Fenster.

»Du hast mich warten lassen!« Und woanders als in ihrer Kammer konnte Bebette die Schwester – außer zu den Gebetszeiten – kaum noch vorfinden.

Notburga trat an den Tisch und brachte das Haarband wieder auf ihrem Kopf an. »Es kommt nicht wieder vor«, versprach sie und bedeutete der Schwester, voranzugehen.

Begleitet von einem weiteren Schrei ihres Kindes verließ sie die Äbtissinnenkammer.

***

Das hügelige, kaum bewachsene Moor hatten sie vor zwei Tagen hinter sich gelassen. Mit Gesa an seiner Seite war Hans das Moor dieses Mal geradezu friedlich vorgekommen. Er vertraute fast schon blind darauf, dass Gesa sie beide sicher durch das tückische Gelände führen würde. Der Wald war Gesas Zuhause, so wie der Moorhof seines gewesen war.

Immer weiter zog es sie fort, um nur ja möglichst viel Abstand zwischen sich und die Bauersleute zu bringen, die ihnen Kuno hatten wegnehmen wollen. Des Nachts, wenn nur Getier im Wald unterwegs war, legten sie große Strecken zurück. Tagsüber suchten sie sich ein Versteck, um neue Kräfte zu sammeln.

Der Wald, den sie, seitdem sie das Moorgebiet verlassen hatten, durchwanderten, war menschenleer. Deshalb wagten sie es an diesem Nachmittag sogar auf dem Waldboden zu ruhen, anstatt, wie sie es sonst taten, in einem uneinsehbaren Erdloch. Doch Hans schlief unruhig und wachte immer wieder auf, weil ihm immer wieder das wütende Gesicht des Bauern und dessen auf ihn herabsausende Gerte erschienen. Als schließlich die Abendröte durch die Baumstämme brach, schob Hans die Farnblätter, mit denen er sich zugedeckt hatte, beiseite und sah nach dem Säugling. Gesa, die zwischen ihm und Kuno gelegen hatte, war Wasser holen gegangen, was Hans daran erkannte, dass der Binsenflechtkorb, den sie mit Blattwerk ausgepolstert hatten, fehlte. Hans beugte sich über Kuno und streichelte ihm eine Weile das Bäuchlein. Langsam ging die Milch in der Kanne zur Neige, und wie auf Befehl knurrte Hans' Magen. Insgeheim sehnte er den Morgenbrei der Bäuerin herbei.

»Gesa?«, rief er vorsichtig in den Wald. »Hans sieht dich nicht, wo bist du?« Mit Kuno auf dem Arm erhob er sich und ließ seinen Blick durch den dichten Wald streifen. Doch er konnte wegen der engstehenden Tannen und der einsetzenden Dämmerung nicht allzu weit sehen.

Als Kuno zu wimmern begann, legte Hans ihn mit dem Rücken auf den weichen Waldboden, um ihn zu reinigen. Dazu brach er etwas Farn ab, genau wie er es bei Gesa beobachtet hatte, spreizte Kunos Beine und begann zuerst die feuchte Haut um den winzigen Piephahn zu reinigen. Dann machte er sich daran, den Po des Kleinen von der hellgelben Schmiere zu befreien. Sofort hörte er auf zu wischen, als Kuno schon bei der ersten Berührung zu jammern begann. Erst jetzt bemerkte Hans, dass dessen kleiner Po ganz rot war, und dachte dabei unwillkürlich an seinen Rücken, der gut verheilte. »Das tut dir bestimmt weh.«

Er wollte nicht, dass der kleine Mann Schmerzen litt, wusste aber von Gesa, dass Kuno immer gereinigt werden musste, sollte er nicht ernsthaft erkranken.

So fuhr er mit der Reinigung, wenn auch so behutsam wie möglich, fort. Als er damit fertig war, lag ein Dutzend Farnblätter neben ihm, und ein roter Po blickte ihm entgegen. Mit einem Mal kam er sich hilflos vor. »Gesa!«, rief er nun lauter, erhielt aber keine Antwort. Außerdem war Kunos Körper immer noch so ungewöhnlich warm wie an dem Tag, an dem Gesa den Kleinen tagsüber im Hühnerstall behalten hatte. Beunruhigt legte er Kuno auf den ihm vertrauten Umhang und schob ihm dann etwas Moos unter den Po und zwischen die Beine. Dergestalt gewickelt nahm er Kuno wieder auf den Arm und streichelte ihm über das Köpfchen, was Kuno etwas beruhigte. Die Quelle war doch gar nicht so weit weg. Wo blieb Gesa nur so lange?

Da kam sie plötzlich wie ein Pfeil auf ihn zugeschossen. Ohne eine Erklärung entriss sie ihm Kuno, presste das Kind fest an ihre Brust, packte Hans an der Hand und zog ihn einen scharfen Abhang hinunter hinter sich her. Die Bäume standen hier so dicht, dass Hans befürchtete, jederzeit gegen einen Stamm zu schlagen, doch Gesa lenkte ihn geschickt durch die Lücken. Auf halber Höhe des Abhangs lag eine umgestürzte Tanne mit schräg aus dem Erdboden ragendem Wurzelwerk, hinter dem Gesa mit Kuno und Hans in Deckung ging.

»Was ist los?«, wollte Hans aufgeregt wissen.

Doch Gesa hob nur stumm den Finger und bedeutete ihm, still zu sein und konzentriert zu lauschen.

Hans horchte, konnte außer Kunos leisem Wimmern jedoch nichts hören.

Hastig schob Gesa ihren kleinen Finger in Kunos Mund, und nun vernahm auch Hans die Geräusche. Zunächst waren sie im Atem des Waldes – dem Rauschen und Knacken der Bäume – untergegangen. Doch nun wurde das Pochen auf dem Waldboden immer lauter.

»Ein Reiter?«, fragte er Gesa im Flüsterton.

Gesa nickte. Das dumpfe Auftreffen der Hufe auf moosigem, nadeligem Untergrund kam näher, Gesa meinte sogar zu spüren, dass der Boden unter ihren Füßen vibrierte. Der Reiter konnte hier nicht schneller als im Schritt vorankommen. Oberhalb des Abhangs, wo sie zuletzt noch geschlafen hatten, verstummte der Hufschlag.

»Ich kriege Euch, ihr räudiges Diebesgesindel!«, vernahm Hans Emmerichs Stimme und schlug sich entsetzt die Hand vor den Mund. Wie kam Emmerich nur hierher, und was wollte er von ihnen?

»Ihr glaubt, ihr seid sicher im Wald?«, hörte er den Knecht da auch schon erneut brüllen und malte sich aus, wie dieser mit hochrotem Gesicht durch die Tannen stapfte. »Glaubt ja nicht, dass ihr euch ewig vor mir verstecken könnt!«

Noch immer erschrocken schaute Hans Gesa an. Ihre geschlossenen Augen und ihr heftig gehender Atem verrieten ihm, dass sie wohl wusste, warum Emmerich ihnen gefolgt war und sie sich in höchster Gefahr befanden. Tatsächlich glaubte Hans nun, trotz des bemoosten Waldbodens Schritte zu hören, die sich ihrem Wurzelversteck näherten.

»Ihr seid so dumm gewesen, unterwegs meinen Umhang liegen zu lassen!«, rief der erste Knecht nun. »Aber noch viel dümmer war es, ihn überhaupt erst zu stehlen!«

Das Stück Stoff schien Emmerich viel zu bedeuten, wenn er sie deswegen sogar bis hierher verfolgte. Hans hatte den Umhang irgendwann am zweiten Tag ihrer Flucht im Moor verloren. Drei Tagesmärsche lag der Moorhof mittlerweile entfernt.

»Für jeden einzelnen meiner Silberpfennige werdet ihr aufkommen!«, riss Emmerichs Stimme Hans aus seinen Gedanken. Das war es also! Hans warf Gesa einen erschütterten Blick zu. Da schickte der erste Knecht seinen Worten einen solch kraftvollen Brüller hinterher, dass Hans im Loch hinter der Wurzel meinte, über ihm wüte ein Berserker.

Bestürzt duckte sich Hans tiefer in das Versteck und damit enger an Gesa heran. Die Augen noch immer geschlossen, rührte sie sich nicht.

Hans wusste nicht mehr, wie lange sie zu dritt schon in dem Wurzelversteck ausharrten. Zumindest war die Nacht inzwischen grau über ihnen hereingebrochen. Ein Umstand, der Emmerich glücklicherweise dazu brachte, zu seinem Pferd zurückzukehren und wieder aufzusitzen.

Erst als Gesa sicher war, dass die Hufschläge weit genug von ihnen entfernt waren, öffnete sie die Augen. Kuno war an ihrer Brust eingeschlafen. Hans hockte neben ihr, sagte aber eine ganze Weile kein Wort.

»Gesa?«, fragte er schließlich leise, auch um Kuno nicht zu wecken. »Von welchen Silberpfennigen hat Emmerich gesprochen?« Verwirrt beobachtete er, wie Gesa etwas aus ihrer Hemdtasche zog und es ihm hinhielt. Noch immer im Wurzelversteck kniend starrte er den Gegenstand, es musste wohl eine Art Beutel sein, wie das noch schlagende Herz Christi an.

»Hans weiß nicht, was das ist.«

Gesa drückte ihm den Lederbeutel in die Hand.

Hans hielt ihn gegen das Mondlicht, führte ihn ganz nahe an seine Augen und beschaute ihn zunächst von außen. Dann lockerte er die Schnürung und blickte hinein. Ein Haufen Silbergeld schimmerte ihm entgegen. Zunächst war er beeindruckt, nach einer Weile fragte er dann: »Woher hat Emmerich das Geld?« Die Bauern hatten ihnen nie Lohn, sondern nur Kost und ein Lager für ihre Arbeit gegeben.

Gesa zuckte mit den Schultern. Ihre Ahnung verschwieg sie.

Hans' Staunen wandelte sich in Entsetzen. »Und das ganze Geld hast du ihm gestohlen?« Blanke Furcht stand ihm nun ins Gesicht geschrieben.

»Für Kuno«, entgegnete Gesa leise. Sie hatte fest versprochen, für ihn sorgen.

»Aber es gehört Emmerich«, entgegnete Hans und reichte Gesa das Diebesgut. »Wir müssen es ihm zurückgeben.«

Doch Gesa nahm es nicht wieder an sich. Stattdessen erhob sie sich aus ihrem Wurzelversteck und vertrat sich die steif gewordenen Beine. Mit dem Rücken zu Hans antwortete sie bestimmt: »Kuno soll nie hungern müssen!« Schon bald würden sie das Geld brauchen, um Milch für Kuno zu besorgen.

Hans schluckte und schnürte den Lederbeutel wieder zu.

»Wir müssen Emmerich entkommen«, sagte Gesa, die in der Schwärze der Nacht beinahe mit den Bäumen verschmolz. Als wäre sie ein Teil des Waldes. Als gehörte sie hierher.

»Warte«, bat Hans.

Gesa drehte sich zu ihm um. Kuno schlief noch immer an ihrer Brust.

»Kuno ist krank«, erklärte er, kam nun ebenfalls hinter der Wurzel hervor und trat auf sie zu, um ihr den Kleinen abzunehmen.

Sie ließ es geschehen.

Vor ihren Augen wickelte er den Kleinen aus dem Umhang, packte das Moos beiseite, hob ihn ins Mondlicht und zeigte ihr den roten Po. »Wir brauchen jemanden, der weiß, was das ist und wie wir es wieder wegbekommen, damit er nicht stirbt.«

Gesa wagte nicht auszusprechen, was nun unausweichlich war.

Hans war schließlich derjenige, der sagte: »Um Kuno zu helfen, müssen wir in eine größere Siedlung gehen und dort vielleicht auch länger bleiben.«

Verzweifelt ließ sich Gesa aufs Moos sinken. »Unter Menschen?«, flüsterte sie. Immer hatte sie den Kontakt zu ihnen gemieden. Nur kurz Milch für Kuno zu kaufen hätte sie noch über sich gebracht. Doch der einzige Ort, an dem sie leben wollte, war für sie der Wald. Keine menschliche Ansiedlung,

und schon gar keine größere wie ein Dorf oder eine Stadt.
»Hans ist sicher, dass uns hier im Wald keiner helfen kann.
Hier wohnt ja niemand«, setzte Hans nach.
Unschlüssig schaute Gesa zuerst auf Kunos Po und dann zu
Hans zurück. Sie erschauderte.

* * *

Mit geschlossenen Augen sog Uta die Aromen von Myrrhe
und Wacholder ein. Die Utrechter Kathedrale war so überfüllt, dass ihr erst in diesem Moment bewusst wurde, wie viele
Menschen hinter den Mauern der bislang so einsam und farblos wirkenden Stadt doch leben mussten. Zudem waren mit
jedem Tag nach des Kaisers Tod weitere Trauernde eingetroffen und in den Häusern und Herbergen aufgenommen worden. Sie alle standen nun hinter ihr in der gedrungenen, düsteren Kathedrale. Einzig den für die Totenmesse in einem Eichensarg aufgebahrten Kaiser sah Uta in der Mitte des
Gotteshauses vor dem Altar leuchten. Die vorangegangene
Entnahme der Organe sowie die Einbalsamierung seines Körpers sollten dessen fortschreitenden Verfall bis zur Grablegung in Speyer hinauszögern.
Sieben Bischöfe beleuchteten mit ihren Kienspänen in eigens
dafür gefertigten goldenen Halterungen den aufgebahrten
Herrscher. Die sieben Lichtquellen – die einzigen in der gesamten Kathedrale – sollten so lange nicht erlöschen, wie die
sterbliche Hülle in Speyer nicht ihre letzte Ruhe gefunden
hatte. Beschienen vom warmen Licht der Flammen und unter
einem von vier kostbar verzierten Pfosten getragenen Balda-
chin liegend, wirkte der Kaiser, als habe er sich lediglich zur
Ruhe gebettet. Unter dem kostbaren purpurnen Leichentuch,
einem einstigen Schleier Giselas, trug Konrad Mantel und
Beinlinge aus byzantinischer Seide sowie Lederschuhe. Sein

Haupt ruhte auf einer Bleiplatte, die seine Regierungszeit und den Todestag angab. Die Krone auf seinem Kopf verwies auch über den Tod hinaus auf seine Würde. Eine Würde, die ihm die Grablegung seiner Eingeweide in der hiesigen Bischofskirche ermöglichte und die das Leben in Friesland, dem äußersten nordwestlichen Zipfel seines Reiches, für einige Tage zum Stillstand gezwungen hatte.

Aus der gleichen goldbestickten, purpurfarbenen Seide wie das Leichentuch war auch Giselas Gewand gefertigt, das ihr von der Brust bis auf die Füße hinabfiel. Gefasst wandte sich Gisela von Konrad ab und zu Ekkehard, Hermann und Uta um, die direkt hinter ihr standen. Lediglich Heinrich, der Bischof von Freising sowie Wipo hatten neben Gisela Aufstellung nehmen dürfen und waren genau wie diese nur fünf Schritte vom kaiserlichen Leichnam entfernt.

Dem Kölner Erzbischof Hermann II., den Kaiser Konrad erst vor drei Jahren in sein Amt erhoben hatte, war die Ehre zuteilgeworden, die Totenmesse liturgisch zu begleiten.

Die Totenmesse in Speyer abzuhalten hatte Gisela dem Mainzer Erzbischof Bardo übertragen. Seit ihrer Krönung zur Königin wusste Gisela, dass die Erzbistümer Köln und Mainz um Ritualrechte stritten, und glaubte durch diesen Schachzug bereits im Vorfeld Unstimmigkeiten zwischen den beiden Geistlichen unterbinden zu können. Eine Lehreinheit, die sie Heinrich zur Berücksichtigung längst mitgegeben hatte.

»Der erlauchte Konrad war Förderer des Friedens und Wohltäter der Menschen«, betonte der Kölner Erzbischof, während er das Kupfergefäß mit den Innereien des Kaisers in einen Steinsarkophag niederließ und danach die Deckplatte über diesen schieben ließ.

Er beendete die Messe schließlich mit den Worten: »Ist ein Herrscher tot, so bleibt sein Reich doch bestehen, ebenso wie ein Schiff bleibt, dessen Steuermann vergangen ist.«

Ohne Verzögerung hatte sich der Trauerzug nach der Beurkundung einiger Schenkungen zum Ufer des Rheines aufgemacht. Mit Gütern und Rechten hatte Heinrich die Utrechter Kathedrale bedacht, damit in den kommenden Jahren am Sterbetag des Vaters für dessen Seelenheil angemessen Zuspruch und Fürbitten geleistet werden würden.

Am Ufer des Rheines lagen dreizehn Schiffe mit geschlossenem Deck, wovon eines, ein Dreimaster mit erhöhter Bahre und flachem Boden, besonders herausragte. In seinem verbreiterten Heck würden die Kaiserin und ihre engsten Begleiter, darunter auch Uta, Hermann und Ekkehard nächtigen. Der Rest der Naumburger Reisegruppe nahm den Landweg und würde in Speyer für die gemeinsame Heimreise wieder auf das Markgrafenpaar treffen. Auch Schwester Margit war unter den Landreisenden, und sie war froh darüber, wusste sie doch aus Erfahrung, dass ihr Magen zu Wasser schnell rebellierte.

Die sieben Bischöfe trugen die sterblichen Überreste des Kaisers für dessen letzte Reise rheinaufwärts auf den Dreimaster. Gisela und Heinrich traten vor den Sarg und senkten demütig die Köpfe. Tagsüber würden sie die Totenwache halten. In den Nächten wechselten sich die Bischöfe ab.

Mit sechs Schiffen vor und hinter dem kaiserlichen Dreimaster verließ das Trauerkondukt Utrecht. Gesteuert wurde das Schiff mittels eines schweren Senkruders, das am Heck der Steuerbordseite angebracht war.

Für Uta war es die erste Reise zu Wasser, und sie war überwältigt davon, wie das Schiff scheinbar schwerelos auf dem Fluss dahinglitt, was durch das Ausbleiben heftiger Sommerwinde ermöglicht wurde. Der Rhein schien ihr langsam zu fließen, das Flussbett war breit und der Strom mäanderte. Sie hatte gehört, dass auf dieser Strecke kaum feste Fahrrinnen existierten, weil die Hauptströmung ihren Verlauf häufig änderte. Damit konnten ihnen Sandbänke und Untiefen gefährlich werden. Trotz der Trauer im Herzen spürte Uta doch auch Befreiung in sich. Befreiung darüber, dass die Kaiserin den Verlust so würdig trug und sie selbst bald wieder in Naumburg sein würde, Befreiung darüber, dass sowohl Margit als auch Hermann lebten und dass ihr Konflikt mit dem König vorerst ausgesetzt war. Der Blick vom Schiff in die Landschaft war sagenhaft: Feuchtwiesen und Auen wechselten sich mit Moorlandschaften ab. Zwischen Ufer und Fluss schien ein ständiges Ringen um Raum stattzufinden: Immer wieder drückte das Wasser gegen die Böschung, als sei es mit jedem Schub darauf aus, sich noch ein paar Körner mehr Erde einzuverleiben. Mit jeder Rückbewegung schien es gleichsam die Totengesänge des aufwartenden Volkes vom Ufer auf das Schiff zu tragen. Der Fluss selbst schimmerte gold und silbern. Wie ein großer Teppich voller Münzen, dachte Uta. Die erste Nacht auf dem Schiff fiel sie in einen ruhigen Schlaf.

Ihr Steuermann war ein Friese fortgeschrittenen Alters mit struppigem Bart. Er verkündete am kommenden Morgen nicht unerwartet und in gebrochenem Deutsch: »Wir müssen treideln.« Während sich die ihnen entgegenkommenden Schiffe ohne Kraftanstrengung stromabwärts einfach bis an ihr Ziel treiben lassen konnten und nur in der Strömung gehalten werden mussten, waren die kaiserlichen Schiffe bei ausbleibendem Wind darauf angewiesen, von zahlreichen Ochsengespannen und Pferden an langen Seilen stromaufwärts gezogen zu werden.

»Der Treidelweg befindet sich linksrheinisch«, erklärte der Friese noch und wies seine Bootsmänner gleich darauf an, unzählige Taue am Treidelmast direkt vor dem vordersten Segel zu befestigen und diese dann an Land zu werfen.

Kaiserin Gisela und Heinrich standen während des Treidelns unbeirrt am aufgebahrten Sarg. Niemand wagte sich in ihre Nähe.

In angemessenem Abstand sprachen die Mitreisenden Gebete. »Gisle«, meinte Uta die Kaiserin manchmal flüstern zu hören, wenn sich diese bei Einbruch der Abenddämmerung vom Toten verabschiedete und in ihre Kammer am Heck begab. Begleitet vom Flügelschlagen der Seeschwalben lächelte Uta ihr in diesen Momenten zu, ließ sie mit Blicken wissen, dass sie da war. Hermann und Ekkehard verhielten sich ähnlich zurückhaltend.

Erst nach der Reise sollte Uta bewusst werden, dass die Tage auf dem Fluss die einzigen gewesen waren, an denen sie nicht über Hermanns Schicksal und seinen Kampf mit sich selbst gegrübelt hatte. Die Zeit auf dem Fluss war Uta einzig und allein für die Kaiserin da gewesen. Auch ohne Worte.

In den kommenden Tagen gab es beim Treideln immer wieder Unterbrechungen, bedingt durch Bach- oder Flussläufe, die in den Rhein mündeten. Wo die Düssel in den Rhein floss, verschwand der Pfad sogar einmal ganz und setzte sich dann urplötzlich auf der anderen Uferseite fort.

Immer mehr Volk begleitete die kaiserlichen Schiffe inzwischen zu Lande. Die Menschen reisten mit ihnen, umringten die Treidelführer und Tiere, beteten und sprachen Fürbitten für den Toten. Auch in den Nächten vernahm Uta die Stimmen der Trauernden am Rheinufer, sie sangen für ihren Herrscher. Ihre Stimmen waren kraftvoll. Und für einen Moment schien es Uta, als weile Konrad noch unter ihnen.

Nach sieben Tagen Flussfahrt erreichte der kaiserliche Leichnam die Stadt Köln. Es war ein heißer Sommertag. In den schmalen Kammern war die Luft stickig, Schlaf zu finden kaum möglich. Von Deck aus betrachtete Uta die Stadt. Wie ein von Menschenhand gestutztes Gebirge schob sich die Kathedrale in ihr Blickfeld. Uta hatte gehört, dass das Gotteshaus schon zu Zeiten Kaiser Karls des Großen vor fast zweihundertfünfzig Jahren errichtet worden war. Kurz erfasste ihr bauzeichnerisch geschulter Blick die Grundform aus östlicher Perspektive: vermutlich eine dreischiffige Basilika wie in Naumburg, auch erinnerte sie die Apsis am Ostchor an die eigene Kathedrale. Als Nächstes sah sie, wie der kaiserliche Sarg vom Schiff hinabgetragen wurde.

Der Weg des Trauerzugs, angeführt vom erzbischöflichen Kreuzträger Hermann II., der schon in Utrecht die Messe gelesen hatte, wurde von Tausenden von Menschen gesäumt. Dahinter wurde der Sarg von den sieben Bischöfen getragen, denen Gisela und Heinrich sowie die weltlichen und geistlichen Fürsten folgten. Gemeinsam sangen sie die Sterbeliturgie, bis der Sarg weit nach Sonnenuntergang vor den Toren der Kathedrale zum Stehen kam. Dort hatten sich weitere Bischöfe eingefunden. Uta erkannte die Bistumsvorsteher aus Verden, aus Minden, Bamberg und Speyer.

Bisher war Uta die Reise wie ein einziger langer Tag in eine andere Welt vorgekommen. Von irgendwoher ertönte immer Gesang; Wacholder und Myrrhe waren inzwischen in jede Faser ihres Gewandes gekrochen. Sie meinte sogar, den Geruch des Nachts wieder auszuschwitzen.

Als sich die Tore der Kathedrale knarrend öffneten, traute Uta ihren Augen nicht: König Heinrich entledigte sich seines Schuhwerkes und bedeutete Bischof Bernulf von Utrecht, dessen Stelle als Sargträger einnehmen zu wollen. So wurde Kaiser Konrad auf den Schultern seines Sohnes bis vor den Altar getragen. Diese demutsvolle Ehrerbietung wurde vom Trauergeleit mit offener Verwunderung und noch innigeren Gebeten begleitet.

Während der Kölner Erzbischof eine Messe las, meinte Uta auf einmal, die Worte Wipos zu vernehmen, der die Begleitung des Trauerzugs aufgrund einer plötzlichen Schwäche für ein paar Tage unterbrechen musste. »Demut wird von einem Herrscher gefordert, der in der Nachfolge Christi steht und zum Stellvertreter des Gekreuzigten auf Erden berufen ist«, hatte es im vorderen Teil seiner Lehrschrift *Die Taten Konrads* geheißen. Und demütig hatte Heinrich den Sarg seines Vaters getragen. Utas Blick haftete auf dem Toten, der in der kommenden Nacht vor dem Altar ruhen würde, während König Heinrich und die sieben Bischöfe die Totenwache hielten.

Am folgenden Morgen, Uta hatte gerade etwas Kapaun und verdünnten Wein zu sich genommen, ließ Gisela ihnen mitteilen, dass der Trauerzug unmittelbar aufbreche, um weiter rheinaufwärts zu fahren. Die vergangene Nacht sollte die einzige bleiben, in der die Kaiserin Schlaf fand. Sie hatte in den Gästegemächern des Erzbischofs gelegen, während Uta, Ekkehard und Hermann zwar im gleichen Haus, jedoch im unteren Geschoss untergebracht worden waren.

Das Vorankommen im mittleren Rheintal war beschwerlich. Der Dreimaster musste mehrmals in aufwendigen Treidelaktionen aus Untiefen gezogen werden. Das Flussbett war hier noch flacher und unwägbarer. Steile Hänge aus dunklem Schiefergestein fingen tagsüber Sonnenwärme auf und gaben sie nachts wieder an die Umgebung ab.

Der Rhein trug den Kaiser nach dreizehn weiteren Tagen und Sterbeprozessionen in Andernach, Mainz und Worms schließlich in den Heimathafen Speyer. Des Reiches Vasallen waren nunmehr allesamt versammelt und starrten auf den im Gesicht und an den Händen wächsern erscheinenden Herrscher, dessen Gebeine am Tag nach der Ankunft in der Krypta der speyerschen Kathedrale zu Grabe getragen wurden.

»Des Friedens Sämann und der Stadt Roms Wohltäter«, las Uta die Inschrift auf der Grabkrone und schaute sich in der Krypta um. Ein wahrhaft riesiger Raum, fand sie, der allein schon so groß wie die Querhausarme der Naumburger Kathedrale war. Ansonsten ragten von dem Speyerer Bauwerk bisher erst die Grundmauern des Ostchores aus der Erde heraus.

»Gisle«, hörte Uta die Kaiserin mit bebenden Lippen am Grab flüstern, in ihr purpurgoldenes Gewand gehüllt. Kaum erkennbar bewegte Gisela die zitternde Hand ein Stück weit auf den Geliebten zu. Dies war auf Erden der endgültige Abschied, den sie mit unsichtbaren Tränen beging.

Auch Uta zitterte, als der Eichensarg des Kaisers an Seilen in einen Sarkophag auf dem Kryptaboden eingelassen wurde. Ihre Glieder fühlten sich unbeweglich an, in ihren Ohren wollten die Totengesänge nicht verstummen. Auch sie würde einige Zeit brauchen, um ihre Trauer zu überwinden.

Nach der Grablegung zog sich die Kaiserin mit den engsten Vertrauten auf jene Burg im Speyergau zurück, welche Uta aus ihren Jahren als Giselas Hofdame vertraut war.

Zwei Tage später ließ sie Uta und den Gatten zu sich in ihre Kammer bitten, die an das eheliche Schlafgemach angrenzte und die sie für Ruhephasen und das Studium von Büchern nutzte.

Dort stand ihr Sohn Heinrich an den Kamin gelehnt – das schwere, büßerähnliche Gewand hatte er inzwischen gegen eine leichte Seidentunika in zukunftsweisendem Purpur getauscht. Gisela saß auf einem Stuhl und bat Uta, neben ihr Platz zu nehmen. Ekkehard trat nach der protokollarischen Ehrerbietung ebenfalls an die Feuerstelle. Die Nähe zum König tat ihm gut, die nun offizielle Kaiserinwitwe betrachtete er reserviert.

»Wir danken Euch für die Begleitung des Trauerzuges«, waren die ersten Worte, die Gisela an ihre Gäste richtete. Ihre Augen blitzten. »Ich wünsche, dass wir alle Anstrengungen unternehmen, damit sich der Regierungswechsel ohne Schwierigkeiten vollziehen kann.«

Ekkehard nickte. »Natürlich.«

Heinrich strich sich durch das gescheitelte schwarze Haar. »Seid Ihr zu Eurer Zufriedenheit untergebracht?«, fragte er an Ekkehard gewandt.

»Vielen Dank, Königliche Hoheit«, entgegnete dieser. »Alles ist zu unserer größten Zufriedenheit.«

Dies konnte Uta nur bestätigen. Die Kaiserin hatte ihr jene Kemenate zukommen lassen, in der sie früher mit Adriana, einer weiteren Hofdame, genächtigt hatte und in der Schauergeschichten grassiert und unbeschwerte Diskussionen ausgefochten worden waren. Uta fühlte sich geborgen in diesen Mauern – vielleicht auch deswegen, weil sie dank Wipos Worten zuversichtlich war, die Spannung, die zwischen ihr und dem König herrschte, lösen zu können.

»Heinrich wird in zwanzig Tagen in Aachen mit dem gewohnten Zeremoniell den Thron besteigen«, sagte Gisela.

»Und Ihr, Markgraf Ekkehard«, ergänzte Heinrich und hob sein Kinn an, »werdet mich begleiten!«

Ekkehard verbeugte sich. »Es ist mir eine Ehre.«

»Wir haben besprochen«, übernahm Gisela wieder das Wort, »dass ein Umritt wie zu unseren Zeiten zur Anerkennung von Heinrichs Herrschaft nicht notwendig ist. In den nächsten Jahren wird er ohnehin sämtliche Reichsteile aufsuchen.« In Giselas Lächeln lagen die Wärme und das Wohlwollen einer liebenden Mutter.

Heinrich konnte ihre Worte nur noch bestätigen. »So haben wir es besprochen.« Meine Zeit ist gekommen, bestärkte er sich und betrachtete stumm das Antlitz seiner Mutter. Er fand, dass die Trauer sie um keinen Tag hatte altern lassen, stolz und souverän, wie früher an des Vaters Seite, sprach sie zur Runde. »Deine Politik, mein Sohn, wird insbesondere darauf abzielen, die unterschiedlichsten Interessen des Adels auszugleichen. Du wirst die Verbindung zu den Großen außerhalb deines engsten Einflussbereiches stärken. Bis auf die zu den Sachsen.

Die wirst du entmachten müssen, anders bekommen wir sie nicht unterworfen.«

Ekkehard nickte Gisela bejahend zu, dann sprach er zu Heinrich: »Bisher hatte sich die Möglichkeit noch nicht ergeben, Euch zu berichten, aber in einigen sächsischen Bistümern wird offen von Kriegsdienstverweigerung gesprochen. Herzog Bernhard II. tritt Euren Friedensbefehl ganz offensichtlich mit Füßen.«

Heinrich straffte sich. Der Meißener war der erste Berater, der sich nicht ausschließlich auf seine Mutter konzentrierte, sondern den Übergang der Macht auf ihn begriffen zu haben schien. »Immer wieder die Sachsen.« Es war Gisela, die antwortete. »Sie müssen endlich verstehen lernen, dass die Zeit von Magdeburg und Paderborn vorbei ist. Speyer ist das neue Magdeburg und neben Rom nun Reichsmittelpunkt.«

Heinrich beeilte sich mit seinem Wortbeitrag, bewegte sich aber nicht vom Kamin weg. »Ich gedenke insbesondere bei der Neuvergabe von Herzogtümern, alte oppositionelle Seilschaften aufzulösen. Meine beiden Herzogtümer Schwaben und Bayern und jedes zusätzlich frei werdende Herzogtum werde ich an befreundete Landesfremde ohne innerdeutsche Verbindungen vergeben, so dass sie auf mich angewiesen sind, anstatt sich gegen mich zu verbünden und aufzubegehren.«

Gisela lächelte zufrieden. Genauso hatten sie es zu Konrads Lebzeiten besprochen. »In Italien stützt sich Heinrich weiterhin auf die Reichskirche. Verstärkt wird er deutsche, ihm vertraute Bischöfe an die Spitzen italienischer Bistümer setzen.«

»Ich werde die Welt verchristlichen!« Heinrich hob die Hand wie zur Segnung. »Viele Klöster werden Reichsklöster und damit dem Einfluss des Laienadels entzogen.«

Er sieht sich als Weltenrichter, durchfuhr es Uta, und doch ist er in Anwesenheit seiner Mutter ein anderer als damals in Naumburg.

»Und wo wir schon einmal beim Thema Kirche sind«, Gisela
war versucht, kurz die Augen zu schließen, »Heinrich wird
unsere Familienkathedrale fertigbauen.« Giselas Worte rissen
Uta aus ihrer Grübelei. »Und bei alldem zählen wir auf Eure
ausdrückliche Unterstützung Markgraf, Markgräfin.« Zuletzt ruhte ihr Blick wohlwollend und vertraut auf Uta. Gisela
lächelte.

Uta und Ekkehard versicherten Gisela und Heinrich ihrer
Unterstützung, wo es nur immer möglich sein würde.

»Nicht einmal der große Kaiser Karl hat bei seinem Regie-
rungsantritt eine derart breite, gesicherte Machtbasis besessen.
Die Marken und Herzogtümer des ostfränkischen Reiches
und ebenso Burgund halten still. Selbst im aufrührerischen
Italien gibt es keine größeren Unruhen mehr.« Die Kaiserin
erhob sich und trat neben ihren Sohn an den Kamin. Er war
die Frucht ihrer jahrelangen Bemühungen. Sie schaute ihn
stolz und erwartungsvoll an, das blonde Haar schimmerte unter ihrem Schleier hervor. »Das dreieinige Reich ist gesund. In
ihm muss der Frieden gewahrt werden.«

Heinrich war nahe daran, sie vor den Gästen darauf hinzuwei-
sen, dass die Regierungsgeschäfte nun in seinen Händen lagen.
Doch er brachte es nicht übers Herz, sie in ihrem Einsatz für
das Reich zu dämpfen. »Danke«, sagte er deshalb nur, und seine Stimme klang zärtlich.

Gisela strich ihm fürsorglich über die Wange. Dann aber
wandte sich Heinrich ab und ging zu Uta hinüber, die noch
immer auf ihrem Sessel saß.

»Einen letzten Wunsch zur Unterstützung meiner Herrschaft
habe ich noch.« Wenn er schon nicht die Mutter lenken konnte, wollte er zumindest in einer anderen Sache Herrscher sein.
»Mein geschätzter Lehrer Wipo brachte mir mit seinen Merk-
versen bei, dass der Herrscher Gesetze macht. Sein Wort also
Gesetz ist, Markgräfin.«

Uta schaute zu Heinrich auf. Die friedliche Stimmung, die die Trauerfeierlichkeiten in ihr hervorgerufen hatten, war dahin. Lehrte Wipo nicht auch, dass jede Herrscherfunktion durch die Zügel der Gerechtigkeit gebändigt sein sollte? Sich also stets an gerechtem Handeln messen lassen musste? Doch sie sagte nichts. Schließlich war, das hatte sie verstanden, die Umsicht eine bessere Gefährtin als die Leidenschaft.

»Ich bin der Gesalbte des Herrn und wünsche, dass Markgräfin Uta einen besonderen Teil zu meiner Herrschaft beiträgt«, erklärte Heinrich und sein Blick ruhte dabei auf Uta, die sich nun aus ihrem Stuhl erhob.

Gisela trat hinter Heinrich, schwieg aber noch.

»Markgräfin Uta, ich wünsche, dass Ihr Euch zukünftig meinen Befehlen und meinem Gericht«, die folgenden Worte betonte er besonders, »o-h-n-e W-i-d-e-r-s-p-r-u-c-h beugt.«

Uta senkte den Kopf. »Gewiss, mein König«, versicherte sie schuldbewusst und doch auch hoffungsvoll. Beides, das Neue und Gott gehörten zusammen, sie widersprachen sich nicht. Auch das hatte Wipo den jungen König gelehrt.

Heinrich spürte die Hand seiner Mutter auf dem Rücken, zwang sich aber, den mit dieser Geste verbundenen Wunsch auszublenden. Stattdessen betrachtete er Uta lange in dieser unterwürfigen Haltung. »Wir werden zum Feste Allerheiligen nach Naumburg kommen und dann über Euer Vergehen urteilen, mein Verbot und damit ungeschriebenes Gesetz umgangen zu haben.«

Den Kopf noch immer geneigt, zuckte Uta zusammen. Ausgerechnet an Allerheiligen? Der Vorabend dieses Tages hatte ihr vor sieben Jahren bei einem Brand im Ostchor geliebte Menschen genommen. Der Tag vor Allerheiligen hatte auch im vergangenen Jahr nicht mehr Glück für sie bereitgehalten, denn Hermann war spurlos verschwunden.

Gisela trat nun neben Heinrich. »Mein Sohn«, verstärkte sie

ihre zuvor wortlosen Bemühungen. »Es gibt dringendere Sachen im Reich, die deines Richterspruches bedürfen. Denke an den sächsischen Adel.«

»Mutter, lass mich dies auf meine Weise lösen.« Die liebevolle Stimme ihres Sohnes war bei diesen Worten fordernder geworden. Zumindest in unpolitischen Angelegenheiten wollte Heinrich losgelöst von ihrer Einschätzung und Erfahrung auf seine eigene Art handeln dürfen. Oblag es nicht jedem Herrscher, seinen eigenen Stil im Umgang mit den Untergebenen zu entwickeln?

✳ ✳ ✳

In der Hoffnung, Hinweise auf sein Schicksal zu finden, schritt Hermann von Naumburg die mächtigen, mit Schriften gefüllten Regale der Bibliothek ab, die er mit Erlaubnis der Kaiserin nach dem gemeinsamen Abendmahl hatte betreten dürfen. Seine Pergamentensammlung mit den Informationen über Vergangenheit und Gegenwart trug er bei sich. Die Anzahl der neu hinzugekommenen Pergamente sagte ihm, dass er in seinem früheren Leben schon einige Zeit hier im Speyergau verbracht haben musste – ganze sechs Blätter hatte er bereits mit Ekkehards Berichten darüber gefüllt. In den Mauern der hiesigen Burg kam ihm jedoch nichts bekannt vor.

In der Bibliothek sog er tief die Luft ein, roch altes Holz und Pergament. Die schmuckvollen Bücherrücken mit ihren grünen, goldenen und silbernen Mustern erinnerten Hermann an ein Labyrinth, ähnlich seinen Gedanken. Nach genauerem Hinsehen vermochte er jedoch ein Ordnungssystem auszumachen.

Er stellte sein Talglicht auf den Boden und zog ein Buch mit einer elfenbeinernen Schnitzung am Rücken hervor, das mit dem Buchstaben K versehen war. »Eine Abschrift des zweiten

Konzils von Nicäa.« Daneben fanden sich noch viele andere Bücher, die sich kirchenrechtlicher Aspekte annahmen. Hermann zählte mehr als vierzig, die ebenfalls mit einem K auf dem Rücken versehen waren. Weitere Bücher im vorderen und hinteren Teil des Regals zeigten den Buchstaben E und P, einige auch M.

Das Buch mit der besonderen Schnitzung in der Hand, ließ sich Hermann am Ende des schweren Regales an einem Tisch nieder, auf den er auch sein Talglicht stellte. Dann öffnete er das Buch und erkannte bestes Kalbspergament.

Nachdem er weitere Bücher mit dem Buchstaben M auf dem Rücken durchgeblättert hatte, war die Dämmerung bereits fortgeschritten. Hermann beschaffte sich ein zweites Talglicht, ging wieder ans Regal und beugte sich alsbald über die Übersetzung einer Aristoteles-Schrift mit der Notierung M-8. Der Name des Autors kam ihm bekannt vor, auch wenn er sich nicht entsinnen konnte, jemals etwas von ihm gelesen zu haben. Aristoteles hatte auch viel mit Medizin zu tun gehabt, das wusste er noch, und das war wohl auch der Grund, weswegen ein kluger Kopf das Buch mit einem M versehen hatte. Einige Seiten überflog er, andere studierte er mehrmals wortwörtlich. Das Latein las er ohne die geringste Schwierigkeit, der Übersetzer hatte einen flüssigen, wenig komplizierten Stil gehabt. In der Ruhe der Kammer erlag Hermann der Anziehungskraft des jahrhundertalten Wissens, und schon bald war er in die Ausführungen über die Kühlfunktion des Hirnes versunken. Nach einer Weile ließ er sich auf den Boden hinab. Mit dem Kopf auf der Schrift nickte er schließlich ein.

Erschrocken fuhr er nach einiger Zeit auf, als er ein höfliches Räuspern vernahm. Sein Blick wanderte zur Mitte des Regals, wo er das Geräusch verortet hatte. Dort entdeckte er eine zierliche Gestalt und ein Gesicht, dessen Ausstrahlung er nicht einmal annähernd auf sein Pergament hatte bannen können.

Schönheit ist besonders schwer zu zeichnen, dachte er sich. Viel schneller vermochte ein flüchtiger Strich Schönheit zu nehmen als zu geben. Einige Nächte hatte er die Linien ihres Gesichts angestarrt und sich dabei nach Ruhe und Frieden verzehrt.

»Erlaucht Hermann«, sprach Uta ruhig. »Ich wagte nicht, Euch zu wecken.«

Verlegen wie ein junger Bursche schüttelte Hermann den Kopf. »Ver... verzeiht. Ich muss über dem Aristoteles eingeschlafen sein.«

Uta unterdrückte ein Schmunzeln angesichts der Situation, die sie so schon einmal, allerdings mit vertauschten Rollen, in der Bibliothek von Vercelli erlebt hatte. Damals hatte sie auf dem Boden gesessen und er vor dem Regal gestanden. Und sie war diejenige gewesen, die über den Schriften des Thietmar von Merseburg eingeschlafen war. Und nicht weniger benommen, als er sich in diesem Moment wohl fühlte, war sie damals gewesen, nachdem Hermann sie mit einem Räuspern geweckt hatte. In Vercelli hatte Hermann ihr auch zum ersten Mal von seiner Vision für Naumburg und von seinen Plänen, dort eine Kathedrale errichten zu wollen, erzählt. »Sprecht Ihr von dem griechischen Philosophen?«, erkundigte sich Uta und ging mit ähnlichen Worten, wie er sie einst verwendet hatte, auf Hermann zu: »Mit diesem Buch ist Eure Wahl auf eine interessante Lektüre gefallen. Habt Ihr das Buch bereits studiert?«

»Größtenteils«, entgegnete er, und sein Blick blieb an ihren Haaren hängen, die unter dem Schleier auf Höhe der Hüfte gut zu sehen waren. »Und Ihr? Arbeitet Ihr wieder so spät?«

»Ich bin aufgewacht und konnte nicht mehr einschlafen. Da hat es mich in die Bibliothek gezogen.« So nahe vor seinem Gesicht fielen Uta erst jetzt die tiefen Falten auf, die sich von seiner Nase bis zum Mund hinabzogen und an Stirn und Augen nicht minder stark ausgeprägt waren. Sein Gesichtsausdruck hatte sich verändert. »Früher habe ich viel Zeit hier verbracht«, berichtete sie weiter.

»Früher?«

»Als Hofdame der Kaiserin. Ich war ihre Vorleserin und Archivarin.« Und er ist mir in diesem Moment so greifbar nah, dachte sie, dass ich all meine Kraft aufbringen muss, um ihn nicht zu berühren.

»Dann stammt das M für Medizin von Euch?«, fragte er erstaunt.

»Gewiss«, antwortete sie und wandte sich dann dem Bücherregal zu.

Fasziniert beobachtete er, wie sie mit den Fingern verträumt über die glitzernden Buchrücken strich.

»Konnte Aristoteles Euch helfen?«, fragte Uta nach einem Moment der Stille und drehte sich wieder zu ihm um, ohne dabei die Finger von den Buchrücken zu nehmen.

Hermann löste seinen Blick von ihren – wie er fand – zärtlichen Berührungen, um das Buch vor sich näher zu betrachten. »Aristoteles schreibt, dass das Gehirn die Aufgabe hat, das heißblütige, leidenschaftliche Herz zu kühlen. Die Denkvorgänge und das Bewusstsein sind im Herzen angesiedelt.« Hermann überdachte das Gesagte. »Demnach wurde ich am Herzen verletzt.«

Uta wunderte sich. »Das Gehirn als Organ zur Kühlung des heißen Blutes des Herzens?« Das stand in den Abschriften, die in diesem Moment auf ihrer Bettstatt lagen, ganz anders geschrieben. »Wir glauben eher, dass nicht das Herz, sondern das Hirn unseren Geist und unsere unsterbliche Seele enthält.«

»Wir?«, fragte Hermann und beobachtete, wie ihre Finger von den Buchrücken abließen.

»Alwine, die Krankenschwester des Moritzklosters in Naumburg, und ich. Und wir haben es von Claudius Galenus, dem römischen Arzt. Galen verortet den Geist nicht in den Windungen der Gehirnrinde, denn diese seien bei Eseln besonders komplex.« Sie schmunzelte. »Er meint, dass die Gedanken in den Hohlräumen des Gehirns, in den sogenannten Ventrikeln, entstehen. Von den Ventrikeln fließt der Geist durch Nervenschläuche in die Muskeln und bewegt sie damit. Und bei den Sinnesorganen funktioniert es genau andersherum: Der Geist fließt durch die Nervenschläuche zum Gehirn und erzeugt dort unsere Empfindungen, Vorstellungen und Gedanken.«

Er schaute noch immer auf ihre Finger, die nun mit ihren Haarenden zu spielen begonnen hatten.

»Stellt Euch vor, dass unser Hirn wie ein Fenster ist, durch das wir die Welt betrachten. Das Glas unseres Fensters färben wir durch unsere Empfindungen und Erfahrungen in der Vergangenheit und Gegenwart ein. Nie sehen wir durch eine klare, einheitlich gefärbte Scheibe. Unser Fenster ist unser Kontakt zur Außenwelt und setzt sich aus vielen tausend Glasstücken zusammen. Bunt wie die Pigmente, mit denen unsere Kathedrale ausgemalt wird. Unser Hirn wäre demnach wie ein Lebensraum …« Sie suchte nach Worten, wollte ihm jene Farben schenken, die ihr seine Rückkunft zurückgegeben hatte.

»… den wir vielleicht niemals verlassen können.« Hermann schaute sie eindringlich an.

»Ganz im Gegenteil«, entgegnete Uta leidenschaftlich. »Jedes Fenster erhält mit jedem Lebenstag, mit jeder Begegnung und jedem Eindruck neue Farben. Keines ist dazu verdammt, unveränderbar zu sein. Mit jedem Tag kommt neu Erlebtes, Erkanntes und Gefühltes hinzu.«

Und genau Letzteres löste sie in ihm aus! Seine Wahrnehmung der Welt mittels seiner Sinnesorgane hatte seit ihrem Gespräch in der Arbeitskammer neu begonnen, obwohl Hermann diese Fähigkeiten verloren geglaubt hatte. Und das alles hatten Uta und das Grundrissleder ausgelöst. Auch wenn sein Sehen und sein Hören intakt gewesen waren, glaubte er doch erst jetzt wieder mit den Fingern ertasten, mit der Nase riechen und mit der Zunge schmecken zu können.

»Und weil jeder Mensch andere Eindrücke besitzt – das Fenster täglich neue Farben hinzubekommt –, nimmt auch jeder die Welt auf andere Weise wahr. Auf seine eigene.«

Bis auf eine Handbreit Abstand schob er sich neben Uta vor das Bücherregal. Friedliche Ruhe und loses, dunkelbraunes Haar hatte er bisher mit ihr verbunden. »Neulich vor dem König …«, begann er, anstatt seinem Impuls, nach ihren Händen zu greifen, nachzugeben. »Er sprach von Eurem Ungehorsam. Was habt Ihr getan, dass er Euch derart zürnt?« Hermann sah, wie sich Utas feine Züge auf diese Frage hin verhärteten.

»Das ist eine komplizierte Sache«, entgegnete sie nach einigem Überlegen und fragte sich, ob sie ihn in ihre gemeinsame Vergangenheit einweihen sollte. Aber dann würde er sich ihr gegenüber vermutlich anders verhalten und vielleicht aus dem Gefühl der Verpflichtung heraus sein früheres Versprechen einlösen. Was sie nicht wollte. »Ich bin meinem Herzen gefolgt«, war daher alles, was sie ihm offenbarte.

»Also befindet sich unsere Seele doch im Herzen und nicht im Hirn?«, sagte Hermann und wusste nicht, wie er noch einen weiteren Moment überstehen sollte, ohne sie wenigstens kurz zu berühren.

Uta musste lächeln. »Vielleicht ist unsere Seele ja in jeder Faser unseres Körpers.« Sie spürte ein Flattern in der Magengegend, als er plötzlich ihre Haarenden zwischen seine Finger nahm. In seiner Iris begannen die braunen Punkte zu tanzen.

»Es ist sehr mutig, einfach seinem Herzen zu folgen«, flüsterte Hermann mit tiefer, rauher Stimme. Nach diesen Worten nahm er ihr Gesicht in seine Hände. Mit dem Daumen wischte er über ihre linke Wange. »Ich bewundere Euch, Uta von Ballenstedt.« Er kam ihr noch näher.

Sie schloss die Augen und spürte die Wärme seiner Lippen.

Endlich durfte sie ihn wieder berühren, ihn schmecken und seinen Körper an ihrem fühlen. In diesem Moment war ihr, als ob ihr Kuss in der Krypta der kleinen Burgkirche vor fast einem Jahr erst gestern gewesen war.

Sie lösten ihre Lippen voneinander.

»Ich sehe Euch aus meinem inneren Fenster in gelben, weißen und hellgrünen Tönen«, flüsterte er. Wie Gänseblümchen. Das waren ihre Farben und auch ihr Geruch.

»Wenn ich Euch anschaue, ist das Glas meines Fensters …«, sie stockte kurz, »honigbraun. Mit Farbpigmenten aus braungelbem Ocker würde ich Euch malen.«

Er runzelte lächelnd die Stirn. »Honigbraun?«

Sie nickte. »Wie die Punkte in Euren Augen, wenn Ihr glücklich seid. Für die dunkleren Stellen würde ich etwas Schwarz aus Traubenkernen in das Ockerpulver geben.«

Er, glücklich? Das hatte er nicht mehr für möglich gehalten! Mit dem Zeigefinger hob Hermann ihr Kinn an und tastete ihre Gesichtszüge mit den Augen ab. Ihr Bildnis hatte sich vor dem aller anderen in sein junges Gedächtnis eingebrannt. Jetzt, wo er ihr so nahe war, meinte er – neben den leuchtenden grünen Augen, den harmonisch geschwungenen Brauen und dem kleinen, aber vollen Mund – ihr Gesicht aufs Neue zu entdecken. Da war dieser kleine Fleck, einen Fingerbreit unter dem linken Auge, der ihren Zügen in keiner Weise die Anmut nahm. Nach dem Abend vor dem Grundrissleder fühlte er sich heute zum zweiten Mal in seinem neuen Leben nicht verzweifelt. Bis kurz vorhin war er noch überzeugt gewesen, zusammen mit seiner Vergangenheit auch seine Phantasie verloren zu haben. Doch der Gedanke an das bunte Seelenfenster erschuf Bilder und Ahnungen, die dem widersprachen. Unwillkürlich erinnerte sich Hermann an die Worte seines Bruders, als sie einige Tage vor Utrecht abends am Feuer zusammengesessen hatten. Dass die Mutter immer genau gewusst hatte, was zu tun war, und den Vater, wenn er nervös gewesen war, immer zu beruhigen verstanden hatte. Uta von Ballenstedt beruhigte ihn gleichfalls, noch dazu auf eine sinnliche Weise, sie schien seine Medizin zu sein. Und er wollte mehr davon. Seine Vergangenheit war ihm in ihrer Gegenwart nicht wichtig, nicht alles bestimmend und zerstörend. Allein das Jetzt und die Zukunft zählten. Ihr gegenüber war er bereit, sich zu öffnen und ihr von seinen Erinnerungsfragmenten zu erzählen. Erst gestern Nacht war ihm erneut übel geworden. Das untrügliche Zeichen für eine aufkommende Erinnerung. Mit Schweißperlen auf der Stirn hatte er wieder die Stimme mit ihrem *Trink! Trink!* vernommen. Danach hatte er gemeint, neben etwas Scharfem auch verbranntes Holz, feuchte Erde und Steine zu riechen. Nadeliges, Harziges zu schmecken, ansonsten war jedoch nur Dunkelheit um ihn herum gewesen. Nein, keine Dunkelheit. Absolute Schwärze, wie er sie bisher noch nie erlebt hatte. Zum ersten Mal war ihm klargeworden, wie über alle Maßen groß der Unterschied zwischem dem Dunkel der Nacht oder einer lichtlosen Kammer und völliger Schwärze war. Neben der Schwärze und dem verkohlten Geruch hatte ihm vor allem die Enge, die ihn schier erstickte, schwer zu schaffen gemacht. Er bewegte sich nur, wenn es gar nicht anders ging, damit ihm die Enge nicht zu sehr bewusst wurde, ihn nicht vollständig verrückt machte. Als wäre er in einen schwarzen Sack eingewickelt, durch den nur hin und wieder etwas Dunkelgrau drang, das ihm wie Licht erschien. Hell und leuchtend. Er hatte nie gewusst, wie klar und hell Dunkelgrau sein konnte. Er hatte immer wieder mit sich selbst gesprochen, um sich seiner Stimme, seines Menschseins zu versichern. Von all dem, und von der Angst vor sich selbst und dem Kratzgeräusch, das seit neuestem dem *Trink! Trink!* vorausging, wollte er ihr erzählen.

Am Folgemorgen erwachte Uta erst lange nachdem die Sonnenstrahlen ihre Nase zu kitzeln begonnen hatten. Enttäuscht stellte sie fest, nicht mehr in der Bibliothek, sondern in ihrer Kammer zu sein. War also alles nur ein Traum gewesen?

Klopfenden Herzens setzte sie sich auf und bemerkte ein Pergament in ihrer Hand. Es zeigte sie, mit Tinte und Kreide in den Farben Grün, Gelb und einigen Weißhöhungen gemalt. Der zarte Gelbton der Haut und Konturenschatten erinnerten sie an erste Sonnenstrahlen im Frühjahr; die grünen Linien waren energisch geführt, umrundeten Nase, Kinn, Wangen und Augen. Sie dachte wieder an die Ängste, von denen Hermann ihr vertraut erzählt hatte, an seine tanzenden Punkte und wie sie vor den Bücherregalen gesessen und sich angeschaut hatten. Endlich wieder Nähe.

Allen Bedenken zum Trotz, dass man sie auf dem Flur hören konnte, ließ Uta sich mit einem freudigen Jauchzen zurück ins Kissen fallen. Der Malachit zwischen ihren Brüsten glühte. Auch wenn Hermann ein anderer war als früher, hatte ihr Herz bei seinem Kuss dennoch nicht langsamer geschlagen. Die frühere Geborgenheit und das Gefühl, von ihm beschützt zu sein, waren dem Schmerz und heftiger Hingabe gewichen. Befreit streckte Uta die Arme aus. »Hermann«, flüsterte sie und meinte, keinen Augenblick länger auf seine Nähe verzichten zu können. Sie sah sein charismatisches Gesicht mit den männlich prägnanten und doch melancholischen Zügen. Wann würde sie ihn wiedersehen?

»Erlauchte Markgräfin, seid Ihr da?«, rief jemand von der anderen Seite der Tür. »Die hoheitliche Kaiserin schickt mich ...«

Uta fuhr zusammen. Die Kaiserin! Die hatte sie für den heutigen Morgen ja zum Vorlesen gebeten und würde sicherlich auch die Frühmahlzeit mit ihr einnehmen wollen. »Ich bin gleich so weit«, antwortete Uta der Frau im Flur.

Die Schritte entfernten sich wieder.

Uta sprang aus dem Bett auf und trat ans Fenster. So hell war es bereits? Sicherlich erwartete die Kaiserin sie schon längst. Hastig zog sie sich Unter- und Übergewand an, band sich den Gürtel um und hob dazu ihre Haare an. Die hatte Hermann zum Abschied noch kurz ergriffen und über seine Fingerspitzen gleiten lassen. Sie tat es ihm gleich und stellte sich dabei vor, dass es seine Hände wären, die die braunen Enden umfassten.

Erneute Schritte im Flur, die jedoch an ihrer Tür vorübergingen, holten sie aus ihrem Tagtraum zurück. »Ich benötige noch die passende Literatur für die Kaiserin«, sagte sie zu sich selbst. Die Auswahl an Büchern in ihrem Reisegepäck war überschaubar, um nicht zu sagen: karg. Da waren Alwines Pergamente mit Galens Hirntheorien und Vitruvs Ausführungen über die Architektur. Uta griff nach dem römischen Architekten und eilte in Gisela von Schwabens Arbeitskammer.

»Euer Schleier?«, fragte Gisela, die sie schon erwartete.
Uta fasste sich auf den Kopf. »Verzeiht.« Schnellen Schrittes begab sie sich in ihre Kammer zurück, legte den Eheschleier an und stand dann schwer atmend und mit roten Wangen ein zweites Mal an diesem Morgen vor der Kaiserinwitwe. Sie sah, dass Gisela bei ihrem Anblick lächelte. »Was lesen wir heute?«, fragte sie und bedeutete Uta, zu ihrer Linken Platz zu nehmen. »Und bitte greift doch zu.« Auf dem Tisch vor ihnen standen verdünnter Wein, Kastanienbrei und eine Auswahl an Geflügelfleisch bereit.
»Wir lesen im Vitruv«, entgegnete Uta und spürte den in der Eile zu weit geschnallten Gürtel auf ihren Hüften hängen. Zum Vorlesen hatte sie ein Kapitel über die Farben gewählt und sah dabei erneut, wie Hermanns Lippen die Worte *weiße, gelbe und hellgrüne Töne* formten.
Nach einigen Seiten über Bleiweiß, Berggrün, Ocker und wie

diese Farben für das Malen auf Putz herzustellen waren, fühlte Uta sich, als sei sie noch immer Hofdame bei Gisela von Schwaben. Uta trank vom Wein, und ihr Glück fühlte sich noch intensiver an. Doch nach einer Weile schämte sie sich. Wie konnte sie so glücklich sein, während die Kaiserin ihre Traurigkeit nur notdürftig zu verbergen wusste. Sie bemerkte, dass Gisela immer wieder verstohlen zu der Tür hinüberblickte, die zum kaiserlichen Ehegemach führte.

»Heinrich widmet sich eifrig der Regierungsarbeit, und er ist ein gottesfürchtiger Mann, wie wir ihn nicht besser hätten erziehen lassen können«, sagte die Kaiserin nach einigen weiteren Passagen über die Farben geistesabwesend.

Uta schaute von ihrem Vitruv auf. Das Hochgefühl der vergangenen Nacht verlor an Intensität.

»Er wird richtig handeln an Allerheiligen«, fügte Gisela hinzu. »Wir haben ihn so erziehen lassen, dass er Recht zu wahren weiß und gleichzeitig Gnade walten lässt. Seine Weisheit und seine Klugheit sind die besten Grundlagen für ein gerechtes Regieren.«

Uta nickte. »Werdet Ihr Euren Sohn im Herbst nach Naumburg begleiten?«, wollte Uta wissen und hoffte inbrünstig, dass die Kaiserin recht behalten würde und dass Wipos Gespräch mit Heinrich über die Existenzberechtigung von Neuem ebenfalls Eindruck beim König hinterlassen hatte.

»Das werde ich«, entgegnete Gisela mit ihren Gedanken in einer anderen Welt. »Es betrübt mich ein wenig, dass Ihr uns bereits morgen verlasst. Aber ich weiß um Eure Pflichten in der Mark Meißen und freue mich auf unser Wiedersehen an Allerheiligen.«

Uta lächelte über diese Aussicht und eine weitere: Ein Bote hatte sie wissen lassen, dass Schwester Margit am heutigen Tag wieder zu ihnen stoßen würde. Die Benediktinerin erfreue sich guter Gesundheit, hatte der junge Mann berichtet. Vielleicht, dachte Uta, hatte Margit zusammen mit ihrer Lungenerkrankung ja auch jene Schwere abgelegt, die sie schon vor der Reise nach Utrecht mit sich herumgetragen hatte.

❊ ❊ ❊

»Heiliger Georg, hilf«, bat Selmina flüsternd. Obwohl lediglich Luise die Augen verbunden hatte, fühlte sie sich hier am Waldesrand außerhalb der Burgmauern unwohl. Hin und wieder ein Gang in Begleitung eines Küchenknechtes oder zumindest Rosinas zum Fischen war wohl kaum gefährlich. Aber nur Luise und sie bis zur Waldgrenze südlich der Burg? Doch einmal mehr hatte sie Luises Überredungskünsten nichts entgegenzusetzen gewusst. Die Schwester hatte sie beschwatzt, heimlich das neue Spiel auszuprobieren, um es später stolz den anderen Kindern in der Vorburg vorführen zu können. Ein Jungenspiel war es, fand Selmina, und damit eigentlich nicht ihr Ding.

Nur Luise zuliebe hatte sie sich auf das neue Spiel eingelassen, das die Schwester sich im Burghof von den Knappen abgeschaut hatte, allerdings mit dem einen Unterschied, dass der Ball des Fängers aus verschnürten Lappenresten und nicht aus Eisen bestand.

»Ich krieg dich!«, vernahm Selmina die Stimme ihrer Schwester. Selmina sprang unter dem Gebimmel ihrer Glöckchen – ein Kranz am rechten Bein – zur Seite, doch der Stoffball ihrer Schwester, der mit einem dünnen Seil am Ende eines Holzstockes befestigt war und von Luises Hand wild geführt wurde, traf sie dennoch am Arm.

»Fünf zu null für mich!« Luise johlte auf, riss sich die Augenbinde vom Kopf und den gesunden Arm nach oben. Sie verstummte jedoch jäh in dieser Siegerpose, als ihr daraufhin ein stechender Schmerz durch den linken Arm fuhr.

»Du sollst deinen Arm noch schonen«, erinnerte Selmina sie an Alwines Worte. Bei Luises letztem Besuch auf der Krankenstation, bei dem Selmina dabei gewesen war, hatte Alwine die Schwester eigens angewiesen, den Arm noch mindestens bis zum Fest der heiligen Martha im Verband zu lassen und ihn nicht zu bewegen. Alwine hatte ihnen auf Luises Drängen hin sogar erklärt, wie man das Fleisch am Arm hätte nähen müssen, falls der Knochen die Haut durchstoßen hätte.

Luise biss die Zähne zusammen. Ein Sieg mit hoher Trefferzahl war ganz nach ihrem Geschmack, auch wenn es ihr leidtat, dass Selmina ständig verlor. Vielleicht würde die Schwester ja in der nächsten Runde gewinnen, wenn sie die Läufer- und Häscherrolle wechselten. »Komm schon«, versuchte Luise, Selmina zu ermutigen. »Einen Punkt schaffst du, bevor wir heimgehen! Jetzt bist du der Häscher.«

Zuversichtlich nickte Selmina, übernahm die Augenbinde ihrer Schwester und übergab dieser ihrerseits die Glöckchenkette, die sich Luise sofort um die Wade band. Als sich Selmina die Augenbinde überzog, schellten bereits die Glöckchen, Luise entfernte sich also schon.

Langsamen Schrittes trat Selmina in die Richtung, in der sie die Schwester vermutete. Vergeblich versuchte sie, durch das Leinentuch hindurchzulinsen. Den Stock mit dem Stoffball gesenkt, machte sie weitere Schritte vorwärts und spürte, dass sie sich dem Wald näherte – es wurde kühler.

Luise wiederum ging rückwärts auf den Wald zu, damit sie sehen konnte, welche Richtung Selmina einschlug. Da sie rückwärts ging, waren ihre Schritte jedoch nur halb so groß wie die ihrer Schwester. Deshalb gelang es Selmina auch, den Abstand zu Luise zu verkürzen. Als Selmina schon meinte, Luises Atem zu hören, hob sie den Holzstock und schlug zaghaft zu. Tatsächlich schellten die Glöckchen an Luises Bein daraufhin, dennoch meinte Selmina, mit dem Lappenball nicht getroffen zu haben, denn der Schlagball schwang ungebremst zu ihr zurück.

Die darauffolgende Stille war Selmina unheimlich. Sie riss sich das Leinen von den Augen. Zuerst blinzelte sie aufgrund des grellen Lichtes, dann sah sie, dass Luise tatsächlich verschwunden war.

Ob der Wald sie verschlungen hatte? Oder gar Wölfe in der Nähe waren? Selmina bekam eine Gänsehaut. »Ich bin hier«, drang da die Stimme der Schwester an ihr Ohr.

Selmina drehte sich einmal um die eigene Achse, vermochte Luise aber nirgendwo zu sehen. »Bitte zeig dich«, drängte sie besorgt. »Das ist kein Spiel mehr.«

»Ich bin hier unten.« Die Stimme kam aus dem Waldboden. Angespannt setzte Selmina zwei zaghafte, kleine Schritte in die erste Baumreihe des Mischwaldes hinein.

»Hier unten!«, rief Luise nun ungeduldiger, und Selmina konnte gerade noch rechtzeitig innehalten, bevor sie in dieselbe Grube wie die Schwester gefallen wäre. Erschrocken schaute sie in die Tiefe vor sich. Die Schwester war in ein mindestens mannstiefes Erdloch gefallen, wahrscheinlich eine Falle für wilde Tiere.

Das Gesicht und die Zöpfe voller Erde, den Verband um den kranken Arm verdreckt, blickte Luise zu ihr hinauf. Wie sie das nur dem Vater erklären sollten? »Hilf mir hier raus«, bat sie und streckte der Schwester die Hand entgegen.

Selmina starrte reglos in das Loch. Da meinte sie, es in der Ferne knacken zu hören.

»Selmina!«, rief Luise erneut. »Nun mach schon.«

Da kam die jüngere der Zwillinge wieder zu sich. Unweit des Erdloches fand sie einen dicken Ast und hielt ihn zu Luise in die Grube hinab. Nach einigen Versuchen stand Luise endlich wieder neben ihrer Schwester.

Als die Geräusche im Wald lauter wurden, griff Selmina nach

der Hand ihrer Schwester und wollte sie auf die Wiese hinaus-
zerren, doch Luise entzog sich ihr und blieb stattdessen hinter
einem Baum stehen, um zu sehen, wer die Geräusche verursachte.

»Da laufen zwei Menschen«, sagte sie und deutete auf eine
Stelle zwischen Fichten und Buchen, ungefähr einhundert
Schritte von ihnen entfernt.

Selmina zog nun erneut und heftiger an der Hand der Schwester. »Das sind Räuber. Lass uns gehen!«

Luise schüttelte den Kopf. »Die halten sich an den Händen.
Das sind Eheleute.«

Selmina war nicht überzeugt, zumal die Flüchtenden auf sie
zuhielten. »Können Räuber etwa nicht verheiratet sein?«

»Wenn ich Räuberin wäre, würde ich nur den Räuberkönig
zum Mann nehmen.« Luise kicherte, dann beobachtete sie das
Paar weiter.

»Ich kann nicht mehr«, hörte sie den Mann rufen und sah erschrocken, wie ihm der Speichel aus dem Mund flog, während
er lief. Die Frau neben ihm bewegte sich leichtfüßiger.

»Sie haben ein kleines Kind bei sich«, erkannte Selmina, der
diese Tatsache augenblicklich die Angst nahm. »Bitte helft
uns«, bat der Mann mit dem gewölbten Stirnbein, als er und
die Frau sich den Zwillingen bis auf zwanzig Schritte genähert
hatten. »Er will uns töten!«, rief er verzweifelt und kam vor
den Zwillingen zum Stehen. Außer Atem zeigte er auf einen
Reiter, der sich in guter Entfernung auf dem Rücken eines
schwarzen Pferdes mühsam durch den Mischwald in ihre
Richtung kämpfte.

Auf der Suche nach einem Fluchtweg schaute der Mann vor
den Zwillingen über ihre Köpfe hinweg aus dem Wald hinaus.
Als er hinter der Wiese die Burganlage ausmachte, weiteten
sich seine Augen. Die zierliche Frau, die das Kind vor ihrer
Brust trug, hielt sich hinter ihm.

Ihr Anblick erinnerte Luise an ein Rehkitz, das jede menschliche Bewegung registrierte und in Habachtstellung war.

Selmina spürte, dass der Mann nichts Böses oder gar Hinterhältiges im Schilde führte. »Aber warum ...«, wollte sie gerade fragen, weil sie nicht wusste, wie sie den Flüchtenden mit dem Kind helfen konnte, als Luise ihr ins Wort fiel: »Schnell, hier hinein!« Sie wies auf das Erdloch, in das sie kurz zuvor gestürzt war. Die Zwillinge beobachteten, wie zuerst die Frau mit dem Kind, das sich trotz der Aufregung ruhig verhielt, und dann der Mann hinuntersprangen.

Schnell schob Luise noch etwas Astwerk über das Loch, so dass es kaum noch sichtbar war.

Als Selmina hörte, dass sich der Reiter näherte, richtete sie die Glöckchen an Luises Bein. Sie selbst griff nach ihrem Holzstock mit dem Stoffball und zog sich geistesgegenwärtig wieder die leinene Binde über die Augen. Die eine blind, die andere klingelnd. So begannen sie bemüht unbekümmert auf der Wiese vor der Waldgrenze zu spielen.

Da kam der Fremde auch schon unweit von ihnen zwischen den Bäumen hervor. »Heh da! Ihr!«, rief er, ohne abzusteigen. Selmina sprang mit ihrem Holzschläger noch ein paar Mal umher, um einige Schritte weiter vom Erdloch wegzukommen. »Kommt her!«, befahl der Mann nun, und Selmina glaubte, noch nie eine so rohe Stimme gehört und einem so unhöflichen Menschen begegnet zu sein.

In diesem Moment hörte Selmina Luises Glöckchen verstummen, als ob die Schwester nun wie versteinert beim Spielen innehielt. Dann sah sie in Gedanken das Paar vor sich, das um sein Leben wie das des Kindes bangend ähnlich regungslos in der Grube hocken musste. Hoffentlich fängt das Kind nicht ausgerechnet jetzt an zu schreien, dachte sie. Eingeschüchtert von den Worten des Fremden, schob sich Selmina die Augenbinde auf die Stirn. Der Anblick des Reiters ließ sie zusammenfahren. Sein Gesicht war rot, geschwollen und grob. Sie wich zurück. Das musste ein echter Räuber sein. Ein Räuber mit einem roten Gesicht. Der rote Räuber.

Selmina sah zu ihrer Schwester, die tatsächlich wie versteinert dastand.

Der Reiter zog ein Messer aus der ledernen Scheide seiner Wade und betrachtete es aufmerksam. »Komm her, sage ich, oder willst du meine Klinge über deine Wange kratzen spüren?«

Selmina trat zitternd an das Pferd des Grobians heran. Auf seinem Unterarm entdeckte sie eine seltsame ovalförmige Narbe. Sollte der rote Räuber etwa von einem Raubtier gebissen worden sein und den Angriff überlebt haben?

»Habt ihr beide ein Weib und einen Knecht hier vorbeikommen sehen?«, fragte er. »Und wer seid ihr überhaupt?«

Luise schüchterte das Messer des Fremden gewaltig ein. Dennoch wollte sie Selmina mit dem groben Räuber nicht einfach alleine lassen und trat daher einige verhaltene Schritte auf das Geschehen zu.

»Wir sind Luise und Selmina«, erklärte Selmina mit all dem Mut, den sie in diesem Moment aufzubringen vermochte.

»Du, komm her!«, herrschte der Reiter nun Luise an, die inzwischen keine fünf Schritte mehr von ihm und Selmina entfernt war. Die setzte sich daraufhin in Bewegung, bis sie schließlich gleich ihrer Schwester vor dem Rappen zum Stehen kam.

»Bist ein hübsches Ding genau wie deine Schwester.« Er beugte sich zu Luise hinab und hob ihr Kinn an. »Wo sind deine Eltern?«

Der rote Räuber stank nach toten Ratten, fand Luise, und seine abstehenden Ohren schienen, je länger sie daraufstarrte, zu wachsen. Sie wollte plötzlich keine Räuberkönigin mehr sein.

»Wo sind deine Eltern?«, wiederholte er und presste ihr Kinn

so fest zusammen, dass sie vor Schmerz aufschrie. »Sie sind …«
Nur nicht weinen!, dachte sie und presste die Zunge fest gegen
den Gaumen. Mit aufgerissenen Augen wies sie schließlich in
den Wald, auch wenn sie wusste, dass der Vater um diese Zeit
in der Burgküche am Feuer stand und die Mutter vermutlich
das Haus säuberte, beide also mitnichten in der Nähe waren,
um sie zu schützen.

»Herr?«, mischte sich da Selmina ein, um die Aufmerksamkeit
des Reiters auf sich zu lenken. »Hatten die Leute ein Kind bei
sich?«, fragte sie.

Luise sog scharf die Luft ein. Würde die Schwester, um sie zu
beschützen, etwa das Ehepaar mit dem Kind verraten?

Der Reiter ließ von Luise ab. »Du hast sie gesehen?«

Selmina überlegte kurz, obwohl sie steif vor Angst war. »Ja, sie
sind vor einiger Zeit hier vorbeigekommen und in diese Richtung weitergegangen.« Sie wies vom Wald und der Burg weg
über den Mausabach zum Zusammenfluss von Saale und Unstrut.

Luise stand noch immer wie angewurzelt da. Derart mutig
hatte sie Selmina noch nie erlebt. Sie hingegen hatte Mühe,
auch nur ein Wort herauszubringen und nicht ständig zum
Erdloch zu gucken. Luise spürte, dass der rote Räuber keine
Spielchen spielte und, ohne zu zögern, zustechen würde. Dann
wäre es um Selmina geschehen.

Der Reiter betrachtete wieder sein Messer. »Zu den Flüssen,
sagst du?«

Selmina nickte heftig.

»Wenn das nicht stimmt, komme ich zurück!« Emmerich ließ
seinen Blick anzüglich an Selminas grauem Kittel hinabgleiten, griff nach den Zügeln und lenkte sein Pferd dann in die
ihm gewiesene Richtung.

Erst als der Mann nicht mehr größer als ihr Zeigefinger war,
atmete Selmina hörbar aus. »Schnell!« Sie sprang zum Erd-

loch, schob das schützende Dach aus Ästen beiseite und hielt den Flüchtenden jenen Ast als Ausstiegshilfe ins Loch, der auch schon Luise herausgeholfen hatte. Erst krabbelte der Mann heraus, dann reichte ihm die zierliche Frau mit dem langen schwarzen Haar das Kind. Sie verzichtete auf den Ast und kletterte ohne jede Hilfe aus der Grube. Dann drehte sie sich um und schaute sehnsüchtig, wie Selmina fand, in die Tiefen des Waldes hinein.

»Ich bin Hans, und das ist Gesa«, stellte der Mann sich ihnen derweil vor, doch Gesa machte keine Anstalten, zu ihnen zu treten. Sie ließ sich lediglich das Kind reichen. »Emmerich verfolgt uns schon seit vielen Tagen. Er will uns töten.«

Der Räuber heißt also Emmerich, dachte Luise und kam näher. Zuerst starrte sie das nur noch in Fetzen am Körper des Mannes herabhängende Hemd an, danach die ihr unheimliche Frau vor dem Erdloch.

»Woher kommt ihr?«, fragte Selmina. »Von weit her?«

Hans nickte. »Hans' Zuhause war der Moorhof.«

»Warum habt ihr euer Zuhause verlassen?«, wollte Selmina als Nächstes wissen.

Hans deutete auf das Kind, das in Gesas Armen in einen zerschlissenen, blutigen Umhang gewickelt war. »Die Bauern wollten uns Kuno einfach wegnehmen.« Trotz der Zeitnot und nach wie vor bestehenden Gefahr, dass Emmerich jeden Moment zurückkehren konnte, tat es Hans sichtlich gut, menschlichen Kontakt zu haben.

Nachdem Gesa und er dem rohen Knecht nahe beim Wurzelversteck entkommen waren, waren sie mit Ausnahme eines Einödbauern, der ihnen sogar einen Schlauch voll Milch geschenkt hatte, und der Kräuterfrau im Waldhaus keiner Menschenseele mehr im Wald begegnet. Hier und da war Emmerich immer wieder aufgetaucht, hatte gebrüllt und gedroht und diesen furchtbaren Berserkerschrei ausgestoßen. Aber auf für

Hans unerklärliche Weise hatte Gesa es immer wieder vermocht, ihre Fährten zu verwischen. Bis auf heute.

Selmina schlug vor: »Ihr könntet mit uns auf die Burg kommen. Dort seid ihr sicher, wir kennen die Wachmänner der Burg. Der große ist Rangfried und der kleine, strengere ist Ottmar.« Kaum hatte sie den Satz beendet, da schüttelte Gesa auch schon den Kopf. Selmina, die wusste, wie es war, Angst zu haben, beharrte deshalb auch nicht weiter auf ihrem Vorschlag. »Wenn ihr das nicht wollt, könntet ihr euch auch so lange, bis der böse Mann weit weg geritten ist, hier im Erdloch verstecken«, schlug sie deswegen vor. An ihrer Spielstelle führte kein Weg vorbei, so dass die drei vermutlich eine ganze Weile unentdeckt dort leben konnten.

»Wir bringen euch dann etwas zu essen hierher«, fügte Luise an.

»Das würdet ihr tun?«, fragte Hans und lächelte Gesa froh an. Da Kunos Popo inzwischen nicht mehr ganz so rot war wie noch vor zwei Tagen, sprach nichts gegen eine Zeit im Schutze des Erdlochs mit einer weniger verängstigten Gesa.

Die Zwillinge nickten.

»Komm Luise, wir müssen jetzt heim.« Selmina nahm die Hand der Schwester und zog sie über die Wiese zur Burg. »Wenn der rote Räuber uns noch mal sieht, macht er uns um einen Kopf kürzer.« Das Fesselband mit den Glöckchen und den Schlagstock ließen sie an der Waldgrenze zurück. Bis sie im elterlichen Haus in Sicherheit waren, wollten sie keine Aufmerksamkeit mehr erregen.

Mit argwöhnischem Blick schaute Gesa auf die ferne Burganlage.

✳ ✳ ✳

Die Schenke *Zum wilden Eber* hatte an diesem Nachmittag einmal mehr ausschließlich für ihre Stammgäste geöffnet. Der vordere Teil des Schankraumes stand einfacheren Gästen zu. Der hintere Teil war durch einen geflochtenen Weidenzaun vom Rest des Raumes abgetrennt. Hier erwarteten den Hungrigen Stühle anstatt der wackeligen Schemel und Bänke im vorderen Bereich sowie die persönliche Aufwartung des Wirtes. Die Luft roch nach würzigem Hopfen und nach Schweiß.

»Immer diese Verzögerungen!«, brummte Volkmar und gab seinem Weib ein Zeichen, endlich Brot herbeizuschaffen. »Du sagtest doch, dass der Bote die Reisegruppe für gestern angekündigt hat, richtig?« Beate nickte und verschwand dann in die Küche.

»Der Markgraf hat Wichtigeres zu tun, als sich um eine kranke Kathedrale zu kümmern«, sagte Andres. Die Ironie in seiner Stimme war nicht zu überhören. »An der Seite des Kaisers von vergoldeten Tellern zu essen wäre mir auch lieber!«

Die *Brüder* hoben die Becher voll hiesigen Weines. »Sieh, wie gut und wie lieblich es ist, wenn Brüder einträchtig beieinanderwohnen«, sprachen sie gemeinsam mit erhobenen Bechern und schauten sich dabei in die Augen. »All unsere Kraft werden wir für die Förderung des Handels in der Mark Meißen einsetzen. Wir schwören, mit Fleiß dafür zu sorgen, dass die Rechte der Naumburger Kaufmannschaft gewahrt bleiben.« Ihre Becher schlugen aneinander, und die Lautstärke des Schwurchores stieg weiter an. »Von Bruder zu Bruder. Wir werden dem Versprochenen nachkommen, so wahr uns Gott und sein heiliges Evangelium helfe!« Zur Bekräftigung ihrer Worte nickten sie sich der Reihe nach zu.

Jeder trank und dachte dabei an den jüngsten Vorfall, der ihre Geschäfte weiter gelähmt hatte: der Einsturz des Glockenstuhls, der Verlust der Kathedralseele. Erst als die Becher geleert waren, ging es weniger formlos in der Runde zu.

»Sind alle vorbereitet?«, erkundigte sich Andres, der seine Ware – Seidenstoffe aus dem Orient – bereits im Wohnraum stapeln musste, weil er sie auf dem Markt nicht mehr loswurde.

Die *Brüder* bejahten ausnahmslos.

Der Seidenhändler sah, dass sich Beate mit zwei Laib aufgeschnittenen Brotes näherte. »Auch Eure Weiber?«

Die *Brüder* nickten und griffen nach der Nahrung.

»Sind alle Sachen gepackt? Kommt *sie* dazu?«, fragte der Weinhändler und spähte aus dem schmalen Fenster in die Vorburg, wo sich der Platz vor der Kathedrale schon mit Pferden, Karren und ungeduldigen Mitstreitern gefüllt hatte. »Ja. Karren und Pferde sind beladen. Sobald der Markgraf einreitet, rennt jemand zum Moritzkloster und gibt Bescheid, dass *sie* kommen soll«, erklärte Andres. So war es bereits vor einiger Zeit in der Schenke besprochen worden.

»Dein Wein war auch schon mal besser«, raunte jemand in Volkmars Richtung und biss in einen Kanten Brot von Beates Tragbrett, das ihm einiges an Kaukraft abverlangte.

»Wie alles hier!«, entgegnete der Wirt. »Und dabei habe ich euch noch nicht mal den Gepanschten eingeschenkt, mit dem sich die Burgleute und Handwerker zufriedengeben müssen.«

»Sie kommen!«, stürmte da ein weiterer *Bruder* in die Gaststätte, ein Gewürzhändler, der nahe der Zugbrücke Ausschau nach der Reisegruppe gehalten hatte.

Andres schlug mit der Faust auf den Tisch. »Endlich!«

Vielsagend schauten sich die *Brüder* daraufhin an: »Wir schwören mit Fleiß dafür zu sorgen, dass die Rechte der Naumburger Kaufmannschaft gewahrt bleiben!« Wie vereinbart, trugen sie die Schmiedestücke sämtlich in ihren Ledertaschen am Gürtel. »Von Bruder zu Bruder. Wir werden dem Versprochenen nachkommen, so wahr uns Gott und sein heiliges Evangelium helfe!«

Begleitet vom fernen Hufgetrappel schritt die Kaufmannschaft aus der Schenke zum inneren Tor, das Zutritt von der Vorburg in die Hauptburg gewährte. Dort nahmen die mehr als zwanzig *Brüder* in einer Reihe nebeneinander Aufstellung. Niemand konnte nunmehr die Hauptburg betreten, ohne einen von ihnen zu bedrängen.

Als die Reisegruppe – das Markgrafenpaar, Hermann von Naumburg, Schwester Margit sowie zwei Dutzend bewaffnete Reiter, Knappen und Helfer – schließlich vor den Kaufleuten zum Stehen kam, hatte sich die Kette des Widerstandes noch um Frauen, einige Handwerker, Gesinde und weitere Burgbewohner sowie Neugierige verstärkt. Sogar zwei mit Hausrat beladene Karren waren Bestandteil der Absperrung.

»Was soll das?«, verlangte Ekkehard zu wissen und sprang ungehalten von seinem Schlachtross. Er war der Burgherr, und der Zugang zu seiner Hauptburg hatte ihm ohne Einschränkung jederzeit offen zu stehen.

»Wir haben mit Euch zu sprechen, Markgraf«, verkündete Andres als Sprecher der Gruppe, ohne sich aus der Kette der Kaufleute zu lösen. Sie waren *Brüder*, einer so unersetzlich wie der andere.

Uta schaute sich in der überfüllten Vorburg um. Da waren beladene Karren und Menschen, die entweder ungehalten oder niedergeschlagen wirkten. So hatte sie sich ihre Rückkehr nicht vorgestellt. Weder roch sie die betörende Frische des eingesumpftes Kalkes, noch vernahm sie ausgelassene Rufe aus eifrigen Kinderkehlen. Sie wechselte mit Margit neben sich einen ratlosen Blick. Dann schaute sie zu Ekkehard zwei Ellen vor sich, der sich müde über das Gesicht wischte.

Seit ihrem Aufbruch aus dem Speyergau vor zehn Tagen waren sie in sengender Hitze unterwegs gewesen. Nicht einmal in den schattigen Tälern des Thüringer Waldes hatten sie ausreichend Kühlung finden können. Erschöpft von der langen

Reise, verlangte es Ekkehard in diesem Moment nur noch nach seiner Bettstatt. Die Aussicht, bereits am Folgetag – also ohne angemessene Erholungspause – nach Aachen zur Thronsetzung Heinrichs weiterreisen zu müssen, verstimmte ihn zusätzlich. Und doch sagte ihm sein politisches Gespür, dass es richtig gewesen war, vor Aachen noch einmal nach Naumburg zu kommen. »Ihr wagt es, dem Meißener Markgrafen den Weg zu versperren?«, fuhr er auf.

»Das wagen wir!«, entgegnete der Wirt mit entschlossenem Gesichtsausdruck.

Ekkehard trat vor die Aufrührer. Hermann stieg nun ebenfalls von seinem Ross und stellte sich einen halben Schritt hinter dem Bruder auf.

»Der Kaiser ist tot. Verwendet Eure Mühen besser für ein Gebet zugunsten seines Seelenheils«, erklärte Ekkehard und war mit den Gedanken bereits wieder bei Heinrich und seiner Thronsetzung. Um den anstehenden Weg bis nach Aachen überhaupt noch rechtzeitig bis zum Fest des Apostels Jacobus bewältigen zu können, würde er täglich die Pferde wechseln müssen. Ekkehard wollte sich gerade wieder umdrehen und aufsitzen, um seiner Bettstatt entgegenzustreben, als ihm der Seidenhändler unnachgiebig zurief: »Der Tod seiner Kaiserlichen Hoheit tut uns unendlich leid, und zu gegebener Zeit werden wir für ihn beten, doch das löst unser Problem hier in Naumburg nicht.«

»Ihr missachtet …«, wollte Ekkehard gerade auffahren, als er Hermanns beruhigende Hand auf der Schulter spürte.

Der ältere Bruder übernahm nun das Wort. »Was wollt Ihr uns sagen, Kaufleute?« Etwas von der Ruhe und Sinnlichkeit der Nacht in der kaiserlichen Bibliothek im Speyergau war in seiner Stimme geblieben.

Der Seidenhändler war dankbar für das Gesprächsangebot.

»Zuerst kamen die Augen des Bösen in unsere Kathedrale.

Das war noch vor dem Auferstehungsfest des Herrn. Dann wurde das Gotteshaus in seinen Grundfesten, den tragenden Pfeilern zwischen Haupt- und Seitenschiff, erschüttert. Erinnert Ihr Euch, Markgraf und Markgräfin, dass wir Euch damals eindringlich baten, Euch der damit verbundenen einbrechenden Marktgeschäfte anzunehmen? Auch wolltet Ihr die Kathedrale wieder reinwaschen.«

Hermann hörte von derartigen Vorkommnissen zum ersten Mal – unwillkürlich stieg der Verdacht in ihm auf, dass Ekkehard ihm prekäre Sachverhalte vorenthalten hatte. Um ihn nicht zusätzlich zu belasten?

Ekkehard überdachte Andres' Worte. Es stimmte, dass er Hilfe zugesagt hatte. Doch des Bruders überraschende Rückkehr hatte seine Prioritäten verschoben.

»Nun gab es einen neuerlichen Vorfall. Der südliche Glockenturm am Westchor hat seinen Klangkörper verloren. Und mit dem Glockensturz ist der Heilige Geist aus der Kathedrale ausgezogen«, fügte ein anderer Bruder links neben dem Seidenhändler hinzu.

Nur langsam kam die indirekte Drohung bei Ekkehard an. Der Heilige Geist sollte aus seiner Kathedrale ausgezogen sein?

»Woran macht Ihr fest, dass es wirklich der Allmächtige war, der den Glockensturz verursacht hat?«, fragte Hermann und wusste nicht, woher ihm diese Eingebung gekommen war.

»Soweit ich weiß, ist ein Glockenstuhl aus Holz gemacht. Und Holz ist nicht immer berechenbar. Frischer Schnitt trocknet erst noch nach und könnte so Verschiebungen und anfänglich feste Bindungen lösen.« Zumindest hatte er das in alten Aufzeichnungen aus der Zeit des Kathedralbaus gelesen.

»Meister Jan hat damals die Eichenstämme vor der Verwendung lange trocknen lassen, um genau dieses Problem zu vermeiden«, erklärte Meister Joachim, der seitlich der Kaufmannschaft in der Menge der Neugierigen stand. Nach der Antwort verbeugte er sich ehrfürchtig vor dem Naumburger Brüderpaar und Uta.

Nun saß auch Uta ab und trat auf die Kette der *Brüder* zu. »Habt Ihr untersucht, ob das Unglück vielleicht vom Schall verursachte wurde? In der Glockenstube wirken enorme Kräfte, die vielleicht nicht optimal abgeleitet wurden. Trotz der Schallöffnungen könnten dann Türme ins Wanken geraten und die Glocken zum Absturz bringen.« Ungeachtet dieser sachlichen Erklärung vermochte auch sie nicht mehr vom Tisch zu wischen, dass es sich bei dem erneuten Zwischenfall um einen Zornesausbruch des Allmächtigen handelte.

»Niemand wurde gesehen, obwohl Nachtwachen gehalten wurden. Zudem haben wir keinerlei Hinweise auf Schalldruck finden können, dann wären Risse im Mauerwerk erkennbar gewesen«, entgegnete der Seidenhändler.

Er schien sich gründlich informiert zu haben. Nachdenklich glitt Utas Blick die Menschenkette entlang. Dahinter machte sie einige Malerburschen, nicht aber Simon, aus. Abseits sah sie Katrina, die wie versteinert zu Andres hinüberstarrte, der nun erneut das Wort ergriff: »Während Eurer Abwesenheit, Erlauchten, hat sich die Angst wie eine Seuche ausgebreitet.« Er wurde kämpferischer in seinen Ausführungen. Der Himmel war ihm und den *Brüdern* einst versprochen worden, sofern sie in das junge Naumburg übersiedelten. Inzwischen verfärbte sich der Himmel verdächtig rot, glühte und fühlte sich heiß an. »Die Bauern berichten von vernichtenden Ährenständen, die Schwangeren verlieren ihre Leibesfrucht. Fragt in den Klöstern nach, sie sind überfüllt, weil immer mehr Menschen leiden.« Andres dachte an seine eigene Frau, die er kürzlich nach der Geburt seines Sohnes zu Grabe getragen hatte. »Die einstige Kämpferkathedrale geht an einer Krankheit zugrunde. Sie wird jedem die Seele vergiften, der nichts dagegen unternimmt. Naumburg wird gescholten und gemieden. Niemand will mehr Geschäfte mit uns machen!«

Ekkehard schaute zu Hermann. Früher hätte der Bruder gewusst, wie jetzt vorzugehen war.

Angst ist wie eine Seuche, ging es Uta durch den Kopf. Kein Handel mehr in ihrem Naumburg? Totgeburten und Krankheiten? Das klang beinahe wie die Ankündigung der Endzeit.

»Die Kathedrale wird niemanden vergiften«, widersprach sie laut und für jedermann hörbar und ließ sich die Beklommenheit, die Andres' Worte in ihr ausgelöst hatten, nicht anmerken.

»Alles begann mit der verbotenen Exhumierung!«, wagte Volkmar selbstsicher vorzutragen.

Verzweifelt biss Uta sich auf die Lippen. Nach dem Gespräch mit Wipo war ihr klargeworden, dass sie der königlichen Anweisung nicht hätte zuwiderhandeln dürfen. Sondern einen anderen Weg hätte suchen müssen, um Hermanns Schicksal zu klären. »Es tut mir leid. Ich wollte niemanden von Euch gefährden«, trug sie aufrichtig vor und meinte im nächsten Moment, Gott habe wohl recht, ihr zu zürnen. Warum aber nahm der Allmächtige dann mit in Kauf, ganz Naumburg zu gefährden?

Hermann schaute zu Uta, und ihr Antlitz vermischte sich vor seinen Augen für einen kurzen Moment mit der Zeichnung, die er im Speyergau von ihr gemacht hatte. »Eine Exhumierung?«, fragte er dann leise und an sie gewandt.

Uta hatte nicht vorgehabt, Hermann von ihrer verzweifelten Suche nach ihm zu erzählen, und schwieg deswegen.

Daraufhin schaute Hermann kurz zu Ekkehard und ergriff dann, als dieser nur unwillig den Kopf schüttelte, das Wort. »Ich glaube nicht, dass eine Exhumierung Grund dafür ist, dass ein göttliches Haus zerstört wird. Es muss eine andere Erklärung für die Zerstörungen geben.«

»Spielt nicht mit dem Heil unserer Seelen, Erlaucht. Mehr erbitten wir nicht. Sonst werden noch mehr tote Leiber geboren werden«, drängte da eine Stimme, die Uta nach genauerem Hinsehen Christian, dem Schmuckhändler, zuordnete. Diese Aussicht ließ sogar die betagten Reiter aus der Reisegruppe zusammenfahren.

»Nicht nur unser, sondern auch das Seelenheil unserer Kinder und Kindeskinder steht auf dem Spiel«, meldete sich eine zaghaftere Frauenstimme, die Uta wie ein Schlag und gänzlich unverhofft traf. Es war Erna gewesen, die für das Wohl ihrer Familie zu sprechen gewagt hatte. Uta suchte nach Ernas Blick, doch die wich ihr aus, schaute hinter den *Brüdern*, unweit von Bebette von Hildesheim, nur betroffen zu Boden.

»Wir, die Kaufleute von Naumburg, fordern Euch, Markgraf, auf, unverzüglich zu handeln. Noch heute!«, brachte Andres das Ansinnen seiner Vorredner auf den Punkt.

Uta begann, heftig zu schwitzen, obwohl sich die Sonne gerade hinter ein paar Wolken zurückgezogen hatte. Noch immer spürte sie die unnachgiebigen Blicke der Kaufleute auf sich gerichtet. Der Seidenhändler löste sich nun aus der Kette und trat vor sie hin. Hätte er als vereinzelter Vertreter der Kaufmannschaft hier gestanden, hätte er die nachfolgenden Worte niemals an die Markgräfin zu richten gewagt, doch die vollständig hier versammelte Gemeinschaft der *Brüder* war stark, ihre Macht war der eines Markgrafen beinahe ebenbürtig. Ohne sie würde Naumburg zu einer toten Siedlung verkommen. Handel brachte Geld, sicherte Leben und Wohlstand.

»Wenn Ihr uns alle vor weiterem Unheil bewahren wollt, müsst Ihr Buße tun, Markgräfin«, fügte Andres nun leise hinzu und trat dabei nochmals einen Schritt vor, damit nur Uta und die unmittelbar neben ihr Stehenden seine Forderung hören konnten, denn er war sich der Ehrerbietung bewusst, die er der Burgherrin trotz aller Widrigkeiten schuldete.

Vehement schüttelte Uta den Kopf. »Das ist nicht die Lösung für unser Problem!«

Bei dem Wort *Buße* horchte Margit auf. Sie hatte sich selbst bereits auf Buße vorbereitet, umso überraschter war sie, die zornige Notburga von Hildesheim bei der Begrüßung nicht auszumachen. In ihren Träumen war die Äbtissin bei ihrer Ankunft stets wütend auf sie zugestürmt und hatte ihr in harschem Tonfall vorgeworfen, sich ohne Erlaubnis für ganze vierundsiebzig Tage entfernt zu haben. Nach dem Vorwurf, dass durch ihre Abwesenheit auf der Krankenstation fünf Patienten – darunter zwei Kinder – gestorben wären, hatte Margit im Traum ihre Buße, in Form eines mit Eisenstacheln versehenen Gürtels um den nackten Oberschenkel, ohne Widerworte angetreten.

»Tut endlich etwas! Wir haben Angst vor dem Einsturz der Kathedrale. Das wird Gottes nächster Akt sein, wenn sich nichts ändert!«, riefen nun andere *Brüder*.

»Wir wollen endlich wieder unbeschwert leben!«, vernahm Uta Stimmen von weiter hinten und wurde unsicher. Sollte sie wirklich Schuld an den Zerstörungen der Kathedrale und am Niedergang Naumburgs haben? Sie schwankte kurz, als auch schon Schwester Margit bei ihr war. Alle Leichtigkeit und Unbeschwertheit, die sie nach der Annäherung zu Hermann empfunden hatte, war schlagartig verschwunden.

»Wartet!«, meldete sich Ekkehard da zu Wort. Mit einer heftigen Armbewegung brachte er die Menge vor sich zum Schweigen. Die Kathedrale und die Burgsiedlung waren zwar auf die Kaufleute, den Markt, die Pilgerströme und die daraus fließenden Einnahmen angewiesen, doch mit einer solch abstrusen Forderung wie der, Buße zu tun, entscheiden zu wollen, was seine Gattin als Nächstes zu tun hatte, stand diesem Seidenhändler nicht zu! »Der König ist Richter, nicht Ihr! Er wird Allerheiligen hier mit uns in Naumburg verbringen.

Während dieser Tage will er Gericht halten über ...«, Ekkehard suchte nach einem unverfänglicheren Ausdruck, »über die Vorfälle«, sagte er schließlich, und Hermann bekräftigte zusätzlich: »Dem König, unserem höchsten irdischen Richter, Rechte abzusprechen, ist genauso verwerflich, wie seiner Anweisung nicht Folge zu leisten.« Derweil hatte Ekkehard jeden einzelnen Kaufmann mit einem mahnenden Blick bedacht. Tuscheln setzte ein. Worte wie König, Allerheiligen und Recht sprechen, rauschten Uta in den Ohren. Sie ahnte, dass es nun, wo sie sich gerade auf weitere Begegnungen mit Hermann gefreut hatte, nicht mehr nur um ihr Schicksal, sondern um das von ganz Naumburg ging.

»Bis zum Allerheiligenfest sind es noch mehr als drei Mondumläufe«, führte Andres aus. »Ein so langer Stillstand könnte den Ruin für uns bedeuten! Ihr riskiert weiterhin den Ausfall der Ernte, die alle hier auf der Burg über den Winter bringen muss.«

Ekkehard wollte gerade antworten, als Andres fortfuhr: »Bedenkt zudem das weitere Sterben hier. Alldem kann nicht erst zum Herbstende Einhalt geboten werden.« Die *Brüder* nickten bekräftigend. »Wer weiß, wer die nächsten ...«

»Mir sind die Hände gebunden«, unterbrach ihn da Ekkehard in der Hoffnung, die Kaufmannschaft bis zum Herbst hinhalten zu können, ohne den Eindruck zu hinterlassen, ihre Wünsche mit Füßen zu treten. »Wir alle schulden dem König Gehorsam. Über Hunger und Verlust hinaus.«

Ein mutiges Wort von jemandem, der sein Leben lang nichts anderes als Wildschwein, Kapaun und andere Leckereien zu sich genommen hat, dachte Andres. »Ist das Euer letztes Wort?«, fragte er nun auch an Hermann gewandt.

Uta fiel ein Stein vom Herzen, als sie in Ekkehards entschlossenes Gesicht blickte. Es war alles viel zu schnell gegangen. Viel zu überraschend. Überrumpelt fühlte sie sich.

»Es muss einen Weg geben, auch Euch …«, wollte Hermann gerade entgegnen, als Ekkehard erneut dazwischenfuhr. »Das ist mein letztes Wort!« Er war der Markgraf und ließe sich von niemandem auf der Nase herumtanzen!

»Wir verstehen!«, entgegnete Volkmar und tauschte mit Andres einen vielsagenden Blick. »Wir werden nicht entgegen der königlichen Richtergewalt handeln, aber hierbleiben und zusehen, wie unsere Anstrengungen von einst zerrinnen, ist keine annehmbare Lösung für uns!«

Als wäre diese Erwiderung eine Handlungsanweisung, griffen sich die *Brüder* allesamt in die Gürteltaschen und sprachen tief und ruhig: »All unsere Kraft werden wir für die Förderung des Handels in der Mark Meißen einsetzen. Wir schwören mit Fleiß dafür zu sorgen, dass die Rechte der Naumburger Kaufmannschaft gewahrt bleiben.« Wie einstudiert legten sich die *Brüder* einen Gegenstand auf die flache Hand, den Uta von ihrer Position zwei Schritte hinter Ekkehard nicht genau erkennen konnte. Der Seidenhändler war der Erste, der ehrfurchtsvoll auf Ekkehard zuschritt. Er hatte sich die Entwicklung Naumburgs völlig anders ausgemalt. Sogar ein Haus, wo die *Brüder* ihre Geschäfte abwickeln konnten, hatten sie geplant zu kaufen. Die anderen folgten Andres der Reihe nach. Wäre die Lage nicht so ernst gewesen, hätte Uta geglaubt, gerade einer Aufführung fahrender Schausteller beizuwohnen. Als Andres dem Burgherrn den geschmiedeten Gegenstand auf der flachen Hand darbot, kniff Uta die Augen zusammen, um ihn besser sehen zu können. Sie machte einen aus Eisenblech geschmiedeten Drehschlüssel mit mehrfach eingekerbtem Bart aus. Es war die Art von Schlüssel, die in ein Schubriegelschloss passte, welches an den Türen besserer Steinhäuser angebracht worden war – wie denen der Handwerksmeister und Kaufleute.

»Hiermit gebe ich Euch die uns einst von Markgraf Hermann

gewährte und mit kaiserlicher Vollmacht verliehene Zinsfreiheit für Grund und Boden, die freien Verfügungsrechte für selbige sowie das Recht der Handelsfreiheit zurück.« Wie in einer Messe hob Andres den Schlüssel zu seinem Haus hoch, zeigte ihn erst den Umstehenden und legte ihn dann tatsächlich vor Ekkehards Füße.

Das gleiche Ritual führte jeder der *Brüder* aus, während ihre Frauen und Kinder neben dem bereits gepackten Hab und Gut auf den Karren das Vorgehen angespannt beobachteten.

Mit unbeweglicher Miene verfolgte Ekkehard, wie sich die Gruppe der *Brüder* samt einigen Handwerkern und Burgbewohnern danach unter der Führung des Seidenhändlers mit Sack und Pack an der Kathedrale vorbei auf den Ausgang der Vorburg zubewegte.

Naumburg ohne Handel und ohne Pilger? Ein Marktplatz ohne Besucher? Aber wie sollten sie dann die Ausmalungen der Kathedrale weiterfinanzieren? Uta verfolgte den Auszug durch das Burgtor mit Entsetzen. Sie machte Anstalten, der Gruppe nachzugehen, doch Ekkehard und Hermann hielten sie auf.

»Erna, du nicht auch«, flehte sie leise. Doch im nächsten Moment erkannte sie auch schon die Freundin, die auf die Zugbrücke zuhielt. Luise, deren Arm noch immer im Verband war, hielt die Hand der Mutter wie einen Schatz fest. Selmina winkte Uta weinend zu. Sollte Erna Naumburg nach so vielen Jahren wirklich verlassen wollen? Hatte sie so wenig Vertrauen in sie? Aber weshalb sollte sie auch, dachte Uta im nächsten Moment und war sich sicher, dass keiner der Burgbewohner noch an sie und die Kathedrale glaubte, die einst Hunderte kaiserliche Kämpfer gestärkt hatte. Dann jedoch sah Uta Arnold auf seine Frau zulaufen und Erna samt den Kindern wieder in Richtung der Schmiede ziehen. Nie hatte sie den besonnenen Burgkoch derart bestimmt mit Erna umgehen sehen.

Als die Zugbrücke hinter den Reisenden wieder hochgezogen wurde, saß Ekkehard auf und ritt mit Hermann in den Haupthof der Burg. Bis ins Mark getroffen, blieb Uta noch eine Weile stehen. Sie war die Ursache für den Unmut der Kaufmannschaft und deren Aufstand gewesen. Sie musste endlich herausbekommen, was hier in Naumburg wirklich vor sich ging. Im nächsten Moment war sie dankbar dafür, dass Arnold Erna zum Bleiben gezwungen hatte. Nach einem Blick in die inzwischen leere Vorburg ergriff sie die Zügel ihres Pferdes und hielt mit Schwester Margit, die ihr nach ihrer Genesung tatsächlich unbeschwerter vorkam, zu Fuß auf die Stallungen der Hauptburg zu.

Bevor Bebette ins Moritzkloster zurückging, schaute sie der Benediktinerin und der sichtlich getroffenen Uta noch eine Weile nach. Wie gut, dass sie Notburga zu einer harten Strafe für die aufmüpfige Margit hatte überreden können. Ungewohnt gleichgültig hatte die Schwester das unerlaubte Verschwinden der Nonne hingenommen. Aber sobald Margit das Portal des Klosters erreichte, wartete die Hungerzelle auf sie. Bebette lächelte ihr Schwurlächeln lange und intensiv, auch wenn Notburga nicht da war, um es zu erwidern.

Sie trat einige Schritte zur Seite, wo früher die Unterstände der Steinmetze gewesen waren, um unbeobachtet ihren Gedanken nachhängen zu können. Einiges hat sich verändert, dachte sie. Schleichend und mit jedem Tag ein bisschen mehr. Notburga sollte auch in Zukunft daran gelegen sein, ihre Ratschläge zu beherzigen, ansonsten könnte ihr das eine oder andere verräterische Wort über gewölbte Leiber und den süßlichen Geruch von Schwangeren, den ihre feine Nase bereits bei ihrer ersten Begegnung in der Äbtissinnenkammer an Notburga wahrgenommen hatte, über die Lippen kommen. Bebette kannte die Körperproportionen der Schwester noch gut von früher und hatte selbst schon zwei Kinder ausgetragen. Beinahe als eine

Beleidung hatte sie es daher empfunden, dass Notburga tatsächlich gemeint hatte, ihre Schwangerschaft vor ihr verbergen zu können. Dabei hatte sie doch alles getan, um ihren Teil der Verabredung einzuhalten. Allein und frei war sie vor acht Mondumläufen in Naumburg erschienen, so wie es Notburga in ihrem Schreiben verlangt hatte. Notburga hingegen brachte immer weniger Kraft für ihre gemeinsame Sache auf. Doch Bebette war die Stärkere von ihnen beiden geworden, die mit mehr Biss, das hatte sie nun bewiesen. Die heutigen Ereignisse bedeuteten einen entscheidenden Schritt in Richtung Sieg. Nach dem Auszug der Kaufleute würden sie ihr Ziel bald erreicht haben und etwas erschaffen, das weit bedeutender war als eine einfache Kathedrale: Sie würden die geistige und die weltliche Macht in der Mark in ihren Händen, den Händen der Hildesheimer Schwestern, vereinen. Und die Aussicht, an Ekkehards Seite zur neuen Herrscherin der Mark Meißen zu werden, erschien ihr erfolgsversprechender denn je. Als Markgräfin mit Zugang zum König würde sie Notburga rasch weitere Äbtissinnenstühle verschaffen können und so ihrer beider Macht kontinuierlich ausweiten. Und die Absetzung der Ballenstedterin? Die war nur noch eine Frage der Zeit! Zufrieden schaute Bebette zur Zugbrücke, die die wütende Kaufmannschaft gerade in eine neue Heimat entlassen hatte.

* * *

Von der Tür des Kellerraumes aus machte Erna einen ersten zögerlichen Schritt auf den Untersuchungstisch zu. Ihr Blick wanderte über die Rundbögen der Decke zu dem Vorhang im hinteren Bereich. Krächzende Töne, unverständliches Gemurmel und Stöhnen drangen von dort zu ihr nach vorne. Sie hörte, roch und fühlte, dass sie in diesem Keller unter Siechen war. Bisher hatte Arnold Luise stets zur Versorgung ihrer Armverletzung hierherbegleitet, und Erna schwor sich, dass dies ihr erster und einziger Besuch bleiben würde. »Habt Dank, Schwester, dass Ihr Euch so gut um meine Luise kümmert.«

»*Volentieri!* Aber gerne«, bestätigte Alwine. In Gedanken weilte sie bei ihrer armen Mitschwester und seufzte stumm. Es war noch kein ganzer Tag vergangen, seitdem Margit am gestrigen Nachmittag ihre Buße angetreten hatte. Womit noch weitere dreiundsiebzig anstanden. Sobald Alwine ihre jüngste Patientin behandelt hätte, wollte sie für Margit ein Licht in der Klosterkirche anzünden. »Die Patenkinder meiner Freundin heile ich doppelt so gerne.«

Erna senkte betreten den Kopf. Von ihren Plänen, Uta die Patenschaft der Zwillinge zu entziehen, verriet sie vorerst nichts.

»Soll ich mich gleich auf den Tisch setzen?«, fragte Luise, derweil Alwine gedankenversunken zwei Talglichter am Kopfende des Untersuchungstisches entzündete.

Luise schob vorsichtig ein paar Bündel getrockneter Kräuter vom Fußende des Tisches und nahm einfach darauf Platz. Neben den vielen Kräuterbündeln, die nicht nur auf dem Tisch, sondern auch auf dem Boden verteilt lagen, sah sie in der Ecke neben der Tür leere Schalen.

Unwillkürlich lächelte Alwine beim Anblick des rothaarigen Mädchens mit der Schlaufe um Arm und Hals, während dessen Mutter noch immer wie festgewurzelt an der Tür stand. »Wie geht es deinem Arm inzwischen? Tut er noch weh?«

Luise zählte daraufhin auf, was sie schon alles mit ihm tun konnte, ohne dabei vor Schmerzen das Gesicht zu verziehen. Vom Fegen ihrer Kammer und über das Tragen mehrerer Teller berichtete sie. Das Spiel am Waldrand und den roten Räuber ließ sie aus. Das hochrote Gesicht des grässlichen Reiters erschien ihr schon oft genug in ihren Träumen, das wollte sie sich nicht auch noch tagsüber vor Augen rufen. Zudem durfte sie das Paar mit dem Kind nicht verraten.

Alwine wusste um den Eifer des Mädchens und verkniff sich daher jeden Tadel. Eigentlich hatte sie ihm ja Ruhe verordnet. »Schön, auch dich wiederzusehen, Erna«, sprach sie die Frau des Burgkochs an, während sie den Leinenverband von Luises Arm löste. »Dein Knochen ist nur angeknackst gewesen«, sagte sie zu Luise, nachdem eine Reaktion der Burgköchin ausblieb. Alwine begutachtete den Arm von allen Seiten. Auch wenn gebrochene Knochen von Kindern gewöhnlich schneller zusammenwuchsen als die von Erwachsenen, wollte sie Luises Leichtsinn Einhalt gebieten. »Wäre er ganz durchgebrochen und hätten sich die beiden Bruchteile verschoben, hätte ich deinen Arm neu einrichten müssen. Das wäre eine schmerzhafte Angelegenheit geworden. Du hattest wirklich einen Schutzengel, Luise.«

»Ja, die heilige Ursula, die Schutzpatronin der Kinder!«, meinte Luise überzeugt, schaute aber im nächsten Moment verunsichert drein. »Du hast aber doch gesagt, mein Arm wäre biegsam wie ein Tannenzweig im Frühling?«

»Das stimmt. Knochen von Kindern sind weniger spröde als die älterer Menschen, aber das heißt nicht, dass du nicht gut auf deinen Arm achtgeben musst. Verstanden, junge Dame?« Luise nickte eifrig. »Mama, sieh her!«, forderte sie und malte auch schon einen Tannenzweig in die Luft. Mit den Händen bog sie diesen dann an seinen beiden Enden fast kreisrund zusammen. »Mein Knochen ist wie ein frischer Zweig. Man kann ihn ziemlich weit biegen.«

»Du wirst die Biegsamkeit deiner Knochen aber nicht noch einmal testen«, mahnte Erna. »Eine Verletzung ist schlimm genug und ziemt sich nicht für ein Mädchen.« Unruhig schaute Erna zwischen ihrer Tochter und dem Vorhang am Ende des Kellers hin und her. Sobald das Stöhnen eines Siechen verklungen war, fing auch schon der nächste an. Erna war noch immer gute drei Schritte vom Untersuchungstisch entfernt.

»Wie lange wird es noch dauern, Schwester?«, fragte sie etwas bang.

»Einen Moment noch, Erna«, antwortete Alwine, ohne vom Arm ihrer Patientin aufzusehen. Luises Haut zeigte weder Druckstellen vom Verband noch Durchblutungsstörungen. Vorsichtig tastete sie den Unterarm ab und stellte fest, dass die Knochensubstanz, die sich zur Schließung des Spalts wie eine Manschette um die Bruchstelle gelegt hatte, wieder zurückgegangen und mit dem alten Knochen zu einer homogenen Einheit verschmolzen war. »Versprichst du mir, den Arm in den nächsten Tagen ganz besonders sorgfältig zu behandeln?«, forderte Alwine in ernstem Ton und dachte dabei an die Vorsicht, mit der sie wild gewachsene, junge Kräuter aus dem Erdboden zog, um sie später in den klösterlichen Garten zu verpflanzen.

Luise nickte.

»Wir lassen den Arm jetzt an der Luft heilen, den Verband brauchen wir nicht mehr.«

»Schon? Keinen Verband mehr?«, fragte Luise zur Verwunderung ihrer Mutter.

Auch wenn sie nur äußerst ungern zurückdachte, wie sie unter den Holztrümmern im Glockenturm gelegen hatte, gefielen ihr dennoch die Verbandswechsel. Sowohl in diesem Keller als auch in der Krankenstube oben war es so wunderbar unordentlich, wie es die Mutter im Schmiedehaus nie dulden würde. Und erst das Bild mit dem Schwein an der Wand! Zeichnen wollte sie auch noch lernen und das erste fertige Bild dann Gwendolin schenken. Dann fiel ihr ein, dass Gwendolin ja gar nicht mehr da war. Auch Rosi und Gert und all ihre anderen Spielkameraden hatten die Burgsiedlung mit Sack und Pack am gestrigen Tag verlassen. Einzig Selmina war ihr geblieben. Die kühne Schwester, die das Ehepaar aus dem Wald vor dem gruseligen Mann auf dem Pferd gerettet hatte. Luise hatte es sich bisher nicht eingestehen wollen, aber der Titel der Räuberkönigin gebührte eigentlich Selmina.

Ein heftiger Hustenanfall lenkte die Aufmerksamkeit der drei Frauen zum hinteren Teil des Kellers. Alwine strich Luise über das Haar und verschwand nach einer kurzen Bitte um Geduld hinter dem Vorhang. Eine ältere Frau hustete Blut auf ihre ohnehin vom Eiter schon gelb verfärbte Decke. Die Krankenschwester beruhigte sie, gab ihr einen schmerzlindernden Trank und wechselte das beschmutzte Leinen. Ein weiterer Patient fasste sich unter Stöhnen an seinen Oberschenkel, durch dessen Verband Blut sickerte. Die Frau im Nachbarbett, deren Haar und Kopfhaut verbrannt waren, starrte reglos an die Wand gegenüber. Alwine schenkte auch dieser aufmunternde Worte und strich ihr liebevoll über die Hand. Die anderen Kranken schliefen.

Als Alwine wieder an den Untersuchungstisch zurückkehrte, fand sie Luise dort mit einer Zange vor, die sie sich von der Wand mit den Hacken genommen haben musste. »Erzähl mir noch einmal von Salerno«, bat Luise, die sich daran erinnerte, dass ihr Alwine bei der letzten Untersuchung davon berichtet hatte, dass sie diese Zange aus Salerno mitgebracht hatte. Von einem großen Meer und einer Bucht, die Schutz gegen Wind bot, von hohen Bergen, grünen Wäldern und frischen Quellbächen wusste Luise bereits und war fasziniert. Wie ein Meer wohl aussah? »Oder erzähl mir von Utrecht, dem Ort, an dem unser Kaiser gestorben ist.«

Erna sog scharf die Luft ein. Der Tod des Kaisers war gleichfalls ein Zeichen für sie gewesen. Ob er nicht zuletzt wegen der Schmach in Naumburg hatte sterben müssen? Zumindest hatte das gestern die Schwester der Äbtissin zu bedenken gegeben.

Mit Luises Frage sah Alwine endlich ihre Chance gekommen. Sie wandte sich an Erna. »Uta ist von ihrer Reise aus Utrecht zurück. Hast du schon mit ihr reden können? Sie gefragt, wie es dort war?«

Betreten schüttelte Erna den Kopf.

»Tante Uta darf nicht mehr zu uns kommen«, antwortete Luise stattdessen beschämt. Ihr kindlich unbefangenes Gesicht wirkte auf einmal bekümmert.

Etwas Ähnliches hatte Alwine bereits vermutet, nachdem ihr Ernas traurige Züge schon bei deren Eintreten aufgefallen waren. »Zu den Zeiten, als die Kathedrale von Naumburg noch nicht einmal ein Dach besaß, wirkte ich im Damenstift Gernrode«, begann Alwine mit einem Thema, das zunächst einmal nichts mit Luises Aussage zu tun haben schien, ihr früher aber regelmäßig die Brust zugeschnürt hatte. »Als Leiterin der Krankenkammer kümmerte ich mich dort genauso wie hier um Krankheiten und Verletzungen. Eines Tages beschloss ich jedoch, in die Ferne zu ziehen, um noch mehr über die Heilkunde zu lernen.« Das Stöhnen der Siechen hinter dem Vorhang war verstummt. Nur das Quietschen der Zange, die Luise immer wieder öffnete und schloss, war im Raum zu hören. »Man erzählte mir, dass im italienischen Salerno Heilkundige unterschiedlichster Herkunft und unterschiedlichsten Glaubens ihr Wissen austauschten. Und dass alles zum Wohle der Patienten«, fuhr Alwine mit einem gedankenverlorenen Lächeln fort. »Es gab aber noch einen weiteren Grund für mich, über die Alpen zu ziehen: die Leere in meinem Herzen.«

»Die Leere im Herzen?«, fragte Erna ergriffen.

Alwine nickte. »Bei jeder neuen Stiftsdame, die nach Gernrode in unsere Gemeinschaft kam, fühlte ich ein Stechen in meiner Brust. Die Mädchen konnten nichts dafür. Aber sobald sie sich der Gemeinschaft mit ihrem Namen vorstellten und ihnen die Worte Mutter und Vater über die Lippen kamen, war es, als bohrte mir jemand einen Pfeil ins Herz.«

Erna trat an den Untersuchungstisch heran. Auch Luise war

betroffen und wagte keine Regung mehr, die Zange hatte sie beiseitegelegt.

»Wie ein Echo hallten die Worte Mutter und Vater tagelang in meinem Kopf und ließen die Sehnsucht nach meinen Eltern, die ich nie kennengelernt hatte, Besitz von mir ergreifen.« Alwine begann sich mit den Händen die Oberarme zu reiben, als friere sie. »Zitternd lag ich abends im Bett und warf mich unruhig von einer Seite auf die andere. Tagsüber verbarg ich meinen Schmerz hinter Gebeten und Arbeit. Einzig das Formen von Wachspuppen und die tröstenden Worte von Äbtissin Hathui vermochten mich zu beruhigen.«

Erna nickte und nahm ihre Tochter daraufhin in den Arm.

»Viele Menschen verbinden mit den Worten Mutter und Vater Geborgenheit und Liebe. Bei mir hingegen lösten sie nur Leid aus.«

Mutter und Tochter schnieften gleichzeitig.

»Ich dachte damals, meine Mutter und mein Vater hätten mich weggegeben, weil sie mich nicht bei sich haben wollten«, fuhr Alwine fort.

Luise schauderte. Sie konnte sich nicht vorstellen, wie es wohl gewesen wäre, wenn sie und Selmina nach der Geburt weggegeben worden wären und keine so liebevolle Mutter und keinen solch aufopferungsvollen Vater gehabt hätten. Nicht bei den Eltern in der Schmiede zu sein, nicht jeden Abend neben Selmina einschlafen zu dürfen, schien ihr undenkbar.

»In Italien erfuhr ich dann, dass meine Mutter mich gar nicht freiwillig weggegeben hatte.«

Erna war überrascht. »Hat sie nicht?«

»Meine Mutter hat mich niemals weggegeben. Sie lebte als Ewigversprochene in einer Klostergemeinschaft. Eines Tages verliebte sie sich in einen deutschen Reisenden, der Patient in der Krankenstube des Klosters war. Sie empfing sein Kind und gebar mich schließlich an einem geheimen Ort. Noch am Tage der Niederkunft entschieden die Äbtissin und der dortige Bischof, ihr zu erzählen, dass ihr Kind nach dem ersten Schrei, den sie ja noch gehört hatte, verstorben wäre. Sie übergaben mich meinem Vater und schickten ihn weit weg, über die Alpen in den Norden zurück.«

Entsetzt zog Erna sich die Haube vom Kopf und legte sie auf den Untersuchungstisch neben Luise. »Das ist grausam!« Trotz allen Ärgers und aller Anstrengung liebte sie Luise und Selmina mehr als alles in der Welt und konnte sich ein Leben ohne die beiden Füchsinnen nicht vorstellen. Zwar hatte sie schon die größten Ängste um ihre Kinder ausgestanden, aber auch die überschwenglichsten und glücklichsten Momente dank ihnen erlebt. Erna erinnerte sich an den Zuber, den die Zwillinge ihr nach einem langen Arbeitstag im Hof der Schmiede, Eimer für Eimer, mit ihren damals gerade einmal vier Jahren, gefüllt hatten. Vom Gesang der beiden begleitet, hatte sie einfach nur die Augen schließen und vor sich hindämmern dürfen. Und ein anderes Mal hatte Luise alle Kinder der Burg zusammengetrommelt, damit sie beim Kehren und Wischen der Schmiede halfen, nachdem Erna zwei Wochen aufgrund einer Magenkrankheit ans Bett gefesselt gewesen war. Selmina wiederum hatte einmal versucht, ihre ausgefallenen Milchzähne auf dem Markt vor der Kathedrale zu verkaufen, um ihrer Mutter den Wunsch nach einer grünfarbenen Schürze erfüllen zu können.

Alwines Stimme holte Erna aus ihren Erinnerungen zurück: »Die Äbtissin, der Bischof und auch mein Vater glaubten, dass es meiner Mutter leichterfallen würde, eine Totgeburt zu verarbeiten, als sich für den Rest des Lebens nach ihrer Tochter zu verzehren, die sie ihrer Berufung wegen nicht behalten durfte. Vor der Empfängnis war sie die große Hoffnung des Klosters gewesen. Sie hatte der Äbtissin im Amt nachfolgen sollen.«

Fassungslos schüttelte Erna den Kopf und nahm Luise noch fester in den Arm.

»Für das Begräbnis ihrer totgeglaubten Tochter übergab meine Mutter der Äbtissin noch eine Kette, die sie selbst bisher vor Leid bewahrt hatte und die dem Kind in den Sarg mitgegeben werden sollte.« Alwine fühlte in diesem Augenblick den gleichen Schmerz, den auch ihre Mutter damals ausgestanden haben musste, und holte mehrmals tief Luft. »Mein Vater brachte mich über die Alpen, gab mich dann aber in heilkundige Hände, als mein Fieber, vom eisigen Winter in den Hochalpen ausgelöst, nicht mehr sinken wollte. Im Damenstift Gernrode mit Hathui Billung als Äbtissin wusste er mich gut aufgehoben. Bevor er aufbrach, gab er mir noch den Namen Alwine. Jetzt weiß ich, dass das *A,* mit dem unsere drei Namen beginnen, uns für immer verbinden sollte, trotz des Schicksals, das Gott für uns vorgesehen hatte. Mein Vater hieß Alfred und meine Mutter Antonella.«

»Und das hast du alles erst als erwachsene Frau herausgefunden?«, erkundigte sich Erna bestürzt.

»Neunundzwanzig Jahre zählte ich.« Alwines Hand tastete über den schwarzen Stoff ihres Gewandes, bis sie auf Brusthöhe etwas zu fassen bekam. »Kurz vor ihrem Tod überreichte mir Äbtissin Hathui in Gernrode die Kette meiner Mutter und ein Pergament mit dem Namen meines Vaters mit den Worten: *Sie vermag Euch zu Euren Wurzeln zu führen.* Damit hat mir Hathui die einzige Verbindung zu meinen Eltern in die Hand gelegt.«

Alwine erinnerte sich noch ganz genau, wie sie den Anhänger nach diesem verheißungsvollen Satz verstört und überglücklich zugleich betrachtet hatte. Sie nestelte an ihrem Hals und zog besagte Kette unter ihrer Tracht hervor. Der runde Metallanhänger daran war vornehm geschliffen und zeigte auf seiner Vorderseite einen Klosterberg. Auf seiner Rückseite stand in feiner Gravur *Santa Maria di Monte Amiata* geschrieben.

Luise begriff schnell. »Dein Vater hat damals Äbtissin Hathui die Kette deiner Mutter gegeben, damit sie dich beschützt!«

Alwine nickte und sprach in Gedanken ein Gebet für die Seele des Vaters, der – wie ihr die Mutter berichtet hatte – vor vielen Jahren einem Wundbrand am Bein erlegen war. Seiner Weitsicht hatte sie es zu verdanken, dass sie die Spuren ihrer Herkunft bis nach Italien überhaupt hatte zurückverfolgen können.

»Dann hätte dich deine Mutter also gern behalten, durfte aber nicht?«, freute sich Erna. Eine Mutter, die nicht durfte? Luise verstand das nicht.

Anstatt direkt zu antworten, ergriff Alwine Ernas Hände und schaute ihr fest in die Augen. »Die Dinge sind eben nicht immer so, wie sie auf den ersten Blick scheinen. Es lohnt sich, mehrere Male hinzuschauen und nachzufragen. Auch wenn andere anderer Meinung sind, und selbst dann, wenn man glaubt, dass es die beste und einfachste Lösung ist.« Alwines Blick wanderte von Erna wieder zu Luises verletztem Arm.

Erna wusste, dass die Krankenschwester von ihrem getrübten Verhältnis zu Uta sprach.

Alwine ließ Ernas Hände los. »Freundschaft ist eine ganz besondere Art der Liebe. Sie ist genauso wertvoll wie die Familie, weil sie uns auffängt, bestärkt, tröstet und zum Lachen bringt.«

Nachdenklich schaute nun auch Erna auf Luises Arm, dann griff sie nach ihrer Haube auf dem Tisch und stülpte sie sich wieder über die wirren Locken. »Ich habe Angst.« Ernas Stimme bebte, und mit zitternden Händen presste sie Luise fest an sich.

TEIL III
TOD UND LIEBE

8.

WIEDERSEHEN

Hermann leuchtete den Flur hinab. Doch im dritten Geschoss des Wohngebäudes war niemand zu sehen, obwohl es langsam Zeit wurde, sich in die Gemächer zurückzuziehen. Einzig drei geschlossene Türen machte er im Licht seines Kienspanes aus. Am Ende des Flures befand sich Ekkehards Kemenate, danach kam das Ehegemach und die Tür direkt vor ihm, aus der dieser betörende Duft von Gänseblümchen strömte. Er holte tief Luft, um ihn einzuatmen. Zerfahren hob er die Hand, um zu klopfen, hielt dann aber inne.

»Er konnte keine Erklärung für den Verlust seiner alten Schnalle liefern, Herrin«, vernahm er eine aufgeregte Frauenstimme, die er dem markgräflichen Kammermädchen zuordnete. Da drangen auch schon Utas Worte an seine Ohren: »Lass uns ins Moritzkloster gehen. Wir sollten gemeinsam mit Alwine beratschlagen, was nun zu tun ist.«

»Ja, Herrin, ich weiß, dass Schwester Alwine dieser Tage den Portaldienst übernommen hat. Bis zum Mitternachtsgottesdienst treffen wir sie dort bestimmt noch an.«

»Das trifft sich gut, dann kann ich mich auch gleich versichern, dass es Alwine während meiner Abwesenheit gut ergangen ist und ob sie vielleicht neue Erkenntnisse in unserem Fall hat.«

Hermann lächelte. Ihm war es auf der Reise gut ergangen. Noch immer brannte der Zauber der Nacht in der Speyergauer Bibliothek heftig in ihm. Seit dieser Nacht vermutete er, dass Uta ihm schon in seinem früheren Leben etwas bedeutet haben musste. Es war keine Erinnerung, die ihn dies glauben ließ, sondern einfach ein Gefühl, eine an Gewissheit grenzende Ahnung. Aus Angst vor Zurückweisung zögerte er jedoch, zu klopfen. Er war aufgeregt, seine Hände feucht und der Hals trocken.

Da ging auf einmal die Tür auf, und Uta stand vor ihm. Ihr Gesicht wirkte angespannt, was er in Anbetracht des entvölkerten Burgbergs und der Schuldzuweisung an sie nachvollziehen konnte.

Aber auch Freude glaubte er in ihren grünen, leuchtenden Augen zu erkennen. Freude darüber, ihn zu sehen?

»Geh bitte schon vor«, bat Uta Katrina, nachdem sie drei ganze Atemzüge einfach so dagestanden und Hermann angeschaut hatte. »Wir treffen uns am Seitenausgang der Vorburg.«

Das Kammermädchen schlüpfte an ihr vorbei auf den Gang. Hermann sah sich gezwungen, seine Anwesenheit vor ihrer Tür zu erklären. Er wollte nicht, dass sie ihn für einen Lauscher hielt. »Ich stand hier im Flur und hörte Eure Stimmen«, gestand er und hoffte, dass seine nächsten Worte nicht allzu ungelenk klingen würden. Ihr fiel oft etwas Kluges ein, das ihn berührte. Zuletzt war es der Vergleich des Gehirns mit einem gläsernen Fenster, bestehend aus vielen tausend Facetten, gewesen. Darüber hatte er seitdem schon mehrmals nachgedacht. »Wir hoffen, des Rätsels Lösung einen Schritt näherzukommen«, erklärte Uta, schalt sich aber im nächsten Moment für ihre Offenheit, die ihn womöglich belastete oder gar bedrängte.

Er überlegte kurz, und die Sinnlichkeit des Moments löste sich auf. »Das Rätsel um mein Verschwinden?«

Sie nickte. »Und um den unbekannten Toten.«

»Darf ich Euch dabei helfen?«, fragte er.

Uta wog ab, ob er wohl schon so weit war, dass sie ihm alle Informationen um sein Verschwinden geben konnte.

»Ich muss meine Vergangenheit bewältigen, und dabei kann

ich gleichzeitig weitere Sinneseindrücke sammeln, erinnert Ihr Euch?« Er bemerkte ihr Zögern. »Vielleicht schaffe ich es ja auf diese Weise, meinem Fenster einen stabileren Rahmen zu geben.«

Ein verlegenes Lächeln huschte über Utas Gesicht. »Kommt!«, sagte sie dann und wollte schon nach seiner Hand greifen, zog die ihre im letzten Moment aber wieder zurück.

Katrina riss die Augen auf, als sie Hermann an Utas Seite auf sich zukommen sah. Soeben hatte sie noch mit Meister Matthias, der die Nachtwache vor dem Kathedralportal versah, einige Worte gewechselt und verabschiedete sich nun von ihm. Im Licht des Vollmondes begaben sich Uta, Hermann und Katrina durch die Seitentür neben der Zugbrücke zum Moritzkloster.

Alwine ließ sie am Klosterportal ein. Sie schien über den Besuch wenig überrascht. Seitdem der Strom an Erkrankten auch des Nachts nicht absetzte, war das Klosterportal fast durchgehend besetzt. Die anderen Benediktinerinnen hatten sich nach dem Nachtsegen bereits in den Schlafsaal begeben. Den Zeigefinger auf die Lippen gepresst, führte Alwine ihre Gäste den Weg in den Kellerraum hinab. Hermann hielt sich dabei dicht hinter Uta und leuchtete jeden Spalt im Mauerwerk aus. Unten angekommen, hängte er den Span neben der Tür ein und folgte den anderen in den Kellerraum.

Der aromatische Duft der Arnikapflanze – eines der wenigen Mittel, das Schmerzen in Muskeln, Gelenken und von offenen Wunden zu betäuben vermochte – überlagerte als Aufguss die Ausdünstungen menschlichen Leids. Alwine schaute kurz hinter den Vorhang. Ein sechsjähriges Mädchen von einem der umliegenden Gehöfte, das urplötzlich angefangen hatte, unkontrolliert zu zucken, verbrachte neben einigen Magengeschädigten seine vermutlich letzten Tage hier unten, sofern

Gott sich seiner erbarmte. Das erdige Aroma der Pflanzen bei den Tinkturregalen war heute kaum wahrzunehmen.

Zu viert versammelten sie sich um den riesigen Tisch in der Mitte des Raumes, als ob es einen Patienten zu untersuchen gelte. Alwine stand am Kopfende, zu ihrer Rechten Hermann. Ihm gegenüber Uta und Katrina, die verschwörerisch ihre Wachstafel aus dem Futteral zog.

»Wie ist es dir in unserer Abwesenheit ergangen, Alwine?«, fragte Uta. Ihre Gedanken weilten dabei auch bei Schwester Margit, die sich – wie Uta erst gestern erfahren hatte – ohne Erlaubnis der Äbtissin mit ihnen nach Utrecht begeben hatte und nun bei Wasser und Rübenschalen in der Büßerzelle die Tage zählte.

»Ohne Schwester Margits Unterstützung ist der Arbeit auf der Krankenstation kaum Herr zu werden«, entgegnete Alwine. »Wir sind hoffnungslos überfüllt und können die Kranken manchmal nur noch notdürftig versorgen. Und auf der Burg ist ja auch so einiges passiert.« Alwine schaute Katrina auffordernd an.

»Berichte uns allen, Katrina, was sich während meiner Abwesenheit zugetragen hat«, bat Uta und stellte die größte der Lichtschalen auf den Tisch, so dass sie die Gesichter der anderen besser zu erkennen vermochte.

Katrina schlug ihre Wachstafel auf, die fast zur Gänze beschrieben war und kaum mehr Platz für weitere Notizen bot. Katrina klappte die rechte Tafel um und konzentrierte sich auf deren Rückseite. »Zuerst kam es zum Einsturz des Glockenstuhls«, begann sie.

»Gibt es neue Erkenntnisse über die Ursache des Absturzes?«, fragte Hermann und dachte sich, dass er Uta dringend nach der Exhumierung befragen musste, von der er erstmalig nach der Rückkehr aus dem Speyergau erfahren hatte. Allerdings nicht hier, sondern später, wenn sie unter sich waren.

»Es gibt keine Neuigkeiten zur Glocke, Erlaucht«, gab Katrina bekannt. »Dann war da noch das Treffen mit Abt Pankratius.«

Alwine war überrascht. »Ein Treffen mit dem verdächtigen Abt?«

»Der Abt ist verdächtig?«, fragte Hermann.

Einvernehmlich nickten die drei Frauen dem Mann in ihrer Runde zu.

»Bei den verschlungenen Buchen, wo der unbekannte Tote mit Euren Kleidern lag, haben wir eine Schnalle gefunden«, fügte Alwine erklärend hinzu. »Eine Schnalle, wie sie die Georgsbrüder an ihren Sandalen tragen. Und der Abt trägt seit kurzem eine blitzende, neue. Wo die alte hingekommen ist, vermochte er uns nicht zu sagen.«

»Auch wusste der Cellerar des Georgsklosters nicht«, ergänzte Katrina »wie der Abt an die neue, glänzende Schnalle gekommen ist, hat der Cellerar doch in den vergangenen Mondumläufen weder neue Sandalen noch einzelne Schnallen ausgegeben.«

»*Peccato!* Schade! Es wäre aber auch zu einfach gewesen, wenn ihn der Abt um eine neue Schnalle gebeten hätte.« Alwine spähte kurz in Richtung des Vorhangs, hinter dem gerade ein tiefes Stöhnen erklungen war, wandte sich dann aber wieder der Runde zu, nachdem kein weiteres nachfolgte.

Hermann rieb sich das Kinn. »Ausgerechnet der friedliche Abt.«

Alwine war erstaunt. »Ihr erinnert Euch an ihn?«

»Leider nein, aber ich habe ihn seit meiner Rückkunft als einen ausgleichenden und ruhigen Menschen kennengelernt.«

»Ich begegnete ihm auf dem Weg von der Kathedrale in die Hauptburg«, berichtete Katrina weiter und las kurz in ihren Notizen nach, damit sie auch alles korrekt wiedergab. »Er erzählte mir, dass es im Kloster den unverbesserlichen Bruder

Sibodo gab, den er zwei Tage vor dem Unglück auf eine Bußreise zum Inselberg Mont-Saint-Michel geschickt hatte. Der
Unverbesserliche log und kam trotz mehrerer Ermahnungen
und milder Strafen vom scharfen Alkohol nicht los. Er soll
sehr wütend gewesen sein, als sie ihn fortschickten. Hungrig
und zu Fuß verließ er als Büßer das Kloster.«

»Ist Euch Bruder Sibodo ein Begriff, Erlaucht?«, fragte Alwine.

»Bruder Sibodo«, wiederholte Hermann mehrmals. »Nein,
tut mir leid.« Es war ein Satz, der ihm beinahe schon mechanisch über die Lippen kam.

Alwine nickte wissend, sie betrachtete Hermann mit einem
melancholischen Blick. Nach einer so langen Zeit bedurfte es
eines Wunders, damit Hermann seine Erinnerung wieder zu-
rückerlangte.

»Abt Pankratius berichtete mir weiterhin, dass der unverbesserliche Sibodo nach einem Zusammenstoß mit Euch, Erlaucht«, Katrina schaute vorsichtig von ihrer Wachstafel zu
Hermann auf, »nicht gut auf Euch zu sprechen war. Ihr hattet
ihm den Alkohol vorenthalten, weil Ihr um seine Schwäche
wusstet.«

Hermann verkrampfte, seine Hand begann, unruhig zu zittern. Er verbarg sie hinter dem Rücken. »Ihr meint, Bruder
Sibodo könnte für mein Verschwinden verantwortlich sein?«

»Durchaus, wenn Sibodo vorhatte, sich an Euch zu rächen,
hätte er die Gelegenheit seines Bußgangs dazu nutzen können«, trug Katrina vorsichtig vor. »Aber vielleicht wollte der
Abt mit dem Verweis auf den Unverbesserlichen auch nur von
sich selbst ablenken.«

Uta nickte gedankenversunken. »Letztendlich war es Abt
Pankratius, der damals nach der Leichenschau die Selbst-
tötung ins Spiel brachte und damit weitere Fragen nach der
Todesursache unterband. Genauso gut könnte aber auch der

unverbesserliche Sibodo für …« Uta hielt kurz inne, weil sie nicht wusste, wie sie den anwesenden Hermann vor den beiden Frauen anreden sollte. Schließlich entschied sie sich dafür, ihn direkt anzusprechen, auf diese Weise fiel zumindest das Verschwinden des Wortes *Erlaucht* nicht weiter auf. »… für Euer Schicksal verantwortlich sein.«

»Immerhin hatte Sibodo einen Grund, er war Euch gram, Erlaucht. Was Abt Pankratius angeht, wissen wir jedoch nicht, warum er Euch Böses hätte antun sollen.« Alwine sah bei diesen Worten nachdenklich aus. Hermann schaute zu Uta und dann zum Wachslicht. Auf seinem Rücken hielt er beide Arme fest verschränkt.

Katrina stand mit weit geöffneten Augen da, neugierig, wie es weitergehen würde.

Hermanns ruheloser Blick verriet Angst und Ratlosigkeit. »Warum aber hat er mich dann nicht einfach umgebracht, sondern mir meine Erinnerungen gestohlen?«

»*Aspettate!* Wartet!«, bat Alwine, die schon längst bei der nächsten Überlegung angekommen war. »Katrina, hat Euch der Abt sonst noch etwas über Sibodos Zustand preisgegeben?«

Angestrengt las Katrina auf diese Frage hin auf ihrer Wachstafel nach. »Ja, da war noch etwas. Der Abt sprach davon, dass Bruder Sibodo an manchen Tagen jede Bewegung schmerzte.«

»Ich wusste es!« Wie eine Katze sprang Alwine auf die zwei halbhohen Regale unter der Zeichnung mit dem Schwein zu. Fieberhaft schob sie einige Bücher beiseite. Schließlich zog sie drei Blätter aus einem losen Pergamentbündel hervor und trat damit ans Kopfende des Tisches zurück.

»Alwine, was hast du gefunden?«, erkundigte sich Uta ungeduldig und schaute dabei nicht weniger erwartungsvoll als Hermann und Katrina.

Alwine hielt die Pergamente neben das Talglicht auf dem Untersuchungstisch, so dass die rote Tinte verheißungsvoll aufleuchtete. »Damals nach der Leichenschau habe ich mir genaue Aufzeichnungen zu den wichtigen, aber auch zu den eher beiläufigen Erkenntnissen gemacht.« Für einen kurzen Moment trat ihr wieder das Bild des aufgedunsenen Körpers mit den grünlich violetten Verfärbungen vor Augen.

Hermann suchte derweil nach einer Antwort. »Auch Ihr habt heimlich exhumiert?«

»Ich nehme dafür alle Verantwortung auf mich«, kam Uta der Freundin mit einer Rechtfertigung zuvor. »Alwine hat damit nichts zu tun. Sie war lediglich …«

»Ich habe nicht vor, jemandem davon zu erzählen«, beruhigte sie Hermann und schenkte ihr einen vertrauten, wenn auch immer noch unruhigen Blick.

Uta nickte, und Alwine zeigte daraufhin auf eine Stelle im unteren Bereich des Pergaments. »Unser unbekannter Toter hatte zu seinen Lebzeiten Probleme mit den Gelenken. Das sind jene Stellen, die zwei Knochen miteinander verbinden und beweglich machen. Und ich konnte es daran sehen, dass der Knorpel, der die Knochenenden am Gelenk überzieht, ungewöhnlich abgenutzt war. An seinem Knie war er bereits so stark verschlissen, dass die Knochen aufeinandergerieben haben müssen.«

»Das bedeutet, dass Bruder Sibodo nicht der Täter, sondern möglicherweise unser Toter ist«, schlussfolgerte Katrina und ließ ihre Wachstafel ungläubig sinken.

»Das würde auch zu den Harnsteinen passen, die wir bei der Exhumierung gefunden haben«, sagte Alwine und wandte sich nun an Uta. »Menschen, die große Mengen scharfen Alkohols trinken, nehmen häufig zu wenig andere Flüssigkeit auf. In Salerno haben die Schwestern damals vermutet, dass Flüssigkeitsmangel die Steinbildung stark fördert.«

»Also müssen wir wieder ganz von vorne beginnen.« Uta seufzte und sah kurz die kastaniengroßen, schuppigen Steine von der Exhumierung wieder vor sich. »Es ist wie ein Trugbild, das wir glauben festhalten zu können und das sich dann doch wieder im Nichts auflöst.«

»Dieses Gefühl kenne ich«, meinte Hermann mit einem Blick in Utas enttäuschtes Gesicht. »Dreimal sind mir bisher Bilder aus der Vergangenheit erschienen. Dann sehe ich Umrisse und glaube, Gerüche und Geräusche zu erkennen; aber wenn ich nach ihnen greifen will, um sie klarer zu sehen, lösen sie sich auf und rinnen mir wie Sand durch die Finger hindurch.« Er schaute Uta an, als vermochte nur sie allein, seinen Schmerz zu lindern.

»Ihr seht Bilder?«, fragte Alwine erstaunt. Bisher war sie davon ausgegangen, dass er keinerlei Erinnerungen hatte.

Hermann benötige etwas Zeit, um seinen Blick von Uta zu nehmen. Jedes Fenster erhält mit jedem Lebenstag, mit jeder Begegnung und jedem Eindruck neue Farben, erinnerte er sich, und Uta fügte seinem Fenster in diesem Moment ein helles, schimmerndes Blau hinzu. »Umrisse, Gerüche und Geräusche«, antwortete er.

»Was genau habt Ihr in Euren Erinnerungsbildern gesehen?«, beharrte Alwine, wenn auch mit weicher Stimme. »Aber nur, wenn es Euch nicht zu sehr anstrengt, darüber zu reden.«

Hermann schüttelte den Kopf, benötigte dann aber doch einen Augenblick, bevor er zu sprechen begann: »Ich glaube, ich erfahre sie zeitlich versetzt, bewege mich also immer weiter zum Beginn des Geschehens vor. Die zeitlich jüngste Erinnerung war die erste. In ihr bewegte ich mich in einem Wald und fand ein Messer, in der zweiten fühlte ich mich geblendet, hatte Schmerzen und war unfähig zu gehen. Und in der letzten, der dritten, war da diese furchtbare Enge, der Geruch von Verkohltem, von feuchter Erde und Schwärze. Und …«

Unvermittelt wollte Uta nach Hermanns Gesicht greifen, hielt sich aber zurück. »Eine Blendung?«

»Hellstes Licht, viel heller als die Sonne«, entgegnete Hermann erregt. Verzweiflung lag in seiner Stimme.

»Aber wie es aussieht, wurdet Ihr nicht geblendet. Oder habt Ihr irgendwelche Beschwerden?«, fragte Alwine.

»Keinerlei«, entgegnete Hermann sofort.

Alwine wiegte den Kopf. »Dann habt Ihr wahrscheinlich aus der Dunkelheit heraus einen Moment strahlender, unerwarteter Helligkeit als Blendung empfunden.«

»Von der Schwärze in strahlende, unerwartete Helligkeit«, wiederholte Hermann. »Hmm …«

Vorsichtig, um ihre Argumentation jederzeit abbrechen zu können, sagte Alwine leiser: »Vermutlich hat man Euch, Erlaucht, in einer Höhle oder einem Verließ gefangen gehalten. Das würde erklären, dass Euch plötzliches Sonnenlicht so schmerzen konnte, dass es Euch wie eine Blendung vorkam. Eure Glieder waren vermutlich steif von der Bewegungslosigkeit in der engen Höhle.«

Uta schluckte, weil sie Hermann in Gedanken ausgehungert in einer Höhle kauern sah. Der Wunsch, ihn mit ihren Armen zu umfassen und zu trösten, war schließlich so groß, dass sie, um ihm nicht nachzugeben, ihre Hände hinter dem Rücken verschränkte.

»Ich konnte nicht einmal mehr gehen und dann diese ständige Aufforderung zu trinken«, fügte Hermann kaum hörbar hinzu. Die Hände zu Fäusten geballt, trat er vom Tisch weg vor die Arbeitsfläche mit den Tinkturen. Er hatte wieder den bitteren Geschmack von Blattwerk und von noch etwas anderem im Mund, das er zum ersten Mal schmeckte: *Trink! Trink!* Er fuhr zusammen, als schlüge ihm jemand auf den Kopf, und hörte erneut dieses schreckliche Kratzen und dazu immer wieder: »*Trink! Trink!*«

Mitfühlend schauten die Frauen ihn an. Alwine nickte als Erste.

»Da ist noch etwas«, sagte sie leise und wartete auf eine Reaktion Hermanns. Der stand unverändert mit dem Rücken zu ihnen. »Bisher war ich davon ausgegangen, dass ein Gedächtnisverlust entweder durch einen Schlag beziehungsweise durch einen Sturz auf den Kopf oder aber durch ein plötzliches Durcheinander der Körpersäfte verursacht werden kann. Während Ihr in Utrecht wart, habe ich in meinen Salerner Mitschriften jedoch zwei weitere mögliche Ursachen dafür ausfindig machen können.«

»Ja?« Uta hielt die Luft an.

Alwine offenbarte die unwahrscheinlichste zuerst: »Wir könnten es mit altersbedingtem Hirnschwund zu tun haben.«

»Aber Hermann ist doch noch nicht …« Uta hielt erschrocken inne.

»Außerdem«, fuhr Alwine fort, »wäre es möglich, dass ein Gedächtnisverlust gezielt herbeigeführt wurde. Durch Gift. Das zum Beispiel mittels eines Tranks verabreicht wird.« Dieser Zusammenhang war ihr, während Hermann ihnen von seiner letzten Erinnerung berichtet hatte, eben erst klargeworden. »Man mischt dazu die Nadeln der Eibe mit …«

Vergiftet? Uta war wie betäubt. »Aber Hermann lebt doch noch?«

»Es gibt Giftmischungen, die nur die Erinnerungen, aber nicht den Lebensatem nehmen«, erklärte Alwine und sprach Hermann dann direkt an. »Ihr könntet gezwungen worden sein, den Vergessenstrunk einzunehmen.«

Hermann wandte sich langsam um. Mit dem Gesichtsausdruck eines Kämpfers, dem in der Schlacht alles, nur nicht das Leben genommen worden war, trat er wieder zu ihnen. »In meiner letzten Erinnerung hatte ich nach dem *Trink! Trink!* etwas Harziges geschmeckt«, erklärte er trotz seiner Erschütterung. »Bringen die Nadeln der Eibe diesen Geschmack hervor?«

Alwine tauschte einen langen Blick mit Uta. Sie fühlte sich

schrecklich, aber dennoch dazu verpflichtet, ihm die Wahrheit zu sagen. »Trotz der Erinnerungsfetzen müsst Ihr damit rechnen, dass Ihr die Kenntnis über Eure Vergangenheit vielleicht nie mehr vollständig zurückerhalten werdet, Erlaucht.«

Resigniert nickte Hermann, obwohl er die Hoffnung, sich eines Tages seines früheren Lebens wieder erinnern zu können, schon lange aufgegeben hatte. Es war auch weniger wichtig geworden, seitdem er sich dank Utas mit jedem neuen Tag eine neue Vergangenheit zu schaffen wusste. Hermann schaute in die Runde, die ihn voller Mitgefühl betrachtete. Einmal mehr kam ihm der Gedanke, dass das, was passiert war, für die Menschen um ihn herum genauso schwer zu ertragen war wie für ihn selbst. »Also wollte mir jemand die Erinnerung, nicht aber das Leben nehmen«, stellte er fest und glaubte auf einmal, den Grund für sein Leiden und seine Ohnmacht gar nicht erfahren zu wollen, ihn auch gar nicht ertragen zu können. Stattdessen spürte er den Drang, den Keller zu verlassen, um nicht wieder tiefer von diesem Strudel seelischer und körperlicher Auflösung, des Zerbröckelns, des zunehmenden Verschwindens verschlungen zu werden – das Gefühl, das trotz des bunten Fensters geblieben war.

Katrina fand als Erste die Sprache wieder. »Und er hat Euch, Erlaucht, vermutlich unweit von Naumburg irgendwann wieder ausgesetzt, oder wie hättet Ihr ansonsten hierher zurückgefunden? Ich denke, die Burg muss die einzige Siedlung in der Nähe des Ortes gewesen sein, an dem Ihr festgesetzt wurdet.«

Hermann rieb sich ungeduldig die Hände, er wollte das alles eigentlich gar nicht mehr wissen. »Es sieht so aus, als ob man mich vorsätzlich der Erinnerung beraubte, um mich in diesem Zustand nach Naumburg zurückkehren zu lassen.«

Alwine nickte. »Ansonsten hätte Euch der Entführer, da Ihr ja über die Grenzen unserer Mark hinaus bekannt seid, vermutlich sehr viel weiter entfernt ausgesetzt.«

Hermann und Uta tauschten einen vorsichtigen Blick. In ihren Augen war er kein schwacher Mann ohne Erinnerung, sondern Hermann. Sie lächelte ihn zärtlich an.

»Also haben wir das Geschehen so weit rekonstruiert«, fasste Alwine nach einer Weile der Stille zusammen. »Allerdings wissen wir nach wie vor nicht, wer dahintersteckt, und vor allem kennen wir nicht das Warum!« Alwine packte ihre Pergamente wieder auf den Stapel vor der Wand und prüfte hinter dem Vorhang das Befinden der Siechen. »Da sich die Schnalle eindeutig den Georgsmönchen zuordnen lässt, muss der Täter im Kloster zu finden sein.«

»Euer Fundstück kann auch dem toten Bruder Sibodo gehört haben und muss deswegen nicht zwingend zum Täter führen«, warf Hermann ein, der sich wieder etwas gefangen hatte, und an die unterschiedlich eingefärbten Fenstergläser dachte, die für jedes einzelne Erlebnis, jede neue Erfahrung und jedes neue Gefühl standen.

»Es ist unsere einzige Spur, die sollten wir nicht aufgeben, solange wir uns nicht vom Gegenteil überzeugt haben«, entgegnete Alwine.

Uta und Katrina nickten zustimmend, bis schließlich auch Hermann sein Einverständnis signalisierte.

»Und ich bin mir immer sicherer, dass hinter der Tötung des Unverbesserlichen und Eurer Entführung ein und dieselbe Person steckt«, ergänzte die Benediktinerin. »Das zeitliche Zusammenfallen beider Ereignisse wäre schon ein zu großer Zufall, zumal Sibodo auch noch Eure Kleider trug.«

»Ich werde bei den Georgsmönchen weitersuchen.« Während Katrina ihre Wachstafel zuklappte und im Futteral verstaute, warf sie den anderen einen bedeutungsvollen Blick zu. »Und ich habe da auch schon eine Idee, wie wir den Entführer aus seiner Deckung hervorlocken können.«

* * *

Hans spähte über die Kante des Erdloches hinweg zum Burg-berg hinüber, der mit einem Turm sowie einem breiten Gebäu-de zur Linken und gleich mehreren Türmen zur Rechten auf-wartete. Umschlossen waren die Türme von einer wahrhaft hochaufragenden, stark befestigten Mauer. So viel Stein hatte er noch nie auf einem Haufen gesehen. Bisher hatte er deren Anblick zu vermeiden versucht. »Die Kräuter, die wir zwi-schen Kunos Pobacken gelegt haben, konnten Kuno doch nicht heilen«, sagte er mit wachsender Verzweiflung, Kunos lautstarkes Weinen seit dem frühen Morgen im Ohr. »Hans hat Angst, dass Kuno stirbt, wenn wir keine Hilfe holen!« Er kletterte aus dem Erdloch heraus. Die Bläschen in Kunos Ritze waren seit gestern wieder da, größer und zahlreicher denn je überzogen sie seinen gesamten Hintern, der blutrot war.

Gesa wiegte Kuno weiter, konnte ihn aber einfach nicht beru-higen. Liebevoll streichelte sie die Wange des Kindes und presste sich dabei fester an die Erdwand im Loch. »Ohne den Schutz der Dunkelheit wird Emmerich uns finden«, entgegne-te sie, doch ihre Worte drangen unter Kunos Weinen kaum aus dem Erdloch zu Hans hinaus.

Hans ging an der Kante des Erdloches auf die Knie und beug-te sich zu Gesa hinab. »Hans beschützt dich. Du brauchst kei-ne Angst zu haben.« Am liebsten hätte er sie gestreichelt und in den Arm genommen, doch Gesas nunmehr gesenkter Blick riet ihm davon ab. »Bislang ist Emmerich nicht mehr zurück-gekommen. Er ist bestimmt wieder zum Moorhof geritten.« Noch am Abend desselben Tages, an dem die Mädchen sie vor Emmerich im Erdloch versteckt hatten, war der erste Knecht an die Waldgrenze zurückgekehrt, hatte über die Gören ge-wettert und Gott verflucht, war dann aber weitergeritten.

Hans betrachtete den kleinen Mann in Gesas Armen. Kunos Gesicht war verschwitzt, und Sabber lief ihm das Kinn hinab.

»Gesa, wir haben geschworen, ihn zu beschützen«, beschwor er sie und streckte seine Hände nach dem schreienden Bündel in das Erdloch hinunter. »Hans wird alleine mit Kuno zur Burg gehen. Du kannst hier warten und dich solange verstecken.«

Gesa hob den Blick zu Hans, gab Kuno aber nicht frei.

»Kuno wird sonst sterben!«, drängte Hans und näherte seine Hände dem kleinen Körper. »Bitte gib ihn mir.« Wie zur Bekräftigung seiner Worte donnerte es, so dass Hans zusammenzuckte und durch die Baumkronen zum Himmel blickte.

Gesa sah das Küken mit dem dunkelbraunen Streifen und dessen flauschiges Gefieder von ihrer Ecke unter den Brutnestern im Hühnerstall des Moorhofes aus. Schließlich reichte sie Hans das Kind mitsamt dem Umhang aus dem Erdloch heraus.

Wieder donnerte es laut in der Ferne.

Die Sommerhitze der vergangenen Tage drohte sich in einem Gewitter zu entladen.

Hans presste den weinenden Kuno fest an sich und trat mit ihm an die Waldgrenze. Mittlerweile waren dunkle Wolken aufgezogen, die ihm wie ein böses Omen erschienen. »Die Zwillinge hatten doch angeboten, uns in ihrem Heim aufzunehmen«, erinnerte er sich und hegte keinen Zweifel, dass das Angebot ernst gemeint gewesem war und deren Eltern sicher damit einverstanden wären. Schließlich hatten die Mädchen sie alle paar Tage tatsächlich mit Kräutern, Milch und Brot versorgt. Hin und wieder waren sogar ein Stück Fleisch und gelbe, weiche Stücke, die wunderbar würzig schmeckten, mit dabei gewesen.

Da hörte Hans hinter sich ein Rascheln und wandte sich um.

Gesa war aus dem Erdloch gestiegen und starrte ihn und den Kleinen an. Sie rang sichtlich mit sich und tat ihm leid. Am liebsten wäre er bei ihr geblieben, doch Kunos Schreie gaben ihm die Kraft, sich gegen seine Sehnsucht zu stemmen.

Mit den ersten Schritten über die Waldgrenze hinaus drängte Hans die Frage zurück, was wohl passieren würde, wenn Emmerich erneut zurückkehrte. Gesa würde schon sehen, dass er ein richtiger Mann war, dass er ihr Mann war und für sie und den Kleinen sorgen konnte. Noch einmal drehte er sich zu ihr um. Als sich ihre Blicke trafen, streckte sie die Hand nach ihm aus. Und wieder packte Hans der Drang, zu ihr zurückzulaufen und ihr Beschützer zu sein.

Ungewöhnlich kalter Regen setzte ein.

Da schrie Kuno lauter, und Hans sah, wie Gesa ihre eben noch ausgestreckte Hand kraftlos sinken ließ. Er wandte sich von ihr ab und machte sich, Kuno gegen seine Brust gepresst, zur Burg auf. Bevor der Regen in Strömen herabprasselte, musste er den Schutz der Burg erreicht haben. Das Gras auf der Wiese stand kniehoch. In der Ferne sah er eine kleine Gruppe Leute, die gerade die Burg verließen, die Gewänder schon zum Schutz über die Köpfe gezogen. Dort, wo sie herkamen, musste der Eingang sein, dort würde er zum Haus der rothaarigen Zwillinge finden. »Gleich wird alles besser«, sprach er zu dem weinenden Kuno, streichelte ihm über den Rücken und beschleunigte seinen Schritt. »Hans hilft dir, halte durch, mein Kleiner!«

Hans war noch nie in einer derart großen Siedlung gewesen. Er blickte stur geradeaus und streichelte immer wieder Kunos Köpfchen, das furchteinflößend glühte.

Der Regen wurde heftiger und klatschte in Hans' Gesicht. Er wollte gerade zu rennen beginnen, damit ihm das Kind nicht auf halbem Wege wegstürbe, da tauchte Gesa plötzlich an seiner Seite auf und ergriff auf seinen irritierten Blick hin seine Hand. Vorsichtig und doch bestimmt umschloss er ihre zarten Finger. Ihre Augen schienen ihm matt, ihre mageren Züge im Tageslicht kraftlos, so als habe sie ihre Lebenssäfte allein aus dem Wald und der Einsamkeit bezogen. Der Regen lief ihr über das Gesicht, doch sie ließ es reglos geschehen. Wäre wegen Kunos Fieber keine Eile geboten gewesen, hätte er ihr gesagt, wie stolz er auf sie war, weil sie sich Kunos wegen ihrer größten Angst stellte: den Menschen.

Mit Gesa an der Hand hielt Hans gestärkt auf die Zugbrücke zu. »Wir sind Freunde der rothaarigen Schwestern«, erklärte er den zwei müden Brückenwachen, der eine groß, der andere klein und mürrisch.

Die kleinere Wache trat keinen Schritt aus dem schützenden Brückenbogen heraus. Sie musterte zuerst den nassen Hans, dann das weinende Kind vor seiner Brust und schließlich Gesa, die einen Schritt seitlich hinter Hans stand. »Luise und Selmina, die Töchter des Burgkochs, sind deine Freunde?«

Hans wischte sich den kalten Regen aus dem Gesicht und nickte, während Gesa zurück zum Wald blickte. »Hans hat Angst, denn unser Sohn ist krank.« Und wie auf Bestellung schrie Kuno noch lauter. Sein Umhang war klamm.

Die Wache verzog das Gesicht bei dem Geschrei und schaute seufzend über Hans' Kopf hinweg. Früher hatten hier Menschen mit prall gefüllten Geldkatzen Schlange gestanden, heute besuchte nur noch zerlumptes Bettelvolk die wenigen verbliebenen Marktstände. Als Kuno nochmals schriller weinte, winkte der größere der beiden Wachhabenden die Familie durch. »Geht schon.« Er war ja froh, wenn überhaupt noch jemand kam. »Bei dem Wetter wollen wir mal nicht so sein. Aber wehe, ihr vergreift euch!«

»Bestimmt nicht«, beteuerte Hans. Schließlich war er ja kein Dieb. Zumindest kein richtiger! Zu der Erörterung, was den Unterschied zwischen einem falschen und einem richtigen Dieb ausmachte, kam er jedoch nicht mehr, weil die Geschehnisse vor ihm seine gesamte Aufmerksamkeit auf sich zogen. Das kurze Gewitter endete mit Hans' erstem Schritt in die Vorburg, die ihm wie eine andere Welt vorkam.

Mit offenem Mund traten sie auf den Platz. Vor ihnen ragte ein riesiges Gebäude mit zwei Türmen auf, die bis in den Himmel zu reichen schienen. Im elterlichen Dorf hatte er schon einmal eine Kirche gesehen, aber diese hier war dreimal so groß und hoch. Ein wahres Ungeheuer aus Stein. Sein Blick glitt zu den Turmspitzen des Bauwerks nach oben, dann sprang er zu ihrer etwas kleineren Ausgabe unmittelbar daneben. Hier schien Überfluss zu herrschen: gleich zwei Kirchenungeheuer nebeneinander. Welch seltsame Siedlung oder vielleicht sogar Stadt? Er war noch nie in einer Stadt gewesen, hatte die Moorhofbäuerin nur einmal über eine solche reden hören, als es um eine mögliche Braut für den Sohn gegangen war. Wovon, wenn nicht von Sommer- und Winterfeldfrüchten ernährten sich die Menschen wohl? Konnten die umliegenden Bauern wirklich genug Ernte einfahren, damit hier niemand hungern musste? Beim Anblick des Bauwerks mit den braunen, regennassen Mauern fühlte Hans sich gezwungen, augenblicklich ein Gebet zu sprechen. Gott möge Gesa, Kuno und ihn beschützen, falls die Mauern des Gotteshauses umfielen. Auf dem Moorhof hatten sie selten gebetet, hin und wieder war bei Tische einmal ein *Amen* gefallen, mehr nicht. Mit Kuno vor der Brust ließ Hans Gesas Hand los und fiel auf die Knie. In seinem Gedächtnis suchte er nach Brocken des Vaterunsers und betete inbrünstig. Gesa stand reglos neben ihm, das Haar hing ihr in dicken regennassen Strähnen auf dem Rücken. Ihren Blick richtete sie auf die Zugbrücke.

»Platz gemacht!«, rief da jemand auf einem Wagen, vor den ein Pferd gespannt war und der unbeladen durch die Vorburg rollte. Hans konnte gerade noch rechtzeitig aufspringen – was Kuno erschreckte – und Gesa mit sich zur Seite ziehen, als der Wagen auch schon über die Stelle fuhr, an der er zuvor noch gekniet hatte.

»Heh, du Tölpel!«, beschimpfte ihn da ein Mann wie ein

Schrank, den er beim Aufstehen angerempelt haben musste. »Schau zu, dass du weiterkommst!«

Hans kam nicht einmal mehr dazu, eine Entschuldigung auszusprechen, weil der Mann schon weitergegangen war. Unsicher blickte sich Hans um und bemerkte, dass an diesem Ort niemand lächelte. Sowieso schienen ihm für all die vielen Häuser und düsteren Bauten viel zu wenige Menschen hier zu leben: Hans zählte mit Hilfe seiner Finger gerade einmal acht Menschen.

Über dem ganzen Ort lag eine bedrückende Atmosphäre.

Gesa war ähnlich irritiert und strich Kuno zur Beruhigung immer wieder über die Wangen, während ihre Augen über den Platz schweiften. Da vernahm sie einen ihr vertrauten Ton. Unvermittelt, als ob die Burganlage um sie herum nicht existierte, zog sie Hans zur Quelle des Geräusches. Kuno, der nicht mehr genug Kraft hatte, um zu schreien, wimmerte nur noch. Vor dem Karren eines Bauern, dem einzigen weit und breit, kam Gesa zum Stehen. Auf ihm quetschten sich jeweils drei Hühner in winzigen Holzkäfigen aneinander, rupften sich gegenseitig in ihrer Furcht vor der Enge das Gefieder und gackerten aufgeregt und durchdringend.

»Ella«, wisperte Gesa, und ihre Finger bogen sich zu Krallen, als wolle sie die Tiere vor Angreifern schützen. Der Anblick der eingepferchten Hühner überzeugte sie davon, an einem bösen, schlechten Ort angekommen zu sein. Mit hasserfüllten Augen schaute sie den dafür verantwortlichen Bauern an, der ihr jedoch keine Beachtung schenkte. Sie sah eben nicht wie jemand aus, der viele Münzen bei sich trug.

Als der Bauer von einem Ritterlichen in ein Gespräch verwickelt wurde, nutzte Gesa diese Gelegenheit, eilte zu den Hühnern und öffnete deren Verschläge. Bevor der Bauer ihr Befreiungsmanöver überhaupt bemerkte, hatte sie sich auch schon wieder aus dem Staub gemacht und die Hühner flatterten durch die trostlose Vorburg. Hans meinte, Gesas Schopf bei den Unterständen vor der Burgmauer auszumachen, und folgte ihr.

Bei den Unterständen angekommen, fand er Gesa dort auf dem Boden kauernd vor, die Hände auf die Ohren gepresst. Vor lauter Verzweiflung, wie um alles in der Welt sie an diesem Schreckensort das Haus der Zwillingsschwestern jemals finden sollten, wäre sie am liebsten sofort wieder in den Frieden des Waldes zurückgerannt. Hans seinerseits wünschte sich weit von der großen Kirche weg. Er war überzeugt, dass sie die Leute und Tiere auf dem Platz eines Tages unter sich begraben würde. Wenn er das Gebäude so betrachtete, sehnte er sich sogar ein bisschen nach dem Moorhof zurück. In der Hoffnung, seine Unsicherheit vor Gesa verbergen zu können, lächelte er ihr aufmunternd zu und hockte sich neben sie hinter die Unterstände. Kuno war erschöpft vom Weinen und Schreien an seiner Brust eingeschlafen.

Gesa lehnte sich an Hans' Arm. »Sie sind grausam und böse«, flüsterte sie.

Hans nickte zustimmend. So schlimm hatte er sich eine Stadt nicht vorgestellt.

* * *

Uta trat auf das Tor der Hauptburg zu und überblickte von dort die Vorburg. »Gerade einmal ein Bauer!«, sagte sie mutlos zu Katrina und seufzte. Früher war an Markttagen zu dieser Stunde nicht einmal mehr ein einziger Karren durch das herrschende Gedränge gekommen. Mittlerweile gelang es ihr auch nicht mehr, den Gedanken gänzlich von sich zu weisen, dass sie durch ihr Handeln den Kathedralfluch zu verantworten hatte. Utrecht war grau und leblos gewesen, weil der Kaiser gestorben war. Und Naumburg war grau und leblos, weil die Freude und Zuversicht gestorben waren. Schwermütig erinnerte Uta sich an den Tag ihrer Rückkehr aus Utrecht und an die aufgebrachte Menschenkette vor dem Tor der Hauptburg zu ihrem Empfang. Aus den Gesten und Forderungen der Kaufleute hatten so große Wut und Verzweiflung gesprochen, dass sie in letzter Konsequenz sogar vom Burgberg gezogen waren. Dass Erna sich gleichfalls gegen sie stellte, schmerzte Uta nicht minder und ließ sie von den leer stehenden Häusern der Kaufleute zur Schmiede blicken. Erst gestern Nachmittag hatte sie das letzte Mal an Ernas Tür geklopft, Erna war aber nicht zu Hause gewesen.

»Ihr wolltet nach dem Stand der Ausmalungen sehen«, erinnerte Katrina ihre sichtlich niedergeschlagene Herrin in der Hoffnung, diese auf andere Gedanken zu bringen. »Eigentlich schon gestern.«

Erst in diesem Moment fiel Uta ein, dass sie Simon, dem Maler, seit ihrem Aufbruch nach Utrecht, nicht mehr begegnet war. »Du hast recht«, entgegnete sie. Trotz allem durfte sie die Kathedrale nicht sich selbst überlassen. Auch oder gerade nicht für den Fall, dass sie tatsächlich verflucht sein sollte.

In Begleitung zweier Bewaffneter traten sie auf das große Gotteshaus zu und betraten das Querhaus. Uta war mit ihren Gedanken bei Hermann, der nach dem derzeitigen Stand der Dinge vermutlich vergiftet worden war. Erst als Katrina einen überraschten Laut ausstieß, bemerkte sie, dass die Langhauswände der Kathedrale vollständig mit Leinentüchern abgedeckt waren, die Gerüste davor aber unverändert Zutritt boten. »Was ist hier geschehen?« Wenn ihre Rechnung und die Angaben Simons stimmten, hätten die *Himmelszone*, die *heilige Zone* und die *Erdzone* bereits fertiggemalt und die Majestas Domini an der Westwand inzwischen in Arbeit sein müssen. Von der Vierung aus fixierte sie Letztere: doch weder Christus oder wenigstens die ihn umgebende Mandorla noch

Petrus und Paulus waren dort hinter dem Gerüst zu sehen. Immerhin waren die Seitenschiffe inzwischen komplett geweißt.

»Simon?«, rief Uta in das Langhaus, erhielt aber keine Antwort.

»Sie verdecken die Bildwerke vor neugierigen Augen und vor Unheil«, sprach Katrina leise. Das hatte ihr Kaspar jedenfalls zuletzt erklärt, nachdem er ihr den Apostel Jacobus den Älteren auf dem durchgebundenen Putz gezeigt hatte.

»Erlaucht, willkommen zurück!«, trat da Simon an sie heran und verneigte sich zuerst vor Uta, dann vor Katrina. Er sah müde aus, die Haut grau wie die Untermalung der roten und grünen Gewänder.

»Simon, berichtet mir vom Vorankommen Eurer Arbeiten«, bat Uta etwas ungeduldig. Hoffentlich ließ er sie nicht auch noch im Stich … er war einer der wenigen Handwerker, die die Häuser in der Vorburg noch mit Leben erfüllten.

Simon benötigte eine Weile, bevor er sein Schweigen brach und sich zu den Geschehnissen der letzten Tage äußerte. »Wir hatten zuletzt einige Probleme, Erlaucht. Die Angst vor dem göttlichen Zorn hat unsere Werkstatt entzweit. Nur drei der abtrünnigen Maler konnte ich überzeugen zu bleiben. Aber mehr als die Hälfte meiner Gruppe wollte ihr Leben nicht länger für das Handwerk riskierten. Sieben sind wir insgesamt noch.« Simon schaute nachdenklich in die Ferne. Er fühlte sich mit dem Gotteshaus inzwischen derart verbunden, dass, davon war er überzeugt, ihn nicht einmal ein Blitzschlag von diesen Wänden würde trennen können.

Uta spürte aufrichtiges Bedauern in Simons Worten, und dennoch war sie bestürzt, dass inzwischen selbst diejenigen Naumburg verließen, die noch gutes Geld hier verdienten.

»Es tut mir leid«, setzte Simon ehrlich nach.

Die bedrückte Stimmung ließ Uta erneut an Hermann, an seinen Kampf um die eigene Identität und an ihr Zutun zur derzeitigen Lage in Naumburg denken.

»Außerdem«, fuhr der Maler fort und schaute Uta aus erschöpften Augen an, »hat mein jüngster Maler Marco, ein echtes Talent, mir den Schlüssel für das Lapislazuli-Versteck gestohlen und das Pulver auf dem Boden und im Abort des Hauses verstreut. Zusammenkehren aussichtslos.«

Vor Entsetzen schlug sich Katrina die Hand auf den Mund.

»Als ich ihn zur Rede stellte, sagte er mir, mich dadurch vor dem Fluch schützen zu wollen«, führte Simon verbissen aus.

Damit war der Christusmantel für die Westwand nun auch verwirkt! Uta war zum Weinen zumute! Wo sollten sie nun erneut den Edelstein herbekommen, den Abdul al Hasin ihnen zuletzt unter Einsatz seines Lebens und dem Schutz eines bewaffneten Kleintrosses beschafft hatte? Zumal ihnen auch das Geld für den Kauf fehlte? Der Markt brachte so gut wie keine Einnahmen mehr.

»Wir könnten das Gewand Christi mit Azurit-Pigmenten malen, die sind schneller und billiger zu beschaffen und werden genauso wenig wie die Lapislazuli-Pigmente auf den feuchten, sondern auf den trockenen Putz aufgetragen«, schlug Simon, nicht ganz überzeugt von dieser Alternative, vor, während er auf die grob verputzte Westwand schaute. Erst die Verwendung von Lapislazuliblau verlieh einer Majestas Domini den gewissen Effekt, der die Betrachter in atemloses Staunen versetzte.

»Dann wird unser Christus aber doch nur matt schimmern?«, erkundigte Uta sich.

Simon zuckte mit den Schultern. »Besser als …«

»Können wir den leichten Goldglanz des Ultramarins nicht auch mit einer Mischung von Azurit und Goldpulver erreichen?«

»Das habe ich noch nie versucht, eigentlich lassen sich Pigmente grundsätzlich nicht mischen«, gestand Simon und schaute Uta an.

»Gold ist zwar genauso teuer, aber schneller für uns verfügbar«, setzte Uta nach und überlegte, wie sie nach dem Auszug der Händler an das dafür notwendige Geld kommen könnte.

»Einen Versuch wäre es zumindest wert«, pflichtete der Maler ihr bei und vermochte seinen bewundernden Blick nicht von der Markgräfin zu nehmen, rettete sie mit diesem Einfall womöglich doch die Ausmalung an der Westwand.

»Überlasst mir die Beschaffung«, bat Uta und fragte dann: »Auf welchem Stand befinden sich nun die Ausmalungen?«, während sie in Gedanken bereits alle in Frage kommenden Geldverleiher durchging. Die Burgkassen waren nahezu leer. Auch Spenden blieben seit geraumer Zeit aus. Das vorhandene Geld reichte nicht einmal mehr für den Lohn der Maler, wie ihr der Vogt erst vor zwei Tagen berichtet hatte. Ob Bischof Kadeloh einen Teil dazugeben würde?

»Die Bildreihe ist fertig. Die *Erdzone* fehlt noch komplett, der werden sich meine verbliebenen Dekorationsmaler in den nächsten Tagen annehmen. Von den Figuristen sind lediglich noch drei Mann da. Der hoffentlich letzte hat erst gestern sein Bündel gepackt, Erlaucht.«

Simon schüttelte verzweifelt den Kopf. Einen ganzen Mondumlauf mehr Zeit würde er dadurch vermutlich brauchen. Seit dem Weggang seiner Maler arbeitete er die Nächte hindurch und ging erst dann zu Bett, wenn die Nachtwache am Kathedralportal nach getanem Dienst in ihre Häuser zurückkehrte. Doch um den Rückstand aufzuholen, reichten auch die zusätzlichen Arbeitsschichten nicht mehr aus. »Es wird äußerst eng werden, wollen wir die Ausmalungen zumindest bis Allerheiligen schaffen.« Der Besuch des Königs hatte sich inzwischen herumgesprochen.

Uta spürte, dass Simon alles gab, um voranzukommen. Deswegen beharrte sie nicht weiter auf dem Thema. »Zeigt mir ein fertiges Bild, Simon«, sagte sie stattdessen.

»Damit vergebt Ihr Euch den Überraschungseffekt beim erstmaligen Betrachten der gesamten Bilderfolge.« Simon glaubte fest daran, dass das Wandbild in seiner Gesamtheit anders wirkte als jedes einzelne Teilstück. Deswegen verhängte er die Bildwerke, sobald diese abgeschlossen waren. Außerdem störten neugierige Ausrufe und Blicke nur die Konzentration seiner Malerburschen wie auch seine eigene.

Uta beharrte mit weicherer Stimme. »Ich bitte Euch, Simon. Eines möchte ich mir gerne ansehen.«

Katrina verstand die Ungeduld ihrer Herrin. Seitdem sie dem Apostel Jacobus auf dem Gerüst so nahe gekommen war, hatte der Zauber der Wandmalerei auch sie erfasst. Hätte Kaspar sie nicht erst vor wenigen Tagen kurz hinter das Leinen schauen lassen, hätte sie Meister Simon an Utas Stelle nicht minder gedrängt. Möglichst unauffällig lugte das Kammermädchen zur Westwand vor: Ob Kaspar auch unter den untreuen Malern war und den Burgberg verlassen hatte? Hier in der Kathedrale konnte sie ihn nicht erblicken.

Simon nickte schließlich. »Dann zeige ich Euch Christi Geburt. Es ist das einzige Werk, das ich bereits nachgezeichnet habe. Aber nehmt, was Ihr seht, nicht als Ergebnis der gesamten Bilderfolge, sondern lediglich als Ausschnitt eines großen Ganzen.«

Über die Leitern an den Gerüsten im ersten Langhausjoch stiegen sie bis zur *heiligen Zone* hinauf. Simon hob das Tuch wie einen Vorhang an.

Beim Anblick der Wandmalerei verstummte Uta augenblicklich. Die Konturen des Neugeborenen, von Maria und Joseph, von Ochs, Esel und Engeln waren in schwarzer Farbe nachgezeichnet, die Binnenlineaturen mit Rotocker nachgezogen. Obwohl, nein, sie waren mehr als nachgezogen, sie waren veredelt und erzeugten ausdrucksstarke Kontraste. Die bisherige Blässe der vorherrschenden Gelb- und Rottöne hatte sich vollkommen verloren. Das Bild in seinem grünen, richtungsweisenden Rahmen war vollendet und strahlte eine unglaubliche Lebendigkeit aus. Und dabei hatte sie die Bilder schon ohne Simons Nachzeichnungen, die er nicht aus der Hand gab, ausdrucksstark gefunden. Beim Anblick Christi in der Wiege spürte Uta etwas von der alten Kraft in sich zurückkehren, die der Auszug der Kaufmannschaft, das Wissen um Hermanns Gifttrank und der leere Markt ihr genommen hatten.

»Es ist so …«, sie suchte nach dem richtigen Wort, »hoffnungsvoll.« In sich gekehrt betrachtete sie das Bild noch eine Weile, wobei eine Idee für die Finanzierung des benötigten Goldes in ihr heranreifte.

Sie stiegen das Gerüst wieder hinunter. »Wann beginnt Ihr mit dem Christus auf der Westwand?«, wollte Uta zurück auf steinernem Boden wissen.

»Hoffentlich schon übermorgen werde ich den ersten Rötelstrich setzen«, entgegnete Simon und konnte die Unzufriedenheit, die in seiner Stimme mitschwang, nicht verbergen. Noch nie hatte er einen angekündigten Fertigstellungstermin verschieben, aber er hatte auch noch nie zuvor an der Loyalität seiner Maler zweifeln müssen. »Vorher steht noch die *Erdzone* an, die ich zumindest anleiten will.«

»Soll ich neue Maler anwerben?« Noch bevor Uta das letzte Wort ausgesprochen hatte, ahnte sie bereits, dass damit wohl mehr Umstände als schnelle Hilfe verbunden wären.

Simon winkte ab. »Bis ich die eingelernt habe.«

»Aber ich danke Euch, Simon, dass Ihr geblieben seid! Ich weiß das sehr zu schätzen. Sagt das bitte auch den anderen Malern.«

Simon verneigte sich und begab sich wieder zu den Farbtrögen.

»Ist Bischof Kadeloh inzwischen aus Italien zurück?«, fragte Uta Katrina beim Hinausgehen. Erst jetzt machten sie das Kreuzzeichen, das sie beim Eintreten angesichts der verhängten Langhauswand vergessen hatten.

»Seine Exzellenz hat sich zu Mariä Himmelfahrt ankündigen lassen«, entgegnete Katrina. Das feierten sie in fünf Tagen.

Uta schöpfte neue Hoffnung. »Lass uns die Kathedrale noch einmal von außen umgehen. Ich möchte sicher sein, dass, abgesehen vom Glockenstuhl, keine weiteren Schäden zu verzeichnen sind.« Sie war froh, dass die Reparaturarbeiten in der Glockenstube endlich begonnen hatten. Noch vor Ausgang des Jahres würde das vollständige Geläut wieder erklingen. In Begleitung der Bewaffneten, die sich, nachdem sie das Gotteshauses verlassen hatten, erneut an ihre Fersen hefteten, umrundeten die beiden Frauen die Kathedrale sogar zwei Mal. Uta legte selbst Hand an, begutachtete die Festigkeit des Mörtels und mögliche Verschiebungen oder Risse im Mauerwerk. Zufrieden, dass selbst das erdnahe Gestein keine Schäden aufwies und die Fundamente der Kathedrale weiterhin tragfähig waren, richtete sich Uta schließlich wieder auf. Da zog das Weinen eines Kindes ihre Aufmerksamkeit auf sich. Vor dem leeren Haus des Gerbermeisters sah Uta ein Paar auf dem Boden sitzen, das die Häuserzeile seltsam ängstlich beäugte. Ungewöhnlicherweise trug der Mann, nicht die Frau, das Kind, vielleicht weil sie von derart zierlicher Statur war, dass sie dieses nicht länger zu halten vermochte. Uta wusste später nicht mehr, ob es der Wunsch zu helfen oder das Schicksal gewesen war, das sie auf das Pärchen zusteuern ließ.

»Seid gegrüßt, gute Leute«, begann sie das Gespräch und bemerkte, wie die Frau mit dem offenen, langen Haar scheu hinter den Mann trat. Der Mann schaute unsicher zwischen Uta und ihren bewaffneten Begleitern hin und her, zeigte sich jedoch weniger zurückhaltend.

»Seid gegrüßt«, übernahm Hans die Anrede, die er zuvor noch nie gehört hatte. Verwundert betrachtete er Uta. Eine so saubere und schöne Frau hatte er noch nie gesehen. Und dann war sie auch noch in derart feine Kleider gewandet – blauer, feiner Stoff mit edlen Bordüren an Saum und Ärmeln stachen ihm ins Auge. Selbst Kunos Weinen vermochte ihn lange nicht aus Utas Betrachtung zu reißen.

»Geht es deinem Kind nicht gut?«, erkundigte Uta sich. Nicht einmal Luise und Selmina hatten ihren frühkindlichen Unmut einst derart laut und ausdauernd geäußert. Sie hatte Mitleid mit den armen Eltern, deren Sprössling vermutlich Hunger litt. »Seid ihr auf der Suche nach Milch für die Kleine?«

Hans schüttelte den Kopf. »Hans hat einen Sohn, keine Tochter.« Er begann, Kuno zu wiegen, und strich ihm dabei liebevoll über die glühenden Wangen.

Als erst Uta und dann Katrina näher traten, um das in einen Umhang gewickelte Kind genauer zu begutachten, erklärte Hans: »Er heißt Kuno!«

Uta machte dabei Stolz in seinem Gesicht aus. »Darf ich?«, fragte sie und hob die Hand. Sanft streichelte sie dem Kind die Wangen, und es dauerte nicht lange, bis es verstummte.

»Aber …«, stotterte Hans überrascht und schaute auf Kuno, der nun die Augen schloss und endlich wieder wegzudämmern schien.

Dadurch, dass sie das Weinen zum Verstummen gebracht hatte, meinte Uta, nun auch das Interesse der Frau geweckt zu haben, die sie misstrauisch beäugte.

Nur einen Moment später griff die Frau nach dem Kind – was Uta zurückhaltend verfolgte.

»Unser Kuno ist krank und braucht Hilfe, sonst stirbt er«, übernahm Hans das Reden.

Irritiert schaute Uta von ihm zu der zierlichen Frau. »Was hat er denn?«, wollte sie wissen und beugte sich ein Stück näher zu dieser heran. Doch anstatt eine Antwort zu geben, drückte Gesa das Kind nur noch fester an ihre Brust.

Hans übernahm wieder: »Sein Po ist übersät von Blasen und wund wie rohes Schlachtfleisch.«

Unendlich langsam und vorhersehbar führte Uta, sich des Argwohns der Mutter bewusst, ihre Hand zur Kindsstirn. »Der Kleine hat ja Fieber«, stellte sie besorgt fest, »und seine feuchten Kleider verstärken sein Unwohlsein noch.« Nur flüchtig hatte sie Kunos Umhang berührt und wechselte nun einen Blick mit ihrem Kammermädchen. »Katrina, bitte Schwester Alwine mit entsprechenden Medikamenten in die Gesindekammern. Dort können wir die drei vorerst unterbringen.«

Gesa zog Hans daraufhin sofort zu sich heran. »Nein«, entgegnete sie in verzweifeltem Ton. »Nicht einsperren!«

»Ich möchte euch nicht einsperren«, versuchte Uta zu erklären, die sich seltsamerweise für das Paar verantwortlich fühlte. »Nahrung, ein Lager für die Nacht und Heilung für euren Sohn möchte ich euch geben.«

»Das ist unsere Rettung«, flehte Hans Gesa an. »Sonst stirbt er!«

»Zu jeder Zeit kannst du unsere Kammern außerdem wieder verlassen«, bekräftigte Uta ihr Versprechen und sah aus dem Augenwinkel heraus, dass Katrina bereits auf die Zugbrücke der Vorburg zueilte, um ins Moritzkloster zu gelangen.

Die schwarzhaarige Frau blickte auf das Kind hinab, dessen Gesichtchen vom vielen Weinen selbst im Schlaf gerötet blieb. Dann wandte sie sich Hans zu und nickte widerstrebend.

Von den Wachen begleitet, betrat die ungewöhnliche Gruppe das Gesindehaus, das wie die angrenzenden Stallungen an die Ringmauer der Hauptburg gebaut worden war und im rechten Winkel zum Wohngebäude stand.

Utas bewaffnete Begleiter nahmen links der Tür einen Kienspan aus seinem Eisenring und gingen ihnen voran. Zuerst betraten sie die Kammer für das männliche Gesinde, in der in einer Ecke zwei Knappen schnarchten. Uta meinte auch die Stallburschen unter einer Decke auszumachen, die ihre Stute immer versorgten, war sich aber nicht sicher. Als sie die zweite Tür öffnete, sprangen ihr miauend gleich einige Katzen entgegen. Worauf die schwarzhaarige Frau sich bückte und diese zu streicheln begann, was ihren Mann zu überraschen schien. Die Gesindekammer der weiblichen Dienerschaft war fensterlos und leer, dennoch roch es nach frischen Kräutern. Auf dem Steinboden lagen Stroh und Gras verstreut, entlang der Wände befanden sich die Schlafstellen der mehr als dreißig Frauen, die hier früher ihr Zuhause hatten. Uta wies abermals auf eine Tür am Ende der Kammer. Ein niedriger Raum, in dem niemand wohnte; der Vogt hatte ihn einst für das kaiserliche Gesinde einrichten lassen. Uta befahl, frisches Gras, einen eigenen Span, drei Säcke und eine erste Mahlzeit bringen zu lassen. Dann bat sie die Bewaffneten, vor dem Gesindehaus zu warten. Die taten es mit einem Murren und dem Hinweis, dass sie vom Markgrafen den Befehl hatten, Uta nicht aus den Augen zu lassen.

Uta wies Hans und Gesa den Weg in die kleine Kammer und trat dann hinter ihnen ein. Die Tür zum Raum der weiblichen Dienerschaft lehnte sie an. Ein Maunzen drang zu ihnen herüber.

Erschöpft kam Hans auf einem der Säcke zum Sitzen. Dann begann er, die ihm gebrachte Hühnerbrühe aus der Schale zu trinken, wobei er den ihm gereichten Löffel ignorierte. Gesa presste sich an die Wand direkt neben der Tür, das Kind fest umklammert. Sie spähte immer wieder durch den geöffneten Türspalt und zu Hans, der arglos und mit großem Hunger die Brühe schlürfte.

Uta spürte eine ungewöhnliche Verbundenheit zwischen den beiden, obwohl sie ihr sehr verschieden schienen. »Mögt ihr mir verraten, was euch widerfahren ist?«, fragte sie vorsichtig, als Hans gesättigt war.

Gesa reagierte nicht, und Hans überlegte lange. Dann nahm er all seinen Mut zusammen: »Wir sind Gesa und Hans vom Moorhof ...« Seine Geschichte begann mit Kunos Auffinden im Wald, erzählte von ihrer Flucht durch das Moor, von der Verfolgung durch Emmerich und der Flößstation, die sie aus der Ferne gesehen hatten und schließlich von dem Erdloch, das ihnen zwei rothaarige Schwestern gewiesen hatten. Uta wusste sofort, wer damit gemeint war und sich folglich außerhalb der Burgmauern und ohne Begleitung an der Waldgrenze herumgetrieben hatte, fragte aber nicht weiter nach. Als Hans beim Kathedralungeheuer angekommen war und erzählte, dass er das erste Mal in einem Steinhaus sei, betraten Katrina und Schwester Alwine die Gesindekammer. Schnell entdeckten sie das Kind auf Gesas Arm.

Behutsam machte sich die Benediktinerin daran, das schlafende Kind aus den Armen seiner verkrampften Mutter zu lösen, wodurch es erwachte und wieder zu wimmern begann. Gesa reichte Alwine Kunos Umhang, den die Schwester neben das Kind legte.

Zuerst streichelte Alwine Kuno über das Köpfchen und berührte die kraftlosen Fingerchen. Dann nahm sie eine gründliche Erstversorgung vor, reinigte den wunden Po und trug eine entzündungshemmende Tinktur auf. Als Alwine zu singen begann, verstummte Kunos Wimmern wieder. Zuletzt legte sie ihm noch frisches Gras und Kräuter zwischen die Backen und gab ihn, eingeschlagen in ein frisches Leinen und trockene Tücher, seinen Eltern zurück. Den alten Umhang legte sie zuerst einmal mit dem Hinweis, dass er dringend gewaschen werden müsse, breit zum Trocknen aus. Offensichtlich war Kuno zu schwach, um nach seiner gewohnten Körperbedeckung zu verlangen.

»Die Entzündung seines Hinterteils wurde durch zu viel Feuchtigkeit verursacht«, erklärte sie. »Sie ist schon so weit fortgeschritten, dass er an der linken Pobacke sogar eine offene Wunde hat, deren Eiterung wir unbedingt verhindern müssen, sonst bekommt der Kleine Wundbrand und der endet häufig tödlich.« Sie überließ Hans und Gesa Reinigungstinktur, Wundsalbe und frisches Leinen, damit die beiden die Behandlung ihres Kindes ab morgen eigenständig vornehmen konnten.

Nachdem sich Schwester Alwine wieder auf den Rückweg ins Kloster gemacht hatte, verließen auch Uta und Katrina das Gesindehaus. Vor dem Wohngebäude stockte Uta und wandte sich noch einmal um. Nachdenklich schaute sie durch das Tor in die Vorburg. Da erst fiel ihr wieder ein, was sie beim Anblick des kleinen Jungen ganz vergessen hatte: Ob es dem rotgesichtigen derben Mann, der in jenem Moment eingeritten war, als sie mit Hans und Gesa auf das Gesindehaus zugehalten hatte, wohl gelungen war, dank seines furchterregenden Anblicks auch noch die letzten Marktbesucher zu verscheuchen?

* * *

Ihr fußlanger Schleier, den sie seit der Grablegung des Geliebten nur zum Schlafen ablegte, wehte im Flur der Speyerer Burg hinter ihr drein, so schnell eilte sie ihn entlang. Für gewöhnlich ließ sie die Menschen zu sich kommen, doch die Abschrift des Briefes in ihrer Hand, die ihr bei der allmorgendlichen Durchsicht von Dokumenten untergekommen war, duldete keinen Aufschub.

Gisela betrat die Bibliothek und ging zu ihrem Sohn, der, über mehrere Bücher gebeugt, an einem Tisch im hinteren Teil der Kammer saß. Der Geruch von Holz und Pergament stieg ihr in die Nase, während sie an den Regalen mit schmuckvollen

Bücherrücken vorbei auf ihn zuschritt. Am Tisch angekommen, hielt sie ihm die Abschrift unter die Nase. »Heinrich, bitte erklär mir das.«

Mit schwitziger Hand fuhr sich der König durch das schulterlange Haar. Anstatt nach dem Schreiben zu langen, ergriff er mit dem zärtlichen Wort »Mutter« ihre Hand. Er ahnte, was diese so erregte: Seine erste Entscheidung innerhalb ihres bisherigen Wirkungsbereiches, die er ohne Rücksprache mit ihr getroffen hatte.

»Ach, Heinrich«, sagte sie und ließ das Pergament sinken. Ihr Ärger wich der Sehnsucht nach familiärer Nähe.

»Es war die vernünftigste Entscheidung unter den gegenwärtigen Umständen«, erklärte er und drückte seine Stirn dabei fest gegen ihre Hand.

Seine dunkelgrüne Seidentunika war im Schoß und an den Armbeugen zerknittert und verriet Gisela, dass er bereits seit Sonnenaufgang vor den aufgeschlagenen Büchern saß.

»Aber der Kaiser ...« Gisela zögerte. *Gisle, Gisle*, hörte sie Konrad rufen. »Aber dein Vater hatte sich in Nimwegen ausdrücklich gegen Äbtissin Adelheid ausgesprochen.«

Das wusste Heinrich und hatte dennoch anders entschieden.

»Das Stift Gandersheim ist nach Quedlinburg das mächtigste Damenstift im Reich. Es darf nicht länger führungslos sein. Der Äbtissinnenstuhl ist nun schon seit fast einem halben Jahr unbesetzt.« Heinrich löste die Stirn von ihrer Hand.

»Aber mein Sohn«, mahnte Gisela, und ihr Blick fiel auf einige gestapelte Bücher mit einer Kombination von Buchstaben und Ziffern auf dem Rücken. »Du solltest nicht vergessen, dass wir einzelnen Personen keinen zu mächtigen Wirkungskreis zusprechen dürfen. Adelheid ist bereits Äbtissin der Stifte von Quedlinburg, Gernrode und Vreden. Dein Vater hat sich deshalb bewusst gegen sie entschieden.«

»Aber die Umstände haben sich seit seiner Entscheidung geändert«, beharrte Heinrich. »Ohne eine königlich ordinierte Vorsteherin könnte das Stift Gefahr laufen, für regionale Interessen missbraucht zu werden. Gerade in Sachsen dürfen wir das nicht riskieren.« Wie sie so anmutig vor ihm stand, hätte er ihr am liebsten nachgegeben, und doch musste er dieses Mal in seinem Entschluss festbleiben. Mit einem aufgeschlagenen Buch auf dem Arm erhob er sich und trat von ihr und vom Tisch weg zum Fenster.

»Du magst recht haben«, räumte Gisela ein und blickte nachdenklich auf den Rücken ihres Sohnes. Aber dass er so offenkundig gegen den Willen seines Vaters entschied, schmerzte sie. »Doch bitte besprich Sachverhalte, die das Andenken deines Vaters beschädigen könnten, zukünftig vorher mit mir.« Die Prophezeiung verlangte, dass sie die Regierungsgeschäfte nicht aus den Augen lassen durfte, obwohl sie Heinrich einen scharfen Verstand und durchaus auch einige politische Erfahrung zumaß.

Heinrich drehte sich um, sein Blick war ernst. »Ich würde Vaters Andenken niemals beschädigen.«

Gisela hatte sehr wohl verstanden, dass seine Antwort keine Zusage an ihr Verlangen gewesen war, und dennoch beruhigte seine Antwort sie. »Da ist noch etwas, mein Sohn.«

Heinrich trat an den Tisch zurück.

»Wir brauchen einen Erben«, sprach sie und wäre ihm am liebsten mit der Hand durch das schwarze, gescheitelte Haar gefahren, das sie in seiner Festigkeit so sehr an Konrads Schopf erinnerte. »Großfürst Jaroslaw von Kiew bietet uns seine jüngste Tochter Anna an. Sie ist von vollkommener Schönheit. Mit ihren dreizehn Jahren ist sie noch jung und kraftvoll genug, uns einen Thronfolger zu gebären.«

Uns? *Er* und nicht sie war in Aachen inthronisiert worden und hatte damit die Verantwortung für das gesamte Reich übernommen.

»Erst einmal will ich die aufrührerischen Sachsen zähmen«, entgegnete er ausweichend.

Gisela schmerzte es, dass Heinrich ihr immer öfter widersprach, doch sie ließ es sich nicht anmerken.

»Sagt, Mutter«, wechselte er das Thema. »Welche Strafe hieltet Ihr für die Markgräfin von Meißen angemessen?«

Gisela war froh, dass der Sohn sie wenigstens diesbezüglich um Rat fragte. »Ein Bußgang oder eine Stiftung wären angemessen.«

»Nur ein Bußgang?«, wiederholte Heinrich mit einem Anflug von Unverständnis und hielt seiner Mutter das aufgeschlagene Buch hin, in dem er zuletzt gelesen hatte: »Im Brief an die Römer spricht Paulus davon, dass jeder Mensch den Trägern der staatlichen Gewalt Gehorsam schuldet, weil es keine staatliche Gewalt gäbe, die nicht von Gott stammt.« Heinrich tippte auf die entsprechende Textstelle. »Jeder Herr ist von Gott eingesetzt«, trug er leidenschaftlich vor. »Wer sich ihm entgegenstellt, wird dem Gericht verfallen sein.«

Gisela schob das Buch von sich weg. »Bedenke, dass die Strenge des Gesetzes, auch des göttlichen Gesetzes, durch die Gnade zu mildern ist. Nur ein gnädiger König ist ein guter König.«

Stumm blätterte Heinrich in dem Buch, dann schaute er wieder auf. »Ich werde über Uta von Ballenstedt noch einmal nachdenken. Bis zum Feste Allerheiligen ist noch genug Zeit.«

»Du tust recht, nicht überstürzt zu handeln. Du bist ein guter König.« Gisela lächelte versöhnlich. Derweil würde sie sich nach einer passenden Königin für ihn umschauen und mit Wipo und dem Freisinger Erzbischof reden. Beide sollten Heinrich die Pflichten gegenüber Mutter und Vater nochmals in Erinnerung rufen. Gisela gedachte der Prophezeiung eines geachteten Weissagers, die besagte, dass sie, Gisela von Schwaben, Kaiserinwitwe des Heiligen Römischen Reiches, ihren

Sohn überleben würde. Aus diesem Grund war es auch von höchster Relevanz, dass sie weiterhin den Überblick über die Regierungsgeschäfte behielt und Heinrich alsbald Erben geboren wurden.

Heinrich beobachtete die Mutter. Selbst in der momentanen Zweisamkeit, in der sie nicht nur Kaiserinwitwe und König, sondern auch Mutter und Sohn waren, wirkte sie zwar warmherzig, aber auch entschlossen und zielgerichtet. In ihrem Herzen, davon war Heinrich überzeugt, würde sie immer Kaiserin bleiben. Doch er musste seinen eigenen Weg gehen. Fast drei Mondumläufe lag der Tod des Vaters inzwischen zurück. Es wurde Zeit!

Und so sagte er mit belegter Stimme: »Ich gedenke allein nach Naumburg zu reisen. Ohne Euch und ohne Bischof Egilbert.«

Seitdem er denken konnte, war er neben seinen Eltern stets von Menschen umgeben gewesen, die ihn lehrten und lenkten. Ihn dann zwar alleine gehen ließen, aber nicht, ohne ihm zuvor den Weg gewiesen zu haben. Und genau das musste sich ändern.

Wortlos betrachtete Gisela ihren Sohn. Sie ahnte, dass es ihm nicht nur um Naumburg ging.

»Ich möchte mehr als die Ostgrenze«, erklärte er weiter. »Ich möchte das Reich mit allen meinen Fähigkeiten – die Ihr mir gegeben und ermöglicht habt, zu erlangen – selbständig regieren.« Ihn verlangte es über die Ernennung von Äbtissinnen und markgräflichen Zuwiderhandlungen nach seinen eigenen Vorstellungen entsprechend dem geltenden Recht zu entscheiden. »Wenn Ihr es mir schon nicht zutraut, wie soll es dann mein Volk? Wie soll es mich je als König wahrnehmen, wenn Euer Glanz mich stets überstrahlt?«

Giselas Magen zog sich zusammen, doch sie bewahrte Haltung. Sie betrachtete Heinrich und sah ihn brennen für seine Sache. Sie, genauso verständig wie kühn in politischen Diskussionen und versiert im Umgang mit adligen, bäuerlichen, bischöflichen und päpstlichen Interessen, lächelte traurig. Er war kein politischer Gegner, er war ihr Fleisch und Blut. Zum ersten Mal unterließ sie es, das Gespräch mit verfeinerten diplomatischen Künsten weiter fortzuführen. »Gut«, sagte sie stattdessen und hauchte ihm einen Kuss auf die Stirn. »Du wirst alleine in Naumburg richten.« Damit übertrug sie dem Sohn die Sache *Uta von Ballenstedt*, die ihr eine wahre Herzensangelegenheit war – ein für sie unglaublicher Schritt. Die Brautfindung anzugehen sowie den Überblick über alles andere zu behalten ließe sich auch aus dem Hintergrund heraus regeln.

»Danke«, entgegnete Heinrich gerührt. Es war ihre Art, ihm ihren Respekt zu zeigen. »Ich weiß, was die Markgräfin Euch bedeutet, Mutter.« Er nahm ihre Hände und drückte sie an seine Brust.

Die Wärme, die von seinem Körper ausging, beruhigte Gisela und nahm ihr die Sorge, den Sohn zu verlieren. Sie strich ihm über den Arm. »Du wirst gerecht handeln, deine Überzeugungen sind ehrenhaft.«

Als Zeichen seiner tiefen Hochachtung vor der Mutter verneigte sich Heinrich lange. Gleichzeitig fühlte er jedoch auch einen enormen Druck auf sich lasten: Von heute an musste er nicht nur seinen Untertanen, sondern vor allem auch den hohen Ansprüchen seiner Mutter genügen. Damit hatte er einen schmalen Pfad ohne säumenden Zaun gewählt, den schmalsten seines jungen Lebens.

»Hoheiten!«, ertönte da auf einmal ein Ruf vor der Tür zur Bibliothek, gefolgt von einem wummernden Klopfen.

Heinrich erkannte die Stimme des Freisinger Bischofs.

Mutter und Sohn lösten sich voneinander.

Mit einem tiefen »Herein« bat Heinrich den Bischof, einzutreten.

Egilbert verneigte sich und überlegte dann, an wen er sich mit seiner Nachricht zuerst wenden sollte. Er begann bei Gisela, wie er es gewohnt war. »Wir haben uns von ihm blenden lassen! Er hat einen Raubzug nach Polen geführt. Krakau und Gnesen sind vollständig geplündert, Schlesien hat er besetzt. Die Menschen aus Giecz und Kruschwitz zwingt er zur Umsiedlung nach Böhmen. Eine Reihe böhmischer Adliger begleiten ihn, sogar der Prager Bischof soll an seiner Seite reiten!«

Heinrich wusste sofort, von wem Egilbert sprach. »Das muss ein Irrtum sein!« Mehrfache Treueeide, zuletzt in seiner Pfalz in Goslar, hatte Herzog Břetislav von Böhmen ihm geschworen.

Der Bischof schüttelte vehement den Kopf. »Břetislav von Böhmen hat uns hintergangen!«

Verdrossen strich Heinrich sich über den Scheitel. Er hatte dem böhmischen Herzog vertraut, ihn an seine Seite gelassen. Der Mann mit dem unerschütterlichen Frohsinn hatte den einen oder anderen in seinem Gefolge an langen Tagen aufzuheitern gewusst und schien politisch umsichtig.

»Er hat unsere Trauerphase und die Zeit der Machtübergabe für sich genutzt«, resümierte Gisela unwillkürlich, hielt darauf aber sofort an sich und trat einen Schritt hinter Heinrich zurück, der daraufhin meinte: »Da Polen unter der Lehnshoheit des ostfränkischen Königs steht, bedeutet der Überfall auch eine Kampfansage an uns persönlich.«

»Aber das ist noch nicht alles, Hoheiten!« Bischof Egilbert stand der Unmut deutlich ins Gesicht geschrieben. »Břetislav hat die Reliquien des heiligen Adalbert aus Gnesen gestohlen und nach Prag überführt!«

Heinrich fasste es nicht, dass seine Alleinherrschaft mit einer solchen Demütigung begann. »Die Gebeine des polnischen Landesheiligen Adalbert?«

Gisela begriff die Symbolik dieses Aktes sofort. »Dem vorletzten Herzog und selbsternannten König von Polen, Boleslaw, war der Leichnam Adalberts so viel wert gewesen, dass er ihn einst in Gold aufgewogen ausgelöst hat.«

Unbestritten ihres hoffentlich gelösten Konfliktes konnte Heinrich Giselas Fähigkeit, Zusammenhänge unmittelbar zu erfassen, nur bewundern. Er wusste, was sie dachte, ihm aber zu verkünden überließ. »Herzog Břetislav erhebt mit dem Diebstahl des polnischen Landesheiligen Anspruch auf das Erbe Polens! Und hinter ihm scheint ganz Böhmen zu stehen. Polen hingegen ist zersplittert und in einem Moment größter Schwäche überfallen worden. Unbestritten hat der Herzog den Zeitpunkt gut gewählt und ist die Sache klug angegangen.«

Der Bischof drängte: »Was gedenkt Ihr zu tun, Hoheiten?«

Gisela führte den Blick zu Heinrich.

»Unverzüglich müssen wir die Freigabe Polens fordern! Polen ist unser Vasall, genauso wie Böhmen.« Heinrich spürte den Druck, ebenso schnell wie erfolgreich entscheiden und handeln zu müssen. »Außerdem verhängen wir einen Straftribut in Höhe von zweihundert Pfund Silber.« Diese Summe entsprach dem Gegenwert von vierhundert Schwertern. »Exzellenz, Ihr persönlich werdet meine Forderung Herzog Břetislav überbringen!« Der Bischof wollte gerade auffahren, weil er inzwischen in einem Alter war, in dem ihn das viele Reisen krank machte, als Heinrich im gleichen Atemzug fortfuhr: »Wenn der Böhme meinem königlichen Befehl nicht umgehend Folge leistet, ziehen wir gegen ihn!« Als Nächstes bat er Gisela mit gleichsam fester Stimme: »Sorgt Ihr dafür, dass meine Vertrauten an der Ostgrenze über den Stand der Dinge informiert werden!« Der Meißener Markgraf war nur wenige Tage nach der Thronsetzung mit einem Umweg über Sachsen nach Naumburg aufgebrochen.

»Gerne«, entgegnete Gisela, und in ihre Beklemmung, welche sie hinter einem anhaltend höflichen Lächeln verbarg, mischte sich Vergnügen über den irritierten Gesichtsausdruck des Freisinger Bischofs. Das entschlossene Handeln Heinrichs erinnerte sie an ihren Konrad, dem ihr Sohn damit noch ähnlicher wurde.

Versöhnlich und dennoch energisch fügte Heinrich hinzu: »Neben dem Markgrafen von Meißen sollen sich auch der Herzog von Bayern und der Markgrafen der Nordmark rüsten! Die Reise nach Naumburg an Allerheiligen werde ich damit verbinden, dort die Unterwerfung des Böhmen entgegenzunehmen.« Es war das erste Mal, dass er in einer politischen Angelegenheit von »ich«, und nicht von »wir«, gesprochen hatte. Er, der Gesalbte des Herrn.

✳ ✳ ✳

Die Talgschale mit dem dünnen leinenen Docht brachte kaum Helligkeit in die fensterlose Kammer.

Gesa nahm den schlafenden Kuno auf und band ihn sich vor den Bauch. Entschlossen trat sie auf Hans zu. »Wir müssen weg.«

»Wieder weg?«, raunte er todmüde. Endlich mussten sie keinen Hunger mehr leiden und waren vor den Gefahren des Waldes in Sicherheit – hier in ihrer eigenen Kammer, die ihnen eine echte Markgräfin überlassen hatte. Auch wenn Hans nicht genau wusste, was eine Mark war, ahnte er doch, dass es etwas Bedeutendes sein musste. Das Mädchen der Markgräfin mit der gespaltenen Oberlippe hatte ihm heute Morgen sogar Arbeit in der Küche am Blasebalg verschafft. Endlich hatte er sich wieder nützlich machen können und auch noch die rothaarigen Zwillinge in der Burgküche wiedergesehen. Im Gegensatz zu seinen ersten Eindrücken auf dem Burgberg waren die Menschen um die Markgräfin herum umeinander bemüht und gingen so freundlich miteinander um, wie er es zuvor noch nie erlebt hatte. Ihm war heute sogar zugesagt worden, dass er demnächst einen echten Bischof sehen würde, der die Messe zu Mariä Himmelfahrt las. »Warum sollen wir weg? Kuno kann es nirgends besser haben.«

Gesa, die wusste, dass Hans recht hatte, trat dennoch um ihn herum in Richtung der Tür. »Bedrohung ist nah.« Ihre Augen flammten auf. Sie hatte Angst um Kuno.

Hans rappelte sich hoch. »Du meinst, Emmerich ist hier in Naumburg?« Abgesehen von Emmerich vermochte niemand sonst solche Unruhe in ihr auszulösen.

Gesa nickte und streichelte ihrem Kind beruhigend über das Köpfchen.

»Was machen wir aber mit Kuno?«, frage Hans ungläubig. »Sein Fieber ist noch nicht weg. Er soll nicht sterben.« Wir sind doch erst vorgestern angekommen, und gesund werden dauert länger, dachte er verwirrt. Seit gestern betupften sie Kunos Po mit der Tinktur der Krankenschwester, legten ihm mehrmals am Tag frisches Leinen an und kühlten seine Stirn. Gestern Abend hatte es so ausgesehen, als gesunde er, doch vergangene Nacht hatte er plötzlich wieder durchgeschrien.

Doch Gesa kam nicht mehr dazu, Hans zu antworten, denn in diesem Moment fragte eine Stimme auf der anderen Seite der Tür: »Seid ihr da?«

Augenblicklich drängte sich Gesa mit Kuno in die der Tür gegenüberliegende Ecke der Kammer.

Hans schob den Riegel beiseite. »Tretet doch ein, Markgräfin«, sagte er, als er die Stimme wiedererkannte, und setzte schnell noch ein »Erlaucht« hinterher, weil man ihm dies in der Küche so beigebracht hatte. Zudem sollte er nicht sitzen, sofern die hohe Herrin stand, und nicht reden, bevor er nicht von ihr dazu aufgefordert wurde.

Unter Hans' staunenden Augen betraten Uta und ihr Kammermädchen den Gesinderaum. Utas mohnrotes Gewand war von solch einer strahlenden Leuchtkraft, wie er es zuvor noch nie gesehen hatte.

Während Uta Hans nach der Gesundheit des Jungen befragte, ging das Kammermädchen vor Gesa in die Hocke. »Schläft er?«, fragte Katrina und betrachtete den Kleinen eindringlich. Ihr fiel auf, dass Kunos Lider unruhig flackerten.

Gesa schüttelte den Kopf und schaute ruhelos zur Tür. »Das Fieber schwächt ihn.« Bittend schaute sie das Kammermädchen an.

»Er braucht dringend Heilung«, bemerkte Katrina vorsichtig. Vermutlich hatte das Kind die Augen geschlossen, weil ihm schlichtweg die Kraft fehlte, die Lider offen zu halten.

»Habt Ihr noch bessere Medizin?«, fragte Hans an Katrina gewandt, auch wenn es ihm unangenehm war, die Gutmütigkeit der Markgräfin noch weiter auszureizen.

»Die Benediktinerinnen des Moritzklosters sollten Kuno noch einmal anschauen«, erklärte Uta mit einem Blick auf den fiebernden Jungen.

Kurz nickte Gesa, schaute gleich darauf aber erneut argwöhnisch zur Tür.

Da ertönte ein spitzer Schrei in der Nachbarkammer. Frauenstimmen riefen laut durcheinander. Darunter mischte sich das Fauchen einer Katze, als wäre man ihr auf die Pfoten getreten. Als dann auch schon jemand derart kräftig gegen die Tür hämmerte, dass Uta meinte, sie würde eingetreten werden, baute Hans sich schützend vor Gesa auf.

»Wer verlangt Eintritt?«, fragte Uta mit fester Stimme und tauschte einen irritierten Blick mit ihrem Kammermädchen, als ihre Befürchtung auch schon eintrat.

Gerade noch rechtzeitig konnte sie zur Seite ausweichen, da krachte die Tür auch schon in die Kammer.

Vor Uta kam ein Mann mit scharfem Atem und hochrotem, derbem Gesicht zum Stehen, den sie sofort erkannte. Wütend trat der Mann über Leinen und Tinktur hinweg auf Gesa und Hans in der Ecke zu. Unauffällig schlich sich Katrina in den Nebenraum und von dort aus ins Freie – der Rotgesichtige achtete nicht weiter auf sie, hatte nur Augen für Hans und Gesa.

Uta hoffte, dass Katrina nach den Bewaffneten rief, die vor dem Gesindehaus standen. Als Nächstes sah Uta, wie der Eindringling auf Hans einschlug. Zuerst verpasst er dem jungen Küchenhelfer mehrere Faustschläge in den Magen, so dass er vor ihm auf den Boden sank. Dann trat er auf ihn ein. »Du Dieb! Du Dummerchen!« Jedes Wort wurde von einem Tritt begleitet.

Uta schaute zu Gesa, die in diesem Moment das Kind neben sich ablegte und sich dann wie eine Wildkatze auf den Fremden stürzte. Sie klammerte sich derart fest an den Eindringling, dass dieser von seinem zusammengekrümmten Opfer abließ. Einen Lidschlag später heulte er vor Schmerz laut auf, Gesa hatte ihn rechts unterhalb des Ohres in den Hals gebissen. Blut floss.

Inzwischen kam Hans wieder nach oben, obwohl ihm seine Beine kaum gehorchten, und nahm Kuno aus der Ecke zu sich auf den Arm.

Im nächsten Moment rannten Bewaffnete in die schmale Kammer und packten den Eindringling an beiden Armen. Uta drängte sich gegen die Wand. »Ihr habt mein Geld, ihr Diebe!«, vernahm sie die zornige Stimme des Mannes, von dem Gesa noch immer nicht abgelassen hatte. »Und wenn es das Letzte ist, was ich tue, ich hole es mir zurück!«

Es kam zu einem weiteren Gerangel, und sie benötigten drei Mann, um Gesa schließlich vom Hals des Knechtes zu lösen. Emmerich keuchte vor Erschöpfung, als er von zwei Bewaffneten in die andere Ecke der Kammer gedrängt wurde. Gesa hingegen sagte kein Wort und blieb, als hätte sie der Angriff keinerlei Kraft gekostet, einfach reglos, wo sie war.

Hans stand in der Mitte der Kammer zwischen den beiden und wiegte Kuno auf dem Arm, der inzwischen lauthals zu schreien begonnen hatte.

Uta hörte, wie Katrina in der Gesindekammer nebenan die Frauen beruhigte. »Was willst du?«, fragte sie den Rotgesichtigen mit strenger Miene, schließlich war er unerlaubt in die Hauptburg eingedrungen.

»Zwanzig Silberpfennige haben sie mir gestohlen. Das waren meine ganzen Ersparnisse!«, wetterte Emmerich keuchend, noch immer im Griff der Wachen, die er unter dem Vorwand, einem der Knappen eine wichtige Nachricht vom Schmied überbringen zu müssen, ausgetrickst hatte. Nach seiner lebhaften Beschreibung der Hühner-Gesa hatte ihm einer vom Burggesinde von dem erst kürzlich aufgetauchten Paar mit dem Kind sowie deren Unterbringung im Gesindehaus erzählt.

»Welcher Tätigkeit gehst du nach?«, erkundigte sich Uta weiter.

»Ich bin erster Knecht!«, entgegnete Emmerich wahrheitsgemäß und blickte die Frau vor sich nun aufmerksamer an. Langsam dämmerte ihm, dass er eine hochgestellte Persönlichkeit vor sich haben musste.

»Auf welchem Hof verdient ein Knecht zwanzig Silberpfennige?«

»Auf dem …«, wollte Emmerich gerade ansetzen, als ihn eine warnende Stimme in seinem Inneren innehalten ließ.

Uta wandte sich an Hans und Gesa. »Habt ihr ihn tatsächlich bestohlen?« Es schmerzte sie, dass ihr Vertrauensvorschuss womöglich missbraucht worden war.

Hans senkte den Kopf. »Ja, aber nur, weil wir Essen für Kuno brauchten. Sonst wäre er heute tot.«

»Habt ihr sonst noch jemandem etwas genommen, das nicht euch gehört?«, fragte Uta.

»Hans hat noch Obst, Milch und einen Korb aus der Kammer der Bauern mitgenommen. Damit wir die ersten Tage im Wald nicht verhungern«, gestand er betroffen. »Hans tut das alles leid.«

Uta schaute zu Gesa, die ihren Blick zu fühlen schien und nun langsam den Kopf hob. Zuerst schaute sie zu Hans, der die Markgräfin beinahe bettelnd ansah, und dann zu Uta. »Außer den genannten Dingen zusätzlich eines Umhangs«, sagte sie, »haben wir nichts genommen, was sich rechtmäßig im Besitz eines Menschen befunden hat.«

Nachdem sie diesen Satz beendet hatte, blickte sie Emmerich herausfordernd an.

Uta verstand den Hinweis, gab den Wachen jedoch einen Wink, als sie sah, dass sich der Knecht außer sich vor Wut erneut auf Gesa stürzen wollte.

Gesa griff daraufhin unter ihr Hemd und holte den abgenutzten Lederbeutel darunter hervor. Eines Tages, als sie auf dem Moorhof wieder einmal nach Ella gesucht hatte, war sie dabei auch in die Ochsenscheune geschlichen. Die Knechte hatte sie sicher entfernt auf dem Sommerfeld zur Aussaat gewusst. Aufgelöst vor Sorge hatte sie schließlich sogar unter Emmerichs Umhang nach dem Huhn geschaut. Zwar war Ella darunter nicht zum Vorschein gekommen, wohl aber ein noch nicht wieder völlig geschlossenes Erdloch. Voller Angst, dass der grausame Knecht die Henne darin verbuddelt haben könnte, hatte sie das Loch wieder ausgehoben und war so Emmerichs Geheimnis auf die Spur gekommen.

Mit ausgestreckter Hand hielt Gesa Uta nun den Lederbeutel hin.

Uta öffnete ihn und zählte nach. »Fünfzehn sind das hier.«

Der Knecht schäumte vor Wut. »Insgesamt zwanzig Pfennige

haben sie mir gestohlen!« Er wollte sich aus dem Griff der Wachen befreien, doch diese hielten ihn eisern fest.

»Als wir am Anfang unserer Flucht in einem Waldhaus Kräuter für Kuno wollten, damals war sein Popo schon einmal ganz rot«, erklärte Hans, »hat die Kräuterfrau fünf Silberpfennige von mir verlangt. Einen für jedes Kraut und die Erklärung, wie ich es anwenden muss.« Fünf Silberpfennige für Kräuter? Der junge Mann war ganz offensichtlich übers Ohr gehauen worden. Selbst ein Korb voller Arnika und Kamille ist keinen ganzen Silberpfennig wert, dachte Uta mitfühlend und war gleichzeitig gerührt, wie aufopferungsvoll das Paar für das Kind sorgte.

Dann wandte sie sich dem Knecht wieder zu. »Du hast dich des gewaltvollen Eindringens in markgräfliche Räumlichkeiten schuldig gemacht!«

»Aber doch nur …«, begehrte Emmerich auf, als Uta ihm das Wort abschnitt. »Auch du wirst deine Schuld begleichen.« Doch ein öffentlicher Prozess würde womöglich als ein weiteres schlechtes Omen angesehen werden und vielleicht noch die letzten trotz des Kathedralfluchs auf dem Burgberg verbliebenen Treuen verjagen. Dieses Risiko durfte sie in keinem Fall eingehen, sie würde den Vorfall daher geräuschlos und dennoch gerecht lösen müssen.

»Ich sehe von einer härteren Strafe ab, sofern du dich nach der Rückzahlung der zwanzig Silberpfennige nicht mehr hier blicken lässt«, fuhr sie deshalb fort, schnürte den Beutel wieder zu und reichte ihn dem Knecht.

Emmerich blickte sie nun neugierig an. Er überlegte kurz, ließ seinen Blick über ihre edlen Gewänder gleiten und antwortete dann bemüht höflich, obwohl er die anstrengende Feldarbeit kein bisschen vermisste: »Dreißig Silberpfennige und einen guten Umhang. Schließlich hatte ich Ausgaben während der Suche. Mehr als zwei Mondumläufe war ich nur wegen der beiden unterwegs und musste die Feldarbeit liegen lassen. Wegen ihnen müssen nun Menschen darben!« Emmerichs Blick heftete sich nun auf Gesa. Unversöhnlich, hungrig und abschätzig.

»Gut war dein Umhang nicht!«, warf Hans ein, senkte aber gleich wieder den Kopf – voller Scham, in den Augen der Markgräfin als gemeiner Dieb dazustehen.

»Hans und Gesa werden ihre Schuld hier auf der Burg abarbeiten«, verkündete Uta, der der Blick des Knechtes nicht behagte. »So lange strecke ich die restlichen fünfzehn Silberpfennige und den Umhang vor!«

Überwältigt öffnete Hans den Mund. Die Gräfin ließ sie also nicht vor das Burgtor werfen? Freude überkam ihn, und er strich Kuno erleichtert über die glühende Stirn.

Emmerich starrte immer noch Gesa an, die den Blick gesenkt hielt. Dabei rieb er sich über die Narbe am Unterarm, die ihm Gesa einst, um Hans zu verteidigen, zugefügt hatte und griff kurz an die Wunde an seinem Hals, die noch immer blutete.

»Dann bringt ihn jetzt raus«, befahl Uta den Wachen, bevor Emmerich noch etwas erwidern konnte. »Morgen zur Mittagszeit soll er am Brunnen in der Vorburg Münzen und Umhang erhalten und danach Naumburg verlassen. Und lasst ihn ja nie wieder ein!«

Die Wachen führten Emmerich hinaus.

»Danke, Erlaucht!« Mit Kuno auf dem Arm fiel Hans vor Uta auf die Knie. »Hans entschuldigt sich, dass wir Euch nicht die ganze Wahrheit gesagt haben.«

Uta nickte verzeihend. »Habt ihr sonst noch etwas verheimlicht, was uns oder euch in Bedrängnis bringen könnte?«

»Nein, wirklich nicht«, beteuerte Hans und rappelte sich wieder hoch, wobei er mit Kuno vor der Brust ein wenig ins Schwanken geriet.

Uta griff nach dem wimmernden Kind in Hans' Armen und

wiegte es vorsichtig. Dann legte sie ihre Hand auf Kunos schweißnasse Stirn, wobei sie wahrnahm, dass Gesa sich an die Wand presste und die Augen schloss. »Katrina!«, rief Uta das Kammermädchen in die Kammer zurück. »Der Kleine muss zu den Benediktinerinnen – eine Laienbehandlung scheint mir nicht länger angebracht.«

»Gesa hat Angst, dass wir ihn nicht wiedersehen«, warf Hans ein, und brachte Gesas Befürchtungen damit erstmalig klar zum Ausdruck.

»Nicht wiedersehen?«, wiederholte Uta überrascht und sah, wie Gesa ihre Augen noch fester zusammenkniff, als schützten sie die geschlossenen Lider vor dem Eintreten ihrer Vermutung. »Es ist euer Kind. Ich möchte nur, dass es weiterlebt«, sagte sie und trat zu Gesa. »Ich habe gewagt, euch zu vertrauen. Nun seid ihr mutig und wagt es, mir zu vertrauen«, sprach sie leise und beobachtete, wie Gesas Lider zitterten und ihr Atem schnell und flach ging. »Schwester Alwine kann sich Tag und Nacht um den Kleinen kümmern und sein Fieber sowie die vielleicht schon eitrige Verletzung behandeln.«

Gesa spürte, wie ihr eine Träne über die Wange lief. »Rettet Kuno«, flüsterte sie dann, den Rücken noch immer an die Wand gepresst.

»Danke«, entgegnete Uta kaum hörbar und bemerkte, dass sich die Augen der Frau auf ihre Worte hin langsam öffneten. »Danke, dass du dich für das Leben deines Sohnes entschieden hast.«

Nun liefen Gesa immer mehr Tränen die Wangen hinab. Ihr Sohn!

Da trat auch Hans hinzu und streichelte Kuno über die Wange. »Können Gesa und Hans ihn bei Schwester Alwine in der Krankenkammer besuchen?«, wollte er wissen.

»Jederzeit«, entgegnete Uta so behutsam, als wiege sie ein Kleinkind in den Schlaf. »Ruht ihr beide euch aber erst einmal aus. Auch morgen zählen wir wieder auf deine Unterstützung am Blasebalg, Hans.«

Hans nickte freudig.

»Küchenmeister Arnold war sehr zufrieden mit dir«, sagte Uta. »Er meinte, du könntest eines Tages sogar einen anständigen Küchenknecht abgeben.«

Hans strahlte.

Mit Kuno in den Armen und Katrina an der Seite verließ Uta die Kammer. Der Burgberg lag in absoluter Ruhe, obwohl das Abendmahl noch nicht begonnen hatte. Kuno war der Einzige, der laute Geräusche verursachte. Er pupste derart heftig, dass Uta unwillkürlich lächeln musste. Was der Kleine wohl schon alles mitbekam?

»Wollt Ihr das wirklich riskieren, Herrin?«, fragte Katrina schließlich, als sie auf Höhe des Zeichenturmes angekommen waren.

Uta hielt an, um kurz zu überlegen. »Du hast recht, ein Kind auf meinem Arm könnte Aufsehen erregen.« Sie wollte Katrina das Bündel gerade reichen, als sie bemerkte, dass diese das Kind mit weit aufgerissenen Augen anstarrte, ohne es aufzunehmen.

»Habt Ihr es denn nicht auch gesehen?«, fragte Katrina Uta da leise und warf einen besorgten Blick auf die Bewaffneten hinter ihnen.

Uta wusste zwar nicht, worauf das Kammermädchen hinauswollte, bedeutete den Wachen aber, sie einige Schritte alleine gehen zu lassen, und begab sich mit Katrina zur Außentreppe des Turms, der ihnen vom Platz und vom Wohngebäude aus gesehen Sichtschutz bot.

»Der kleine Kuno!«, flüsterte Katrina verschwörerisch und deutete mit ihrem Zeigefinger auf Kunos linke Wange.

Uta blieb die Luft im Hals stecken. »Nein!« Ein kleiner, brauner Leberfleck, einen Finger breit unter dem linken Auge zierte das niedliche Gesichtchen des Jungen. Ein körperliches Merkmal, das alle Kinder der Hidda von der Lausitz besaßen.

Utas Augen krochen förmlich über Kunos Gesicht hinweg.

»Er hat Eure grünen Augen, Herrin«, dachte Katrina laut und schaute noch einmal von Utas glänzender Iris in die fiebernden Augen des Kindes.

»Aber wer könnte denn …?« Ihr Bruder Wigbert hatte das ewige Gelübde abgelegt. Er lebte und betete erfüllt im Kloster Fulda. Hazecha war ebenfalls eine Ewigversprochene gewesen und bereits verstorben. Blieb nur noch …

»Ich habe des Öfteren gesehen, wie Esiko Frauen …« Katrina schluckte schwer und schien plötzlich den Mut einzubüßen, den sie während der Nachforschungen zu Hermanns Verschwinden gewonnen hatte.

»Hat er dir je Leid zugefügt?«, wollte Uta sofort wissen.

Das Kammermädchen schüttelte den Kopf und doch verkrampfte sich ihre Hand am Mauerwerk des Turmes neben sich. »Ich bin ihm immer entkommen.« Der befehlsgewohnte Bruder ihrer Herrin war ihr mehrmals nachgestiegen. Ein Mal – Katrina erinnerte sich daran, als sei es erst gestern gewesen – hatte er sie auf der Treppe des Zeichenturmes sogar mit einem Griff um die Hüften zum Stehen gebracht, ihre Brust gestreift, ihre Schlüsselbeine, den Hals und das Kinn berührt, so dass ihr zuletzt nichts anderes übrig geblieben war, als den mitgeführten Teller wie einen Schild zwischen ihn und sich zu bringen und sich gleich darauf seinen Schmutz abzuschrubben. Katrina war sich ziemlich sicher, dass Esiko von Ballenstedt den Grundstein für ihre Abneigung gegenüber dem anderen Geschlecht gelegt hatte.

»Hans und Gesa sagten, sie hätten Kuno in den Moorwäldern gefunden«, erinnerte Uta sich. »Sie erwähnten außerdem, dass sie eine Zeitlang unweit eines Flusses gegangen sind und in der Ferne eine Flößstation, ich vermute die in Balgstädt, gesehen haben«, sinnierte Uta weiter. »Der Moorhof muss demnach irgendwo an der nördlichen Schleife der Unstrut liegen. Dort ziehen sich breite Flussauen und Moorlandschaften hin. Dass die Mutter aus dieser Gegend kommt, halte ich allerdings für unwahrscheinlich. Dort siedelt kaum jemand.«

»Wie alt ist Kuno, meint Ihr?«, wollte Katrina wissen und löste sich wieder vom Turm.

»Kein halbes Jahr«, antwortete Uta sogleich. »Vielleicht gerade einmal drei Mondumläufe.« Zur Kontrolle tastete sie seinen Mund ab. »Er hat noch nicht einmal Zähne.«

Katrina nickte und versuchte diesmal nicht, die Bilder der Vergangenheit beiseitezuschieben: Ein einsamer Vorratskeller, in dessen Mitte ein Tisch stand. Schinken hingen von der Decke, und Pfirsiche lagen breitgetreten auf dem Boden. In dieser Kammer sah sie Esiko stehen, mit heruntergelassenen Beinlingen und loser Bruche. Auch wenn sie keine fünf Herzschläge lang durch die Tür gelugt hatte, würden diese Bilder sie ein Leben lang begleiten. »Herrin«, flüsterte sie, »ist Euch im vergangenen Jahr irgendeine Frau seltsam vorgekommen?« Noch bevor sie eine Antwort erhielt, sah Katrina die gewisse Person auch schon auf dem Tisch der Vorratskammer liegen und mit dem Unterarm keuchend vor Erregung auf die Platte schlagen, nachdem sie Esiko in sich aufgenommen hatte.

Uta dachte als Erstes an Erna, doch die fiel vermutlich nicht in Esikos Beuteschema. Er hatte stets die Mageren bevorzugt, und sowieso hätte Erna eine Bedrängnis vonseiten Esikos bestimmt nicht vor ihr verheimlicht. Vor zwölf Mondumläufen zumindest nicht, gestand sie sich schwermütig ein. Plötzlich erinnerte Uta sich an ungewöhnlich weite Gewänder und häufige Abwesenheiten sogar beim Besuch König Heinrichs zum Fest von Christi Geburt. »Du meinst die Mutter des Kindes ist …«, begann sie nach einer Weile wieder. »Aber … sie hat doch das …«

»Das ewige Gelübde abgelegt!«, beendete Katrina den Satz. Notburga von Hildesheim und Uta von Ballenstedt waren damit schlichtweg zu einer Familie geworden. Ohne dass sie es jemals gewollt hätten. Ausgerechnet jene Frau, die dem König von der heimlichen Exhumierung geschrieben hatte – die Frau, die Uta insgeheim am meisten verachtete, war die Mutter des liebenswerten kleinen Ballenstedters. Unglaublich.

»Folglich ist Kuno mein Neffe, in ihm fließt das Blut unserer Mutter, der Hidda von der Lausitz«, sprach Uta ergriffen und konnte, obwohl seine Mutter eine durch und durch intrigante Person war, doch nichts Schlechtes an dem Kind finden.

Als ob Kuno ihre Gedanken lesen könnte, kämpfte er seine Ärmchen aus dem Umhang frei und begann, nach Uta zu greifen. Ergriffen küsste sie seine Fingerchen.

»Ihr haltet es für richtig, das Kind in jenes Kloster zur Pflege zu geben, in welchem seine vermutete Mutter Äbtissin ist?« Katrina traute Notburga von Hildesheim so manches zu. Sie hatte Gott betrogen, indem sie die Ehe mit ihm gebrochen hatte. Katrina erhielt eine Weile keine Antwort. Erst nachdem Kuno wieder zu wimmern begann, vermochte Uta sich von ihm zu lösen. »Vielleicht erkennt sie den Kleinen ja gar nicht. Hans berichtete, dass Gesa Kuno als Neugeborenen gefunden hat. Notburga hätte ihren Sohn also lediglich mit Blut- und Käseschmiere bedeckt gesehen.«

Uta erinnerte sich außerdem an die Geburt von Selmina und Luise und wie sehr sich deren anfänglich zerknautschten, geschwollenen Gesichter in den nachfolgenden Mondumläufen verändert hatten. Die Haare waren ihnen ausgefallen und später neue gekommen, das Gesicht war straffer und ausdrucksstärker geworden. Einzig die leuchtend blauen Augen waren gleich geblieben.

»Was, wenn sie aber nicht die Mutter ist?«, fragte Katrina zur Sicherheit. Bei der Aufklärung von Erlaucht Hermanns

Schicksal hatte sie gelernt, sich nicht zu schnell auf eine Möglichkeit festzulegen, sondern die Augen in alle Richtungen hin offen zu halten.

Auch Uta war nicht an einer beweislosen Vorverurteilung gelegen. »Vielleicht sollten wir Äbtissin Notburga mit dem Kind einen Besuch abstatten.«

Katrina schaute verdutzt, verstand dann aber: »Ihre Reaktion kann uns einen Beweis auf ihre Mutterschaft liefern.«

Uta schaute zum Himmel empor und prüfte den Stand der Sonne. »Wenn wir gleich gehen, bliebe uns sogar noch genug Zeit bis zum Abendgottesdienst.«

Sie traten wieder hinter der Turmtreppe hervor, und Uta winkte die Bewaffneten heran.

Den gesamten Weg bis zum Moritzkloster wiegte sie Kuno liebevoll in den Armen. Ein Ballenstedter Nachfahre. Und so bezaubernd noch dazu.

* * *

In der kargen Zelle, die früher von Pilgern genutzt worden war und unweit der Krankenkammer lag, gab Gott Schwester Margit bei fauligem Wasser und Rübenschalen ihre bisher größte Prüfung auf.

Die Hände auf die Ohren gepresst, sank die Benediktinerin auf die Knie. Die markerschütternden Schreie aus der Krankenstube waren kaum auszuhalten. Tag und Nacht drangen Jammern und Wehklagen von dort durch das kleine Fenster zu ihr in die Zelle. Und ihr waren die Hände gebunden. Mit Kälte, Hunger und Durst wusste Margit umzugehen. Als junges Mädchen hatte sie Winter überstanden, in denen es nicht einmal mehr Rübenschalen zum Essen gegeben hatte. Doch das Elend der Kranken, denen sie nicht zu Hilfe eilen durfte, drohte sie zu zermürben. Vierundsiebzig Bußtage hatte sie auferlegt bekommen, und ob sie den heutigen vierundzwanzigsten überleben würde, war sich Margit nicht sicher.

Es klopfte an der Tür. Die war verschlossen, und der Schlüssel wurde von der Äbtissin verwahrt. Lediglich eine Klappe im Fußbereich der Tür erlaubte das Einreichen der Bußverpflegung und eines Kübels für die tägliche Notdurft.

»Wie kommt Ihr zurecht?«, hörte sie durch diese nun Uta fragen. Auch Katrina und Schwester Erwina, die den Besuch geleitet hatte, erkundigten sich nun nach Margits Befinden.

Margit wollte die gutherzige Markgräfin nicht anlügen. »Nicht so gut«, flüsterte sie. Weitere erklärende Worte verloren sich in den Geburtsschreien einer Frau, deren Kind, wie Margit anhand der zermürbenden Schreie der Gebärenden mutmaßte, vermutlich quer im Leib lag.

»Ich werde Gott, den Barmherzigen, um Kraft für Euch bitten«, versicherte Uta. »Ihr seid so stark, Margit. Ihr übersteht das«, sprach Uta eindringlicher.

Die Schreie der Gebärenden waren unerträglich, Kunos Gewimmer ging völlig darin unter.

»Ich danke Euch, Markgräfin«, flüsterte Margit auf der anderen Seite der Tür kraftlos und legte sich die Hände auf die Ohren. Sie wünschte sich inständig, die Qualen der Gebärenden nicht länger mithören zu müssen.

»Wir beten für Euch, Margit!« Uta schaute kurz auf Kuno. »Wir brauchen Euch doch!«

Doch von der anderen Seite kam keine Antwort mehr zurück. Und so machten sich die Frauen mit Kuno auf den Weg zur Kammer der Äbtissin.

Notburga griff nach einer Pflaume und trat vom Tisch vor das geöffnete Fenster ihrer Kammer. Gedankenversunken kaute sie ein Stück des Obstes. Bebette redete ihr zunehmend in klösterliche Entscheidungen hinein. Sogar das Wohlwollen der Schwesternschaft hatte sie inzwischen errungen. Und erst gestern hatte sie Bebette mit Schwester Gerlinde sogar lesen üben sehen.

»Hoher Besuch für Euch, werte Äbtissin«, drang da die Stimme von Schwester Erwina aus dem Flur an ihr Ohr.

»Tretet ein!«, befahl Notburga mit dem Rücken zur Tür, den Blick auf die Wiesen und Wälder von Naumburg gerichtet.

Uta und Katrina betraten die Äbtissinnenkammer. Ein warmer Wind wehte ihnen durch das geöffnete Fenster entgegen. Nichtsdestotrotz sah Uta ein Feuer im Kamin prasseln und machte einen Teller mit frischen Trauben und Pflaumen auf dem Arbeitstisch aus. Notburga schien desinteressiert aus dem Fenster zu schauen.

Uta überlegte, ob sie sich räuspern sollte, damit sie bemerkt wurden, da hob Kuno nach einer längeren Zeit der Stille auch schon wieder herzzerreißend zu schreien an. Er lief dunkelrot an, und Uta fand es einmal mehr als erstaunlich, was seine winzigen Lungen an Lautstärke hervorbrachten.

Bis in ihr tiefstes Inneres hinein fuhr Notburga beim Klang des Schreies zusammen. Diese Stimme hätte sie unter Tausenden wiedererkannt – war sie seit geraumer Zeit doch ein fester Bestandteil ihrer Alpträume. Langsam, aber geschmeidig, den Kopf hoch erhoben, wandte sie sich von der Fensterbank zu ihren Gästen um. Die Fensterbank! Wie ironisch Gott doch sein musste, dass er diese verdammte Fensterbank immer wieder ins Spiel brachte. Früher hatten sich auf ihr einige der Geschlechtsakte mit Esiko vollzogen, als deren Folge dann ihr Urin auf die Samen von Weizen und Dinkel niedergegangen war. Und jetzt das Kind.

Zuerst musterte sie das Kammermädchen, gefolgt von der Ballenstedterin, dann das Kind auf deren Armen, das noch immer schrie. Nicht einmal einen einzigen Atemzug lang konnte sie es anschauen! Notburga hob den Blick zu Schwester Erwina.

»Bitte lasst uns nun allein, Schwester«, wies sie mit ruhiger Stimme an, worauf sich diese verabschiedete und verschwand. Sie ist die Mutter des Ballenstedter Nachwuchses, tauschten sich Uta und Katrina mit einem einzigen kurzen Blick aus. Da war dieser winzige Augenblick gewesen, in dem Notburgas kalte Augen beim Anblick des Bündels Schmerz gezeigt hatten. Dank Utas Wiegekünsten gingen Kunos Schreie nun wieder in ein Wimmern über. Es drängte sie danach, Notburga zur Rede zu stellen, doch sie wusste nicht, wie sie beginnen sollte und ob dies überhaupt klug wäre. Sie drückte ihren Neffen fester an die Brust. »Wir sind wegen Schwester Margit hier«, trug sie schließlich vor und trat einen Schritt in den Schatten, den Notburgas Körper auf den Boden der Kammer warf. Uta hatte ihre Bitte um eine frühzeitige Beendigung der Bußzeit zunächst über ein Schreiben übermitteln lassen wollen, doch nun hatte sich diese weitaus bessere und schnellere Gelegenheit ergeben.

Uta benötigte einen Augenblick, ihren Blick von der regungslosen Notburga zu nehmen, die beherrscht vor dem Fenster stand, dann steckte sie Kuno den kleinen Finger zur Beruhigung in den Mund. Was sofort zu wirken schien, zumindest begann Kuno, daran zu saugen, und sein puterrotes Gesichtchen färbte sich allmählich wieder rosa. Dennoch wollte sie mit dem Jungen gleich im Anschluss zügig in die Krankenstube eilen. »Bevor wir dieses Kind aus der Vorburg den heilenden Händen Eurer Schwestern übergeben«, erklärte Uta mit ernstem Blick, »möchte ich Euch bitten, Milde gegenüber Schwester Margit walten zu lassen. Sie war uns eine treue Begleiterin nach Utrecht.« Dass Margit auf der Reise beinahe gestorben wäre, ließ sie ebenso unerwähnt wie die Tatsache, dass ihr Margits Gründe für ihren Ungehorsam noch immer unklar waren und sie die Schwester auch nicht danach fragen konnte, solange diese noch in der Büßerzelle litt. Mit jedem Augenblick, den Uta sich länger in der Gegenwart von Notburga von Hildesheim aufhielt, glaubte sie, dass die Schwester einfach nur Abstand zwischen sich und die Äbtissin hatte bringen wollen, um sie danach wieder besser ertragen zu können.

Notburga vermied es, einen erneuten Blick auf das saugende Kind in den Armen der Ballenstedterin zu werfen, was sie einige Schweißperlen kostete. Längst hatte sie ihren Umhang an dem Kleinen wiedererkannt und war erleichtert, ihn nicht – wie ihre anderen Kleidungsstücke – mit ihren Initialen versehen zu haben. »Ich trage die Verantwortung für sämtliche Frauen hier«, antwortete sie. »Wo kommen wir hin, wenn jede nach eigenem Gutdünken kommen und gehen würde?« Es ist besser, über Schwester Margit zu sprechen als über das Kind, dachte Notburga und spürte, dass sie die weiche Pflaume in ihren Händen vor lauter Aufregung zerquetscht hatte. »Wir Benediktinerinnen«, fuhr sie fort, »sind eine Gemeinschaft, in der sich die eine auf die andere verlassen können muss. Seine eigenen Interessen zu verfolgen wird bei uns nicht geduldet. Deswegen kann ich in diesem Fall auch keine Milde walten lassen.«

»Mit dem Gemeinschaftsgedanken habt Ihr sicherlich recht«, entgegnete Uta und dachte an die arme Margit, die noch weitere fünfzig Tage in der Büßerzelle vor sich hatte. Der letzte Bußtag fiel auf das Fest des heiligen Hieronymus – einen Mondumlauf vor Allerheiligen. »Ich darf Euch aber daran erinnern, dass ein guter Herrscher auch gnädig sein sollte. Herrscher und Herrscherin. Abt und Äbtissin. Dies gilt für jeden Christen.«

Notburgas Augen irrten im Raum umher, vom Kamin zum Obst auf dem Tisch, dann zu dem Kammermädchen und der Ballenstedterin mit dem erwartungsvollen Gesichtsausdruck; nicht aber zu dem Kind in deren Händen. Anstatt zu antworten, trat sie an ihren Schreibtisch und legte die zerdrückte Pflaume auf den Teller zurück.

»Hättet Ihr, Notburga von Hildesheim, in all den Jahren mir nur einmal richtig ins Gesicht geschaut«, fuhr Uta mit einem Mal erzürnt angesichts so viel Kaltschnäuzigkeit fort und deutete dabei auf den kleinen braunen Fleck unter ihrem linken Auge, »so wäre Euch aufgefallen, dass man Nachfahren meiner Familie wiedererkennen kann.« Rossknödel in ihrer Zelle in Gernrode, Verleumdung und offene Anklage – das alles hatte sie von Notburga schon hinnehmen müssen, aber die Tatsache, dass diese nicht einmal ihr eigenes Fleisch und Blut schützte, war zu viel des Guten. Ein hilfloses Neugeborenes allein im Wald seinem Schicksal zu überlassen, noch dazu als eine Braut Christi, war herz- und gewissenlos.

Ungewohnt stumm – Uta hat mit Rechtfertigungen und Ausflüchten gerechnet – blickte Notburga auf den braunen Ballenstedter Fleck in Utas Gesicht und trat dann vom Tisch zurück vor das Fenster. Ungeachtet des bestehenden Gesprächsbedarfs, schaute sie aus dem Fenster.

Erst nach einer Weile wandte sie sich wieder Uta zu. Die Sonnenstrahlen auf ihrem Körper fühlten sich nicht mehr warm an, sie fror. »Ihr geht jetzt besser!«, sagte sie gefasst.

Uta schenkte Notburga einen letzten, vorwurfsvollen Blick, dann verließen sie und Katrina die Äbtissinnenkammer. Keinen Augenblick länger hätte sie es in der Gegenwart der hartherzigen Kindsmutter ausgehalten.

Beide atmeten sie im Flur des Klosters mehrmals tief durch. Katrina schüttelte dabei immer wieder fassungslos den Kopf. Uta wiegte Kuno und gewann darüber selbst wieder etwas Ruhe zurück.

Auf dem Weg zu Alwine sang Uta ihrem Neffen ein Lied vor, das nicht einmal die Schmerzschreie aus der Krankenkammer seiner Sanftheit berauben konnten.

* * *

Wie in jeder Kapitelversammlung, der Pankratius als Abt vorstand, begann er aus dem Regelwerk des heiligen Benedikt zu zitieren. Für die heutige Versammlung hatte er das neunzehnte Kapitel ausgesucht. »Überall ist Gott gegenwärtig. Die Augen des Herrn schauen an jedem Ort auf Gute und Böse.« Die vergangenen Nächte über hatte er wenig geschlafen. Nicht einmal zwischen dem Nachtgebet und der Mitternachtsmesse. Pankratius lächelte sein väterliches Lächeln heute mit Anstrengung. Geistesabwesend glitt sein Blick über die Bruderschaft, die jeweils in fünf Reihen zu seiner rechten und linken Seite saß. Angefangen von Bruder Cornelius, dem Dienstältesten, bis hin zu Bruder Ewald, seinem jüngsten, freundlichen Neuzugang, der sich in der Krankenkammer als ungewöhnlich fleißig erwiesen hatte. »Das wollen wir ohne Zweifel ganz besonders dann glauben, wenn wir Gottesdienst feiern«, fuhr Pankratius mit seiner Lesung fort. »Daher denken wir stets an die Worte des Propheten, der sagte, dass wir dem Herrn in Furcht dienen sollen.«

Bruder Laurentius vermochte ein Husten nicht zu unterdrücken. Der Abt war dankbar für diese kurze Unterbrechung und schaute von der Benediktregel in seinen Händen auf und nacheinander jeden einzelnen Bruder an. »Singt die Psalmen in Weisheit«, las er nach einem stummen Moment weiter aus dem Kapitel über die Gottesdienste vor. »Zu beachten haben wir, wie wir vor dem Angesicht des allmächtigen Gottes und seiner Engel sein müssen. So sollen wir stehen beim Psalmensingen, damit Herz und Stimme in Einklang sind.«

Schließlich schloss er das Buch. Bevor er seine Brüder dazu aufrief, Verfehlungen vor der Gemeinschaft einzugestehen, bevor er diese bestrafte, informierte er seine Mitbrüder über die Änderungen der Vermögenswerte des Stiftes, genauer gesagt, über die Schenkung zweier Hufen Land mit fruchtbarem Boden nahe dem unteren Saalelauf. »Der freie Bauer Rodulfus, verwitwet und kinderlos, hat seinen gesamten Besitz unserer Klostergemeinschaft vermacht, verbunden mit der Bitte, für seine Aufnahme in den Himmel zu beten.« Abt Pankratius faltete die Hände. »So lasst uns hiermit Rodulfus' ewige Seele in unsere Gebete aufnehmen. Der heutige Tag soll von nun an sein Gedenktag sein.«

Des Weiteren besprachen sie die Neuvergabe einer Pfründe sowie die für die nächsten Tage anstehenden Arbeiten. Abt Pankratius betonte, dass es neben der Reparatur des Klosterbrunnens nun galt, mit der Eintreibung des Weinzehntes zu beginnen. Wichtige Entscheidungen, wie einst die Entsendung des unverbesserlichen Bruders Sibodos, traf er stets in Rücksprache mit den Kapitelbrüdern. In der Versammlung wurde als Nächstes über die Ablegung der ewigen Profess eines jungen Bruders und über die dafür notwendige Vertrautheit mit der Regel des heiligen Benedikt entschieden.

Pankratius ging zum letzten Punkt über. »Eine frohe Botschaft hat mich jüngst erreicht, die ich nun mit Euch teilen möchte«, begann er, nachdem die Brüder keine Verfehlungen zu melden gehabt hatten.

Die Benediktiner lauschten gespannt, ihre Köpfe hielten sie gesenkt. Sie hatten ihren Abt noch nie derart müde und trostlos erlebt.

»Bruder Sibodo hat vor einer guten Weile die Abtei auf der Spitze des Berges verlassen. Als reuiger Sünder wird er noch in diesem Jahr unsere Gemeinschaft wieder vervollkommnen.« Pankratius sah die Rückkehr des Unverbesserlichen als einen kleinen Sieg über das Laster und als Bestätigung dafür an, im Falle Bruder Sibodos richtig gehandelt zu haben. Buße war ein gutes Heilmittel, das er sich selbst wie auch der Gemeinschaft schuldig war und dem er sich sofort nach der Versammlung wieder widmen wollte. Von seinem steinernen Stuhl aus senkte Pankratius den Blick auf die Bodenplatte vor sich. Dass der

Herr Schuld vergibt und Leben rettet, stand darauf geschrieben. All seine Kraft schenkte er daher dem Gebet, das sie nun gemeinsam sprachen. Auf dass Bruder Sibodo die heimatlichen Klostermauern unbeschadet und mit gereinigter Seele erreichen möge.

Doch trotz der frohen Botschaft über Bruder Sibodo kehrte Pankratius' übliches Lächeln bis zum Ende der Kapitelversammlung nicht mehr zurück.

* * *

Nachdem Katrina die Kemenate verlassen hatte, legte Uta sich einen Umhang mit Kapuze um und trat in den Flur des Wohngebäudes. Als sie aus der Richtung von Ekkehards Kammer zu ihrer Linken keine Geräusche vernahm – der Gatte war am Folgetag nach ihrer Entdeckung, wer Kunos Eltern in Wirklichkeit waren, nach Naumburg zurückgekehrt –, machte sie sich mit leisen Schritten zum Turm auf.

Die letzten Schritte im Treppenturm zum Dach hinauf bereiteten ihr jedoch Unbehagen. Es kostete sie Überwindung, den für sie mit bedrückenden Erinnerungen verbundenen Ort wieder zu betreten. Zuletzt hatte sie von dort oben Hermanns vermeintlicher Grablegung auf dem Schandacker beigewohnt. Doch das Stück Pergament, das Katrina ihr gerade vertrauensvoll zugesteckt hatte, zog sie dennoch hier hinauf.

Ihr heilt.
Ich muss Euch sehen, dringend.
Auf dem Dach, von wo wir den Überblick haben.

stand darauf geschrieben, und Uta hatte die Schrift sofort erkannt. Auf dem Dach angekommen, blickte sie zuerst in die Ecke, in der die nördliche und östliche Zinnenmauer zusammenliefen und die ihr vor elf Mondumläufen Schutz vor Blicken aus der Ferne geboten hatte. Vom weichen Licht der Dämmerung beschienen, schimmerte das Moos am Mauerwerk noch immer prächtig grün. Die Zinnen hatten ihre bedrohliche Wirkung von damals eingebüßt. Keinen einzigen Pergamentschnipsel der Scheidungsurkunde vermochte sie mehr auf dem Boden zu entdecken. Der Geruch von Stein und Sand wehte ihr entgegen.

Festen Mutes trat sie an die Stelle, an der sie einst zusammengesunken war, und schaute im Dämmerlicht zum fernen Schandacker. Er lag in Richtung Nordosten hinter dem Wald, dessen Laubbäume bereits die feurig braune Färbung des Herbstes angenommen hatten. Das Dach des Wohngebäudes überragte die Außenmauern der Burg mit dem Wehrgang um ein ganzes Stockwerk und bot eine gute Aussicht. Hier oben hatte sie damals das Versprechen geleistet, Hermanns Schicksal zu klären. Nun stand sie kurz davor, dieses Versprechen einzulösen. Das spürte sie.

Bevor sie sich umwandte, schaute sie noch einmal zum Himmel hinauf. Die schmale Sichel des Mondes zeichnete sich bereits am Firmament ab. Uta spürte, wie kühlere Luft gleich einer Hand über ihr Gesicht strich. Sie atmete tief ein. Der Kathedralfluch, die verletzte Freundschaft, verzögerte Ausmalungen und dann das enttäuschende Treffen mit Notburga von Hildesheim und dem kleinen Kuno vor mehr als eineinhalb Mondumläufen schienen hier oben weniger Gewicht zu haben. Auch Katrinas durchwachte Nächte nahe des Schandackers, die noch nicht dazu geführt hatten, den Mörder Sibodos identifizieren zu können, waren weit weg.

Uta trat vor eine Zinnenscharte und überschaute ein Stück der Burganlage, deren nurmehr wenige Bewohner sich für das Abendmahl längst in ihre Hütten zurückgezogen hatten. In diesem Augenblick sah Uta schemenhaft eine Gruppe Ritter bei der Zugbrücke. Ihr wäre es bei weitem lieber gewesen, hätte sich die Burganlage mit Händlern und neuen Bewohnern gefüllt. Doch seitdem Naumburg die Botschaft von Herzog Břetislavs Überfall auf Polen erreicht hatte, trafen mit jedem Tag mehr Kämpfer auf der Burg ein, die an Ekkehards Seite gegen Břetislav nach Prag ziehen würden. Sie alle hatten sich wohl gründlich in dem vermeintlich ehrlichen Herzog getäuscht. Noch gut war Uta der authentische Frohsinn des Böhmen, aber auch dessen süffisantes Lächeln angesichts ihres ungewöhnlichen Anliegens an den König in Erinnerung. Von den Berichten der zugereisten Vasallen angefeuert, erzählte sich das Gesinde inzwischen die unglaublichsten Geschichten über den Böhmenherzog. Dass er seine Ehefrau Jutta, eine in Schweinfurt Geborene, nach der ersten Begegnung aus dem Kloster entführt hatte, um sie zu heiraten, war nur eine von vielen Begebenheiten, die Uta noch im Gedächtnis hafteten. Wenn daran auch nur ein Funken Wahrheit war, schien der Herzog insgesamt ein Mann der Überraschungen zu sein.

»Lieber Herrgott«, bat sie inbrünstig, »bitte verhindere Blutvergießen. Halte deine friedvolle Hand über Herzog Břetislav und führe ihn so weit, dass er die Forderungen unseres Königs demütig annimmt. Amen.« Unseres Königs? Uta dachte an ihre letzte Begegnung mit Heinrich im Speyergau zurück. In zwei Monaten würde sie sehen, ob ihre Hoffnung auf sein Verständnis und damit auf eine milde Strafe begründet war.

»Guten Abend, Uta von Ballenstedt«, drang da seine rauhe, tiefe Stimme an ihr Ohr.

»Guten Abend, Hermann von Naumburg.« Sie blickte ihm erwartungsvoll entgegen und streifte sich dann die Kapuze vom Kopf. Das früher vertraute *Dies diem docet* verkniff sie sich. Ihre Geschichte war nun eine neue. Eine eigene, andere. Bei ihrem Anblick, das offene Haar ohne Schleier, verschlug es ihm die Sprache. Und sein Mut, der ihn seine gewagten Worte an eine verheiratete Frau hatte schreiben lassen, sank. Wie konnte jemand wie sie jemanden wie ihn … verunsichert hob er an: »Ich habe mir die Reste des alten Glockenstuhls noch einmal angeschaut.« Es war das Erste, was ihm anstelle seiner eigentlichen Frage so schnell in den Sinn kam.

Diesmal stellte Uta bei Hermann weniger eine Mischung aus Sanftmut und Rauhheit als eine Mischung aus Verletzlichkeit und Aufgeregtheit fest.

»Die Reste des Glockenstuhls zeigen nichts Auffälliges«, fuhr Hermann fort, den Blick auf ihre Haarenden fixiert. Da war jemand anders in ihm, der ihn lenkte. Er wollte den Zauber vom Speyergau erneut auslösen, sie fragen, ob sie … »Keine Spuren von einer Säge, was jedoch nicht heißt, dass es nicht noch andere, unauffälligere Methoden gibt, mit der Menschen den Glockenstuhl zum Einsturz gebracht haben könnten«, sagte er stattdessen.

»Also keine Säge«, bemerkte Uta und war ein klein wenig von seiner Sachlichkeit enttäuscht. Sie fragte sich sogar insgeheim, ob sie ihn falsch verstanden hatte, und er gar nicht von seiner Heilung durch sie, sondern von der Heilung der verfluchten Kathedrale geschrieben hatte.

Hermann sah, wie sie vor sich hin grübelte, was ihn seltsamerweise entspannte. Zärtlich lächelte er und senkte die Stimme vertraulich. Langsam tastete er sich an seine große Frage heran. »Zudem habe ich heute Simon, dem Maler, bei der Arbeit am Nimbus des Paulus zuschauen dürfen. Er ist ein wahrer Meister am Pinsel und setzte jede Linie des strahlenden Lichterkranzes um den Kopf des Heiligen herum mit sicherer Hand.« Und doch war es nicht Simon, sondern einzig die Erinnerung an ihre Nacht im Speyergau, die ihn die Offenbarung eines immerwährenden Gedächtnisverlusts besser ertragen und dennoch wieder an die Zukunft glauben ließ.

Uta war froh, dass es mit den Ausmalungen trotz aller Probleme voranging. »Bischof Kadeloh hat uns Geld aus Italien, die Spende einer Gruppe befreundeter Kaufleute, für den Erwerb von Goldstaub zugesichert.« Das ersehnte Säckchen mit dem fein zerriebenen Edelmetall würde Simon, sofern der Bote Köln unbeschadet erreichte, in einem halben Mondumlauf zur Verfügung stehen. Damit verblieben etwas mehr als vierzig Tage, um die Wandbilder bis zum Besuch des Königs fertigzustellen.

Nun schwiegen sie beide, die Blicke gesenkt.

»Ich wollte Euch …«, Hermann zögerte und schaute fragend zu Uta, »ich wollte *dich* sehen«, rückte er dann mit dem wahren Beweggrund heraus, warum er sie um das Treffen gebeten hatte. Die Ahnung, dass sie ihm in seinem vorherigen Leben viel bedeutet hatte, war ihm inzwischen zur Gewissheit geworden.

Uta lächelte über die vertraute Anrede und verlor sich ein weiteres Mal in seinem Anblick.

»Ich möchte nicht viel darüber wissen, nur eines: Was war ich für dich in der Vergangenheit?«, fragte Hermann.

Uta schaute an Hermann vorbei zum Sonnenuntergang am Horizont. Eine Weile betrachtete sie die ineinanderübergehenden Farben von Himmel und Land – dann schaute sie Hermann wieder an. »Du warst mein Beschützer«, sagte sie leise. »Mein Beschützer, seitdem wir uns das erste Mal begegnet sind.«

»Wie lange ist das her?«

Uta betrachtete Hermanns Mund. Die Einbuchtung in der Mitte seiner Oberlippe war auffällig ausgeprägt. Die Konturen waren wunderbar geschwungen, die Lippen selbst im Licht der Abenddämmerung von einem aufreizenden Rot wie reife süße Kirschen. »Zwölf Jahre war ich damals, als du mit deinem Vater in Ballenstedt warst.« Sie erzählte ihm ausgiebig von ihrer ersten Begegnung im Burgsaal und schwärmte ihm von ihrer Mutter, Hazecha und Amme Gertrud vor.

Hermann lächelte berührt. Es gefiel ihm, wie sie ihn anschaute. »An das Geschehen vor der Entführung erinnere ich mich nicht, aber meine Gefühle haben mich zu dir geführt. Dagegen war der Gedächtnistrunk machtlos.«

Er überlegte, ob er ihr die nächste Frage wirklich stellen durfte, und zog sie auf die gegenüberliegende Seite zu einer der mittleren Scharten, von wo aus ihnen der Zusammenfluss von Saale und Unstrut zu Füßen lag. Inzwischen begann sich das schüchtern aufkommende Mondlicht im Wasser zu spiegeln. Hermann betrachtete die schimmernden Flüsse eine Weile, bevor er fragte, was er auf dem Pergamentschnipsel angedeutet hatte: »Meinst du, wir könnten eine gemeinsame Zukunft haben?«

Uta war sprachlos, tausend Gedanken stürzten auf sie ein. Auch Bilder aus der Vergangenheit. Ihr wurde heiß und kalt, Freude und Verzagen, Stärke und Schwindel wechselten sich in ihrem Inneren ab.

Hermann fühlte sich, nachdem eine Bestätigung ihrerseits ausblieb, zu einer Begründung veranlasst. »Nur mit dir habe ich nicht das Verlangen, mein altes Leben zu suchen, nicht alle Berichte von Ekkehard und den Burgleuten akribisch zu notieren, als müsse ich meinen eigenen Nachruf verfassen. Nur mit dir verlangt es mich einzig nach der Gegenwart. Und das mit allen Sinnen, die Gott uns geschenkt hat.«

Erwartungsvoll schaute er sie an.

Zur Antwort küsste sie ihn mit all der Leidenschaft, die sie in sich trug. Mit der Ermutigung zum Augenblick.

Hermann erwiderte ihren Kuss mit geschlossenen Augen. Ihre Lippen waren noch weicher, als er es sich kurz zuvor noch ausgemalt hatte. Sie glühten wie seine eigenen.

Seine Hände wärmten durch Umhang und Gewand hindurch zuerst ihre Oberarme. Dann fuhren sie durch ihr gewelltes Haar und spielten damit. Uta fühlte Hitze in sich aufsteigen, die sich bis hinunter in ihren Unterleib zog. Wieder küssten sie sich.

Schließlich lösten sie sich voneinander.

Hermann war nun überzeugt, dass der Zauber im Speyergau noch steigerungsfähig war.

»Ich wünsche mir nichts sehnlicher«, flüsterte sie ihm ins Ohr.

Seine Hände verloren sich erneut in ihrem Haar.

»Wenn der König kommt, werde ich ihn bitten, dich ehelichen zu dürfen«, sagte Hermann.

Uta schaute ihn an. »Ich glaube, Kaiserin Gisela würde unsere Bitte um Ehetrennung unterstützen.« Sie war ergriffen davon, wie sich ihre Liebe fügte, und konnte gleichzeitig ein Schmunzeln über die Parallelität der Ereignisse in Vergangenheit und Gegenwart nicht verbergen.

»Das wäre wunderbar.« Die besondere Verbindung der beiden Frauen war Hermann in Utrecht bereits nach dem ersten Wortwechsel im Bischofssaal aufgefallen. Nun musste er nur noch Ekkehard von ihrem Vorhaben überzeugen. »Bitte sag mir noch eines. Was hast du getan, dass die Naumburger glauben, dass nur deine Buße weiteres Unheil vom Burgberg fernhalten kann?« Hermann spielte weiter mit ihren Haaren. Der Gedanke, es über seinen nackten Körper gleiten zu lassen, erregte ihn.

»Ich habe einen Leichnam exhumiert, der angeblich der deinige gewesen sein soll.« Die Schmach des Schandackers ersparte sie ihm. »Ich tat es, weil ich nicht daran glaubte, dass du Selbsttötung begannen haben könntest. Damit habe ich gegen das königliche Exhumierungsverbot gehandelt.«

Ohne zu überlegen, küsste er sie erneut. Die Rauheit und seine Leidenschaft gefielen ihr mit jeder Begegnung besser an ihm. Schließlich hörte Uta auf, ihn zu küssen, um Luft zu holen.

»Ich werde nicht zulassen, dass sie dir eine schwere Buße auferlegen«, sagte er mit der Ruhe, die sie ihn gelehrt hatte.

Das Wort Buße erinnerte Uta an die freudige Nachricht des Tages. »Äbtissin Notburga hat Schwester Margit inzwischen aus der Büßerzelle entlassen. Vorzeitig, am fünfundzwanzigsten Büßertag.« Ob das letztendlich der kleine Kuno bewirkt hatte? »Kommt sie zu Kräften?«, wollte Hermann wissen.

»Alwine meinte, dass es noch einige Zeit dauern wird. Margit ist abgemagert und ein wenig verwirrt. Sie wagt sich nicht mehr an die Kranken heran. Wie im Delirium betet sie die Liste der in ihrer Abwesenheit Verstorbenen rauf und runter.«

»Sie ist eine starke Frau mit einem eisernen Willen, sie schafft es.«

»Wie gerne würde ich dir glauben«, entgegnete Uta und griff sich in den Nacken, um die Silberdrahtkette mit dem Malachit zu lösen. »Er ist etwas ganz Besonderes«, sagte sie, schaute Hermann dabei tief in die Augen und dann auf den im Mondlicht funkelnden grünen Stein in ihrer Hand. »Er wärmt. Vor allem aber gibt er Hoffnung.«

Sie legte Hermann die Kette um den Hals und schob sie unter seine Tunika.

Der Hauch der Hoffnung war zum Wind und der Wind zu Hermann geworden. Nun zog ein Sturm auf. Ein Sturm der Gefühle.

Dann strich sie mit den Fingern über die kleine verräterische Wölbung auf seiner Brust und lächelte. Hermann legte seine Hand auf die ihre und umschloss sie samt dem Stein. »Ich kann es spüren.«

* * *

Die Entschlossenheit, mit der der böhmische Herzog Břetislav die Forderung des Königs nach der Freigabe Polens und der Strafzahlung von zweihundert Silberpfund verweigerte, kam ihrem Unterfangen nur allzu recht. Es würde zu einer Schlacht kommen, die Markgraf Ekkehard kaum Zeit für die Probleme in Naumburg ließe. Stattdessen würde er sich allein auf die Sicherung der Ostgrenze konzentrieren müssen. Bebette von Hildesheim lächelte angesichts dieser Aussicht und klopfte an die Tür des Burgherrn. Einen Moment absoluter Ruhe hatte sie gewählt, um ihren entscheidenden Handel anzubringen. Erlaucht Hermann hatte sich bereits in die eigenen Gemächer zurückgezogen, die Ballenstedterin saß vermutlich über irgendwelchen Büchern.

Bebette hatte ihr bestes Gewand, das rote, seidige mit der schwarzen Brettchenborte an Hals und Handgelenken und den eingenähten Perlen, angezogen. Ein mit schwarzen Seidenfäden bestickter Gürtel betonte ihre Taille.

Seit den Vorkommnissen in der Kathedrale hatte sie Ekkehard von Naumburg nicht mehr alleine gesprochen. Entweder hatte er ihr Eintrittsgesuch mit abweisenden Schnarchlauten beantwortet, hatte lautstark im Kreise seiner Kampfgefährten diskutiert oder sich fern der Burg aufgehalten. Bebette schnipste sich mit Zeigefinger und Daumen gegen die Wangen, damit diese Farbe bekamen, als auch schon die Tür aufschwang und Ekkehard in ihr Blickfeld trat.

Er hielt einen Becher in der Hand. »Wer stört mich …«, wollte er gerade auffahren, als er die Bittstellerin erkannte.

»Markgraf, verzeiht die späte Störung.« Nach einem kurzen Seitenblick den Flur hinunter fügte Bebette hinzu: »Ich bringe Hilfe zum Wohl Naumburgs.«

Ekkehard zog die Augenbrauen hoch, dann schaute er die Frau vor seiner Kemenate genauer an. Eigentlich hatte er gerade andere Dinge im Kopf, wie zum Beispiel das jüngste, unverfrorene Ansinnen Břetislavs, Prag vom Heiligen Vater zu einem Erzbistum erklären zu lassen und damit unabhängiger zu werden. Auch hatte Ekkehard Boten zu befehligen, die weitere Vasallen seiner Mark zur Heersammlung rufen sollten, und strategische Angriffspläne zu schmieden. Doch dann ließ ihn das geheimnisvolle Gebaren der Äbtissinnenschwester, vielleicht aber auch einfach nur die durch den Met hervorgerufene Schwere schließlich sagen: »Tretet ein.«

Zurückhaltenden Schrittes folgte ihm Bebette. »Vergiss nicht«, hatte ihr Notburga einst gesagt, »er mag unterwürfige Frauen, die ihn bewundern!« Sie würde ihn allerdings dazu bringen, auch auf starke Frauen große Stücke zu halten.

Unauffällig erfasste Bebette das Gemach. Im hinteren Bereich war eine Bettstatt in eine Wandnische eingelassen. Diesem gegenüber stand eine Truhe. Im vorderen Bereich, gegenüber dem Kamin und dem Tisch mit den vornehmen Stühlen, hing ein Wandteppich, der einen röhrenden Hirschen auf freiem Feld zeigte. Bebette hatte Mühe, ein belustigtes Schmunzeln zu unterdrücken.

Sie nahmen vor dem Kamin auf den bequemen Stühlen Platz. »Nun, was habt Ihr mir vorzutragen?«, wollte Ekkehard wissen und trank von dem Honigwein.

Mit demütig gesenkten Lidern brachte sie hervor: »Das Schicksal von Naumburg steht und fällt mit den Kaufleuten. Und ich, Erlaucht, kann sie Euch wieder gewogen machen.«

Was maßt diese Frau sich eigentlich an! Als ob ich dazu nicht selbst in der Lage wäre!, kam Ekkehard als Erstes in den Sinn. Er hatte Heerscharen von Eindringlingen an der Ostküste besiegt und sollte nicht mit einfachen Händlern fertig werden? Dann aber erinnerte er sich wieder an den Auszug der *Brüder* am Tag seiner Rückkunft aus Utrecht. Kämpfen half ihm in dieser Situation nicht und eine Verhandlungsmasse vermochte er bei der Kaufmannschaft ebenfalls nicht auszumachen. Abgesehen davon ließe der König es sicher nicht zu, dass sich sein erster Heerführer vor dem anstehenden Feldzug mit der Begründung absentierte, brüskierte Händler besänftigen zu müssen. Die Naumburger Kaufmannschaft hatte er im Trubel

der Vorbereitungen für den Feldzug nach Prag für wenige
Monatsumläufe hintangestellt. Ein Herrscher musste priori-
sieren! »Sprecht weiter«, forderte er sie deshalb auf.

»Ich kann Euch die Kaufleute und Pilger zurück nach Naumburg bringen, Erlaucht.« Bebette sprach ruhig und langsam, in
anmutiger Sitzposition und nicht zu kämpferisch. Sie entnahm
Ekkehards Art, ihr nicht mit verschränkten Armen, sondern
entspannt und sogar etwas nach vorn geneigt gegenüberzusit-
zen, offenkundiges Interesse.

»Ihr?«, fragte Ekkehard und begann, mit den Fingern auf der
Tischplatte zu trommeln. Aus den Händen der Äbtissinnen-
schwester hatte er bisher nur Honigwein entgegengenommen.
Bebette lächelte unverfänglich, sie spürte ein angenehmes
Kribbeln auf ihrer Haut. »Ich habe die Kaufmannschaft in der
Hand. Kehren Andres und die anderen wieder zurück, kommt
Euer Markt wieder in Gang und beschert Euch Einnahmen.
Damit bekommt die Kathedrale eine neue Chance als Pilger-
zentrum.« Bei diesen Worten fuhr sich Bebette mit den Fin-
gern den schlanken Hals hinab. Sie erinnerte sich an ihre erste
Begegnung mit Andres, dem Seidenhändler, nachdem es ihr
zuvor gelungen war, die Frauen der anderen Händler mit ihrer
Idee zu infizieren. Ihnen hatten die Männer damals eher Ge-
hör geschenkt als ihr, einer Fremden, die erst kurze Zeit im
Moritzkloster lebte. Andres war klug, aber nicht so klug wie
sie. Ihm hatte sie direkt und nicht auf dem Umweg über seine
Frau von den Vorzügen einer Brüderschaft berichtet und ihm
die finanziellen Vorteilen sogar vorgerechnet – bei einem guten Becher Honigwein. Bald darauf hatte er sie mit in den *Wilden Eber* genommen. Zu diesem Zeitpunkt waren einige der
Händler bereits von ihren Ehefrauen mit dem beglückenden
Gedanken der Brüderschaft angesteckt worden, die schon an-
dernorts so manchen Burgherrn ins Wanken gebracht hatte.
So war es in Brügge geschehen – und so würde es auch woan-

ders passieren, wo Handel waltete und Menschen ihre Interessen zu bündeln verstanden.

Ekkehard betrachtete die Frau, die zwar nicht der Stimme, aber der Kraft nach wie ein Mann sprach, nun genauer. Ihre Haut zeigte eine rosige Frische. Sein Blick fiel auf die kunstvolle schwarze Borte am Halssaum seiner Gesprächspartnerin.

Bebette genoss es, seinen Blick auf sich ruhen zu fühlen. »Die Kaufmänner haben sich zu einer Gemeinschaft zusammengeschlossen, in die sie nur aufgenommen werden, wenn sie zuvor einen Eid geleistet haben, der sie zu allen erdenklichen Hilfsleistungen für in Not geratene Brüder verpflichtet. Und ich habe sie dazu gebracht.«

Ekkehard schaute Bebette nun in die Augen. »Ihr?«

»Für Euch, Erlaucht«, bestätigte Bebette und legte die Hände auf ihrem Schoß ineinander. Es gefiel ihr, zu verhandeln, und sie war überrascht, wie leicht es war, die Wirkung ihrer Worte im Gesicht und an der Haltung des Markgrafen abzulesen.

Ekkehard schwieg eine Weile und nippte ein paar Mal am Honigwein. »Und wie gedenkt Ihr es anzustellen, die Kaufleute zurückzuholen?«, fragte er dann.

»Die Verelendung Naumburgs und der Wegzug der Menschen sind noch nicht beendet und werden schwer zu stoppen sein.« Bebette zeigte sich betroffen. »Die Naumburger Kaufleute erzählen ihren neuen Kunden und anderen Kaufleuten davon. Vermutlich könnt Ihr den kommenden Markttag sogar ganz absagen.« Was für eine glückliche Fügung es doch gewesen war, dass sie einen Tag nach der Abreise des Königs auf ihrem Spaziergang in der Vorburg an der alten Schmiede vorbeigekommen war. Und wie dumm musste die Frau des Burgkochs doch sein, dass sie, während sie mit der Ballenstedterin über Exhumierungen sprach, auch noch das Fenster öffnete, um frische Luft hereinzulassen.

»Nun sagt schon, was ist die Lösung!«, forderte Ekkehard

und nahm einen weiteren Schluck, ohne sie dabei aus den Augen zu lassen.

Bebettes Blick glitt flüchtig über den röhrenden Hirschen auf dem Wandteppich, dann beugte sie sich zu Ekkehard. »Wie der König am Allerheiligenfest auch richten wird, Uta von Ballenstedt ist Naumburg in jedem Fall abträglich. Erst eine neue Gattin, Nachkommenschaft und noch mehr Händler als bisher versprechen Rettung«, erklärte sie und warf dann mit gespieltem Zögern ein: »Wolltet Ihr Euch nicht schon einmal von Eurer Frau lossagen?«

»Eine neue Gattin«, wiederholte Ekkehard nur.

»Als Gegenleistung für die Fürsprache bei der Kaufmannschaft«, setzte Bebette hinzu, die sehr genau wusste, dass es dabei um mehr als reine Fürsprache ging. Sie würde die Händler von ihrer Politik als Markgräfin überzeugen müssen, die vornehmlich den Interessen der Kaufleute dienen würde, nicht der der Pilger und Ritterlichen.

Ekkehard stieß einen Rülpser aus, dann glitt sein Blick zu ihrer Taille. »Ihr seid nicht mehr in den Jahren, in denen eine Frau gebärt.«

Bebette lächelte versöhnlich. »Eine kürzlich durchgeführte medizinische Untersuchung erwies, dass ich jederzeit wieder ...«, log sie, ohne mit der Wimper zu zucken.

»Und der Vater Eurer Knaben?«

Betroffen senkte Bebette den Kopf. »Mein geliebter Balduin ist leider von uns gegangen.« Als darauf keine Erwiderung folgte, schaute sie vorsichtig auf. »Ich habe zwei Söhne geboren, Scharen von Kaufleuten hinter mich gebracht, und als Letztes werde ich ...«

»Werdet Ihr ...?«

»Werde ich Euch helfen, die Grablege Eures Vaters nicht zu entwürdigen«, sprach Bebette und glaubte sich ganz nah am Ziel. »Ich biete Euch ein prosperierendes Naumburg und männliche Nachkommen – als Mitgift sozusagen«, ergänzte sie leiser, sinnlicher. Endlich eine würdige Ehe. Das Geld aus dem Verkauf des Hauses und des Wollhandels in Brügge reichte gerade einmal zum Leben und für anständige Gewänder. »Niemand anders könnte Euch dieses oder gar ein besseres Angebot machen. Der Zorn Gottes wird für immer auf Uta von Ballenstedt und«, Bebette stockte und wartete, bis der Markgraf sie wieder anschaute, »auf Euch, Erlaucht, liegen, sofern Ihr nichts dagegen unternehmt. Ihr könnt Euch reinwaschen. Mit meiner Hilfe. Euch und Eure Seele.«

Ekkehard erhob sich und legte einige Holzscheite im Kamin nach. Noch in der Hocke, wandte er sich seiner Besucherin wieder zu. »Ihr wollt mir die Katze im Sack verkaufen.«

Bebette schaute ihn eindringlich an. Eine Katze war sie in der Tat, sogar eine handzahme, wenn er es verlangte.

»Deshalb möchte ich mich zunächst von Euren Fertigkeiten überzeugen. Beweist mir, dass Ihr die Kaufleute zur Königsmesse herzubewegen vermögt. König Heinrich gedenkt, am Festtag des heiligen Wendelin die Pfalz Memleben zu verlassen. Wir dürfen ihn vermutlich schon ganze acht Tage vor dem Allerheiligenfest begrüßen. An Allerheiligen selbst werden der König, ich und das Heer vermutlich schon kurz vor Prag stehen.«

Ihr verbliebenen damit ganze vierundzwanzig Tage, rechnete Bebette. »Das richte ich gerne ein, Erlaucht.«

Ekkehard trat vom Kamin zum Tisch zurück. »Sollte Euch das gelingen, bin ich für den nächsten Schritt bereit.«

Zufrieden erhob sich Bebette und lächelte siegesgewiss. Ihr Vorhaben steuerte auf seinen Höhepunkt zu. In vierundzwanzig Tagen würde sie den Platz neben dem Meißener Markgrafen einnehmen.

Während Ekkehard sie zur Tür geleitete, überdachte Bebette, was sie Notburga dann noch zugestehen durfte. Zwei Schwestern mit gleich großer Machtfülle – eine Äbtissin, der mehrere Klöster unterstanden, und eine Markgräfin –, das brachte nur Streit. Also würde sie diejenige sein, die zukünftig den Ton angab, denn ohne sie wären sie niemals so weit gekommen. Was hatte Notburga eigentlich zur Umsetzung ihres Plans beigetragen, außer sie herzuholen und ihre Leibesfrucht vor ihr geheim zu halten?!

* * *

Die Sehnsucht hatte ihn von jeher geleitet. Er öffnete die Lippen und riss sie sich dabei blutig, weil sie ausgetrocknet und mit Schleim und Staub verklebt waren. Den Geschmack der Vergänglichkeit am Gaumen hauchte er: »*Io te absolvo!* Ich erlöse dich!«

Die Hand Gottes ruhte seit dem gestrigen Morgen unablässig auf seinem Kopf. Es war so weit.

»Ich gestehe, einem Weibe erlegen zu sein«, murmelte er und zog sich an der Luke seiner Behausung hoch. »Ich gestehe, mich fleischlicher Lust hingegeben zu haben!«

Sobald er jedoch auf den Beinen war, kippte er auch schon wieder kraftlos gegen die Wand. In dieser Position verharrte er und durchlebte die sündige Begegnung immer und immer wieder. Er musste es tun, wollte er diese schwere Sünde endlich nicht mehr mit sich herumtragen wie einen bleigefüllten Beutel. Indem er sich diesem Schrecken aussetzte, überwand er ihn und vermochte sich von jenem Zwang zu befreien, mit dem die unheilvolle Begegnung die vergangenen Jahre seines Lebens überschattet hatte.

Das Pfeifen des Windes ließ ihn am Morgen wieder zu sich kommen, inzwischen hockte er vor der Wand. Wankend, die Kapuze seiner Kukulle schützend ins Gesicht gezogen, zwängte er sich durch die schmale Tür ins Freie.

Er schritt auf den plätschernden Bergquell zu, trank durstig, nässte Handgelenke und Stirn in Form des Kreuzzeichens und blickte dann den Berg hinab. Der Goldglanz, der über dem Weg lag, der ihn nach unten führte, blendete ihn. Er lächelte glücklich.

Um zum Kloster ins Tal zu gelangen, würde er mindestens zwei Tage unterwegs sein. Dann stand die Absolution bevor. Danach, rein und ursprünglich, gedachte er wieder in seine Klause zurückzukehren. Um zu sterben.

✳ ✳ ✳

Es war nicht ihr erster gemeinsamer Abend dort draußen. Eingehüllt in einen schwarzen Umhang war Katrina mit ihrem Begleiter zum Schandacker aufgebrochen. Seitdem sich die Ritterlichen auf den Wiesen vor Naumburg sammelten, wurde es mit jedem Tag schwieriger, ihre Mission unbemerkt zu erfüllen. Sie durchquerten den Wald auf einem ausgetretenen Pfad und mussten die Pferde hin und wieder um ein Gestrüpp herumführen, das den Weg überwucherte. Hermann trug nur ein kleines Licht bei sich. »Die wievielte Nacht ist es heute?«, fragte er und spähte hoch zu Ross links und rechts des Weges ins Baumdickicht.

Katrina ließ die Zügel ihres Pferdes einen Moment los, zog ihre Wachstafel aus dem Futteral und ertastete die Kerben am unteren Rand des rechten Täfelchens. »Der vierzigste, Erlaucht«, flüsterte sie.

Sie verließen den Weg und durchritten ein Waldstück. Katrina hatte mit den nächtlichen Ausritten, abwechselnd in Begleitung von Burgkoch Arnold und Hermann, in jener Nacht begonnen, die auf die erste Kapitelversammlung der Georgsbrüder nach ihrer gelungenen Finte über Sibodos Rückkehr gefolgt war.

Nachdem sie die Hälfte des Weges zurückgelegt hatten, banden sie die Pferde an einem Busch fern des Weges fest und gingen zu Fuß weiter. Ihr Ziel war die Grenze zum Schandacker, der sich in nordöstlicher Richtung an den Wald anschloss. Das Licht von Hermanns Span war so gut wie nicht sichtbar, und in dieser Nacht würde außerdem der Vollmond scheinen.

Sie waren bereits einige Schritte vor dem Übergang zum Acker verstummt, vermutlich würde der Mörder Sibodos, wenn er überhaupt auftauchte, denselben Pfad zum Schandacker nehmen, denn anderswo gab es noch weniger Durchkommen. Als sie die letzte Baumreihe erreichten, versank die Sonne glühend rot am Horizont. Kathrina bat den Herrn darum, ihnen heute Abend endlich Gelingen zu bescheren.

An dem großen Baum angekommen, dessen mächtiger Stamm ihnen bereits in den vorangegangenen Nächten als Sichtschutz gedient hatte, richteten sie sich ein. Sie hatten den Baum wegen seiner günstigen Position gewählt: Er stand keine zwanzig Fuß vom verwachsenen Pfad entfernt und in zweiter Reihe zum Acker hin. Auch könnten sie von hier aus das Gesicht des sich nahenden Mörders gut erkennen und sich gleichzeitig jeweils hinter der Hälfte des Baumstammes verbergen, die entweder vom Schandacker oder vom Waldpfad her nicht eingesehen werden konnte.

Katrina zog ihren Umhang fester um sich, Hermann vergrub den Kienspan. Nebeneinander stellten sie sich so an den Baum, dass kein Körperteil oder Kleidungsstück verräterisch hervorschaute. Hermann behielt den leicht ansteigenden Acker im Auge, auf dessen höchster Stelle, etwa einhundert Schritt entfernt, sich drohend der Galgen erhob. Uta hatte ihm die Stelle des Grabes zuvor beschrieben. Katrina beobachtete den Pfad.

»Ist alles vorbereitet?«, fragte Hermann leise.

Katrina richtete ihren Blick den Pfad entlang in die Ferne.

»Alles bereit!«

In Hermann begann es zu arbeiten. Was war, wenn diese Nacht tatsächlich jemand auftauchte, der Pankratius' Worte auf der Kapitelversammlung bezweifelte? Der als Einziger davon ausging, dass Sibodo nicht mehr am Leben war? Und sich heute am Grab noch einmal davon überzeugen wollte, dass der zerfleischte Tote in der Tat Bruder Sibodo war, der deshalb gar nicht ins Kloster zurückkehren konnte? Er musste einfach herkommen und sich versichern, zumal inzwischen auch allgemein bekannt war, dass der Leichnam nach der verbotenen Exhumierung wieder in sein Grab auf dem Acker zurückgebracht worden war. Schweigend starrte Hermann auf den Schandacker und merkte, wie sich sein Puls beschleunigte. Wenn es stimmte, dass Sibodos Tod und sein Vergessen von ein und derselben Person verursacht worden waren, könnte er heute endlich seinem Peiniger gegenübertreten. Wie würde er wohl reagieren, wenn es endlich so weit wäre? Während der Mond am Firmament aufzog, spielte Hermann mehrere Szenarien durch, die von der Gefangennahme bis hin zur offenen Konfrontation reichten.

Mit gedämpfter Stimme ergriff er eine gute Weile später, als es bereits kalt geworden war, das Wort. »Katrina, ich danke Euch für all die Mühen, die Ihr wegen meines Verschwindens auf Euch genommen habt. Und dafür, dass Ihr Uta so unerschütterlich zur Seite steht.« Obwohl Hermann das Mädchen sonst duzte, wechselte er nun in die respektvolle Anredeform über, die er trotz des Standesunterschiedes zwischen ihnen für angemessen hielt.

Sie und unerschütterlich? Katrina wandte den Blick nicht vom Pfad ab, als sie flüsternd entgegnete: »Ihr wart immer gerecht und höflich zu mir. Und der Herrin habe ich Wertschätzung und Schutz zu verdanken. Ohne Euch und die Herrin wäre ich …« Katrina schloss kurz die Augen. Ohne Uta von Ballenstedt wäre sie – gleich ihrer älteren Schwester und entsprechend ihrem Stand als Tochter eines Landadligen – im zarten Alter von dreizehn Jahren einem gewalttätigen, alten Witwer zur Frau gegeben worden. Ohne Uta von Ballenstedt hätte sie, die von allen Gemiedene, nie die Vorzüge von Freundschaft und Familie erfahren. Ohne Uta könnte sie nicht schreiben und lesen und wäre nicht zum Nachdenken angeregt worden. »Ihr wart es, der mich als Hofdame für sie auswähltet«, brachte sie hervor. Deutlich sah Katrina wieder vor sich, wie Hermann vor vielen Jahren nach dem Italienzug des Kaisers mit einigen Kampfgefährten eher zufällig auf das väterliche Anwesen gekommen war, um dort zu übernachten. Anstatt auf sie herabzuschauen, hatte er sich neben sie gesetzt und sie gefragt, ob sie zukünftig der schönsten Frau im Reich die Gewänder und die Kammer in Ordnung halten wolle, nachdem ihm der Vater berichtet hatte, dass er nicht gewillt sei, seiner im Gesicht entstellten Tochter eine stattliche Mitgift in die Ehe mitzugeben. »Ich habe zu danken, Erlaucht«, fügte Katrina gerührt an Hermann gewandt hinzu.

Er schenkte ihr ein melancholisches Lächeln. »Ich muss in meinem vergangenen Leben ein besonderes Gespür gehabt haben.« Berührt schaute Katrina zu Boden.

Da bewegte sich etwas in der vom Mondlicht beschienenen Ferne. Sofort presste Hermann den Finger vor den Mund und betrachtete das Gelände vor sich gebannt. Auch Katrina wandte sich dem Acker zu.

»Ein Reh«, kommentierte Hermann dann und merkte, wie sich sein Puls, der in die Höhe geschnellt war, wieder beruhigte. Das Tier sprang ängstlich davon.

Schweigend verlor er sich erneut in der Beobachtung der Grabesstelle und Katrina in die des nahen Pfades. Hermann war es, der das Gespräch nach einer Weile erneut aufnahm. »Vermutlich kennt Ihr Uta so gut wie niemand sonst.« Die Erinnerung an ihre Küsse auf dem Dach stärkte ihn und machte ihm Mut,

die mögliche Konfrontation mit seinem Peiniger durchzuste-
hen. Allein die Hoffnung auf ihr nächstes Wiedersehen, ihre
Berührung, ihre Gespräche – ja schon Utas reiner Anblick – ließen ihn vorwärtsschauen. Hermann fuhr mit der Hand über die
Malachit-Kette unter seinem Hemd. Ihm wurde wärmer.
Katrina hatte die Hoffnung in seiner Stimme gehört. Kurz
schaute auch sie zum Schandacker. Auf halber Höhe des Hügels konnte man kaum noch erkennen, dass hier vor acht
Mondumläufen die Schaufel einer Benediktinerin die Erde
umgegraben hatte. Gras und Wildwuchs hatten die ehemalige
Grabstelle überwuchert, so dass sie vom umliegenden Terrain
kaum noch zu unterscheiden war. Seit Allerheiligen des vergangenen Jahres war hier kein weiterer Toter mehr verscharrt
worden.
»Erzählt mir von Eurer Herrin, Katrina.« Er wollte mehr über
Uta von Ballenstedt wissen. Ob sie beim Baden sang, wie ihre
Atemgeräusche beim Schlafen klangen, was sie am Morgen
gerne zu sich nahm, ob sie noch andere Blumen als das Gänseblümchen mochte, und in welcher Reihenfolge sie von den
Menschen sprach, die ihr nahestanden.
Unvermittelt lächelte Katrina und schaute ihn an. »Sie ist meine Familie, Erlaucht. Aber Ihr wolltet doch …«, begann sie
und wischte die Freudenträne, die ihr über die Wange kullerte,
mit dem Handrücken weg.
»Nein«, sagte da auch Hermann. »Ihr habt recht, Ihr sollt mir
nichts über die Vergangenheit erzählen.« Die interessierte ihn
nicht mehr. »Verzeiht«, entgegnete er nach einer Weile. »Ich
wollte Euch mit meiner Frage nicht in Bedrängnis bringen. Ich
muss Eure Herrin selbst kennenlernen. In der Gegenwart.«
Und ich werde um sie kämpfen, sagte er in Gedanken zu sich
selbst.
Es war an der Zeit, dass er mit dem Bruder sprach und ihn um
Utas Hand bat.

Katrina wollte gerade nicken, als ein Geräusch – das Knacken einiger Äste – ihre Aufmerksamkeit wieder auf den Pfad zog. Sofort pressten sie sich gegen den Baum. Als die Schritte näher kamen, lugte Katrina mit einem Auge ganz vorsichtig hinter dem Stamm hervor.

Eine Gestalt näherte sich ihnen. Die Person trug eine dunkle Kukulle, deren Kapuze sie sich tief ins Gesicht gezogen hatte, so dass Katrina nichts erkennen konnte.

Mit gesenktem Haupt und zielstrebig, so schien es Katrina, ging die Gestalt den Pfad entlang. Als sie auf ihrer Höhe angekommen war, hielt das Kammermädchen die Luft an, bis sie an ihnen vorbei war. Nun konnte auch Hermann die Person sehen, wenn auch nur von hinten. Eilig hielt sie auf den Acker zu und kniete dann genau an jener Stelle nieder, wo sich das Grab befand.

Katrina und Hermann veränderten geräuschlos ihre Position um einige kleine Schritte, damit sie jede Regung des Kapuzenträgers genau verfolgen konnten. Hermann schaute links am Baum vorbei, Katrina rechts. Wieder beschleunigte sich Hermann Puls, nur dass er diesmal glaubte, kaum noch Luft zu bekommen. War das also sein Peiniger?

Katrina jubelte innerlich. Ihr Plan hatte also funktioniert! Der Abt musste ihre Nachricht über die Rückkehr des unverbesserlichen Sibodos geglaubt und diese tatsächlich in der Kapitelversammlung verkündet haben. Und nun war daraufhin, genau wie sie es gehofft hatte, tatsächlich Sibodos Mörder zum Grab gekommen, um am Schädel des Toten nach Spuren zu suchen, die seine Schläge dort hinterlassen haben mussten. Schläge, die ihm bestätigten, dass der Unverbesserliche die Mauern des Georgsklosters nie wieder sehen und sein Mund für immer schweigen würde.

Gebannt verfolgte Katrina, wie die Person nun zuerst mit den Händen und später mit einer Schaufel die Erdschichten abtrug. Kurze Zeit später war sie komplett im ausgehobenen Grab verschwunden, und Katrina und Hermann sahen nur noch Erde auffliegen.

Die Kukulle hatte Katrina unzweifelhaft wiedererkannt. »Es ist auf jeden Fall ein Georgsmönch! Das wissen wir nun mit Sicherheit«, flüsterte sie. War es gar der Abt des Klosters gewesen, der sich das unbesetzte Portal heute Nacht zunutze gemacht hatte?

Einige Augenblicke später tauchte der Kuttenträger wieder aus dem Grabesloch auf. Aufgeregt presste Hermann seine Hände auf die warme Malachit-Kette.

Den Blick fest auf den Kuttenträger auf dem Acker gerichtet, versuchte Katrina, einen Blick in dessen Gesicht zu erhaschen, doch die Kapuze verbarg es.

Hermann drückte sich eng an den Stamm des Baumes. Obwohl er am liebsten zum Grab gerannt wäre, um die Gestalt zu überwältigen und ihr die Kapuze vom Kopf zu reißen, zwang er sich zur Zurückhaltung, denn ihr Plan war ein anderer. Zu viel stand auf dem Spiel. Denn nur sofern es ihnen auch gelänge, Beweise für die Schuld der verhüllten Gestalt vorzulegen, wäre allen geholfen.

Katrina stellte erleichtert fest, dass der Kuttenträger sie nicht bemerkt zu haben schien. Ohne das Grab wieder zuzuschütten, erhob er sich.

Leise traten Hermann und Katrina einen Schritt um den Baum herum, um vom Weg aus nicht gesehen werden zu können.

Da befand sich die Gestalt auch schon auf dem Pfad in den Wald hinein, gleich wäre sie auf ihrer Höhe.

Ich will sein Gesicht sehen!, dachte sich Katrina, schließlich war genau das der Grund für ihre nächtlichen Aktionen gewesen. Da kam ihr eine Idee. Blitzschnell bückte sie sich, hob einen Stein vom Boden auf und warf ihn gegen einen Baumstamm auf der anderen Seite des Pfades.

Das Geräusch des Aufpralls ließ die Gestalt stocken. Regungslos stand sie da.

Erneut hielt Katrina die Luft an, vor Aufregung schlotterten ihr die Knie, denn sie hatte ihren Kopf nicht wie Hermann sofort hinter den schützenden Baum zurückgezogen, sondern lugte noch immer hinter einem strauchartigen, dünnen Ästchen zu der Person auf dem Pfad hinüber.

Da löste sich die Gestalt auch schon aus ihrer Erstarrung und führte den Kopf in die Richtung, aus der das Geräusch gekommen war – dabei rutschte ihr die Kapuze an einer Seite etwas zurück und legte ihre Züge im Mondlicht teilweise frei. Kaum einen Wimpernschlag lang konnte Katrina deren Nase sowie eine ihr ungewöhnlich dunkel erscheinende Wangenpartie ausmachen.

Die restlichen Gesichtszüge blieben jedoch weiterhin unter der Kapuze verborgen.

Gleichwohl hoffte sie, sofern das Buch des griechischen Arztes Dioskurides *Von der Materie der Medizin* recht behalten sollte und Gott ihr beistand, in zwei Mondumläufen vor den Augen des Königs belegen zu können, welcher Georgsmönch sie nach so vielen durchwachten Nächten auf dem Schandacker wieder Ruhe hatte finden lassen.

Da senkte die Gestalt auch schon wieder den Kopf, zog sich die Kapuze erneut tief ins Gesicht und verschwand auf dem Pfad in Richtung der Burg.

Nachdem einige Zeit vergangen war, zog Katrina ihre Wachstafel hervor, während Hermann vom Baum wegtrat und zum Mond hinaufschaute. Welcher Benediktiner hatte ihn entführt und in ein Verlies gesperrt, ihm sein Erinnerungsvermögen geraubt und ihn in diesem Zustand absichtlich zu seiner Familie zurückkehren lassen? Wem um alles in der Welt hatte er in seinem vergangenen Leben derart Schlimmes angetan, dass er sich auf diese grausame Art an ihm rächen wollte?

9.

KINDER

Hans und Gesa überquerten die Furt am Mausabach. Kuno zappelte munter auf Hans' Rücken. Es war ein strahlender Herbsttag. Das Moritzkloster zeichnete sich in der klaren Luft scharf auf der kleinen Anhöhe vor ihnen ab.

Gesa stoppte und drehte sich zu Hans um. Der Wind wehte ihm ihr Haar entgegen. »Jetzt bist du ein richtiger Küchenknecht.«

Hans strahlte über das ganze Gesicht. Endlich konnte er seiner Familie eine Unterkunft, Essen und Schutz bieten. Am Morgen noch war die Markgräfin zu ihnen gekommen und hatte ihm die frohe Botschaft überbracht. Er sollte sogar richtige Münzen für seine Arbeit erhalten, sobald die vorgestreckten Silberpfennige verdient waren.

»Ich bin stolz auf dich.« Gesa knotete ihr Haar zusammen und küsste ihn.

Hans war so überrascht, dass er gar nicht so schnell auf die erstmalige körperliche Bezeugung ihrer Zuneigung reagieren konnte, wie er gewollt hätte. Er begann zu schwitzen und sah betreten zur Seite. Gesa nahm seine Hand und zog ihn weiter Richtung Moritzkloster.

So also fühlte sich Gesas Mund an! Mit hitzigen Wangen folgte er ihr. Die ersten Besuche bei Kuno auf der Krankenstation hatte Hans alleine absolviert, weil Gesas Angst vor den Nonnen anfänglich noch zu groß gewesen war. Doch allmählich waren ihr die Gesichter der Naumburger und einiger Ritter vertrauter geworden, so dass sie sich hin und wieder sogar einige Schritte vor die Burg gewagt hatte. Inzwischen hatten sie Kuno wieder zu sich nehmen und selbst pflegen dürfen. Ein letztes Mal wollte Schwester Alwine heute Wundsalbe auf seinen Hintern auftragen, danach wäre der junge Mann – schon seit dem Fest der Kreuzerhöhung fieber- und blasenfrei – wieder vollkommen genesen.

»Wir haben Kuno jetzt schon ein halbes Jahr bei uns«, stellte Gesa fest und schaute kaum mehr ängstlich zum Kloster hinüber.

»Er ist schon so groß geworden.« Hans kitzelte Kunos Füßchen und fiel in sein Brabbeln mit ein. Dabei überlegte er angestrengt, wie er zu einem weiteren Kuss kommen könnte. Einen Moment später, nur einige Schritte vor dem Portal des Klosters, hielt er an und schloss die Augen.

Gesa trat auf ihn zu, betrachtete den Mann, mit dem sie so vieles durchgestanden hatte. Sie ahnte, worauf er wartete.

Erwartungsvoll bat Hans mit noch immer geschlossenen Augen: »Tu es noch einmal, ja?«

So näherte sie ihr Gesicht dem seinen. Sein festes dunkles Haar, das gewölbte Stirnbein und die breiten, über der Nasenwurzel zusammenlaufenden Augenbrauen waren ihr vertraut geworden, und sie konnte seine Nähe genauso zulassen wie die der Mutter vor so vielen Jahren. Seitdem es Kuno bei den Moritzschwestern von Tag zu Tag bessergegangen war, bedrückten Hans auch keine Sorgen mehr, und er sah so glücklich aus, wie sie ihn noch nie zuvor gesehen hatte. Gesa schürzte die Lippen.

»Irre sind doch unfruchtbar! Wozu dann Küsse?«, drang da eine Stimme zu ihnen.

Sie fuhren herum.

Unter dem Klosterportal sahen sie Emmerich breitbeinig stehen. Gesa erstarrte, und Hans wurde kreidebleich. Gleichzeitig fiel ihm auf, dass Emmerich in dem neuen Umhang, den er von der Markgräfin erhalten hatte, edel wirkte, obwohl sein Gesicht mit Dreck überzogen war.

Emmerich betrachtete die beiden genüsslich und zog dann einen Hirschfänger mit glänzender Klinge unter seinem Umhang hervor, den er einem betuchten Reisenden für einen der Silberpfennige abgekauft hatte. Dann trat er auf Hans und Gesa zu. »Also hat sich mein Warten doch gelohnt!« Zwei Mondumläufe hatte er in diesem Erdloch an der Waldgrenze gehockt, doch das war ihm der Schrecken, der sich nun in den Gesichtern der beiden abzeichnete, allemal wert gewesen. Mit ausgestrecktem Dolch umtänzelte er das erschrockene Paar. »Mitkommen!«, zischte er zwischen seinen schiefen Zähnen hindurch und versicherte sich noch einmal der Ruhe am Klosterportal. »Wenn ihr um Hilfe ruft, steche ich zu!«

Hans überlegte kurz, zu schreien, um die Schwester auf der anderen Seite des Klosterportals auf sich aufmerksam zu machen, da war Emmerichs Klinge auch schon an Gesas Hals. Rückwärts gehend schleppte Emmerich Gesa immer weiter von Hans weg. »Wenn du dich bewegst oder schreist, schneide ich ihr die Kehle durch!«, drohte er Hans.

Hans war starr vor Angst und in diesem Augenblick zu keinem klaren Gedanken fähig.

In der Gewissheit, dass Hans ihn mit mehr als zehn Schritten Abstand zwischen ihnen nicht schnell genug angehen konnte, fesselte Emmerich Gesa die Hände vor dem Leib. Danach kamen die Füße an die Reihe, die er mit einem Strick derart zusammenband, dass Gesa nur kurze Schritte machen konnte. »Leg das Balg dorthin!«, befahl Emmerich dann an Hans gewandt und wies dabei auf eine karge, grasfreie Stelle.

Doch Hans schüttelte den Kopf. Erst als Emmerich daraufhin die Klinge wieder an Gesas Hals setzte, kam er dessen Befehl nach.

Grob nahm Emmerich Kuno vom Boden auf und vor die Brust.

Diesmal bedrohte er das Kind mit seiner Klinge, um Hans gefügig zu machen. »Fessele deine Knöchel mit einer Doppelschlaufe!«, verlangte er von ihm, warf ihm ein Seil zu und trat langsam auf ihn zu. Gesa ließ er dabei nicht aus den Augen.

Kuno begann zu weinen, was Hans zur Eile trieb.

Als er fertig war, holte Emmerich seinen Rappen hinter dem Gebüsch hervor, hinter dem er sich auch versteckt hatte, als sie sich dem Kloster genähert hatten. Mit dem weinenden Kind unter dem Arm und dem Messer in der Hand saß Emmerich auf. »Dort geht's lang!«, brummte er, zeigte auf den Wald und ritt an, woraufhin Kuno noch lauter plärrte. »Wenn ihr den Schreihals wiederhaben wollt, begleitet ihr mich besser!«, übertönte Emmerich dessen Schreie.

Hans und Gesa folgten ihm in kurzen, hastigen Schritten. Gesa schaute sich dabei immer wieder hilfesuchend um, doch vor dem Kloster war niemand zu sehen. Die Ritter für den Feldzug gegen den Böhmenherzog waren auf der Wiese vor dem Burgtor nur noch schemenhaft zu erkennen.

»Hans verbietet dir, ihm etwas anzutun!«, forderte Hans, als sie an der Waldgrenze angekommen waren mit einer Schärfe in der Stimme, die Emmerich neu war. Der anfängliche Schreck war gewichen, und Hans konnte wieder klarer denken.

Unbeeindruckt deutete Emmerich mit dem Messer in den Wald. »Tiefer rein!«

Gesa betrachtete den Knecht mit ihren dunklen Augen. Dabei sah sie auch, dass die Bisswunde an seiner rechten Halsseite, die sie ihm beigebracht hatte, nicht verheilt, sondern rot angeschwollen war und außerdem nässte.

Einige Baumreihen hinter der Waldgrenze befahl ihnen Emmerich, auf einer kleinen Lichtung anzuhalten.

»Was willst du?«, fauchte Gesa den Knecht an und wollte Kuno trösten, doch Emmerich hielt sie auf Distanz.

Emmerich ließ sich Zeit mit seiner Antwort. Zuerst band er

den Rappen an einem Baum fest. Dann legte er Kuno unter dem entsetzten Blick der Zieheltern direkt unterhalb des Tierbauches ab, woraufhin Kunos Schreien zum Wimmern wurde und schließlich ganz erstarb. Erst nachdem Ruhe eingetreten war, wandte Emmerich sich der erblassten Gesa zu. »Eine falsche Bewegung von euch und mein Rappe wird nervös!«

»Hans und Gesa möchten wissen, was du willst?«, wiederholte Hans Gesas Frage, während Gesa ihren Blick nicht von Kuno unter dem noch ruhigen Pferd abwenden konnte.

Emmerich grinste überlegen, fasste sich dann an die Halswunde und streckte Gesa statt einer Antwort seine mit gelblichem Wundwasser verschmierte Hand entgegen.

Angeekelt starrte Gesa darauf, wandte sich aber auch dann nicht ab, als Emmerich noch näher trat.

»Du hast doch dein Silbergeld zurück! Und sogar dreißig Stück«, warf Hans ein und schaute immer wieder angstvoll auf das Pferd.

»Du verstehst doch gar nichts!«, fuhr Emmerich ihn an. »Aber Hühner-Gesa weiß, wovon ich spreche.«

Gesa funkelte den Knecht feindselig an, für Emmerich ein Zeichen, dass sie verstanden hatte. Hühner-Gesa war tatsächlich gescheiter, als er gedacht hatte.

Emmerich griff in seine Satteltasche und lehnte sich dann, die Hand mit Körnern gefüllt, an die Flanke seines Tieres. »Hans, du kommst zuerst zu mir! Du bist der Werfer!«, befahl er.

Mit seinen gefesselten Füßen rückte Hans widerstrebend ein paar Schritte vor. »Der Werfer?«

»Mach die Pfoten auf!«, verlangte Emmerich, die Messerspitze auf den frischgebackenen Küchenknecht gerichtet.

In Hans' Hände rieselten Getreidekörner, wie Hans sie früher auf dem Moorhof aus den Halmen gedroschen hatte.

»Gesa, du magst doch Hühner, habe ich das richtig in Erinnerung?«

Gesa antwortete nicht, doch Emmerich sah ihre Augen wütend aufblitzen.

»Wenn du das Balg hier unversehrt zurückhaben willst, antwortest du mir besser!« Emmerich riss einen Grashalm vom Boden ab. Betont lässig lehnte er sich wieder gegen seinen Rappen, kaute auf dem Grashalm und drehte sein Messer spielerisch zwischen den Fingern. »Also, was ist nun mit dir und den Viechern?«

Gesas Augen sprangen zwischen Kuno und dem Knecht hin und her. »Hühner sind gute Tiere, die drohende Gefahren über die Bewegungen des Bodens und der Luft erspüren können.« Sie dachte mit einem Mal an Ella und ihre Hühnerfamilie auf dem Moorhof zurück und ihr Abscheu vor Emmerich wich einer tiefen Traurigkeit.

»Hühner sollen klüger als Menschen sein? Nun, als einige ganz sicher!« Übermütig deutete Emmerich auf Hans und lachte laut auf.

Hans erinnerte sich daran, wie er früher im elterlichen Dorf als Esel beschimpft worden war. Erneut glaubte er, die damaligen I-A-Rufe zu hören, und legte sich die Hände auf die Ohren. Er wollte von Emmerich nicht mehr ausgelacht werden. Er war jetzt Küchenknecht auf einer richtigen Burg, mit einem richtigen Koch. Überhaupt wollte er von keinem Menschen jemals wieder verspottet und ein Esel, Trottel oder sonst wie geheißen werden.

Doch Emmerich höhnte, je mehr Hans sein Gesicht verzog, nur umso lauter. »Hans ist dumm wie die Nacht … wie Stroh … wie Brot«, variierte er immerzu und lachte dabei gehässig.

Gesa schob ihre plötzliche Traurigkeit beiseite und prüfte aus der Entfernung, wie es Kuno ging, der Hans mit wachen Augen anzuschauen schien. »Hans«, sagte sie dann liebevoll, rückte näher heran und berührte Hans' Arm, der eine Melodie vor sich hin sang, damit er Emmerichs Worte nicht mehr hören musste.

Gesa benötigte zwei weitere Anläufe, bis sie endlich zu Hans durchdrang. Er sah, wie sie den Kopf schüttelte, und merkte dann, dass sie mit den Augen zu ihm sprach. »Du bist nicht dumm«, erklärte sie ihm allein mit ihrem Blick. »Sieh, wie weit du uns gebracht hast.« Mit dem Kinn deutete sie zuerst auf Kuno, dann zur Burg hinüber.

Hans verstand und beruhigte sich daraufhin, nahm auch wieder die Hände von den Ohren.

Emmerichs nächster Angriff galt Gesa. »Weil du Hühner so gern magst, wirst du dir jetzt vorstellen, eines zu sein!« Genüsslich deutete er mit dem Messer in seiner Hand auf den Moosboden.

»Gesa ein Huhn? Was soll das?«, rief Hans und wollte gerade zwischen Gesa und Emmerich treten, als der ihn an den Armen festhielt und forderte: »Auf die Knie, Hühner-Gesa!«

Gesa zögerte, ihr Blick glitt über die nässende Wunde an Emmerichs Hals, dann folgte sie seiner Anweisung, die gefesselten Hände vor ihrer Brust. Mit offenem Mund stand Hans daneben und verfolgte fassungslos Gesas Erniedrigung.

»Und nun kommst du ins Spiel, Dummerchen!«, erklärte der Knecht weiter. »Wirf die Körner auf den Boden, damit sie sie aufpicken kann.«

Hans schaute ihn entgeistert an. »Aber sie ist kein …«

»Sie ist, was ich sage!«, unterbrach ihn Emmerich und spuckte den zerkauten Grashalm aus. »Und nun los, oder willst du den Rappen beunruhigen.« Emmerich deutete einen Schlag auf die Flanke des Tieres an, worauf Hans seinem Befehl umgehend Folge leistete. Mit einem Blick bat er Gesa um Verzeihung und warf ihr dann mit schlotternden Knien die ersten Körner vor.

»Na los, friss!«, mahnte Emmerich Gesa, die sich daraufhin auf den Knien und Ellbogen vorwärtsbewegte, den Kopf auf den Boden senkte und mit den Lippen die Körner aufzunehmen versuchte.

Hans musste sich abwenden. Er konnte den Anblick nicht ertragen. Wie gerne wäre er jetzt an ihrer Stelle gewesen, um ihr diese Demütigung zu ersparen, und hätte die Körner vom Waldboden aufgenommen, Dreck und Moos zwischen den Zähnen gespürt.

»Welche Geräusche machen denn deine Hühner? Komm, lass es mich hören!« Emmerich atmete schwer. Was ihn dieses Schauspiel spüren ließ, hatte noch nichts und niemand in ihm auszulösen vermocht: Genugtuung, Überlegenheit und Macht. »Der Dumme füttert die Hühner-Gesa! Ich lach mich krank!«, höhnte er und fühlte sich großartig. Die sollten ja nicht glauben, dass sie klüger waren als er!

Gesa zwang sich zum Gackern, schaute dabei aber an Hans vorbei zu Kuno und dann zum Moritzkloster, das in erlösender Helligkeit so weit entfernt von ihnen lag.

Emmerich hielt sich die Hand ans Ohr. »Ich kann dich gar nicht hören! Deine dummen Viecher auf dem Moorhof waren doch viel lauter!«

Gesa gackerte lauter. Vielleicht ließ er sie dann schneller gehen. Gegenwehr oder Fluchtversuche, davon war sie inzwischen überzeugt, würden ihnen dieses Mal, noch dazu mit gefesselten Gliedmaßen, nicht weiterhelfen.

»Komm her, Dummerchen.« Emmerich winkte Hans zu sich heran, ohne Gesa dabei aus den Augen zu lassen, die noch immer auf dem Moos pickte und die Geräusche ihrer Hühner nachmachte. »Hier, die nächste Fuhre. Das Riesenhuhn dort scheint mir sehr hungrig.«

»Es reicht doch jetzt«, widersprach Hans mutig, während Emmerich ihm weiteres Korn aus der Satteltasche in die Hände schaufelte.

»Hör sie dir doch an!«, entgegnete Emmerich. »Sie hat solchen

Hunger. Und nun los!« Er schubste Hans zurück zu Gesa. Die Lust an der Vergeltung und der Genuss seines Sieges ließen Emmerichs Körper beben. Sein Gesicht lief heute nicht vor Ärger, sondern vor Erregung rot an. Für einen Moment war er sogar versucht, die Augen zu schließen, entsann sich dann aber noch rechtzeitig der Situation.

Resigniert warf Hans weitere Körner auf den Boden. Die ersten Körner hatte Gesa noch in den Backen sammeln können, doch die waren inzwischen so prall gefüllt, dass sie nicht umhinkam, die der zweiten Fuhre hinunterzuschlucken.

»Gut so!«, ließ Emmerich sie wissen, sog befreit die Waldluft ein und saß zufrieden auf. Jetzt geht es mir wieder besser, dachte er. Von einem widerspenstigen Hühnerweib und einem Dummen ließ er sich doch nicht konsequenzlos bestehlen! Nun hatte er sich und ihnen bewiesen, dass er am Ende der Klügere war und recht behielt!

Das Ross begann zu tänzeln, als Emmerich die Zügel anzog, so dass Hans sofort ängstlich zu Kuno schaute. Auch Gesa hob starr vor Schrecken den Kopf. Da sprang Emmerichs Rappe auch schon mit einem Satz über Kuno hinweg und preschte davon.

Emmerich machte sich in den Osten des Landes auf. Dort sollte es noch freien Grund für ehrliche Leute geben. Und sein eigener Herr zu sein, davon hatte Emmerich schon lange geträumt.

* * *

Auf einem mit glänzenden Stoffen überzogenen Wagen und unter dem persönlichen Geleit ihres Sohnes Hermann war der Sarg Swanahild Billungs aus dem Thüringischen nach Naumburg gebracht worden, wo sie nun für immer neben ihrem Mann Ekkehard, dem Älteren, ruhen sollte.

Bis zum Allerheiligenfest waren es noch ganze vierzehn Tage, die Ankunft des Königs stand voraussichtlich in fünf Tagen bevor. Lediglich zwei Kerzen, eine auf der Grabplatte Ekkehards und eine auf der Platte des soeben eingelassenen Steinsarges seiner einzigen Gemahlin Swanahild, erhellten den unauffälligen Bau. Es war eine Totenmesse und doch auch ein Fest des Lebens, der Ewigkeit und Liebe, weil hier, in der Klosterkirche des heiligen Georg, im Tod wieder zwei Menschen zusammengefunden hatten, die im Leben unzertrennlich gewesen waren.

Das Gotteshaus war ein einschiffiger, flacher Bau und gerade so breit, dass im rechteckigen, einzigen Chor ein zweireihiges Gestühl Platz fand. Ekkehard und Hermann – von sechs Kindern die einzig verbliebenen – warteten vor der letzten Ruhestätte ihrer Eltern. Hinter ihnen standen Uta und Ritter Ulrich von Brehna, der ehemalige Kampfgefährte des toten Markgrafen wie auch Hermanns einstiger Wegbegleiter nach Italien und an die Ostgrenze. Um der Familie die Ehre zu erweisen, hatte sich der zahnlose, alte Mann wie schon nach Hermanns Rückkehr, in seine Rüstung gezwängt. Vom Altar aus begleitete Bischof Kadeloh die Umbettung liturgisch.

Sicherlich ist Swanahild Billung eine wundervolle Frau gewesen, dachte Uta in dem Moment, in dem Bischof Kadeloh zum Abschlussgebet ansetzte. Vorsichtig hob sie den Kopf und betrachtete Hermann schräg von der Seite.

Hermann fühlte sich von ihrem Blick sanft gestreichelt und schaute wieder auf die Grabstelle der Mutter. Seitdem der Kuttenträger auf dem Schandacker aufgetaucht war, kreisten seine Gedanken um dessen Motiv. Was konnte er einem der Georgsmönche nur angetan haben? Weder Uta noch Ekkehard, die er am Folgetag sofort dazu befragte, hatten ihm darauf eine Antwort zu geben gewusst. Hermann riss sich zusammen. Wie konnte er diesen andächtigen Moment nur mit einem solch profanen Gedanken beschmutzen. Umgehend konzentrierte er sich wieder auf die Grabplatte vor sich. Swanahild Billung war darauf in kunstvollen Buchstaben eingemeißelt. An Ekkehards Beschreibung der Mutter erinnerte er sich noch so genau, weil er sie damals auf dem Weg nach Utrecht schriftlich festgehalten hatte: *Sie wusste immer, was zu tun war. Wenn der Vater nervös war, beruhigte sie ihn. Einerlei, ob es um die Markgrafschaft, die Königskrone oder nur um die Speisenfolge für das kommende Hochfest ging.* Genau von einer solchen Zweisamkeit geprägt, erträumte sich Hermann ein gemeinsames Leben mit Uta.

Begleitet von den Worten: »Mit Jesus Christus bist du gestorben – mit ihm wirst du weiterleben«, besprenkelte Bischof Kadeloh zuerst das neue Grab Swanahilds, dann das bereits existierende Grab Ekkehards des Älteren mit heiligem Wasser. »Voll der Hoffnung für ihre unsterblichen Seelen gingen sie von uns, ihr Leiden war gering deswegen, unendlich aber erfahren sie Seligkeit – Gottes Versprechen.« Nach Ausführungen über Gottes Erbarmen und die ewige Gnade überließ Kadeloh die Anwesenden dem Gedenken an die Toten.

Uta schloss die Augen und gab sich der Erinnerung an den alten Markgrafen hin. Sie bat für sein Seelenheil, für das seiner Frau und seiner Kinder. Beider Kinder.

Nur Ekkehard fand nicht zur gebotenen Andacht. *Ich werde Euch helfen, die Grablege Eures Vaters nicht zu entwürdigen!*, hörte er die Worte Bebettes von Hildesheim in seinem Kopf hallen. Diese Frau, die ihm ein prosperierendes Naumburg und männliche Nachkommen versprochen hatte, war …

Mit einem Psalm und einem Gott preisenden Abschlussgebet endete die Feier. Glockengeläut setzte zu Ehren Swanahild Billungs ein. Die markgräflichen Brüder warteten andächtig, bis der letzte Schlag verklungen war.

Bischof Kadeloh verneigte sich vor den Gräbern, dann wandte

er sich um und schritt durch das Kirchenschiff auf den Ausgang zu. Uta und der alte Ulrich von Brehna folgten ihm nach draußen. Von dort aus wollte sich Uta zu Meister Simon in die Kathedrale begeben, um den Stand der Malerarbeiten an der Westwand zu begutachten. Zuletzt hatte Simon mit seinen verbliebenen sieben Malern an den Gesichtern der Heiligen Petrus und Paulus gemalt. Ihrer aller Ziel war es, dem König die fertigen Ausmalungen präsentieren zu können. Die Messe mit Heinrich III., das stand nun fest, würde auch die Messe zum Schlachtenaufbruch werden.

Auch Ekkehard wollte sich gerade Bischof Kadeloh anschließen, als Hermann ihn am Arm zurückhielt und bedeutungsschwer anschaute.

Ekkehard nickte. »Du hast recht, es wird Zeit, dass wir reden.« Er nahm die Kerze von der Grabplatte des Vaters und reichte Hermann jene von der Ruhestätte der Mutter. Ekkehard bedeutete dem Bruder mit der Hand, ein paar Schritte mit ihm durch das Langhaus zu tun.

»Zwischen uns wünsche ich mir Ehrlichkeit«, sagte Hermann. Sein Atem ließ das Kerzenlicht flackern.

»Das möchte ich auch.« Ein Verlustgefühl wallte in Ekkehard auf, das er nicht zuzuordnen wusste. »Mutters Bestreben war es immer, uns zu aufrichtigen Menschen zu erziehen, die über Besitzansprüche und Erbangelegenheiten hinaus nie vergessen, sich geschwisterlich zu verhalten.«

Auch über die Liebe hinaus? Unsicher hielt Hermann die Kerze zwischen ihre Gesichter, so dass er die Züge des Bruders eindringlicher betrachten konnte. »Ich spüre Erleichterung, wenn ich an Mutter denke, obwohl ich keine bildhafte Erinnerung mehr an sie habe.« Da war nur das braune, lose mit einem Band zusammengehaltene Haar der ersten Frau, die er nach seiner Rückkehr nicht nur als Statistin in seinem vergangenen Leben, sondern als Person wahrgenommen hatte.

Seit der Rückkehr aus Utrecht hatte Ekkehard es aufgegeben, den Bruder zur Erinnerung zu zwingen. »Das ist gut«, bestätigte er mit belegter Stimme und bemerkte dabei nicht, dass sein Schritt langsamer wurde.

»Weißt du, Uta von Ballenstedt und ich …«, begann Hermann, seinen Teil zu einer ehrlichen Beziehung beizutragen, als Ekkehard jäh stoppte, trocken schluckte und dem Bruder zuvorkam: »Ihr wolltet gemeinsam vor den Kaiser treten.«

Hermann wusste sofort, wen Ekkehard mit *ihr* meinte. Erstaunt ließ er die Kerze zwischen dem Bruder und sich sinken.

»Ihr wolltet um die Auflösung unserer Ehe bitten«, führte Ekkehard weiter aus. »Am Abend vor deinem Verschwinden wart ihr bei mir, um meine Zustimmung zu erbitten.« Er erinnerte sich noch sehr genau daran, dass er bei Hermanns Bitte, Uta freizugeben, seinen Met auf dem Tisch verschüttet hatte und ihn dabei am liebsten in des Bruders Gesicht gesehen hätte.

»Wir wollten …?« Vor Ergriffenheit versagte Hermann die Stimme, er war überwältigt, obwohl er sich zuletzt fest vorgenommen hatte, nicht mehr an seiner Vergangenheit zu rühren.

»Die markgräfliche Ehe auflösen lassen, ganz offiziell durch den Kaiser«, fügte Ekkehard um Distanz bemüht hinzu.

Eine Auflösung mittels Dispens? Es war also das zweite Mal, dass er sich in Uta von Ballenstedt verliebt hatte. Sie musste die Richtige sein, wenn Gott sie ihm zwei Mal erwählt hatte. Sie hatte weder etwas von ihm gefordert, noch ihn gedrängt, sondern ihn lediglich berauscht und ihm vom Leben eines jeden Menschen als einem mit unterschiedlichen Eindrücken und Erlebnissen gefärbten Fensterglas erzählt.

Hermann war zum Jauchzen und Weinen gleichzeitig zumute. Dann trat unwillkürlich ein Lächeln auf sein Gesicht, doch er unterdrückte diese Regung aus Rücksicht auf den Bruder, als er dessen Bedrückung ausmachte. »Danke für deine Ehrlichkeit«, sagte er aufrichtig. Seinem Impuls folgend, umarmte er den Bruder. Dabei schaute er über Ekkehards Schulter zurück zu den Gräbern der Eltern, deren Grabplatten im Dunkelgrau vor dem Altar versunken waren. Es tat gut, den Druck von Ekkehards Armen auf dem Rücken zu spüren. Noch vereint, fragte Hermann zögerlich: »Empfindest du etwas für sie?« Da war dieses neue Verantwortungsgefühl dem jüngeren Bruder gegenüber.

Ekkehard löste sich auf die Frage hin aus der Umarmung und tat einige Schritte bis vor den Taufstein.

Hermann folgte ihm. »Sag es mir, Bruder, ich muss es wissen.«

»Es ist nicht mehr von Belang, was sie für mich ist!«, entgegnete Ekkehard nun schärfer.

Hermann bemerkte es, und doch glaubte er zu wissen, dass es den Bruder nicht mehr nach Uta verlangte. Hermanns Finger glitten über die Vertiefungen an der achteckigen Beckenwand des Taufsteins. Er meinte über den Gekreuzigten zu fahren. »Du würdest sie also freigeben? Für mich?«

»Wenn wir die Kaufleute zurückhaben wollen, wird sie sich von meiner Seite zurückziehen müssen, um zu büßen. Anders lassen die Herren Händler sicher nicht mit sich reden.« Ekkehard schaute den Bruder eindringlich an. »Du forderst von mir also, dir eine Büßerin zu überlassen?«

Hermann schaute aus melancholischen Augen auf. »Sie ist ein guter Mensch, und das weißt du.« Seine rechte Hand glitt weiter zur flach reliefierten Form der Gottesmutter auf der Beckenwand.

»Bei dieser Angelegenheit ist nicht wichtig, was du oder ich denken. Es zählt, was der König und die Kaufmannschaft davon hält.« Ekkehard schaute auf Hermanns Hand, die dieser daraufhin vom Taufbecken zog. »Meine Aufmerksamkeit gilt dem König und seinen Erwartungen an mich. Wir werden gegen den Böhmenherzog ziehen, dies und die Rückholung der

Kaufleute sind jetzt wichtiger, als Utas Verhalten zu diskutieren.« Bei diesen Worten meinte Ekkehard erneut, die Stimme der Äbtissinnenschwester in seinem Kopf zu hören: »*Ich habe die Kaufmannschaft in der Hand. Kehren Andres und die anderen wieder zurück, kommt Euer Markt wieder in Gang und beschert Euch Einnahmen. Damit bekommt die Kathedrale eine neue Chance als Pilgerzentrum.*« Wäre diese Sache geregelt und wieder Leben in die Stadt eingekehrt, würde ihn dies im Hinblick auf den anstehenden Feldzug entscheidend entlasten.

»Ich werde dich als Heerführer an der Seite des Königs nach Böhmen begleiten«, sagte Hermann. Das war er dem Bruder schuldig.

Ekkehard nickte. »Dann lass uns jetzt zur Tat schreiten.« Er musste die mittlerweile mehr als eintausend Kämpfer auf den Wiesen vor der Burg organisieren.

✳ ✳ ✳

»Das Gewand!« Aufgeregt stieg Katrina die Treppe des Wohngebäudes hinauf. Eine Gruppe vornehm gekleideter Ritter, Kampfgefährten des Burgherrn, kam ihr entgegen.

Die Männer lachten auf. »Beruhigt Euch doch! Sonst überschlagen sich Eure Beine noch«, mahnte einer von ihnen, der in eine kräftig blaue Seidentunika gekleidet war.

»Entschuldigt.« Sie drängte sich an den Männern vorbei und sprang die Treppen zum Flur der Markgräfin hinauf.

Sie klopfte heftig.

Mit fragendem Blick erhob sich Uta vom Stuhl und nahm ihr Kammermädchen in Empfang. Stand Herzog Břetislav etwa schon vor dem Burgtor?

»Das Gewand«, wiederholte Katrina. »Es ist wie ein Strom heiligen Wassers, der in Sonne getränkt ist!« Die blaue Tunika des Ritters auf dem Flur erschien ihr im Gegensatz dazu ausgesprochen blass.

»Du meinst, Meister Simon hat die *Majestas Domini* an der Westwand fertig?«

»Gewiss!« Katrina klatschte freudig in die Hände. »Und Kaspar durfte den Mantel Christi mit dem Azurit-Gold-Wasser nässen. Natürlich auf dem trockenen Putz.«

Uta bot ihrem Kammermädchen einen beruhigenden Kräutertrank an. »Dem Herrn im Himmel sei Dank für dieses Geschenk«, sprach sie erleichtert und war froh, dass Simon das Werk noch rechtzeitig zur Königsmesse beendet hatte. Es drängte sie, sofort zur Betrachtung des Wandbildes in die Kathedrale zu eilen, doch sie erinnerte sich an die Worte des Malers, der ihr geraten hatte, die Gesamtschau des Bilderzyklus abzuwarten. Und ein zweites Mal wollte sie sich seiner Empfehlung nicht widersetzen. Die Vorfreude darauf, sich inmitten des Langhauses unter der gewaltigen Bilderfolge zu drehen, löste ein kribbelndes Gefühl in Uta aus. »Der König wird voraussichtlich morgen Mittag hier eintreffen – und dann werden wir ihm sogar die fertige Ausmalung präsentieren können. Würdest du Meister Matthias bitten, die Gerüste sofort abbauen zu lassen?«

Katrina war viel zu aufgeregt, um ihren Becher mit dem Kräuteraufguss ruhig in den Händen zu halten. Er schwappte ihr über den Becherrand auf die Hand, als sie zur Bestätigung heftig nickte.

Erneut ging Uta in Gedanken die Gästekammern und zusätzlichen Schlafstätten durch, die für den König und seinen Hofstaat im Wohngebäude und in den Wirtschaftsgebäuden bereits hergerichtet worden waren. Einige waren inzwischen von gräflichen Kämpfern belegt. Doch trotz der fertiggestellten Wandbilder war ihre Freude nicht ungetrübt. Ekkehard würde in wenigen Tagen gegen die Böhmen ziehen. Die Aussicht auf den Feldzug mit den Böhmen, auf Tod, Schmerz und Leid beunruhigte sie. Und: Hermann würde mitziehen. Wenn es doch nur schon dämmern würde und sie ihn endlich wiedersehen könnte.

Von ihren Gefühlen hin- und hergerissen, kam Uta auf ihr nächstes Thema zu sprechen. »Und du und Erlaucht Hermann seid euch wirklich sicher, auf dem Schandacker einen Georgsmönch ausgemacht zu haben?«

»Ja, Herrin«, gab Katrina zurück und hoffte, dass ihr der liebe Gott beistehen würde, den Schuldigen aus der Gruppe der Mönche mit Beweisen vor König Heinrich III. überführen zu können, obwohl sie das Gesicht des Kuttenträgers nur zum Teil hatte sehen können. Katrina wischte sich den Kräuteraufguss von der Hand.

»Und die Boten sind ausgesandt?«, fragte Uta.

Katrina nickte, dieses Mal sachter. »Bereits vor einigen Tagen. In die Wälder, die sich im Westen an den Speyergau anschließen.«

»Danke.« Uta war zufrieden. Sollte der König Naumburg tatsächlich am morgigen Tage erreichen, würde er dennoch nicht vor übermorgen über ihr Vergehen richten sowie über ihr und Hermanns Anliegen entscheiden. Auch die Überführung des Mönches und die Präsentation der Malereien würden wohl kaum vor der heiligen Messe stattfinden. »Alles läuft auf diesen einen Tag, den Tag der Königsmesse hinaus.«

Katrina nickte und meinte: »Erlaubt mir nun, Meister Matthias Eure Weisung zu übermitteln.« Damit entfernte sie sich ebenso atemlos, wie sie gekommen war.

Zum unzähligsten Male an diesem Nachmittag öffnete Uta das Fenster, fröstelte im kalten Zug des Windes und stellte einmal mehr fest, dass der Abend noch nicht über die Siedlung hereingebrochen war. Sehnsüchtig schaute sie zum Himmel hinauf, der in einheitliches Grau getaucht war. »Ich halte es nicht aus«, flüsterte sie schließlich und verließ ihre Kemenate. Der Flur des Wohngebäudes war zugig und unbeleuchtet. Sie erklomm die Stufen zum Zinnendach, ihrem neuen gemeinsamen Ort.

Oben angekommen, hielt sie auf die bemooste Wettermauer des Daches mit Blick auf die Burganlage zu. Ein eisiger Wind pfiff um sie herum. Sie schloss die Augen und begann gedanklich jene Argumente zu rezitieren, die sie dem König vielleicht schon übermorgen vortragen durfte, inmitten der in leuchtenden Farben erstrahlenden Kathedrale. Sie wollte von der Liebe und von Ewigkeit reden und dafür beten, dass der junge König dank seiner Eltern wusste, was Zusammengehörigkeit bedeutete.

Mit geschlossenen Augen drehte Uta sich um und lehnte sich mit dem Rücken gegen die Wand. Sie freute sich auf das Wiedersehen mit der Kaiserinwitwe. Ihre Anwesenheit würde ihr wie einst beim Reinigungseid während der Kathedralweihe mehr Sicherheit verleihen.

»Königliche Hoheit«, sprach sie, die Augen noch immer geschlossen, und hielt vor überschwenglicher Ungeduld eine Ansprache, die sie derart nie vor dem König halten würde. Sie stellte sich vor, dass der Wind ihr Publikum war. »Hermann von Naumburg ist mir in jeder Farbe recht. In Rostbraun, im erhitzten Glutrot, im Malachitblau der Unstrut, in der sich der Himmel spiegelt.« Warm wehte es ihr nun um den Hals. »Einst war er mein Lehrmeister, immer noch ist er mein Beschützer und bald wird er mein Leben sein«, fuhr sie fort, die Arme ausgebreitet – als biete sie sich dem Wind als Gabe an.

»Ich liebe dich, Uta von Ballenstedt!«

Unvermittelt musste Uta über die Worte des Windes lächeln. Erst zwei heftige Herzschläge später riss sie die Augen auf und sah Hermann von Naumburg vor sich und die honigfarbenen Punkte in seinen Augen. Sie tanzten und waren nun ganz dicht vor ihr. Er musste geräuschlos an sie herangetreten sein.

Sie wagte, ihn zu küssen. So wie sie es am Nachmittag auch gewagt hatte, ihn mittels eines Pergamentschnipsels um ein Treffen zu bitten. Es war das erste Mal, seitdem sie sich in den neuen Hermann verliebt hatte, dass sie ihn zuerst berührte.

»Ich halte es nicht mehr aus ohne dich«, wisperte er zwischen ihren Küssen hindurch und hielt sie fest umschlungen.

Die Sonne verschwand am Horizont und bot ihrer Liebe Schutz, bis sich ihre Lippen wieder voneinander lösten.

Schließlich berichtete Uta von den Neuigkeiten des Tages, allen voran von der Fertigstellung der Wandbilder. »Meister Simon hat heute die letzten Pinselstriche an der Westwand gemacht.«

Hermann war berührt. »Die *Majestas Domini* mit den Heiligen Petrus und Paulus.«

»Ich kann es kaum noch erwarten, die Malereien zu betrachten«, entgegnete Uta, die noch am gleichen Abend des Tages, an dem ihr Simon die fertige Geburt Christi gezeigt hatte, der Kaiserin darüber berichtet hatte. Vielleicht vermochte die Beschreibung der wunderbaren Farben Gisela ja ein wenig aufzumuntern.

»Ganz schön ungeduldig bist du.« Hermann tippte ihr auf die Nasenspitze. »Ich wünschte, ich hätte Simon noch einmal bei der Arbeit zuschauen können. Aber direkt nach der Umbettung meiner Mutter bin ich aufgebrochen und bis eben unterwegs gewesen. Ich war bei …«

Sie legte ihm den Finger auf den Mund und lächelte liebestrunken. »Jetzt sind wir beieinander, das ist alles, was zählt.«

An ihre Trennung wegen des Zugs gegen die Böhmen wollte sie noch nicht denken.

Hermann nickte zustimmend. »Ekkehard weiß von unserer Liebe. Ich habe ihn gebeten, dich freizugeben.« Dass ihm Ekkehard auch von ihrem Scheidungsanliegen vor seinem Verschwinden erzählt hatte, ließ er unerwähnt, da es ihm nicht mehr weiter von Bedeutung schien.

Ekkehard wusste davon? Uta legte den Kopf zur Seite. Der Gatte war ihr während der vergangenen Mondumläufe unzugänglicher und unbegreiflicher denn je geworden. Früher hatte sie gemeint, Stimmungen und Gedanken ganz klar aus seinem Verhalten und seinem Gesichtsausdruck ablesen zu können. Das hatte sich verändert. Ekkehard hatte sich verändert. Und sie? Seltsamerweise berührte sie der Gedanke, Ekkehard allein zu lassen.

Hermann spielte mit ihren Haarspitzen, die unter dem Eheschleier hervorragten. »Ich vermochte nicht, aus ihm herauszubekommen, was er wirklich darüber denkt, doch in einem hat er recht. Es ist von entscheidender Bedeutung, was der König denkt. Ihn müssen wir überzeugen! Nicht nur uns selbst.«

»Seine Gedanken, seine Werte aufgreifen«, fügte Uta hinzu.

Umsicht ist eine bessere Gefährtin als die Leidenschaft, hatte Wipo ihr einst im bischöflichen Garten in Utrecht geraten. Daran würde sich Uta dieses Mal halten. »Bestimmt wird die Kaiserinwitwe ihren Beitrag zur Gerechtigkeit leisten. Wenn nur nicht diese schreckliche Sache mit dem Kathedralfluch wäre!« Kummervoll schaute sie Hermann an.

»Ich spüre, dass die mögliche Überführung eines der Georgsmönche uns allen wieder die Ruhe zurückbringen wird«, entgegnete Hermann zuversichtlich und strich ihr über das Ohrläppchen. In ihrer Gegenwart überfiel ihn nicht ständig der Drang, über seinen Peiniger nachzudenken. Wenn sie bei ihm war, zählte nur noch, was die Zukunft ihnen bringen würde.

»Katrinas Vorhaben zur Überführung des Mönches steht auf wackeligen Beinen. Wenn es nicht gelingt, wird der Fluch für immer in den Köpfen der Menschen bliebn.« Uta löste sich von Hermann und tat einige Schritte entlang des Zinnenkranzes. Ihre leisen, sich selbst anklagenden Worte trug der Wind zu Hermann. »Mit meiner heimlichen Exhumierung haben die Zerstörungen an der Kathedrale begonnen. Und nie gab es Spuren, die dabei auf das Werk von Menschen hinwiesen!«

»Eine Kathedrale soll uns Gott näherbringen, warum sollte der Herr sie also zerstören, zumal er damit auch viele Unschuldige treffen würde? Außerdem findet sich in der Bibel keine einzige Stelle, aus der ein Exhumierungsverbot hervorgeht.« Hermann war Uta gefolgt und griff sie nun vorsichtig an den Armen. »Gott verlangt Reue und Demut, ja. Aber um dich dies zu lehren, muss er doch nicht gleich eine gesamte Siedlung bestrafen. Dazu gäbe es andere Wege.«

Uta sank an Hermanns Schulter.

Er hielt sie behutsam und kam, um sie zu ermutigen, sogar wieder auf sein Schicksal zu sprechen. »Ich glaube, dass alles zusammenhängt. Mein Verschwinden. Die Zerstörungen an der Kathedrale. Der Tote im Wald. Es kann einfach kein Zufall sein, dass alles gleichzeitig begann.« Noch immer verfolgten ihn das schreckliche Kratzen und das nachfolgende *Trink! Trink!* in seinen Alpträumen.

Uta schaute ihn an, so ähnlich hatte es Alwine auch mehrmals formuliert. »Aber warum sollte dir eine Person dein Gedächtnis rauben, deine Kathedrale zerstören und dich schmachvoll begraben sehen wollen?«, fragte Uta und trat an die Stelle des Daches, von der aus sie den Schandacker hinter dem Wald sehen konnte.

Der Schandacker war neben der Identität seines Peinigers und dessen Motiv das letzte Rätsel um Hermanns Verschwinden. »Meinst du wirklich«, fuhr er mit leiser, rauher Stimme fort, »dass ich derjenige bin, der darunter am meisten gelitten hat?«, fragte er.

Uta verstand nicht, worauf seine Frage abzielte.

»Meinst du nicht, dass demjenigen noch mehr weh getan wurde, der mich liebte, der meiner Versenkung im Schandacker zusehen musste und mich später ohne Erinnerung zurückerhielt? Und Naumburg und die Kathedrale? Es ist unser beider Traum.«

Uta wandte sich ihm zu. »Du glaubst, es geht hier nicht nur um dich?«

Hermann nickte gewichtig und setzte dann zu seiner Schlussfolgerung an: »Jemand will dir mindestens ebenso großen Schaden zufügen wie mir!«

Uta drehte sich aus seiner Umarmung und trat ein Stück von ihm weg. »Du meinst, die Person hat von uns gewusst?«

Hermann fasste sanft nach ihren Händen und zog sie wieder zu sich heran. »Das ist nicht zwingend notwendig. Allein durch unsere gemeinsame Arbeit an der Kathedrale waren wir eng miteinander verbunden.« Er korrigierte sich: »Sind wir eng miteinander verbunden.«

»Was aber könnten wir dem Übeltäter in diesem Fall angetan haben?«

»Vielleicht geht es um Liebe«, entgegnete Hermann, »verschmähte, verletzte, kranke oder unvollendete Liebe. Die Liebe ist die Antwort auf viele Fragen.«

Ein Mönch und Liebe?, grübelte Uta und bat Hermann dann: »Würdest du Abt Pankratius darum bitten, auch wirklich alle Georgsbrüder zur Königsmesse mitzubringen?«

Hermann bejahte und meinte abschließend: »Ich verstünde Gott nicht mehr, wenn er unser Zusammensein verhindert.«

Uta schüttelte den Kopf. »Ich auch nicht«, hauchte sie und strich mit dem Finger über die Stelle an seiner Brust, unter der sich der Malachit befand. Sie konnte spüren, wie er sich zusammen mit dieser hob und senkte.

»Er wärmt mich.« Hermann legte seine Hand auf die ihre. »Zusammen stehen wir das durch.«

Sie lächelten sich aufmunternd zu und wollten sich gerade ein letztes Mal küssen, als ein Hämmern am Burgtor zu ihnen drang. »Lasst den hoheitlichen König Heinrich III. ein!«, rief im Hof jemand mit klarer Stimme. »Der Gesalbte des Herrn ist anwesend!«

Uta umschlang Hermanns rechte Hand fester. »Er ist schon da?« Ihr nächster Gedanke galt den Ausmalungen. Hoffentlich gelang es Meister Matthias, die Gerüste in der Kathedrale über Nacht vollständig zu entfernen, damit die königliche Messe bereits morgen stattfinden konnte. Heinrich III. würde nicht warten wollen.

»Die Böhmen sind auch dabei!«, tönten Schreie aus dem Inneren der Vorburg.

Hermann und Uta stutzten gleichermaßen. »Die Böhmen?«

Sie blickten nach unten und sahen im Halbdunkel einige Ritter und müdes Gesinde umhereilen. Unter ihnen, mit einem Span in der Hand, erkannten sie auch Ekkehard, der – aus dem Stall kommend und begleitet von einer Schar Bewaffneter – im Begriff war, das innere Tor zu öffnen.

»Der König kommt gemeinsam mit den Böhmen!«, schallte es verzerrt zu ihnen hinauf.

War der König etwa vor seinem Gegner auf der Flucht? Uta und Hermann drückten sich für eine letzte, ungesehene Umarmung hinter die Zinne. Dann stürmte Hermann die Treppe hinab.

Mit etwas Verzögerung erreichte auch Uta den Hof der Hauptburg und begab sich an Ekkehards Seite in die Mitte des Platzes. Hermann stand bereits neben dem Bruder, auch Bischof Kadeloh war hinzugetreten. Kämpfer, Gesinde und andere Burgleute füllten aufgeregt schwatzend den Platz.

Die ersten zwei Dutzend königlicher Reiter trabten derweil über die Zugbrücke der Vorburg. Flackernde Kienspäne in den Händen, bildeten sie in der Hauptburg eine Gasse für den König. Rauchwolken stiegen in den Himmel.

Hoch erhobenen Hauptes ritt Heinrich III. auf Ekkehard und Uta zu.

Hinter ihm glaubte Uta, Herzog Břetislav, gefolgt von einem ungewöhnlich jungen Reiter, auszumachen, dessen Gesicht im unruhigen Licht der Kienspäne zu zittern schien. Sie begutachtete die vornehmen Gewänder des Jungen. Ein wollener Umhang und eine rote Kappe, die man in ihrer Gegend nicht trug, ließen ihn älter wirken, als er war. Vermutlich hatte er nicht einmal Luises und Selminas Alter.

Während sich die Blicke der Burgleute erwartungsvoll auf den böhmischen Herzog richteten, ritt der restliche königliche Hofstaat ein. Dahinter weitere böhmische Ritter, klar in der Unterzahl. Letztere zogen einen Karren in die Mitte des Platzes, über den ein Tuch gespannt war. Weitere Kämpfer drängten von den Wiesen durch das Tor der Hauptburg.

Einige der Heerführer kannte Uta noch vom Italienfeldzug, so Adalbero von Kärnten. Bernhard II. von Sachsen, damals an vorderster Front, fehlte. Der König stieg als Erster von seinem Ross. In der Gruppe der Hofkanzlisten machte Uta Wipo aus, der sie längst entdeckt hatte. Wipo war gekommen! Was für eine unerwartete Freude! Sie tauschten ein kurzes, vertrautes Lächeln. Auch Katrina sah Uta dicht an der Mauer des Zeichenturmes unweit von Simon und Kaspar stehen.

Nachdem sich die allgemeine Unruhe etwas gelegt hatte, verbeugten sich die Versammelten geschlossen vor dem König.

»Bitte, Herzog. Ihr dürft!« König Heinrich deutete vor sich auf den kahlen Boden.

Es waren an die zwanzig Böhmen, die auf diese Worte hin von ihren Pferden stiegen.

Uta beobachtete, wie sich der junge Böhme mit der roten Kappe ängstlich an Herzog Břetislav drängte und dabei immer wieder das Wort *Matka* vor sich hin sagte. Scheinbar sehnte sich der Junge nach seiner Mutter.

Vater und Sohn traten auf den König zu und senkten das Haupt. Das Schnauben der Pferde, die wegen der vielen Lichter und tanzenden Schatten auf dem Platz unruhig waren, begleitete ihren Gang.

Zwei Armlängen vor dem König fiel Břetislav von Böhmen auf die Knie. »Königliche Hoheit, nehmt mich in Gnaden wieder auf«, sprach er in deutscher, fast akzentfreier Sprache.

Der Junge neben ihm schaute den König Unheil ahnend an, sein Körper war ganz steif vor lauter Beklemmung. Immer noch formten seine Lippen das Wort *Matka*.

»Spitignew!«, herrschte ihn sein Vater an und presste den Kopf seines Sohnes mit der Hand nach unten, so dass der Junge ebenfalls vor seinem König niederkniete. »Wir unterwerfen uns und unser Herzogtum dem von Gott gesalbten König Heinrich. Wir übergeben das Herzogtum Polen Eurer Oberherrschaft«, sprach der Herzog weiter, den Kopf die ganze Zeit über tief gesenkt. »Als Sicherheit werde ich meinen Erstgeborenen, Spitignew II., in Euren Gewahrsam geben.«

Břetislav wandte sich seinem Sohn zu, der neben ihm kauerte. »Geh jetzt!«, forderte er ihn auf. »Komm deiner Pflicht nach.«

So ungelenk, als seien ihm Arme und Beine zusammengekettet, erhob sich der Junge. Angstvoll schaute er sich unter den Anwesenden um.

Uta hatte Mitleid mit dem Jungen, der die Hände noch immer auf dem Rücken verschränkt hielt und nun in einem fremden Land mit seinem Leben für die Politik des Vaters einstehen musste. Sie tauschte einen betretenen Blick mit Hermann aus und hoffte nur, dass der Frieden dadurch wenigstens für lange Zeit gesichert war. Immerhin hatte der Herzog bei seinen Überfällen Menschen getötet und viele andere ihrer Heimat beraubt.

»Komm, Spitignew«, sagte der König gütig und reichte dem Jungen mit der roten Kappe die Hand. »Sofern dein Vater seinen Pflichten als Vasall des Reiches nachkommt, soll es dir an meinem Hofe an nichts fehlen.«

»Matka«, murmelte der Junge noch einmal, begab sich dann aber an die Seite des Königs, wie es ihn der Vater auf ihrem Weg von Prag hierher gelehrt hatte.

Der König winkte Bischof Kadeloh heran, der sofort wusste, was seine Aufgabe war. Der Naumburger Geistliche holte unter seinem Bischofsmantel sein heiliges Büchlein hervor und hielt es dem knienden Herzog hin.

Břetislav hob daraufhin den Blick und legte seine Hand auf das Büchlein. Wie seine Vorgänger es seit Jahrzehnten taten, schwor er nun mit fester Stimme: »Mit der Übergabe meines Erstgeborenen erneuere ich den Treueeid an Euch, mein König.« Mit überraschend entspanntem und unerschütterlichem Blick begegnete er dabei dem eindringlichen des Königs. »Als Vasall werde ich meiner Treuepflicht Euch gegenüber ausnahmslos nachkommen. Eure Feinde werde ich nicht unterstützen, Euer Reich werde ich schützen und stärken.« Mit diesen Worten erhob sich der Böhme und schritt auf den mitgebrachten Karren zu. Uta hörte die Menschen um sich herum aufatmen, eingeschlossen sich selbst. Kein Blutvergießen und keine Verstümmelten und Kranken mehr, die vom Schlachtfeld nach Naumburg zurückkehren würden. Kein Schmerz wegen der Trennung von Hermann und keine wochenlange Ungewissheit über sein Befinden.

»Nehmt diese fünfzig silbernen Schwerter als Beweis meiner Unterwerfung«, fuhr Břetislav fort und deutete auf den Karren unweit des Königs. »Die restlichen dreihundertfünfzig sollen Euch bis zum nächsten Sommer überbracht werden.« Seitdem er sich aufgrund der königlichen Übermacht kurzerhand dazu entschlossen hatte, aufzugeben, waren sämtliche

Schmiede in Prag damit beschäftigt gewesen, die erste Tranche der Strafzahlung im Wert von fünfundzwanzig Pfund Silber herzustellen.

König Heinrich übergab den jungen Spitignew an zwei Männer seiner Hofkanzlei, die Uta nicht kannte, und schritt dann zum Karren. Auf einen Befehl in böhmischer Sprache hin wurde das Tuch gelüftet und die im Karren befindlichen Kisten geöffnet. Polierte Silberschwerter strahlten ihm entgegen. Eines von ihnen zog Heinrich heraus und hob es demonstrativ in die Höhe. »Ich nehme Eure Unterwerfung hiermit an!«, rief er.

Jubel brandete auf, nachdem er geendet hatte. Nur wenige, darunter Ekkehard, machten lange Gesichter. Seine Chance, sich als erster Heerführer an der Seite des neuen Herrschers zu beweisen, war damit vorerst vorüber.

Während Heinrich das Schwert immer wieder kraftvoll in die Luft stieß, sann er bereits über die nächsten Schritte nach. Zügig musste er Polen nun einen königstreuen Regenten verschaffen, einen, der das zersplitterte Land in seinem Sinne stärkte und dem Land gleichzeitig die Opferrolle nahm. Heinrich erinnerte sich der Worte seiner Mutter, dass er dank seiner ehrenhaften Überzeugungen gerecht handeln würde, und ihm war, als fühlte er just in diesem Moment ihre Berührung am Arm. Er stieg auf den Karren, um noch besser von allen gesehen werden zu können.

Die Versammelten verstummten daraufhin und warteten gespannt auf die nächsten Worte ihres Königs. »Lasst uns gemeinsam ein Dankgebet für den Frieden sprechen«, verlangte Heinrich und legte das Schwert in die Kiste zurück.

Bis auf den jungen Böhmen mit der roten Kappe kamen alle Anwesenden seiner Aufforderung nach.

Danach dankte der König seinen Kämpfern für ihre Heerfolge und stellte ihnen für die kommenden Tage auf den Wiesen vor

Naumburg Speis und Trank in Aussicht. Herzog Břetislav wollte er für einige Zeit an seiner Seite wissen. Spitignew gedachte er in die Obhut seines eigenen einstigen Erziehers, Bischof Egilbert von Freising, zu geben. Dem Kanzlisten trug er auf, die böhmische Geisel standesgemäß unterzubringen.

Bis er im Wohngebäude verschwunden war, drehte sich der junge Böhme immer wieder nach seinem Vater um, der ihm jedoch keinen einzigen Blick mehr schenkte. Die Kisten mit den Schwertern befahl der König, in den Burgsaal zu bringen, und erlaubte der Runde daraufhin, sich aufzulösen.

Knechte drängten daraufhin zu den Schlachtrössern der Gäste, um diese unterzustellen und zu versorgen. Mägde entfernten sich aufgeregt in Richtung Küchenhaus und Gästekammern.

Mit dem böhmischen Herzog an der Seite trat der König vor die Burgherren. »Seid gegrüßt, Ekkehard, Freund.« Wipo stand hinter ihm.

Ekkehard kam auf ein Zeichen des Königs nach oben und bedachte Herzog Břetislav mit einem scharfen Blick. Schon Břetislavs Vater, Herzog Udalrich, hatte sich als äußerst wankelmütig gezeigt, was seine Versprechungen und Verpflichtungen gegenüber dem Reich betraf. »Dass wir uns unter diesen Umständen noch einmal wiedersehen«, meinte er schließlich mit einem kurzen Kopfnicken.

In diesem Augenblick glaubte Uta, als Antwort jenes spöttisch amüsierte Lächeln auszumachen, das ihr schon bei ihrer ersten Begegnung mit dem Herzog aufgefallen war. Ganz als hätte er nicht gerade seinen Sohn, sondern kaum mehr als eine Handvoll Getreide verpfändet.

»Ich freue mich auch Euch, Markgräfin, wiederzusehen«, trat da der König vor sie hin und begrüßte sie freundlich.

Uta verneigte sich tief. »Wir danken Euch für den Frieden, Königliche Hoheit.« Danach versuchte sie, sich voll auf den König zu konzentrieren, der zu ihrer Erleichterung milder

Stimmung zu sein schien. Außerdem tat ihr die Anwesenheit Wipos gut. »Wir haben die Kammern für Euch und Eure Begleiter bereits wärmen lassen.«

»Das ist vorausschauend von Euch, aber ich gedenke«, erklärte König Heinrich, »die Nacht vor der feierlichen Einkleidung in der Krönungskirche zu verbringen. Bitte lasst mir zum Frühmahl ausschließlich dünnen, weißen Wein und etwas Wintergemüse bereiten.«

Eine Festkrönung benötigte stets zwei Kirchen, wie Uta noch aus ihrer Zeit als Hofdame der Kaiserin wusste. Ein erstes Gotteshaus zur Einkleidung und Krönung und ein zweites, das per Prozession erreicht wurde und als Messkirche diente. Die feierliche Einkleidung und die Festkrönung fanden also in der kleinen Burgkirche statt.

Ekkehards Laune hob sich sichtlich. »Königliche Hoheit, Ihr erweist uns die Ehre, morgen *unter der Krone zu gehen*?«

Heinrich nickte wohlwollend. »Und Ihr werdet mir das Reichsschwert tragen, treuer Markgraf.«

Uta stockte der Atem. Es war weder Pfingsten, Ostern noch sonst ein hoher Festtag oder eine Reichsversammlung – zu denen Kaiser Konrad und Kaiserin Gisela sich den versammelten Vasallen mit den Reichsinsignien gezeigt hatten. Eine Festkrönung nur aufgrund des morgigen Gottesdienstes? König Heinrich würde sie also in vollem Ornat richten!

»Es ist mir eine Ehre«, entgegnete Ekkehard.

Es war Hermann, der das nächste Wort an den König richtete, als lese er Utas Gedanken. »Königliche Hoheit, darf ich fragen, ob wir die hoheitliche Kaiserinwitwe ebenfalls erwarten dürfen?«

»Ihr dürft«, entgegnete Heinrich, und Uta wollte schon aufatmen, als der König hinzufügte: »Meine Mutter ist jedoch verhindert. Sie lässt Euch, Markgräfin, durch mich diesen Brief übergeben.« Er hielt Uta ein Schreiben hin.

Uta war betroffen vom unerwarteten Ausbleiben ihrer Fürsprecherin und benötigte eine Weile, um das Pergament aus den Händen des Königs entgegenzunehmen.

»Für meine nächtliche Fürsprache wünsche ich Euch, Markgraf Ekkehard, und Euch, Herzog Břetislav, an meiner Seite.« Der König schickte sich an, in Begleitung einiger Wachen die Hauptburg zu verlassen. »Morgen früh werde ich dann Recht sprechen, direkt im Anschluss an die Messe.«

Uta war wie erschlagen. Morgen würde also der Tag sein, der über ihr Glück oder Unglück entschied.

Ekkehard folgte dem König, und Uta hörte Letzteren noch nach dem einfachsten Gotteshaus auf dem Burgberg fragen. Dann verloren sich die Stimmen der beiden Männer im Gewirr der Neuankömmlinge, die noch miteinander plauderten oder bereits in ihre Nachtquartiere aufbrachen.

Da trat Wipo vor Uta hin. »Kaplan!« Allen höfischen Regeln zuwiderlaufend, begrüßte sie den langjährigen Freund mit einer Umarmung, die der alte Mann mit seinen schwachen Armen so fest erwiderte, wie es ihm nur möglich war.

»Ihr seid sicherlich müde nach der langen Reise.« Uta betrachtete Wipo besorgt, und sein leichtes Wanken war ihr Antwort genug. Sie rief Katrina hinzu. »Bitte bring den Kaplan in die Kemenate über dem Burgsaal, die mit dem kleinen Altar, und lass im Kamin noch einmal nachlegen.« Uta wandte sich wieder Wipo zu. »Jetzt ruht Euch erst einmal aus. Sobald der Messetrubel vorbei ist, würde ich Euch gerne in meine Arbeitskammer einladen.«

Wipo schmunzelte. »Zu dieser Einladung werde ich die Kirchenväter Augustinus und Gregor mitbringen.«

Utas Schmunzeln wäre unbefangener ausgefallen, wäre der morgige Tag nicht wie ein Damoklesschwert über ihr gehangen. »Mir hat für unser Gespräch dagegen schon Bischof Thietmar von Merseburg zugesagt.« Ein kurzer, unbekümmerter Moment, wie früher, dachte Uta, als nur das Studium der Schriften und die vergnügten Erzählungen der anderen Hofdamen ihren Alltag bestimmt hatten.

Katrina schaute die beiden irritiert mit großen Augen an. Die drei genannten Männer waren doch alle schon lange tot … doch dann begriff sie und schmunzelte ebenfalls.

Als Wipos Blick über den Brief in Utas Hand glitt, verfinsterte sich seine Miene für einen kurzen Moment. »Ich werde die Nacht für Euch und Euer Anliegen beten, Uta.« Mit den Worten: »Morgen wird ein wichtiger Tag für Euch und für den König werden«, wandte er sich zum Gehen.

Uta blickte Wipo und Katrina hinterher, die den Kaplan, der sich nur noch mit kurzen, steifen Schritten vorwärtsbeweggen konnte, stützte. Nachdenklich schaute sie sich weiter in der Burg um, einige Gefolgsleute des Königs waren noch dabei, den Karren mit den Silberschwertern durch die Tür in den Burgsaal zu schieben. Die Menschenmenge in der Hauptburg dünnte sich aus, es war ruhiger geworden. Noch einmal atmete Uta tief die frische Nachtluft ein, dann brach sie das Siegel mit dem Antlitz des verstorbenen Kaisers, um zu lesen, warum die Kaiserin entgegen ihrer ursprünglichen Ankündigung nun doch nicht nach Naumburg gekommen war. Noch an Ort und Stelle entfaltete sie das Pergament.

Hermann, der das Wiedersehen von Wipo und Uta nicht hatte stören wollen, trat nun an ihre Seite und leuchtete ihr mit einem Span. Uta las so leise vor, dass gerade einmal Hermann ihre Worte verstehen konnte.

Meine teure Uta,

in Gedanken bin ich dieser Tage bei Euch, auch wenn mich die Brautwerbung meines Sohnes außer Landes zieht. Vergangene Nacht hatte ich einen Traum – von Eurer Kathe-

drale. Wir sahen uns die neuen Ausmalungen an, Heinrich
ging zwischen uns.«

Uta schaute besorgt auf. Die Kaiserin schrieb ungewohnt melancholisch. Am liebsten wäre sie jetzt bei ihr gewesen, um sie
aufzumuntern und ihr beizustehen. Doch der Anblick des
schlurfenden Wipo vor dem Wohngebäude und die Hoffnung
auf seinen Einfluss auf den König ließ sie wieder an den morgigen Gerichtstag denken. Uta senkte den Blick auf das Pergament.

Alles in Eurer Kathedrale leuchtete so wunderbar in mei-
nem Traum, so dass wir dort lange staunend verweilten.
Heinrich lobte die Pinselführung Eurer Maler und trat da-
nach gestärkt von den vortrefflichen Kunstwerken vor seine
Vasallen.
Ich vertraue Heinrich. Wagt Ihr es auch. Schließlich liegen
wir alle in Gottes Händen, und er ist der von Gott erwählte
und gesalbte König. Meine Aufgaben als Mutter und Kaise-
rin sind vollendet.
Meine Gebete, liebe Uta, gelten Euch und Eurem Anliegen.
Und der Liebe.

Gegeben am Fest des heiligen Dionysius, im Jahre 1039 nach
des Wortes Fleischwerdung.

Gisela von Schwaben,
Kaiserinwitwe

Uta faltete das Pergament zusammen und straffte die Schultern. Sie würde dem König vertrauen.

✳ ✳ ✳

Es war der Tag der Königsmesse, neun Tage vor Allerheiligen. Lediglich der Geruch feuchter Erde ließ noch erahnen, dass in der vergangenen Nacht dichter Nebel die Kathedrale eingehüllt hatte und an ihren Mauern bis zu den Fenstern und Turmspitzen hinaufgekrochen war. Nur langsam hatte sich das Bauwerk nach Sonnenaufgang von seinem nächtlichen Gewand wieder befreien können, nun glitzerte der Sandstein im Licht der kräftiger werdenden Herbstsonne. Der Morgen war klar und kühl.

Wie schnell sich die Dinge doch ändern können!, ging es Uta durch den Kopf. Sie lehnte sich an das geöffnete Fenster ihrer Kemenate und blickte auf die Burganlage – wie sie es in der vergangenen Nacht schon einige Male getan hatte, weil sie vor lauter Aufregung keinen Schlaf fand. Trotz des Umstands, dass Hunderte von Gästen auf der Burg weilten, war es ungewöhnlich still. Kaum eine Stimme drang vom Hof der Hauptburg zu ihr hinauf, obwohl das Küchengesinde längst dabei war, die letzten Vorbereitungen für das nach der Messe stattfindende Festmahl zu treffen.

Die führenden geistlichen Persönlichkeiten des Hofstaates und die hiesigen Domgeistlichen nahmen bereits zur Messprozession in der Mitte des Platzes Aufstellung.

Unweit der Zugbrücke, beim Eintritt in die Vorburg, meinte Uta, weitere Menschenströme zu sehen. Doch alle Messbesucher schienen sich dazu verabredet zu haben, am heutigen Tag zu schweigen.

Ob der König ihr ein gnädiger Richter wäre? Würde er Milde walten lassen und sie nicht in ein Kloster verbannen, sie dazu zwingen, den Schleier zu nehmen? Uta fuhr sich über die Kaiserin-Brosche, die sie an ihrem hellgrünen Umhang auf Brusthöhe trug und dank derer sie Gisela von Schwaben ein Stück näher bei sich fühlte. Dann sprach sie ein letztes Gebet, bevor die Pflicht sie rief.

»Nehmt Aufstellung!«, drang da eine Stimme aus dem Hof zu ihr herauf. Es war höchste Zeit für sie, sich nach unten zu begeben. Uta schloss das Fenster, legte sich den zartgelben Eheschleier an und verließ ihre Kemenate.

Mit jedem Schritt den Flur entlang, bemühte sie sich um eine gleichmäßig ruhige Atmung. Das hielt die wachsende Anspannung, die Angst vor einem ungünstigen Urteil, zumindest ein wenig in Zaum. Bedächtig und ganz auf sich konzentriert, bemerkte sie die im Wohngebäude herumwuselnden Menschen kaum. Immer wieder ging sie in Gedanken die zahlreichen Argumente, Verweise und Beispiele durch, die sie, nach ihrer Wichtigkeit sortiert, bereithielt, um den König von ihrem Ansinnen, das sie gemeinsam mit Hermann vorzutragen gedachte, zu überzeugen. Nicht zuletzt würde die Abschrift in Anlehnung an die *Formulae Andecavenses*, die sie Katrina zur Aufbewahrung gegeben hatte, entscheidend sein. Doch zuvor würde der König erst Gericht über sie halten. Eine ähnliche Situation hatte sie vor mehr als einem Jahr, am Tag der Kathedralweihe, schon einmal erlebt. Und doch war heute alles anders. Sie hatte sich verändert. Trotz ihrer Aufregung und ihrer eiskalten Hände und Füße fühlte sie sich erfahrener und umsichtiger als früher. Inzwischen wusste sie loszulassen, mehr an die Zukunft als an die Vergangenheit zu denken. Überdies hatte sie gelernt, ein Gleichgewicht zwischen Mut und Demut zu finden – was sie heute beim Königsgericht beweisen würde. Unverändert wichtig waren ihr Familie und Freunde geblieben. Ohne Alwine und Katrina würde sie vermutlich noch heute verzweifelt von den Dachzinnen des Wohngebäudes aus auf den Schandacker starren. Und Erna, die ihr seit dem Sturz der Glocke auswich. Ob die Freundin heute sogar der Königsmesse fernbleiben würde? Uta vertraute auf Arnolds Einfluss. Sie musste vertrauen. Und hoffen.

Ein letztes Mal richtete Uta sich den Schleier, dann betrat sie den Haupthof, wo Ekkehard und Hermann bereits auf sie warteten.

Ekkehard hatte sein bestes Gewand, die mit dem spitzzüngigen Adler bestickte schwarze Tunika, und warme, wollene Beinkleider angelegt. Sein mit Kaninchenfell verbrämter Umhang wurde von einer saphirbesetzten Schließe am Hals zusammengehalten. Das königliche Schwert, das als Insigne der Macht nur zur Repräsentation diente, hielt Ekkehard mit der Spitze nach oben so fest in den Händen, dass es sich keinen Fingerbreit bewegte. Er würde die Prozession zur kleinen Burgkirche führen und dort den König aufnehmen. Die durchwachte Nacht an der Seite des Königs vor dem Altar hatte Spuren hinterlassen. Er war ausgesprochen blass, wirkte müde und hatte dunkle Ringe unter den Augen.

Uta begrüßte Ekkehard mit einem Nicken. Dann tauschte sie einen flüchtigen, wenn auch ermutigenden Blick mit Hermann. Widerstrebende Gefühle kämpften in ihm. Einerseits verspürte er den übermächtigen Wunsch, endlich mit Uta zusammensein zu dürfen. Andererseits wuchs bei dem Gedanken, vielleicht schon bald vor seinem Entführer zu stehen, zunehmend Beklemmung in ihm.

Hermann klammerte sich mit seinen Blicken an Uta. Sie war in die Farben gekleidet, in denen er sie einst gemalt hatte: ein frisches Frühlingsgrün und ein zartes Hellgelb, dazu ihr blasses Gesicht. Wie in der Nacht in der Speyergauer Bibliothek strahlte sie auch heute so viel Stärke und Zuversicht aus, dass etwas davon auf ihn überging, ihn beruhigte und ihm Kraft gab.

Während Uta noch die hiesigen Domgeistlichen und die wartenden Herren aus dem Geleit des Königs willkommen hieß, vervollständigte sich die Prozession, bestehend aus den mehr als fünfzig führenden Köpfen der Mark und des Hofstaates. Die Küchenleute, Mägde und Helfer drängten sich vor den

Wirtschaftsgebäuden und Stallungen, ja sogar bis in das Badehaus hinein, um nur nichts von dem Geschehen zu verpassen. Für die Augen der Hofleute unerhört, starrte vor dem Küchenhaus Gesa mit Kuno vor der Brust unentwegt zu Uta hinüber und stellte sich sogar auf die Zehenspitzen, um die Aufmerksamkeit der Markgräfin auf sich zu ziehen. Obwohl Hans sie mehrmals am Ärmel zupfte, ließ sie sich nicht beirren, bis Uta, die ihren Platz im Prozessionszug nunmehr eingenommen hatte, ihren Blick endlich bemerkte.

Als Gesa sich der ungebrochenen Aufmerksamkeit Utas sicher war, lächelte sie. Nicht höflich, sondern liebevoll, ohne sich dabei von Kuno ablenken zu lassen, der munter mit den Beinen strampelte und unentwegt vor sich hin brabbelte.

Selbst als sich die feierliche Prozession in Gang setzte, schaute Uta noch zu Gesa hinüber. Wie in einem Ritual schloss die ungewöhnliche Frau die Augen und führte ihren Kopf so weit nach unten, dass ihr Kinn auf der Brust aufkam. Gesa verbeugte sich tiefer, als sie es gestern Abend bei der Ankunft des Königs getan hatte und es heute vor dem Herrscher zu tun gedachte. Und obwohl Gesa es nicht sehen konnte, weil sie ihren Kopf noch gesenkt und die Augen geschlossen hielt, deutete Uta nun ihrerseits eine Verneigung vor Gesa an. Zum Dank für all das, was die junge Frau vom Moorhof für Kuno getan hatte. Uta hatte nicht vor, das Kind von dem fürsorglichen Paar zu trennen, vielmehr legte sie Wert darauf, dass ihr Neffe in Liebe und Zuneigung aufwuchs, als dass er Rang und Titel überschrieben bekam.

Mit dem Kopf auf der Brust verharrte Gesa in ihrer wortlosen Dankesbekundung, bis die Prozession die Hauptburg verlassen hatte. Naumburg bot ihr und ihrer Familie derzeit mehr Schutz als der Wald, überdies fühlte Hans sich wohl hier. Am frühen Morgen hatte man ihm sogar erlaubt, das Wintergemüse für den König mit vorzubereiten. Auf der Burg hatte er ein

Auskommen, und hier würden sie bleiben, bis Kuno größer war. Emmerich würde wohl nie mehr nach Naumburg zurückkehren. Zum einen, weil er die Art von Genugtuung erhalten hatte, nach der es ihn verlangte. Und zum anderen würde Emmerich wahrscheinlich nicht mehr viele Tage zu leben haben, glaubte Gesa der Aussage Schwester Alwines, der sie Emmerichs offene Halswunde während Kunos letztem Krankenbesuch ausführlich beschrieben hatte. Das gelblich trübe Wundwasser deutete auf eine fortgeschrittene Infektion hin; das entzündete Fleisch würde absterben, die Fäulnis sich immer weiter im Körper des Moorhof-Knechtes ausbreiten. Anstatt Rache an ihnen zu nehmen und ihnen tagelang aufzulauern, hätte Emmerich seinen Wundbrand lieber behandeln lassen sollen. Es war die eigene Rachsucht, die Emmerich nun vermutlich das Leben kostete. Gesa hob den Kopf und öffnete die Augen.

Angeführt von Markgraf Ekkehard, gefolgt von Erlaucht Hermann und Bischof Kadeloh mit Mitra und Krummstab, zog die Prozession mit Uta in der dritten Reihe durch die Vorburg, die bis auf den letzten Platz gefüllt war. Die Naumburger, sogar viele Menschen von außerhalb der Mark, die Maler, Handwerker und Dörfler, sie alle waren gekommen und senkten demütig vor ihrem König die Häupter. Die böhmischen wie die ostfränkischen Kämpfer standen stramm Spalier, um ihrem König *unter der Krone* ihre Referenz zu erweisen. Den aberhundert Vasallen und Herzog Břetislav würde am Nachmittag eine eigene Messe gelesen werden. Danach stand das Festmahl als Abschluss der Festkrönung an.

Die Prozession stoppte vor der kleinen Burgkirche, von der Hermann Uta früher einmal verraten hatte, dass er in ihr seine letzte Ruhe finden wollte.

Die kalten Hände an die Oberschenkel gepresst, vernahm Uta das bewundernde Raunen, das durch die Menge ging, als König Heinrich aus der Burgkirche trat. Ihm folgte einzig der Mainzer Erzbischof Bardo, dem die Ehre zuteilgeworden war, dem König noch vor der Türöffnung die Krone aufs Haupt zu setzen.

Heinrich III. war in einen purpurnen Mantel gekleidet, unter dem eine mit Goldfäden durchwirkte Tunika und Schuhe, besetzt mit Edelsteinen, zu sehen waren. In seinen Händen machte Uta den Reichsapfel und das Königsszepter, das Zeichen seiner Regierungshoheit, aus. Es waren exakt jene Insignien, welche er auch in Aachen bei der Inthronisierung getragen hatte – wie ihr von Ekkehard berichtet worden war.

Mit den Worten: »Christus siegt, Christus herrscht, Christus gebietet«, trat der König in Begleitung des Mainzer Erzbischofs nun an die Spitze des feierlichen Zuges, um die Prozession auf ihrem restlichen Weg zur Kathedrale anzuführen. Am Eingang des südlichen Querhausarmes angekommen, betrat die Messprozession das riesige Gotteshaus, das einzig im Chor und an der Chortreppe von zahlreichen Kienspänen erhellt wurde. Der Rest des Gotteshauses lag im Dunkeln. Die Fenster hoch oben an den Langhauswänden waren verhangen.

Aufmerksam schritt König Heinrich die Stufen zum Chor hinauf. Die Reichskrone, die dem Gewicht eines Neugeborenen entsprach, wog schwer auf seinem Kopf und gebot ihm, nur langsame Bewegungen auszuführen. Rechts neben dem Altar war ein prächtiger Stuhl für ihn bereitgestellt. Bevor er darauf zuging, kniete er am Glasschrein des Plantilla-Schleiers nieder und versank in ein inniges Gebet. Als er sich wieder erhoben hatte, betraten auch die Nichtköniglichen, angeführt von Erzbischof Bardo von Mainz, den Chor.

Im nördlichen Chorgestühl nahmen die hiesigen Domgeistlichen unter der Führung von Bischof Kadeloh Platz. Hinter dem Altar hatten die Benediktinerinnen des Moritzklosters samt Notburga und einer ausgezehrten Schwester Margit bereits vor dem Einmarsch des Prozessionszuges Aufstellung genommen.

Uta, Ekkehard und Hermann bat der König an seine Seite, rechts vor den Altar. Der Mainzer Erzbischof trat ebenfalls hinzu. Von dort aus vermochte Uta das Langhaus der Kathedrale zu überblicken. Erleichtert nahm sie in der Dunkelheit wahr, dass es Meister Matthias tatsächlich in der Kürze der Zeit gelungen war, alle Malergerüste rückzubauen. Uta schickte in das südliche Seitenschiff, wo sie den jungen Mann in den mittleren Reihen vermutete, ein dankbares, wenn auch nervöses Lächeln. Auch lag – wie vereinbart – in der Mitte jedes Langhausjoches ein Radleuchter auf dem Boden, der mittels eines Seils über einen Flaschenzug zur Decke hochgezogen werden konnte – die drei Löcher in der Menschenmenge meinte Uta auch in der Dunkelheit auszumachen. Jedem Leuchter waren zwei Burschen aus Simons Malergruppe zugeteilt, die ihren Arbeitsauftrag trotz aller Widrigkeiten bis zuletzt ausgeführt hatten.

Noch etwas beschienen vom Licht im Chor warteten in den vordersten Reihen, vermischt mit dem königlichen Hofstaat, die Naumburger Kaufleute auf den Messbeginn. Uta erkannte Schmuckhändler Christian mit seiner Frau Ramona und ihrer Tochter Gwendolin. An der Seite von Seidenhändler Andres machte sie Bebette von Hildesheim aus, die so gar nichts mit ihrer Schwester Notburga gemein zu haben schien. Undurchschaubar, war sie überall und nirgends, musste mit vielen Burgleuten bekannt sein, ein jedermann lächelte sie an. Hinter Bebette von Hildesheim standen weitere Händler, die früher den Markt belebt hatten. Sie wagten es nicht, Uta ins Gesicht zu schauen, sondern hielten ihren Blick fest auf den König gerichtet. In der hinteren Hälfte des Langhauses wusste Uta die Bewohner der Burgsiedlung, die vermutlich vorsichtig, teilweise sogar angsterfüllt, Teile des Bildwerks zu erkennen versuchten.

Angestrengt suchte Uta noch weiter hinten nach Erna, die sie mit ihrer gesamten Familie hatte eintreten sehen, konnte die Freundin aber im Dunkel nicht erkennen. Uta war erleichtert, dass es Arnold gelungen war, Erna zur Teilnahme an der Messe zu bewegen. Neben den Zwillingen hatte sie auch Hans und Gesa mit Kuno vorhin am Eingang ausgemacht. Kuno, der Ballenstedter mit dem kleinen braunen Fleck unter dem linken Auge, der seine ersten Schritte ins Leben so tapfer tat, dass Uta sich an Hazecha erinnert fühlte. Auch der Bäckermeister, der die Burg zusammen mit der Kaufmannschaft verlassen hatte, hatte die Kathdrale mit seiner Frau und Rosina betreten und war inzwischen von der Dunkelheit im Langhaus verschlungen. So viele Menschen, die Naumburg zuletzt aus Angst und Frustration den Rücken gekehrt hatten, waren zumindest für die Messe zurückgekommen.

Auch Uta wollte heute Stärke und vor dem König sowohl Demut wie auch Mut beweisen. Umsicht ist eine bessere Gefährtin als die Leidenschaft, hatte Wipo ihr einst in Utrecht geraten. Sie wandte sich um und tauschte einen vertrauten Blick mit dem Kaplan im Chorgestühl, der sich die Hand auf das Herz legte und ihr zulächelte.

Mit Zeige- und Mittelfinger fuhr Uta noch einmal über die Brosche, die ihr die Kaiserin geschenkt hatte, und wandte sich dann dem Querhaus zu. Im nördlichen Flügel machte sie die Georgsbrüder mit Abt Pankratius aus. Immer noch strömten weitere Menschen stumm in das Langhaus. Es musste der unerschütterliche Glaube sein, der sie heute in die Kathedrale geleitet und sie die Angst vor dem Fluch hatte überwinden lassen. Lange hatte Uta das wachsende Misstrauen der Menschen nicht wahrgenommen, zumal es langsam und leise über den Burgberg gekommen war, durch Hintertüren und im Flüsterton.

Feine Stimmen erklangen, die auf Bischof Kadelohs Zeichen hin die Messe eröffneten: Eine Messe in Dunkel- und Ungewissheit, bei der lediglich die Menschen im Chor gut erkennbar waren. Uta meinte, dass sich der Gesang der Benediktinerinnen verändert hatte. War er früher wie ein leichtes Seidentuch durch die Luft geschwebt und vorsichtig und gleich der Berührung einer Feder ans Ohr gedrungen, erklang er heute fordernd und kräftig – schweren, glitzernden Stoffen aus dem Orient gleich. Er stand im Gegensatz zu der Unsicherheit, mit der die Menschen die Kathedrale betreten hatten. Während des Gesanges beobachtete Uta, dass König Heinrich die Augen schloss und sich vor seinem Stuhl den harmonischen Klängen hingab. Er hat Gefühle, dachte sie. Er liebt, wünscht und leidet wie jeder andere Mensch, auch wenn er von Gottes Gnaden König ist.

Der Choral verklang. Bischof Kadeloh begrüßte die Messbesucher. Gemeinsam sprachen sie das Schuldbekenntnis. Kadelohs testamentarische Lesung handelte von der Bewährung. »Paulus sprach«, hob er an und schaute dabei bedeutungsschwer zur Westwand: »*›Ich habe dich in der angenehmen Zeit erhört und habe dir am Tage des Heils geholfen.‹* Sehet, jetzt ist die angenehme Zeit, jetzt ist der Tag des Heils! In allen Dingen beweisen wir uns als Gottes Diener: in großer Geduld, in Trübsal, in Nöten, in Aufruhr, in Arbeit, im Wachen, im Fasten, in Keuschheit, in Erkenntnis, in Freundlichkeit, in reiner Liebe, im Wort der Wahrheit, in der Kraft Gottes.«

Einige der Gläubigen im hinteren Langhaus fassten einander bei diesen Worten an den Händen, andere sackten ergriffen auf die Knie. Uta spähte zu Hermann, der mit geschlossenen Augen den Worten des Bischofs lauschte, die auch sie berührten, schienen sie doch genau auf ihre Situation zugeschnitten zu sein.

Durch Paulus ließ Gott ihnen die Botschaft zukommen, dass

heute der Tag des Heils war, nicht morgen! Und auch nicht in ferner Zukunft, wenn die Menschen vielleicht glaubten, seinen Ansprüchen endlich zu genügen. Gott war in Vorleistung getreten, nun war das Handeln an ihnen! Wartet nicht ab, so lautete Paulus' Botschaft, denn morgen könnte alles anders sein. Lebt und handelt, ohne zu warten!, verlangten Gott, Paulus und der Bischof.

Kadeloh war zufrieden. Diesen Auszug aus dem Korintherbrief bei der Königsmesse zu verlesen hatte Gisela von Schwaben ihn gebeten. Vom ersten Tag an, an dem Kadeloh das Bistum Naumburg übernommen hatte, welches er genauso wie die Kanzlerschaft über Italien der Kaiserinwitwe zu verdanken hatte, war es ihm ein persönliches Anliegen gewesen, Tatkraft und Frieden auf der Burg zu sichern. Er predigte weiter: »Die heftigste Angst tief in uns drinnen ist nicht die, den göttlichen Ansprüchen nicht genügen zu können, wie Paulus es beschreibt. Unsere heftigste Angst wurzelt nicht in unserer Unzulänglichkeit, sondern in unserer Kraft und Helligkeit. Wir haben Angst davor, kraftvoll zu sein. Mut ist eine Stärke, keine Schwäche!«

Ergriffen schloss Uta gleich Hermann die Augen und merkte, dass sie immer ruhiger wurde. Hoffnung gewann die Oberhand über die Angst vor dem königlichen Urteil.

In die auf Kadelohs Lesung nachfolgende Stille hinein sprach Schwester Kora die ersten Worte eines Psalms, kurz darauf setzte der Chor ein. Alwine und Schwester Erwina schauten beim Singen immer wieder zum König, während Tusnelda die verhängten Wände nach Malereien absuchte. Schwester Gerlinde fühlte sich unwohl neben der Äbtissin, sie hatte Angst, falsch zu singen.

Der folgende Sologesang versetzte die Anwesenden in blankes Erstaunen. Beim letzten Teil des Verses stimmte der Chor wieder mit ein. Die Sängerin, deren Stimme zuallererst einen unvergleichlichen Tonumfang hatte und die auf unvergessliche Weise von Schmerz und Offenbarung sang, war Schwester Margit. Mochte ihr Körper unter dem Habit auch knochig und eingefallen sein, waren ihre schmalen Lippen doch mit Farbe und Kraft gefüllt, und sie selbst strahlte, als befreie sie der Gesang von allen Schmerzen, die auf ihr lasteten.

In der anschließenden Predigt mahnte Bischof Kadeloh, dass die Gläubigen entsprechend ihrer Berufung und ihrem göttlichen Auftrag würdig miteinander in Demut, Sanftmut und Langmut leben sollten. Er rief sie dazu auf, einander in Liebe zugetan zu sein und die Einigkeit des Geistes durch das Band des Friedens zu wahren.

Die Eucharistie ging bis auf die begleitenden Worte Kadelohs in völliger Stille vonstatten. Auch nach dem Abschlusssegen setzte weder Unruhe noch Auflösung ein. Die Menschen rührten sich nicht von der Stelle. Die Intensität des Augenblicks, geboren aus Angst und Hoffnung, ließ sie in der Kathedrale in gespannter Erwartung ausharren.

In diese Stille trat Simon zwischen den Versammelten hervor und vor den König. Gleich darauf begaben sich Uta und Bischof Kadeloh an die Seite des Malers. Alle drei verneigten sich tief, bis Heinrich ihnen bedeutete, sich wieder zu erheben. Seine Reichsinsignien hatte er dem Mainzer Erzbischof neben sich übergeben.

Bischof Kadeloh ließ sich einen Kienspan reichen. »Dürfen wir Euch nun die neuen Ausmalungen präsentieren, Königliche Hoheit?«

Der König zeigte sich mit einem Nicken bereit.

Kadeloh reichte daraufhin den Span an Simon weiter, dem als Erschaffer der Ausmalungen die Ehre zuteilwurde, den Herrschaften sein Werk zu zeigen.

Die Malerburschen an den Radleuchtern geboten den Versammelten im Langhaus, eine Gasse in Form eines U zu bilden, so dass der König samt seinem Gefolge bequem die beiden Langhauswände und die Westwand abgehen und die Malereien betrachten konnte. Danach traten die Burschen jeweils paarweise wieder an ihre Radleuchter zurück.

Simon bedeutete dem König voranzuschreiten. Ihm selbst war es erlaubt, sich einen halben Schritt seitlich versetzt hinter Heinrich zu halten.

Die harten Sohlen des königlichen Schuhwerks verursachten bei jedem Schritt die Stufen vom Chor in die Vierung hinab ein klackendes Geräusch. Erzbischof Bardo trug die Insignien des Königs hinter diesem her, Ekkehard folgte mit dem erhobenen Schwert. Danach kamen Uta und Bischof Kadeloh. Der kleinen Prozession durch das Langhaus schlossen sich zuletzt auch noch Hermann, die höheren Geistlichen der Hofkanzlei und die hiesigen Domgeistlichen an.

Vor dem ersten kreisrunden, schmiedeeisernen Radleuchter, auf dem zwölf dickbauchige Kerzen saßen, stoppten sie. Bedächtig entzündete Simon jede einzelne Kerze mit seinem Span. Als das gesamte Rad erleuchtet war, gab er seinen zwei Malern das Zeichen, den Lichtspender auf die Höhe der *heiligen Zone* hinaufzuziehen.

Erwartungsvoll hob Simon die freie Hand. Auf seinen Wink hin wurde das Leinen vor dem ersten Bild an der südlichen Langhauswand herabgezogen. Gleich darauf fielen auch die Tücher vor der gegenüberliegenden Fensterreihe zu Boden. Gleißendes Licht traf daraufhin genau auf das erste Bildwerk. »Die Geburt Christi!«, verkündete Simon an den König und die Messbesucher gewandt.

Die Menschen benötigten einen Augenblick, um die ungewohnte Farbenpracht auf sich wirken zu lassen. Uta sah, wie Bepo, der Tuchhändler, dem Weinhändler hinter sich etwas ins Ohr flüsterte. Gemeinsam schauten die Männer zuerst zu den Fenstern der *Himmelszone* mit den unstrutblauen Laibungskanten an der gegenüberliegenden Wand. Dann folgten sie den durch diese einfallenden Sonnenstrahlen auf das Bild gegenüber. Während sie den gewickelten Christus in seiner Krippe, gerahmt von Maria und Joseph, anstarrten, gaben ihre Gesichter widerstreitende Gefühle preis.

Gerührt betrachtete Uta neben Bischof Kadeloh und Hermann die Geburtsszene. Ihre kalten Fingerspitzen erwärmten sich dabei. Der Beginn, dachte sie, der Beginn von vielem. Hier und jetzt spürte sie etwas Neues, das sie noch nicht benennen konnte. Ihre Augen kletterten an der Rahmung des Bildes, den morgenmoosgrünen Flechtsträngen, entlang, die sie an die ineinander verschlungenen Stengel von Pflanzen erinnerten. Die horizontale Rahmung – das verbindende Element der Einzelbilder zu einer Gesamtgeschichte – war durch fünf geflochtene Stränge dargestellt und wirkte damit kräftiger als die vertikale Rahmung aus lediglich drei Strängen.

»Das Volk, das im Finstern wandelt, sieht ein großes Licht, das wunderbar hell scheint«, kommentierte der König die Geburt Christi. »Uns ist ein Sohn gegeben, und die Herrschaft ist auf seiner Schulter. Er heißt Wunderbar, Rat, Held, Ewig-Vater, Friedefürst.« Das geflochtene Rahmenband drängte den König weiter zum zweiten Bild.

Simon führte die Prozession in das mittlere Joch. Der zweite Radleuchter wurde entzündet und unter den erwartungsvollen Blicken bis auf die Höhe der Malerei gezogen. Auf Simons erneutes Handzeichen hin sanken wiederum das Leinen und kurz darauf die Fenstertücher an der gegenüberliegenden Wand, und ein weiteres Mal fluteten die weißgelben Lichtfinger der Sonne und Kerzen die Kathedrale.

»Der Heilung des Blinden von Jerichow«, erklärte Simon. Auf der Wand hielt der Blinde mit geschlossenen Augen und der Binde auf dem Kopf die rechte Hand nach Jesus ausgestreckt, der ihn anschaute und mit segnender Hand auf ihn deutete.

Uta bemerkte, dass das zusätzlich einfallende Licht auch die Geburt Christi wandelte. Je nach Grad der Helligkeit und dem jeweiligen Standort des Betrachters veränderten die Malereien ihren Ausdruck. Jeder kommende Augenblick in der Kathedrale wird anders sein als der vorangegangene, dachte Uta überwältigt. Die Farbpigmente aus Malachit, Traubenkernen und Ocker waren mit den aufgetragenen Feinputzschichten eine ewige Vereinigung eingegangen und fingen das Licht so vielfältig wie geschliffene Edelsteine ein.

Angeführt von Simon begab sich die Prozession in das dritte Joch. »Der Opfertod!«, rief Simon und entzündete die zwölf Kerzen des dritten Radleuchters. Die Menschen schauten bereits an die noch zugehängte Wand. Simon wartete bei diesem Bild zwei Herzschläge länger, bevor er das Handzeichen gab, die Tücher vor dem Bild und der diesem gegenüberliegenden Fensterreihe zu lösen.

Lange betrachtete der König den Gekreuzigten, der mit vier Nägeln fixiert, noch lebend und mit offenen Augen dargestellt war. Jesus wandte den Kopf nach rechts zu seiner Mutter Maria. Zu seiner Linken stand sein Lieblingsjünger Johannes. Symmetrisch zu dem Gekreuzigten standen Longinus, der Jesus' Seite mit seiner Lanze durchstechen würde, und Stephaton, der ihn mit einem Essigschwamm an einer Stange tränkte. Zu Füßen der Gruppe würfelten zwei Soldaten um Jesus' Gewand. »Jeder soll Buße tun, damit er letztendlich rein vor Gott stehen kann«, sprach Heinrich und fiel, das Haupt mit der Krone erhoben, auf die Knie. Erzbischof Bardo und Ekkehard taten es ihm gleich, ohne dabei das Schwert und die Reichsinsignien zu senken.

Nach dem König äußerten auch die im Langhaus versammelten Menschen, was ihnen beim Anblick des Gekreuzigten einfiel. Worte wie Schuld, Versöhnung und Beichte wurden gemurmelt. Schließlich kamen sie langsam wieder zu sich.

Simon führte die Prozession an der zugehängten Westwand vorbei vor das vierte Bildwerk. Nun ging es in entgegengesetzter Richtung wieder zum Altar zurück.

Uta suchte Ernas Blick. Die Freundin jedoch verharrte noch immer, die Hände inbrünstig vor die Brust gepresst, in der Betrachtung des Gekreuzigten vor der südlichen Langhauswand. Dann aber spürte sie wohl, dass Uta sie beobachtete, und senkte den Blick. Derweil hatte Simon das Zeichen gegeben, die Tücher vom vierten Bildwerk und dem gegenüberliegenden Fensterpaar zu lösen.

»Er ist auferstanden!«, riefen da schon die ersten Menschen. Prägnanter hätte Simon, dachte Uta im nächsten Moment, die Bildaussage auch nicht wiedergeben können. Das vierte Bild zeigte, wie sich Jesus nach der Auferstehung seinen zunächst ungläubigen Jüngern offenbarte.

»Friede sei mit Euch«, sprach König Heinrich jene Worte, die er schon so viel Male im Evangelium gelesen hatte. »Ich bin es. Fürchtet Euch nicht.« Er zeigte den Messbesuchern – wie Jesus es einst getan hatte – seine Gliedmaßen, die er unter dem pelzverbrämten Purpurmantel hervorstreckte. »Sehet meine Hände und Füße! Ich bin es selbst!« Realität und Vorstellung wurden eins. Auf diese Aussage hin, so erzählte das Bild, reichten die Apostel Jesus Schalen, in denen deutlich Fisch und Honigscheiben erkennbar waren. »Der Herr wurde in den Himmel aufgenommen«, sprach Heinrich laut vor sich hin und drängte zum nächsten Bildwerk weiter.

Erneut winkte Simon, so dass auch dieses Bild und das zugehörige Fensterpaar freigegeben wurden und Licht darauf fiel. Uta erkannte auf der Malerei Jesus, der bis zur unteren Leibesmitte vor einer grauvioletten Zone schwebte, während sein Oberkörper bereits im Himmel war, links und rechts huldigten ihm Engel. Staunend glitt Utas Blick über die verschiedenen farblich abgestuften Luftschichten, durch die Jesus aufstieg. Simon hatte damit das Konzept der großflächigen Hintergrundgestaltung, das die gesamte Kathedrale miteinbezog, auf das Einzelbild übertragen und es dadurch mit den anderen Bildern weit über das Flechtband hinaus verbunden. So empfand es auch Matthias, der mit seinen leuchtend blauen Augen fasziniert wie Uta auf die Malerei schaute. Wirt Volkmar, der gemeinsam mit Beate in der Mitte des Langhauses stand, umfasste seine drei Kinder, als wolle er diesen Augenblick mit ihnen als eine Einheit erleben.

Gemurmel kam wieder unter den Menschen auf. Mit ihren eigenen Augen überzeugten sich die Messbesucher vom Weg Jesu Christi, den die meisten von ihnen in seiner Gesamtheit noch nie gesehen hatten. Auf einmal war ihnen, als könnte ein jeder von ihnen in seiner eigenen Heiligen Schrift lesen. Sprachlos verloren sie sich im Anblick der Übergänge von der *Erd-* zur *heiligen* und zur *Himmelszone.*

Zuversichtlich lächelte Uta Wipo hinter sich an. Auf seinem hageren, eingefallenen Gesicht lag eine Helligkeit, die Uta an ihre erste Begegnung mit ihm auf dem Hoftag in Dortmund erinnerte und sie ansteckte.

Simon führte sie vor das sechste Bildwerk – das Pfingstwunder, das Kommen des Heiligen Geistes.

Und dieses Mal war es Katrina, die beim fernen Anblick der Apostel unter den Goldstrahlen ergriffen vom Lichtspiel einen kurzen spitzen Schrei ausstieß. Die Apostel – darunter ganz links *ihr* Jacobus der Ältere, zu dem sie seit ihren ersten Pinselstrichen eine besondere Verbindung spürte – hielten gemeinsam einen geöffneten Codex zum Zeichen dafür, dass die Ausgießung des Heiligen Geistes unmittelbar mit der Ausbreitung des Evangeliums verbunden war. Wie eine Einheit schmiegten sie sich in den alles zusammenhaltenden, geflochtenen Bildrahmen. In Verbindung mit der Ankunft des Heiligen Geistes und den kontrastreichen Überzeichnungen war der Apostel Jacobus, und mit ihm die anderen Jünger, lebendig geworden. Und eben jene Lebendigkeit fühlte Katrina in diesem Moment auf sich übergeben. Sie führte ihren Blick zurück nach unten, wobei er sich für einen Augenblick mit dem Kaspars traf, der das Seil des schwebenden Radleuchters im ersten Langhausjoch fest in den Händen hielt, und lächelte ihn an.

»Jesus wurde von Gott zum Messias gemacht«, verkündete der König und ließ sich und seine Begleiter von Simon in die Mitte des Langhauses geleiten, zum Höhepunkt der Vorführung. Als wüssten die Messbesucher, dass sich dem König von dort aus der beste und allumfassendste Blick auf das Gesamtwerk bot, tat sich vor Simon und dem König wie von selbst und ohne jeden Befehl eine Gasse auf. Die anderen aus seinem Geleit, darunter auch Uta, folgten ihnen.

Auf ein Nicken des Königs hin rief Simon in Richtung der Westwand: »Lasst uns die Ewigkeit sehen!«

Da sank auch noch das letzte Tuch vor der Westwand nieder, und augenblicklich verstummte das letzte Murmeln. Den Menschen zeigte sich der Herr der Christenheit. Die Westwand wurde in ihrer gesamten Breite von der Darstellung der Majestas Domini eingenommen – der Gottessohn, schwebend auf einem Regenbogen im Himmelskreis. Seine Rechte hielt er segnend zur Seite, in der Linken hatte er das Buch des Lebens wie es dem Weltenrichter gebührte. Uta glaubte gar, dass der wehende Mantel Christi die Schwingung des Himmelskreises aufnehmen oder sogar aus dem Bild zu ihnen herabschweben würde.

»Er ist hier«, vernahm sie da die Kinderstimme des kleinen Gert, der sich von der Hand seines Vaters – Maurermeister Joachim – losgelöst und sich unmittelbar vor die Malerei an der Westwand gestohlen hatte. Heute würde er sich nicht wegschubsen lassen. Mit strahlenden Augen schaute er die Wand hinauf und reckte dabei die Arme in die Höhe, als wolle er nach Jesus greifen.

Überwältigt glitt Utas Blick von Gert zum Gewand Christi, und sie erinnerte sich wieder der aufgeregten Worte Katrinas. Ihr Kammermädchen hatte nicht übertrieben. Der Mantel aus Azurit und Goldstaub glich einem Strom lebendigen Wassers, der von goldenen Strahlen gewärmt wurde. Liebe wärmt, durchfuhr es sie, und sie wagte kurz, zu Hermann zu schauen, der ihren Blick erwiderte, als warte er schon seit Beginn des Rundgangs sehnsüchtig darauf. Wovon ihr Katrina jedoch nichts erzählt hatte, war der ungewöhnliche Heiligenschein des Weltenrichters. Das Kreuz im Nimbus Christi wurde durch feuervergoldete Kupferbleche hervorgehoben und zog das einfallende Licht an, um es dann wieder in alle Richtungen des Gotteshauses zurückzuschicken.

Darüber hinaus wies mit Ausnahme des Christus-Mantels und sämtlicher Augensterne kein Flecken an der Westwand nicht diesen besonderen leichten Seidenglanz auf, den eine gut abgebundene Malerei hinterließ. Uta schaute zum König, der ihr in diesem Moment sehr verletzlich und menschlich vorkam.

Heinrich war gefangen vom Anblick des Weltenrichters. Der schwebende Christus trug das Haar genauso gescheitelt wie er, und selbst die hohen Wangenknochen ... sollte das etwa eine Referenz an ihn sein?

»Die Herrlichkeit des Herrn«, hörte Uta ihn sagen. Dann sah sie, wie Simon sich vor Heinrich verneigte.

Die sechs Bildszenen aus dem Leben des Herrn und die darauf noch gesteigerte Wirkung des Weltenrichters und der Verheißung des Himmelreichs mit den Sternen im Ostchor – das war genau die Geschichte, die Bischof Kadeloh, Hermann, Maler Simon und sie hatten erzählen wollen, als sie sich damals auf die Bilderfolge verständigt hatten. Schreitrhythmus und Erzählablauf standen im Einklang und bauten aufeinander auf, befand Uta am Ende des Rundgangs. Doch noch stand die Altarwand mit dem Sternenbild aus, die zwar nicht neu, aber dennoch fester Bestandteil des Bilderzyklus war. Das Ziel jedes irdischen Lebens, jeder Tat und jedes Gedankens war es, das Himmelreich für die unsterbliche Seele zu erlangen. Und dieses schimmerte ihnen nun verheißend und funkelnd mit seinen unzähligen Sternen von der Altarwand entgegen.

Hatte die Kirche vorher noch die Schwere der dicken Steinwände spüren lassen, war sie durch die Ausmalung mit Lebendigkeit und dem Geiste Gottes beschenkt worden.

Niemals wird sich hier drinnen jemand einsam fühlen, ging es Uta durch den Kopf. Die Farben und das Glitzern mussten einfach jedermann berauschen und beleben. Selbst wenn die Kathedrale nur sparsam Licht von draußen erhielt, vermochte die Farbintensität der Bilder dies mehr als auszugleichen. Die Wandmalereien eröffneten individuelle Erinnerungen und Verheißungen, vergangene wie zukünftige. Utas Blick glitt über die Farbenpracht der Bilder, und sie erinnerte sich dabei an den Zug zur Kaiserkrönung nach Rom, an Gisela von Schwaben und auch an die verstorbene Mutter. Hier in diesem Fest aus Licht und Farben meinte sie, deren Anwesenheit zu spüren. Ein weiteres Mal glitt ihr Blick zu Erna, die Arnolds Hand nunmehr losgelassen hatte und sich langsam um die eigene Achse drehte.

Ernas Augen schimmerten dabei feucht im Kerzenlicht der Radleuchter. »Ich kann lesen«, schien sie gerade zu sagen. Gott war es, der ihrer aller Geschick in eine gute wie auch schlechte Richtung lenkte, nicht die Burgherrin, das lehrten sie die Bilder. Angesichts des steinernen Buches rang sie heftig mit sich und bezweifelte immer mehr, dass es richtig von ihr gewesen war, Uta allein zu lassen. Wäre sie selbst nicht auch bereit gewesen, für das Leben ihres Arnold Verbotenes zu wagen? Erna suchte und fand Utas Blick. Verzeih mir, bat sie tonlos und reumütig.

Uta verstand die Freundin und lächelte. Ähnlich den Blasen in einem Kessel siedenden Wassers stieg ein Gefühl von Erleichterung in ihr auf. Die Kälte in ihren Händen und Füßen begann zu weichen.

Die Freundinnen wurden aus ihrem stummen Dialog gerissen, als sich der König zurück zum Altar begab und dabei sprach: »Jesus, die Hoffnung, stellt alles wieder her. Jesus ist ein andauerndes Wunder. Er hat nicht nur Wunder der Heilung vollbracht. Das waren nur Zeichen, Signale dessen, was er jetzt vollbringt.«

Vor dem Altar angekommen, wandte sich der König den Menschen im Langhaus zu. »Der Herr ist die Hoffnung auf Herrlichkeit. Er möge uns helfen, Hoffnung zu erhalten und zu geben, er möge uns überzeugen, Leidenschaft für die Hoffnung zu haben.«

Unmerklich nickte Uta. Leidenschaft für die Hoffnung. Er war ein guter König, ein emotionaler Mensch – wie seine Mutter. Kurz schaute sie noch einmal zum Weltenrichter zurück. Ja, jetzt war sie bereit für das königliche Urteil über ihr Vergehen!

»Ihr habt mich beeindruckt. Die Malerei ist von sicherer Hand ausgeführt«, verkündete König Heinrich, schaute dabei zuerst Bischof Kadeloh, Maler Simon, Hermann und zum Schluss Uta an. Uta fand, dass die Bilderschau Heinrichs Gesichtsausdruck verändert hatte. Die Milde, die Ergriffenheit waren authentischer geworden.

Während die Geistlichen wieder im Chorgestühl Platz nahmen, blieb Heinrichs Blick an Utas einzigartigem Schmuckstück hängen. Er musste an seine Mutter denken und an den schmalen Pfad, auf dem er sich nun bewegte. Er fühlte sich geführt vom Herrn. Heinrich hob den Blick und die Stimme.

»Wir sind heute hier zusammengekommen, um über Geschehenes zu richten«, wandte er sich nun vor dem Königsstuhl stehend an die Versammelten. »Markgräfin Uta hat sich an der Majestät Gottes vergangen, indem sie entgegen meiner königlichen Anweisung einen Leichnam vom Schandacker aus der Erde holte. Jede Herrschaft stammt von Gott, und wer ihr nicht gehorsam ist, vergeht sich an der Majestät Gottes.«

Uta sah nickende Gesichter, zuallererst einige der Georgsmönche, dann die der hiesigen Kaufleute. Unwillkürlich richtete sie ihren Blick auf Bebette von Hildesheim, die im Langhaus noch immer in zweiter Reihe neben dem Händler Andres stand. In ihrem roten, umhanglosen Gewand mit der kunstvollen schwarzen Brettchenborte erinnerte die Frau sie in diesem Moment an eine junge Herrscherin. Jede andere Frau in der Kathedrale hatte sich zum Schutz gegen die herbstliche Kälte etwas umgelegt, doch Bebette von Hildesheim schien nicht einmal zu frieren.

Wieder schaute Uta zum Weltenrichter an der Westwand zurück. Die feuervergoldeten Kupferbleche blendeten sie, und sie merkte, wie sich ihr Körper anspannte. Etwas steif trat sie vor den König. Die Sterne an der Altarwand hinter dem Herrscher funkelten verheißungsvoll.

»Was habt Ihr zu Eurer Rechtfertigung vorzutragen, Markgräfin von Meißen?« Heinrichs Blick ruhte wohlgefällig auf Uta, die auf diese Aufforderung hin vor ihm auf die Knie sank. Wenn Uta erst einmal verstoßen ist, dachte Bebette, und hinter den Mauern eines Klosters ihr Dasein fristet, ist der Weg für mich endlich frei. Bebette lächelte ihr Schwurlächeln, auch ohne Notburgas Erwiderung, lang und intensiv. Wenn sie erst einmal Markgräfin wäre, würde sie andere Verbündete als die Schwester in den höchsten geistlichen Kreisen finden, und dennoch schmerzte sie Notburgas desinteressierter Gesichtsausdruck dort hinten im Chor. Bebettes Blick schwenkte von den Benediktinerinnen über den Altar zu Uta, die gerade den Kopf vor dem Herrscher senkte und sich damit seinem Richterspruch unterwarf.

»Ich handelte entgegen Eurer Anweisung, Königliche Hoheit«, trug Uta mit ruhiger Stimme vor, obwohl sie in ihrem Inneren aufgewühlt war. »Beweisen wollte ich, dass Hermann von Naumburg keine Selbsttötung begangen hatte, ihm das Recht auf eine würdige Grablege fälschlicherweise verwehrt wurde.« Sie beugte den Oberkörper nun so weit nach vorne, dass ihre Stirn den Steinfußboden berührte. Der Boden kam ihr eiskalt vor. »Die erneute Untersuchung des Leichnams ergab, dass der Tote weder Hermann von Naumburg war noch Selbsttötung begangen hatte. Zwei Schläge auf seinen Kopf und hungrige Wölfe führten seinen Tod herbei. Damit lief ein Mensch frei herum, der einen anderen getötet hatte. Dies alles ängstigte mich zutiefst. Trotz dieser Umstände gestehe ich, unrecht getan zu haben, und bereue es, ohne Eure Erlaubnis gehandelt zu haben, Euer Königliche Hoheit. Es tut mir von Herzen leid, den Kathedralfluch auf uns gezogen zu haben. Ich verstehe Eure Entrüstung.«

Der König ließ sie auf den Knien verharren, führte den Blick zu Reichsapfel und Königsszepter in den Händen des Mainzer Erzbischofs und dann zu Hermann von Naumburg. Schweigend betrachtete er den einstigen Markgrafen.

Gebannt wartete Uta auf das Urteil. Ihre Knie fühlten sich taub an, auch wenn ihr Umhang die Härte und Kälte des Bodens ein wenig milderte. Das Bild des ewigen Weltenrichters und der warme Blick Hermanns vor ihrem inneren Auge bestärkten sie darin, auszuharren.

»Weil Ihr bereut und einsichtig seid, lege ich Euch als Buße …«, der König hielt inne, und Uta meinte, nicht ein einziges Atemgeräusch in der gesamten Kathedrale ausmachen zu können. Gespannt hob sie den Kopf ein kleines Stück vom Boden an.

Die Zeit schien ihr unendlich langsam zu vergehen. Und trotz der Kälte, die vom Boden ausging und ihr bis in die Knochen drang, fühlte sie gleichzeitig Hitze in sich aufsteigen und merkte, dass sie schwitzte.

Mit gleichmäßigen, tiefen Atemzügen versuchte sie, sich zu beruhigen, doch es gelang ihr nicht.

Kaum merklich nickte Bebette vor sich hin und musste gegen den Impuls ankämpfen, die von ihr gewünschte Strafe für die Ballenstedterin nicht laut herauszuschreien. Aber dieses letzte Stück Weg bis zur Macht würde sie sich nun auch noch zusammenreißen können.

»Als Buße erlege ich Euch, Markgräfin, hiermit einen Gang zur heiligen Verena nach Zurzach auf.« Erst nachdem er diese Worte gesprochen hatte, gestattete sich Heinrich, wieder an seine Mutter zu denken, die überzeugt davon gewesen war, dass sein Urteil und sein Handeln gerecht bemessen sein würden.

Uta war im ersten Moment erleichtert, ihre Anspannung ließ augenblicklich nach, die tauben Knie begannen, wieder warm zu werden, während die Hitze gleichzeitig abnahm, doch etwas hielt sie zurück. Schließlich ließ sie die königlichen Worte noch einmal auf sich wirken: Ein Gang zur Heiligen, die Kinder schenkte? Wusste Giselas Sohn etwa von ihrem Anliegen Hermann betreffend und wollte sie davon abbringen, bevor sie es vortragen konnte? Uta war verunsichert. Eine Wand gleich einem Staudamm baute sich in ihr auf und hielt ihre Freude niedrig sowie die Hitze und Taubheit weiterhin in ihrem Körper.

Nur ein läppischer Bußgang?! Für einen Moment entgleisten Bebette die stets wohlwollenden Gesichtszüge. Doch es dauerte nicht einmal einen Atemzug lang, bis sie die Kontrolle über sich zurückerlangt hatte und einmal mehr Liebreiz und Glanz zeigte.

»Und …«, fuhr der König fort.

Uta zuckte in ihrer gekrümmten Haltung zusammen und zwang den Kopf erneut auf den Steinboden. Bitte zwingt mich nicht, den *Schleier zu nehmen*!

Auch Bischof Kadeloh hing an den Lippen des Königs und mit ihm sämtliche Messbesucher.

Bebette von Hildesheim atmete erleichtert auf. Natürlich konnte ein Bußgang nicht alles sein!

»Zusätzlich wünsche ich, dass Ihr eine Schweigebuße tut, beginnend mit dem Feste Allerheiligen bis hin zur Geburt Christi.«

Uta nickte gedanklich. Atemlos vor Erwartung der dritten Strafe presste sie die Lippen zusammen.

Doch der König schwieg.

Sie hob den Kopf ein weiteres Stück an.

»Ihr dürft Euch nun erheben, Markgräfin«, forderte Heinrich.

Also doch keine weiteren Auflagen mehr? Uta schaute auf und atmete erst einmal aus. Dann brach der Damm. Ein Lächeln flog über ihre Züge. Ihren Körper durchströmte Wärme, die Hitze entwich, und sie meinte, sämtliche Finger, Knie und Zehen wieder zu spüren. Sie kribbelten angenehm. Ihre Hoffnung war also nicht umsonst gewesen! Vertrauen lohnte sich, und ihrer Zukunft mit Hermann stand nun kein Kloster mehr im Weg. Ihr war danach, ihre Freude laut herauszuschreien, und in Gedanken tat sie es auch.

Was für ein lächerlicher Richterspruch!, fluchte Bebette still in sich hinein. Für einen lapidaren Gang nach Zurzach und eine Schweigebuße hatte sie sich mehrere Mondumläufe mit der Naumburger Kaufmannschaft abgeben müssen? Tagein, tagaus deren ständige Klagen über den stagnierenden Handel ertragen? Schon lag ihr ein vehementer Einspruch auf der Zunge. Beim Anblick des Königs hielt sie jedoch inne und rief sich einmal mehr zur Ordnung. Sie würde eben einen anderen Weg finden müssen, um die Ballenstedterin loszuwerden. Hinter ihrer überzeugend liebenswürdigen Fassade begann Bebette bereits, angestrengt nachzudenken.

Wankend kam Uta wieder auf die Beine und richtete ihre Gewänder. Instinktiv schaute sie zum Weltenrichter an der Westwand und dankte zuerst ihm. Dann verneigte sie sich vor dem König. »Ich danke Eurer Königlichen Hoheit für die Milde, die Ihr mir mit Eurem Urteil zuteilwerden lasst.«

Der König nickte. Auch ohne, dass Uta von Ballenstedt der Mutter am Herzen lag, hätte er so geurteilt. Doch bei einem weiteren Verstoß gegen eine königliche Order würde sie ihm nicht mehr mit einem Bußgang davonkommen. »Unser Herr ist gnädig, und so will ich es auch halten. Mit jedem, der Demut und Gehorsam zeigt.«

Uta spürte ihren Körper leichter werden. Es war vorbei, und sie konnte hier auf der Burg bleiben. Alle Schwere der vergangenen Tage schien sich aufzulösen. Sie sprach ein Gebet, das von Demut und Gehorsam handelte. Nach einer erneuten Verbeugung begab sie sich wieder an ihren Platz zwischen Ekkehard und Hermann. Auf dem Weg dorthin suchte sie noch einmal den Blickkontakt mit Erna, die ihr daraufhin einfach kurz mit ihrer Haube zuwinkte.

Auch Kadeloh ließ die Hand von der Schließe seines Mantels gleiten und schaute versöhnlich. Gisela von Schwaben hatte ihn in ihrem jüngsten Brief ermuntert, ihrem Schützling am Gerichtstag besonders beizustehen. Im Falle einer Eskalation hätte er sich vor Heinrich für ein milderes Urteil einsetzen und an die Gnade des Herrn appellieren sollen. Dies war ihm nun erspart geblieben. Er war froh, die Burgherrin nicht im Kloster wissen zu müssen. Und das aus persönlichen Gründen, nicht, weil es ihm befohlen worden war.

»Und der Kathedralfluch?«, meldete sich da Andres höflich zu Wort, der genauso unzufrieden mit dem Urteil war wie seine Begleiterin neben ihm. Er musste seinen Einspruch jedoch auf einen späteren Zeitpunkt vertagen, denn der König warf ihm daraufhin einen scharfen Blick zu. Betreten senkte er den Kopf.

»Es ist ebenfalls ein Vergehen, unaufgefordert zu sprechen«, erklärte Heinrich.

»Erlaubt mir, Königliche Hoheit, ein Ansinnen vorzutragen«, bat da Hermann von Naumburg und trat erwartungsvoll vor den König.

Hermann erhielt die Erlaubnis zu sprechen.

Uta beobachtete, wie Hermann sich Ekkehard zuwandte, um dessen Zustimmung einzuholen, bevor er ihre gemeinsame Bitte formulierte. Doch Ekkehard nickte nicht, stattdessen übergab er das königliche Schwert an Bischof Kadeloh und trat dann neben Hermann. So standen die Brüder nebeneinander vor dem König.

Es war Ekkehard, der zu Utas Verwunderung als Erster zu sprechen begann. »Königliche Hoheit, auch ich möchte Euch um etwas bitten.«

Jäh stieg kalte Angst in Uta hoch. Würde der Gatte ihnen so kurz vor dem Ziel dazwischengehen?

Der König schaute seinen getreuen Markgrafen an. »Sodann, lieber Ekkehard, beginnt.«

»Bitte beendet meine Ehe mit Uta von Ballenstedt. Beide Eheleute sind damit einverstanden«, trug Ekkehard vor, den Blick fest auf den König gerichtet.

Irritiert tauschte Uta einen Blick mit Hermann. Hatte sich Ekkehard gerade tatsächlich für eine Ehetrennung ausgesprochen? Hermann nickte ihr zu, was Uta etwas beruhigte.

Bebette von Hildesheim lächelte Andres neben sich süß und siegesgewiss an. Gott war also doch auf ihrer Seite.

Mit einem letzten bestätigenden Blick zu Uta sagte Hermann: »Königliche Hoheit, wir erbitten ebenfalls die Möglichkeit zur Wiederheirat.«

Der König benötigte einen Moment, um zu Stimme zu kommen. »Mit welchem Recht tragt Ihr Euer Ansinnen vor, Markgraf Ekkehard, Erlaucht Hermann?«

Uta schaute kurz zu Wipo ins Chorgestühl, denn sie gedachte nun, den eher mutigen, weniger demütigen Teil anzubringen. Das Gleichgewicht aus Mut und Demut. Sie hoffte auf den Beistand der Apostel auf den Langhauswänden, begab sich zu Hermann und Ekkehard und stellte sich zwischen sie. »Mit dem Recht der Ahnen, dem Recht unser aller Vorfahren, Königliche Hoheit.«

Der König betrachtete Uta mit jenem Blick, der ihr vorhin bereits vermittelt hatte, dass sie ein weiteres Mal nicht nur mit einem Bußgang und einer Schweigebuße davonkommen würde. »Dann sprecht, Markgräfin.«

Utas Beine begannen zu zittern. Doch es war eine andere Aufregung als die, die sie vor dem königlichen Urteil ergriffen hatte, eine weniger angstbehaftete, eher glücksgeschwängerte – zumal sie sich ihrer Sache sicher war und gute Argumente auf ihrer Seite wusste. Uta meinte, die Zukunft mit Hermann beinahe schon mit Händen greifen zu können … »Von Ehebeendigungen bei den Germanen berichteten schon der ehrwürdige Abt Hrabanus Maurus und der heilige, weise Gregor von Tours.« Sie pausierte, um die Reaktion des Königs aufzunehmen.

Doch der schwieg und bedeutete ihr weiterzusprechen. Die Messbesucher wagten schon seit Ekkehards Auftritt keine Regung mehr.

Sie hatten noch nie davon gehört, dass sich ein Markgraf und eine Markgräfin in beiderseitigem Einverständnis voneinander trennen konnten. Gewiss war dem einen oder anderen schon einmal eine Verstoßung untergekommen, weil das Weib fremdgegangen oder nicht fruchtbar war, aber sich so friedlich ohne Verstoßung zu trennen und dann auch noch wiederzuverheiraten? Waren mehrere Ehen einer Frau denn tatsächlich möglich, solange ihr erster Mann noch lebte?

»Die römischen Gesetze der Westgoten für römische Untertanen, die *Lex Romana Visigothorum*, sprechen von unterschiedlichen Fristen zur Wiederverheiratung die in Korrelation zum Scheidungsgrund steht. Führen zum Beispiel schwere Vergehen der Frau zur Scheidung, wie etwa Unfruchtbarkeit, ist ihr eine Wiederheirat nach fünf Jahren möglich, der Mann darf jedoch sofort eine neue Ehe eingehen. Die *Lex burgundionum*, die burgundische Gesetzessammlung, gesteht eine Wiederverheiratung nicht nur Witwen, sondern auch Getrennten zu. Zwar spricht dieses Gesetz von Vermögensverlusten, aber nur für den Fall von grundlosen Trennungen.« Aber ihre Trennung war ganz und gar nicht grundlos, wie sie dem König gedachte, gleich aufzuzeigen. »Schließlich ist da noch die *Lex Visigothorum,* die für gültige Ehetrennungen klarstellt, dass die vorangegangene Ehe schriftlich oder vor Zeugen geschieden werden muss. Aufgrund dieser Gesetze war es im alten römischen Reich daher üblich, Trennungsurkunden auszustellen.« Uta ließ sich daraufhin ein Pergament von Katrina bringen, die danach sofort wieder an ihren Platz im südlichen Querhausarm zurücktrat und von dort aus aufgeregt den Fortgang des Geschehens verfolgte. Entschlossen hielt Uta dem König das Dokument mit der rechten Hand hin. Die linke, zitternde verbarg sie unter ihrem Umhang. »Diese Urkunde habe ich von unserem Burgschreiber anfertigen lassen. Sie lehnt sich an die *Formulae Andecavenses* an, eine Formelsammlung unserer Vorfahren, die sogar schon vor dem Großen Kaiser Karl Anwendung fand. Mit diesem Schreiben bringen die Eheleute ihren Willen zur Trennung zum Ausdruck und geben einander die Gestaltung des zukünftigen Lebensweges frei.« Die Trennungsurkunde hatte sie schon einmal in der Hand gehalten – eingeschlagen in Leder – vor fast genau einem Jahr, sie dann aber auf dem Zinnendach vor Verzweiflung zerrissen.

Äußerlich ruhig las der König das Schreiben. Mit jeder Zeile schien er nachdenklicher zu werden. Uta sah sich aufgefordert, den Inhalt zu kommentieren: »In diesem Entwurf ist als Anlass für die Beendigung der Ehe genannt, dass ich als Ehefrau dem Gatten die geschuldete Liebe und Zuneigung vorenthalten habe und dass dieses Fehlverhalten das Zusammenleben verhindert. Weshalb Markgraf Ekkehard und meine Wenigkeit uns gegenseitig und, vorausgesetzt Ihr, Königliche Hoheit, stimmt dem zu, vom Eheversprechen entbinden und die Wiederverheiratung erwirken wollen.«

Skeptisch beobachtete Bebette, wie der König das Pergament hinter sich auf den Stuhl legte. »Nicht nur der Ehebruch und die ihm vorausgehende fleischliche Begierde, sondern auch die Ehebeendigung stehen im Widerspruch zu Gottes Gedanken. Ihr wünscht gleich zweimal zu fehlen, Markgräfin, getreuer Ekkehard?«

Uta sprach nun leiser und sanfter, als appelliere sie nicht an den König, sondern an den Menschen Heinrich. »Kann Liebe denn fehlen? Ist nicht die Liebe das, was Gott uns ans Herz legt? Was uns Menschen verbindet?« Ihr bittender Blick glitt zur Westwand. Er möge uns helfen, Hoffnung zu erhalten und zu geben, er möge uns überzeugen, Leidenschaft für die Hoffnung zu haben!, hatte der König vorhin noch verkündet. Sie hoffte noch immer, auch wenn Heinrichs nunmehr verhärtete Züge auf einen anderen Ausgang schließen ließen.

»Nach Gottes Willen ist die Ehe unauflöslich, eine lebenslang währende Gemeinschaft. Auch wenn beide Eheleute den Wunsch nach Trennung zum Ausdruck bringen«, entgegnete Heinrich in gleichsam vertraulichem Ton. »Deutlich sagt Jesus Christus dies mit den Worten ›Was denn Gott zusammengefügt hat, soll der Mensch nicht scheiden.‹ Eine Ehebeendigung ist in jedem Fall eine Folge der Sünde und daher eine Abweichung von der göttlichen Norm. Eine Ehe, vor Gott geschlossen, besteht bis zum Tod.« Heinrichs Stimme gewann an Dringlichkeit. Bei den folgenden Worten schaute er auch zu Ekkehard, schärfer als gewohnt und mahnend. »Wenn Menschen Ehen beenden, bestehen sie in Gottes Augen weiter. Wer also Getrennte erneut ehelicht, begeht Ehebruch. Damit findet das alte Recht in unseren neuen, göttlicheren Zeiten keine Anwendung. Denn Ihr zitiert weltliches Recht, nicht Kirchenrecht. Doch nach Kirchenrecht, das sich der Ehe zwischenzeitlich angenommen hat, gilt die absolute Unauflösbarkeit einer Ehe.«

Welches Gesetz vermag die Liebe zu verbieten?, fragte sich Uta wie vor den Kopf gestoßen.

»Auch nach unserem Recht, nach Kirchenrecht«, mischte sich nun Hermann ein, »besteht die Möglichkeit, eine Gesetzesverpflichtung im Einzelfall aufzuheben. Hinzu kommt die Möglichkeit des einzelnen Richters, sich bei Vorliegen außerordentlicher Umstände auch gegen die kirchenrechtlichen Bestimmungen auf eine Gewissensentscheidung zu berufen.«

Uta fiel auf, dass Hermann seine Hände, während er sprach, auf dem Rücken verborgen hielt, und zwar genau an der Stelle, an der er seine Mitschriften aus den vergangenen Mondumläufen unter der Tunika auf seiner Haut immer bei sich trug. Der neue Hermann war unsicherer, auch ungestümer, aber noch immer sanft. Und für all dies war sie ihm zugetan. Ihr kurzer Blick zu ihm tat ihr gut.

»Ihr wünscht also *Dispensatio* oder *Epieikeia*?«, fragte der König. Seine edlen Züge wirkten angespannt, der korrekt gestutzte Bart unterstrich den ernsten Gesichtsausdruck. Weder an seine Eltern noch an ihn war dieser Wunsch bisher jemals gerichtet worden.

»Ja, Königliche Hoheit, Dispens oder Gewissensentscheidung«, sprach Uta leise weiter. Entweder der König hob »sein« Gesetz für ihren Einzelfall auf und erteilte ihnen in Rücksprache mit dem Papst einen Dispens, oder er entschied nach seinem Gewissen, nicht nach dem Gesetz.

Epieikeia ist Nachsicht und geht auf Gott zurück, *Epieikeia* ist mehr als das Gesetz!, ereiferte sich Uta stumm. Wo wären wir, wenn Gott uns allein nach dem unbeugsamen Maßstab seines Gesetzes richten würde? *Epieikeia* korrigiert das Gesetz, weil ein Gesetz immer nur allgemein abgefasst ist und demzufolge eben nicht jedem Einzelfall *gerecht* werden kann.

»Markgräfin Uta schenkt mir seit mehr als zehn Jahren keine Kinder«, erklärte Ekkehard. »Ohne einen Erben stirbt die Familie aus und kann der Schutz der Ostgrenze nicht mehr gewährleistet werden.«

Bebette ertappte sich dabei, wie sie beipflichtend nickte. Als neue Gattin des Markgrafen würde sie ihm prächtige Jungen gebären, die Marcel und Philip bestimmt an Klugheit übertreffen und ihr als tapfere Ritter an der Ostgrenze zu großer Ehre gereichen würden. Mit Ekkehard als ihrem Vater wäre ihnen außerdem der vorderste Platz im Gefolge des Königs sicher. Und wer wusste schon, was sich noch alles ergäbe, trüge der König erst einmal die Kaiserkrone? War es nicht schon erstaunlich genug, dass sie, was diese Scheidungssache betraf, nunmehr sogar schon an einem Strang mit der Ballenstedterin zog?

Heinrich schwieg erneut.

»Königliche Hoheit, erinnert Euch Eurer Ahnen, auch sie beendeten Ehen.« Uta wartete ab, ob der König sie gewähren ließ, oder ob sie sich mit ihren Worten bereits zu weit vorgewagt hatte. Alles in ihr drängte danach, lauter und schneller zu reden, doch sie zwang sich zur Ruhe. Nach einer positiven Geste Heinrichs fuhr sie fort: »Kaiser Karl, Euer Ahn mütterlicherseits, beendete seine zweite Ehe mit Desiderata, der

Tochter des Langobardenkönigs Desiderius, mittels Verstoßung.« Nachdem Heinrich keine Regung zeigte, fuhr Uta unsicher fort: »König Heinrich I., Eurer Ahn in vierter Generation, trennte sich nach dreijähriger Ehe von der sächsischen Grafentochter Hatheburg, zuvor verwitwete Klosterfrau.«

»Die Verbindung von König Heinrich I. und Hatheburg wurde als rechtswidrig erklärt, eine gültige Ehe hat nie bestanden«, entgegnete der König unter den verstörten Gesichtern einiger Geistlicher im Chorgestühl. »Hatheburg hatte die Kirche vor der Hochzeit nie gebeten, ihre verpflichtenden Bindungen zum Kloster zu lösen.«

Utas letztes Argument trug Hermann vor. »Und Kaiser Otto III., Königliche Hoheit? Zieht sein Ansinnen in Betracht. Auch er verließ die zuvor geehelichte Witwe des römischen Stadtpräfekten Crescentius.«

Er möge uns helfen, Hoffnung zu erhalten!, wiederholte Uta die königlichen Worte gedanklich mehrmals hintereinander, um ihre Ruhe zu bewahren.

Heinrich führte den Blick zu Ekkehard links vor sich. Wie hatte der treue Freund ihn nur derart überrumpeln können. Dann schaute er zu Uta und betrachtete sie lange – er suchte nach einer Erklärung für die Willensstärke dieser Frau. Ihr Antlitz hatte sich seit Utrecht nicht geändert: Das Grün ihrer Augen leuchtete, ihre Haut war zart und rosa wie die einer jungen Frau. Am meisten aber beeindruckte ihn ihre anmutige Haltung. Gleich seiner Mutter schien ihm die Markgräfin zeitlos schön zu sein. Erlaucht Hermann, rechts neben ihr, schaute ihn drängend und bittend zugleich an. Ein Mann, der viele Kämpfe siegreich auf dem Felde geführt und den Wipo einst ebenso wie dessen Vater gepriesen hatte und der nun in seinem Brennen für sein Anliegen eher einem der jungen Ritter aus seiner Gefolgschaft glich. Kurz dachte Heinrich an seine Mutter, und wie sie wohl entscheiden würde. Dann aber mahnte er sich, seine eigene, gerechte Lösung finden zu müssen. Und die gab ihm Gott und sein Gottvertrauen ein. Er kannte sein Urteil, und so verkündete er es: »Eure Beispiele zeigen mir auf, dass das Eherecht in der Vergangenheit von der Kirche noch zu stark vernachlässigt wurde«, verkündete Heinrich. »Doch habt Verständnis, dass ich dies unter meiner Herrschaft ändern werde. Vor Gott geschlossene Ehen sind durch niemanden auflösbar. *Dispensatio* oder *Epieikeia* muss ich Euch deswegen verwehren. Gottes Wort steht über weltlichem Verlangen.« Damit bedeutete ihnen der König wegzutreten.

Uta war tief enttäuscht. Das königliche Urteil traf sie mit aller Wucht – zumal sie, was die Scheidung anbelangte, so zuversichtlich gewesen war. Nie hatte sie überlegt, was sie im Falle einer Absage tun wollte, eine solche auch nie in Betracht gezogen, ziehen wollen. Und nun sollte sie für immer an Ekkehard gebunden sein? Was war mit ihrer Verbindung zu Hermann, dessen warme Augen und die darin tanzenden Punkte sie einfach nur glücklich machten und ihren Puls beschleunigten? Er war ihr Beschützer, er war der Mann, den sie an ihrer Seite haben wollte! »Dies diem docet«, murmelte sie vor sich hin und sah Hermann und sich wieder mit dem Brief der Kaiserin in der Krypta der kleinen Burgkirche stehen, voller Hoffnung, bald ein gemeinsames Leben führen zu dürfen. Der Boden der Kathedrale begann unter ihren Füßen zu schwanken, sie spürte Tränen in sich aufsteigen, die sie mit letzter Kraft zurückhielt. In ihrem Innersten getroffen, zog sie sich neben den Altar, an Bischof Kadelohs Seite zurück. Dabei war sie so geistesabwesend, dass sie später nicht mehr zu sagen gewusst hätte, ob sie eine helfende Hand dorthin geleitet hatte – nur dass etwas später auch Hermann und Ekkehard wieder neben ihr standen. Utas Blick verlor sich in den Ausmalungen an den Langhauswänden, die Farben verschwammen vor ihren Augen zu einem konturlosen Brei. Die Liebe – nur ein weltliches

Verlangen? Aber war die Liebe nicht das, was sie auch mit Gott verband?

Hermann empfand völlige Leere. Mit Uta war die Vergangenheit unwichtig geworden, ohne sie die Zukunft nicht vorstellbar. Ohne sie lagen seine Sinne brach, ohne sie zermürbte ihn das *Trink! Trink!* mit dem schrecklichen Kratzgeräusch als Dauerton im Ohr. Ohne sie konnte er noch so viele Späne und Wachslichter mit sich herumtragen, und es blieb doch alles nur düster und eng. Hermann wusste nicht, was er tun sollte, was er tun konnte. Sein Blick irrte schließlich über die Menschenmassen im Langhaus und verlor sich irgendwo im Unbestimmten. Nichts hatte mehr Bedeutung, alles hatte Form, Farbe und Sinn verloren.

Angestrengt begann Bebette von Hildesheim nachzudenken: Der Ballenstedterin, die ihren Schwager liebte, war die Scheidung untersagt worden. Das war die schlechte Nachricht – der Platz der Markgräfin wurde also doch nicht frei. Zumindest nicht sofort. Bebette schaute von Uta zu Hermann, und wie sie in ihrer Enttäuschung vereint dort vorne standen. Kurz kam Neid in ihr auf, dass ihr solch eine Verbindung nie vergönnt gewesen war. Doch dann musterte Bebette Hermann von Naumburg etwas genauer und befand, dass er gerade ganz und gar nicht wie eine Erlaucht oder gar ein gestandener Mann aussah. Was für ein schwaches Mannsbild er doch war! Und doch vielleicht ihre Rettung. Bebette wettete ihr Prachtgewand darauf, dass Hermann von Naumburg die Ballenstedterin schon beschlafen hatte. Eine Ehebrecherin war sie! Und dieses Vergehen würde, sobald Bebette dafür Beweise aufgetrieben hätte, nicht mehr nur mit einem Bußgang geahndet werden. Sondern mit Verstoßung im mildesten Fall und mit dem Tode – wenn Bebette das Glück hold war – im bestmöglichen Fall. Sie würde in nächster Zeit also genauso unbemerkt nach Beweisen suchen, wie sie den Kathedralfluch zuvor zur

Krankheit der Siedlung gemacht hatte. Und Notburga? Bebette schaute die Schwester im Chor bitter enttäuscht an und beschloss dann, dass eine Äbtissin mit einem Säugling in ihrem jungen Machtgeflecht nicht länger tragbar war! Sie würde Notburga durch eine vertrauenswürdigere Person ersetzen müssen.

»Möchte sonst noch jemand etwas anbringen?«, fragte Heinrich da und griff damit indirekt den Einwurf der Kaufmannschaft wieder auf, den er zuvor hatte abweisen müssen. »Jetzt ist der richtige Moment, um zu sprechen.«

»Was ist mit dem Kathedralfluch, Königliche Hoheit?«, vernahm Bebette daraufhin die kräftige Stimme von Hannes, dem Gerbermeister.

»Was wird aus uns, wer ersetzt uns unsere Verluste?«, riefen die Händler nun einer nach dem anderen. Von der aufkommenden Unruhe in der Menge und den Bewegungen der Luft angefacht, flackerten die Kerzen auf den Radleuchtern heftiger.

»Und wer soll derjenige sein, der in unserer Mark einfach einen Menschen tötet?«, erkundigte sich Andres, der Utas Worte an Heinrich gut verstanden hatte.

Menschen tötet!, hallte es in Uta nach. Die Worte rissen sie aus ihrer Lethargie. Sie musste jetzt stark sein und ihre Enttäuschung zurückstellen – es ging um Hermanns Schicksal! »Das werden wir Euch nun erklären«, verkündete Uta mit belegter Stimme und gab Alwine ein Zeichen.

Die Benediktinerin trat an Utas Seite.

Heinrich bedeutete Uta, sich zu erklären.

Die übergab daraufhin mit einem Nicken das Wort an Alwine, die Utas Aufforderung gerne nachkam. Sie zog die unter den zwei verschlungenen Buchen gefundene Schuhschnalle aus ihrem Gewand hervor und trat die Stufen des Chores hinab in die Mitte der Vierung, so dass sie von allen gesehen werden konnte. »Erblickt diese Schnalle hier«, sprach Alwine laut und kraftvoll. Dabei hielt sie die Schnalle hoch und drehte sich auch in Richtung der Menschen, die in den beiden Querhausarmen standen. Besonders lange zeigte sie es in Richtung des nördlichen Querhausarmes und sah Abt Pankratius dabei mit festem Blick an. »Diese Schnalle wurde unweit des Toten im Wald gefunden. Sie gehört der Person, die den armen Bruder Sibodo mit Schlägen auf den Kopf schwer verletzte, Hermann von Naumburg entführte, dem Bruder die Gewänder Erlaucht Hermanns überstreifte und ihn dann hungrigen Wölfen zum Fraß vorwarf.«

»Der unbekannte Tote, den wir alle für Erlaucht Hermann hielten, ist Bruder Sibodo?«, erkundigte sich Raimund. An der Seite des Jägers stand dessen Frau mit verwirrtem Gesichtsausdruck.

»Aber wer würde denn …«, kam entsetztes Gestotter aus dem Publikum.

»Sie gehört einem Bruder des Georgsklosters«, sprach Alwine weiter, und aufgeregtes Gemurmel setzte auf ihre Worte hin ein. »Niemand sonst in dieser Gegend trägt eine Schnalle von exakt dieser Machart.« Sie sah Verwunderung gemischt mit Schrecken in den Augen der Benediktinermönche aufblitzen.

»Aber wer ist der Mann, nun sagt schon, Schwester!«, forderte der Seidenhändler in der zweiten Reihe des Langhauses. Alwine schaute Andres daraufhin an, sie hörte die Luft zwischen ihnen sirren, als flöge ein Schwarm Bienen durch das Gotteshaus. »Die erste der Ursünden ist Ungeduld«, entgegnete sie dann mit einem nachsichtigen Lächeln. »Stellt Euch einmal vor, Gott wäre ungeduldig. Welches Ende hätte dann wohl der Sündenfall genommen?«

Andres schmunzelte überrascht und nickte. Er hatte verstanden. Bepo wischte sich den Schweiß von der kahlen Stirn.

Und in Gedanken fügte Alwine noch hinzu: Und Ungeduld gegenüber anderen Menschen ist eine Form von Hochmut.

Und Hochmut ist ebenfalls Sünde. Wie von selbst fiel ihr Blick dabei auf Bebette von Hildesheim, die Erlaucht Hermann unverwandt musterte. Alwine bat den Klostervorsteher: »Bitte, Abt Pankratius, nehmt mit Euren Brüdern vor den Chorstufen Aufstellung, so dass Ihr dabei Eure Gesichter dem Altar zuwendet.«

Verwundert wies der Abt seinen Brüdern daraufhin den Weg vor die Chortreppen. Als seine Brüder an ihm vorbeischritten, schien er einen jeden von ihnen um Verzeihung dafür zu bitten, dass er Alwines Wunsch entsprochen hatte, anstatt sie zu verteidigen. Die Aufstellung der Georgsmönche, Mann für Mann nebeneinander, riss Hermann aus seiner Teilnahmslosigkeit. Da war sie wieder, diese Beklemmung, die mit jedem Benediktiner zunahm. Im Schein des Chorlichts sah er, dass die Reihe der Kuttenträger über die gesamte Breite der Treppenstufen hinwegreichte. Nach einigem Zögern trat Hermann neben Alwine. Die Bürde der anstehenden Aufgabe durfte er nicht allein auf den Schultern der Krankenschwester lasten lassen. Gemeinsam begaben sie sich an den äußersten Treppenbereich, wo die Mönche Position bezogen hatten.

»Wir bitten Euch um Verzeihung für diese außerordentliche Maßnahme«, entschuldigte sich Hermann für ihr Vorgehen beim König, und erntete als Dank für seine Unterstützung ein ermutigendes Lächeln von Alwine. »Schiebt allesamt nun die Ärmel Eurer Kutten hoch und streckt Eure Arme vor«, bat er die vor den Chortreppen Versammelten. Einige der Benediktiner schauten empört zum Bischof. Bloße Körperteile zur Schau zu stellen, bedeutete Fleischeslust, kam triebartigem Verlangen gleich, und dies noch dazu in einem Hause Gottes zu tun erschien ihnen anrüchig und höchst frevelhaft. Zu diesem Zeitpunkt hatte auch der letzte Messbesucher die Augen von der Malerei an den Wänden genommen und auf das Geschehen bei den Chortreppen gerichtet. Auch bei den Menschen im Langhaus zeigte sich Verwunderung. Einige schüttelten sogar verständnislos den Kopf, doch alle warteten nun ausnahmslos gespannt auf die Dinge, die da kamen.

»Erlaucht, bitte beendet die Entblößung zügig«, bat nun Kadeloh neben dem König, nachdem von Abt Pankratius noch immer kein Wort kam.

Hermann und Alwine sicherten dies zu.

Begleitet von leisem Gebetsmurmeln taten die Brüder daraufhin, worum sie gebeten worden waren: Sie schoben die Ärmel ihrer Kutten bis zu die Ellbogen hinauf und streckten ihre bloßen Unterarme vor. Bruder Laurentius sprach sein Gebet derart inbrünstig, dass es im Chor vorne deutlich zu hören war: »Der Frevler leidet Schmerzen, doch wer dem Allmächtigen vertraut, den wird er mit seiner Huld umgeben.«

Hermann und Alwine standen nun dort an den Treppen, wo der Chor an den südlichen Querhausarm grenzte. Uta beobachtete vom Ostchor aus, wie Bruder Gregorus' lange Arme als Erstes beäugt wurden.

Laut erklärte Alwine, während sie die Reihe der Mönche abschritten und weitere Unterarme und Hände von beiden Seiten begutachteten, ohne sie zu berühren: »Der Mönch, den wir suchen und der für all das verantwortlich ist, wurde vor kurzem des Nachts auf dem Schandacker am Grabe Bruder Sibodos gesichtet.«

Sie waren vor Bruder Cornelius angekommen. Alwine sah ihm zuerst forschend in die Augen, dann auf die Unterarme. Hermann wagte es nicht, auch nur einem der Mönche ins Gesicht zu schauen, nicht einmal bis zum Hals ließ er seinen Blick gleiten. Bruder Cornelius drehte die hellen, fast haarlosen Arme geniert herum. »Werdet nicht wie Ross und Esel«, vernahm Hermann seine betende Stimme, »die ohne Verstand sind. Mit Zaum und Zügel muss man ihr Ungestüm bändigen …«

»Aber warum soll ein Mönch nicht auch einmal den Schandacker betreten?«, warf da eine Stimme aus dem Langhaus ein, die so schnell wieder verklungen war, dass sie keinem bestimmten Zwischenrufer zuordenbar war.

»Weil nur der ...«, Hermann zögerte, »Mörder Grund hatte, zum Grab Sibodos auf dem Schandacker zurückzukehren.« Hermann las Ungeduld in den Zügen des Königs und beeilte sich, mit seiner Erklärung fortzufahren. »Allein er konnte wissen, dass der Tote dort Bruder Sibodo war. Abt Pankratius hatte Bruder Sibodo auf eine Bußreise zum Felsenberg geschickt, niemand sonst als der Totschläger selbst konnte von Sibodos Ableben gewusst haben. Unser Toter war derart zerbissen, dass ja nicht einmal durch die Untersuchung des ehrwürdigen Abtes seine Identität festgestellt werden konnte.«

»Warum aber sollte der Mörder plötzlich nach dem Toten sehen wollen?«, mischte sich der König ein, woraufhin Alwine und Hermann innehielten und sich ihm zuwandten. Die Edelsteine an Heinrichs Schuhen reflektierten das einfallende Licht so stark, dass Alwine im ersten Moment geblendet die Augen schloss. »Er wollte nach der Verkündung des Abtes, dass Sibodo bald zurückkehren würde, sicherstellen, dass der Tote auf dem Schandacker wirklich Sibodo war, Königliche Hoheit.« Alwine lief nach dieser Unterbrechung mit Hermann nun wieder die Reihe der Mönche ab und sprach dabei erklärend zu den Menschen im Langhaus: »Nicht auszumalen für den Mörder, wäre Sibodo tatsächlich noch am Leben gewesen. Er würde seinen Peiniger womöglich wiedererkennen und anklagen.«

»Bis zu dem Tag, an dem Abt Pankratius verkündete, dass Sibodo bald von seiner Bußreise zurück wäre – ehrwürdiger Abt, bitte verzeiht uns unsere kleinere Flunkerei in der Not – war sich der Peiniger seiner Sache sicher«, führte Hermann aus und erhielt daraufhin ein verdattertes Kopfnicken des Abtes zur Antwort. Dann zwang er seinen Blick wieder auf die ausgestreckten Gliedmaßen der Brüder vor sich, während Alwine erörterte: »Der Mörder war sich sicher gewesen, Sibodo durch mehrere Schläge auf den Kopf unter die Erde gebracht zu haben. Er wusste also erstens, dass er Sibodo getötet hatte, und zweitens, dass der Tote mit Erlaucht Hermanns Kleidern am Leib niemand anders sein konnte als Sibodo.«

Heinrich nickte und rieb sich nachdenklich das Kinn. Er ließ sich auf seinem Stuhl nieder.

Alwine und Hermann schritten weiter die Reihe der Mönche ab, die sie inzwischen zur Hälfte hinter sich gebracht hatten. Als Nächstes begutachteten sie die knochigen Hände eines älteren Bruders, den sie namentlich nicht kannten, der aber nicht einmal zu ihnen aufzusehen wagte und seinen Körper vor und zurück wiegte. »Der … Mörder … konnte seine überraschend aufgekommenen Zweifel nur ausräumen«, fuhr Hermann nach einigem Haspeln fort, »indem er sich auf dem Schandacker versicherte, dass es wirklich Sibodos Überreste waren, die im Grab lagen. Denn was er wie gesagt sicher zu wissen geglaubt hatte, war, dass dieser nach den erhaltenen Schlägen auf seinen Oberkopf seine Bußreise niemals angetreten hatte. Heftige Schläge, die den Schädel sehr wahrscheinlich beschädigt hatten und daher sowohl auf der Kopfhaut – sofern sie noch erhalten war – wie auch am Schädel selbst sichtbar sein mussten.«

Drei weitere Benediktiner später war der Gesuchte noch immer nicht ausgemacht.

»Erlaucht Hermann, verzeiht die Zwischenfrage. Was aber hat der Tod des Mönches mit Eurem Schicksal zu tun?«, wollte nun Bischof Kadeloh wissen, das königliche Festschwert in einer Hand, den Krummstab in der anderen.

»Exzellenz«, beeilte sich Hermann zu erklären, »ich hatte weder freiwillig die Einsamkeit gesucht, noch waren meine Gewänder eine Schenkung an Bruder Sibodo. Hinzu kommt, dass mein Verschwinden und der Tod des Mönches im gleichen Zeitraum stattfanden.« Kurz schaute er zu Uta, die ihm in ihren grün und zartgelb fließenden Gewändern, bestärkend zulächelte. Mit belegter Stimme sprach Hermann weiter: »Da liegt der Schluss nahe, dass die beiden Sachverhalte miteinander zusammenhängen und sich mit der Aufklärung von Bruder Sibodos Tötung auch mein Schicksal auflösen lässt.«

»Es handelt sich um keinen Zufall, Exzellenz«, fügte Alwine überzeugt hinzu und legte sich den Schleier – der ihr über die Schulter auf die Brust geglitten war – wieder auf den Rücken. »Es ist ein und dieselbe Person, die hinter beiden Taten steckt. Sie ist sowohl Sibodos Mörder als auch Erlaucht Hermanns Entführer. Wir wissen mittlerweile, dass Erlaucht Hermann mit Hilfe eines besonderen Trankes die Erinnerung genommen wurde.« Alwine konzentrierte sich wieder auf die Mönche vor der Chortreppe, nachdem der Bischof keine Erwiderung oder weitere Frage mehr vorgebracht hatte.

Gemeinsam mit Hermann prüfte sie einige weitere Armpaare, bis sie bei Bruder Laurentius ankamen. Er war der viertletzte in der Reihe der Mönche. Unaufhaltsam machte Laurentius, der erfahrene Heiler des Georgsklosters, das Kreuzzeichen und trug das Vaterunser aggressiv und laut vor. Alwine erklärte, während sie seinem erbosten Blick standhielt: »Das Wissen, wie ein gedächtnisraubender Trank gemischt wird, besitzt nicht jeder. Selbst in Salerno gehören solcherlei Rezepte nicht zum Allgemeinwissen. Gedächtnistränke bedürfen des speziellen Wissens eines außergewöhnlich heilkundigen Menschen, wie sie sicherlich nicht in jedem Kloster anzutreffen sind.«

»Habt Ihr auch bedacht, dass die Pforte eines Klosters bewacht ist und niemand ungesehen verschwinden kann?«, brachte da der Havelberger Bischof im südlichen Querhausarm an, nachdem der König ihm zu sprechen erlaubt hatte. Ihm schien genau wie seinem Nachbarn, dem Brandenburger

Bischof Rudolf, sehr daran gelegen zu sein, dass keiner der Mönche zu Unrecht einer Tat bezichtigt würde, die womöglich ein schlechtes Licht auf andere Benediktinergemeinschaften im Magdeburger Erzbistum warf.

»Es liegt nahe, dass der Täter nachts gehandelt hat, weil er tagsüber hätte gesehen werden können.« Mit diesen Worten glitt Alwines Blick von Laurentius' Augen zu der oberen Seite seiner Unterarme. Da war nichts Ungewöhnliches außer drahtigem, hellem Haar. »Da die Pforte des Georgsklosters zwischen Sonnenunter- und Sonnenaufgang unbesetzt ist, war es nicht unmöglich, das Kloster zu verlassen und die Tat zu verüben. Immerhin liegt zwischen dem Nachtgebet und dem Mitternachtsgottesdienst sowie dem Tagesanbruchsgebet eine lange Zeitspanne.«

Ungeduldiges Geraschel machte sich unter den Menschen im Langhaus breit. Einige blanke Finger wiesen auf die Georgsbrüder. Hermann und Alwine blickten auf die drei verbleibenden Mönche vor ihnen, deren Arme sie noch nicht geprüft hatten. Zwei jüngere Mönche und Abt Pankratius, der den Blick gesenkt hielt. Der Klostervorsteher hatte die Augen geschlossen und die Arme bereits ausgestreckt, an denen Alwines geschultes Auge bereits aus der Ferne den Sachstand erfassen konnte. Pankratius zitterte am ganzen Körper. Doch eines nach dem anderen. Die Krankenschwester konzentrierte sich auf die Untersuchung der zwei verbleibenden jungen Mönche. Der erste von beiden wies zwar jede Menge Muttermale auf den Armen auf, aber ansonsten nichts Verräterisches. Noch vor Alwine trat Hermann vor den vorletzten der Benediktiner. Er wollte es endlich wissen. Den Mut, ihm ins Gesicht zu sehen, fand er jedoch nach wie vor nicht. Hermann griff an die Handgelenke des Benediktiners und drehte sie herum. Was er daraufhin sah, ließ ihm den Atem stocken. Sterne! Wie ein Schmuckreif legten sich die dunkelbraunen Sterne um die

Handgelenke des Mönches, die, wie Alwines kundiger Blick sofort ausmachte, erfolglos behandelt worden waren. Hermann starrte weiterhin auf die Handgelenke, während er hervorstieß: »Du also warst derjenige, der mir die Tränke verabreichte und mich zur Dunkelheit verurteilte!« Die Nähe zu seinem Entführer schien ihn zu ersticken.

Uta dagegen konnte es kaum fassen. Dieser unscheinbare Mönch, der ihr stets höflich und zurückhaltend begegnet war, sollte Hermann und ihr all das angetan haben?! Sie erinnerte sich an Hermanns Rückkehr nach Naumburg. Ausgehungert, verängstigt und zerzaust. Sie sah wieder den hilflosen Blick, mit dem er all die Umstehenden betrachtete, die den Heimkehrer zunächst wie ein Wunder gefeiert hatten – bis sie das traurige Ausmaß seines Verlustes verstanden hatten. Sie hörte wieder, wie Hermann ihr von den Leuten im Burgsaal erzählte. Den unzähligen Freunden und Bekannten, die versuchten, ihm die Vergangenheit zurückzubringen. Sie dachte daran, wie lange sie selbst gebraucht hatte, um zu begreifen, dass sie den alten Hermann nie wieder zurückbekommen würde – und den neuen Hermann mittlerweile noch mehr als den alten wollte.

Alwine trat vor den König, während Hermann noch immer die Handgelenke des jungen Mönchs festhielt und sie anstarrte. »Königliche Hoheit, wir sind überzeugt, den Schuldigen gefunden zu haben.«

Ein Raunen ging durch das Gotteshaus. »Bruder Ewald?«, hörte man es allenthalben fragen.

Uta sah, dass viele Menschen im Langhaus die Hälse reckten. Einige Handwerkerfrauen standen sogar auf Zehenspitzen und hielten sich an den Schultern ihrer Vordermänner fest.

»Und Eure Beweise?«, fragte der König und erhob sich von seinem Stuhl. »Seid Ihr Euch bewusst, welch schwere Anklage Ihr vortragt?«

»Das sind wir!«, antwortete Alwine mit fester Stimme und deutlich vernehmbar. »Bruder Ewalds Hände weisen die typischen Hautveränderungen auf, die der Wiesen-Bärenklau verursacht.« Nach einer Verbeugung bat sie den König, an den jungen Mönch heranzutreten. Zu Utas Überraschung begab sich der König tatsächlich zu den Chorstufen. Hermann hielt die Handgelenke Ewalds mittlerweile so fest gefasst, als könne er ihn auf diese Weise erwürgen.

Bruder Ewald wehrte sich nicht dagegen, schien äußerlich ruhig und gefasst, trotz des Schmerzes, den ihm Hermann zweifellos zufügte.

»Der Bärenklau wird auch als Totenkraut bezeichnet, weil er in zu großen Mengen giftig ist«, erklärte Alwine dem König, und Hermann zwang die Unterarme mit der verräterischen Kennzeichnung vor Heinrichs Gesicht. »Nach zu intensivem Kontakt und darauffolgender Sonneneinstrahlung – dazu reicht zum Beispiel die Arbeit im Klostergarten aus – zeigen sich Rötungen und mit Flüssigkeit gefüllte Bläschen in Form von Streifen, Netzen oder Sternen auf der Haut.«

Heinrich horchte aufmerksam zu und begutachtete die mit sternförmigen Blasen übersäten Handgelenke.

»Der Giftstoff intensiviert die Bräunungskraft der Sonne um ein Vielfaches, Königliche Hoheit, so dass die Hautoberfläche schlichtweg verbrennt«, fuhr Alwine fort. »Die Blasen platzen auf und entzünden sich im weiteren Verlauf. Bei weniger Sonnenkontakt rötet sich die Haut lediglich. Als untrügliches Merkmal färbt sich die Haut im Rahmen des Heilungsprozesses nach vierzehn bis zwanzig Tagen außerdem bräunlich in Form von Streifen oder netzartig wie eine Sternenkette. Diese Bräunungen sind sogar nach einem Jahr noch deutlich sichtbar. In Salerno nannten wir die Menschen mit diesen Verletzungen *Sternenträger*. Der Bärenklau kommt in unseren Wäldern um Naumburg nicht vor. Aber auf meiner Reise von Italien zurück nach Gernrode ist er mir begegnet. Für meine Krankenkammer habe ich einige Pflanzen mitgenommen und weitere Jungpflanzen herangezogen.«

Die Blätter des Bärenklau gleichen denen der Platane, und ähnlich dem Fenchel tragen seine Stengel Dolden an der Spitze. Gelbe und weiße Blüten zeigt der Bärenklau, der an feuchten Stellen wächst, erinnerte sich Uta der Ausführungen des Dioskurides in seinem Werk *Von der Materie der Medizin*, der den Bärenklau unter anderem zusammen mit Raute beim Biss einer Schlange empfahl.

»Einige frische Stengel haben wir unter die obere Erdschicht des Grabes auf dem Schandacker gegeben, nachdem wir die Nachricht von Sibodos Rückkehr gestreut hatten, um den Mörder dadurch identifizieren zu können, sollte er tatsächlich zurückkommen und sich am Grab Gewissheit verschaffen. Die Erde haben wir danach festgestampft, so dass die leichte Veränderung der Oberfläche im Dunkeln und zwischen dem Wildwuchs darauf nicht sichtbar war«, legte Alwine ihren durchgeführten Plan offen, dessen wackelige Erfolgsaussichten sie einige Nächte Schlaf gekostet hatten.

»Warum, mein Sohn, hast du das getan?«, erkundigte sich Pankratius entgeistert und niedergeschlagen. Er hatte dem jungen Mönch die Arbeit auf der Krankenstation anvertraut, weil er ihn für einen aufrichtigen, gottgefälligen Menschen hielt.

Der Angesprochene starrte zu Boden. Eine Antwort erhielt der Klostervorsteher von seinem Schutzbefohlenen nicht.

Angewidert stieß Hermann die vernarbten Handgelenke von sich. Der König begab sich schweigend wieder vor seinen Stuhl neben dem Altar zurück. Da trat Katrina aus dem Querhausarm und wandte sich an den Herrscher, um die Erlaubnis zu sprechen zu erhalten. Als Heinrich Katrinas streng zurückgebundenes Haar und einfaches leinenes Gewand sah, zögerte er zunächst.

»Bitte, Königliche Hoheit«, bat Hermann ihn deshalb mit rauher und kraftloser Stimme; den Anblick des Sternenträgers mied er weiterhin. »Erlaubt dem markgräflichen Kammermädchen zu sprechen.«

Nach einem Blickwechsel mit Bischof Kadeloh, der seine Einschätzung durch ein Nicken kundtat, gewährte der König diese Gunst schließlich.

Katrina war aufgeregt, denn nur ein einziges Mal zuvor, auf dem Hoftag in Merseburg, hatten so viele Menschen ihre Augen auf sie gerichtet. Sie war es nicht gewohnt und fühlte sich unwohl, wenn ihr dergestalt Beachtung geschenkt wurde. Zaghaft hob sie den Kopf und blickte zu ihrem Apostel Jacobus an der nördlichen Langhauswand hinauf. Dann nickte sie und trat vor den König. Katrina holte ihre Wachstafel aus dem mittlerweile abgetragenen Futteral hervor und richtete den Blick auf ihre Notizen.

»Bruder Ewald entstammt der Familie der Grafen von Gleißberg«, begann sie vorzutragen. »Einer Familie, die geistliche Vorsteher stellte. Und Bischöfe, wie den unseres Bistums hier.« Sie glaubte, Jacobus' bestärkende Hand auf ihrer Schulter zu spüren, und holte tief Luft, bevor sie es aussprach. »Die Grafen von Gleißberg stellten den Naumburger Bischof Hildeward.« Nach diesen Worten ließ sie von ihrer Wachstafel ab und schaute zum König auf.

Vielleicht, weil sie ihre Unsicherheit bemerkten, riefen einige Leute aus den mittleren Reihen: »Aber Bischof Hildeward ist doch vertrieben!«

Aufregung und Ungeduld kamen im Langhaus auf, und es benötigte einiger Klopfer von Kadelohs Krummstab auf den Boden, um die Menschen wieder zum Zuhören zu bringen. Die Kaufmannschaft verharrte mit prüfendem Blick auf dem Mädchen mit der gespaltenen Oberlippe, das nun voller Überzeugung, jedoch längst nicht mit der Selbstsicherheit der weitgereisten Alwine zu ihnen sprach: »Der einstige Naumburger Bischof, Hildeward von Gleißberg, zeugte wenige Tage, nachdem er die höheren Weihen erhalten hatte, einen Sohn.« Katrina sah Bruder Ewald nun direkt ins Gesicht. Sie erkannte die großflächigen dunkelroten Flecken wieder, die die Wange des damals noch unbekannten Mönchs auf dem Schandacker gezeigt und die sie schließlich zu Hildeward von Zeitz geführt hat, der diese Flecken ebenfalls aufgewiesen hatte. Dann wandte sich Katrina wieder ihrem Auditorium zu, das ihre Worte nicht zu verstehen schien. Zumindest schauten die meisten Menschen sie an wie Luise und Selmina, wenn diese wieder einmal ein lateinisches Wort nicht begriffen.

»Ist es nicht so, Bruder Ewald«, fuhr Hermann nun wütend dazwischen, wie er es früher nie getan hätte, »dass Hildeward von Gleißberg Euch verschmähte, Euch als Kind der Sünde Nähe und Familie versagte? Euch leugnete wie jemand, der nie geboren wurde?« Hermann konnte den Zorn in seiner Stimme nicht unterdrücken – ähnelte, wovon er sprach, doch viel zu sehr den Gefühlen, nein, den Instinkten, mit denen er nach Naumburg zurückgekehrt war.

Bruder Ewald trat auf Hermanns Worte hin vorsichtig einige Schritte nach hinten. Nie geboren? Wie oft hatte er das schon gehört! Seine freundlichen Züge verhärteten sich. Zum Schutz ihres Bruders schlossen die Georgsbrüder die Lücke in ihrer Reihe, so dass Hermann Ewald nicht so einfach nachsetzen konnte. Sie waren nicht gewillt, ihren Bruder so schnell aufzugeben.

Unerbittlich führte Hermann weiter aus, was sie herausgefunden hatten, wobei er über Ewald von Gleißberg hinwegschaute, als wäre dieser Luft. Allein dessen Nähe brachte ihm das Gefühl von Enge und Durst sowie die Angst vor der Schwärze zurück. »Nach vielen Jahren ohne Vater wart Ihr froh, Hildeward von Gleißberg endlich ausfindig gemacht zu haben, wo

Euch Eure Mutter doch nicht mehr als seinen Vornamen genannt hatte.« Dies war das Ergebnis ihrer Nachforschungen gewesen. Der zuletzt entsandte Bote war gerade erst zurückgekehrt.

Ein Dasein ohne die Kraft des Vaters und die Unterstützung der Mutter?, fragte sich König Heinrich und war seiner Mutter auf einmal doppelt dankbar. Von ihr hatte er sich immer geliebt, beschützt und verstanden gefühlt.

»Doch Hildeward von Gleißberg wollte nichts von Euch wissen.« Hermann trat einige Schritte weg von den Mönchen hin zur Mitte des Chores. »Ihr wart die Frucht seiner Sünde, Bruder Ewald! Die Frucht, von der er seit Eurer Geburt vor vierundzwanzig Jahren um göttlichen Freispruch rang.« Hermanns Worte – klar und beinahe geschrien, hallten durch die Kathedrale. Nachdem das Echo seiner Worte verklungen war, schaute er wieder zu Ewald. Verschwommen sah er, wie dieser den Kopf schüttelte, als wolle er das Gesagte nicht wahrhaben, die Wahrheit nicht ausgesprochen hören.

Der Vater liebte ihn, vermochte es ihm nur nicht zu zeigen, weil er – gefangen in seiner zwanghaften Suche nach Erlösung – den Verstand verloren hatte. Allmählich verwandelte sich sein freundliches, zuletzt noch konzentriertes Gesicht in ein wütendes. Er spürte, wie ihm das Blut in die Wangen stieg. Alwine meinte, in Ewald von Gleißbergs zornige Augen nun Wahnsinn treten zu sehen, doch noch immer brachte er kein Wort der Verteidigung heraus.

Die Adligen aus der Mark und des königlichen Hofstaats sowie die Händler in den ersten Reihen des Langhauses standen regungslos da, sie konnten nicht fassen, was sie hier hörten und sahen. Ekkehard war bleich vor Schrecken und Betroffenheit. Ihm war danach, den Bruder, der diesem Verrückten ausgeliefert gewesen war, in den Arm zu nehmen und zu ermutigen – sah in der Öffentlichkeit aber davon ab.

»Man berichtete uns davon, dass Hildeward von Gleißberg nach seiner Vertreibung in den Speyergau in einer Klause untergekommen war, in die er sich, ohne greifbare Möglichkeit auf Absolution, zurückgezogen hatte«, fuhr Hermann fort, ohne seine kaiserliche Informationsquelle preiszugeben. »Dort oben wies er Euch erst recht zurück!«

Es muss sich angefühlt haben, als sei er tatsächlich nie geboren worden, dachte Uta, und bei aller Enttäuschung, aller Überraschung und allem Abscheu über die schreckliche Tat, die sie empfand, verspürte sie auch Mitleid.

»Nein«, entgegnete Ewald da ruhig, beinahe zärtlich, obwohl sein Gesicht eine andere Sprache sprach. Den Blick auf die Rücken seiner Brüder gerichtet, war er mit seinen Gedanken bei seinem Vater.

»Nichts als Ignoranz und Zurückweisung hatte Euer Vater Euch zu schenken, wo Ihr auf seine Zuneigung, vielleicht sogar auf seine Liebe gehofft hattet!«, provozierte Alwine Ewald nun bewusst weiter, damit er sich endlich zu den Beweggründen seiner Tat äußerte. »Warum habt Ihr Erlaucht Hermann so Schreckliches angetan?«

Doch Ewald antwortete nicht, sondern verfolgte stattdessen, wie eine Reihe von Kauf- und Hofleuten sich nun vom Langhaus auf ihn zubewegte, als wollte sie ihn in die Mangel nehmen. Allen voran der Seidenhändler, der kampfbereit bereits seinen Umhang abgelegt hatte. Ewald spürte Enge, spähte kurz hinter sich und dann in den nördlichen Querhausarm. Viel Zeit blieb ihm nicht mehr.

Hermann, der sich nicht erklären konnte, warum er an der fehlenden Vaterliebe des Bischofs für seinen Sohn schuld sein sollte, hob nun ratlos den Blick und wagte es, seinem Entführer erstmals ins Gesicht zu sehen. Erschrocken zuckte er zusammen. Tatsächlich: Das Gesicht kam ihm bekannt vor, wenn auch in einer dunkleren, graueren Ausgabe von flackernden

Flammen beschienen. Das Wiedererkennen fuhr ihm durch den ganzen Körper. Wie oft hatte er sich, als sie am Waldrand mit Blick auf den Schandacker auf der Lauer gelegen hatten, ausgemalt, wie er seinen Peiniger all die Leiden vergelten lassen würde, die ihm und seinen Lieben von diesem zugefügt worden waren. Mit dem Kurzschwert in der Hand, hatte er Wiedergutmachung von ihm gefordert. Doch nun, da es so weit war, konnte er es nicht. Allein der Blick seines Peinigers beschwor Ängste in ihm herauf, die er überwunden geglaubt hatte.

Ewald zeigte mit anklagendem, bebendem Finger erneut auf Hermann und Uta und rief ihre Namen laut vor sich hin. Seine Stimme klang dabei vor lauter Abscheu hässlich verzerrt, so ganz und gar nicht mehr nach dem hilfsbereiten Benediktiner, der alle Wunden fürsorglich verband und jeder Bitte seines Abtes, ohne zu zögern, nachkam.

Laurentius vermochte Ewald, den er auf der klösterlichen Krankenstation eingearbeitet hatte, nur fassungslos anzustarren. Seine Hand, mit der er vorher unermüdlich das Kreuz geschlagen hatte, fühlte sich plötzlich taub an.

Ewald von Gleißberg bemerkte, dass sich inzwischen auch die mittleren Reihen aus dem Langhaus in die Vierung und auf ihn zuschoben. Die zornigen Gesichter des Weinhändlers und des Bäckermeisters kamen immer näher.

Mit letzter Kraft trat Hermann auf die Reihe der Mönche zu. Da trat Ekkehard an seine Seite und legte ihm ermutigend die Hand auf die Schulter. Gestärkt von der brüderlichen Geste, aber noch immer erregt, bohrte sich Hermanns Blick daraufhin tiefer in die Augen seines Peinigers. Ewald von Gleißberg stand gerade einmal noch zwei Armlängen von ihm entfernt, leicht hätte er sich seiner nun bemächtigen können, um sich an ihm zu rächen. Doch Hermann tat nichts dergleichen. In seinem tiefsten Inneren drängte es ihn einzig danach, dem ganzen

Spektakel endlich ein Ende zu bereiten. Endlich die Bürde, sein Gedächtnis verloren, ständig Angst zu haben und die bemitleidenswerte Erlaucht zu sein, für immer abzuladen.

»Ich habe es genossen, Euch in diesem Loch verrückt werden zu sehen«, sagte Ewald und seine Augen leuchteten beim Anblick seines Opfers auf. »So schutzlos wie ein Säugling!« Mit Verachtung spuckte er Hermann ins Gesicht.

Hermann war nicht ausgewichen und zuckte auch jetzt mit keiner Wimper. Unverändert starrte er den Benediktiner nur an. Ewalds Speichel lief ihm die Wange hinab. Da rannte Uta an seine Seite und wischte sie ihm mit ihrem hellgelben Eheschleier ab.

»Bruder Ewald, beruhigt Euch!«, ordnete der König da an. »Ihr habt einen Vater: Gott. Er beschützt und liebt Euch.«

»Wie habt Ihr die Sterne des Altarbildes ausgelöscht, Bruder Ewald?«, wollte Hermann nun von ihm wissen, bekam außer einem hasserfüllten Blick aber keine Antwort.

»Wir wissen, dass Ihr auch dies getan habt«, fuhr Uta nun fort, »genauso, wie Ihr die Verzierungen der Pfeiler zwischen Mittelschiff und südlichem Seitenschiff zuerst abgeschlagen und dann mit Flachhammer und Kröneleisen geglättet habt. In der Zeit zwischen Nachtgebet und Mitternachtsgottesdienst war das durchaus zu schaffen.«

Das darf nicht wahr sein!, dachte Meister Joachim verzweifelt und war dem Weinen nahe. Seine Kinderschar drückte ihn fest, Gerts Arme reichten ihm dabei gerade einmal bis zur Hüfte.

»Und die Glocken?«, fragte Andres, auch wenn er die Antwort bereits zu kennen glaubte. Er war bis auf ein halbes Dutzend Schritte an die Mönche und den Gleißberger herangekommen. Auch Arnold und Erna mit den Zwillingen drängten sich aus den hinteren Reihen weiter nach vorne, um nur ja jeden Wortfetzen mitzubekommen, der ihnen etwas über den Glockensturz und Luises verletzten Arm verriet.

Ewald lachte innerlich auf. Wie lange sie am Kathedralfluch festgehalten hatten! Die Schnalle, die er verloren hatte, als er Sibodos leblosen Körper zu den verschlungenen Buchen schleppte und dabei mit dem Schuhwerk an einem Ast hängenblieb, war sein einziger Fehler gewesen. Eine gute Idee war es hingegen gewesen, den Verdacht auf den weichen Abt zu lenken, indem er dessen Schuhschnalle heimlich austauschte. Es hatte nicht einmal größerer Umstände bedurft, in die Kleiderkammer einzudringen, die neue Schnalle zu entwenden und die Lagerliste mit den Kleider- und Zeugvorräten um ein einziges Schnallenpaar zu fälschen. Ewald lächelte feinsinnig. Wie sie ihm den wenig medizinkundigen Bruder abgenommen hatten, ihm, der die Werke Hippokrates' und Galens besser kannte als Laurentius. Vermutlich als Einziger im Kloster wusste er um die erinnerungshemmende Wirkung von Eibennadeln, getränkt in … Beim Studium der Schriften hatte er schon immer alles vergessen können, vor allem seine Sehnsucht nach väterlicher Wärme. Ewald sah den in seinem Erdloch zusammengekauerten Hermann von Naumburg wieder vor sich. Die Füße bis zu den Knöcheln in seinen eigenen Exkrementen. Dieser Anblick verlieh ihm Kraft. Besonders amüsierte es ihn, welche Ironie des Schicksals er sich für die Markgräfin ausgedacht hatte. Derjenige, den sie so angestrengt gesucht hatte, war die ganze Zeit *unter* ihr gewesen.

Da bahnte sich Meister Matthias einen Weg in die Vierung. »Königliche Hoheit, es wäre möglich, dass er die Schrauben an den Jochbändern, die die Glockenkrone am Jochbalken halten, gelöst hat. Das würde auch erklären, warum wir keine Sägespuren finden konnten. So war es nur eine Frage der Zeit, bis die Glocke sich löste und den Glockenstuhl mit sich riss.« Unruhig fuhr er sich über den Kopf, so dass sein Haar ganz zerzaust war. Aufgewühlt holte er die Verbeugung vor dem König nun nach.

Abt Pankratius wandte sich seinem verirrten Schaf zu. Seine Erinnerung war nicht mehr glasklar, aber da waren durchaus einige Nächte gewesen, in denen Bruder Ewald darum gebeten hatte, in der Krankenstation durcharbeiten zu dürfen, weil so viele Kranke seiner Pflege bedurften.

»Das werdet Ihr niemals beweisen können!«, spie Ewald aus und stürzte, den Blick auf den Treppenaufgang gerichtet, in den Querhausarm. »Um diese Gelegenheit werde ich, Ewald von Gleißberg, Euch bringen!«

»Er nimmt die Treppe in den Glockenturm hinauf!«, erkannte Hermann und machte sich an seine Verfolgung. Vor dem Querhausarm hielt er noch einmal inne und wandte sich dem König zu. »Hoheit«, rief er, »bitte lasst mich ihn zurückzuholen!« Er musste es endlich zu Ende bringen und die Gründe dafür erfahren, warum er und seine Lieben derart gequält worden waren.

Nicht nur der König, sondern auch die Kaufmannschaft, die mittlerweile geschlossen in der Vierung stand, begriff.

»Wie es aussieht, glaubt er, dass ich die Ursache für seinen Schmerz bin, Hoheit. Deshalb kann womöglich nur ich ihn davon befreien.«

Hermann lief zur Treppe. Uta folgte Hermann ungefragt. Sicherlich hätte er es nicht erlaubt, doch sie wollte ihn – auch wenn er nun für immer ihr Schwager bliebe – nicht im Stich lassen.

Dann verschmolzen die einstigen Reihen aus Benediktinern einerseits und Hofstaat, Kaufleuten und Adligen andererseits zu einer verdrossenen Einheit in der Vierung der Kathedrale.

Mit jeder Stufe den Glockenturm hinauf, trat Utas Enttäuschung über den königlichen Richterspruch mehr in den Hintergrund. Jeder Schritt gab ihr Kraft zurück. Sie hatte Unter- und Obergewand bis zu den Knien gerafft und erklomm zügig die Stufen nach oben. Den gedämpften Atemgeräuschen nach zu urteilen musste der fliehende Benediktiner bereits oben angekommen sein und Hermann sich vermutlich auf halber Höhe des Turms befinden.

Doch anders als erwartet, fand Uta weder Hermann noch Bruder Ewald auf dem Läuteboden vor. Fieberhaft schaute sie zum Dachstuhl im Turm hoch, konnte dort aber niemanden ausmachen. Da entdeckte sie ein Stück von ihr entfernt eine geöffnete Tür, durch die sie gleich darauf ins Freie aufs Dach des Langhauses gelangte. Nach zwei weiteren Schritten stand sie auf dem Laufgang des Daches. Seit Abschluss der Bauarbeiten war Uta nie wieder hier oben gewesen, genauso wenig wie einer der Handwerker. Der Wind wehte ihr das Haar samt dem Schleier ins Gesicht. Sie zog ihn sich vom Kopf, drehte ihre Haare zusammen und steckte sie dann unter ihr Obergewand. Da sah sie Hermann zögernd vor einer zweiten Tür stehen, die in die Dachschräge des Langhauses eingelassen war. Die geöffnete Tür gewährte Einblick in das Dachgeschoss, das lediglich vorne, im Eingangsbereich, vom Tageslicht erhellt wurde. Uta wusste sofort, was Hermann davon abgehalten hatte, es zu betreten und sich stattdessen die Haare zu raufen. Sie ließ ihren Schleier aus den Händen gleiten. Zärtlich strich sie Hermann über die Wange und trat dann an ihm vorbei unter den Türsturz. Vorsichtig schaute sie ins Dach hinein.

Während ihre Augen die Dunkelheit zu durchdringen versuchten, verschaffte sie sich erste Orientierung. Der Eingang zum Dach befand sich, wie sie wusste, direkt über der Vierung des Langhauses. Zu ihrer Linken war der Ostchor, in welchem der König sowie die geistlichen Würdenträger standen, und zu ihrer Rechten die drei Langhausjoche mit den Messbesuchern und den Hofleuten. Nach wie vor verlor sich der Dachraum in der Dunkelheit. Ihre Sicht reichte keine zehn Schritt weit. Uta hörte den geflohenen Mönch atmen, konnte ihn aber nicht sehen. Schlagartig bekam sie eine Gänsehaut an den Armen. Sie roch frisches Holz, Staub und etwas Ätzendes. »Ewald von Gleißberg?«, fragte sie verhalten.

Sie zuckte zusammen, als mit einem Mal eine feuchte Hand die ihre umfasste.

Hermann! Erleichtert atmete sie auf. Sie spürte, dass er zitterte.

»Willkommen in meinem Reich! Ich habe Euch längst erwartet!«, sprach der Mönch.

Mit diesen Worten flammte schräg vor ihnen ein Span auf. Dahinter tauchte Ewalds Gesicht auf, das im Schein des Feuers dämonische Züge besaß.

Uta drückte sich ängstlich an Hermann.

»Ich will so höflich sein und Euch Licht gewähren«, verkündete der Mönch. Aus der Dunkelheit ins Licht! Mit diesem Gedanken entzündete er die Bodenbretter zu seinen Füßen, die zu Hermanns und Utas Erstaunen sofort zu brennen anfingen.

»Er legt ein Feuer!« Hermann und Uta stürzten auf die züngelnden Flammen zu, um sie auszutreten.

Ewald sprang zur Seite und verschwand im Dunkel des Raumes. Uta und Hermann schauten sich suchend um. Unweit der Feuerstelle sah er Seile und mehrere Steinmetzwerkzeuge. Uta stieß vor Aufregung gegen einen Eimer, dessen Inhalt herausschwappte und einen beißenden Geruch verbreitete.

Geistesgegenwärtig entledigte sich Uta ihres Umhangs und warf ihn über das Feuer, das daraufhin erstickte. Ewald hatten sie aus den Augen verloren, da ihre ganze Aufmerksamkeit dem Feuer gegolten hatte, das für jede Siedlung die größte Gefahr darstellte.

Plötzlich knisterte es hinter ihnen.

Sie fuhren herum.

Ewald stand im Türbereich und hatte bereits seinen Span über die Bodenbretter vor der Tür gezogen, die sofort zu brennen begannen.

Er muss das Holz zuvor mit einer Flüssigkeit getränkt haben, mutmaßte Uta, sonst würde es nicht so schnell Feuer fangen. »Nein!«, schrie sie und machte sich von Hermann frei, um ihre Kathedrale zu retten, doch der Benediktiner hielt sie von sich fern, indem er mit dem lodernden Span wie mit einem Schwert um sich schlug. »Wagt es ja nicht, näher zu kommen!«, drohte er und zog nun auch noch ein Messer hervor, das er sich vom Werkzeughaufen gegriffen haben musste. »Sofern Ihr noch Antworten auf Eure im Chor gestellten Fragen von mir erhalten wollt, rührt mich nicht an!« Uta und Hermann zweifelten nicht daran, dass er es ernst meinte. »Das ist es doch, was Ihr wollt, Uta von Ballenstedt und Hermann von Naumburg! Die Antwort auf das Warum! Oder etwa nicht?« Hermann starrte den Gleißberger an. Verdammt noch mal, ja!, dachte er, während Uta sich verzweifelt umschaute. Es musste einfach einen Weg geben, um das Abbrennen des Daches zu verhindern. Zu mühevoll war das Gotteshaus für Frieden und Glauben errichtet worden, als dass es der Mönch nun so ohne weiteres zerstören durfte! Das erste Feuer, begriff Uta jetzt, war nur eine Ablenkung gewesen, um sie in den Dachboden hineinzulocken und danach die Bodendielen im Türbereich zu entzünden. Damit war ihnen der Weg aus dem Dach heraus abgeschnitten.

Und schon war Ewald mit seinem Span entlang der Aussteifungsbalken an der Nordwand des Daches unterwegs und setzte diese in Brand. Das Messer hielt er dabei nach wie vor stichbereit in der anderen Hand.

»Warum tut Ihr das?«, rief Uta verständnislos. Tränen stiegen ihr in die Augen, als sie sah, dass das Feuer an der Wand gegenüber wie eine gefräßige Raupe die Sparren hinaufkletterte. Da machte sie – keine fünf Schritte von sich entfernt – drei Spalten in der Form eines U im Boden aus, durch die etwas Licht von unten zu ihnen nach oben drang. Eine in die Dielen eingelassene Klappe! Noch dazu von einer Breite, dass ein kräftiger Mann gut durch sie hindurchpasste. Sie machte Hermann darauf aufmerksam.

Vielleicht war dies ja ein Weg hinaus? Hermann bückte sich und öffnete die Klappe, während Uta das Seil prüfte, das neben der Klappe lag, das aber, wie sie feststellte, vorsorglich zerschnitten worden war. Um sich damit abzuseilen, taugte es nicht mehr. Als Hermann durch die Klappe nach unten blickte, zeigten sich ihm in mörderischer Tiefe der Altar und ein Teil des Chorgestühles an der Nordwand, in dem Wipo zusammen mit anderen Reichsgeistlichen saß. Die Sterne an der oberen Altarwand schienen ihm fast zum Greifen nah. Von hier aus hatte sich Ewald vermutlich an dem Seil in die Kathedrale hinabgelassen, um die Sterne von der Wand abzuschlagen.

»Es brennt, schnell, verlasst die Kathedrale!«, rief Hermann hinab. Als es hinter ihm knarzte, sprang er sofort auf und stellte sich schützend vor Uta.

Ewald von Gleißberg war unbemerkt bis auf zwei Schritte an sie herangekommen. »Es ist zu spät!«, erklärte er gelassen. Fast feierlich entzündete er mit seinem brennenden Span weiteres Gebälk über und neben sich. »Ihr erlebt nun den Höhepunkt des Kathedralfluches!« Kurz tauchte in Ewalds Gesicht wieder der vertraute, unschuldig freundliche Ausdruck auf, bevor er in ein wahnsinniges Starren überging. »Die Vernichtung der Kathedrale wird Euch das Letzte nehmen, was Euch wichtig war: Euer Lebenswerk!«

Uta musste husten, die Augen brannten ihr vom Qualm.

»Wir sind am Schicksal Eures Vaters nicht schuld«, stieß sie nach Luft ringend hervor und starrte entsetzt auf die Feuerlinie am Boden, die sich immer weiter auf sie zuschob. »Er wurde verstoßen, weil er den Brand im Ostchor gelegt hat und dadurch Menschen zu Tode gekommen sind.«

Die Antwort des Gleißbergers erschöpfte sich in einem verächtlichen Zischen.

Die Feuerzungen schlugen höher. Doch trotz Hitze und Rauch wollte Hermann noch immer die Antwort auf das Warum vom Bischofssohn erfahren. Schweiß tropfte ihm von der Stirn, gemeinsam mit Uta bewegte er sich von der Klappe weg zur Südwand hinüber, die bisher noch vom Feuer verschont war.

»Und, Hermann von Naumburg, wie ist es, keine Familie mehr zu haben? Sich einsam und verlassen zu fühlen?«

Hermann schwieg, starrte nur den Mönch mit dem Span und dem Messer in den Händen an.

»Und Ihr, Uta von Ballenstedt, wie fühlt es sich an, einen geliebten Menschen zu sehen, von diesem jedoch nicht mehr wiedererkannt zu werden und nicht mehr zu ihm zu gehören?«

»Es ist unmenschlich«, entgegnete sie flüsternd, so dass nur Hermann ihre Antwort hörte.

»Aber warum ich, warum wir?«, begehrte Hermann endlich zu wissen.

»Weil Ihr an allem schuld seid!«, herrschte Ewald ihn an. »Nur wegen Euch beiden wurde Vater verstoßen! Ihr, Hermann von Naumburg und Uta von Ballenstedt, habt dieses sündige Gotteshaus gebaut und seid damit die Wurzel allen Übels! Vater tat recht daran, den Schleier der heiligen Plantilla aus der Kathedrale bei sich haben zu wollen. Ihr und Eure Kathedrale habt meine Familie in den Abgrund gestürzt.«

»Das haben wir nicht!«, rief Hermann.

»Habt Ihr nicht veranlasst, dass Vater vertrieben wurde? Ihr habt ja nicht einmal bis zum heutigen Tag begriffen, was dies für ihn und mich bedeutete! Mit seiner Vertreibung wurde Vater vom heiligen Schleier getrennt – auf dessen Nähe seine einzige Hoffnung auf Absolution beruhte.«

Uta versuchte, die Argumentation des Gleißbergers nachzuvollziehen und weiterzuspinnen. Ewald hatte also gehofft, dass Hildeward ihn als Sohn annehmen würde, sobald dem Vater seine Sünde von einst vergeben worden wäre. Und diesem Ziel hatte er sich nah geglaubt, weil die Nähe zum Schleier den ehemaligen Naumburger Bischof milde und vergebungsvoll gestimmt hatte. Dann aber war Hildeward verstoßen worden.

Auch Hermann begriff jetzt. Nach der Verstoßung waren sowohl die Aussicht des Bischofs auf die Vergebung seiner Sünden als auch die Hoffnung des Sohnes auf die Liebe und Anerkennung seines Vaters in weite Ferne gerückt. Und dafür hatte und wollte Ewald sie nun büßen lassen. Sie sollten die gleichen Qualen durchleiden wie er, waren sie doch für all seinen Schmerz und seine Einsamkeit verantwortlich.

»Euer Vater hatte den Brand in der Kathedrale gelegt und sich damit erneut versündigt. Hildeward von Gleißberg und niemand anders ist an seinem Schicksal schuld«, entgegnete Hermann und schloss seine zittrige Hand fester um Utas, dann schaute er wieder zu dem wahnsinnig gewordenen Mönch.

Der schüttelte jedoch nur den Kopf und setzte weitere Bodenbretter in dem Teil des Daches in Brand, in dem Hermann zuletzt noch auf den Altar hinabgeschaut hatte.

Scheinbar ruhig stand Ewald von Gleißberg inmitten des Feuers, noch immer in sicherem Abstand von Uta und Hermann.

»Und, wie fühlt es sich an, den Weg in die Ewigkeit und zu Gott in sich zusammenstürzen zu sehen?« Das leidende Gesicht des Vaters erschien Ewald vor dem inneren Auge.

»Hört auf …« Hermann brannten die Augen und ein Hustenanfall erstickte seine weiteren Worte.

Den Ärmel ihres Obergewandes vor Nase und Mund gepresst, vermochte Uta nichts gegen den Niedergang ihrer Kathedrale auszurichten.

Sie schaute immer wieder zur Tür, die nach draußen, auf den Laufgang des Daches, führte.

Doch Ewald hatte ihren Blick bemerkt und rief: »Ich gedenke nicht, allein zu sterben!« Seine Kutte hatte sich bereits an den kniehohen Bodenflammen entzündet. Es krachte um ihn herum, und eine erste Bodendiele nahe der Klappe stürzte brennend in die Tiefe. »Ihr werdet schmoren«, versprach er und breitete die Arme aus.

Das Feuer fraß sich immer weiter zu Hermann und Uta vor. Einige Schreie drangen von unten zu ihnen herauf. Hermann schaute noch einmal in das Gesicht des Mönches, das nun Befriedigung ausstrahlte.

Da knackte es, und gleich darauf sackte Ewald von Gleißberg lächelnd unter den nachgebenden Bodenbrettern mit brennender Kutte in den Ostchor hinab.

Uta und Hermann sahen sich entsetzt an. Auch für sie würde es keine Rettung mehr geben. Dicht an die Wand gegenüber der Tür gepresst und von den Flammen umzingelt, umarmten sie sich innig und sahen einander an. Vielleicht hatte Hermann mit seiner Warnung noch einige Burgbewohner samt Ekkehard vor dem Feuertod retten können, wenn schon nicht Uta. Er umfasste sie noch fester. Ungleich kürzer, doch genauso intensiv wie bei ihrer ersten Umarmung spürte er sie. Der erste und der letzte Moment waren einander so ähnlich – der Kreis schloss sich. Die Welt schien stillzustehen.

Ein letztes Mal betrachtete Hermann die Frau, für die er sogar im Himmel weiterzukämpfen bereit war. Nie würde er ihre feinen, ebenmäßigen Gesichtszüge und das dunkelbraune Haar vergessen. Nie den Moment, in dem sie ihn vor dem gespannten Leder an der Wand der Arbeitskammer einfühlsam dazu ermuntert hatte, die Augen zu schließen und die Grundrisslinien zu berühren. Ebenso würden ihre Begegnung in der Speyergauer Bibliothek und ihr Kuss auf dem Zinnendach verbunden mit ihrer Liebeserklärung unvergessen bleiben. Sie hatte ihn tief in seinem Herzen berührt und ihn den Verlust seiner Erinnerung vergessen lassen. Durch sie war sein farbloses Fenster wieder ein buntes Mosaik geworden. Zuletzt griff er nach ihren Haarenden und musste angesichts dieser in ihrer ausweglosen Situation vollkommen absurden Geste lächeln.

Uta fuhr Hermann noch einmal über die Wange. In der Gewissheit, die verrückten braunen Punkte in seinen Augen nie mehr tanzen zu sehen, küsste sie ihn. Dann legte sie ihre Hand auf den Malachit unter seinem Hemd, und er umfasste mit seiner Hand die ihre.

Zu diesem Zeitpunkt verlor das Dach gerade einen großen Teil der Bodenbretter über dem Altar.

Im Folgenden verkam die Kathedrale zu einem Grab, zu einer Köhlerinsel, die aus ihrem tiefsten Inneren heraus qualmte und vom Dachstuhl kaum mehr als Asche übrig ließ.

10.

EWIGKEIT

Am vergangenen Abend waren die Sucharbeiten, an denen sich auch Abt Pankratius und seine Georgsbrüder beteiligt hatten, eingestellt worden. Ganze vier Tage und Nächte hatten sie zunächst unter den verkohlten Balken nach Verschütteten gesucht und dabei jedem Laut und jeder kleinsten Bewegung nachgespürt, bis unter den verkohlten Trümmern schließlich nur noch totes, schwarzes Fleisch zum Vorschein gekommen war.

Der Name Ewald von Gleißberg war nach der Königsmesse auf dem Burgberg kein einziges Mal mehr gefallen. Ein letzter und großmütiger Gnadendienst für den Selbstmörder war es gewesen, dass Bischof Kadeloh am Morgen einen Berittenen zur Klause des Vaters gesandt hatte, um diesen vom Tod des Sohnes in Kenntnis zu setzen. Zum Zeitpunkt der Entsendung, was die Naumburger aber nicht wussten, hatte Hildeward von Gleißberg die Absolution im Tal bereits erhalten und war, zurück in seiner Klause, in Gebetshaltung entschlafen.

Am heutigen Tag waren die Menschen in die Hauptburg gekommen, um Abschied von den Verstorbenen zu nehmen. Vor dem Brunnen hatte man ein Podest aufgebaut.

Ekkehard stand mit Bischof Kadeloh zur Linken des Königs. Zur Rechten Heinrichs hatte der Mainzer Erzbischof Bardo Aufstellung genommen. Herzog Břetislav hatte sich mit seinen Leuten vor das Wohngebäude zurückgezogen. Nach trostspendenden Worten des Königs, der direkt nach der Trauerfeier abzureisen gedachte, hatten sie begonnen, die Totenliste zu verlesen.

Die Namen der Toten wurden ihrem Rang nach aufsteigend verkündet, nachdem Schwester Alwine die Größe und den Knochenbau der Leichen mit den seit dem Brand verschwundenen Personen als übereinstimmend erklärt hatte. Einige Gesindenamen und ein Sammelgebet für fünf Menschen, deren sterbliche Hüllen nicht hatten zugeordnet werden können, waren bereits gesprochen.

»Gansbert vom Strunzberg, seines Zeichens Krämer«, verkündete Ekkehard ernst. »Mit den Kindern Anna und Maria.« Einzig die Hand mit dem Pergament und seine Augen bewegte Ekkehard, um die Namen besser lesen zu können und den Blickkontakt mit den Menschen seiner Mark zu suchen – die Hauptburg war bis auf den letzten Stehplatz gefüllt. Auch die Händler waren gekommen. Noch vor Beginn der Trauerfeierlichkeiten hatten sie Ekkehard wissen lassen, dass sie ihre alten Häuser wieder beziehen würden.

Bischof Kadeloh sprach ein Gebet: »Herr des Himmels und der Erde, Gott der Lebenden und Verstorbenen, in deinem Angesicht danken wir dir, dass du Gansbert, Anna und Maria einst in diese Welt schicktest. Nimm sie gnädig in deine ewige Herrlichkeit auf.«

Die Trauergäste fügten leise hinzu: »Wir bitten dich, erhöre uns!«

Ekkehard las weiter. »Volkmar von Welsleben, Wirt der Schenke *Zum Wilden Eber*.« Er war der Nächste auf der Liste und ein weiterer, der auf eine Weise gestorben war, wie man es gewöhnlicherweise nur Häretikern wünschte, vielleicht nicht einmal diesen. Beim letzten Wort war Beates Schluchzen in Weinen umgeschlagen, die Kinder hatten keine Tränen mehr.

»Herr des Himmels und der Erde, Gott der Lebenden und Verstorbenen, wir bitten dich, dass du Volkmar nun in deine

Arme schließt.« Bischof Kadeloh blickte über die Mauern der Hauptburg zu den drei Kirchen in der Vorburg. Zuvorderst machte er die Dachspitzen der kleinen Burgkirche aus. Dahinter die Marienpfarrkirche und die Kathedrale. Die Turmpaare der Kathedrale ragten unverändert stolz in den Himmel. Die Feuersbrunst im Dach der Kathedrale war auf keine anderen Bauten übergesprungen, sondern hatte lediglich den Dachstuhl zerstört und ins Kircheninnere herabstürzen lassen. Die Ausmalungen an den Langhauswänden wie auch das Altarbild waren von Ruß und Qualm geschwärzt. Auf wundersame Weise war jedoch der Weltenrichter an der Westwand kaum beschädigt. Auch die steinernen Kathedralmauern und der Glasschrein mit dem heiligen Schleier waren intakt. Erste Zungen sprachen bereits vom Wunder des »Ewigkeitsbildes« und der Hoffnung, die damit überlebt hatte. Wie ruhig die Kathedrale trotz der Zerstörung daliegt, ging es Kadeloh durch den Kopf. Von hier unten aus gesehen fiel das fehlende Dach kaum auf. Auf seinen Reisen nach Italien hatte er viele Gotteshäuser mit Flachdächern gesehen, denen die Kathedrale nun ähnlich war. Und dennoch: mit Beginn des neuen Jahres würde er das Dach erneuern lassen, das Innere der Kathedrale vorerst mit einer provisorischen Abdeckung vor Nässe, Kälte und dem ersten Schnee schützen lassen. Ebenfalls plante er, die Wandbilder an den Langhauswänden wiederherzustellen und auch mit dem Bau der Klausurgebäude zu beginnen. Es würde einen neuen Anfang hier geben, und diesen voranzutreiben wäre ihm eine Herzensangelegenheit.

Ekkehard widmete sich wieder der Liste. »Meister Joachim, Maurermeister der ersten Stunde beim Bau unserer Kathedrale, mit Frau Anita und Sohn Gert.«

Die Fürbitte oblag Bischof Kadeloh, dem es beim Anblick der nun elternlosen Kinderschar des Maurermeisters sichtlich schwerfiel, die Worte vorzutragen. Der Kinder standen mit verweinten Gesichtern eng nebeneinander und hielten sich verkrampft an den Händen. Als Waisen waren sie von nun an auf die Güte des Burgherrn angewiesen. »Herr des Himmels und der Erde, Gott der Lebenden und Verstorbenen, wir bitten dich, uns zu lenken, die uns von dir gegebene Zeit sinnvoll zu nutzen. Nimm Joachim, Anita und Gert in dein ewiges Reich auf.«

Aus dem Nachsatz der Fürbitte war die inbrünstige Stimme von Meister Matthias herauszuhören. Der junge Mann hatte Joachim viel zu verdanken. »Wir bitten dich, erhöre uns!« Matthias wiederholte den Satz noch einmal laut und ohne die anderen. Einer seiner Gesellen klopfte ihm dabei tröstend auf die Schulter.

Ekkehard schien es, als ob die Trauer sein Volk wieder zu einer Gemeinschaft hatte zusammenrücken lassen. Er reichte dem König die Liste.

Heinrich warf einen flüchtigen Blick darauf und verkündete den Menschen zu seinen Füßen dann frei: »Wir trauern um die Kanzlisten der hoheitlich königlichen Kanzlei Rangart von Ockersbrunn und Sven von Tremelsheim.« Die beiden Männer waren ihm treu ergeben gewesen, seitdem er im Alter von elf Jahren zum Mitkönig des Ostfrankenreiches gekrönt worden war. Mit ehrlich empfundenem Dank sprach Heinrich die Fürbitte für seine Kanzlisten selbst. Dazu trat er auf dem Podest zwei Schritte vor und öffnete die Arme. »Herr des Himmels und der Erde. Gott der Lebenden und Verstorbenen, wir bitten dich, uns allen die Gewissheit zu bewahren, dass der Tod nicht das Ende unseres Lebens, sondern der Beginn der Erlösung ist. Nimm uns in dein Himmelreich auf.« Heinrich ließ die Arme sinken und trat wieder zwischen Ekkehard und den Mainzer Erzbischof zurück.

Ihr König war der Heilsbringer, waren sich die Naumburger sicher und murmelten: »Wir bitten dich, erhöre uns!«

Als Ekkehard auf der Liste den Buchstaben H am Beginn des folgenden Namens ausmachte, zögerte er weiterzulesen. Die Buchstaben auf dem Pergament verschwammen ihm vor den Augen, und irgendwo aus der Masse vernahm er das Schluchzen eines alten Mannes, verbunden mit dem Quietschen einer unbrauchbaren Rüstung. Mit bebender Stimme verkündete er: »Hermann von Naumburg, einstiger Markgraf, Graf und geliebter Bruder.«

Der König nickte mitfühlend, dann trug Ekkehard die zugehörige Fürbitte vor: »Herr des Himmels und der Erde, Gott der Lebenden und Verstorbenen, wir danken dir, dass du den Gründer unserer Burgsiedlung und den Beschützer unseres Reiches nach so viel Leid und Schmerz in deine Arme schließt.« Das Volk fiel ein: »Wir bitten dich, erhöre uns!«

»Uta von Ballenstedt«, verlas Ekkehard den letzten Namen auf der Liste, und Bischof Kadeloh ließ sich das seidene Kissen reichen, auf dem das Einzige lag, was von ihr geblieben war. Er hielt das Kissen so, dass die Trauermenge die goldene Brosche mit dem Engel und der Gottesmutter erkennen konnte. Uta hatte sie die Kaiserin-Brosche zu nennen gepflegt – daran erinnerte er sich noch. Das Schmuckstück war inmitten des Kathedralinneren gefunden worden. »Uta von Ballenstedt, Erbauerin der Kathedrale, Gattin und Tochter der Hidda von der Lausitz.«

Da erhob sich Heinrich, und es war ihm ein Anliegen, die folgenden Worte für alle hörbar auszusprechen. »Der Mönch Ewald von Gleißberg hat unserer Kathedrale Schaden zugefügt! Gott hat uns nicht verflucht, und Uta von Ballenstedt ist schuldlos an den Zerstörungen!« Peinlich berührt schauten einige der Versammelten zu Boden, manche nickten, andere konnten ihre Tränen nicht zurückhalten. Darüber vergaß Ekkehard die fürbittenden Worte für die Gattin, die er am gestrigen Abend mit Bischof Kadeloh verfasst hatte, und verkündete, was ihm in diesem Moment durch den Kopf ging. »Allmächtiger, nimm Uta von Ballenstedt gnädig in deine ewige Herrlichkeit auf und schenke ihr Frieden.« Für ihn war sie stets ruhelos und unergründlich gewesen.

Da trat Wipo, gebückt und mit dunklen Augenringen, vor das Podest, bisher war der Kaplan den Totenfeierlichkeiten von der Seite aus am Brunnen gefolgt. Zuerst schaute der alte Mann den König an, dann wandte er sich den Trauergästen zu. »Wer stirbt, erwacht zum ewigen Leben«, sprach er, als stünde er Uta gerade noch in irgendeiner Bibliothek dieser Welt gegenüber. Das Atmen fiel ihm offensichtlich schwer. Andächtig berührte er die Brosche, die er zuletzt an ihrem Umhang gesehen hatte, auf dem Kissen und senkte sein Haupt darauf. Eine Pflanze hast du auf trockenem Boden zum Blühen gebracht – erinnerte sich Wipo an die Worte, die Uta aus dem *Hortulus* anlässlich der Kathedralweihe zitiert hatte. Und nun, mein Kind, bist du selbst der Boden geworden. Mögen unsere Gebete das Wasser sein, das Neues aus ihm erwachsen lässt.

Mit letzter Kraft übergab Wipo dem König die letzten, frisch verfassten Seiten seiner Lehrschrift *Die Taten Konrads*, die er Uta nach der königlichen Messfeier hatte überreichen wollen. Nun musste er ihre erfrischenden Gedanken entbehren. Wortlos begab er sich wieder zum Brunnen.

Stille herrschte in der Hauptburg, auf dem Burgberg und den Wiesen um Naumburg. Jeder gedachte der Herrin der Kathedrale auf seine Weise. Katrina, die neben Alwine stand, erinnerte sich an ihre erste Begegnung mit Uta in deren Hochzeitsnacht. Die Herrin war die erste Frau gewesen, die sie unverstellt freundlich angelächelt hatte, die sie Lesen und Schreiben und für eine Sache zu kämpfen gelehrt hatte. Tränen liefen Katrina die Wange hinab, als sie nach ihrer Tasche mit der Wachstafel tastete, einem Geschenk Utas.

Erna, die untröstlich war, Uta nie wieder in den Arm nehmen

zu können, hielt die Kinder fest an sich gedrückt. Arnold hielt seine Frau fest umfasst, die ihm jeden Moment zusammenzubrechen drohte. Erna schluchzte unentwegt, und in die andächtige Stille hinein bat sie Uta, deren Aufnahme im Himmelreich sie sich gewiss war, um Verzeihung für ihre Kurzsichtigkeit und Treulosigkeit.

»Wir bitten dich, erhöre uns!«, begann Selmina, die ihre Patentante schrecklich vermisste. Ihre Stimme erklang zaghaft, so dass zunächst nur die Umstehenden sie vernahmen. Doch Selmina hatte gelernt, sich im richtigen Moment zu überwinden, und so wiederholte sie nun unter den bewundernden Blicken von Luise lauter: »Wir bitten dich, erhöre uns!«

Selmina sprach die Bitte noch ein weiteres Mal und schaute ihre Schwester Luise dabei melancholisch an.

Luise sprach daraufhin mit, und immer mehr Menschen fielen ein. »Wir bitten dich, erhöre uns!« Das Gemurmel glich einem Choral, der mit jedem Satz anschwoll.

»Wir bitten dich, erhöre uns!«, baten auch Hans und Gesa vor dem Gesindehaus. Gesa wiegte Kuno, der die Totenfeier aufmerksam zu verfolgen schien. Eigentlich hatte sich Hans vor Gesa den tiefen Schmerz, den er seit dem Brand der Kathedrale mit sich herumtrug, nicht anmerken lassen wollen. Doch nun konnte er seine Tränen nicht länger zurückhalten.

»Wir bitten dich, erhöre uns!«, wiederholten jetzt auch die hinteren Reihen und steckten damit die Trauergäste in der Vorburg an, die wiederum die Worte auf die Wiesen außerhalb der Burgmauern weitertrugen.

Mit Tränen in den Augen beobachtete Alwine, dass sogar der König und der Seidenhändler mitsprachen. »Wir bitten dich, erhöre uns!« Sie hatte ihre Jugendfreundin verloren, jenes zarte Mädchen, das mit seiner Aufrichtigkeit und Neugier sogar die Kaiserin für sich gewonnen hatte, und das ihr über all die Jahre hinweg bedingungslos eine Freundin gewesen war.

Während auch Ekkehard die Bitte wiederholte, glitt sein Blick über die Menschen im Burghof. An einem lieblichen Augenpaar in einer der vorderen Reihen, neben Äbtissin Notburga, die immer wieder einen verstohlenen Blick zum Gesindehaus warf, blieb er hängen. Alles Notwendige gedachte er mit Bebette von Hildesheim im Anschluss an die öffentliche Trauerfeier zu besprechen.

»Wir bitten dich, erhöre uns!«, riefen die Versammelten anhaltend. Einige in den hintersten Reihen versuchten dabei, einen Blick auf das Kissen mit der Brosche zu erhaschen. Sie würde statt Utas sterblichen Überresten, die man in der Kathedrale nicht hatte finden können, in das Familiengrab in der kleinen Burgkirche gelegt werden.

Simon, der mit seinen Malern in der Mitte der Menschenmenge stand, wollte Uta sein nächstes Werk widmen – sobald er dem Bischof dabei geholfen hätte, die verkohlten Malereien zu erneuern.

Schwester Margit versprach in ihrer Wiederholung stumm, sich mit Herz und Verstand wieder um die Kranken und Verletzten zu kümmern. So und nicht anders, hätte es Uta gewollt, die ihr vor vielen Jahren beim Ausbau der Krankenstation des Moritzklosters zur Seite gestanden hatte. Ihre Berührungsängste mit den Patienten würde sie mit Hilfe von Schwester Alwine wieder überwinden.

So viel Zuversicht, wie die Erinnerung an Markgräfin Uta auslöste, hatte Bischof Kadeloh mit seinen einführenden Worten nicht spenden können. Das Tor zur Vorburg stand offen, und Kadeloh meinte, ihren Namen sogar auf den Wiesen vor der Burg zu vernehmen. »Ich spreche die genannten Verstorbenen von ihren Sünden frei. Im Namen des Vaters, des Sohnes und des Heiligen Geistes.

»Amen«, bestätigten die Versammelten.

Die Trauerfeierlichkeit war beendet.

Doch die Trauergemeinschaft löste sich nicht auf. Es war den Menschen ein Bedürfnis, noch etwas länger zusammenzubleiben.

»Markgraf«, trat da Andres, gefolgt von den *Brüdern*, welche den Brand überlebt hatten, auf Ekkehard zu. Bebette, die etwas hinter dem Seidenhändler stand, schob sich nun näher an Ekkehard heran, der gerade vom Podest gestiegen war. Der Tod der Ballenstedterin hatte ihr unerwartet in die Hände gespielt. Nun war es an der Zeit, den vorerst letzten Schritt zu machen – Bebette hatte ihre Zusage eingehalten und den Beweis erbracht, auch einzulösen, was sie versprach.

»Wir, und da darf ich für die gesamte Naumburger Kaufmannschaft sprechen, sind froh, dass die Angst von diesem Ort gewichen ist«, erklärte Andres dem Markgrafen freundlich. »Und wir möchten Euch unserer Unterstützung für den Neubau des Kathedraldaches versichern.«

Ekkehard verneigte sich dankbar und schaute zur Vorburg. Sie war unzerstörbar, Utas Kathedrale. Sie stand dort genauso selbstbewusst, wie seine Frau es zu ihren Lebzeiten gewesen war. Ekkehard wandte sich wieder den *Brüdern* zu. »Bald wird auch der Markt wieder stattfinden, dafür werde ich mich persönlich einsetzen«, versprach er.

»Das ist gut so, vielen Dank, Erlaucht.« Mit diesen Worten und begleitet von Bebettes feinem, zufriedenem Lächeln zogen sich die Naumburger Händler zurück.

Ekkehard sah sich nun nur noch Bebette von Hildesheim gegenüber. »Unsere Angelegenheit möchte ich in vertrauterer Atmosphäre besprechen als hier.« Er winkte Bischof Kadeloh, der gerade noch einige der Maler gesegnet hatte, zu sich. Zu dritt verschwanden sie im markgräflichen Wohngebäude.

Im Kamin von Ekkehards Kemenate prasselte ein wärmendes Feuer. Einige Becher, Bebette vermutete, dass sie mit gutem

Honigwein gefüllt waren, standen auf dem Tisch davor bereit. Sie fühlte sich fast schon heimisch und legte den Umhang auf einem der prächtigen Stühle ab. Endlich war sie am Ziel, der Hirsch auf dem Wandteppich längst vertraut.

Ekkehard zeigte zum Tisch. »Bitte bedient Euch, Verehrteste.«

Bebette griff nach einem der Becher, trat um den Tisch herum und schaute zum Fenster. Sie führte den Becher gerade an ihre Lippen und nahm einen ersten Schluck, als ihr eine bekannte Stimme den Met jedoch im wahrsten Sinne des Wortes im Halse stecken bleiben ließ. Sie hustete heftig.

»Heißt es nicht, bis dass der Tod Euch scheidet?«, hatte die Stimme gefragt.

Bebette nahm den Becher von ihren feuchten Lippen. War ihr der Sieg etwa zu Kopf gestiegen? Sich umzudrehen wagte sie nicht. Stattdessen hielt sie den Blick starr auf das Fenster gerichtet. Hinter ihr machte es sich Bischof Kadeloh nun auf einem der Stühle bequem.

Da sprach die Stimme weiter: »Ich jedenfalls möchte Euch nicht hier zurücklassen, Liebes.« Das letzte Wort war dabei besonders betont.

Liebes?, durchfuhr es Bebette mit eisigem Schrecken. So hatte sie nur eine einzige Person genannt. In Gedanken sah sie den leblosen Körper in der Brügger Bettstatt erneut vor sich, und der Geruch von Urin stieg ihr in die Nase. Nie wieder hatte sie an ihr mittelmäßiges Leben in diesem Haus erinnert werden wollen. Aber Balduin konnte unmöglich … Bebette wandte sich um.

Als sie den Mann in der Ecke der Kammer erblickte, glitt ihr der Metbecher aus der Hand und zerschlug auf dem Boden.

»Wo … wie kann …«, presste sie hervor.

Balduin legte ein Bündel neben sich und kam auf sie zu. »Beruhigt Euch.«

Bebette schaute verwirrt zu Ekkehard, der sich nun neben

dem Bischof niederließ und nach einem Becher Honigwein griff.

Balduin sprach daraufhin ganz leise zu ihr. »Wenn Ihr Euch jetzt sträubt, mit mir zurück nach Brügge zu kommen, werde ich kundtun, dass Ihr mich vergiften wolltet.«

Voller Entsetzen musterte Bebette den Mann vor sich: die kantige Nase, die schmalen Lippen und den klobigen Körper. Unverändert Balduin. Sofort begann sie in Gedanken nach dem Fehler zu suchen, der ihr bei der Ausführung ihres Plans in Brügge unterlaufen sein musste. Doch auf die Schnelle konnte sie keinen finden. Anmutig wandte sie sich von Balduin ab und begab sich in die schützende Nähe der Männer in ihrem neuen Leben: Sie trat zwischen Ekkehard und »Traupfarrer« Kadeloh – so hatte sie den Bischof soeben auf der Treppe noch angesprochen und ihn um eine zügige Zeremonie gebeten. »Wer seid Ihr, Fremder?«, fragte sie mit geübtem Augenaufschlag, der die gleiche Hilflosigkeit wie einst nach Balduins vermeintlichem Tod offenbarte.

Balduin lächelte Bebette an und deutete mit dem Kinn zum Ausgang. »Euer Spiel ist zu Ende, Bebette, und Ihr wisst genau, wen Ihr vor Euch habt.«

Bebette wollte gerade zu einer Erwiderung ansetzen, da wurde die Tür geöffnet und ein Mann mit einem mächtigen Bart und wildwucherndem Haar trat ein. »Das dort ist Balduin, der Wollhändler«, erklärte der Eintretende an Ekkehard gewandt. »Und Ihr«, er wies anklagend mit dem Finger auf Bebette, »Ihr seid Bebette, geborene von Hildesheim und Wollhändlersgattin aus Brügge. Eure Söhne Philip und Marcel erwarten Euch bereits.«

Nach außen hin gefasst, betrachtete Bebette stumm ihren früheren Nachbarn mit dem kargen Wohnraum von gegenüber, dem sie nach Balduins Tod dessen Wollhandel und das Haus verkauft hatte. Augenscheinlich fürsorglich hatte er sich ihrer angenommen. Und eindeutig nicht fürsorglich zerrte er sie nun vor das Fenster. »Ihr glaubt, wir hätten Euer Spiel in Brügge nicht durchschaut? Auf den Tag, an dem Ihr Bruder Balduin loswerden wolltet, haben sein Großvater und ich nur gewartet, um Euer hinterhältiges Wesen aufzudecken!«

Balduins Großvater, dieser geizige Kauz, sollte sie durchschaut haben? Wie Schnee unter den kräftigen Strahlen der Frühlingssonne schmolz Bebettes Fassung langsam dahin. Sie spürte die grob behauenen Steine der Fensterrahmung in ihren Rücken stechen.

»Ihr hättet Euch nicht dabei beobachten lassen dürfen, wie Ihr das Gift gemischt habt, Bebette.« Der Wollhändler war ein ruhiger Mensch, doch so viel Hintertriebenheit schärfte selbst ihm die Zunge.

Enja!, dachte Bebette und lag damit richtig. Die Magd hatte an jenem Morgen Dienst gehabt, an dem sie die zerkleinerten weichhaarigen Blätter des Schwulstkrautes in das frische Bier gegeben hatte, auf dass es bis zum Abend seine vernichtende Wirkung entfalten und zum Einsatz bringen konnte. Das ungehorsame Ding musste sie dabei gesehen, die *Brüder* daraufhin informiert und zudem auch das Bier ausgetauscht haben, vermutlich als sie ihre Mittagsruhe gehalten hatte. Der Bärtige, der Priester und der Medikus waren also eingeweiht gewesen?! Sie hatten sie am Morgen von Balduins vermeintlichem Tod aus dem Zimmer geschickt, und Bebettes Plan zu dem ihren gemacht, während sie sich das Tagesgewand angelegt und kühles Wasser ins Gesicht gespritzt hatte. Nach ihrer Abreise mussten die drei ihre Spur jedoch verloren haben, spätestens im Kloster Gernrode, wohin sie ihr auch das Geld nachschickten, sie selbst aber niemals antreffen konnten.

»Es hat zwar eine Weile gedauert, bis wir Euch ausfindig gemacht haben – Hut ab, Eure Flucht war vortrefflich –, aber Gott und eine göttliche Schwester wiesen uns dabei den Weg.«

»Welche Schwester?«, wollte Bebette sofort wissen. Sie ballte die Hände in den Falten ihres roten Gewandes zu Fäusten. Hatte Notburga sie etwa verraten?

»Das tut nichts zur Sache«, erwiderte der bärtige Wollbruder und dachte dabei voller Genugtuung an die Briefe, die ihn über einige Umwege erreicht hatten. In ihnen hatte eine Benediktinerin des hiesigen Moritzklosters zunächst in Aachen Erkundigungen über die in Hildesheim geborene Bebette eingeholt. In Utrecht, während der ersten Tage nach Kaiser Konrads Tod, war es dann zu einem Treffen gekommen. Ohne diese Schwester hätten sie Bebette heute vermutlich als frisch vermählte Markgräfin vorgefunden, die ihnen ihre bewaffneten Knechte auf den Hals gehetzt und sie gnadenlos vertrieben hätte. Wie gut ist es doch, dachte der Wollhändler, dass es so wehrhafte Menschen wie diese Benediktinerin gibt, noch dazu mit einem so trefflichen Gespür für Heimtücke. »Ihr seid eine hinterhältige Mörderin, Bebette von Hildesheim! Und Ihr könnt von Glück reden, dass Bruder Balduin bereit ist, Euch wieder nach Brügge zu holen.«

Bebette verzog angewidert das Gesicht. Ihr ekelte vor der feuchten Aussprache des aufgebrachten Wollhändlers. Sie wollte zurück zu Ekkehard, doch der Händler hielt sie weiterhin am Arm fest. »Wisst Ihr, was ich an Balduins Stelle mit Euch gemacht hätte?«, raunte er ihr zu.

Bebette machte sich mit einem Ruck von ihm frei, wodurch ihr Rücken jedoch nur noch fester gegen die kantigen Fenstersteine gepresst wurde. Kaum sichtbar schüttelte sie den Kopf. Daraufhin fuhr ihr der Bärtige mit der Handkante über den zarten, schmalen Hals.

Sie schluckte trocken und schaute hilfesuchend zu Ekkehard. Diesmal war es nicht gespielt. Ekkehards Blick gab ihr jedoch eindeutig zu verstehen, dass es für Mörder in Naumburg kein Entkommen gab. »Aber ich habe Euch die Kaufleute zurückgeholt«, platzte sie laut heraus. Was zählten dagegen schon ein paar Krüge mit vergiftetem Bier?

»Ihr habt nur einen kleinen Teil dazu beigetragen. Mein Bruder Hermann hat die Kaufleute letztendlich zur Messteilnahme bewegt. Ganze drei Tage lang hat er mit ihnen gesprochen. Er hatte eine Gabe für …« Ekkehard schüttelte den Kopf.

»Denkt Ihr nicht, dass Ihr, ein Edelmann, mir zumindest Schutz schuldig seid?«, fragte Bebette mit butterweicher Stimme, die Balduin früher wahrscheinlich schwachgemacht hätte. Endlich gelang es Bebette auch, vom Fenster wegzukommen. Sie strich sich über die schwarze Perlenborte am Halssaum und warf Ekkehard einen betörenden Blick zu.

»Ich Euch schuldig?«, fragte Ekkehard mit gebieterischer Stimme und erhob sich. »Schuldig seid Ihr, indem Ihr den Kaufleuten den Kathedralfluch eingeredet und sie damit gegen mich aufgehetzt habt! Und mit diesen Methoden, glaubt Ihr, arbeitet eine Markgräfin?«

Ja, davon war Bebette schon im Kloster Gernrode überzeugt gewesen! Doch welche Aussicht hatte sie nun noch auf diese Position? Auf versuchten Giftmord stand vielerorts der Tod, das wusste sie, und einmal mehr wägte sie ab. Wäre es nicht weit besser an Balduins Seite ärmlich zu existieren, anstatt hingerichtet zu werden? Auf Notburga konnte sie nicht mehr zählen, so viel war sicher.

Es war Balduin, der ihr die ersten Schritte zurück nach Brügge erleichterte. In eine Welt minderwertiger Wollumhänge, gedrungener Häuser, kehliger Sprache und geiziger Großväter. In eine Welt des Wartens. Des Wartens auf bessere Zeiten im Rohwollhandel. Des Wartens darauf, dass überhaupt etwas passierte.

Balduin griff nach seinem Bündel, das er beim Eintreten abgelegt hatte. Zu Bebettes Überraschung zog er den Umhang mit den vier auf einem Ast sitzenden Amseln am Kragen daraus hervor. Nein!, wollte sie ausrufen und brachte doch keinen Ton heraus.

Unter Bebettes verstörtem Blick öffnete Balduin das Gewandstück, trat an sie heran und legte es ihr um. »Den werdet Ihr bald brauchen.«

Bebette war, als fahre ihr ein kalter Schauer über jeden Fingerbreit ihres Körpers, der mit dem Amselumhang in Berührung kam.

Entschieden ergriff Balduin ihre Hand und zog die Widerspenstige hinter sich her zur Tür. Er war davon überzeugt, dass die *Brüder* in der Heimat sein Angebot nicht ausschlagen würden, Bebette für einige Zeit mit der Reinigung des am Abend ausgekühlten Gildehauses zu beauftragen, davon war der Wollhändler überzeugt. Das erste Jahr in Brügge würde er sie im Armenhaus der Stadt leben lassen. Vielleicht lernte sie dann seine bescheidenen Reichtümer aus dem Wollhandel zu schätzen. Und nur falls sie fleißig wäre und Reue zeigte, wollte er darüber nachdenken, sie wieder in sein Haus aufzunehmen – schließlich war sie die Mutter seiner beiden Söhne. Aber von alldem gedachte er ihr vorerst nichts zu erzählen.

Beim Tritt über die Türschwelle erinnerte sich Bebette an die letzten Worte des Großvaters in Brügge: »Auf Wiedersehen«, hatten sie gelautet.

Dazu würde es nun tatsächlich kommen.

Am Tag ihrer Entlarvung hatte Bischof Kadeloh Bebette von Hildesheim, die Frau mit der kranken Seele, zum letzten Mal gesehen. Nach seinem Gespräch mit Ekkehard über die Bekanntmachung des wieder durchzuführenden Marktes machte er sich in seine Gemächer auf. Kadeloh hielt auf den Turm an der Mauer zwischen Haupt- und Vorburg zu. Gestern war er das erste Mal im vierten Geschoss des Turmes gewesen und war nun am Überlegen, ob er die dortige gemütliche Kammer mit den ledernen Grundrissen an den Wänden zukünftig nicht als Arbeitskammer nutzen sollte.

Es dämmerte bereits und war angenehm ruhig auf dem Burgberg, als Kadeloh die ersten Stufen der Außentreppe zum Turm hinaufstieg. Eine andere Ruhe als die, die noch vor wenigen Tagen über dem entvölkerten Burgberg gelegen hatte. Eine friedliche. Die Menschen hier würden für den neuen Aufbruch Zeit brauchen. Es freute Kadeloh, dass Simon ihm zugesagt hatte, für die Behebung der Brandschäden an den Wandmalereien vorerst mit seinen Malerburschen in Naumburg zu bleiben. Auch schmunzelte er über den Eifer, mit dem ihm der Küchenbursche Hans versichert hatte, beim Wiederaufbau, komme was wolle, tatkräftig mit anpacken zu wollen. Kadeloh war gerade vor seiner Tür angekommen, da vernahm er hinter sich Schritte. Er wandte sich um.

Notburga von Hildesheim stieg die Treppenstufen zu ihm hinauf. »Exzellenz, ich habe ein unaufschiebbares Anliegen mit Euch zu besprechen.«

Kadeloh öffnete die Tür und bedeutete der Äbtissin, einzutreten. Kaum hatte er sie wieder hinter sich zugezogen, kam Notburga auch schon auf das Thema ihres frühnächtlichen Überfalls zu sprechen.

»Exzellenz, ich möchte Euch bitten, mich meiner Pflichten als Äbtissin des Moritzklosters zu entbinden.« Da das Moritzkloster kein Reichskloster war und damit auch nicht direkt dem König, sondern dem Bistumsbischof unterstand, hoffte sie auf eine unkomplizierte Amtsenthebung. Der Bischof war ihr die wenigen Male, die sie miteinander zu tun gehabt hatten, stets verständig begegnet.

Doch anstelle einer Zustimmung erntete Notburga zunächst nur einen unverständlichen Blick. »Erklärt Euch, Äbtissin«, forderte Kadeloh sie auf und fügte hinzu: »Das Amt einer Äbtissin wird auf Lebenszeit verliehen.«

Notburga straffte sich. »Es hat persönliche Gründe«, meinte sie und war nicht bereit, mehr preiszugeben.

Kadeloh musterte die Frau vor sich und blieb an ihrem verkrampften Gesicht hängen. »Was gedenkt Ihr, danach zu tun? Und was soll aus den Schwestern im Kloster werden?«

»Es findet sich bestimmt eine neue Äbtissin«, entgegnete Notburga. »Und um mich braucht Ihr Euch keine Sorgen zu machen, Exzellenz.«

Kadeloh ließ sich an seinem Tisch nieder und zog einen Stapel zusammengebundener Pergamente unter zwei Büchern hervor. Stumm schaute er eine Weile auf den Stapel. Er war ihm vor nicht allzu langer Zeit übergeben worden und enthielt aufschlussreiche Abschriften von Briefen von und nach Aachen und Brügge.

Geschrieben von einer besonderen Moritzschwester, für den Fall ihres Todes – als Beweis. Von genau jener Moritzschwester, die ihm als Folgebesetzung für den Äbtissinnenstuhl nun in den Sinn kam. Auch wenn die Benediktinerin in der Vergangenheit das eine oder andere Mal die Regeln des heiligen Benedikt übertreten hatte, glaubte er doch, den Klosterbetrieb und die Verantwortung für die schwesterlichen Seelen bei ihr in guten Händen zu wissen. Damals nach der Ankunft der Äbtissinnenschwester war es gewesen, als ihn Margit aufgeregt gebeten hatte, ihr die Beichte abzunehmen. Am ganzen Körper hatte sie gezittert und immer wieder vor sich hingemurmelt, dass sie niemals ihr Ohr an die Tür der Äbtissinnenzelle hätte legen dürfen. Stellvertretend für Schwester Erwina, die damals das Portal bewachen musste, hatte sie der Äbtissin nur Honigwein bringen wollen, war dann aber vor der Tür stehen geblieben, weil sie Satzteile wie: *geistliche und weltliche Macht unter uns vereinen* aus den Mündern der Hildesheimer Schwestern vernommen hatte, so Margits Bericht. Kadeloh erinnerte sich, dass die Benediktinerin schreckensbleich im Gesicht gewesen war und dass sie am ganzen Körper vor Anspannung gezittert hatte.

»Ich habe die Schwestern im Moritzkloster zu anpassungsfähigen Dienerinnen Gottes geformt, sie werden sich umgehend an eine neue Vorsteherin gewöhnen«, unterbrach Notburga die Stille – nachdem ihr der Bischof entschieden zu lange überlegte.

»Ich werde über Euren Wunsch nachdenken«, beschied ihr Kadeloh und schob den Pergamentstapel wieder an seinen Ablageort unter die Bücher. »Bitte kommt bis dahin uneingeschränkt Euren Pflichten als Oberin nach.«

Notburga verneigte sich knapp, dann verließ sie die Bischofsräume. Sie war zuversichtlich, Naumburg bald verlassen zu können. Nur mit ausreichend Abstand gelänge es ihr, den brabbelnden Kleinen mit den wachen grünen Augen endlich aus ihren Gedanken zu verbannen.

* * *

Es war ein einsames Haus, und doch verirrten sich immer wieder einige Streuner hierher, die ihr an die wertvollen Vorräte gingen. Der Thüringer Wald war wie die Seele des Menschen: schwarz, tief und unergründlich. Umso zufriedener war die Greisin, auf Anhieb zwei vertrauenswürdige Menschen gefunden zu haben, die für die Zeit, in der sie nach Arnstadt reiste, um Geflügelvieh auf dem dortigen Markt zu erstehen, ihre Hütte bewachten.

Die Greisin erhob sich von der Bank, die direkt neben dem Eingang ihrer Hütte stand, und trat vor das Paar. »Das Feuerholz«, erklärte sie und zeigte dabei auf einen löchrigen Korb, »reicht für ganze fünf Tage. Es wird euch an nichts fehlen.« Die Stimme des Weibleins klang dünn und kratzig und zeugte mehr noch als ihr Äußeres vom Alter.

»Wir sind genügsam«, entgegnete die Frau und schmiegte sich an ihren Mann. »Wir danken dir für das Dach über dem Kopf. Du bist sehr großzügig mit uns. Gott möge dich auf deinem Weg beschützen.«

»Ich werde dir noch einiges neues Holz schlagen«, versprach der Mann an ihrer Seite. »Wenn du zurückkommst, sollst du es warm haben.« Er half der Greisin noch, den Korb auf den Rücken zu setzen, dann ging sie von dannen.

Das Paar schaute der alten Frau noch nach, bis sie im Wald verschwunden war.

»Komm!«, sagte er mit ruhiger, rauher Stimme und zog sie in das unscheinbare Waldhaus. Drinnen entzündete sie ein Talglicht für ihn. Nebeneinander ließen sie sich auf dem Lager nahe der warmen Kochstelle nieder. Er zog ihr das befleckte Oberkleid über den Kopf. Darunter kam ein bis zu den Knien zerfetztes Unterkleid aus zartgelber Seide zum Vorschein. Er schaute sie fragend an. Es war ihre erste Nacht, die sie ungestört und im Warmen verbrachten.

Sie strich ihm mit dem Finger über das Ohrläppchen – es war ihre Art, ihm wortlos zuzustimmen.

»Du bist meine Frau«, sagte er.

»Und du bist mein Mann.«

Sie küssten sich. Wenn auch nicht vor dem Altar der kleinen Burgkirche, wie sie es sich früher erträumt hatten.

Vor Gott liebten sie sich, vor Gott gehörten sie zusammen. Hätte er sie sonst gemeinsam der Feuersbrunst entkommen lassen? Ihre göttliche Errettung war gleichzeitig ihre Trauung gewesen. Brauchten sie einen Bischof, wenn der Allmächtige sich ihrer Liebe persönlich annahm?

Einer der Sparrenbalken bei der Tür war nach ihrer innigen Verabschiedung dergestalt in ihre Richtung gestürzt, dass er sie wie eine Brücke über den brennenden, löchrigen Boden hinweg zur Tür geführt hatte. Hermann war Uta darauf vorausgegangen, hatte ihr immer wieder die Hand gereicht und sie gehalten, um dann auf den Laufgang zu springen und sie, dank Gottes Schutz vom Feuer unversehrt, sicher zum Turm zu geleiten.

Zur Zeit ihres Entkommens aus dem brennenden Dach waren die meisten Menschen schon aus der Kathedrale geflüchtet. Dennoch würden ihnen die Schreie derjenigen, die Bruder Ewalds Rachefeldzug das Leben gekostet hatte, noch lange im Ohr bleiben. Die Treppe des verqualmten Turms hinab ins Querhaus hatte Hermann die schwache Uta getragen, dann hatte sie wieder auf eigenen Füßen stehen können. In der allgemeinen Aufregung und im Rauch des Feuers hatte niemand auf sie geachtet und wahrscheinlich auch gar nicht erkannt, so gerußt und staubig wie ihre Gesichter und Kleider waren. Zwischen den Flüchtenden hatte Uta ein letztes Mal Ekkehard ausgemacht. Da musste sich der König schon längst in Sicherheit befunden haben. Vorbei an rauchenden durch- und übereinander liegenden Holzbalken hatte Hermann sie zur Westkrypta geführt und die Treppe hinuntergedrängt, auch wenn er auf dem Weg dorthin mehrmals unschlüssig stehen geblieben war. Unten war es ruhig gewesen, der Lärm und Gestank aus dem Langhaus weit weg. Sie waren allein gewesen. Kaum jemand wusste von der versteckten Tür im Westgang. Sie hatten die brennende Wachsschale vom Altar der Krypta genommen.

Instinktiv hatte Hermann sie in jenen Gang hineingezogen, der einst für den Fall von Belagerungen gebaut worden war und unter der Siedlung hindurch zur Waldgrenze verlief.

Der Gang war schmal und erden gewesen, mit losen breiten Brettern auf dem Boden, und es hatte in ihm genauso wie in Hermanns Erinnerung gerochen: nach feuchter Erde, Steinigem und nach verkohltem Holz – vermutlich die nahen Fundamenthölzer, die durch das Abbrennen der obersten Holzschicht wasserdicht gemacht worden waren. Nach vielleicht zehn Schritten hatten sich die Bodenbretter unter ihren Füßen verschoben! Mit einem kratzenden Geräusch, woraufhin Hermann zusammengefahren war. Abrupt hatte er angehalten und sich gekrümmt, als würde er unter furchtbaren Schmerzen leiden. Genau das war es gewesen: Das Kratzen vor dem *Trink! Trink!*

Dann hatte sich Hermann wieder gefangen und die Bodenbretter, eines nach dem anderen, zur Seite gestellt. Schon nach dem vierten war er fündig geworden: der Einstieg in das Erdloch, sein Erdloch! Das Kratzen in seiner Erinnerung war das Zeichen dafür gewesen, dass sein Entführer kam und die Bretter wegschob, um zu ihm hinuntersehen zu können. Und noch eine weitere Erinnerung hatte Hermann auf ihrer Flucht im Gang ereilt:

Auf das Kratzen hin war er stets zusammengezuckt. Was würde kommen? Durfte er nun heraus, oder musste er sterben?
Bis zu dem Tag, an dem er an den Füßen aus dem Tunnel herausgezogen und im Wald abgelegt worden war, hatte er den Vergessenstrank an einem Seil hinuntergelassen bekommen, verbunden mit der Aufforderung: Trink! Trink!

In diesem Moment der Erkenntnis hätte Hermann am liebsten zurücklaufen wollen, zurück in das Aschegrab des Langhauses, weil seine Gefühle von einst: sich so erbärmlich, so klein, so gar nicht menschlich hier unten im Loch gefühlt zu haben, wieder mit aller Macht auf ihn einstürmten.

Doch Uta hatte ihm den Weg verstellt und ihn in die andere Richtung geführt.

In der entsetzlichen Einsamkeit war es eine Wohltat, we-nigstens mit sich selbst sprechen zu können. Die Worte hat-ten ihre Bedeutung verloren, zuletzt war es nur noch ein fast schon irrer Singsang gewesen, um sich seiner selbst zu versi-chern. Manchmal hatte er in dem Erdloch einfach nur wild um sich gegriffen, um seinen Körper zu spüren. Seine Spucke gekaut, um zu schmecken – als Beweis dafür, dass er noch am Leben war. Dass er eigentlich Mensch war, trotz der überwältigenden Machtlosigkeit in ein tiefes Erdloch gesto-ßen zu sein, aus dem er nicht mehr allein herauskam. Zu tief, zu schmal war es gewesen und er selbst zu schwach, die Zeit unendlich. Vielleicht war er schon zum Greis geworden, vielleicht war aber auch nur ein Tag verronnen?

Während sie weiter durch den Gang drängten, waren Hermann auch noch die restlichen Zusammenhänge der ungeheuerlichen Taten Ewalds von Gleißberg klargeworden. Der Mönch muss-te ihn am Abend seines Kathedralgebetes von hinten niederge-schlagen und ihn dann durch den Tunnel bis zum Erdloch ge-schleift haben. Ganz sicher hatte der Mönch den Tunnel auch beschritten, um ungesehen sein Zerstörungswerk in der Kathe-drale verrichten zu können. Die Nachtwachen hätten auch mit zwanzig Mann um die Kathedrale herum verteilt sein können, sie wären dem Eindringling niemals begegnet.

Als er gestern mit Uta über diese Erkenntnis gesprochen hatte, hatte sie sich geärgert, nicht früher auf den Tunnel gekommen zu sein. Der geheime Gang war ihr, Ekkehard und den wenigen anderen, die sonst noch von ihm gewusst hatten, weil sie ihn gebaut hatten – wie zum Beispiel Maurermeister Joachim –, wegen der aufwühlenden Geschehnisse in Naumburg einfach nicht mehr in den Sinn gekommen. Sie hätten den Wald vor lau-ter Bäumen nicht gesehen, meinte Uta entschuldigend zu Her-mann, der sie daraufhin beruhigend streichelte. Sie hatte vielleicht den Tunnel vergessen, dafür aber an zahlreiche andere Dinge gedacht und sich mutig dafür eingesetzt. Ohne ihr Drängen wäre es nie zu einer Aufklärung gekommen, und der Gleißberger hätte sein Werk ungehindert – und ohne dass die Messteilnehmer vor dem Feuer und dem einstürzenden Dach gewarnt worden wären – verrichten können. Vielleicht hatte ja sogar der König Uta sein Leben zu verdanken.

Nachdem sie schließlich am Ausgang des Tunnels, fünfhundert Fuß außerhalb der Burgmauern am Wald, angekommen waren, stießen sie auf zwei Pferde, die dort wohl im allgemeinen Aufruhr zurückgelassen worden waren oder sich verirrt hatten. Die Tiere scheuten, erschrocken von ihrem plötzlichen Auftauchen, und ihre Besitzer waren weit und breit nicht zu sehen.

Sie hatten die Tiere beruhigt und waren danach aufgesessen.

Sieben Tage lang waren sie in Richtung Süden gereist und bis nach Arnstadt gelangt.

Mit Einbruch der Dämmerung am gestrigen Tag hatten sie auf der Suche nach Essbarem dann die Hütte im Wald entdeckt, in der sie nun ungestört beieinanderlagen.

Hermann atmete tief durch. Uta sah, wie sich seine Brust mit der Malachit-Kette hob und wieder senkte.

Sie strich ihm beruhigend über das Gesicht.

Er spürte, dass es ihn nicht mehr nach seinem alten Leben verlangte, was ihm über den letzten Schrecken beim Erdloch hinweghalf. Und da war noch etwas. Hermann holte aus seiner Tunika ein gefaltetes Stück Pergament heraus. »Es steckte in der Satteltasche. Auf der Suche nach Brot habe ich es in die Finger bekommen.« Er hielt Uta das Pergament hin.

Uta entfaltete es. Die Buchstaben zeugten von wenig Schreibübung. Sie überflog die wenigen Zeilen. Einmal. Zweimal. Und weitere verwunderte Male. Dann las sie vor: »Man wird nicht nach Euch suchen. Dafür sorge ich. E.«

Mit offenem Mund ließ sie die Tierhaut sinken.

Hermann strich ihr über die Lippen, küsste erst ihre Nasenspitze, dann ihre Stirn.

Uta war immer noch verblüfft. Ekkehard musste ihren Eintritt in die Westkrypta beobachtet und gewusst haben, was sie vorhatten. »Du meinst, wir haben seinen Segen?«

Mit einem Lächeln zur Antwort öffnete Hermann die Schnürung seiner Tunika, deren Stoff kaum noch vermuten ließ, dass sie einst von edelster Machart gewesen war, und entledigte sich schließlich auch dieses Gewandstückes. Darunter kam die Pergamentsammlung zum Vorschein, die auf der obersten Seite ihre Kathedrale zeigte.

Uta fuhr zärtlich über die Zeichnung. Sie hoffte Erna, Katrina sowie Alwine und Margit eines Tages wiederzubegegnen. Und Kuno, der seinen Weg ganz bestimmt gehen würde. War er doch wie sie selbst ein Ballenstedter Urgewächs. Auch in ihm floss das Blut der Hidda von der Lausitz. Behutsam packte sie die Pergamentsammlung beiseite.

Hermann legte sich auf den Rücken und schaute sie an. So atemberaubend schön, wie sie in Wirklichkeit war, würde er sie niemals zeichnen können. Sein Atem ging heftiger, es erregte ihn, Geduld zu üben. Sie hatte ihn Geduld gelehrt.

Uta legte ihre Hand auf seinen festen Bauch. Mit den Fingerspitzen glitt sie von seinem Nabel bis zu der Malachit-Kette auf seiner Brust. Sie strich über den groben Stein in der feinen Silberfassung. Als sie wieder auf seine Haut traf, schnappte er zärtlich nach ihren Fingern und küsste jeden einzelnen.

Uta strich weiter aufwärts: über seinen kräftigen Kehlkopf und über das markante Kinn. Anstelle ihrer Finger bot sie ihm dann ihre Lippen zum Kuss an.

Hermann zog sie an sich und drehte sich dann mit ihr, bis sie unter ihm zum Liegen kam. Geduldig begann er, sie zu entkleiden, und schenkte dabei jedem Fingerbreit freigelegter

Haut seine Aufmerksamkeit, bis sie ihm schließlich entgegenkam und ihm zuflüsterte: »Lass uns eins sein.«

Mit dem morgigen Allerheiligentag gedachte sie, die Schweigebuße des Königs anzutreten, denn die Schuld des Ungehorsams hatte sie tatsächlich auf sich geladen – und es drängte sie, sich von ihr reinzuwaschen. Und sowieso sprachen sie viel lieber durch Berührungen miteinander.

Seine Liebesbekundung brachte er schon nicht mehr hervor, weil er in ihr versank, und weil ihre erste gemeinsame Nacht auch der Beginn ihrer Ewigkeit war.

Ihre Liebe durfte nun sein. Von jetzt bis in alle Ewigkeit. Wie ihre Kathedrale. Auch sie war für die Ewigkeit.

❈ ❈ ❈ ❈ ❈

NACHWORT

Liebe LeserInnen, glauben Sie, dass nach einem Kathedralbau und der Erlangung von Gerechtigkeit vor dem König
nicht mehr viel für einen mittelalterlichen Menschen anstehen
kann? Oh doch: die Liebe! In manchen Fällen war es sicherlich schwieriger, die wahre Liebe zu leben, als eine Kathedrale
zu bauen, denn der mittelalterliche Mensch lebte in einem
Spannungsverhältnis von Ehe und Liebe. Die emotionale
Seite mittelalterlichen Lebens übte eine größere Anziehung als
gegenständliche Wünsche aus. Die Gründe für mittelalterliche
Eheschließungen waren vor allem politisch-wirtschaflicher
Natur. Eine vorteilhafte Ehe versprach räumlichen Zugewinn,
ermöglichte Frieden oder gar die Verbrüderung mit Konkur-
renten, sicherte die Erbfolge und damit den Machterhalt einer
Familie. Die Vorstellung, die wahre Liebe innerhalb einer Ehe
leben zu dürfen, war damals noch nicht gesellschaftlicher
Konsens, auch wenn es Liebesehen sicherlich gegeben hat.
Standard – sogar bis weit in das 19. Jahrhundert hinein – war
jedoch, dass sich eine unter diesen Bedingungen geschlossene
Ehe bestenfalls über die Jahre hinweg zu einer aushaltbaren
Gemeinschaft, wenn nicht sogar zu einem partnerschaftlichen
Zusammenleben entwickelte, in der der eine den anderen zu
schätzen gelernt hatte.
Die Möglichkeiten einer **Ehescheidung,** die es im Mittelalter
entgegen der landläufigen Meinung tatsächlich gab, hatten
sich bis zum Hochmittelalter, also zu der Zeit, in der unser

Roman spielt, jedoch zunehmend verschlechtert. Bis in das neunte Jahrhundert hinein fußte die Rechtsprechung überwiegend noch auf germanischer und römischer (weltlicher) Gesetzgebung. Für Eheschließungen waren weltliche Bräuche und Rechtsgewohnheiten maßgebend, kein Pfarrer musste den Segen erteilen, das Ja-Wort oder der Ringetausch waren nicht zwingend. Innerhalb dieser frühmittelalterlichen Rechtsgewohnheiten war die Eheaufkündigung (einseitig) oder -beendigung (mit beidseitigem Einverständnis) bei Vorliegen bestimmter Tatbestände nicht ungewöhnlich. Für die Eheaufkündigung waren das zum Beispiel: Ehebruch, Giftmischerei oder Kinderlosigkeit.

In Utas Jahrhundert dominierte die Kirche die früher **weltliche Ehegesetzgebung** jedoch schon so weit, dass Scheidungen gültiger und vollzogener Ehen nicht mehr so einfach möglich waren. Eine Ehe war im kirchenrechtlichen Sinne eine lebenslang währende, monogame Gemeinschaft von Mann und Frau – wie es auch unser König Heinrich im vorletzten Kapitel verlauten lässt, als Uta ihn um die Auflösung ihrer Ehe bittet. Einzig inzestuöse Verbindungen wurden geschieden beziehungsweise für ungültig erklärt. Weltliche Bräuche wurden dann in den folgenden Jahrhunderten so weit zurückgedrängt, dass das einst weltliche Eherecht völlig in den Regelungsbereich der Kirche fiel. Auf dem zweiten Konzil von Lyon im Jahre 1274 legte die Kirche die Ehe als eines der sieben Sakramente fest. Das Ehesakrament spendeten sich die Eheleute durch ihr gegenseitiges Treueversprechen, wie es bis heute üblich ist. Spätestens seit dem Konzil von Trient im Jahre 1563 wurden dann ausschließlich solche Ehen als gültig angesehen, die nach kirchlich vorgeschriebenem Ritus, der im Wesentlichen die Bekundung des Ehewillens vor einem Priester und zwei Zeugen beinhaltete, geschlossen wurden.

Hatte das frühmittelalterliche Recht also noch weitreichende

Schlupflöcher für politisch oder emotional motivierte Scheidungen geboten – wie Uta es vor dem König in der Kathedrale mit historischen Beispielen belegt –, war dies im Hochmittelalter kaum mehr möglich. Dieser Sachstand stellte eine Frau, die im elften Jahrhundert der Liebe außerhalb der Ehe begegnete, vor eine scheinbar ausweglose Situation, denn auf **Ehebruch** stand in manchen Regionen sogar der Tod.

Utas Hoffnung, die Ehetrennung auf indirektem Weg – also mittels Dispens (Dispensatio) oder Gewissensentscheidung (Epieikeia) – herbeizuführen, scheitert im Roman an König Heinrich III. Der **Salier Heinrich** soll zutiefst religiös, geradezu **asketisch sowie herrisch** gewesen sein. In Quellen wird er als sehr gutaussehend bezeichnet, was nicht verwundert, denn seiner Mutter Gisela wird ebenfalls betörende Schönheit nachgesagt. Unter Heinrich III. und der kirchlichen Vereinnahmung des Eherechts erschien es uns trotz aller schriftstellerischer Freiheit als zu wirklichkeitsfern, Utas Scheidungswunsch erfolgreich enden zu lassen. Stattdessen haben wir unserer Heldin unter Einbezug der historisch überlieferten Fakten eine andere, realistischere Möglichkeit gegeben, ihre Liebe zu Hermann zu leben.

Grundsätzlich ist über Utas Leben nicht mehr überliefert als: ihre Geburtsdekade, ihre familiäre Einbindung, ihr Rang als Markgräfin sowie die kinderlose Ehe mit Ekkehard. Was Utas Sterbedatum und Begräbnisort betrifft, gibt es zumindest Anhaltspunkte. Uta ist an einem 23. Oktober gestorben, wenngleich ihr Sterbejahr unbekannt ist. Vermutlich starb sie vor Ekkehard, der 1046 zu Grabe getragen wurde, nachdem sie dieser nicht in seinem Testament bedachte. Um das historisch Wahrscheinliche mit dem glücklichen fiktiven Ende unserer Liebenden übereinzubringen, haben wir Uta deshalb im Jahr 1039 an ihrem **überlieferten Sterbetag, dem 23. Oktober** (neun Tage vor Allerheiligen), sterben lassen. An diesem Tag im Jahre 1039 verbrennt sie im Roman im Feuer auf dem Dach der Kathedrale und wird für tot erklärt. Übrigens: für die Zeit des ersten Domes ist eine einzige Reparaturmaßnahme, nämlich am Dach, überliefert.

Dieser Sterbetag hat Eingang in die Kirchenbücher gefunden und wurde über weitere Abschriften bzw. Bezüge bis in unsere Zeit hinein überliefert. Die historische Uta könnte jedoch nach ihrem vermeintlichen Sterbetag noch weitergelebt haben, anonym, in einem neuen Leben, an einem anderen Ort. Die Identifizierung von Toten, zum Beispiel nach einem Unfall, war damals aufgrund beschränkter Untersuchungsmethoden und eines geringeren Wissensstandes als zur Zeit des antiken Römischen Reiches um einiges schwieriger, was unsere Romanversion ihres Lebensendes zu stützen vermag.

Hermanns Todesjahr war sehr wahrscheinlich das Jahr 1038. Über den genauen Todestag mutmaßt die Forschung bis heute. Es werden Tage im Juli, im August und eben auch der 1. November im Jahr 1038 (Allerheiligen) genannt, der sich aus einer Eintragung im Leidener Martyrolog-Necrolog herleitet. Wir haben uns am November-Datum orientiert. Der 1. November des Jahres 1038 ist jener Tag, an dem unser unbekannter Toter – der anfangs für Hermann gehalten wird – auf dem Schandacker begraben wird und ein Eintrag in das hiesige Totenregister erfolgte. Dieser könnte unter Umständen bei seiner Rückkehr einfach nicht korrigiert worden sein. Möglich ist ebenfalls, dass seine Rückkehr nur an anderer, nicht überlieferter Stelle festgehalten wurde. Hermann könnte also tatsächlich ein neues Leben mit Uta in Anonymität begonnen haben.

Wo die historischen Personen **Uta und Hermann begraben** wurden, ist nicht eindeutig belegt. Wissenschaftler vermuten, dass die kleine Burgkirche – wie Uta sie im Roman nennt – die Familiengrablege für Hermann und Reglindis sowie Ekkehard und Uta gewesen sein könnte. Dieser Vermutung haben wir uns angeschlossen. Zuletzt wurden Überzeugungen vorgetragen, dass zumindest Uta vor dem Kreuzaltar am Ostlettner des Kathedral-Erstbaus in Naumburg bestattet wurde.

Weniger Phantasie haben wir uns mit der Kathedrale an sich erlaubt. Ihr Grundriss und die Maße sind zwischenzeitlich historisch aufgearbeitet worden und bekannt. Nicht bekannt ist hingegen, wie ihre **Ausmalungen** ausgesehen haben. Ganz sicher hat es sie jedoch gegeben, Ausmalungen waren zur Zeit der Romanik üblich. Romanische Kirchen waren, im Vergleich zu denen der nachfolgenden Kunstepochen, die am üppigsten ausgemalten. Teilweise wurden sogar nicht nur die Innen-, sondern auch die Außenwände farbig gestaltet. Die wunderhaft leuchtenden Bilder an den Kirchenwänden waren für die Menschen des Mittelalters eine Offenbarung. Einen solch komprimierten Farbenreichtum fanden sie im Alltag sonst nicht vor. Die Kleidung der einfachen Bevölkerung war woll- oder leinenfarben; Lehm, Holz-, aber auch Steinhütten und Gebrauchsgegenstände nicht bunt. Die einzigen Farben im Alltag eines Bauern, einfachen Handwerkers oder des Gesindes kamen in der Natur vor.

Die – auch aus heutiger Perspektive – sagenhaften Wandbilder stellten für den mittelalterlichen Menschen einen Zugang zu Gott dar. Die wenigsten von ihnen konnten lesen und erst recht nicht die lateinische Bibel und die entsprechenden Predigten verstehen. Doch Bilder zu betrachten – das vermochte jeder, gleich welchen Standes.

Von den Kunstgattungen in der Epoche der Romanik ist es bedauerlicherweise die Gattung der Wandmalerei, von der am wenigsten Werke erhalten sind. Und von den wenigen noch erhaltenen sind relativ viele stark beschädigt oder aufgrund unzureichender Maltechniken nicht mehr im Ursprungszustand erlebbar.

Das im Roman entworfene Malprogramm entstammt unserer Phantasie, wobei wir uns streng an den Motiven, Techniken und Farben der damaligen Zeit orientiert haben. Eine weitverbreitete Technik der romanischen Wandmalerei war das Malen auf feuchtem Putz, auch **Affresko-Technik** genannt, die unser Maler Simon meisterlich beherrscht. Die Anwendung der Affresko-Technik umfasste regelmäßig auch Trockenputzzeichnungen (Secco-Technik), zum Beispiel weil bestimmte Farbpigmente nicht auf feuchtem Putz vermalt werden konnten. Secco-Malerei ist weniger wetter- und zeitbeständig. Den heute noch erhaltenen Wandmalereien sind die secco-gemalten Elemente häufig abhandengekommen.

Selten wurden in der Romanik noch Szenen aus dem Alten Testament dargestellt. Man malte das Neue Testament. Hauptträger der erzählenden Malerei war das Langhaus. Wer einen Eindruck ähnlicher Bildszenen wie den sechs, die wir im Roman in unserer *heiligen Zone* beschrieben haben, erhalten will, dem empfehlen wir den Besuch der **St.-Georgskirche auf der Reichenau.** Weiterhin haben wir uns von der St.-Thomas-Kirche in Pretzien, der Sigwardskirche in Idensen, der Einhardsbasilika im Odenwald, der Klosterkirche St. Johann in Müstair in der Schweiz, St. Emmeram in Regensburg und St. Angelo in Formis in Italien für unser Bildprogramm inspirieren lassen und versucht, eine für den Werdegang **Naumburgs individualisierte Ausmalung** daraus abzuleiten.

Die Ausmalung des ersten Naumburger Domes fiel in die Übergangszeit von der ottonischen zur romanischen Wandmalerei. Letztere zeichnete sich durch einen geringen Naturalismus, durch einen hohen Symbolcharakter und wenig bewegte, monotype Figuren aus, die, mit heutigen Augen betrachtet, ein wenig gewichts- und knochenlos erscheinen, für die Menschen des elften Jahrhunderts jedoch ein gutes Spiegelbild waren.

Einen Übergang erleben wir im Roman auch in politischer Hinsicht. Kaiser Konrad II. stirbt, und damit geht die Macht auf seinen Sohn Heinrich III. über. Kein anderer königlicher **Thronwechsel** ist in der Zeit der Ottonen und Salier fließender und unproblematischer verlaufen als dieser. Das ist eine besondere Leistung, wenn man bedenkt, dass ein Thronwechsel – neben dem Ausbleiben oder dem frühen Tod männlicher Erben – einer der häufigsten Gründe für den Verlust von Macht im Mittelalter darstellte. Heinrich war bereits im Knabenalter an den Regierungshandlungen seines Vaters beteiligt worden. Seine Erziehung wurde neben Bischöfen und einem italienischen Abt von Kaplan Wipo unter dem Motto von Frieden und Gnade vorgenommen – wie wir es im Roman auch aufgezeigt haben. Sämtliche politischen Geschehnisse um Gisela und Konrad herum, der Leichenzug auf dem Rhein und Heinrichs politisches Programm entsprechen den Überlieferungen.

Heinrichs erste Herrschaftsjahre galten insbesondere der Sicherung seiner Vormachtstellung in Osteuropa. Der Konflikt mit **Břetislav von Böhmen** war allerdings mit der Geiselübergabe seines Sohnes Spitignew II., wie wir sie im vorletzten Kapitel beschrieben haben, nicht beendet. Im Folgejahr kam Břetislav seinen Versprechungen bezüglich der Freigabe Polens und der Straftributzahlungen nämlich doch nicht nach, und der König zog gegen ihn zu Felde. Heinrich III. benötigte insgesamt zwei Feldzüge, um den Böhmenherrscher im Jahr 1041 endlich zu unterwerfen und Frieden zu schließen.

Auch die Konflikte mit den sächsischen Adligen sollten noch viele Jahre weiterbestehen und gipfelten in offener Opposition und den Planungen für einen Herrschaftssturz und Mord, die aber nicht zur Ausführung kamen. Im Jahre 1046 wurde Heinrich III. zum Kaiser gekrönt. Aus seiner vergleichsweise späten Ehe mit Agnes von Poitou gingen sechs Kinder hervor, darunter auch der Thronfolger Heinrich IV., der sich in seiner Regierungszeit mit dem Papst entzweite und daraufhin den berühmten Bußgang nach Canossa antrat.

Heinrichs Regierungsbilanz ist umstritten. Nicht umstritten ist jedoch, dass durch seine enge Einbeziehung des Papsttums in die Reichskirche der Befreiungsschlag des Papsttums von römischen Adelsinteressen gelang, und er die Erneuerung der Kirche insgesamt voranbrachte. Apropos: Die Weissagung, dass Gisela von Schwaben ihren Sohn Heinrich überleben würde, soll es tatsächlich gegeben haben. Sie erfüllte sich jedoch nicht. Aufgrund von Spannungen zwischen Mutter und Sohn verschwand Gisela zunehmend von der politischen Bühne. Sie starb im Jahre 1043 an der Ruhr und wurde neben ihrem Gatten Konrad in der Krypta des Speyerer Doms beigesetzt – ihre Grabkrone und das Grab können bis heute in Speyer besichtigt werden. Für uns einer der **Höhepunkte unserer Recherchereisen**.

Weniger Ruhe im Grab fand in unserem Roman ein anfangs unbekannter Toter auf dem Schandacker, der Utas Interesse weckt. Lange vor da Vincis Zeichnungen über die Lage der Organe im menschlichen Körper und der Niederschrift eines modernen Anatomiebuches galt es deswegen für Utas Freundin Alwine, an einem **unkenntlichen Leichnam** Identität und Todesursache zu ermitteln. Eine große Herausforderung, wenn man bedenkt, dass das elfte Jahrhundert eine Zeit war, in der das Interesse am Erkunden medizinischer Sachverhalte im Gebiet des heutigen Deutschland über den Einsatz von Heilkräutern kaum hinausging. Chirurgisches und anatomisches Wissen waren größtenteils mit dem antiken Römischen Reich untergegangen und nur bedingt zugänglich. Nicht körperliche Ursachen, sondern von Gott auferlegtes Schicksal und Buße waren verantwortlich für menschliches Wohlbefinden, so die einhellige Überzeugung der mittelalterlichen Gesellschaft.

Exhumierungen und die sogenannte innere Leichenschau, die Öffnung und Untersuchung eines toten Körpers, waren zu dieser Zeit zwar nicht per Gesetz verboten – obwohl dies weithin angenommen wird –, sehr wohl aber verpönt.

Durch die Figur der Schwester Alwine, die ihr fortschrittliches Wissen aus dem damaligen Zentrum der Heilkunst Salerno mitbringt, konnten wir die **Anfänge der Obduktion im Mittelalter** aufzeigen. Im Roman greift Alwine häufig auf die Schriften des römischen Arztes Claudius Galenus (kurz »Galen«) zurück, der nach Hippokrates als bedeutendster Arzt der Antike gilt. Ohne ihn wären die Lehren Hippokrates' vielleicht nicht überliefert, denn Galen griff sie auf und führte sie inhaltlich fort. Galens Werke galten das gesamte Mittelalter hindurch und teilweise noch bis in das neunzehnte Jahrhundert hinein als das medizinische Gedankengut schlechthin. Auch wenn Galens Wissen auf der Sektion von Schweinen und anderen Tieren beruhte und deswegen zu Fehlurteilen führte (z.B. über die Anzahl der Leberlappen beim Menschen), gelingt es unserer Alwine, durch Klugheit über die Grenzen ihrer Zeit hinauszudenken, und durch die Mithilfe von Uta, Katrina und letztlich auch Hermann, den Übeltäter zu überführen.

Der **Wiesen-Bärenklau** (Heracleum sphondylium), der die vier bei der Überführung des Übeltäters unterstützt, ist in Europa verbreitet und kann in der Tat durch Berührung das beschriebene sternförmige Verletzungsmuster hervorrufen. Der aus dem Kaukasus stammende **Riesen-Bärenklau** (Heracleum mantegazzianum) ist noch aggressiver und vermag allein durch Berührung Hautverletzungen hervorzurufen, die einer Verbrennung zweiten Grades entsprechen. Ebenso ist Notburgas Methode, ihre Schwangerschaft und das Kindsgeschlecht mittels uringetränkten Weizens und Dinkels zu erfahren, historisch belegt.

Während also Uta, Alwine, Katrina und Hermann ihren Plan austüfteln und Notburga ihr Kind nicht aus dem Kopf bekommt, hat es Ekkehard mit einer verstimmten Kaufmannschaft zu tun, die sich gegen ihn zusammengeschlossen hat. Das historisch verbürgte Aufkommen solcher kaufmännischen Brüderschaften hat uns im Roman die Möglichkeit gegeben, ein neues Spannungsfeld anhand unserer Roman-*Brüder* unter der Führung von Seidenhändler Andres zu eröffnen, der seinerseits durch Bebettes Erfahrung mit der Wollhändlergilde in Flandern inspiriert wurde.

Gilden in Form von Schutzgenossenschaften tauchten bereits im Frühmittelalter auf. Sie wurden auch unter dem Begriff **Bruderschaft** gegründet, waren aber eher eine losere Gemeinschaft von Gleichgesinnten ohne Satzung. Im neunten Jahrhundert wurden die Bruderschaften von Kaufleuten sogar verboten, weil sie unter anderem das klösterliche Ideal im Sinne karikativer Verbrüderung nachahmten, ohne der asketischen Strenge einer Mönchsgemeinschaft zu folgen.

In Utas Jahrhundert verlangte der wachsende Handel dann nach verbesserten Gemeinschaftsformen. Im Übergang vom zehnten zum elften Jahrhundert ist der bisher früheste eindeutige Beleg für die Existenz einer **Kaufmannsgilde** vorhanden, die mit der Blütezeit des Städtewesens ab dem zwölften Jahrhundert – ebenso wie die Zünfte für Handwerker – zahlreich gegründet wurden. Neu für die Kaufmannsgilden des Hoch- und Spätmittelalters war der Betrieb von Versammlungsorten, von Lager- und Handelsstätten. Die Gilden waren nunmehr selbst Geschäftspersonen mit Satzung geworden. Im vierzehnten Jahrhundert gab es Gilden in jeder größeren Stadt. Neben der sozialen Absicherung und dem wechselseitigen Schutz der Mitglieder waren sie insbesondere ein Instrument zur kraftvolleren Durchsetzung gemeinsamer Interessen und letztendlich die Wurzeln unserer heutigen Gewerkschaften.

Was ist in unserem Roman nun Fiktion? Ewald von Gleißberg ist es auf jeden Fall, ebenso die Verstoßung seines Vaters, des einstigen Bischofs Hildeward. Auch Hermanns Schicksal im Erdloch und das Begräbnis auf dem Schandacker sind frei erfunden. Der geheime Westgang ist auf keiner Karte eingezeichnet, aber durchaus als Fluchtmöglichkeit bei Belagerungen denkbar. Bebette von Hildesheim mitsamt der Brügger Familie entstammt unserer Phantasie, genauso wie Notburga von Hildesheim und ihr lüsterner Ausrutscher. Kammermädchen Katrina haben wir in diesem Roman noch etwas mehr Eigeninitiative und Mut entwickeln lassen, die unsere Alwine bereits besitzt und für Utas Zwecke und ihren eigenen Forscherdrang einsetzt. Besonders sind uns Gesa und Hans, gleichfalls fiktive Figuren, ans Herz gewachsen. Mit ihnen wollten wir das Leben des untersten Standes aufzeigen und letztendlich mit der Familie der Ballenstedter zusammenbringen. Der kleine Kuno, der einer unserer nächtlichen Eingebungen »entstammt«, stellt dabei das Bindeglied zwischen den Ständen dar.

Insgesamt war uns daran gelegen, ein atmosphärisches und realistisches Bild des Lebens im elften Jahrhundert zu zeichnen – der Art zu denken, zu handeln, zu fühlen und öffentlich zu agieren. Dabei war es uns besonders wichtig, den Wert von **Freundschaft und Familie** hervorzuheben. Ein Punkt, der »Die Kathedrale der Ewigkeit« mit »Die Herrin der Kathedrale« verbindet. Freundschaft und Familie werden auch das Finale unserer Kathedral-Trilogie begleiten.

Wer Utas Geschichte erzählen will, der muss, davon sind wir überzeugt, mit demjenigen enden, der ihre – in unsere Zeit überlieferte Identität – schuf und als **Naumburger Meister** die deutsche Gotik geprägt hat.

Lebensgroße Stifterstatuen, die Adlige des elften Jahrhunderts darstellen, wurden Mitte des dreizehnten Jahrhunderts von diesem Bildhauermeister entworfen und im zeitgleich errichteten neuen Westchor des Naumburger Doms aufgestellt. Unter den insgesamt zwölf Stifterfiguren tritt die der Uta besonders hervor.

Viele Fragen sind bis heute weitgehend ungeklärt, allen voran, welche Informationen der Bildhauermeister für Utas herausragendes Stifterstandbild heranzog, das erst zweihundert Jahre nach ihrem Tod entstand. Oder wie es dem Naumburger Meister gelang, die heute international berühmten Stifterfiguren und einen geerdeten Jesus unter Überwindung seiner größten Angst zu entwerfen.

Wir verraten es ab **Herbst 2015** im Knaur Verlag.

Bis dahin drücken wir die Daumen, dass die Bewerbung »Der Naumburger Dom und die hochmittelalterliche Herrschaftslandschaft an Saale und Unstrut« als **UNESCO-Weltkulturerbe** – die ohne Uta und das Schaffen des Naumburger Meisters sicherlich nicht möglich gewesen wäre – 2015 positiv entschieden wird.

GLOSSAR

Affresco-Technik: Maltechnik, bei der der wesentliche Teil der Farben auf noch feuchten (ital.: affresco, al fresco = ins Frische) Putz aufgetragen wird. Im Trocknungsprozess tritt das Calciumhydroxid des Putzes an die Oberfläche, verbindet sich mit dem Kohlendioxid der Luft zu Calciumcarbonat und geht dabei mit den Farbpigmenten eine untrennbare, harte Vereinigung ein.

Apsis: Halbkreisförmiger Anbau an einen Chor oder Querhausarm im Osten einer Kirche – als Sinnbild der Sonne. In der Spätromanik und Gotik auch polygonal gestaltet.

Augenstern: Glanzlichter in den Pupillen, die durch Lichtspiegelungen entstehen.

Aussteifungsbalken: Balken, die der gleichmäßigen Verteilung und Ableitung der unterschiedlichen Kräfte, die auf ein Bauwerk einwirken, dienen und damit seine Belastungsfähigkeit sichern. Im romanischen Kirchendachbau wurden sie häufig verwendet, um die zu Dreiecken gezimmerten, gestaffelten Dachbalken auf Bodenhöhe unverschiebbar zusammenzuhalten.

Base: Sockel eines Pfeilers oder einer Säule.

Basilika: Ursprünglich war eine Basilika ein Versammlungsort für das Volk, an dem Gericht gehalten wurde und Märkte stattfanden. Im engeren Sinne bezieht sich Basilika auf eine kreuzförmige Kirchenarchitektur mit abgesenkten Seitenschiffen, in der durch die Fensterreihe des erhöhten Hauptschiffs Licht einfallen kann.

Binnenzeichnung: Die Füllung von Umrissen mit kleinteiligeren Zeichnungen, z.B. das Malen von Augen, Nase und Mund innerhalb des Gesichtsumrisses.

Blindrillenstift: Instrument zum Vorreißen von Hilfslinien. Wo bei einem gewöhnlichen Stift die Mine eine farbige Spur zieht, ritzt beim Blindrillenstift eine Eisenmine farblose Linien in das Pergament.

Branntkalk: Kalkstein (Calciumcarbonat), der bei mindestens 900 Grad Celsius zu weißem Pulver (Calciumhydroxid) verbrannt wurde.

Chor: Raum um den Hochaltar einer Kirche. Je nachdem, ob sich der Altarraum im Osten oder Westen an den Kirchenkörper anschließt, spricht man von einem Ost- oder einem Westchor. Chöre waren früher den Geistlichen vorbehalten.

Durchgebundener Putz: Getrockneter Putz, bei dem sich im Rahmen der Affresco-Technik die Carbonatisierung bereits vollzogen hat, sich also Putz und Malfarbe zu einer untrennbaren Einheit verbunden haben.

Einsumpfen: Der Prozess des Ablagerns von gelöschtem Kalk in Wasser. Der sich dabei entwickelnde Brei liefert den Putz für die Affresco-Wandmalerei und bei weiterer Verdünnung weiße Malfarbe.

Farbpigmente: Feinstes, unlösliches Mineral- (z.B. Malachit) oder Erdenpulver (z.B. gelber Ocker). Auch können synthetische Pigmente (z.B. Ultramarinblau) zum Einsatz kommen.

Feinputz: Nach dem Auftrag von Rauhputz wird für die Affresco-Malerei zuletzt eine feinporige, wenige Millimeter dicke Putzschicht mit Anteilen feineren Sandes aufgetragen, die den Malgrund bildet.

Fensterlaibung: Die inneren Mauerflächen an den Seiten eines Fensters. In romanischen Bauwerken überwiegend in einem Winkel größer als 90 Grad zur Innenwand.

Grobputz: Auch Rauhputz genannt, wird in mehreren, immer feiner werdenden Putzschichten bis hin zum Feinputz für die Wandmalerei aufgetragen, in der Regel bestehend aus in Wasser abgelagertem (gesumpftem) Kalk und grobem Sand.

Inkarnatston: Haut- bzw. Fleischton, der in der romanischen Wandmalerei häufig grün-gelb-rötlich anmutet.

Joch (Kirchenbau): Ursprünglich ein Feldmaß. Im romanischen Kirchenbau ein meist quadratisches Flächenmaß und lineares Gliederungsprinzip des Gebäudegrundrisses. Im »Gebundenen System« entspricht ein Joch im Hauptschiff zwei Jochen in den Seitenschiffen.

Joch (Glockenturm): Drehbar gelagerter, hölzerner Tragbalken, an dem die mit Eisenbändern befestigte Glocke schwingt. Im 11. Jahrhundert wurde das Joch überwiegend noch über einen Läutehebel bewegt, von dem ein Seil zum Küster hinabreichte.

Kapitell: Kopf einer Säule oder eines Pfeilers. In der Romanik war das Würfelkapitell beliebt.

Klausur: Der Teil des Klosters, der lediglich den Mönchen bzw. Nonnen vorbehalten ist.

Knüpfel/Klüpfel: Hammerähnliches Klopfholz von Steinmetz und Bildhauer, mit dessen Hilfe das Eisen am Stein entlanggetrieben und dadurch Material abgetragen wird.

Krypta: Unterirdischer Kirchenraum, der sich unter dem (Hoch-)Altar befindet und häufig für die Aufbewahrung von Reliquien und als Grabstätte geistlicher und weltlicher Würdenträger genutzt wird.

Langhaus: Langgestreckter rechteckiger Gebäudehauptteil einer Kirche, zwischen Westwand und Querhaus (gilt derart für geostete Kirchen), der Haupt- und Seitenschiffe umfasst. Im Gegensatz zum Chor war das Langhaus früher vornehmlich den Laien vorbehalten.

Lichter: Bildbereiche, die im Licht- und Schattenspiel eines Motivs besonders hell hervortreten.

Majestas Domini: Beliebte Christusdarstellung, bei der Christus frontal auf einem Regenbogen oder auf einem Thron sitzt. Eine Hand segnend erhoben, in der anderen Hand das Buch des Lebens, umgeben von den vier Evangelisten-Symbolen.

Malfarbe: Eine Mischung aus Farbmitteln (Pigmente oder Farbstoffe) und Binde-, Löse- oder Verdünnungsmitteln. Malfarben werden mit dem Pinsel auf die Wand aufgetragen.

Malgrund: Feinputzschicht, auf die die Malfarben aufgetragen werden.

Mandorla: Eine meist mandelförmige und Christus vorbehaltene Aura, die die Figur im Gegensatz zum Heiligenschein zur Gänze umschließt.

Mark: Territoriales Grenzgebiet eines Reiches, dem ein Markgraf vorstand, z.B. an der Ostgrenze des Reiches die Mark Meißen. Ein Markgraf erhielt sein Lehen direkt vom König und war damit diesem direkt »unterstellt«.

Mittelton: Ausgangsfarbton, aus dem hellere und dunklere Farbnuancen erarbeitet werden, die erst Plastizität in eine Zeichnung bringen. Wässerung z.B. eines grünen Mitteltons liefert hellere Grüntöne. Dunklere, schattige Grünnuancen werden durch mehrfachen Auftrag des Mitteltones erzielt.

Nimbus: Kreisförmiger Strahlenschein um den Kopf eines Heiligen, häufig auch mit Kreuz versehen.

Patron: Schutzheiliger einer Kirche, dem diese auch gewidmet ist. Entwickelte sich aus der antiken Funktion eines weltlichen, einflussreichen Schutzherrn heraus.

Querhaus: Bauteil einer Kirche, das meist im rechten Winkel zwischen Chor und Langhaus verläuft und in dieser Form den Balken des Christuskreuzes symbolisiert.

Rötel: Eisenoxidmineral, auch als roter Ocker bezeichnet. Mineralfarbe, die gerne für Umrisszeichnungen in der Wandmalerei verwendet wird.

Schnurschlag: Technik zur Vorskizzierung. Eine gespannte Schnur wird in den noch feuchten Putz gedrückt (geschlagen) und hinterlässt als Abdruck eine Kerbe. Dient der Orientierung für horizontale oder vertikale Bildelemente, für Achsen (z.B. Mittelachsen für figürliche Bildelemente) und für die Wandeinteilung.

Secco-Technik: Maltechnik, bei der die Farben auf eine bereits getrocknete (ital.: secco = trocken) Putzoberfläche aufgetragen werden. Da im Gegensatz zur Affresco-Technik der Kalk des Putzes bereits abgebunden ist, muss dem Farbmittel ein Bindemittel (z.B. Tierleim oder Öl) beigemischt werden.

Seitenschiff: Seitenschiffe bilden zusammen mit dem Hauptschiff das Langhaus. Sie liegen parallel zu beiden Seiten des Hauptschiffes und sind meist schmäler als dieses. In der Romanik wurden Kathedralen überwiegend dreischiffig gebaut.

Sparren: Als Sparren bezeichnet man in der Dachkonstruktion Balken mit Trägerfunktion. Sie verlaufen von der Traufe zum First und tragen die Dachhaut. In der traditionellen Bauweise des »Sparrendachs« – der Dachform von Utas Kathedrale – münden die hintereinander in Firstrichtung gestaffelten Sparrenpaare mit ihren Füßen in die waagerecht liegenden Holzbalken der Geschossdecke und bilden mit diesen einen Dreieckrahmen.

Steinsichtige Wände: Form der Wandgestaltung, bei der die vermauerten Steine noch gut sichtbar sind. Dazu wird der Mörtel in den Fugen zwischen den einzelnen Steinen nur so weit verstrichen, dass die Mauer eine überwiegend ebene Fläche bildet. Hervorkragende Steinköpfe bleiben dabei weiterhin sichtbar.

Tagwerk: Ist die vom Freskenmaler auf eine Wand aufgetragene Putzfläche, die er an einem Tag zu bemalen schafft, solange diese noch die für die Affresco-Malerei notwendige Feuchte besitzt.

Überzeichnungen: Abschließendes Nachzeichen der Konturen im Bild, meistens mit schwarzer Malfarbe, um Bildkontraste zu stärken.

Untermalung: Flächige Ausmalung ausgewählter Bildelemente vor dem eigentlichen Farbauftrag. Untermalt wurden in der Romanik häufig Gewänder, unbekleidete Körperteile und blaue Bildelemente. Die Untermalung mit ihrer hohen Deckkraft ermöglichte ein sparsameres Auftragen der teureren Farbpigmente (z.B. Lapislazuli oder Smaragd).

Vierung: Die Stelle einer Kirche, an der Langhaus und Querschiff zusammentreffen.

Weißhöhungen: Durch weißen Farbauftrag hervorgehobene Lichter auf farbigem Untergrund. Weißhöhungen liefern stärkste Lichtakzente im Auge des Betrachters. Der Auftrag von Weißhöhungen gehört zu den letzten Arbeitsschritten am Bildwerk. In der romanischen Wandmalerei z.B. für Augenfältchen, Lichter um Mund und Nase und für Gewandfalten verwendet.